明清绘图古典小说书系

插图本东周列国志（上）

◆〔明〕冯梦龙 编著
◆〔清〕蔡元放 校订
◆煙照 校点

齊魯書社

图书在版编目(CIP)数据

插图本东周列国志／（明）冯梦龙编著；（清）蔡元放校订. —济南：齐鲁书社，2005.9
（明清绘图古典小说书系）
ISBN 7-5333-1501-4

Ⅰ.插...　Ⅱ.①冯...②蔡...　Ⅲ.章回小说—中国—明代　Ⅳ.I242.4

中国版本图书馆 CIP 数据核字(2005)第 051308 号

明清绘图古典小说书系
插图本东周列国志
（上下册）
〔明〕冯梦龙 编著　〔清〕蔡元放 校订
齐鲁书社出版发行
（地址:济南经九路胜利大街 39 号　邮编:250001）
E-mail: qlss@sdpress.com.cn
日照报业印刷有限公司印刷
850×1168 毫米 32 开本　28.875 印张　2 插页　856 千字
2005 年 9 月第 1 版　2005 年 9 月第 1 次印刷
ISBN 7—5333—1501—4
K·466　定价:36.00 元

出 版 说 明

中国古典小说，从先秦文言“残丛小语”到明清白话章回长篇，数千年间得到长足的发展。举凡文学史上的上古神话、魏晋清谈、寓言笑林、志怪传奇、话本演义……说部文学异彩纷呈，各领风骚，并以其他文学品类无可比拟的通俗性和可读性，得到大众的普遍认知和广泛传播，从而大大丰富了古典文学宝库，成为大众历史文化知识的通俗载体，因而各类古典小说能够常出常新。

绘图绣像，是中国古代小说的传统艺术，它具有为故事情节画龙点睛、解读意境、娱目醒心的妙用。自明清以来蔚成风气。明清是古代版画艺术和白话、传奇小说的共同兴盛繁荣时期，各种风格流派的绣像小说广为刊行，百花竞艳，为后世留下可资借鉴的珍贵文学遗产。

在读图成为审美时尚的今天，为了适应广大读者的审美鉴赏情趣，充分发掘利用这一丰富的传统文化资源优势，使古老的中国古典小说绣像插图艺术焕发异彩，为开拓出版锦上添花，我们特意推出《明清绘图古典小说书系》，选取明清精刊版刻或石印本绘图绣像小说，整理出版，企盼它能为今天的文化古籍出版带来勃勃生机。

本书系的编选出版，希望得到广大读者朋友的关注支持，欢迎为我们推荐好的古代图文刊本。不当之处，敬请批评指正。

齐 鲁 书 社

2002 年 12 月 19 日

目　录

出版说明……………………………………………………1

冯本叙……………………………………………………1
蔡本序……………………………………………………2
第 一 回　周宣王闻谣轻杀　杜大夫化厉鸣冤……………1
第 二 回　褒人赎罪献美女　幽王烽火戏诸侯……………8
第 三 回　犬戎主大闹镐京　周平王东迁洛邑……………16
第 四 回　秦文公郊天应梦　郑庄公掘地见母……………24
第 五 回　宠虢公周郑交质　助卫逆鲁宋兴兵……………31
第 六 回　卫石碏大义灭亲　郑庄公假命伐宋……………39
第 七 回　公孙阏争车射考叔　公子翚献谄贼隐公…………46
第 八 回　立新君华督行赂　败戎兵郑忽辞婚……………54
第 九 回　齐侯送文姜婚鲁　祝聃射周王中肩……………60
第 十 回　楚熊通僭号称王　郑祭足被胁立庶……………66
第十一回　宋庄公贪赂构兵　郑祭足杀婿逐主……………73
第十二回　卫宣公筑台纳媳　高渠弥乘间易君……………81
第十三回　鲁桓公夫妇如齐　郑子亹君臣为戮……………88
第十四回　卫侯朔抗王入国　齐襄公出猎遇鬼……………94
第十五回　雍大夫计杀无知　鲁庄公乾时大战　…………102
第十六回　释槛囚鲍叔荐仲　战长勺曹刿败齐　…………108
第十七回　宋国纳赂诛长万　楚王杯酒虏息妫　…………114
第十八回　曹沫手剑劫齐侯　桓公举火爵甯戚　…………122
第十九回　擒傅瑕厉公复国　杀子颓惠王反正　…………130
第二十回　晋献公违卜立骊姬　楚成王平乱相子文　………138

第二十一回　管夷吾智辨俞儿　齐桓公兵定孤竹　…………147
第二十二回　公子友两定鲁君　齐皇子独对委蛇　…………157
第二十三回　卫懿公好鹤亡国　齐桓公兴兵伐楚　…………165
第二十四回　盟召陵礼款楚大夫　会葵邱义戴周天子　…………174
第二十五回　智荀息假途灭虢　穷百里饲牛拜相　…………184
第二十六回　歌扊扅百里认妻　获陈宝穆公证梦　…………193
第二十七回　骊姬巧计杀申生　献公临终嘱荀息　…………200
第二十八回　里克两弑孤主　穆公一平晋乱　…………207
第二十九回　晋惠公大诛群臣　管夷吾病榻论相　…………214
第三十回　秦晋大战龙门山　穆姬登台要大赦　…………221
第三十一回　晋惠公怒杀庆郑　介子推割股啖君　…………229
第三十二回　晏蛾儿逾墙殉节　群公子大闹朝堂　…………236
第三十三回　宋公伐齐纳子昭　楚人伏兵劫盟主　…………245
第三十四回　宋襄公假仁失众　齐姜氏乘醉遣夫　…………253
第三十五回　晋重耳周游列国　秦怀嬴重婚公子　…………261
第三十六回　晋吕郤夜焚公宫　秦穆公再平晋乱　…………269
第三十七回　介子推守志焚绵上　太叔带怙宠入宫中　…………277
第三十八回　周襄王避乱居郑　晋文公守信降原　…………286
第三十九回　柳下惠授词却敌　晋文公伐卫破曹　…………294
第四十回　先轸诡谋激子玉　晋楚城濮大交兵　…………303
第四十一回　连谷城子玉自杀　践土坛晋侯主盟　…………312
第四十二回　周襄王河阳受觐　卫元咺公馆对狱　…………320
第四十三回　智甯俞假鸩复卫　老烛武缒城说秦　…………328
第四十四回　叔詹据鼎抗晋侯　弦高假命犒秦军　…………336
第四十五回　晋襄公墨缞败秦　先元帅免胄殉翟　…………343
第四十六回　楚商臣宫中弑父　秦穆公殽谷封尸　…………352
第四十七回　弄玉吹箫双跨凤　赵盾背秦立灵公　…………359
第四十八回　刺先克五将乱晋　召士会寿余绐秦　…………368
第四十九回　公子鲍厚施买国　齐懿公竹池遇变　…………377
第五十回　东门遂援立子倭　赵宣子桃园强谏　…………385

第五十一回　责赵盾董狐直笔　诛斗椒绝缨大会……………395
第五十二回　公子宋尝鼋构逆　陈灵公衵服戏朝……………404
第五十三回　楚庄王纳谏复陈　晋景公出师救郑……………412
第五十四回　荀林父纵属亡师　孟侏儒托优悟主……………420
第五十五回　华元登床劫子反　老人结草亢杜回……………429
第五十六回　萧夫人登台笑客　逢丑父易服免君……………437
第五十七回　娶夏姬巫臣逃晋　围下宫程婴匿孤……………445
第五十八回　说秦伯魏相迎医　报魏锜养叔献艺……………453
第五十九回　宠胥童晋国大乱　诛岸贾赵氏复兴……………462
第 六 十 回　智武子分军肆敌　偪阳城三将斗力……………470
第六十一回　晋悼公驾楚会萧鱼　孙林父因歌逐献公……………478
第六十二回　诸侯同心围齐国　晋臣合计逐栾盈……………487
第六十三回　老祁奚力救羊舌　小范鞅智劫魏舒……………495
第六十四回　曲沃城栾盈灭族　且于门杞梁死战……………503
第六十五回　弑齐光崔庆专权　纳卫衎甯喜擅政……………512
第六十六回　杀甯喜子鲊出奔　戮崔杼庆封独相……………520
第六十七回　卢蒲癸计逐庆封　楚灵王大合诸侯……………528
第六十八回　贺虒祁师旷辨新声　散家财陈氏买齐国……………538
第六十九回　楚灵王挟诈灭陈蔡　晏平仲巧辩服荆蛮……………546
第 七 十 回　杀三兄楚平王即位　劫齐鲁晋昭公寻盟……………556
第七十一回　晏平仲二桃杀三士　楚平王娶媳逐世子……………566
第七十二回　棠公尚捐躯奔父难　伍子胥微服过昭关……………576
第七十三回　伍员吹箫乞吴市　专诸进炙刺王僚……………585
第七十四回　囊瓦惧谤诛无极　要离贪名刺庆忌……………596
第七十五回　孙武子演阵斩美姬　蔡昭侯纳质乞吴师……………605
第七十六回　楚昭王弃郢西奔　伍子胥掘墓鞭尸……………614
第七十七回　泣秦庭申包胥借兵　退吴师楚昭王返国……………624
第七十八回　会夹谷孔子却齐　堕三都闻人伏法……………633
第七十九回　归女乐黎弥阻孔子　栖会稽文种通宰嚭……………643
第 八 十 回　夫差违谏释越　句践竭力事吴……………654

目录

第八十一回　美人计吴宫宠西施　言语科子贡说列国 …………663
第八十二回　杀子胥夫差争歃　纳蒯聩子路结缨 …………672
第八十三回　诛芈胜叶公定楚　灭夫差越王称霸 …………683
第八十四回　智伯决水灌晋阳　豫让击衣报襄子 …………693
第八十五回　乐羊子怒餟中山羹　西门豹乔送河伯妇 …………703
第八十六回　吴起杀妻求将　驺忌鼓琴取相 …………711
第八十七回　说秦君卫鞅变法　辞鬼谷孙膑下山 …………720
第八十八回　孙膑佯狂脱祸　庞涓兵败桂陵 …………729
第八十九回　马陵道万弩射庞涓　咸阳市五牛分商鞅 …………738
第 九 十 回　苏秦合从相六国　张仪被激往秦邦 …………747
第九十一回　学让国燕哙召兵　伪献地张仪欺楚 …………756
第九十二回　赛举鼎秦武王绝胫　莽赴会楚怀王陷秦 …………765
第九十三回　赵主父饿死沙邱宫　孟尝君偷过函谷关 …………773
第九十四回　冯驩弹铗客孟尝　齐王纠兵伐桀宋 …………782
第九十五回　说四国乐毅灭齐　驱火牛田单破燕 …………792
第九十六回　蔺相如两屈秦王　马服君单解韩围 …………799
第九十七回　死范睢计逃秦国　假张禄廷辱魏使 …………808
第九十八回　质平原秦王索魏齐　败长平白起坑赵卒 …………818
第九十九回　武安君含冤死杜邮　吕不韦巧计归异人 …………829
第 一 百 回　鲁仲连不肯帝秦　信陵君窃符救赵 …………839
第一百一回　秦王灭周迁九鼎　廉颇败燕杀二将 …………847
第一百二回　华阴道信陵败蒙骜　胡卢河庞煖斩剧辛 …………856
第一百三回　李国舅争权除黄歇　樊於期传檄讨秦王 …………865
第一百四回　甘罗童年取高位　嫪毐伪腐乱秦宫 …………872
第一百五回　茅焦解衣谏秦王　李牧坚壁却桓齮 …………880
第一百六回　王敖反间杀李牧　田光刎颈荐荆轲 …………888
第一百七回　献地图荆轲闹秦庭　论兵法王翦代李信 …………895
第一百八回　兼六国混一舆图　号始皇建立郡县 …………903

校点后记 …………910

冯本叙

小说多琐事，故其节短。自罗贯中氏《三国志》一书，以国史演为通俗，汪洋百馀回，为世所尚。嗣是效颦臼者，浸借两汉以下以次成编，与《三国志》汇成一家言，称历代之全书，为雅俗之巨览。即与二十一史并列邺架，亦复何愧？余且日夜从臾其成，拭目俟之矣。

吴门可观道人小雅氏撰

蔡本序

书之名，无虑数十百种，而究其实，不过经与史二者而已。经所以载道，史所以纪事者也。六经开其源，后人踵增焉。训戒论议考辨之属，皆经之属也；鉴记纪传叙志之属，皆史之属也。顾六经者，圣人之书也。言体必有用，言用必有体。《易》与《礼》、《乐》，经中之经也，而事亦显焉。《诗》、《书》、《春秋》，经中之史也，而道亦彰焉。后人才识浅短，遂不得不歧而贰之，斯不能不有所戾。故高谭名理者，常绌于博识之士；而自矜该洽者，其是非或谬于圣人。顾理无二致。故言道之书，虽世不乏著，究其精者，亦不过恢张余蕴，仅可作佐翼注疏；其卑者，糟粕唾余而已。若稍肆焉，则穿凿傅会，破碎支离之弊出矣。至于事，则不然，日异月新，千态万状，非圣人已然之书所能尽也。故经不能以有所益，而史则日以多。夫史固盛衰成败、废兴存亡之迹也。已然者事，而所以然者理也。理不可见，依事而彰，而事莫备于史。天道之感召，人事之报施，智愚、忠佞、贤奸之辨，皆于是乎取之，则史者可以翊经以为用，亦可谓兼经以立体者也。

自制举艺出，而经学遂湮，然帖括家以场屋功令故，犹知诵其章句。至于史学，其书既浩瀚，文复简奥，又无与于进取之途，故专门名家者，代不数人。学士大夫则多废焉置之，偶一展卷，率为睡魔作引耳。至于后进初学之士，若强以读史，则不免头涔涔，目森森，直苦海视之矣。《春秋》三传，左氏最为明备，专经者犹或不能举其辞，况其他乎？顾人多不能读史，而无人不能读稗官。稗官固亦史之支流，特更演绎其词耳。善读稗官者，亦可进于读史，故古人不废。

《东周列国》一书，稗官之近正者也。周自平辙东移，下迄吕政，上下五百有余年，列国数十，事物纷庞，较他史为难读。迨变为稗官，则童稚无不能读。夫至童稚皆得读史，岂非快事耶？然世之读稗官者颇众，而卒不获读史之益者何哉？盖稗官不过纪事而已，其于智愚、忠佞、贤奸之行事，与国家之废兴存亡、盛衰成败，虽皆胪列其迹，而与天道之感召、人事之报施，智愚、忠佞、贤奸计言行事之得失，及其所以盛衰成败、废兴存亡之故，固皆未能有所发明，则读者于事之初终原委，方且懵然，又安望其有益于学问哉？夫既无与于学问，则读犹不读，是为无益之书，安用灾梨祸枣为！坊友周君，深虑于此，嘱余者屡矣。寅卯之岁，予家居多暇，稍为评骘，条其得失而抉其隐微。虽未必尽合于当日之指，而依理论断，是非既颇不谬于圣人，而亦不致贻嗤于博识之士。聊以豁读者之心目，于史学或亦不无小裨焉。故既为评之，而复序之如此。

乾隆壬申二月七都梦夫蔡元放题于绿净山房

词曰：

道德三皇五帝，功名夏后商周。英雄五霸闹春秋，顷刻兴亡过手。　青史几行名姓，北邙无数荒丘。前人田地后人收，说甚龙争虎斗。

第一回

周宣王闻谣轻杀　杜大夫化厉鸣冤

话说周朝，自武王伐纣，即天子位，成、康继之，那都是守成令主。又有周公、召公、毕公、史佚等一班贤臣辅政，真个文修武偃，物阜民安。自武王八传至于夷王，觐礼不明，诸侯渐渐强大。到九传厉王，暴虐无道，为国人所杀。此乃千百年民变之始。又亏周、召二公同心协力，立太子靖为王，是为宣王。那一朝天子，却又英明有道，任用贤臣方叔、召虎、尹吉甫、申伯、仲山甫等，复修文、武、成、康之政，周室赫然中兴。有诗为证：

夷厉相仍政不纲，任贤图治赖宣王。
共和若没中兴主，周历安能八百长！

却说宣王虽说勤政，也到不得武王丹书受戒，户牖置铭；虽说中兴，也到不得成、康时教化大行，重译献雉。至三十九年，姜戎抗命，宣王御驾亲征，败绩于千亩，车徒大损，思为再举之计，又恐军数不充，亲自料民于太原。那太原，即今固原州，正是邻近戎、狄之地。料民者，将本地户口，按籍查阅，观其人数之多少，车马粟刍之饶乏，好做准备，征调出征。太宰仲山甫进谏不听。后人有诗云：

犬彘何须辱剑铓？隋珠弹雀总堪伤。
皇威亵尽无能报，枉自将民料一场。

再说宣王在太原料民回来，离镐京不远，催趱车辇，连夜进城。忽见市上小儿数十为群，拍手作歌，其声如一。宣王乃停辇而听之。歌曰：

月将升，日将没。檿弧箕箙，几亡周国。

宣王甚恶其语，使御者传令，尽拘众小儿来问。群儿当时惊散，止拿得长幼二人，跪于辇下。宣王问曰："此语何人所造？"幼儿战惧不言，那年长的答曰："非出吾等所造。三日前，有红衣小儿到于市中，教吾等念此四句，不知何故，一时传遍，满京城小儿不约而同，不止一处为然也。"宣王问曰："如今红衣小儿何在？"答曰："自教歌之后，不知去向。"宣王嘿然良久，叱去两儿。即召司市官吩咐传谕禁止："若有小儿再歌此词者，连父兄同罪。"当夜回宫无话。

次日早朝，三公六卿齐集殿下，拜舞起居毕，宣王将夜来所闻小儿之歌，述于众臣："此语如何解说？"大宗伯召虎对曰："檿，是山桑木名，可以为弓，故曰檿弧。箕，草名，可结之以为箭袋，故曰箕箙。据臣愚见，国家恐有弓矢之变。"太宰仲山甫奏曰："弓矢，乃国家用武之器。王今料民太原，思欲报犬戎之仇，若兵连不解，必有亡国之患矣！"宣王口虽不言，点头道是。又问："此语传自红衣小儿。那红衣小儿，还是何人？"太史伯阳父奏曰："凡街市无根之语，谓之谣言。上天儆戒人君，命荧惑星化为小儿，造作谣言，使群儿习之，谓之童谣。小则寓一人之吉凶,大则系国家之兴败。荧惑火星,是以色红。今日亡国之谣,乃天所以儆王也。”宣王曰:“朕今赦姜戎之罪,罢太原之兵,将武库内所藏弧矢,尽行焚弃,再令国中不许造卖。其祸可息乎?”伯阳父答曰:“臣观天象,其兆已成,似在王宫之内,非关外间弓矢之事,必主后世有女主乱国之祸。况谣言曰:‘月将升,日将没。’日者人君之象,月乃阴类,日没月升,阴进阳衰,其为女主干政明矣。”宣王又曰:“朕赖姜后主六宫之政,甚有贤德,其进御宫嫔,皆出选择,女祸从何而来耶?”伯阳父答曰:“谣言‘将升’、‘将没’,即非目前之事。况‘将’之为言,且然而未必之词。王今修德以禳之,自然化凶为吉。弧矢不须焚弃。”宣王闻奏,且信且疑,不乐而罢,起驾回宫。姜后迎入。坐定,宣王遂将群臣之语,备细述于姜后。姜后曰:“宫中有一异事,正欲启奏。”王问:“有何异事?”姜后奏曰:“今有先王手内老宫人,年五十余,自先朝怀孕,到今四十余年,昨夜方生一女。”宣王大惊,问曰:“此女何在?”姜后曰:“妾思此乃不祥之物,已令人将草席包裹,抛弃于二十里外清水河中矣。”宣王即宣老宫人到宫,问其得孕之故。老宫人跪而答曰:“婢子闻夏桀王末年,褒城有神人化为二龙,降于王庭,口流涎沫,忽作人言,谓桀王曰:‘吾乃褒城之二君也。’桀王恐惧,欲杀二龙,命太史占之,不吉。欲逐去之,再占,又不吉。太史奏道:‘神人下降,必主祯祥,王何不请其漦而藏之?漦乃龙之精气,藏之必主获福。’桀王命太史再占,得大吉之兆。乃布币设祭于龙前,取金盘收其涎沫,置于朱椟之中,忽然风雨大作,二龙飞去,桀王命收藏于内库。自殷世历六百四十四年,传二十八主,至于我周,又将三百年,未尝开观。到先王末年,椟内放出毫光,有掌库官奏知先王。先王问:‘椟中何物?’掌库官取簿籍献上,具载藏漦之因。先王命发而观之。侍臣打开金椟,手捧金盘呈上。先王将手接盘,一时失手堕地,所藏涎沫,横流庭下。忽化成小小元鼋一个,盘旋于庭中,内侍逐之,直入王宫,忽然不见。那时婢子年才一十二岁,偶践鼋迹,心中如有所感,从此肚腹渐大,如怀孕一般。先王怪婢子不夫而孕,囚于幽室,到今四十年矣。夜来腹中作痛,忽生一女,守宫侍者,不敢隐瞒,只得奏知娘娘。娘娘道此怪物,不可容留,随命侍者领去,弃之沟渎。婢子罪该万死!”宣王曰:“此乃先朝之事,与你何干?”遂将老宫人喝退。随唤守宫侍者,往清水河看视女婴下落。不一时,侍者回报:“已被流水漂去矣。”宣王不疑。

次日早朝,召太史伯阳父告以龙漦之事,因曰:“此女婴已死于沟渎,卿试占之,以观妖气消灭何如?”伯阳父布卦已毕?献上繇词。词曰:

哭又笑,笑又哭。羊被鬼吞,马逢犬逐。慎之慎之,檿弧箕箙!

宣王不解其说,伯阳父奏曰:“以十二支所属推之:羊为未,马为午。哭笑者,悲喜之象。其应当年午未之年。据臣推详,妖气虽然出宫,未曾除也。”宣王闻奏,怏怏不悦,遂出令:“城内城外,挨户查问女婴。不拘死活,有人捞取来献者,赏布帛各三百匹;有收养不报者,邻里举首,首人给赏如数,本犯全家斩首。”命上大夫杜伯专督其事。因繇词又有“檿弧箕箙”之语,再命下大夫左儒,督令司市官巡行廛肆,不许造卖山桑木弓,箕草箭袋,违者处死。司市官不敢怠慢,引着一班胥役,一面晓谕,一面巡绰。那时城中百姓,无不遵依,止有乡民,尚未通晓。巡至次日,有一妇人,抱着几个箭袋,正是箕草织成的,一男子背着山桑木弓十来把,跟随于后。他夫妻两口,住在远乡,赶着日中做市,上城买卖。尚未进城门,被司市官劈面撞见,喝声:“拿下!”手下胥役,先将妇人擒住。那男子见不是头,抛下桑弓在地,飞步走脱。司市官将妇人锁押,连桑弓箕袋,一齐解到大夫左儒处。左儒想:“所获二物,正应在谣言,况太史言女人为祸,今已拿到妇人,也可回复王旨。”遂隐下男子不题,单奏妇人违禁造卖,法宜处死。宣王命将此女斩讫,其桑弓箕袋,焚弃于市,以为造卖者之戒。不在话下。后人有诗云:

不将美政消天变,却泥谣言害妇人。
漫道中兴多补阙,此番直谏是何臣?

话分两头。再说那卖桑木弓的男子,急忙逃走,正不知:“官司拿我夫妇,是甚缘故?”还要打听妻子消息。是夜宿于十里之外。次早有人传说:“昨日北门有个妇人,违禁造卖桑弓箕袋,拿到即时决了。”

方知妻子已死。走到旷野无人之处,落了几点痛泪。且喜自己脱祸,放步而行。约十里许,来到清水河边。远远望见百鸟飞鸣,近前观看,乃是一个草席包儿,浮于水面,众鸟以喙衔之,且衔且叫,将次拖近岸来。那男子叫声:“奇怪!”赶开众鸟,带水取起席包,到草坡中解看。但闻一声啼哭,原来是一个女婴。想道:“此女不知何人抛弃,有众鸟衔出水来,定是大贵之人。我今取回养育,倘得成人,亦有所望。”遂解下布衫,将此女婴包裹,抱于怀中。思想避难之处,乃望褒城投奔相识而去。髯翁有诗,单道此女得生之异:

怀孕迟迟四十年,水中三日尚安然。

生成妖物殃家国,王法如何胜得天!

宣王自诛了卖桑弓箕袋的妇人,以为童谣之言已应,心中坦然,也不复议太原发兵之事。自此连年无话。到四十三年,时当大祭,宣王宿于斋宫。夜漏二鼓,人声寂然,忽见一美貌女子,自西方冉冉而来,直至宫庭。宣王怪他干犯斋禁,大声呵喝,急唤左右擒拿,并无一人答应。那女子全无惧色,走入太庙之中,大笑三声,又大哭三声,不慌不忙,将七庙神主,做一束儿捆着,望东而去。王起身自行追赶,忽然惊醒,乃是一梦。自觉心神恍惚,勉强入庙行礼。

九献已毕,回至斋宫更衣,遣左右密召太史伯阳父,告以梦中所见。伯阳父奏曰:“三年前童谣之言,王岂忘之耶?臣固言:‘主有女祸,妖气未除。’繇词有哭笑之语,王今复有此梦,正相符合矣。”宣王曰:“前所诛妇人,不足消‘檿弧箕箙’之谶耶?”伯阳父又奏曰:“天道玄远,候至方验。一村妇何关气数哉!”宣王沉吟不语。忽然想起三年前,曾命上大夫杜伯督率司市,查访妖女,全无下落。颁胙之后,宣王还朝,百官谢胙。王宣杜伯问:“妖女消息,如何久不回话?”杜伯奏曰:“臣体访此女,并无影响。以后妖妇正罪,童谣已验,诚恐搜索不休,必然惊动国人,故此中止。”宣王大怒曰:“既然如此,何不明白奏闻?分明是怠弃朕命,行止自由。如此不忠之臣,要他何用!”喝教武士:“押出朝门,斩首示众!”吓得百官面如土色。忽然文班中走出一位官员,忙将杜伯扯住,连声:“不可!不可!”宣王视之,乃下大夫左儒,是杜伯的好友,举荐同朝的。左儒叩头奏曰:“臣闻尧有九年之水，不失为帝；汤有七年之旱，不害为王。天变尚然不妨，人妖宁可尽信？吾王若杀了杜伯，臣恐国人将妖言传播，外夷闻之，亦起轻慢之心。望乞恕之！”宣王曰：“汝为朋友而逆朕命，是重友而轻君也。”左儒曰：“君是友非，则当逆友而顺君；友是君非，则当违君而顺友。杜伯无可杀之罪，吾王若杀之，天下必以王为不明。臣若不能谏止，天下必以臣为不忠。吾王若必杀杜伯，臣请与杜伯俱死。”宣王怒犹未息，曰：“朕杀杜伯，如去藁草，何须多费唇舌？”喝教：“快斩！”武士将杜伯推出朝门斩了。左儒回到家中，自刎而死。髯翁有赞云：

贤哉左儒，直谏批鳞。是则顺友，非则违君。弹冠谊重，刎颈交真。名高千古，用式彝伦。

杜伯之子隰叔奔晋，后仕晋为士师之官，子孙遂为士氏。食邑于范，又为范氏。后人哀杜伯之忠，立祠于杜陵，号为杜主，又曰右将军庙，至今尚存。此是后话。

再说宣王次日，闻说左儒自刎，亦有悔杀杜伯之意，闷闷还宫。其夜寝不能寐，遂得一恍惚之疾，语言无次，事多遗忘，每每辍朝。姜后知其有疾，不复进谏。至四十六年秋七月，王体稍豫，意欲出郊游猎，以快心神。左右传命：司空整备法驾，司马戒饬车徒，太史卜个吉日。至期，王乘玉辂，驾六驺，右有尹吉甫，左有召虎，旌旗对对，甲仗森森，一齐往东郊进发。那东郊一带，平原旷野，原是从来游猎之地。宣王久不行幸，到此自觉精神开爽，传命扎住营寨。吩咐军士：“一不许践踏禾稼；二不许焚毁树木；三不许侵扰民居。获禽多少，尽数献纳，照次给赏；如有私匿，追出重罪！”号令一出，人人贾勇，个个争先。进退周旋，御车者出尽驰驱之巧；左右前后，弯弧者尽夸纵送之能。鹰犬借势而猖狂，狐兔畏威而乱窜。弓响处血肉狼藉，箭到处毛羽纷飞。这一场打围，好不热闹！

宣王心中大喜。日已沉西，传令散围。众军士各将所获走兽飞禽之类，束缚齐备，奏凯而回。行不上三四里，宣王在玉辇之上，打个眼眯，忽见远远一辆小车，当面冲突而来。车上站着两个人，臂挂朱弓，手持赤矢，向着宣王声喏曰：“吾王别来无恙？”宣王定睛看时，乃上大夫杜伯、下大夫左儒。宣王吃这一惊不小，抹眼之间，人车俱不见。问左右人等，都说并不曾见。宣王正在惊疑，那杜伯、左儒又驾着小车子，往来不离玉辇之前。宣王大怒，喝道："罪鬼，敢来犯驾！"拔出太阿宝剑，望空挥之。只见杜伯、左儒齐声骂曰："无道昏君！你不修德政，妄戮无辜，今日大数已尽，吾等专来报冤。还我命来！"话未绝声，挽起朱弓，搭上赤矢，望宣王心窝内射来。宣王大叫一声，昏倒于玉辇之上，慌得尹公脚麻，召公眼跳，同一班左右，将姜汤救醒，兀自叫心痛不已。当下飞驾入城，扶着宣王进宫。各军士未及领赏，草草而散。正是：乘兴而来，败兴而返。髯翁有诗云：

赤矢朱弓貌似神，千军队里骋飞轮。

君王枉杀还须报，何况区区平等人。

未知宣王性命如何，且看下回分解。

第二回

褒人赎罪献美女　幽王烽火戏诸侯

话说宣王自东郊游猎，遇了杜伯、左儒阴魂索命，得疾回宫，合眼便见杜伯、左儒，自知不起，不肯服药。三日之后，病势愈甚。其时周公久已告老，仲山甫已卒。乃召老臣尹吉甫、召虎托孤。二臣直至榻前，稽首问安。宣王命内侍扶起，靠于绣褥之上，谓二臣曰："朕赖诸卿之力，在位四十六年，南征北伐，四海安宁。不料一病不起！太子宫涅年虽已长，性颇暗昧，卿等竭力辅佐，勿替世业！"二臣稽首受命。方出宫门，遇太史伯阳父。召虎私谓伯阳父曰："前童谣之语，吾曾说过恐有弓矢之变。今王亲见厉鬼操朱弓赤矢射之，以致病笃。其兆已应，王必不起。"伯阳父曰："吾

夜观乾象,妖星隐伏于紫微之垣,国家更有他变,王身未足以当之。”尹吉甫曰:“天定胜人,人定亦胜天。诸君但言天道而废人事,置三公六卿于何地乎?”言罢各散。不隔一时,各官复集宫门候问,闻御体沉重,不敢回家了。是夜王崩。姜后懿旨,召顾命老臣尹吉甫、召虎,率领百官,扶太子宫涅行举哀礼,即位于柩前,是为幽王。诏以明年为元年,立申伯之女为王后,子宜臼为太子,进后父申伯为申侯。史臣有诗赞宣王中兴之美云:

于赫宣王,令德茂世。威震穷荒,变消鼎雉。
外仲内姜,克襄隆治。干父之蛊,中兴立帜。

却说姜后因悲恸太过,未几亦薨。幽王为人,暴戾寡恩,动静无常。方谅阴之时,狎呢群小,饮酒食肉,全无哀戚之心。自姜后去世,益无忌惮,耽于声色,不理朝政。申侯屡谏不听,退归申国去了。也是西周气数将尽,尹吉甫、召虎一班老臣相继而亡。幽王另用虢公、祭公与尹吉甫之子尹球,并列三公。三人皆谗谄面谀之人,贪位慕禄之辈,惟王所欲,逢迎不暇。其时只有司徒郑伯友是个正人,幽王不加信用。一日幽王视朝,岐山守臣申奏:“泾、河、洛三川,同日地震。”幽王笑曰:“山崩地震,此乃常事,何必告朕!”遂退朝还宫。太史伯阳父执大夫赵叔带手叹曰:“三川发源于岐山,胡可震也!昔伊、洛竭而夏亡,河竭而商亡。今三川皆震,川源将塞,川既塞竭,其山必崩。夫岐山乃太王发迹之地,此山一崩,西周能无恙乎?”赵叔带曰:“若国家有变,当在何时?”伯阳父屈指曰:“不出十年之内。”叔带曰:“何以知之?”伯阳父曰:“善盈而后福,恶盈而后祸。十者,数之盈也。”叔带曰:“天子不恤国政,任用佞臣,我职居言路,必尽臣节以谏之。”伯阳父曰:“但恐言而无益。”二人私语多时,早有人报知虢公石父。石父恐叔带进谏,说破他奸佞,直入深宫,都将伯阳父与赵叔带私相议论之语述与幽王,说他谤毁朝廷,妖言惑众。幽王曰:“愚人妄说国政,如野田泄气,何足听哉!”

却说赵叔带怀着一股忠义之心,屡欲进谏,未得其便。过了数日,岐山守臣又有表章申奏说:“三川俱竭,岐山复崩,压坏民居无数。”幽王全不畏惧,方命左右访求美色,以充后宫。赵叔带乃上表谏曰:“山崩川竭,其象为脂血俱枯,高危下坠,乃国家不祥之兆。况岐山王业所基,一旦崩颓,事非小故。及今勤政恤民,求贤辅政,尚可望消弭天变,奈何不访贤才而访美女乎?”虢石父奏曰:“国朝定都丰、镐,千秋万岁!那岐山如已弃之屣,有何关系?叔带久有慢君之心,借端谤讪。望吾王详察。”幽王曰:“石父之言是也。”遂将叔带免官,逐归田野。叔带叹曰:“危邦不入,乱邦不居。吾不忍坐见西周有‘麦秀’之歌!”于是携家竟往晋国。是为晋国大夫赵氏之祖,赵衰、赵盾即其后裔也。后来赵氏与韩氏三分晋国,列为诸侯,此是后话。后人有诗叹曰:

忠臣避乱先归北,世运凌夷渐欲东。
自古老臣当爱惜,仁贤一去国虚空。

却说大夫褒珦,自褒城来,闻赵叔带被逐,急忙入朝进谏:“吾王不畏天变,黜逐贤臣,恐国家空虚,社稷不保。”幽王大怒,命囚珦于狱中。自此谏诤路绝,贤豪解体。

话分两头。却说卖桑木弓箕草袋的男子,怀抱妖女,逃奔褒地,欲行抚养,因乏乳食,恰好有个姒大的妻子,生女不育,就送些布匹之类,转乞此女过门。抚养成人,取名褒姒。论年纪虽则一十四岁,身材长成倒像十六七岁及笄的模样。更兼目秀眉清,唇红齿白,发挽乌云,指排削玉,有如花如月之容、倾国倾城之貌。一来姒大住居乡僻,二来褒姒年纪幼小,所以虽有绝色,无人聘定。

却说褒珦之子洪德,偶因收敛来到乡间。凑巧褒姒门外汲水,虽然村妆野束,不掩国色天姿。洪德大惊:“如此穷乡,乃有此等丽色!”因想着:“父亲囚于镐京狱中,三年尚未释放。若得此女贡献天子,可以赎父罪矣。”遂于邻舍访问姓名的实,归家告母曰:“吾父以直谏忤主,非犯不赦之辟。今天子荒淫无道,购四方美色,以充后宫。有姒大之女,非常绝色。若多将金帛买来献上,求宽父狱,此散宜生救文王出狱之计也。”其母曰:“此计如果可行,何惜财帛,汝当速往。”洪德遂亲至姒家,与姒大讲就布帛三百匹,买得褒姒回家。香汤沐浴,食以膏粱之味,饰以文绣之衣,教以礼数,携至镐京。先用金银打通虢公关节,求其转奏,言:“臣珦自知罪当万死。珦子洪德,痛父死者不可复生，特访求美人，名曰褒姒，进上以赎父罪。万望吾王赦宥！”幽王闻奏，即宣褒姒上殿，拜舞已毕。幽王抬头观看，姿容态度，目所未睹，流盼之际，光艳照人，龙颜大喜。四方虽贡献有人，不及褒姒万分之一。遂不通申后得知，留褒姒于别宫，降旨赦褒珦出狱，复其官爵。是夜幽王与褒姒同寝，鱼水之乐，所不必言。自此坐则叠股，立则并肩，饮则交杯，食则同器，一连十日不朝。群臣伺候朝门者，皆不得望见颜色，莫不叹息而去。此乃幽王四年之事。有诗为证：

折得名花字国香，布荆一旦荐匡床。

风流天子浑闲事，不道龙漦已伏殃。

幽王自从得了褒姒，迷恋其色，居之琼台，约有三月，更不进申后之宫。早有人报知申后，如此如此。申后不胜其愤，忽一日引着宫娥，径到琼台。正遇幽王与褒姒联膝而坐，并不起身迎接。申后忍气不过，便骂：“何方贱婢，到此浊乱宫闱！”幽王恐申后动手，将身蔽于褒姒之前，代答曰：“此朕新取美人，未定位次，所以未曾朝见，不必发怒。”申后骂了一场，恨恨而去。褒姒问曰：“适来者何人？”幽王曰：“此王后也，汝明日可往谒之。”褒姒嘿然无言。至明日，仍不往朝正宫。

再说申后在宫中忧闷不已，太子宜臼跪而问曰：“吾母贵为六宫之主，有何不乐？”申后曰：“汝父宠幸褒姒，全不顾嫡妾之分。将来此婢得志，我母子无置足之处矣！”遂将褒姒不来朝见及不起身迎接之事，备细诉与太子，不觉泪下。太子曰：“此事不难。明日乃朔日，父王必然视朝，吾母可着宫人往琼台采摘花朵，引那贱婢出台观看，待孩儿将他毒打一顿，以出吾母之气。便父王嗔怪，罪责在我，与母无干也。”申后曰：“吾儿不可造次，还须从容再商。”太子怀忿出宫。

又过了一晚，次早，幽王果然出朝，群臣贺朔。太子故意遣数十宫人往琼台之下，不问情由将花朵乱摘。台中走出一群宫人拦住道：“此花乃万岁栽种与褒娘娘不时赏玩，休得毁坏，得罪不小！”这边宫人道：“吾等奉东宫令旨，要采花供奉正宫娘娘，谁敢拦阻！”彼此两下争嚷起来，惊动褒妃，亲自出外观看，怒从心起，正要发作，不期太子突然而至，褒妃全不提防。那太子仇人相见，分外眼睁，赶上一步，揪定乌云宝髻，大骂：“贱婢！你是何等之人？无名无位，也要妄称娘娘，眼底无人。今日也教你认得我!”捻着拳便打。才打得几拳,众宫娥惧幽王见罪,一齐跪下叩首,高叫:“千岁求饶!万事须看王爷面上!”太子亦恐伤命,即时住手。褒妃含羞忍痛,回入台中,已知是太子替母亲出气,双行流泪。宫娥劝解曰:“娘娘不须悲泣,自有王爷做主。”说声未毕,幽王退朝,直入琼台。看见褒妃两鬓蓬松,眼流珠泪,问道:“爱卿何故今日还不梳妆?”褒妃扯住幽王袍袖,放声大哭,诉称:“太子引着宫人在台下摘花,贱妾又未曾得罪,太子一见贱妾便加打骂,若非宫娥苦劝,性命难存。望乞我王做主!”说罢,呜呜咽咽,痛哭不已。那幽王心下倒也明白,谓褒姒曰:“汝不朝其母,以致如此。此乃王后所遣,非出太子之意,休得错怪了人。”褒姒曰:“太子为母报怨,其意不杀妾不止。妾一身死不足惜,但自蒙爱幸,身怀六甲,已两月矣。妾之一命,即二命也。求王放妾出宫,保全母子二命。”幽王曰:“爱卿请将息,朕自有处分。”即日传旨道:“太子宜臼,好勇无礼,不能将顺,权发去申国,听申侯教训。东宫太傅、少傅等官,辅导无状,并行削职!”太子欲入宫诉明,幽王吩咐宫门不许通报,只得驾车自往申国去讫。申后久不见太子进宫,着宫人询问,方知已贬去申国。孤掌难鸣,终日怨夫思子,含泪过日。

却说褒姒怀孕十月满足,生下一子。幽王爱如珍宝,名曰伯服,遂有废嫡立庶之意。奈事无其因,难于启齿。虢石父揣知王意,遂与尹球商议,暗通褒姒说:“太子既逐去外家,合当伯服为嗣。内有娘娘枕边之言,外有我二人协力相扶,何愁事不成就?”褒姒大喜,答言:“全仗二卿用心维持。若得伯服嗣位,天下当与二卿共之。”褒姒自此密遣心腹左右,日夜伺申后之短。宫门内外,俱置耳目,风吹草动,无不悉知。

再说申后独居无侣,终日流泪。有一年长宫人,知其心事,跪而奏曰:“娘娘既思想殿下,何不修书一封,密寄申国,使殿下上表谢罪?若得感动万岁,召还东宫,母子相聚,岂不美哉!”申后曰:“此言固好,但恨无人传寄。”宫人曰:“妾母温媪,颇知医术,娘娘诈称有病,召媪入宫看脉,令带出此信,使妾兄送去,万无一失。”申后依允,遂修起书信一通,内中大略言:“天子无道,宠信妖婢,使我母子分离。今妖婢生子，其宠愈固。汝可上表佯认其罪：'今已悔悟自新，愿父王宽赦。'若天赐还朝，母子重逢，别作计较。"修书已毕，假称有病卧床，召温媪看脉。早有人报知褒妃，褒妃曰："此必有传递消息之事。俟温媪出宫，搜检其身，便知端的。"

却说温媪来到正宫，宫人先已说知如此如此。申后佯为诊脉，遂于枕边取出书信，嘱咐："星夜送至申国，不可迟误！"当下赐彩缯二端。温媪将那书信怀揣，手捧彩缯，洋洋出宫。被守门宫监盘住，问："此缯从何而得？"媪曰："老妾诊视后脉，此乃王后所赐也。"内监曰："别有夹带否？"曰："没有。"方欲放去，又有一人曰："不搜检，何以知其有无乎？"遂牵媪手转来。媪东遮西闪，似有慌张之色。宫监心疑，越要搜检，一齐上前，扯裂衣襟，那书角便露将出来。早被宫监搜出申后这封书，即时连人押至琼台，来见褒妃。褒妃拆书观看，心中大怒，命将温媪锁禁空房，不许走漏消息。却将彩缯二匹，手自剪扯，裂为寸寸。幽王进宫，见破缯满案，问其来历。褒妃含泪而对曰："妾不幸身入深宫，谬蒙宠爱，以致正宫妒忌。又不幸生子，取忌益深。今正宫寄书太子，书尾云'别作计较'，必有谋妾母子性命之事，愿王为妾做主！"说罢，将书呈与幽王观看。幽王认得申后笔迹，问其通书之人。褒妃曰："现有温媪在此。"幽王即命牵出，不由分说，拔剑挥为两段。髯翁有诗曰：

未寄深宫信一封，先将冤血溅霜锋。
他年若问安储事，温媪应居第一功。

是夜，褒妃又在幽王前撒娇撒痴说："贱妾母子性命悬于太子之手。"幽王曰："有朕做主，太子何能为也？"褒姒曰："吾王千秋万岁之后，少不得太子为君。今王后日夜在宫怨望咒诅，万一他母子当权，妾与伯服死无葬身之地矣！"言罢，呜呜咽咽，又啼哭起来。幽王曰："吾欲废王后、太子，立汝为正宫，伯服为东宫，只恐群臣不从，如之奈何？"褒妃曰："臣听君，顺也。君听臣，逆也。吾王将此意晓谕大臣，只看公议如何？"幽王曰："卿言是也。"是夜，褒妃先遣心腹，传言与虢、尹二人，来朝预办登答。

次日，早朝礼毕，幽王宣公卿上殿，开言问曰："王后嫉妒怨望，咒诅朕躬，难为天下之母，可以拘来问罪？”虢石父奏曰：“王后六宫之主，虽然有罪，不可拘问。如果德不称位，但当传旨废之，另择贤德，母仪天下，实为万世之福。”尹球奏曰：“臣闻褒妃德性贞静，堪主中宫。”幽王曰：“太子在申，若废申后，如太子何？”虢石父奏曰：“臣闻母以子贵，子以母贵。今太子避罪居申，温凊之礼久废。况既废其母，焉用其子？臣等愿扶伯服为东宫，社稷有幸！”幽王大喜，传旨将申后退入冷宫，废太子宜臼为庶人，立褒妃为后，伯服为太子。如有进谏者，即系宜臼之党，治以重辟。此乃幽王九年之事。两班文武，心怀不平，知幽王主意已决，徒用杀身之祸，无益于事，尽皆缄口。太史伯阳父叹曰：“三纲已绝，周亡可立而待矣！”即日告老去位。群臣弃职归田者甚众。朝中惟尹球、虢石父、祭公易一班佞臣在侧，幽王朝夕与褒妃在宫作乐。

褒妃虽篡位正宫，有专席之宠，从未开颜一笑。幽王欲取其欢，召乐工鸣钟击鼓，品竹弹丝，宫人歌舞进觞，褒妃全无悦色。幽王问曰：“爱卿恶闻声乐，所好何事？”褒妃曰：“妾无好也。曾记昔日手裂彩缯，其声爽然可听。”幽王曰：“既喜闻裂缯之声，何不早言？”即命司库日进彩缯百匹，使宫娥有力者裂之，以悦褒妃。可怪褒妃虽好裂缯，依旧不见笑脸。幽王问曰：“卿何故不笑？”褒妃答曰：“妾生平不笑。”幽王曰：“朕必欲卿一开笑口。”遂出令：“不拘宫内宫外，有能致褒后一笑者，赏赐千金。”虢石父献计曰：“先王昔年因西戎强盛，恐彼入寇，乃于骊山之下，置烟墩二十余所，又置大鼓数十架，但有贼寇，放起狼烟，直冲霄汉，附近诸侯发兵相救，又鸣起大鼓，催趱前来。今数年以来，天下太平，烽火皆熄。吾王若要王后启齿，必须同后游玩骊山，夜举烽烟，诸侯援兵必至，至而无寇，王后必笑无疑矣。”幽王曰：“此计甚善！”乃同褒后并驾往骊山游玩，至晚设宴骊宫，传令举烽。时郑伯友正在朝中。其时以司徒为前导，闻命大惊，急趋至骊宫奏曰：“烟墩者，先王所设，以备缓急，所以取信于诸侯。今无故举烽，是戏诸侯也。异日倘有不虞，即使举烽，诸侯必不信矣，将何物征兵以救急哉？”幽王怒曰：“今天下太平，何事征兵？朕今与王后出游骊宫，无可消遣，聊与诸侯为戏。他日有事，与卿无与！”遂不听郑伯之谏。大举烽火，复擂起大鼓。鼓声如雷，火光烛天。畿内诸侯疑镐京有变，一个个即时领兵点将，连夜赶至骊山，但闻楼阁管籥之音。幽王与褒妃饮酒作乐，使人谢诸侯曰："幸无外寇，不劳跋涉。"诸侯面面相觑，卷旗而回。褒妃在楼上，凭栏望见诸侯忙去忙回，并无一事，不觉抚掌大笑。幽王曰："爱卿一笑，百媚俱生，此虢石父之力也！"遂以千金赏之。至今俗语相传"千金买笑"，盖本于此。髯翁有诗，单咏"烽火戏诸侯"之事。诗曰：

良夜骊宫奏管簧，无端烽火烛穹苍。

可怜列国奔驰苦，止博褒妃笑一场。

却说申侯闻知幽王废申后立褒妃，上疏谏曰："昔桀宠妹喜以亡夏，纣宠妲己以亡商。王今宠信褒妃，废嫡立庶，既乖夫妇之义，又伤父子之情。桀、纣之事复见于今，夏、商之祸，不在异日。望吾王收回乱命，庶可免亡国之殃也。"幽王览奏，拍案大怒曰："此贼何敢乱言！"虢石父奏曰："申侯见太子被逐，久怀怨望。今闻后与太子俱废，意在谋叛，故敢暴王之过。"幽王曰："如此何以处之？"石父奏曰："申侯本无他功，因后进爵。今后与太子俱废，申侯亦宜贬爵，仍旧为伯。发兵讨罪，庶无后患。"幽王准奏，下令削去申侯之爵。命石父为将，简兵搜乘，欲举伐申之师。毕竟胜负如何，且看下回分解。

第　三　回

犬戎主大闹镐京　周平王东迁洛邑

话说申侯进表之后，有人在镐京探信，闻知幽王命虢公为将，不日领兵伐申，星夜奔回，报知申侯。申侯大惊曰："国小兵微，安能抵敌王师?"大夫吕章进曰："天子无道，废嫡立庶，忠良去位，万民皆怨，

此孤立之势也。今西戎兵力方强，与申国接壤，主公速致书戎主，借兵向镐，以救王后，必要天子传位于故太子，此伊、周之业也。语云：'先发制人。'机不可失。"申侯曰："此言甚当。"遂备下金缯一车，遣人赍书与犬戎借兵，许以破镐之日，府库金帛任凭搬取。戎主曰："中国天子失政，申侯国舅召我以诛无道，扶立东宫，此我志也。"遂发戎兵一万五千，分为三队，右先锋孛丁，

左先锋满也速，戎主自将中军。枪刀塞路，旌旆蔽空，申侯亦起本国之兵相助，浩浩荡荡，杀奔镐京而来，出其不意，将王城围绕三匝，水息不通。幽王闻变，大惊曰："机不密，祸先发。我兵未起，戎兵先动，此事如何？"虢石父奏曰："吾王速遣人于骊山举起烽烟，诸侯救兵必至，内外夹攻，可取必胜。"幽王从其言，遣人举烽。诸侯之兵，无片甲入者。盖因前被烽火所戏，是时又以为诈，所以皆不起兵也。

幽王见救兵不至，犬戎日夜攻城，谓石父曰："贼势未知强弱，卿可试之。朕当简阅壮勇，以继其后。"虢公本非能战之将，只得勉强应命，率领兵车二百乘，开门杀出。申侯在阵上望见石父出城，指谓戎主曰："此欺君误国之贼，不可走了。"戎主闻之曰："谁为我擒之？"孛丁曰："小将愿往。"舞刀拍马，直取石父。斗不上十合，石父被孛丁一刀斩于车下。戎主与满也速一齐麾兵前进，喊声大举，乱杀入城，逢屋放火，逢人举刀，连申侯也阻当他不住，只得任其所为，城中大乱。幽王未及阅军，见势头不好，以小车载褒姒和伯服，开后宰门出走。司徒郑伯友自后赶上，大叫："吾王勿惊，臣当保驾。"出了北门，迤逦望骊山而去。途中又遇尹球来到，言："犬戎焚烧宫室，抢掠库藏，祭公已死于乱军之中矣。"幽王心胆俱裂。郑伯友再令举烽，烽烟透入九霄，救兵依旧不到。

犬戎兵追至骊山之下，将骊宫团团围住，口中只叫："休走了昏君！"幽王与褒姒唬做一堆，相对而泣。郑伯友进曰："事急矣！臣拚微命保驾，杀出重围，竟投臣国，以图后举。"幽王曰："朕不听叔父之言，以至于此。朕今日夫妻父子之命，俱付之叔父矣。"当下郑伯教人至骊宫前，放起一把火来，以惑戎兵，自引幽王从宫后冲出。郑伯手持长矛，当先开路。尹球保着褒后母子，紧随幽王之后。行不多步，早有犬戎兵拦住，乃是小将古里赤。郑伯咬牙大怒，便接住交战。战不数合，一矛刺古里赤于马下。戎兵见郑伯骁勇，一时惊散。约行半里，背后喊声又起，先锋孛丁引大兵追来。郑伯叫尹球保驾先行，亲自断后，且战且走，却被犬戎铁骑横冲，分为两截。郑伯困在垓心，全无惧怯，这根矛神出鬼没，但当先者无不着手。犬戎主教四面放箭，箭如雨点，不分玉石，可怜一国贤侯，今日死于万镞之下。左先锋满也速，早把幽王车仗掳住。犬戎主看见衮袍玉带，知是幽王，就车中一刀砍死，并杀伯服。褒姒美貌饶死，以轻车载之，带归毡帐取乐。尹球躲在车箱之内，亦被戎兵牵出斩之。

统计幽王在位共一十一年。因卖桑木弓箕草袋的男子，拾取清水河边妖女，逃于褒国，此女即褒姒也，蛊惑君心，欺凌嫡母，害得幽王今日身亡国破。昔童谣所云："月将升，日将没。檿弧箕箙，实亡周国。"正应其兆，天数已定于宣王之时矣。东屏先生有诗曰：

多方图笑掖庭中，烽火光摇粉黛红。
自绝诸侯犹似可，忍教国祚丧羌戎。

又陇西居士咏史诗曰：

骊山一笑犬戎嗔，弧矢童谣已验真。
十八年来犹报应，挽回造化是何人？

又有一绝，单道尹球等无一善终，可为奸臣之戒。诗云：

巧话谗言媚暗君，满图富贵百年身。
一朝骈首同诛戮，落得千秋骂佞臣。

又有一绝，咏郑伯友之忠。诗曰：

石父捐躯尹氏亡，郑桓今日死勤王。
三人总为周家死，白骨风前那个香？

且说申侯在城内，见宫中火起，忙引本国之兵入宫，一路扑灭。先将申后放出冷宫。巡到琼台，不见幽王、褒姒踪迹。有人指说："已出北门去矣。"料走骊山，慌忙追赶。于路上正迎着戎主，车马相凑，各问劳苦。说及昏君已杀，申侯大惊曰："孤初心止欲纠正王慝，不意遂及于此。后世不忠于君者，必以孤为口实矣！"亟令从人收殓其尸，备礼葬之。戎主笑曰："国舅所谓妇人之仁也！"

却说申侯回到京师，安排筵席，款待戎主。库中宝玉，搬取一空，又敛聚金缯十车为赠，指望他满欲而归。谁想戎主把杀幽王一件，自以为不世之功，人马盘踞京城，终日饮酒作乐，绝无还军归国之意。百姓皆归怨申侯，申侯无可奈何，乃写密书三封，发人往三路诸侯处，约会勤王。那三路诸侯，北路晋侯姬仇，东路卫侯姬和，西路秦君嬴开。又遣人到郑国，将郑伯死难之事报知世子掘突，教他起兵复仇。

不在话下。

单说世子掘突，年方二十三岁，生得身长八尺，英毅非常，一闻父亲战死，不胜哀愤，遂素袍缟带，帅车三百乘，星夜奔驰而来。早有探马报知犬戎主，预作准备。掘突一到，便欲进兵，公子成谏曰："我兵兼程而进，疲劳未息，宜深沟固垒，待诸侯兵集，然后合攻，此万全之策也。"掘突曰："君父之仇，礼不反兵，况犬戎志骄意满，我以锐击惰，往无不克。若待诸侯兵集，岂不慢了军心？"遂麾军直逼城下。城上偃旗息鼓，全无动静。掘突大骂："犬羊之贼，何不出城决一死战？"城上并不答应。掘突喝教左右打点攻城。忽闻丛林深处，巨锣声响，一枝军从后杀来，乃犬戎主定计，预先埋伏在外者。掘突大惊，慌忙挺枪来战。城上巨锣声又起，城门大开，又有一枝军杀出。掘突前有孛丁，后有满也速，两下夹攻，抵当不住，大败而走。戎兵追赶三十余里方回。掘突收拾残兵，谓公子成曰："孤不听卿言，以至失利。今计将何出？"公子成曰："此去濮阳不远，卫侯老诚经事，何不投之？郑、卫合兵，可以得志。"掘突依言，吩咐望濮阳一路而进。约行二日，尘头起处，望见无数兵车，如墙而至。中间坐着一位诸侯，锦袍金带，苍颜白发，飘飘然有神仙之态。那位诸侯，正是卫武公姬和，时已八十余岁矣。掘突停车高叫曰："我郑世子掘突也。犬戎兵犯京师，吾父死于战场，我兵又败，特来求救。"武公拱手答曰："世子放心。孤倾国勤王，闻秦、晋之兵，不久亦当至矣，何忧犬羊哉？"掘突让卫侯先行，拨转车辕，重回镐京，离二十里，分两处下寨，教人打听秦、晋二国起兵消息。探子报道："西角上金鼓大鸣，车声轰地，绣旗上大书'秦'字。"武公曰："秦爵虽附庸，然习于戎俗，其兵勇悍善战，犬戎之所畏也。"言未毕，北路探子又报："晋兵亦至，已于北门立寨。"武公大喜曰："二国兵来，大事济矣！"即遣人与秦、晋二君相闻。须臾之间，二君皆到武公营中，互相劳苦。二君见掘突浑身素缟，问："此位何人？"武公曰："此郑世子也。"遂将郑伯死难，与幽王被杀之事述了一遍。二君叹息不已。武公曰："老夫年迈无识，止为臣子，义不容辞，勉力来此。扫荡腥膻，全仗上国。今计将安出？"秦襄公曰："犬戎之志，在于剽掠子女金帛而已。彼谓我兵初至，必不提防。今夜三更，宜分兵东、南、北三路攻打，独缺西门，放他一条走路。却教郑世子伏兵彼处，候其出奔，从后掩击，必获全胜。”武公曰：“此计甚善！”

话分两头。再说申侯在城中闻知四国兵到，心中大喜。遂与小周公晅密议：“只等攻城，这里开门接应。”却劝戎主先将宝货金缯，差右先锋孛丁分兵押送回国，以削其势，又教左先锋满也速尽数领兵出城迎敌。犬戎主认作好话，一一听从。却说满也速营于东门之外，正与卫兵对垒，约会明日交战。不期三更之后，被卫兵劫入大寨。满也速提刀上马，急来迎敌。其奈戎兵四散乱窜，双拳两臂，撑持不住，只得一同奔走。三路诸侯，呐喊攻城。忽然城门大开，三路军马一拥而入，毫无撑御。此乃申侯之计也。戎主在梦中惊觉，跨着刬马，径出西城，随身不数百人。又遇郑世子掘突拦住厮战。正在危急，却得满也速收拾败兵来到，混战一场，方得脱身。掘突不敢穷追，入城与诸侯相见，恰好天色大明。褒姒不及随行，自缢而亡。胡曾先生有诗叹云：

锦绣围中称国母，腥膻队里作番婆。
到头不免投缳苦，争似为妃快乐多！

申侯大排筵席，管待四路诸侯。只见首席卫武公推箸而起，谓诸侯曰：“今日君亡国破，岂臣子饮酒之时耶？”众人齐声拱立曰：“某等愿受教训。”武公曰：“国不可一日无君，今故太子在申，宜奉之以即王位。诸君以为如何？”襄公曰：“君侯此言，文、武、成、康之灵也。”世子掘突曰：“小子身无寸功，迎立一事，愿效微劳，以成先司徒之志。”武公大喜，举爵劳之。遂于席上草成表章，备下法驾。各国皆欲以兵相助，掘突曰：“原非赴敌，安用多徒？只用本兵足矣。”申侯曰：“下国有车三百乘，愿为引导。”次日，掘突遂往申国，迎太子宜臼为王。

却说宜臼在申，终日纳闷，不知国舅此去，凶吉如何。忽报郑世子赍着国舅申侯同诸侯连名表章，奉迎还京，心下倒吃了一惊。展开看时，乃知幽王已被犬戎所杀，父子之情，不觉放声大哭。掘突奏曰：“太子当以社稷为重，望早正大位，以安人心。”宜臼曰：“孤今负不孝之名于天下矣！事已如此，只索起程。”不一日，到了镐京。周公先驱入城，扫除宫殿。国舅申侯引着卫、晋、秦三国诸侯，同郑世子及一班在朝文武，出郭三十里迎接，卜定吉日进城。宜臼见宫室残毁，凄然泪下。当下先见了申侯，禀命过了，然后服衮冕告庙，即王位，是为平王。平王升殿，众诸侯百官朝贺已毕。平王宣申伯上殿，谓曰："朕以废弃之人获承宗祧，皆舅氏之力也。"进爵为申公。申伯辞曰："赏罚不明，国政不清，镐京亡而复存，乃众诸侯勤王之功。臣不能禁戢犬戎，获罪先王，臣当万死！敢领赏乎？"坚辞三次。平王令复侯爵。卫武公又奏曰："褒姒母子恃宠乱伦，虢石父、尹球等欺君误国，虽则身死，均当追贬。"平王一一准奏。卫侯和进爵为公，晋侯仇加封河内附庸之地。郑伯友死于王事，赐谥为桓。世子掘突袭爵为伯，加封祊田千顷。秦君原是附庸，加封秦伯，列于诸侯。小周公咺拜太宰之职，申后号为太后，褒姒与伯服俱废为庶人。虢石父、尹球、祭公，姑念其先世有功，兼死于王事，止削其本身爵号，仍许子孙袭位。又出安民榜，抚慰京师被害百姓。大宴群臣，尽欢而散。有诗为证：

百官此日逢恩主，万姓今朝喜太平。

自是累朝功德厚，山河再整望中兴。

次日，诸侯谢恩，平王再封卫侯为司徒，郑伯掘突为卿士，留朝与太宰咺一同辅政。惟申、晋二君，以本国迫近戎、狄，拜辞而归。申侯见郑世子掘突英毅非常，以女妻之，是为武姜。此话搁过不提。

却说犬戎自到镐京扰乱一番，识熟了中国的道路，虽则被诸侯驱逐出城，其锋未曾挫折，又自谓劳而无功，心怀怨恨。遂大起戎兵，侵占周疆，岐、丰之地半为戎有。渐渐逼近镐京，连月烽火不绝。又宫阙自焚烧之后，十不存五，颓墙败栋，光景甚是凄凉。平王一来府库空虚，无力建造宫室，二来怕犬戎早晚入寇，遂萌迁都洛邑之念。一日，朝罢，谓群臣曰："昔王祖成王，既定镐京，又营洛邑，此何意也？"群臣齐声奏曰："洛邑为天下之中，四方入贡，道里适均，所以成王命召公相宅，周公兴筑，号曰东都，宫室制度，与镐京同。每朝会之年，天子行幸东都，接见诸侯，此乃便民之政也。"平王曰："今犬戎逼近镐京，祸且不测，朕欲迁都于洛何如？"太宰咺奏曰："今宫阙焚毁，营建不易，劳民伤财，百姓嗟怨。西戎乘衅而起，何以御之？迁都于洛，实为至便。"两班文武俱以犬戎为虑，齐声曰："太宰之言是也。"惟司徒卫武公低头长叹。平王曰："老司徒何独无言？"武公乃奏曰："老臣年逾九十，蒙吾王不弃老耄，备位六卿。若知而不言，是不忠于君也；若违众而言，是不和于友也。然宁得罪于友，不敢得罪于君。夫镐京左有殽、函，右有陇、蜀，披山带河，沃野千里，天下形胜，莫过于此。洛邑虽天下之中，其势平衍，四面受敌之地，所以先王虽并建两都，然宅西京以振天下之要，留东都以备一时之巡。吾王若弃镐京而迁洛，恐王室自是衰弱矣！”平王曰：“犬戎侵夺岐、丰，势甚猖獗。且宫阙残毁，无以壮观。朕之东迁，实非得已。”武公奏曰：“犬戎豺狼之性，不当引入卧闼。申公借兵失策，开门揖盗，使其焚烧宫阙，戮及先王，此不共之仇也。王今励志自强，节用爱民，练兵训武，效先王之北伐南征，俘彼戎主，以献七庙，尚可湔雪前耻。若隐忍避仇，弃此适彼，我退一尺，敌进一尺，恐蚕食之忧，不止于岐、丰而已。昔尧、舜在位，茅茨土阶，禹居卑宫，不以为陋。京师壮观，岂在宫室？惟吾王熟思之！”太宰咺又奏曰：“老司徒乃安常之论，非通变之言也。先王怠政灭伦，自招寇贼，其事已不足深咎。今王扫除煨烬，仅正名号，而府库空虚，兵力单弱。百姓畏惧犬戎，如畏豺虎。一旦戎骑长驱，民心瓦解，误国之罪，谁能任之？”武公又奏曰：“申公既能召戎，定能退戎。王遣人问之，必有良策。”正商议间，国舅申公遣人赍告急表文来到。平王展开看之，大意谓：“犬戎侵扰不已，将有亡国之祸。伏乞我王怜念瓜葛，发兵救援。”平王曰：“舅氏自顾不暇，安能顾朕？东迁之事，朕今决矣。”乃命太史择日东行。卫武公曰：“臣职在司徒，若主上一行，民人离散，孤之咎难辞矣。”遂先期出榜示谕百姓：“如愿随驾东迁者，作速准备，一齐起程。”祝史作文，先将迁都缘由，祭告宗庙。至期，大宗伯抱着七庙神主，登车先导。秦伯嬴开闻平王东迁，亲自领兵护驾。百姓携老扶幼，相从者不计其数。

当时宣王大祭之夜，梦见美貌女子，大笑三声，大哭三声，不慌不忙，将七庙神主捆做一束，冉冉望东而去。大笑三声，应褒姒骊山烽火戏诸侯事。大哭三声者，幽王、褒姒、伯服三命俱绝。神主捆束往东，正应今日东迁。此梦无一不验。又太史伯阳父辞云：“哭又笑，笑又哭，羊被鬼吞，马逢犬逐。慎之慎之，檿弧箕箙。”羊被鬼吞者，宣王四十六年遇鬼而亡，乃己未年。马逢犬逐，犬戎入寇，幽王十一年庚午也。自此西周遂亡，天数有定如此，亦见伯阳父之神占矣。东迁后事如何，且看下回分解。

第 四 回

秦文公郊天应梦　郑庄公掘地见母

话说平王东迁，车驾至于洛阳，见市井稠密，宫阙壮丽，与镐京无异，心中大喜。京都既定，四方诸侯莫不进表称贺，贡献方物。惟有荆国不到，平王议欲征之。群臣谏曰："蛮荆久在化外，宣王始讨而服

之。每年止贡菁茅一车，以供祭祀缩酒之用，不责他物，所以示羁縻之意。今迁都方始，人心未定，倘王师远讨，未卜顺逆。且宜包容，使彼怀德而来。如或始终不悛，俟兵力既足，讨之未晚。"自此南征之议遂息。秦襄公告辞回国，平王曰："今岐、丰之地，半被犬戎侵据，卿若能驱逐犬戎，此地尽以赐卿，少酬扈从之劳，永作西藩，岂不美哉？"秦襄公稽首受命而归，即整顿戎

马，为灭戎之计。不及三年，杀得犬戎七零八落，其大将孛丁、满也速等，俱死于战阵，戎主远遁西荒。岐、丰一片，尽为秦有，辟地千里，遂成大国。髯翁有诗云：

文武当年发迹乡，如何轻弃畀秦邦？
岐丰形胜如依旧，安得秦强号始皇！

却说秦乃帝颛顼之裔，其后人名皋陶，自唐尧时为士师官。皋陶子伯翳，佐大禹治水，烈山焚泽，驱逐猛兽，以功赐姓曰嬴，为舜主畜牧之事。伯翳生二子：若木、大廉。若木封国于徐，夏、商以来，世为诸侯。至纣王时，大廉之后，有蜚廉者，善走，日行五百里。其子恶来有绝力，能手裂虎豹之皮。父子俱以材勇为纣幸臣，相助为虐。武王克商，诛蜚廉并及恶来。蜚廉少子曰季胜，其曾孙名造父，以善御得幸于周穆王，封于赵，为晋赵氏之祖。其后有非子者，居犬邱，善于养马，周孝王用之，命畜马于汧、渭二水之间，马大蕃息。孝王大喜，以秦地封非子为附庸之君，使续嬴祀，号为嬴秦。传六世至襄公，以勤王功封秦伯，又得岐、丰之地，势益强大，定都于雍，始与诸侯通聘。襄公薨，子文公立，时平王十五年也。

一日，文公梦鄜邑之野，有黄蛇自天而降，止于山阪。头如车轮，下属于地，其尾连天。俄顷化为小儿，谓文公曰："我上帝之子也。帝命汝为白帝，以主西方之祀。"言讫不见。明日，召太史敦占之。敦奏曰："白者西方之色，君奄有西方，上帝所命，祠之必当获福。"乃于鄜邑筑高台，立白帝庙，号曰鄜畤，用白牛祭之。又陈仓人猎得一兽，似猪而多刺，击之不死，不知其名，欲牵以献文公。路间遇二童子，指曰："此兽名曰'猬'，常伏地中，啖死人脑，若捶其首即死。"猬亦作人言曰："二童子乃雉精，名曰'陈宝'，得雄者王，得雌者霸。"二童子被说破，即化为野鸡飞去。其雌者止于陈仓山之北阪，化为石鸡。视猬，亦失去矣。猎人惊异，奔告文公。文公复立陈宝祠于陈仓山。又终南山有大梓树，文公欲伐为殿材，锯之不断，砍之不入，忽大风雨，乃止。有一人夜宿山下，闻众鬼向树贺喜，树神亦应之。一鬼曰："秦若使人被其发，以朱丝绕树，将奈之何？"树神默然。明日，此人以鬼语告于文公。文公依其说，复使人伐之，树随锯而断。有青牛从树中走出,径投雍水。其后近水居民,时见青牛出水中。文公闻之,使骑士候而击之。牛力大,触骑士倒地。骑士发散披面,牛惧更不敢出。文公乃制髦头于军中,复立怒特祠,以祭大梓之神。

时鲁惠公闻秦国僭祀上帝,亦遣太宰让到周,请用郊禘之礼。平王不许。惠公曰:"吾祖周公有大勋劳于王室。礼乐吾祖之所制作,子孙用之何伤?况天子不能禁秦,安能禁鲁?"遂僭用郊禘,比于王室。平王知之,不敢问也。自此王室日益卑弱,诸侯各自擅权,互相侵伐,天下纷纷多事矣。史官有诗叹曰:

自古王侯礼数悬,未闻侯国可郊天。

一从秦鲁开端僭,列国纷纷窃大权。

再说郑世子掘突嗣位,是为武公。武公乘周乱,并有东虢及郐地,迁都于郐,谓之新郑。以荥阳为京城,设关于制邑。郑自是亦遂强大,与卫武公同为周朝卿士。平王十三年,卫武公薨,郑武公独秉周政。只为郑都荥阳与洛邑邻近,或在朝,或在国,往来不一。这也不在话下。

却说郑武公夫人,是申侯之女姜氏。所生二子,长曰寤生,次曰段。为何唤做寤生?原来姜氏夫人分娩之时,不曾坐蓐,在睡梦中产下,醒觉方知。姜氏吃了一惊,以此取名寤生,心中便有不快之意。及生次子段,长成得一表人才,面如傅粉,唇若涂朱,又且多力善射,武艺高强。姜氏心中偏爱此子:"若袭位为君,岂不胜寤生十倍?"屡次向其夫武公称道次子之贤,宜立为嗣。武公曰:"长幼有序,不可紊乱。况寤生无过,岂可废长而立幼乎?"遂立寤生为世子,只以小小共城,为段之食邑,号曰共叔。姜氏心中愈加不悦。及武公薨,寤生即位,是为郑庄公,仍代父为周卿士。姜氏夫人见共叔无权,心中怏怏,乃谓庄公曰:"汝承父位,享地数百里,使同胞之弟容身蕞尔,于心何忍!"庄公曰:"惟母所欲。"姜氏曰:"何不以制邑封之?"庄公曰:"制邑岩险著名,先王遗命,不许分封。除此之外,无不奉命。"姜氏曰:"其次则京城亦可。"庄公默然不语。姜氏作色曰:"再若不允,惟有逐之他国,使其别图仕进,以糊口耳。"庄公连声曰:"不敢!不敢!"遂唯唯而退。

次日升殿，即宣共叔段欲封之，大夫祭足谏曰："不可。天无二日，民无二君。京城有百雉之雄，地广民众，与荥阳相等。况共叔，夫人之爱子，若封之大邑，是二君也！恃其内宠，恐有后患。"庄公曰："我母之命，何敢拒之？"遂封共叔于京城。共叔谢恩已毕，入宫来辞姜氏。姜氏屏去左右，私谓段曰："汝兄不念同胞之情，待汝甚薄。今日之封，我再三恳求，虽则勉从，中心未必和顺。汝到京城，宜聚兵搜乘，阴为准备。倘有机会可乘，我当相约。汝兴袭郑之师，我为内应，国可得也。汝若代了寤生之位，我死无憾矣！"共叔领命，遂往京城居住。自此国人改口，俱称为京城太叔。开府之日，西鄙、北鄙之宰，俱来称贺。太叔段谓二宰曰："汝二人所掌之地，如今属我封土，自今贡税，俱要到我处交纳，兵车俱要听我征调，不可违误。"二宰久知太叔为国母爱子，有嗣位之望。今日见他丰采昂昂，人才出众，不敢违抗，且自应承。太叔托名射猎，逐日出城训练士卒，并收二鄙之众，一齐造入军册。又假出猎为由，袭取鄢及廪延。两处邑宰逃入郑国，遂将太叔引兵取邑之事，备细奏闻庄公。庄公微笑不言。班中有一位官员，高声叫曰："段可诛也！"庄公抬头观看，乃是上卿公子吕。庄公曰："子封有何高论？"公子吕奏曰："臣闻：'人臣无将，将则必诛。'今太叔内挟母后之宠，外恃京城之固，日夜训兵进武，其志不篡夺不已。主公假臣偏师，直造京城，缚段而归，方绝后患。"庄公曰："段恶未著，安可加诛？"子封曰："今两鄙被收，直至廪延，先君土地岂容日割？"庄公笑曰："段乃姜氏之爱子，寡人之爱弟。寡人宁可失地，岂可伤兄弟之情，拂国母之意乎？"公子吕又奏曰："臣非虑失地，实虑失国也。今人心皇皇，见太叔势大力强，尽怀观望。不久都城之民，亦将贰心。主公今日能容太叔，恐异日太叔不能容主公，悔之何及？"庄公曰："卿勿妄言，寡人当思之。"

公子吕出外，谓正卿祭足曰："主公以宫闱之私情，而忽社稷之大计，吾甚忧之！"祭足曰："主公才智兼人，此事必非坐视，只因大庭耳目之地，不便泄露。子贵戚之卿也，若私叩之，必有定见。"公子吕依言，直叩宫门，再请庄公求见。庄公曰："卿此来何意？"公子吕曰："主公嗣位，非国母之意也。万一中外合谋，变生肘腋，郑国非主公之有矣。臣寝食不宁，是以再请!”庄公曰：“此事干碍国母。”公子吕曰：“主公岂不闻周公诛管、蔡之事乎？当断不断，反受其乱。望早早决计。”庄公曰：“寡人筹之熟矣!段虽不道，尚未显然叛逆。我若加诛，姜氏必从中阻挠，徒惹外人议论，不惟说我不友，又说我不孝。我今置之度外，任其所为。彼恃宠得志，肆无忌惮。待其造逆，那时明正其罪，则国人必不敢助，而姜氏亦无辞矣。”公子吕曰：“主公远见，非臣所及。但恐日复一日，养成势大，如蔓草不可芟除，可奈何?主公若必欲俟其先发，宜挑之速来。”庄公曰：“计将安出?”公子吕曰：“主公久不入朝，无非为太叔故也。今声言如周，太叔必谓国内空虚，兴兵争郑。臣预先引兵伏于京城近处，乘其出城，入而据之。主公从廪延一路杀来，腹背受敌，太叔虽有冲天之翼，能飞去乎?”庄公曰：“卿计甚善，慎毋泄之他人。”公子吕辞出宫门，叹曰：“祭足料事，可谓如神矣。”

次日早朝，庄公假传一令，使大夫祭足监国，自己要朝周面君辅政。姜氏闻知此信，心中大喜曰：“段有福为君矣!”遂写密信一通，遣心腹送到京城，约太叔于五月初旬兴兵袭郑。时四月下旬事也。公子吕预先差人伏于要路，获住赍书之人，登时杀了，将书密送庄公。庄公启缄看毕，重加封固，别遣人假作姜氏所差，送达太叔。索有回书，以五月初五日为期，要立白旗一面于城楼，便知接应之处。庄公得书，喜曰：“段之供招在此，姜氏岂能庇护耶!”遂入宫辞别姜氏，只说往周，却望廪延一路徐徐而进。公子吕率车二百乘，于京城邻近埋伏。自不必说。

却说太叔接了母夫人姜氏密信，与其子公孙滑商议，使滑往卫国借兵，许以重赂。自家尽率京城二鄙之众，托言奉郑伯之命，使段监国，祭纛犒军，扬扬出城。公子吕预遣兵车十乘，扮作商贾模样，潜入京城，只等太叔兵动，便于城楼放火。公子吕望见火光，即便杀来。城中之人，开门纳之，不劳余力，得了京城。即时出榜安民，榜中备说庄公孝友，太叔背义忘恩之事，满城人都说太叔不是。

再说太叔出兵，不上二日，就闻了京城失事之信。心下慌忙，星夜回辕，屯扎城外，打点攻城。只见手下士卒纷纷耳语，原来军伍中有人接了城中家信，说庄公如此厚德，太叔不仁不义。一人传十，十人传百，都道："我等背正从逆，天理难容。"哄然而散。太叔点兵，去其大半，知人心已变，急望鄢邑奔走，再欲聚众。不道庄公兵已在鄢，乃曰："共吾故封也。"于是走入共城，闭门自守。庄公引兵攻之，那共城区区小邑，怎当得两路大军？如泰山压卵一般，须臾攻破。太叔闻庄公将至，叹曰："姜氏误我矣！何面目见吾兄乎！"遂自刎而亡。胡曾先生有诗曰：

宠弟多才占大封，况兼内应在宫中。
谁知公论难容逆，生在京城死在共。

又有诗说庄公养成段恶，以塞姜氏之口，真千古奸雄也。诗曰：

子弟全凭教育功，养成稔恶陷灾凶。
一从京邑分封日，太叔先操掌握中。

庄公抚段之尸，大哭一场，曰："痴儿何至如此！"遂简其行装，姜氏所寄之书尚在。将太叔回书，总作一封，使人驰至郑国，教祭足呈与姜氏观看。即命将姜氏送去颍地安置，遗以誓言曰："不及黄泉，无相见也！"姜氏见了二书，羞惭无措，自家亦无颜与庄公相见，即时离了宫门，出居颍地。庄公回至国都，目中不见姜氏，不觉良心顿萌，叹曰："吾不得已而杀弟，何忍又离其母？诚天伦之罪人矣！"

却说颍谷封人，名曰颍考叔，为人正直无私，素有孝友之誉。见庄公安置姜氏于颍，谓人曰："母虽不母，子不可以不子，主公此举，伤化极矣！"乃觅鸮鸟数头，假以献野味为名，来见庄公。庄公问曰："此何鸟也？"颍考叔对曰："此鸟名鸮，昼不见泰山，夜能察秋毫，明于细而暗于大也。小时其母哺之，既长乃啄食其母，此乃不孝之鸟，故捕而食之。"庄公默然。适宰夫进蒸羊，庄公命割一肩，赐考叔食之。考叔只拣好肉，用纸包裹，藏之袖内。庄公怪而问之，考叔对曰："小臣家有老母，小臣家贫，每日取野味以悦其口，未尝享此厚味。今君赐及小臣，而老母不沾一脔之惠，小臣念及老母，何能下咽？故此携归，欲作羹以进母耳。"庄公曰："卿可谓孝子矣！"言罢，不觉凄然长叹。考叔问曰："主公何为而叹？"庄公曰："你有母奉养，得尽人子之心。寡人贵为诸侯，反不如你！"考叔佯为不知，又问曰："姜夫人在堂无恙，何为无母？”庄公将姜氏与太叔共谋袭郑，及安置颍邑之事，细述一遍。“已设下黄泉之誓，悔之无及！”考叔对曰：“太叔已亡，姜夫人止存主公一子，又不奉养，与鸮鸟何异？倘以黄泉相见为歉，臣有一计，可以解之。”庄公问：“何计可解？”考叔对曰：“掘地见泉，建一地室，先迎姜夫人在内居住。告以主公想念之情，料夫人念子，不减主公之念母。主公在地室中相见，于及泉之誓，未尝违也。”庄公大喜，遂命考叔发壮士五百人，于曲洧牛脾山下，掘地深十余丈，泉水涌出，因于泉侧架木为室。室成，设下长梯一座，考叔往见武姜，曲道庄公悔恨之意，如今欲迎归孝养。武姜且悲且喜。考叔先奉武姜至牛脾山地室中，庄公乘舆亦至，从梯而下，拜倒在地，口称：“寤生不孝，久缺定省，求国母恕罪！”武姜曰：“此乃老身之罪，与汝无与。”用手扶起，母子抱头大哭。遂升梯出穴，庄公亲扶武姜登辇，自己执辔随侍。国人见庄公母子同归，无不以手加额，称庄公之孝。此皆考叔调停之力也。胡曾先生有诗云：

> 黄泉誓母绝彝伦，大隧犹疑隔世人。
> 考叔不行怀肉计，庄公安肯认天亲！

庄公感考叔全其母子之爱，赐爵大夫，与公孙阏同掌兵权。不在话下。

再说共叔之子公孙滑，请得卫师，行至半途，闻共叔见杀，遂逃奔卫，诉说伯父杀弟囚母之事。卫桓公曰：“郑伯无道，当为公孙讨之。”遂兴师伐郑。不知胜负如何，且看下回分解。

第　五　回

宠虢公周郑交质　助卫逆鲁宋兴兵

却说郑庄公闻公孙滑起兵前来侵伐，问计于群臣。公子吕曰："斩草留根，逢春再发。公孙滑逃死为幸，反兴卫师，此卫侯不知共叔袭郑之罪，故起兵助滑，以救祖母为辞也。依臣愚见，莫如修尺素之

书，致于卫侯，说明其故，卫侯必抽兵回国。滑势既孤，可不战而擒矣。"公曰："然。"遂遣使致书于卫。

卫桓公得书，读曰：

寤生再拜奉书，卫侯贤侯殿下：家门不幸，骨肉相残，诚有愧于邻国。然封京赐土，非寡人之不友；恃宠作乱，实叔段之不恭。寡人念先人世守为重，不得

不除。母姜氏以溺爱叔段之故，内怀不安，避居颍城，寡人已自迎归奉养。今逆滑昧父之非，奔投大国。贤侯不知其非义，师徒下临敝邑。自反并无得罪，惟贤侯同声乱贼之诛，勿伤唇齿之谊，敝邑幸甚！

卫桓公览罢，大惊曰："叔段不义，自取灭亡。寡人为滑兴师，实为助逆。"遂遣使收回本国之兵。使者未到，滑兵乘廪延无备，已攻下了。郑庄公大怒，命大夫高渠弥出车二百乘，来争廪延。时卫兵已撤回，公孙滑势孤不敌，弃了廪延，仍奔卫国。公子吕乘胜追逐，直抵卫郊。卫桓公大集群臣，问战守之计。公子州吁进曰："水来土掩，兵至将迎，又何疑焉？"大夫石碏奏曰："不可！不可！郑兵之来，由我助滑为逆所致。前郑伯有书到，我不若以书答之，引咎谢罪。不劳师徒，可却郑兵。"卫侯曰："卿言是也。"即命石碏作书，致于郑伯。书曰：

完再拜上，王卿士郑贤侯殿下：寡人误听公孙滑之言，谓上国杀弟囚母，使孙侄无窜身之地，是以兴师。今读来书，备知京城太叔之逆，悔不可言。即日收回廪延之兵，倘蒙鉴察，当缚滑以献，复修旧好，惟贤侯图之！

郑庄公览书曰："卫既服罪，寡人又何求焉！"

却说国母姜氏，闻庄公兴师伐卫，恐公孙滑被杀，绝了太叔之后，遂向庄公哀求："乞念先君武公遗体，存其一命！"庄公既碍姜氏之面，又度公孙滑孤立无援，不能有为。乃回书卫侯，书中但言："奉教撤兵，言归于好。滑虽有罪，但逆弟止此一子，乞留上国，以延段祀。"一面取回高渠弥之兵。公孙滑老死于卫，此是后话。

却说周平王因郑庄公久不在位，偶因虢公忌父来朝，言语相投，遂谓虢公曰："郑侯父子秉政有年，今久不供职，朕欲卿权理政务，卿不可辞。"虢公叩首曰："郑伯不来，必国中有事故也。臣若代之，郑伯不惟怨臣，且将怨及王矣。臣不敢奉命！"再三辞谢，退归本国。原来郑庄公身虽在国，留人于王都，打听朝中之事，动息传报。今日平王欲分政于虢公，如何不知。即日驾车如周，朝见已毕，奏曰："臣荷圣恩，父子相继秉政。臣实不才，有忝职位，愿拜还卿士之爵，退就藩封，以守臣节。"平王曰："卿久不莅任，朕心悬悬。今见卿来，如鱼得水，卿何故出此言耶?”庄公又奏曰：“臣国中有逆弟之变，旷职日久。今国事粗完，星夜趋朝，闻道路相传，谓吾王有委政虢公之意。臣才万分不及虢公，安敢尸位，以获罪于王乎?”平王见庄公说及虢公之事，心惭面赤，勉强言曰：“朕别卿许久，亦知卿国中有事，欲使虢公权管数日，以候卿来。虢公再三辞让，朕已听其还国矣。卿又何疑焉?”庄公又奏曰：“夫政者，王之政也，非臣一家之政也。用人之柄，王自操之。虢公才堪佐理，臣理当避位。不然，群臣必以臣为贪于权势，昧于进退。惟王察之!”平王曰：“卿父子有大功于国，故相继付以大政，四十余年，君臣相得。今卿有疑朕之心，朕何以自明!卿如必不见信，朕当命太子狐为质于郑，何如?”庄公再拜辞曰：“从政罢政，乃臣下之职，焉有天子委质于臣之礼?恐天下以臣为要君，臣当万死!”平王曰：“不然。卿治国有方，朕欲使太子观风于郑，因以释目下之疑。卿若固辞，是罪朕也。”庄公再三不敢受旨。群臣奏曰：“依臣等公议，王不委质，无以释郑伯之疑；若独委质，又使郑伯乖臣子之义。莫若君臣交质，两释猜忌，方可全上下之恩。”平王曰：“如此甚善!”庄公使人先取世子忽待质于周，然后谢恩。周太子狐，亦如郑为质。史官评论周、郑交质之事，以为君臣之分，至此尽废矣。诗曰：

腹心手足本无私，一体相猜事可嗤。
交质分明同市贾，王纲从此遂陵夷!

自交质以后，郑伯留周辅政，一向无事。平王在位五十一年而崩。郑伯与周公黑肩同摄朝政。使世子忽归郑，迎回太子狐来周嗣位。太子狐痛父之死，未得侍疾含殓，哀痛过甚，到周而薨。其子林嗣立，是为桓王。众诸侯俱来奔丧，并谒新天子。虢公忌父先到，举动皆合礼数，人人爱之。

桓王伤其父以质郑身死，且见郑伯久专朝政，心中疑惧，私与周公黑肩商议曰：“郑伯曾质先太子于国，意必轻朕。君臣之间，恐不相安。虢公执事甚恭，朕欲畀之以政，卿意以为何如?”周公黑肩奏曰：“郑伯为人惨刻少恩，非忠顺之臣也。但我周东迁洛邑，晋、郑功劳甚大，今改元之日，遽夺郑政，付于他手，郑伯愤怒，必有跋扈之举，不可不虑。”桓王曰：“朕不能坐而受制，朕意决矣。”

次日，桓王早朝，谓郑伯曰：“卿乃先王之臣，朕不敢屈在班僚，卿其自安。”庄公奏曰：“臣久当谢政，今即拜辞。”遂忿忿出朝，谓人曰：“孺子负心，不足辅也！”即日驾车回国。世子忽率领众官员出郭迎接，问其归国之故，庄公将桓王不用之语述了一遍，人人俱有不平之意。大夫高渠弥进曰：“吾主两世辅周，功劳甚大。况前太子质于吾国，未尝缺礼。今舍吾主而用虢公，大不义也！何不兴师打破周城，废了今王，而别立贤胤？天下诸侯谁不畏郑，方伯之业可成矣！”颍考叔曰：“不可！君臣之伦，比于母子。主公不忍仇其母，何忍仇其君？但隐忍岁余，入周朝觐，周王必有悔心。主公勿以一朝之忿而伤先公死节之义。”大夫祭足曰：“以臣愚见，二臣之言，当兼用之。臣愿帅兵直抵周疆，托言岁凶，就食温、洛之间。若周王遣使责让，吾有辞矣；如其无言，主公入朝未晚。”庄公准奏，命祭足领了一枝军马，听其便宜行事。祭足巡到温邑界首，说：“本国岁凶乏食，向温大夫求粟千钟。”温大夫以未奉王命，不许。祭足曰：“方今二麦正熟，尽可资食。我自能取，何必求之！”遂遣士卒各备镰刀，分头将田中之麦，尽行割取，满载而回。祭足自领精兵，往来接应。温大夫知郑兵强盛，不敢相争。祭足于界上休兵三月有余，再巡至成周地方。时秋七月中旬，见田中早稻已熟，吩咐军士假扮作商人模样，将车埋伏各村里，三更时分，一齐用力将禾头割下，五鼓取齐。成周郊外，稻禾一空。比及守将知觉，点兵出城，郑兵已去之远矣。两处俱有文书到于洛京，奏闻桓王，说郑兵盗割麦禾之事。桓王大怒，便欲兴兵问罪。周公黑肩奏曰：“郑祭足虽然盗取禾麦，乃边庭小事，郑伯未必得知。以小忿而弃懿亲，甚不可也。若郑伯心中不安，必然亲来谢罪修好。”桓王准奏，但命沿边所在，加意提防，勿容客兵入境。其芟麦刈禾一事，并不计较。

郑伯见周王全无责备之意，果然心怀不安。遂定入朝之议。正欲起行，忽报齐国有使臣到来。庄公接见之间，使臣致其君僖公之命，约郑伯至石门相会。庄公正欲与齐相结，遂赴石门之约。二君相见，歃血订盟，约为兄弟，有事相偕。齐侯因问：“世子忽曾婚娶否？”郑伯对以“未曾”。僖公曰：“吾有爱女，年虽未笄，颇有才慧。倘不弃嫌，愿为待年之妇。”郑庄公唯唯称谢。及返国之日，向世子忽言之。忽对曰：“妻者齐也，故曰配偶。今郑小齐大，大小不伦，孩儿不敢仰攀。”庄公曰：“请婚出于彼意，若与齐为甥舅，每事可以仰仗，吾儿何以辞之？”忽又对曰：“丈夫志在自立，岂可仰仗于婚姻耶？”庄公嘉其有志，遂不强之。后来齐使至郑，闻郑世子不愿就婚，归国奏知僖公。僖公叹曰：“郑世子可谓谦让之至矣！吾女年幼，且俟异日再议可也。”后人有诗嘲富室攀高，不如郑忽辞婚之善。诗曰：

婚姻门户要相当，大小须当自酌量。
却笑攀高庸俗子，拚财但买一巾方。

忽一日，郑庄公正与群臣商议朝周之事，适有卫桓公讣音到来，庄公诘问来使，备知公子州吁弑君之事。庄公顿足叹曰：“吾国行且被兵矣！”群臣问曰：“主公何以料之？”庄公曰：“州吁素好弄兵，今既行篡逆，必以兵威逞志。郑、卫素有嫌隙，其试兵必先及郑，宜预备之。”

且说卫州吁如何弑君？原来卫庄公之夫人，乃齐东宫得臣之妹，名曰庄姜，貌美而无子。次妃乃陈国之女，名曰厉妫，亦不生育。厉妫之妹，名曰戴妫，随姊嫁卫，生子曰完、曰晋。庄姜性不嫉妒，育完为己子，又进宫女于庄公，庄公嬖幸之，生子州吁。州吁性暴戾好武，喜于谈兵。庄公溺爱州吁，任其所为。大夫石碏尝谏庄公曰：“臣闻爱子者，教以义方，弗纳于邪。夫宠过必骄，骄必生乱。主公若欲传位于吁，便当立为世子。如其不然，当稍裁抑之，庶无骄奢淫佚之祸。”庄公不听。石碏之子石厚与州吁交好，时尝并车出猎，骚扰民居。石碏将厚鞭责五十，锁禁空房，不许出入。厚逾墙而出，遂住州吁府中，一饭必同，竟不回家。石碏无可奈何。后庄公薨，公子完嗣位，是为桓公。桓公生性懦弱，石碏知其不能有为，告老在家，不与朝政。州吁益无忌惮，日夜与石厚商量篡夺之计。其时平王崩讣适至，桓王林新立，卫桓公欲如周吊贺。石厚谓州吁曰：“大事可成矣！明日主公往周，公子可设饯于西门，预伏甲士五百于门外，酒至数巡，袖出短剑而刺之，手下有不从者，即时斩首。诸侯之位，唾手可得。”州吁大悦，预命石厚领壮士五百，埋伏西门之外。州吁自驾车，迎桓公至于行馆，早已排下筵席。州吁躬身进酒曰："兄侯远行，薄酒奉饯。"桓公曰："又教贤弟费心。我此行不过月余便回，烦贤弟暂摄朝政，小心在意。"州吁曰："兄侯放心。"酒至数巡，州吁起身满斟金盏，进于桓公。桓公一饮而尽，亦斟满杯回敬州吁。州吁双手去接，诈为失手，坠盏于地，慌忙拾取，亲自洗涤。桓公不知其诈，命取盏更斟，欲再送州吁。州吁乘此机会，急腾步闪至桓公背后，抽出短剑，从后刺之，刃透于胸，即时伤重而薨，时周桓王元年春三月戊申也。

从驾诸臣，素知州吁武力胜众，石厚又引五百名甲士围住公馆，众人自度气力不加，只得降顺。以空车载尸殡殓，托言暴疾。州吁遂代立为君，拜石厚为上大夫。桓公之弟晋逃奔邢国去了。史臣有诗叹卫庄公宠吁致乱，诗云：

教子须知有义方，养成骄佚必生殃。

郑庄克段天伦薄，犹胜桓侯束手亡。

州吁即位三日，闻外边沸沸扬扬，尽传说弑兄之事，乃召上大夫石厚商议曰："欲立威邻国，以胁制国人，问何国当伐？"石厚奏："邻国俱无嫌隙，惟郑国昔年讨公孙滑之乱，曾来攻伐，先君庄公服罪求免，此乃吾国之耻。主公若用兵，非郑不可。"州吁曰："齐、郑有石门之盟，二国结连为党，卫若伐郑，齐必救之，一卫岂能敌二国？"石厚奏曰："当今异姓之国，惟宋称公为大；同姓之国，惟鲁称叔父为尊。主公欲伐郑，必须遣使于宋、鲁，求其出兵相助，并合陈、蔡之师，五国同事，何忧不胜？"州吁曰："陈、蔡小国，素顺周王。郑与周新隙，陈、蔡必知之，呼使伐郑，不愁不来。若宋、鲁大邦，焉能强乎？"石厚又奏曰："主公但知其一，不知其二。昔宋穆公受位于其兄宣公，穆公将死，思报兄之德，乃舍其子冯，而传位于兄之子与夷。冯怨父而嫉与夷，出奔于郑。郑伯纳之，常欲为冯起兵伐宋，夺取与夷之位。今日勾连伐郑，正中其怀。若鲁之国事，乃公子翚秉之。翚兵权在手，觑鲁君如无物，如以重赂结公子翚，鲁兵必动无疑矣。"州吁大悦，即日遣使往鲁、陈、蔡三处去讫，独难使宋之人。石厚荐一人姓宁，名翊，乃中牟人也："此人甚有口辩，可以遣之。"州吁依言，命宁翊如宋请兵。宋殇公问曰："伐郑何意？"宁翊曰："郑伯无道，诛弟囚母。公孙滑亡命敝邑，又不能容，兴兵来讨，先君畏其强力，腆颜谢服。今寡君欲雪先君之耻，以大国同仇，是以借助。”殇公曰：“寡人与郑素无嫌隙，子曰同仇，得无过乎？”宁翊曰：“请屏左右，翊得毕其说。”殇公即麾去左右，侧席问曰：“何以教之？”蔡翊曰：“君侯之位，受之谁乎？”殇公曰：“传之吾叔穆公也。”宁翊曰：“父死子继，古之常理。穆公虽有尧、舜之心，奈公子冯每以失位为恨，身居邻国，其心须臾未尝忘宋也。郑纳公子冯，其交已固，一旦拥冯兴师，国人感穆公之恩，不忘其子，内外生变，君侯之位危矣！今日之举，名曰伐郑，实为君侯除心腹之患也。君侯若主其事，敝邑悉起师徒，连鲁、陈、蔡三国之兵，一齐效劳，郑之灭亡可待矣！”宋殇公原有忌公子冯之心，这一席话，正投其意，遂许兴师。大司马孔父嘉，乃殷汤王之后裔，为人正直无私，闻殇公听卫起兵，谏曰：“卫使不可听也！若以郑伯弑弟囚母为罪，则州吁弑兄篡位独非罪乎？愿主公思之。”殇公已许下宁翊，遂不听孔父嘉之谏，刻日兴师。

鲁公子翚接了卫国重赂，不由隐公作主，亦起重兵来会。陈、蔡如期而至，自不必说。宋公爵尊，推为盟主。卫石厚为先锋，州吁自引兵打后，多赍粮草，犒劳四国之兵。五国共甲车一千三百乘，将郑东门围得水泄不通。郑庄公问计于群臣，言战言和，纷纷不一。庄公笑曰：“诸君皆非良策也。州吁新行篡逆，未得民心，故托言旧怨，借兵四国，欲立威以压众耳。鲁公子翚贪卫之赂，事不由君，陈、蔡与郑无仇，皆无必战之意。只有宋国忌公子冯在郑，实心协助。吾将公子冯出居长葛，宋兵必移。再令子封引徒兵五百，出东门单挧卫战，诈败而走。州吁有战胜之名，其志已得，国事未定，岂能久留军中，其归必速。吾闻卫大夫石碏大有忠心，不久卫将有内变。州吁自顾不暇，安能害我乎？”乃使大夫瑕叔盈引兵一枝，护送公子冯往长葛去讫。庄公使人于宋曰：“公子冯逃死敝邑，敝邑不忍加诛，今令伏罪于长葛，惟君自图之。”宋殇公果然移兵去围长葛，蔡、陈、鲁三国之兵，见宋兵移动，俱有返旆之意。忽报公子吕出东门单挧卫战，三国登壁垒上袖手观之。

却说石厚引兵与公子吕交锋，未及数合，公子吕倒拖画戟而走。

石厚追至东门，门内接应入去。石厚将东门外禾稻尽行芟刈，以劳军士，传令班师。州吁曰："未见大胜，如何便回？"石厚屏去左右，说出班师之故，州吁大悦。毕竟石厚所说甚话，且看下回分解。

第六回

卫石碏大义灭亲　郑庄公假命伐宋

话说石厚才胜郑兵一阵，便欲传令班师，诸将皆不解其意，齐来禀复州吁曰："我兵锐气方盛，正好乘胜进兵，如何遽退？"州吁亦以为疑，召厚问之。厚对曰："臣有一言，请屏左右。"州吁麾左右使退，厚乃曰："郑兵素强，且其君乃王朝卿士也。今为我所胜，足以立威。主公初立，国事未定，若久在外方，恐有内变。"州吁曰："微卿言，寡人虑不及此。"少顷，鲁、陈、蔡三国俱来贺胜，各请班师。遂解围而去。计合围至解围，才五日耳。石厚自矜有功，令三军齐唱凯歌，拥卫州吁扬扬归国。但闻野人歌曰：

一雄毙，一雄兴。歌舞变刀兵，何时见太

平？恨无人兮诉洛京！

州吁曰："国人尚不和也，奈何？"石厚曰："臣父碏，昔位上卿，素为国人所信服。主公若征之入朝，与共国政，位必定矣。"州吁命取白璧一双、白粟五百钟，候问石碏，即征碏入朝议事。石碏托言病笃，坚辞不受。州吁又问石厚曰："卿父不肯入朝，寡人欲就而问计，何如？"石厚曰："主公虽往，未必相见，臣当以君命叩之。"乃回家见父，致新君敬慕之意。石碏曰："新主相召，欲何为也？"石厚曰："只为人心未和，恐君位不定，欲求父亲决一良策。"石碏曰："诸侯即位，以禀命于王朝为正。新主若能觐周，得周王锡以黻冕车服，奉命为君，国人更有何说？"石厚曰："此言甚当，但无故入朝，周王必然起疑，必先得人通情于王方可。"石碏曰："今陈侯忠顺周王，朝聘不缺，王甚嘉宠之。吾国与陈素相亲睦，近又有借兵之好。若新主亲往朝陈，央陈侯通情周王，然后入觐，有何难哉？"石厚即将父碏之言述于州吁，州吁大喜。当备玉帛礼仪，命上大夫石厚护驾，往陈国进发。

石碏与陈国大夫子鍼素相厚善，乃割指沥血，写下一书，密遣心腹人，竟到子鍼处，托彼呈达陈桓公。书曰：

外臣石碏百拜致书陈贤侯殿下：卫国褊小，天降重殃，不幸有弑君之祸。此虽逆弟州吁所为，实臣之逆子厚贪位助桀。二逆不诛，乱臣贼子行将接踵于天下矣！老夫年耄，力不能制，负罪先公。今二逆联车入朝上国，实出老夫之谋。幸上国拘执正罪，以正臣子之纲。实天下之幸，不独臣国之幸也！

陈桓公看毕，问子鍼曰："此事如何？"子鍼对曰："卫之恶，犹陈之恶。今之来陈，乃自送死，不能纵之。"桓公曰："善。"遂定下擒州吁之计。

却说州吁同石厚到陈，尚未知石碏之谋，一君一臣昂然而入。陈侯使公子佗出郭迎接，留于客馆安置，遂致陈侯之命，请来日太庙中相见。州吁见陈侯礼意殷勤，不胜之喜。次日，设庭燎于太庙，陈桓公立于主位，左傧右相，摆列得甚是整齐。石厚先到，见太庙门首立着白牌一面，上写："为臣不忠，为子不孝者，不许入庙！"石厚大惊，问大夫子鍼曰："立此牌者何意？"子鍼曰："此吾先君之训，吾君不敢忘也。"石厚遂不疑。须臾，州吁驾到，石厚导引下车，立于宾位。傧相启请入庙。州吁佩玉秉圭，方欲鞠躬行礼，只见子鍼立于陈侯之侧，大声喝曰："周天子有命：'只拿弑君贼州吁、石厚二人，余人俱免。'"说声未毕，先将州吁擒下。石厚急拔佩剑，一时着忙，不能出鞘，只用手格斗，打倒二人。庙中左右壁厢，俱伏有甲士，一齐拢来，将石厚绑缚。从车兵众，尚然在庙外观望。子鍼将石碏来书宣扬一遍，众人方知吁、厚被擒，皆石碏主谋，假手于陈，天理当然，遂纷然而散。史官有诗叹曰：

州吁昔日饯桓公，今日朝陈受祸同。

屈指为君能几日，好将天理质苍穹。

陈侯即欲将吁、厚行戮正罪。群臣皆曰："石厚乃石碏亲子，未知碏意如何。不若请卫自来议罪，庶无后言。"陈侯曰："诸卿之言是也。"乃将君臣二人，分作两处监禁，州吁囚于濮邑，石厚囚于本国，使其音信隔绝。遣人星夜驰报卫国，竟投石碏。

却说石碏自告老之后，未曾出户，见陈侯有使命至，即命舆人驾车伺候，一面请诸大夫朝中相见，众各骇然。石碏亲到朝中，会集百官，方将陈侯书信启看。知吁、厚已拘执在陈，专等卫大夫到，公同议罪。百官齐声曰："此社稷大计，全凭国老主持。"石碏曰："二逆罪俱不赦，明正典刑，以谢先灵，谁肯往任其事？"右宰丑曰："乱臣贼子，人得而诛之！丑虽不才，窃有公愤。逆吁之戮，丑当莅之。"诸大夫皆曰："右宰足办此事矣。但首恶州吁既已正法，石厚从逆，可从轻议。"石碏大怒曰："州吁之恶，皆逆子所酿成。诸君请从轻典，得无疑我有舐犊之私乎？老夫当亲自一行，手诛此贼。不然，无面目见先人之庙也！"家臣獳羊肩曰："国老不必发怒，某当代往。"石碏乃使右宰丑往濮莅杀州吁，獳羊肩往陈莅杀石厚。一面整备法驾，迎公子晋于邢。左丘明修传至此，称石碏为大义而灭亲，真纯臣也！史臣诗曰：

公义私情不两全，甘心杀子报君冤。

世人溺爱偏多昧，安得芳名寿万年！

陇西居士又有诗，言石碏不先杀石厚，正为今日并杀州吁之地。诗曰：

明知造逆有根株，何不先将逆子除！

自是老臣怀远虑，故留子厚误州吁。

再说右宰丑同獳羊肩同造陈都，先谒见陈桓公，谢其除乱之恩，然后分头干事。右宰丑至濮，将州吁押赴市曹。州吁见丑大呼曰："汝吾臣也，何敢犯吾？"右宰丑曰："卫先有臣弑君者，吾效之耳！"州吁俯首受刑。獳羊肩往陈都，莅杀石厚。石厚曰："死吾分内。愿上囚车，一见父亲之面，然后就死。"獳羊肩曰："吾奉汝父之命，来诛逆子。汝如念父，当携汝头相见也！"遂拔剑斩之。公子晋自邢归卫，以诛吁告于武宫，重为桓公发丧，即侯位，是为宣公。尊石碏为国老，世世为卿。从此陈、卫益相亲睦。

却说郑庄公见五国兵解，正欲遣人打探长葛消息，忽报："公子冯自长葛逃回，在朝门外候见。"庄公召而问之，公子冯诉言："长葛已被宋兵打破，占据了城池，逃命到此，乞求覆护！"言罢痛哭不已。庄公抚慰一番，仍令冯住居馆舍，厚其廪饩。不一日，闻州吁被杀于濮，卫已立新君，庄公乃曰："州吁之事，与新君无干。但主兵伐郑者，宋也，寡人当先伐之。"乃大集群臣，问以伐宋之策。祭足进曰："前者五国连兵伐郑，今我若伐宋，四国必惧，合兵救宋，非胜算也。为今之计，先使人请成于陈，再以利结鲁。若鲁、陈结好，则宋势孤矣。"庄公从之，遂遣使如陈请成。陈侯不许，公子佗谏曰："亲仁善邻，国之宝也。郑来讲好，不可违之。"陈侯曰："郑伯狡诈不测，岂可轻信？不然，宋、卫皆大国，不闻讲和，何乃先及我国？此乃离间之计也。况我曾从宋伐郑，今与郑成，宋国必怒。得郑失宋，有何利焉？"遂却郑使不见。

庄公见陈不许成，怒曰："陈所恃者，宋、卫耳。卫乱初定，自顾不暇，岂能为人？俟我结好鲁国，当合齐、鲁之众，先报宋仇，次及于陈，此破竹之势也。"祭足奏曰："不然，郑强陈弱，请成自我，陈必疑离间之计，所以不从。若命边人乘其不备，侵入其境，必当大获。因使舌辩之士，还其俘获，以明不欺，彼必听从。平陈之后，徐议伐宋为当。"庄公曰："善。"乃使两鄙宰率徒兵五千，假装出猎，潜入陈界，大掠男女辎重约百余车。陈疆吏申报桓公，桓公大惊，正集群臣商议，忽报："有郑使颍考叔在朝门外，赍本国书求见，纳还俘获。"陈桓公问公子佗曰："郑使此来如何？"公子佗曰："通使美意，不可再却。"桓公乃召颍考叔进见。考叔再拜，将国书呈上。桓公启而观之，略曰：

寤生再拜奉书陈贤侯殿下：君方膺王宠，寡人亦忝为王臣，理宜相好，共效屏藩。近者请成不获，边吏遂妄疑吾二国有隙，擅行侵掠。寡人闻之，卧不安枕。今将所俘人口辎重尽数纳还，遣下臣颍考叔谢罪。寡人愿与君结兄弟之好，惟君许焉。

陈侯看毕，方知郑之修好出于至诚。遂优礼颍考叔，遣公子佗报聘，自是陈、郑和好。

郑庄公谓祭足曰："陈已平矣，伐宋奈何？"祭足奏曰："宋爵尊国大，王朝且待以宾礼，不可轻伐。主公向欲朝觐，只因齐侯约会石门，又遇州吁兵至，耽搁至今。今日宜先入周，朝见周王，然后假称王命，号召齐、鲁，合兵加宋。兵至有名，往无不胜矣。"郑庄公大喜曰："卿之谋事，可谓万全。"时周桓王即位已三年矣。庄公命世子忽监国，自与祭足如周，朝见周王。

正值冬十一月朔，乃贺正之期。周公黑肩劝王加礼于郑，以劝列国。桓王素不喜郑，又想起侵夺麦禾之事，怒气勃勃，谓庄公曰："卿国今岁收成何如？"庄公对曰："托赖吾王如天之福，水旱不侵。"桓王曰："幸而有年，温之麦，成周之禾，朕可留以自食矣。"庄公见桓王言语相侵，闭口无言，当下辞退。桓王也不设宴，也不赠贿，使人以黍米十车遗之曰："聊以为备荒之资。"

庄公甚悔此来，谓祭足曰："大夫劝寡人入朝，今周王如此怠慢，口出怨言，以黍米见讪。寡人欲却而不受，当用何辞？"祭足对曰："诸侯所以重郑者，以世为卿士，在王左右也。王者所赐，不论厚薄，总曰天宠。主公若辞而不受，分明与周为隙。郑既失周，何以取重于诸侯乎？"正议论间，忽报周公黑肩相访，私以彩缯二车为赠，言语之际，备极款曲，良久辞去。庄公问祭足曰："周公此来何意？"祭足对曰："周王有二子，长曰沱，次曰克。周王宠爱次子，属周公使辅翼之，将来必有夺嫡之谋。故周公今日先结好我国，以为外援。主公受其彩缯，正有用处。"庄公曰："何用？"祭足曰："郑之朝王，邻国莫不知之。今将周公所赠彩帛，分布于十车之上，外用锦袱覆盖。出都之日，宣言'王赐'，再加彤弓弧矢，假说：'宋公久缺朝贡，主公亲承王命，率兵讨之。'以此号召列国，责以从兵，有不应者，即系抗命。重大其事，诸侯必然信从。宋虽大国，其能当奉命之师乎！"庄公拍祭足肩曰："卿真智士也！寡人一一听卿而行。"陇西居士咏史诗曰：

彩缯禾黍不相当，无命如何假托王？
毕竟虚名能动众，睢阳行作战争场。

庄公出了周境，一路宣扬王命，声播宋公不臣之罪，闻者无不以为真。这话直传至宋国，宋殇公心中惊惧，遣使密告于卫宣公。宣公乃纠合齐僖公，欲与宋、郑两国讲和，约定月日，在瓦屋之地相会，歃血订盟，各释旧憾。宋殇公使人以重币遗卫，约先期在犬邱一面，商议郑事，然后并驾至于瓦屋。齐僖公亦如期而至，惟郑庄公不到。齐侯曰："郑伯不来，和议败矣！"便欲驾车回国，宋公强留与盟。齐侯外虽应承，中怀观望之意，惟宋、卫交情已久，深相结纳而散。是时周桓王欲罢郑伯之政，以虢公忌父代之。周公黑肩力谏，乃用忌父为右卿士，任以国政。郑伯为左卿士，虚名而已。庄公闻之，笑曰："料周王不能夺吾爵也！"后闻齐、宋合党，谋于祭足，祭足对曰："齐、宋原非深交，皆因卫侯居间纠合，虽然同盟，实非本心。主公今以王命并布于齐、鲁，即托鲁侯纠合齐侯，协力讨宋。鲁与齐连壤，世为婚姻，鲁侯同事，齐必不违。蔡、卫、郕、许诸国，亦当传檄召之，方见公讨。有不赴者，移师伐之。"庄公依计，遣使至鲁，许以用兵之日，侵夺宋地尽归鲁国。公子翚乃贪横之徒，欣然诺之。奏过鲁君，转约齐侯，与郑在中邱取齐。齐侯使其弟夷仲年为将，出车三百乘；鲁侯使公子翚为将，出车二百乘，前来助郑。

郑庄公亲统着公子吕、高渠弥、颍考叔、公孙阏等一班将士，自为中军。建大纛一面，名曰"蝥弧"，上书"奉天讨罪"四大字，以辂车载之。将彤弓弧矢悬于车上，号为卿士讨罪。夷仲年将左军，公子翚将右军，扬威耀武，杀奔宋国。公子翚先到老挑地方，守将引兵出迎，被公子翚奋勇当先，只一阵，杀得宋兵弃甲曳兵，逃命不迭，被俘者二百五十余人。公子翚将捷书飞报郑伯，就迎至老挑下寨。相见之际，献上俘获。庄公大喜，称赞不绝口，命幕府填上第一功。杀牛飨士，安歇三日，然后分兵进取。命颍考叔同公子翚领兵攻打郜城，公子吕接应；命公孙阏同夷仲年领兵攻打防城，高渠弥接应。将老营安扎老挑，专听报捷。

却说宋殇公闻三国兵已入境，惊得面如土色，急召司马孔父嘉问计。孔父嘉奏曰："臣曾遣人到王城打听，并无伐宋之命。郑托言奉命，非真命也，齐、鲁特堕其术中耳。然三国既合，其势诚不可争锋，为今之计，惟有一策，可令郑不战而退。"殇公曰："郑已得利，肯遽退乎？"孔父嘉曰："郑假托王命，遍召列国，今相从者，惟齐、鲁两国耳。东门之役，宋、蔡、陈、鲁同事。鲁贪郑赂，陈与郑平，皆入郑党。所不致者，蔡、卫也。郑君亲将在此，车徒必盛，其国空虚。主公诚以重赂，遣使告急于卫，使纠合蔡国，轻兵袭郑。郑君闻己国受兵，必返旆自救。郑师既退，齐、鲁能独留乎？"殇公曰："卿策虽善，然非卿亲往，卫兵未必即动。"孔父嘉曰："臣当引一枝兵，为蔡乡导。"

殇公即简车徒二百乘，命孔父嘉为将，携带黄金、白璧、彩缎等物，星夜来到卫国，求卫君出师袭郑。卫宣公受了礼物，遣右宰丑率兵同孔父嘉从间道出其不意直逼荥阳。世子忽同祭足急忙传令守城，已被宋、卫之兵在郭外大掠一番，掳去人畜辎重无算。右宰丑便欲攻城，孔父嘉曰："凡袭人之兵，不过乘其无备，得利即止。若顿师坚城之下，郑伯还兵来救，我腹背受敌，是坐困耳。不若借径于戴，全军而返。度我兵去郑之时，郑君亦当去宋矣。"右宰丑从其言，使人假道于戴。戴人疑其来袭己国，闭上城门，授兵登陴。孔父嘉大怒，离戴城十里，同右宰丑分作前后两寨，准备攻城。戴人固守，屡次出城交战，互有斩获。孔父嘉遣使往蔡国乞兵相助，不在话下。此时颍考叔等已打破郜城，公孙阏等亦打破防城，各遣人于郑伯老营报捷。恰好世子忽告急文书到来。不知郑伯如何处置，再看下回分解。

第七回

公孙阏争车射考叔　公子翚献谄贼隐公

话说郑庄公得了世子忽告急文书，即时传令班师。夷仲年、公子翚等，亲到老营来见郑伯曰：“小将等乘胜正欲进取，忽闻班师之命，何也？”庄公奸雄多智，隐下宋、卫袭郑之事，只云：“寡人奉命讨宋，今

仰仗上国兵威，割取二邑，已足当削地之刑矣。宾王上爵，王室素所尊礼，寡人何敢多求？所取郜、防两邑，齐、鲁各得其一，寡人毫不敢私。”夷仲年曰：“上国以王命征师，敝邑奔走恐后，少效微劳，礼所当然，决不敢受邑。”谦让再三。庄公曰：“既公子不肯受地，二邑俱奉鲁侯，以酬公子老挑首功之劳。”公子翚更不推辞，拱手称谢。另差别将，领兵分守郜、防二邑，不在话

下。庄公大犒三军，临别与夷仲年、公子翚刑牲而盟：“三国同患相恤，后有军事，各出兵车为助。如背此言，神明不宥！”

单说夷仲年归国，见齐僖公，备述取防之事。僖公曰：“石门之盟，有事相偕，今虽取邑，理当归郑。”夷仲年曰：“郑伯不受，并归鲁侯矣。”僖公以郑伯为至公，称叹不已。

再说郑伯班师，行至中途，又接得本国文书一道，内称：“宋、卫已移兵向戴矣。”庄公笑曰：“吾固知二国无能为也！然孔父嘉不知兵，乌有自救而复迁怒者？吾当以计取之。”乃传令四将，分为四队，各各授计，衔枚卧鼓，并望戴国进发。再说宋、卫合兵攻戴，又请得蔡国领兵助战，满望一鼓成功，忽报：“郑国遣上将公子吕领兵救戴，离城五十里下寨。”右宰丑曰：“此乃石厚手中败将，全不耐战，何足惧哉！”少顷，又报：“戴君知郑兵来救，开门接入去了。”孔父嘉曰：“此城唾手可得，不意郑兵相助，又费时日，奈何？”右宰丑曰：“戴既有帮手，必然合兵索战。你我同升壁垒，察城中之动静，好做准备。”二将方在壁垒之上，指手画脚，忽听连珠炮响，城上遍插郑国的旗号，公子吕全装披挂，倚着城楼外槛，高声叫曰：“多赖三位将军气力，寡君已得戴城，多多致谢！”原来郑庄公设计，假称公子吕领兵救戴，其实庄公亲在戎车之中，只要哄进戴城，就将戴君逐出，并了戴国之军。城中连日战守困倦，素闻郑伯威名，谁敢抵敌？几百世相传之城池，不劳余力，归于郑国。戴君引了宫眷，投奔西秦去了。

孔父嘉见郑伯白占了戴城，忿气填胸，将兜鍪掷地曰：“吾今日与郑誓不两立！”右宰丑曰：“此老奸最善用兵，必有后继。倘内外夹攻，吾辈危矣！”孔父嘉曰：“右宰之言，何太怯也！”正说间，忽报城中着人下战书。孔父嘉即批来日决战。一面约会卫、蔡二国，要将三路军马齐退后二十里，以防冲突。孔父嘉居中，蔡、卫左右营，离隔不过三里。立寨甫毕，喘息未定，忽闻寨后一声炮响，火光接天，车声震耳。谍者报：“郑兵到了。”孔父嘉大怒，手持方天画戟，登车迎敌。只见车声顿息，火光俱灭了。才欲回营，左边炮声又响，火光不绝。孔父嘉出营观看，左边火光又灭，右边炮响连声，一片火光，隐隐在树林之外。孔父嘉曰：“此老奸疑军之计。”传令：“乱动者斩！”少顷，左边火光又起，喊声震地，忽报左营蔡军被劫。孔父嘉曰："吾当亲往救之。"才出营门，只见右边火光复炽，正不知何处军到。孔父嘉喝教御人只顾推车向左，御人着忙，反推向右去。遇着一队兵车，互相击刺，约莫更余，方知是卫国之兵。彼此说明，合兵一处，同到中营，那中营已被高渠弥据了。急回辕时，右有颍考叔，左有公孙阏，两路兵到。公孙阏接住右宰丑，颍考叔接住孔父嘉，做两队厮杀。东方渐晓，孔父嘉无心恋战，夺路而走，遇着高渠弥，又杀一阵。孔父嘉弃了乘车，跟随者止存二十余人，徒步奔脱。右宰丑阵亡。三国车徒，悉为郑所俘获。所掳郑国郊外人畜辎重，仍旧为郑所有。此庄公之妙计也。史官有诗云：

主客雌雄尚未分，庄公智计妙如神。

分明鹬蚌相持势，得利还归结网人。

庄公得了戴城，又兼了三国之师，大军奏凯，满载而归。庄公大排筵宴，款待从行诸将。诸将轮番献卮上寿。庄公面有德色，举酒沥地曰："寡人赖天地祖宗之灵，诸卿之力，战则必胜，威加上公，于古之方伯如何？"群臣皆称千岁，惟颍考叔嘿然。庄公睁目视之，考叔奏曰："君言失矣！夫方伯者，受王命为一方诸侯之长，得专征伐，令无不行，呼无不应。今主公托言王命，声罪于宋，周天子实不与闻。况传檄征兵，蔡、卫反助宋侵郑，郕、许小国，公然不至。方伯之威，固如是乎？"庄公笑曰："卿言是也。蔡、卫全军覆没，已足小惩。今欲问罪郕、许，二国孰先？"颍考叔曰："郕邻于齐，许邻于郑。主公既欲加以违命之名，宜正告其罪，遣一将助齐伐郕，请齐兵同来伐许。得郕则归之齐，得许则归之郑，庶不失两国共事之谊。俟事毕献捷于周，亦可遮饰四方之耳目。"庄公曰："善！但当次第行之。"乃先遣使将问罪郕、许之情告于齐侯。齐侯欣然听允。遣夷仲年将兵伐郕，郑遣大将公子吕率兵助之，直入其都。郕人大惧，请成于齐，齐侯受之。就遣使跟随公子吕到郑，叩问伐许之期。庄公约齐侯在时来地方会面，转央齐侯去订鲁侯同事。时周桓王八年之春也。公子吕途中得病归国，未几而死。庄公哭之恸曰："子封不禄，吾失右臂矣！"乃厚恤其家，录其弟公子元为大夫。时正卿位缺，庄公欲用高渠弥，世子忽密谏曰："渠弥贪而狠，非正人也，不可重任。”庄公点首，乃改用祭足为上卿，以代公子吕之位。高渠弥为亚卿，不在话下。

且说是夏，齐、鲁二侯皆至时来，与郑伯面订师期，以秋七月朔在许地取齐。二侯领命而别。郑庄公回国，大阅军马，择日祭告于太宫，聚集诸将于教场。重制“蝥弧”大旗，建于大车之上，用铁绾之。这大旗以锦为之，锦方一丈二尺，缀金铃二十四个，旗上绣“奉天讨罪”四大字，旗竿长三丈三尺。庄公传令：“有能手执大旗，步履如常者，拜为先锋，即以辂车赐之。”言未毕，班中走出一员大将，头戴银盔，身穿紫袍金甲，生得黑面虬须，浓眉大眼。众视之，乃大夫瑕叔盈也。上前奏曰：“臣能执之。”双手拔起旗竿，紧紧握定，上前三步，退后三步，仍竖立车中，略不气喘。军士无不喝采。瑕叔盈大叫：“御人何在？为我驾车！”方欲谢恩，班中又走出一员大将，头戴雉冠，绿锦抹额，身穿绯袍犀甲，口称：“执旗展步，未为希罕，臣能舞之。”众人上前观看，乃大夫颍考叔也。御者见考叔口出大言，便不敢上前，且立住脚观看。只见考叔左手撩衣，将右手打开铁绾，从背后倒拔那旗，踊身一跳，那旗竿早拔起到手。忙将左手搭住，顺势打个转身，将右手托起，左旋右转，如长枪一般，舞得呼呼的响。那面旗卷而复舒，舒而复卷，观者尽皆骇然。庄公大喜曰：“真虎臣也！当受此车为先锋。”

言犹未毕，班中又走出一员少年将军，面如傅粉，唇若涂朱，头戴束发紫金冠，身穿织金绿袍，指着考叔大喝道：“你能舞旗，偏我不会舞，这车且留下！”大踏步上前。考叔见他来势凶猛，一手抱着旗竿，一手挟着车辕，飞也似跑去了。那少年将军不舍，在兵器架上，掉起一柄方天画戟，随后赶出教场。将至大路，庄公使大夫公孙获传语解劝。那将军见考叔已去远，恨恨而返，曰：“此人藐我姬姓无人，吾必杀之！”那少年将军是谁？乃是公族大夫，名唤公孙阏，字子都，乃男子中第一的美色，为郑庄公所宠。孟子云：“不知子都之姣者，无目者也。”正是此人。平日恃宠骄横，兼有勇力，与考叔素不相睦。当下回转教场，兀自怒气勃勃。庄公夸奖其勇曰：“二虎不得相斗，寡人自有区处。”另以车马赐公孙阏，并赐瑕叔盈。两个各各谢恩而散。髯翁有诗云：

军法从来贵整齐，挟辕拔戟敢胡为！
郑庭虽是多骁勇，无礼之人命必危。

至七月朔日，庄公留祭足同世子忽守国，自统大兵望许城进发。齐、鲁二侯已先在近城二十里下寨等候。三君相见叙礼，让齐侯居中，鲁侯居右，郑伯居左。是日庄公大排筵席，以当接风。齐侯袖中出檄书一纸，书中数许男不共职贡之罪，今奉王命来讨。鲁、郑二君俱看过，一齐拱手曰："必如此，师出方为有名。"约定来日庚辰，协力攻城，先遣人将讨檄射进城去。次早三营各各放炮起兵。那许本男爵，小小国都，城不高，池不深，被三国兵车密密扎扎，围得水泄不漏，城内好生惊怕。只因许庄公是个有道之君，素得民心，愿为固守，所以急切未下。齐、鲁二君原非主谋，不甚用力，到底是郑将出力，人人奋勇，个个夸强。就中颍考叔，因公孙阏夺车一事，越要施逞手段。到第三日壬午，考叔在巢车上，将"蝥弧"大旗挟于胁下，踊身一跳，早登许城。公孙阏眼明手快，见考叔先已登城，忌其有功，在人丛中认定考叔，飕的发一冷箭。也是考叔合当命尽，正中后心，从城上连旗倒跌下来。瑕叔盈只道考叔为守城军士所伤，一股愤气，太阳中迸出火星，就地取过大旗，一踊而上，绕城一转，大呼："郑君已登城矣！"众军士望见绣旗飘扬，认郑伯真个登城，勇气百倍，一齐上城。砍开城门，放齐、鲁之兵入来，随后三君并入。许庄公易服杂于军民中，逃奔卫国去了。

齐侯出榜安民，将许国土地让与鲁侯，鲁隐公坚辞不受。齐僖公曰："本谋出郑，既鲁侯不受，宜归郑国。"郑庄公满念贪许，因见齐、鲁二君交让，只索佯推假逊。正在议论之际，传报："有许大夫百里引着一个小儿求见。"三君同声唤入。百里哭倒在地，叩首乞哀："愿延太岳一线之祀。"齐侯问："小儿何人？"百里曰："吾君无子，此君之弟名新臣。"齐、鲁二侯各凄然有怜悯之意。郑庄公见景生情，将计就计，就转口曰："寡人本迫于王命，从君讨罪，若利其土地，非义举也。今许君虽窜，其世祀不可灭绝。既其弟见在，且有许大夫可托，有君有臣，当以许归之。"百里曰："臣止为君亡国破，求保全六尺之孤耳！土地已属君掌握，岂敢复望！"郑庄公曰："吾之复许，乃真心也。恐叔年幼，不任国事，寡人当遣人相助。”乃分许为二：其东偏，使百里奉新臣以居之；其西偏，使郑大夫公孙获居之。名为助许，实是监守一般。齐、鲁二侯不知是计，以为处置妥当，称善不已。百里同许叔拜谢了三君，三君亦各自归国。髯翁有诗单道郑庄公之诈。诗曰：

残忍全无骨肉恩，区区许国有何亲！
二偏分处如监守，却把虚名哄外人。

许庄公老死于卫。许叔在东偏受郑制缚，直待郑庄公薨后，公子忽、突相争数年，突入而复出，忽出而复入，那时郑国扰乱，公孙获病死，许叔方才与百里用计，乘机潜入许都，复整宗庙。此是后话。

再说郑庄公归国，厚赏瑕叔盈，思念颍考叔不置。深恨射考叔之人，而不得其名，乃使从征之众，每百人为卒，出猪一头，二十五人为行，出犬、鸡各一只，召巫史为文，以咒诅之。公孙阏暗暗匿笑。如此咒诅，三日将毕，郑庄公亲率诸大夫往观。才焚祝文，只见一人蓬首垢面，径造郑伯面前，跪哭而言曰：“臣考叔先登许城，何负于国？被奸臣子都挟争车之仇，冷箭射死。臣已得请于上帝，许偿臣命。蒙主君垂念，九泉怀德！”言讫，以手自探其喉，喉中喷血如注，登时气绝。庄公认得此人是公孙阏，急使人救之，已呼唤不醒。原来公孙阏被颍考叔附魂索命，自诉于郑伯之前，到此方知射考叔者即阏也。郑庄公嗟叹不已。感考叔之灵，命于颍谷立庙祀之。今河南府登封县，即颍谷故地，有颍大夫庙，又名纯孝庙。洧川亦有之。陇西居士有诗讥庄公云：

争车方罢复伤身，乱国全然不忌君。
若使群臣知畏法，何须鸡犬黩神明！

庄公又分遣二使，将礼币往齐、鲁二国称谢。齐国无话。单说所遣鲁国使臣回来，缴上礼币，原书不启。庄公问其缘故，使者奏曰：“臣方入鲁境，闻知鲁侯被公子翚所弑，已立新君。国书不合，不敢轻投。”庄公曰：“鲁侯谦让宽柔，乃贤君也，何以见弑？”使者曰：“其故臣备闻之。鲁先君惠公元妃早薨，宠妾仲子立为继室，生子名轨，欲立为嗣。鲁侯乃他妾之子也。惠公薨，群臣以鲁侯年长，奉之为君。鲁侯承父之志，每言：‘国乃轨之国也，因其年幼，寡人暂时居摄耳。’

子翚求为太宰之官，鲁侯曰：‘俟轨居君位，汝自求之。’公子翚反疑鲁侯有忌轨之心，密奏鲁侯曰：‘臣闻利器入手，不可假人。主公已嗣爵为君，国人悦服，千岁而后，便当传之子孙。何得以居摄为名，起人非望？今轨年长，恐将来不利于主，臣请杀之，为主公除此隐忧何如？’鲁侯掩耳曰：‘汝非痴狂，安得出此乱言！吾已使人于菟裘筑下宫室，为养老计，不日当传位于轨矣。’翚默然而退，自悔失言。诚恐鲁侯将此一段话告轨，轨即位，必当治罪。夤夜往见轨，反说：‘主公见汝年齿渐长，恐来争位。今日召我入宫，密嘱行害于汝。’轨惧而问计，翚曰：‘他无仁，我无义。公子必欲免祸，非行大事不可。’轨曰：‘彼为君已十一年矣，臣民信服。若大事不成，反受其殃。’翚曰：‘吾已为公子定计矣。主公未立之先，曾与郑君战狐壤，被郑所获，囚于郑大夫尹氏之家。尹氏素奉祀一神，名曰钟巫。主公暗地祈祷，谋逃归于鲁国。卜卦得吉，乃将实情告于尹氏。那时尹氏正不得志于郑，乃与主公共逃至鲁。遂立钟巫之庙于城外，每岁冬月，必亲自往祭。今其时矣。祭则必馆于寪大夫之家，吾预使勇士充作徒役，杂居在右，主公不疑。俟其睡熟刺之，一夫之力耳。’轨曰：‘此计虽善，然恶名何以自解？’翚曰：‘吾预嘱勇士潜逃，归罪于寪大夫，有何不可？’子轨下拜曰：‘大事若成，当以太宰相屈。’子翚如计而行，果弑鲁侯。今轨已嗣为君，翚为太宰，讨寪氏以解罪。国人无不知之，但畏翚权势，不敢言耳。”庄公乃问于群臣曰：“讨鲁与和鲁，二者孰利？”祭仲曰：“鲁、郑世好，不如和之，臣料鲁国不日有使命至矣。”言未毕，鲁使已及馆驿。庄公使人先叩其来意。言：“新君即位，特来修先君之好，且约两国君面会订盟。”庄公厚礼其使，约定夏四月中，于越地相见，歃血立誓，永好无渝。自是鲁、郑信使不绝。时周桓王之九年也。髯翁读史至此，论公子翚兵权在手，伐郑伐宋，专行无忌，逆端已见；及请杀弟轨，隐公亦谓其乱言矣。若暴明其罪，肆诸市朝，弟轨亦必感德。乃告以让位，激成弑逆之恶，岂非优柔不断，自取其祸！有诗叹云：

跛扈将军素横行，履霜全不戒坚冰。
菟裘空筑人难老，寪氏谁为抱不平？

又有诗讥钟巫之祭无益。诗曰：

狐壤逃归庙额题，年年设祭报神私。

钟巫灵感能相助，应起天雷击子翚！

却说宋穆公之子冯，自周平王末年奔郑，至今尚在郑国，忽一日传言："有宋使至郑，迎公子冯回国，欲立为君。"庄公曰："莫非宋君臣哄冯回去，欲行杀害？"祭仲曰："且待接见使臣，自有国书。"不知书中如何，且看下回分解。

第八回

立新君华督行赂　败戎兵郑忽辞婚

话说宋殇公与夷自即位以来，屡屡用兵，单说伐郑，已是三次了。只为公子冯在郑，故忌而伐之。太宰华督素与公子冯有交，见殇公用兵于郑，口中虽不敢谏阻，心上好生不乐。孔父嘉是主兵之官，华督如何不怪他？每思寻端杀害，只为他是殇公重用之人，掌握兵权，不敢动手。自伐戴一出，全军覆没，孔父嘉只身逃归，国人颇有怨言，尽说："宋君不恤百姓，轻师好战，害得国中妻寡子孤，户口耗减。"华督又使心腹人于里巷布散流言，说："屡次用兵，皆出孔司马主意。"国人信以为然，皆怨司马，华督正中其怀。又闻说孔父嘉继室魏氏，美艳非常，世无其比，只恨

不能一见。忽一日魏氏归宁,随外家出郊省墓。时值春月,柳色如烟,花光似锦,正士女踏青之候。魏氏不合揭起车幰,偷觑外边光景。华督正在郊外游玩,蓦然相遇,询知是孔司马家眷,大惊曰:"世间有此尤物,名不虚传矣!"日夜思想,魂魄俱销。"若后房得此一位美人,足够下半世受用。除是杀其夫,方可以夺其妻。"由此害嘉之谋益决。

时周桓王十年春蒐之期,孔父嘉简阅车马,号令颇严。华督又使心腹人在军中扬言:"司马又将起兵伐郑,昨日与太宰会议已定,所以今日治兵。"军士人人恐惧,三三两两,俱往太宰门上诉苦,求其进言于君,休动干戈。华督故意将门闭紧,但遣阍人于门隙中,以好言抚慰。军士求见愈切,人越聚得多了,多有带器械者。看看天晚,不得见太宰,呐喊起来。自古道:"聚人易,散人难。"华督知军心已变,衷甲佩剑而出,传命开门,教军士立定,不许喧哗。自己当门而立,先将一番假慈悲的话稳住众心,然后说:"孔司马主张用兵,殃民毒众。主君偏于信任,不从吾谏。三日之内,又要大举伐郑。宋国百姓何罪,受此劳苦!"激得众军士咬牙切齿,声声叫"杀"!华督假意解劝:"你们不可造次,若司马闻知,奏知主公,性命难保!"众军士纷纷都道:"我们父子亲戚,连岁争战,死亡过半。今又大举出征,那郑国将勇兵强,如何敌得他过?左右是死,不如杀却此贼,与民除害,死而无怨!"华督又曰:"投鼠者当忌其器。司马虽恶,实主公宠幸之臣,此事决不可行!"众军士曰:"若得太宰做主,便是那无道昏君,吾等也不怕他!"一头说,一头扯住华督袍袖不放。齐曰:"愿随太宰杀害民贼!"

当下众军士帮助舆人驾起车来,华督被众军士簇拥登车,车中自有心腹紧随。一路呼哨,直至孔司马私宅,将宅子团团围住。华督吩咐:"且不要声张,待我叩门,于中取事。"其时黄昏将尽,孔父在内室饮酒,闻外面叩门声急,使人传问。说是:"华太宰亲自到门,有机密事相商。"孔父嘉忙整衣冠,出堂迎接。才启大门,外边一片声呐喊,军士蜂拥而入。孔父嘉心慌,却待转步,华督早已登堂,大叫:"害民贼在此,何不动手?"嘉未及开言,头已落地。华督自引心腹，直入内室，抢了魏氏，登车而去。魏氏在车中无计可施，暗解束带，自系其喉，比及到华氏之门，气已绝矣。华督叹息不已。吩咐载去郊外藁葬，严戒同行人从，不许宣扬其事。嗟乎！不得一夕之欢，徒造万劫之怨，岂不悔哉！众军士乘机将孔氏家私，掳掠罄尽。孔父嘉止一子，名木金父，年尚幼，其家臣抱之奔鲁。后来以字为氏，曰孔氏，孔圣仲尼即其六世之孙也。

且说宋殇公闻司马被杀，手足无措。又闻华督同往，大怒，即遣人召之，欲正其罪。华督称疾不赴。殇公传令驾车，欲亲临孔父之丧。华督闻之，急召军正谓曰："主公宠信司马，汝所知也。汝曹擅杀司马，乌得无罪？先君穆公舍其子而立主公，主公以德为怨，任用司马，伐郑不休。今司马受戮，天理昭彰。不若并行大事，迎立先君之子，转祸为福，岂不美哉？"军正曰："太宰之言，正合众意。"于是号召军士，齐伏孔氏之门，只等宋公一到，鼓噪而起，侍卫惊散，殇公遂死于乱军之手。华督闻报，衰服而至，举哀者再。乃鸣鼓以聚群臣，胡乱将军中一二人坐罪行诛，以掩众目。倡言："先君之子冯，见在郑国，人心不忘先君，合当迎立其子。"百官唯唯而退。华督遂遣使往郑报丧，且迎公子冯，一面将宋国宝库中重器行赂各国，告明立冯之故。

且说郑庄公见了宋使，接了国书，已知来意。便整备法驾，送公子冯归宋为君。公子冯临行，泣拜于地曰："冯之残喘，皆君所留，幸而返国，得延先祀。当世为陪臣，不敢贰心。"庄公亦为呜咽。公子冯回宋，华督奉之为君，是为庄公。华督仍为太宰，分赂各国，无不受纳。齐侯、鲁侯、郑伯同会于稷，以定宋公之位，使华督为相。史官有诗叹曰：

> 春秋篡弑叹纷然，宋鲁奇闻只隔年。
> 列国若能辞贿赂，乱臣贼子岂安眠！

又有诗单说宋殇公背义忌冯，今日见弑，乃天也。诗曰：

> 穆公让国乃公心，可恨殇公反忌冯。
> 今日殇亡冯即位，九泉羞见父和兄。

单表齐僖公自会稷回来，中途接得警报："今有北戎主，遣元帅大良、小良，帅戎兵一万，来犯齐界，已破祝阿，直攻历下。守臣不能抵当，连连告急。乞主公速回。”僖公曰：“北戎屡次侵扰，不过鼠窃狗偷而已。今番大举入犯，若使得利而去，将来北鄙必无宁岁。”乃分遣人于鲁、卫、郑三处借兵，一面同公子元、公孙戴仲等，前去历城拒敌。

却说郑庄公闻齐有戎患，乃召世子忽谓曰：“齐与郑同盟，且郑每用兵，齐必相从，今来乞师，宜速往救。”乃选车三百乘，使世子忽为大将，高渠弥副之，祝聃为先锋，星夜望齐国进发。闻齐僖公在历下，径来相见。时鲁、卫二国之师，尚未曾到。僖公感激无已，亲自出城犒军，与世子忽商议退戎之策。世子忽曰：“戎用徒，易进亦易败；我用车，难败亦难进。然虽如此，戎性轻而不整，贪而无亲，胜不相让，败不相救，是可诱而取也。况彼恃胜，必然轻进。若以偏师当敌，诈为败走，戎必来追。吾预伏兵以待之。追兵遇伏，必骇而奔，奔而逐之，必获全胜。”僖公曰：“此计甚妙！齐兵伏于东，以遏其前；郑兵伏于北，以逐其后。首尾攻击，万无一失。”世子忽领命自去北路，分作两处埋伏去了。僖公召公子元授计：“汝可领兵伏于东门，只等戎军来追，即忙杀出。”使公孙戴仲引一军诱敌：“只要输不要赢，诱至东门伏兵之处，便算有功。”

分拨已定，公孙戴仲开关搦战。戎帅小良持刀跃马，领着戎兵三千，出寨迎敌。两下交锋，约二十合，戴仲气力不加，回车便走，却不进北关，绕城向东路而去。小良不舍，尽力来追。大良见戎兵得胜，尽起大军随后。将近东门，忽然炮声大震，金鼓喧天，茨苇中都是伏兵，如蜂攒蝇集。小良急叫：“中计！”拨回马头便走，反将大良后队冲动，立脚不牢，一齐都奔。公孙戴仲与公子元合兵追赶。大良吩咐小良上前开路，自己断后，且战且走。落后者俱被齐兵擒斩。戎兵行至鹊山，回顾追军渐远，喘息方定。正欲埋锅造饭，山坳里喊声大举，一枝军马冲出，口称：“郑国上将高渠弥在此。”大良、小良慌忙上马，无心恋战，夺路奔逃。高渠弥随后掩杀。约行数里之程，前面喊声又起，却是世子忽引兵杀到，后面公子元率领齐兵亦至。杀得戎兵七零八落，四散逃命。小良被祝聃一箭正中脑袋，坠马而死。大良匹马溃围而出，正遇着世子忽戎车，措手不及，亦被世子忽斩之。生擒甲首三百，死者无算。世子忽将大良、小良首级并甲首,都解到齐侯军前献功。僖公大喜曰:“若非世子如此英雄,戎兵安得便退?今日社稷安靖,皆世子之所赐也!”世子忽曰:“偶效微劳,何烦过誉?”于是僖公遣使止住鲁、卫之兵,免劳跋涉,命大排筵席,专待世子忽。席间又说起:“小女愿备箕箒。”世子忽再三谦让。席散之后,僖公使夷仲年私谓高渠弥曰:“寡君慕世子英雄,愿结姻好。前番遣使,未蒙见允。今日寡君亲与世子言之,世子执意不从,不知何意。大夫能玉成其事,请以白璧二双,黄金百镒为献。”高渠弥领命,来见世子,备道齐侯相慕之意,“若谐婚好,异日得此大国相助,亦是美事。”世子忽曰:“昔年无事之日,蒙齐侯欲婚我,我尚然不敢仰攀。今奉命救齐,幸而成功,乃受室而归,外人必谓我挟功求娶,何以自明?”高渠弥再三撺掇,只是不允。次日,齐僖公又使夷仲年来议婚,世子忽辞曰:“未禀父命,私婚有罪。”即日辞回本国。齐僖公怒曰:“吾有女如此,何患无夫?”

再说郑世子忽回国,将辞婚之事禀知庄公。庄公曰:“吾儿能自立功业,不患无良姻也。”祭足私谓高渠弥曰:“君多内宠,公子突、公子仪、公子亹三人,皆有觊觎之志。世子若结婚大国,犹可借其助援。齐不议婚,犹当请之,奈何自翦羽翼耶?吾子从行,何不谏之?”高渠弥曰:“吾亦言之,奈不听何?”祭足叹息而去。髯翁有诗,单论子忽辞婚之事。诗曰:

丈夫作事有刚柔,未必辞婚便失谋。
试咏载驱并敝笱,鲁桓可是得长筹?

高渠弥素与公子亹相厚,闻祭足之语,益相交结。世子忽言于庄公曰:“渠弥与子亹私通,往来甚密,其心不可测也。”庄公以世子忽之言面责渠弥。渠弥讳言无有,转背即与子亹言之。子亹曰:“吾父欲用汝为正卿,为世子所阻而止,今又欲断吾两人之往来。父在日犹然,若父百年之后,岂复能相容乎?”高渠弥曰:“世子优柔不断,不能害人,公子勿忧也。”子亹与高渠弥自此与世子忽有隙,后来高渠弥弑忽立亹,盖本于此。

再说祭足为世子忽画策,使之结婚于陈,修好于卫:“陈、卫二国方睦,若与郑成鼎足之势,亦足自固。”世子忽以为然。祭足乃言于庄公,遣使如陈求婚,陈侯从之。世子忽至陈,亲迎妫氏以归。鲁桓公亦遣使求婚于齐。只因齐侯将女文姜许婚鲁侯,又生出许多事来。要知后事,且看下回分解。

第　九　回

齐侯送文姜婚鲁　祝聃射周王中肩

话说齐僖公生有二女，皆绝色也。长女嫁于卫，即卫宣姜，另有表白在后。单说次女文姜，生得秋水为神，芙蓉如面，比花花解语，比玉玉生香，真乃绝世佳人，古今国色。兼且通今博古，出口成文，因此

号为文姜。世子诸儿原是个酒色之徒，与文姜虽为兄妹，各自一母。诸儿长于文姜只二岁，自小在宫中同行同坐，觑耍顽皮。及文姜渐已长成，出落得如花似玉，诸儿已通情窦，见文姜如此才貌，况且举动轻薄，每有调戏之意。那文姜妖淫成性，又是个不顾礼义的人，语言戏谑，时及闾巷秽亵，全不避忌。诸儿生得长身伟干，粉面朱唇，天生的美男子，与文姜倒是一对人品，可惜

产于一家,分为兄妹,不得配合成双。如今聚于一处,男女无别,遂至并肩携手,无所不至。只因碍着左右宫人,单少得同衾贴肉了。也是齐侯夫妇溺爱子女,不预为防范,以致儿女成禽兽之行,后来诸儿身弑国危,祸皆由此。

自郑世子忽大败戎师,齐僖公在文姜面前夸奖他许多英雄,今与议婚,文姜不胜之喜。及闻世子忽坚辞不允,心中郁闷,染成一疾,暮热朝凉,精神恍惚,半坐半眠,寝食俱废。有诗为证:

二八深闺不解羞,一桩情事锁眉头。
鸾凰不入情丝网,野鸟家鸡总是愁。

世子诸儿以候病为名,时时闯入闺中,挨坐床头,遍体抚摩,指问疾苦,但耳目之际,仅不及乱。一日,齐僖公偶到文姜处看视,见诸儿在房,责之曰:"汝虽则兄妹,礼宜避嫌。今后但遣宫人致候,不必自到。"诸儿唯唯而出,自此相见遂稀。未几,僖公为诸儿娶宋女,鲁、莒俱有媵。诸儿爱恋新婚,兄妹踪迹益疏。文姜深闺寂寞,怀念诸儿,病势愈加,却是胸中展转,难以出口。正是:"哑子漫尝黄柏味,自家有苦自家知。"有诗为证:

春草醉春烟,深闺人独眠。
积恨颜将老,相思心欲燃。
几回明月夜,飞梦到郎边。

却说鲁桓公即位之年,年齿已长,尚未聘有夫人。大夫臧孙达进曰:"古者,国君年十五而生子。今君内主尚虚,异日主器何望?非所以重宗庙也。"公子翚曰:"臣闻齐侯有爱女文姜,欲妻郑世子忽而不果,君盍求之?"桓公曰:"诺。"即使公子翚求婚于齐。齐僖公以文姜病中,请缓其期。宫人却将鲁侯请婚的喜信报知文姜。文姜本是过时思想之症,得此消息,心下稍舒,病觉渐减。及齐、鲁为宋公一事共会于稷,鲁侯当面又以姻事为请。齐侯期以明岁。至鲁桓公三年,又亲至嬴地,与齐侯为会。齐僖公感其殷勤,许之。鲁侯遂于嬴地纳币,视常礼加倍隆重,僖公大喜。约定秋九月,自送文姜至鲁成婚。鲁侯乃使公子翚至齐迎女。齐世子诸儿闻文姜将嫁他国,从前狂心,不觉复萌,使宫人假送花朵于文姜,附以诗曰:

桃有华，灿灿其霞。当户不折，飘而为苴。吁嗟兮复吁嗟！

文姜得诗，已解其情，亦复以诗曰：

桃有英，烨烨其灵。今兹不折，讵无来春？叮咛兮复叮咛！

诸儿读其答诗，知文姜有心于彼，想慕转切。

未几，鲁使上卿公子翚如齐，迎取文姜。齐僖公以爱女之故，欲亲自往送。诸儿闻之，请于父曰："闻妹子将适鲁侯，齐、鲁世好，此诚美事。但鲁侯既不亲迎，必须亲人往送。父亲国事在身，不便远离，孩儿不才，愿代一行。僖公曰："吾已亲口许下自往送亲，安可失信？"说犹未毕，人报："鲁侯停驾讙邑，专候迎亲。"僖公曰："鲁，礼义之国，中道迎亲，正恐劳吾入境，吾不可以不往。"诸儿默然而退，姜氏心中亦如有所失。其时，秋九月初旬，吉期已迫。文姜别过六宫妃眷，到东宫来别哥哥诸儿。诸儿整酒相待，四目相视，各不相舍，只多了元妃在座。且其父僖公遣宫人守候，不能交言，暗暗嗟叹。临别之际，诸儿挨至车前，单道个："妹子留心，莫忘'叮咛'之句。"文姜答言："哥哥保重，相见有日。"齐僖公命诸儿守国，亲送文姜至讙，与鲁侯相见。鲁侯叙甥舅之礼，设席款待。从人皆有厚赐。僖公辞归，鲁侯引文姜到国成亲。一来，齐是个大国，二来，文姜如花绝色，鲁侯十分爱重。三朝见庙，大夫宗妇俱来朝见君夫人。僖公复使其弟夷仲年聘鲁，问候姜氏。自此齐、鲁亲密，不在话下。无名子有诗，单道文姜出嫁事。诗云：

从来男女慎嫌微，兄妹如何不隔离？
只为临歧言保重，致令他日玷中闱。

话分两头。再说周桓王自闻郑伯假命伐宋，心中大怒，竟使虢公林父独秉朝政，不用郑伯。郑庄公闻知此信，心怨桓王，一连五年不朝。桓王曰："郑寤生无礼甚矣！若不讨之，人将效尤。朕当亲帅六军，往声其罪。"虢公林父谏曰："郑有累世卿士之劳，今日夺其政柄，是以不朝。且宜下诏征之，不必自往，以亵天威。"桓王忿然作色曰："寤生欺朕非止一次，朕与寤生誓不两立！"乃召蔡、卫、陈三国，一同兴师伐郑。是时陈侯鲍方薨，其弟公子佗字伍父，弑太子免而自立，谥鲍为桓公，国人不服，纷纷逃散。周使征兵，公子佗初即位，不敢违王之命，只得纠集车徒，遣大夫伯爰诸统领，望郑国进发。蔡、卫各遣兵从征。桓王使虢公林父将右军，以蔡、卫之兵属之；使周公黑肩将左军，陈兵属之；王自统大兵为中军，左右策应。

郑庄公闻王师将至，乃集诸大夫问计，群臣莫敢先应。正卿祭足曰："天子亲自将兵，责我不朝，名正言顺。不如遣使谢罪，转祸为福。"庄公怒曰："王夺我政权，又加兵于我，三世勤王之绩，付与东流。此番若不挫其锐气，宗社难保。"高渠弥曰："陈与郑素睦，其助兵乃不得已也。蔡、卫与我夙仇，必然效力。天子震怒自将，其锋不可当，宜坚壁以待之，俟其意怠，或战或和，可以如意。"大夫公子元进曰："以臣战君，于理不直，宜速不宜迟也。臣虽不才，愿献一计。"庄公曰："卿计如何？"子元曰："王师既分为三，亦当为三军以应之。左右二师皆结方阵，以左军当其右军，以右军当其左军，主公自率中军以当王。"庄公曰："如此可必胜乎？"子元曰："陈佗弑君新立，国人不顺，勉从征调，其心必离。若令右军先犯陈师，出其不意，必然奔窜。再令左军径奔蔡、卫，蔡、卫闻陈败，亦将溃矣。然后合兵以攻王卒，万无不胜。"庄公曰："卿料敌如指掌，子封不死矣！"

正商议间，疆吏报："王师已至繻葛，三营联络不断。"庄公曰："但须破其一营，余不足破也。"乃使大夫曼伯引一军为右拒，使正卿祭足引一军为左拒，自领上将高渠弥、原繁、瑕叔盈、祝聃等，建"蝥弧"大旗于中军。祭足进曰："'蝥弧'所以胜宋、许也。'奉天讨罪'，以伐诸侯则可，以伐王则不可。"庄公曰："寡人思不及此！"即命以大旆易之，仍使瑕叔盈执掌。其"蝥弧"置于武库，自后不用。高渠弥曰："臣观周王，颇知兵法。今番交战，不比寻常，请为'鱼丽'之阵。"庄公曰："'鱼丽阵'如何？"高渠弥曰："甲车二十五乘为偏，甲士五人为伍。每车一偏在前，别用甲士五五二十五人随后，塞其阙漏。车伤一人，伍即补之，有进无退。此阵法极坚极密，难败易胜。"庄公曰："善。"三军将近繻葛，扎住营寨。桓王闻郑伯出师抵敌，怒不可言，便欲亲自出战，虢公林父谏止之。次日各排阵势，庄公传令："左右二军，不可轻动，只看军中大旆展动，一齐进兵。"

且说桓王打点一番责郑的说话，专待郑君出头打话，当阵诉说，以折其气。郑君虽列阵，只把住阵门，绝无动静。桓王使人挑战，并无人应。将至午后，庄公度王卒已怠，教瑕叔盈把大旆麾动，左右二拒，一齐鸣鼓，鼓声如雷，各各奋勇前进。且说曼伯杀入左军，陈兵原无斗志，即时奔散，反将周兵冲动。周公黑肩阻遏不住，大败而走。再说祭足杀入右军，只看蔡、卫旗号冲突将去。二国不能抵当，各自觅路奔逃。虢公林父仗剑立于车前，约束军人："如有乱动者斩！"祭足不敢逼。林父缓缓而退，不折一兵。

再说桓王在中军，闻敌营鼓声震天，知是出战，准备相持。只见士卒纷纷耳语，队伍早乱。原来望见溃兵，知左右二营有失，连中军也立脚不住。却被郑兵如墙而进，祝聃在前，原繁在后，曼伯、祭足亦领得胜之兵，并力合攻。杀得车倾马毙，将陨兵亡。桓王传令速退，亲自断后，且战且走。祝聃望见绣盖之下，料是周王，尽着眼力觑真，一箭射去，正中周王左肩。幸裹甲坚厚，伤不甚重。祝聃催车前进，正在危急，却得虢公林父前来救驾，与祝聃交锋。原繁、曼伯一齐来前，各骋英雄，忽闻郑中军鸣金甚急，遂各收军。桓王引兵退三十里下寨，周公黑肩亦至，诉称："陈人不肯用力，以至于败。"桓王赧然曰："此朕用人不明之过也！"

祝聃等回军，见郑庄公曰："臣已射王肩，周王胆落，正待追赶，生擒那厮，何以鸣金？"庄公曰："本为天子不明，将德为怨，今日应敌，万非得已。赖诸卿之力，社稷无陨足矣，何敢多求！依你说取回天子，如何发落？即射王亦不可也，万一重伤殒命，寡人有弑君之名矣！"祭足曰："主公之言是也。今吾国兵威已立，料周王必当畏惧。宜遣使问安，稍与殷勤，使知射肩非出主公之意。"庄公曰："此行非仲不可。"命备牛十二头、羊百只、粟刍之物共百余车，连夜到周王营内。祭足叩首再三，口称："死罪臣寤生，不忍社稷之陨，勒兵自卫。不料军中不戒，有犯王躬。寤生不胜战兢觳觫之至！谨遣陪臣足，待罪辕门，敬问无恙。不腆敝赋，聊充劳军之用。惟天王怜而赦之！"桓王默然，自有惭色。虢公林父从旁代答曰："寤生既知其罪，当从宽宥，来使便可谢恩。"祭足再拜稽首而出，遍历各营，俱问安否。史官有诗叹云：

漫夸神箭集王肩，不想君臣等地天。

对垒公然全不让，却将虚礼媚王前。

又髯翁有诗讥桓王，不当轻兵伐郑，自取其辱。诗云：

明珠弹雀古来讥，岂有天王自出车？

传檄四方兼贬爵，郑人宁不惧王威！

桓王兵败归周，不胜其忿，便欲传檄四方，共声郑寤生无王之罪。虢公林父谏曰：“王轻举丧功，若传檄四方是自彰其败也。诸侯自陈、卫、蔡三国而外，莫非郑党。征兵不至，徒为郑笑。且郑已遣祭足劳军谢罪，可借此赦宥，开郑自新之路。”桓王默然，自此更不言郑事。

却说蔡侯因遣兵从周伐郑，军中探听得陈国篡乱，人心不服公子佗，于是引兵袭陈。不知胜败如何，且看下回分解。

第 十 回

楚熊通僭号称王　郑祭足被胁立庶

话说陈桓公之庶子名跃，系蔡姬所出，蔡侯封人之甥也。因陈、蔡之兵一同伐郑，陈国是大夫伯爰诸为将，蔡国是蔡侯之弟蔡季为将。蔡季向伯爰诸私问陈事，伯爰诸曰："新君佗虽然篡立，然人心不服，又性好田猎，每每微服从禽于郊外，不恤国政，将来国中必然有变。"蔡季曰："何不讨其罪而戮之？"伯爰诸曰："心非不欲，恨力不逮耳！"及周王兵败，三国之师各回本国。蔡季将伯爰诸所言奏闻蔡侯，蔡侯曰："太子免既死，次当吾甥即位。佗乃篡弑之贼，岂容久窃富贵耶？"蔡季奏曰："佗好猎，俟其出，可袭而弑也。"蔡侯以为然，乃密遣蔡季率兵车百乘，待于界口，只等逆佗出猎，便往袭之。蔡

季遣谍打探，回报："陈君三日前出猎，见屯界口。"蔡季曰："吾计成矣。"乃将车马分为十队，都扮作猎人模样，一路打围前去。正遇陈君队中射倒一鹿，蔡季驰车夺之。陈君怒，轻身来擒蔡季。季回车便走，陈君招引车徒赶来。只听得金锣一声响亮，十队猎人一齐上前，将陈君拿住。蔡季大叫道："吾非别人，乃蔡侯亲弟蔡季是也。因汝国逆佗弑君，奉吾兄之命，来此讨贼。止诛一人，余俱不问。"众人俱拜伏于地，蔡季一一抚慰，言："故君之子跃，是我蔡侯外甥，今扶立为君，何如？"众人齐声答曰："如此甚合公心，某等情愿前导。"蔡季将逆佗即时枭首，悬头于车上，长驱入陈。在先跟随陈君出猎的一班人众，为之开路，表明蔡人讨贼立君之意。于是市井不惊，百姓欢呼载道。蔡季至陈，命以逆佗之首，祭于陈桓公之庙，拥立公子跃为君，是为厉公。此周桓王十四年之事也。公子佗篡位才一年零六个月，为此须臾富贵，甘受万载恶名，岂不愚哉！有诗为证：

弑君指望千年贵，淫猎谁知一旦诛！
若是凶人无显戮，乱臣贼子定纷如。

陈自公子跃即位，与蔡甚睦，数年无事。这段话缴过不提。

且说南方之国曰楚，芈姓，子爵。出自颛顼帝孙重黎，为高辛氏火正之官，能光融天下，命曰祝融。重黎死，其弟吴回嗣为祝融。生子陆终，娶鬼方国君之女，得孕怀十一年，开左胁，生下三子，又开右胁，复生下三子。长曰樊，己姓，封于卫墟，为夏伯，汤伐桀灭之。次曰参胡，董姓，封于韩墟，周时为胡国，后灭于楚。三曰彭祖，彭姓，封于韩墟，为商伯，商末始亡。四曰会人，坛姓，封于郑墟。五曰安，曹姓，封于邾墟。六曰季连。芈姓，乃季连之苗裔。有名鬻熊者，博学有道，周文王、武王俱师之，后世以熊为氏。成王时，举文、武勤劳之后，得鬻熊之曾孙熊绎，封于荆蛮，胙以子男之田，都于丹阳。五传至熊渠，甚得江、汉间民和，僭号称王。周厉王暴虐，熊渠畏其侵伐，去王号不敢称。又八传至于熊仪，是为若敖。又再传至熊眴，是为蚡冒。蚡冒卒，其弟熊通弑蚡冒之子而自立。熊通强暴好战，有僭号称王之志；见诸侯戴周，朝聘不绝，以此犹怀观望。及周桓王兵败于郑，熊通益无忌惮，僭谋遂决。令尹斗伯比进曰："楚去王号已久，今欲复称，恐骇观听，必先以威力制服诸侯方可。”熊通曰：“其道如何？”伯比对曰：“汉东之国，惟随为大。君姑以兵临随，而遣使求成焉。随服，则汉、淮诸国，无不顺矣。”熊通从之，乃亲率大军，屯于瑕，遣大夫薳章求成于随。

随有一贤臣名曰季梁，又有一谀臣名曰少师。随侯喜谀而疏贤，所以少师有宠。及楚使至随，随侯召二臣问之。季梁奏曰：“楚强随弱，今来求成，其心不可测也。姑外为应承，而内修备御，方保无虞。”少师曰：“臣请奉成约，往探楚军。”随侯乃使少师至瑕，与楚结盟。斗伯比闻少师将至，奏熊通曰：“臣闻少师乃浅近之徒，以谀得宠。今奉使来此探吾虚实，宜藏其壮锐，以老弱示之。彼将轻我，其气必骄。骄必怠，然后我可以得志。”大夫熊率比曰：“季梁在彼，何益于事？”伯比曰：“非为今日，吾以图其后也。”熊通从其计。少师入楚营，左右瞻视，见戈甲朽敝，人或老或弱，不堪战斗，遂有矜高之色。谓熊通曰：“吾两国各守疆宇，不识上国之求成何意？”熊通谬应曰：“敝邑连年荒歉，百姓疲羸。诚恐小国合党为梗，故欲与上国约为兄弟，为唇齿之援耳。”少师对曰：“汉东小国皆敝邑号令所及，君不必虑也。”熊通遂与少师结盟。少师行后，熊通传令班师。

少师还见随侯，述楚军羸弱之状：“幸而得盟，即刻班师，其惧我甚矣！愿假臣偏师追袭之，纵不能悉俘以归，亦可掠取其半，使楚今后不敢正眼视随。”随侯以为然。方欲起师，季梁闻之，趋入谏曰：“不可！不可！楚自若敖、蚡冒以来，世修其政，冯陵江、汉，积有岁年。熊通弑侄而自立，凶暴更甚，无故请成，包藏祸心。今以老弱示我，盖诱我耳，若追之，必堕其计！”随侯卜之，不吉，遂不追楚师。熊通闻季梁谏止追兵，复召斗伯比问计。伯比献策曰：“请合诸侯于沈鹿。若随人来会，服从必矣。如其不至，则以叛盟伐之。”熊通遂遣使遍告汉东诸国，以孟夏之朔，于沈鹿取齐。

至期，巴、庸、濮、邓、鄾、绞、罗、郧、贰、轸、申、江诸国毕集，惟黄、随二国不至。楚子使薳章责黄，黄子遣使告罪。又使屈瑕责随，随侯不服。熊通乃率师伐随，军于汉、淮二水之间。随侯集群臣问拒楚之策，季梁进曰：“楚初合诸侯，以兵临我，其锋方锐，未可轻敌，不如卑辞以请成。楚苟听我,复修旧好足矣。其或不听,曲在于楚。楚欺我之辞卑,士有怠心。我见楚之拒请,士有怒气。我怒彼怠,庶可一战,以图侥幸乎!”少师从旁攘臂言曰:“尔何怯之甚也!楚人远来,乃自送死耳!若不速战,恐楚人复如前番遁逃,岂不可惜。”随侯惑其言,乃以少师为戎右,以季梁为御,亲自出师御楚,布阵于青林山之下。季梁升车以望楚师,谓随侯曰:“楚兵分左右二军。楚俗以左为上,其君必在左,君之所在,精兵聚焉。请专攻其右军,若右败则左亦丧气矣。”少师曰:“避楚君而不攻,宁不贻笑于楚人乎?”随侯从其言,先攻楚左军。楚开阵以纳随师,随侯杀入阵中。楚四面伏兵皆起,人人勇猛,个个精强。少师与楚将斗丹交锋,不十合,被斗丹斩于车下。季梁保着随侯死战,楚兵不退。随侯弃了戎车,微服混于小军之中,季梁杀条血路,方脱重围。点视军卒,十分不存三四。随侯谓季梁曰:“孤不听汝言,以至于此!”问:“少师何在?”有军人见其被杀,奏知随侯,随侯叹息不已。季梁曰:“此误国之人,君何惜焉?为今之计,作速请成为上。”随侯曰:“孤今以国听子。”

季梁乃入楚军求成。熊通大怒曰:“汝主叛盟拒会,以兵相抗,今兵败求成,非诚心也。”季梁面不改色,从容进曰:“昔者,奸臣少师恃宠贪功,强寡君于行阵,实非出寡君之意。今少师已死,寡君自知其罪,遣下臣稽首于麾下。君若赦宥,当倡率汉东君长,朝夕在庭,永为南服。惟君裁之!”斗伯比曰:“天意不欲亡随,故去其谀佞,随未可灭也。不若许成,使倡率汉东君长,颂楚功绩于周,因假位号,以镇服蛮夷,于楚无不利焉。”熊通曰:“善。”乃使薳章私谓季梁曰:“寡君奄有江、汉,欲假位号,以镇服蛮夷。若徼惠上国,率群蛮以请于周室,幸而得请,寡君之荣实惟上国之赐。寡君戢兵以待命。”季梁归言于随侯,随侯不敢不从。乃自以汉东诸侯之意,颂楚功绩,请王室以王号假楚,弹压蛮夷。桓王不许。熊通闻之,怒曰:“吾先人熊鬻有辅导二王之劳,仅封微国,远在荆山。今地辟民众,蛮夷莫不臣服,而王不加位,是无赏也;郑人射王肩,而王不能讨,是无罚也。无赏无罚,何以为王!且王号,我先君熊渠之所自称也,孤亦光复旧号,安用周为?”遂即中军自立为楚武王,与随人结盟而去。汉东诸国,各遣使称贺。桓王虽怒楚，无如之何。自此周室愈弱，而楚益无厌。熊通卒，传子熊赀，迁都于郢。役属群蛮，骎骎乎有侵犯中国之势。后来若非召陵之师、城濮之战，则其势不可遏矣。

话分两头。再说郑庄公自胜王师，深嘉公子元之功，大城栎邑，使之居守，比于附庸。诸大夫各有封赏，惟祝聃之功不录。祝聃自言于庄公，公曰："射王而录其功，人将议我。"祝聃忿恨，疽发于背而死。庄公私给其家，命厚葬之。

周桓王十九年夏，庄公有疾，召祭足至床头，谓曰："寡人有子十一人。自世子忽之外，子突、子亹、子仪，皆有贵征。子突才智福禄似又出三子之上，三子皆非令终之相也。寡人意欲传位于突，何如？"祭足曰："邓曼，元妃也。子忽嫡长，久居储位，且屡建大功，国人信从。废嫡立庶，臣不敢奉命！"庄公曰："突志非安于下位者，若立忽，惟有出突于外家耳。"祭足曰："知子莫如父，惟君命之。"庄公叹曰："郑国自此多事矣！"乃使公子突出居于宋。五月，庄公薨。世子忽即位，是为昭公。使诸大夫分聘各国。祭足聘宋，因便察子突之变。

却说公子突之母，乃宋雍氏之女，名曰雍姞。雍氏宗族多仕于宋，宋庄公甚宠任之。公子突被出在宋，思念其母雍姞，与雍氏商议归郑之策。雍氏告于宋公，宋公许为之计。适祭足行聘至宋，宋公喜曰："子突之归，只在祭仲身上也。"乃使南宫长万伏甲士于朝，以待祭足入朝。致聘行礼毕，甲士趋出，将祭足拘执。祭足大呼："外臣何罪？"宋公曰："姑至军府言之。"是日，祭足被囚于军府，甲士周围把守，水泄不通。祭足疑惧，坐不安席。至晚，太宰华督携酒亲至军府，与祭足压惊。祭足曰："寡君使足修好上国，未有开罪，不知何以触怒？将寡君之礼或有所缺，抑使臣之不职乎？"华督曰："皆非也。公子突之出于雍，谁不知之。今子突窜伏在宋，寡君悯焉！且子忽柔懦，不堪为君。吾子若能行废立之事，寡君愿与吾子世修姻好。惟吾子图之！"祭足曰："寡君之立，先君所命也。以臣废君，诸侯将讨吾罪矣。"华督曰："雍姞有宠于郑先君，母宠子贵，不亦可乎？且弑逆之事，何国蔑有？惟力是视，谁加罪焉！"因附祭足之耳曰："吾寡君之立，亦有废而后兴。子必行之，寡君当任其无咎。"祭足皱眉不答。华督又曰："子必不从，寡君将命南宫长万为将，发车六百乘，纳公子突于郑。出军之日，斩吾子以殉于军，吾见子止于今日矣！”祭足大惧，只得应诺。华督复要之立誓。祭足曰：“所不立公子突者，神明殛之！”史官有诗讥祭足云：

丈夫宠辱不能惊，国相如何受胁陵？

若是忠臣拚一死，宋人未必敢相轻！

华督连夜还报宋公，说：“祭足已听命了。”

次日，宋公使人召公子突至于密室，谓曰：“寡人与雍氏有言，许归吾子。今郑国告立新君，有密书及寡人曰：‘必杀之，愿割三城为谢。’寡人不忍，故私告子。”公子突拜曰：“突不幸，越在上国。突之死生，已属于君。若以君之灵，使得重见先人之宗庙，惟君所命，岂惟三城！”宋公曰：“寡人囚祭仲于军府，正惟公子之故。此大事非仲不成，寡人将盟之。”乃并召祭足使与子突相见，亦召雍氏，将废忽立突之事说明。三人歃血定盟，宋公自为司盟，太宰华督莅事。宋公使子突立下誓约，三城之外，定要白璧百双、黄金万镒，每岁输谷三万钟，以为酬谢之礼。祭足书名为证。公子突急于得国，无不应承。宋公又要公子突将国政尽委祭足，突亦允之。又闻祭足有女，使许配雍氏之子雍纠，就教带雍纠归国成亲，仕以大夫之职。祭足亦不敢不从。

公子突与雍纠皆微服，诈为商贾，驾车跟随祭足，以九月朔日至郑，藏于祭足之家。祭足伪称有疾，不能趋朝。诸大夫俱至祭府问安。祭足伏死士百人于壁衣之中，请诸大夫至内室相见。诸大夫见祭足面色充盈，衣冠齐整，大惊曰：“相君无恙，何不入朝？”祭足曰：“足非身病，乃国病也。先君宠爱子突，嘱诸宋公，今宋将遣南宫长万为将，率车六百乘，辅突伐郑。郑国未宁，何以当之？”诸大夫面面相觑，不敢置对。祭足曰：“今日欲解宋兵，惟有废立可免耳。公子突见在，诸君从否，愿一言而决！”高渠弥因世子忽谏止上卿之位，素与子忽有隙，挺身抚剑而言曰：“相君此言，社稷之福，吾等愿见新君！”众人闻高渠弥之言，疑与祭足有约，又窥见壁衣有人，各怀悚惧，齐声唯唯。祭足乃呼公子突至，纳之上坐。祭足与高渠弥先下拜，诸大夫没奈何，只得同拜伏于地。祭足预先写就连名表章，使人上之，言：“宋人以重兵纳突，臣等不能事君矣。”又自作密启，启中言：“主君之立，实非先君之意，乃臣足主之。今宋囚臣而纳突，要臣以盟，臣恐身死无益于君，已口许之。今兵将及郊，群臣畏宋之强，协谋往迎。主公不若从权，暂时避位，容臣乘间再图迎复。”末写一誓云：“违此言者，有如日！”郑昭公接了表文及密启，自知孤立无助，与妫妃泣别，出奔卫国去了。

九月己亥日，祭足奉公子突即位，是为厉公。大小政事，皆决于祭足。以女妻雍纠，谓之雍姬。言于厉公，官雍纠以大夫之职。雍氏原是厉公外家，厉公在宋时，与雍氏亲密往来，所以厉公宠信雍纠，亚于祭足。自厉公即位，国人俱已安服，惟公子亹、公子仪二人，心怀不平。又恐厉公加害，是月，公子亹奔蔡，公子仪奔陈。宋公闻子突定位，遣人致书来贺，因此一番使命，挑起两国干戈。且听下回分解。

第十一回

宋庄公贪赂构兵　郑祭足杀婿逐主

却说宋庄公遣人致书称贺，就索取三城及白璧、黄金、岁输谷数。厉公召祭足商议，厉公曰："当初急于得国，以此恣其需索，不敢违命。今寡人即位方新，就来责偿，若依其言，府库一空矣。况嗣位之始，便失三城，岂不贻笑邻国？"祭足曰："可辞以'人心未定，恐割地生变，愿以三城之贡赋，代输于宋。'其白璧、黄金，姑与以三分之一，婉言谢之。岁输谷数，请以来年为始。"厉公从其言，作书报之。先贡上白璧三十双，黄金三千镒，其三城贡赋，约定冬初交纳。使者还报，宋庄公大怒曰："突死而吾生之，突贫贱而吾富贵之，区区所许，乃子忽之物，于突何与，而敢吝惜？"即日，又遣使往郑坐

索，必欲如数。且立要交割三城，不愿输赋。厉公又与祭足商议，再贡去谷二万钟。宋使去而复来，传言："若不满所许之数，要祭足自来回话。"祭足谓厉公曰："宋受我先君大德，未报分毫。今乃恃立君之功，贪求无厌，且出言无礼，不可听也。臣请奉使齐、鲁，求其宛转。"厉公曰："齐、鲁肯为郑用乎？"祭足曰："往年我先君伐许伐宋，无役不与齐、鲁同事。况鲁侯之立，我先君实成之。即齐不厚郑，鲁自无辞。"厉公曰："宛转之策何在？"祭足曰："当初华督弑君而立子冯，吾先君与齐、鲁并受贿赂，玉成其事。鲁受郜之大鼎，吾国亦受商彝。今当诉告齐、鲁，以商彝还宋。宋公追想前情，必愧而自止。"厉公大喜曰："寡人闻仲之言，如梦初醒。"即遣使赍了礼币，分头往齐、鲁二国告立新君，且诉以宋人忘恩背德，索赂不休之事。使人到鲁致命，鲁桓公笑曰："昔者，宋君行赂于敝邑，止用一鼎。今得郑赂已多，犹未满意乎？寡人当身任之，即日亲往宋，为汝君求解。"使者谢别。

再说郑使至齐致命，齐僖公向以败戎之功，感激子忽，欲以次女文姜连姻。虽然子忽坚辞，到底齐侯心内还偏向他一分。今日郑国废忽立突，齐侯自然不喜。谓使者曰："郑君何罪，辄行废立？为汝君者，不亦难乎？寡人当亲率诸侯，相见于城下。"礼币俱不受，使者回报厉公，厉公大惊，谓祭足曰："齐侯见责，必有干戈之事，何以待之？"祭足曰："臣请简兵蒐乘，预作准备，敌至则迎，又何惧焉？"

且说鲁桓公遣公子柔往宋，订期相会。宋庄公曰："既鲁君有言相订，寡人当躬造鲁境，岂肯烦君远辱？"公子柔返命。鲁侯再遣人往约，酌地之中，在扶钟为会。时周桓王二十年秋九月也。宋庄公与鲁侯会于扶钟。鲁侯代郑称谢，并为求宽。宋公曰："郑君受寡人之恩深矣！譬之鸡卵，寡人抱而翼之，所许酬劳，出彼本心。今归国篡位，直欲负诺，寡人岂能忘情乎？"鲁侯曰："大国所以赐郑者，郑岂忘之？但以嗣服未久，府库空虚，一时未得如约。然迟速之间，决不负诺。此事寡人可以力保。"宋公又曰："金玉之物或以府库不充为辞，若三城交割，只在片言，何以不决？"鲁侯曰："郑君惧失守故业，遗笑列国，故愿以赋税代之，闻已纳粟万钟矣。"宋公曰："二万钟之入，原在岁输数内，与三城无涉。况所许诸物，完未及半。今日尚然，异日事冷，寡人更何望焉?惟君早为寡人图之!”鲁侯见宋公十分固执,怏怏而罢。

鲁侯归国,即遣公子柔使郑,致宋公不肯相宽之语。郑伯又遣大夫雍纠捧着商彝,呈上鲁侯,言:“此乃宋国故物,寡君不敢擅留,请纳还宋府库,以当三城。更进白璧三十双、黄金二千镒,求君侯善言解释。”鲁桓公情不能已,只得亲至宋国,约宋公于谷邱之地相会。二君相见礼毕,鲁侯又代郑伯致不安之意,呈上白璧、黄金如数。鲁侯曰:“君谓郑所许诸物,完未及半。寡人正言责郑,郑是以勉力输纳。”宋公并不称谢,但问:“三城何日交割?”鲁侯曰:“郑君念先人世守,不敢以私恩之故轻弃封疆。今奉一物,可以相当。”即命左右将黄锦袱包裹一物,高高捧着,跪献于宋公之前。宋公闻说“私恩”二字,眉头微皱,已有不悦之意。及启袱观看,认得商彝,乃当初宋国赂郑之物,勃然变色,佯为不知,问:“此物何用?”鲁侯曰:“此大国故府之珍,郑先君庄公向曾效力于上国,蒙上国贶以重器,藏为世宝,嗣君不敢自爱,仍归上国。乞念昔日更事之情,免其纳地。郑先君咸受其赐,岂惟嗣君?”宋公见提起旧事,不觉两颊发赤,应曰:“往事寡人已忘之矣,将归问之故府。”正议论间,忽报:“燕伯朝宋,驾到谷邱。”宋公即请燕伯与鲁侯一处相见。燕伯见宋公,诉称:“地邻于齐,尝被齐国侵伐。寡人愿邀君之灵,请成于齐,以保社稷。”宋公许之。鲁侯谓宋公曰:“齐与纪世仇,尝有袭纪之心。君若为燕请成,寡人亦愿为纪乞好,各修和睦,免构干戈。”三君遂一同于谷邱结盟。鲁桓公回国,自秋至冬,并不见宋国回音。

郑国因宋使督促财贿,不绝于道,又遣人求鲁侯。鲁侯只得又约宋公于虚龟之境面会,以决平郑之事。宋公不至,遣使报鲁曰:“寡君与郑自有成约,君勿与闻可也。”鲁侯大怒,骂曰:“匹夫贪而无信,尚然不可,况国君乎?”遂转辕至郑,与郑伯会于武父之地,约定连兵伐宋。髯翁有诗云:

> 逐忽弑隐并元凶,同恶相求意自浓。
> 只为宋庄贪诈甚,致令鲁郑起兵锋。

宋庄公闻鲁侯发怒,料想欢好不终。又闻齐侯不肯助突,乃遣公子游往齐结好,诉以子突负德之事:“寡君有悔于心,愿与君协力攻突，以复故君忽之位，并为燕伯求平。”使者未返，宋疆吏报：“鲁、郑二国兴兵来伐，其锋甚锐，将近睢阳。”宋公大惊，遂召诸大夫计议迎敌。公子御说谏曰：“师之老壮，在乎曲直。我贪郑赂，又弃鲁好，彼有词矣。不如请罪求和，息兵罢战，乃为上策。”南宫长万曰：“兵至城下，不发一矢自救，是示弱也，何以为国？”太宰督曰：“长万言是也。”宋公遂不听御说之言，命南宫长万为将。长万荐猛获为先锋，出车三百乘。两下排开阵势，鲁侯、郑伯并驾而出，停车阵前，单搦宋君打话。宋公心下怀惭，托病不出。南宫长万远远望见两枝绣盖飘扬，知是二国之君，乃抚猛获之背曰：“今日尔不建功，更待何时？”猛获应命，手握浑铁点钢矛，麾车直进。鲁、郑二君看见来势凶猛，将车退后一步。左右拥出二员上将，鲁有公子溺，郑有原繁，各驾戎车迎住。先问姓名，答曰：“吾乃先锋猛获是也。”原繁笑曰：“无名小卒，不得污吾刀斧，换你正将来决一死敌。”猛获大怒，举矛直刺原繁。原繁抡刀接战。子溺指引鲁军，铁叶般裹来。猛获力战二将，全无惧怯。鲁将秦子、梁子，郑将檀伯，一齐俱上。猛获力不能加，被梁子一箭射着右臂，不能持矛，束手受缚。兵车甲士，尽为俘获，只逃走得步卒五十余人。

南宫长万闻败，咬牙切齿曰：“不取回猛获，何面目入城？”乃命长子南宫牛，引车三十乘搦战：“佯输诈败，诱得敌军追至西门，我自有计。”南宫牛应声而出，横戟大骂：“郑突背义之贼，自来送死，何不速降？”刚遇郑将引着弓弩手数人，单车巡阵，欺南宫牛年少，便与交锋。未及三合，南宫牛回车便走，郑将不舍，随后赶来。将近西门，炮声大举，南宫长万从后截住，南宫牛回车，两下夹攻。郑将连发数箭，射南宫牛不着，心里落慌，被南宫长万跃入车中，只手擒来。郑将原繁，闻知本营偏将单车赴敌，恐其有失，同檀伯引军疾驱而前。只见宋国城门大开，太宰华督自率大军，出城接应。这里鲁将公子溺，亦引秦子、梁子助战。两下各秉火炬，混杀一场，直杀至鸡鸣方止。宋兵折损极多。南宫长万将郑将献功，请宋公遣使到郑营，愿以郑将换回猛获。宋公许之。宋使至于郑营，说明交换之事。郑伯应允，各将槛车推出阵前，彼此互换。郑将归于郑营，猛获仍归宋城去了。是日各自休息不战。

却说公子游往齐致命，齐僖公曰："郑突逐兄而立，寡人之所恶也。但寡人方有事于纪，未暇及此，倘贵国肯出师助寡人伐纪，寡人敢不相助伐郑?"公子游辞了齐侯，回复宋公去讫。

再说鲁侯与郑伯在营中，正商议攻宋之策，忽报："纪国有人告急。"鲁侯召见，呈上国书，内言："齐兵攻纪至急，亡在旦夕。乞念婚姻世好，以一旅拔之水火。"鲁桓公大惊，谓郑伯曰："纪君告急，孤不得不救。宋城亦未可猝拔，不如撤兵，量宋公亦不敢复来索赂矣。"郑厉公曰："君既移兵救纪，寡人亦愿悉率敝赋以从。"鲁侯大喜，即时传令拔寨，齐望纪国进发。鲁侯先行三十里，郑伯引军断后。宋国先得了公子游回音，后知敌营移动，恐别有诱兵之计，不来追赶，只遣谍远探。回报："敌兵尽已出境，果往纪国。"方才放心。太宰华督奏曰："齐既许助攻郑，我国亦当助其攻纪。"南宫长万曰："臣愿往。"宋公发兵车二百乘，仍命猛获为先锋，星夜前来助齐。

却说齐僖公约会卫侯，并征燕兵。卫方欲发兵，而宣公适病薨。世子朔即位，是为惠公。惠公虽在丧中，不敢推辞，遣兵车二百乘相助。燕伯惧齐吞并，正欲借此修好，遂亲自引兵来会。纪侯见三国兵多，不敢出战，只深沟高垒，坚守以待。忽一日报到："鲁、郑二君，前来救纪。"纪侯登城而望，心中大喜，安排接应。

再说鲁侯先至，与齐侯相遇于军前。鲁侯曰："纪乃敝邑世姻，闻得罪于上国，寡人躬来请赦。"齐侯曰："吾先祖哀公为纪所谮，见烹于周，于今八世，此仇未报。君助其亲，我报其仇，今日之事，惟有战耳。"鲁侯大怒，即命公子溺出车。齐将公子彭生接住厮杀。彭生有万夫不当之勇，公子溺如何敌得过?秦子、梁子二将并力向前，未能取胜，刚办得架隔遮拦。卫、燕二主，闻齐、鲁交战，亦来合攻。却得后队郑伯大军已到，原繁引檀伯众将，直冲齐侯老营。纪侯亦使其弟嬴季引军出城相助，喊声震天。公子彭生不敢恋战，急急回辕。六国兵车，混做一处相杀。鲁侯遇见燕伯谓曰："谷邱之盟，宋、鲁、燕三国同事。口血未干，宋人背盟，寡人伐之。君亦效宋所为，但知媚齐目前，独不为国家长计乎?"燕伯自知失信，垂首避去，托言兵败奔逃。卫无大将，其师先溃。齐侯之师亦败，杀得尸横遍野，血流成河。彭生中箭几死。正在危急，又得宋国兵到，鲁、郑方才收军。胡曾先生咏史诗云：

明欺弱小恣贪谋，只道孤城顷刻收。

他国未亡我已败，令人千载笑齐侯。

宋军方到，喘息未定，却被鲁、郑各遣一军冲突前来。宋军不能立营，亦大败而去。各国收拾残兵，分头回国。齐侯回顾纪城，誓曰："有我无纪，有纪无我，决不两存也！"纪侯迎接鲁、郑二君入城，设享款待，军士皆重加赏犒。嬴季进曰："齐兵失利，恨纪愈深。今两君在堂，愿求保全之策！"鲁侯曰："今未可也，当徐图之。"次日，纪侯远送出城三十里，垂泪而别。

鲁侯归国后，郑厉公又使人来修好，寻武父之盟。自此鲁、郑为一党，宋、齐为一党。时郑国守栎大夫子元已卒，祭足奏过厉公，以檀伯代之。此周桓王二十二年也。

齐僖公为兵败于纪，怀愤成疾，是冬病笃，召世子诸儿至榻前嘱曰："纪吾世仇也，能灭纪者方为孝子。汝今嗣位，当以此为第一件事。不能报此仇者，勿入吾庙！"诸儿顿首受教。僖公又召夷仲年之子无知，使拜诸儿，嘱曰："吾同母弟，只此一点骨血，汝当善视之。衣服礼秩，一如我生前可也。"言毕，目遂瞑。诸大夫奉世子诸儿成丧即位，是为襄公。

宋庄公恨郑入骨，复遣使将郑国所纳金玉，分赂齐、蔡、卫、陈四国，乞兵复仇。齐因新丧，止遣大夫雍廪率车一百五十乘相助。蔡、卫亦各遣将同宋伐郑。郑厉公欲战，上卿祭足曰："不可！宋大国也，起倾国之兵，盛气而来，若战而失利，社稷难保，幸而胜，将结没世之怨，吾国无宁日矣！不如纵之。"厉公意犹未决。祭足遂发令，使百姓守城，有请战者罪之。宋公见郑师不出，乃大掠东郊，以火攻破渠门，入及大逵，至于太宫，尽取其椽以归，为宋卢门之椽以辱之。郑伯郁郁不乐，叹曰："吾为祭仲所制，何乐乎为君？"于是阴有杀祭足之意。

明年春三月，周桓王病笃，召周公黑肩于床前，谓曰："立子以嫡，礼也。然次子克，朕所钟爱，今以托卿。异日兄终弟及，惟卿主持。"言讫遂崩。周公遵命，奉世子佗即王位，是为庄王。郑厉公闻周有丧，欲遣使行吊。祭足固谏，以为："周乃先君之仇，祝聃曾射王肩，若遣人往吊，只取其辱。"厉公虽然依允，心中愈怒。一日，游于后圃，止有大夫雍纠相从，厉公见飞鸟翔鸣，凄然而叹。雍纠进曰："当此春景融和，百鸟莫不得意。主公贵为诸侯，似有不乐之色，何也？"厉公曰："百鸟飞鸣自由，全不受制于人。寡人反不如鸟，是以不乐。"雍纠曰："主公所虑，岂非秉钧之人耶？"厉公嘿然。雍纠又曰："吾闻：'君犹父也，臣犹子也。'子不能为父分忧，即为不孝；臣不能为君排难，即为不忠。倘主公不以纠为不肖，有事相委，不敢不竭死力！"厉公屏去左右，谓雍纠曰："卿非仲之爱婿乎？"纠曰："婿则有之，爱则未也。纠之婚于祭氏，实出宋君所迫，非祭足本心。足每言及旧君，犹有依恋之心，但畏宋不敢改图耳。"厉公曰："卿能杀仲，吾以卿代之，但不知计将安出？"雍纠曰："今东郊被宋兵残破，民居未复。主公明日命司徒修整廛舍，却教祭足赍粟帛往彼安抚居民，臣当于东郊设享，以鸩酒毒之。"厉公曰："寡人委命于卿，卿当仔细。"

雍纠归家，见其妻祭氏，不觉有皇遽之色。祭氏心疑，问："朝中今日有何事？"纠曰："无也。"祭氏曰："妾未察其言，先观其色，今日朝中必无无事之理。夫妇同体，事无大小，妾当与知。"纠曰："君欲使汝父往东郊安抚居民，至期，吾当设享于彼，与汝父称寿，别无他事。"祭氏曰："子欲享吾父，何必郊外？"纠曰："此君命也，汝不必问。"祭氏愈疑，乃醉纠以酒，乘其昏睡，佯问曰："君命汝杀祭仲，汝忘之耶？"纠梦中糊涂应曰："此事如何敢忘！"早起，祭氏谓纠曰："子欲杀吾父，吾已尽知矣。"纠曰："未尝有此。"祭氏曰："夜来子醉后自言，不必讳也。"纠曰："设有此事，与尔何如？"祭氏曰："既嫁从夫，又何说焉？"纠乃尽以其谋告于祭氏。祭氏曰："吾父恐行止未定，至期，吾当先一日归宁，怂恿其行。"纠曰："事若成，吾代其位，于尔亦有荣也。"

祭氏果先一日回至父家，问其母曰："父与夫二者孰亲？"其母曰："皆亲。"又问："二者亲情孰甚？"其母曰："父甚于夫。"祭氏曰："何也？"其母曰："未嫁之女，夫无定而父有定；已嫁之女，有再嫁而无再生。夫合于人，父合于天，夫安得比于父哉！"其母虽则无心之言，却点醒了祭氏有心之听，遂双眼流泪曰："吾今日为父，不能复顾夫矣！"遂以雍纠之谋，密告其母。其母大惊，转告于祭足。祭足曰："汝等勿言，临时吾自能处分。"至期，祭足使心腹强鉏，带勇士十余人，暗藏利刃跟随。再命公子阏率家甲百余，郊外接应防变。祭足行至东郊，雍纠半路迎迓，设享甚丰。祭足曰："国事奔走，礼之当然，何劳大享。"雍纠曰："郊外春色可娱，聊具一酌节劳耳。"言讫，满斟大觥，跪于祭足之前，满脸笑容，口称百寿。祭足假作相搀，先将右手握纠之臂，左手接杯浇地，火光迸裂。遂大喝曰："匹夫何敢弄吾！"叱左右："为我动手！"强鉏与众勇士一拥而上，擒雍纠缚而斩之，以其尸弃于周池。厉公伏有甲士在于郊外，帮助雍纠做事，早被公子阏搜着，杀得七零八落。厉公闻之，大惊曰："祭仲不吾容也！"乃出奔蔡国。后有人言及雍纠通知祭氏，以致祭足预作准备，厉公乃叹曰："国家大事，谋及妇人，其死宜矣！"

且说祭足闻厉公已出，乃使公父定叔往卫国迎昭公忽复位，曰："吾不失信于旧君也！"不知后事如何，且看下回分解。

第十二回

卫宣公筑台纳媳　高渠弥乘间易君

却说卫宣公名晋，为人淫纵不检。自为公子时，与其父庄公之妾名夷姜者私通，生下一子，寄养于民间，取名曰急子。宣公即位之日，元配邢妃无宠。只有夷姜得幸，如同夫妇，就许立急子为嗣，属之于右公子职。时急子长成，已一十六岁，为之聘齐僖公长女。使者返国，宣公闻齐女有绝世之姿，心贪其色，而难于启口，乃构名匠筑高台于淇河之上，朱栏华栋，重宫复室，极其华丽，名曰新台。先以聘宋为名，遣开急子，然后使左公子泄如齐，迎姜氏径至新台，自己纳之，是为宣姜。时人作新台之诗，以刺其淫乱：

新台有泚，河水弥弥。燕婉之求，籧篨不鲜。

鱼网之设，

鸿则离之。燕婉之求，得此戚施！

籧篨、戚施皆丑恶之貌，以喻宣公。言姜氏本求佳偶，不意乃配此丑恶也。后人读史至此，言齐僖公二女，长宣姜，次文姜，宣姜淫于舅，文姜淫于兄，人伦天理，至此灭绝矣！有诗叹曰：

妖艳春秋首二姜，致令齐卫紊纲常。
天生尤物殃人国，不及无盐佐伯王。

急子自宋回家，复命于新台。宣公命以庶母之礼，谒见姜氏。急子全无几微怨恨之意。宣公自纳齐女，只往新台朝欢暮乐，将夷姜又撇一边。一住三年，与齐姜连生二子，长曰寿，次曰朔。自古道“母爱子贵”，宣公因偏宠齐姜，将昔日怜爱急子之情，都移在寿与朔身上，心中便想百年之后，把卫国江山，传与寿、朔兄弟，他便心满意足，反似多了急子一人。只因公子寿天性孝友，与急子如同胞一般相爱，每在父母面前周旋其兄。那急子又温柔敬慎，无有失德，所以宣公未曾显露其意。私下将公子寿嘱托左公子泄，异日扶他为君。那公子朔虽与寿一母所生，贤愚迥然不同，年齿尚幼，天生狡猾，恃其母之得宠，阴蓄死士，心怀非望。不惟憎嫌急子，并亲兄公子寿也象赘疣一般，只是事有缓急，先除急子要紧，常把说话挑激母亲，说：“父亲眼下，虽然将我母子看待。有急子在先，他为兄，我等为弟，异日传位蔑不得长幼之序。况夷姜被你夺宠，心怀积忿，若急子为君，彼为国母，我母子无安身之地矣！”齐姜原是急子所聘，今日跟随宣公生子得时，也觉急子与己有碍，遂与公子朔合谋，每每谗谮急子于父亲之前。

一日，急子诞日，公子寿治酒相贺，朔亦与席。坐间，急子与公子寿说话甚密。公子朔插嘴不下，托病先别，一径到母亲齐姜面前，双眼垂泪，扯个大谎，告诉道：“孩儿好意同自己哥哥与急子上寿，急子饮酒半酣，戏谑之间，呼孩儿为儿子。孩儿心中不平，说他几句，他说：‘你母亲原是我的妻子，你便称我为父，于理应该。’孩儿再待开口，他便奋臂要打。亏自己哥哥劝住，孩儿逃席而来。受此大辱，望母亲禀知父侯，与孩儿做主！”齐姜信以为然，待宣公入宫，呜呜咽咽的告诉出来，如此如此，这般这般。又装点几句道：“他还要玷污妾身，说：‘我母夷姜，原是父亲的庶母，尚然收纳为妻。况你母亲原是我旧妻，父亲只算借贷一般，少不得与卫国江山一同还我。’”宣公召公子寿问之，寿答言：“并无此说。”宣公半疑半信，但遣内侍传谕夷姜，责备他不能教训其子。夷姜怨气填胸，无处伸诉，投缳而死。髯翁有诗叹曰：

父妾如何与子通？聚麀传笑卫淫风。

夷姜此日投缳晚，何似当初守节终！

急子痛念其母，惟恐父亲嗔怪，暗地啼哭。公子朔又与齐姜谤说急子，因生母死于非命，口出怨言，日后要将母子偿命。宣公本不信有此事，无奈妒妾谗子，日夜撺掇，定要宣公杀急子以绝后患，不由宣公不听。但展转踌躇，终是杀之无名，必须假手他人，死于道路，方可掩人耳目。其时，适齐僖公约会伐纪，征兵于卫。宣公乃与公子朔商议，假以往订师期为名，遣急子如齐，授以白旄。此去莘野，是往齐的要路，舟行至此，必然登陆，在彼安排急子，他必不作准备。公子朔向来私蓄死士，今日正用得着，教他假装盗贼，伏于莘野，只认白旄过去，便赶出一齐下手，以旄复命，自有重赏。公子朔处分已定，回复齐姜，齐姜心下十分欢喜。

却说公子寿见父亲屏去从人，独召弟朔议事，心怀疑惑。入宫来见母亲，探其语气。齐姜不知隐瞒，尽吐其实，嘱咐曰：“此乃汝父主意，欲除我母子后患，不可泄漏他人。”公子寿知其计已成，谏之无益，私下来见急子，告以父亲之计：“此去莘野必由之路，多凶少吉。不如出奔他国，别作良图。”急子曰：“为人子者，以从命为孝，弃父之命，即为逆子。世间岂有无父之国，即欲出奔，将安往哉？”遂束装下舟，毅然就道。公子寿泣劝不从，思想：“吾兄真仁人也！此行若死于盗贼之手，父亲立我为嗣，何以自明？子不可以无父，弟不可以无兄，吾当先兄而行，代他一死，吾兄必然获免。父亲闻吾之死，倘能感悟，慈孝两全，落得留名万古。”于是别以一舟载酒，亟往河下，请急子饯别。急子辞以“君命在身，不敢逗遛”，公子寿乃移樽过舟，满斟以进，未及开言，不觉泪珠堕于杯中。急子忙接而饮之，公子寿曰：“酒已污矣！”急子曰：“正欲饮吾弟之情也。”公子寿拭泪言曰：“今日此酒，乃吾弟兄永诀之酒。哥哥若鉴小弟之情，多饮几杯。”急子曰：“敢不尽量！”两人泪眼相对，彼此劝酬。公子寿有心留量，急子到手便吞，不觉尽醉，倒于席上，鼾鼾睡去。公子寿谓从人曰：“君命不可迟也，我当代往。”即取急子手中白旄，故意建于舟首，用自己仆从相随。嘱咐急子随行人众，好生守候。袖中出一简，付之曰：“俟世子酒醒后，可呈看也。”即命发舟。行近莘野，方欲整车登岸，那些埋伏的死士，望见河中行旌飘扬，认得白旄，定是急子到来，一声呼哨，如蜂而集。公子寿挺然出喝曰：“吾乃本国卫侯长子，奉使往齐。汝等何人，敢来邀截？”众贼齐声曰：“吾等奉卫侯密旨，来取汝首！”挺刀便砍。从者见势头凶猛，不知来历，一时惊散。可怜寿子引颈受刀，贼党取头，盛于木匣，一齐下船，偃旄而归。

再说急子酒量原浅，一时便醒，不见了公子寿，从人将简缄呈上，急子拆而看之，简上只有八个字云：“弟已代行，兄宜速避。”急子不觉堕泪曰：“弟为我犯难，吾当速往。不然，恐误杀吾弟也！”喜得仆从俱在，就乘了公子寿之舟，催趱舟人速行。真个似电流光绝，鸟逝超群。其夜月明如水，急子心念其弟，目不交睫。注视鹢首之前，望见公子寿之舟，喜曰：“天幸吾弟尚在！”从人禀曰：“此来舟，非去舟也！”急子心疑，教拢船上去。两船相近，楼橹俱明。只见舟中一班贼党，并不见公子寿之面。急子愈疑，乃佯问曰：“主公所命，曾了事否？”众贼听得说出秘密，却认为公子朔差来接应的，乃捧函以对曰：“事已了矣。”急子取函启视，见是公子寿之首，仰天大哭曰：“天乎冤哉！”众贼骇然，问曰：“父杀其子，何故称冤？”急子曰：“我乃真急子也，得罪于父，父命杀我。此吾弟寿也，何罪而杀之？可速断我头，归献父亲，可赎误杀之罪。”贼党中有认得二公子者，于月下细认之曰：“真误矣！”众贼遂将急子斩首，并纳函中。从人亦皆四散。《卫风》有《乘舟》之诗，正咏兄弟争死之事。诗曰：

> 二子乘舟，泛泛其景，愿言思子，中心养养！
>
> 二子乘舟，泛泛其逝，愿言思子，不瑕有害！

诗人不敢明言，但追想乘舟之人，以寓悲思之意也。

再说众贼连夜奔入卫城，先见公子朔，呈上白旄。然后将二子先后被杀事情细述一遍。犹恐误杀得罪。谁知一箭射双雕，正中了公子朔的隐怀。自出金帛，厚赏众贼。却入宫来见母亲说："公子寿载旌先行，自陨其命。喜得急子后到，天教他自吐真名，偿了哥哥之命。"齐姜虽痛公子寿，却幸除了急子，拔去眼中之钉，正是忧喜相半。母子商量，且教慢与宣公说知。

却说左公子泄原受急子之托，右公子职原受公子寿之托，二人各自关心，遣人打探消息，回报如此如此。起先未免各为其主，到此同病相怜，合在一处商议。候宣公早朝，二人直入朝堂，拜倒在地，放声大哭。宣公惊问何故，公子泄、公子职二人一辞，将急子与公子寿被杀情由细述一遍，乞收拾尸首埋葬，以尽当初相托之情。说罢哭声转高。宣公虽怪急子，却还怜爱公子寿，忽闻二子同时被害，吓得面如土色，半晌不言。痛定生悲，泪如雨下，连声叹曰："齐姜误我！齐姜误我！"即召公子朔问之，朔辞不知。宣公大怒，就着公子朔拘拿杀人之贼。公子朔口中应承，只是支吾，那肯献出贼党。

宣公自受惊之后，又想念公子寿，感成一病，闭眼便见夷姜、急子、寿子一班在前啼啼哭哭。祈祷不效，半月而亡。公子朔发丧袭位，是为惠公。时朔年一十五岁，将左右二公子罢官不用。庶兄公子硕字昭伯，心中不服，连夜奔齐。公子泄与公子职怨恨惠公，每思为急子及公子寿报仇，未得其便。

话分两头。却说卫侯朔初即位之年，因助齐攻纪，为郑所败，正在衔恨。忽闻郑国有使命至，问其来意。知郑厉公出奔，群臣迎故君忽复位，心中大喜。即发车徒，护送昭公还国。祭足再拜，谢昔日不能保护之罪。昭公虽不治罪，心中怏怏，恩礼稍减于昔日。祭足亦觉踽踽不安，每每称疾不朝。高渠弥素失爱于昭公，及昭公复国，恐为所害，阴养死士，为弑忽立亹之计。时郑厉公在蔡，亦厚结蔡人。遣人传语檀伯，欲借栎为巢窟，檀伯不从。于是使蔡人假作商贾，于栎地往来交易，因而厚结栎人，暗约为助，乘机杀了檀伯。厉公遂居栎，增城浚池，大治甲兵，将谋袭郑，遂为敌国。祭足闻报大惊，急奏昭公，命大夫傅瑕屯兵大陵，以遏厉公来路。厉公知郑有备，遣人转央鲁侯，谢罪于宋，许以复国之后，仍补前赂未纳之数。鲁使至宋，宋庄公贪心又起，结连蔡、卫，共纳厉公。时卫侯朔有送昭公复国之劳，昭公并不修礼往谢，所以亦怨昭公，反与宋公协谋，因即位以来，并未与诸侯相会，乃自将而往。

公子泄谓公子职曰："国君远出，吾等举事，此其时矣！"公子职曰："如欲举事，先定所立，人民有主，方保不乱。"正密议间，阍人报："大夫甯跪有事相访。"两公子迎入。甯跪曰："二公子忘乘舟之冤乎？今日机会，不可失也！"公子职曰："正议拥戴，未得其人。"甯跪曰："吾观群公子中，惟黔牟仁厚可辅，且周王之婿，可以弹压国人。"三人遂歃血定议。乃暗约急子、寿子原旧一班从人，假传一个谍报，只说："卫侯伐郑，兵败身死。"于是迎公子黔牟即位。百官朝见已毕，然后宣播卫朔构陷二兄，致父忿死之恶。重为急、寿二子发丧，改葬其柩。遣使告立君于周。甯跪引兵营于郊外，以遏惠公归路。公子泄欲杀宣姜，公子职止之曰："姜虽有罪，然齐侯之妹也，杀之恐得罪于齐。不如留之，以结齐好。"乃使宣姜出居别宫，月致廪饩无缺。

再说宋、鲁、蔡、卫，共是四国合兵伐郑。祭足自引兵至大陵，与傅瑕合力拒敌，随机应变，未尝挫失。四国不能取胜，只得引回。

单说卫侯朔伐郑无功，回至中途，闻二公子作乱，已立黔牟，乃出奔于齐国。齐襄公曰："吾甥也。"厚其馆饩，许以兴兵复国。朔遂与襄公立约："如归国之日，内府宝玉，尽作酬仪。"襄公大喜。忽报："鲁侯使到。"因齐侯求婚于周，周王允之，使鲁侯主婚，要以王姬下嫁。鲁侯欲亲自至齐，面议其事。襄公想起妹子文姜，久不相会，何不一同请来？遂遣使至鲁，并迎文姜。诸大夫请问伐卫之期，襄公曰："黔牟亦天子婿也。寡人方图婚于周，此事姑且迟之。"但恐卫人杀害宣姜，遣公孙无知纳公子硕于卫。私嘱无知，要公子硕烝于宣姜，以为复朔之地。公孙无知领命，同公子硕归卫，与新君黔牟相见。时公子硕内子已卒，无知将齐侯之意，遍致卫国君臣，并致宣姜。那宣姜倒也心肯。卫国众臣，素恶宣姜僭位中宫，今日欲贬其名号，无不乐从。只是公子硕念父子之伦，坚不允从。无知私言于公子职曰："此事不谐，何以复寡君之命？"公子职恐失齐欢，定下计策，请公子硕饮宴，使女乐侑酒，灌得他烂醉，扶入别宫，与宣姜同宿，醉中成就其事。醒后悔之，已无及矣。宣姜与公子硕遂为夫妇。后生男女五人：长男齐子早卒，次戴公申，次文公毁；女二，为宋桓公、许穆公夫人。史臣有诗叹曰：

子妇如何攘作妻，子烝庶母报非迟！

夷姜生子宣姜继，家法源流未足奇。

此诗言昔日宣公烝父妾夷姜而生急子。今其子昭伯亦烝宣姜而生男女五人。家法相传，不但新台之报也。

话分两头。再说郑祭足自大陵回，因旧君子突在栎，终为郑患，思一制御之策。想齐与厉公原有战纪之仇，今日谋纳厉公，惟齐不与。况且新君嗣位，正好修睦。又闻鲁侯为齐主婚，齐、鲁之交将合。于是奏知昭公，自赍礼帛，往齐结好，因而结鲁。若得二国相助，可以敌宋。自古道："智者千虑，必有一失。"祭足但知防备厉公，却不知高渠弥毒谋已就，只虑祭足多智，不敢动手。今见祭足远行，肆无忌惮，乃密使人迎公子亹在家，乘昭公冬行蒸祭，伏死士于半路，突起弑之，托言为盗所杀，遂奉公子亹为君。使人以公子亹之命，召祭足回国，与高渠弥并执国政。可怜昭公复国未满三载，遂遭逆臣之祸！髯仙读史至此，论昭公自为世子时，已知高渠弥之恶，及两次为君，不能剪除凶人，留以自祸，岂非优柔不断之祸？有诗叹云：

明知恶草自当锄，蛇虎如何与共居？

我不制人人制我，当年枉自识高渠！

不知郑子亹如何结束，且看下回分解。

第十三回

鲁桓公夫妇如齐　郑子亹君臣为戮

却说齐襄公见祭足来聘，欣然接之。正欲报聘，忽闻高渠弥弑了昭公，援立子亹，心中大怒，便有兴兵诛讨之意。因鲁侯夫妇将至齐国，且将郑事搁起，亲至泺水迎候。

却说鲁夫人文姜，见齐使来迎，心下亦想念其兄，欲借归宁之名，与桓公同行。桓公溺爱其妻，不敢不从。大夫申繻谏曰：“女有室，男有家，古之制也。礼无相渎，渎则有乱。女子出嫁，父母若在，每岁一归宁。今夫人父母俱亡，无以妹宁兄之理。鲁以秉礼为国，岂可行此非礼之事？”桓公已许文姜，遂不从申繻之谏。夫妇同行，车至泺水，齐襄公早先在矣。殷勤相接，各叙寒温。一同发驾，来到临淄，鲁侯致周王之命，将婚事议定。齐侯十分感激，先设大享，款待鲁侯夫妇。然后迎文姜至于宫中，只说与旧日宫嫔相会。谁知襄公预造下密室，另治私宴，与文姜叙情。饮酒中间，四目相视，你贪我爱，不顾天伦，遂成苟且之事。两下迷恋不舍，遂留宿宫中，日上三竿，尚相抱未起，撇却鲁桓公在外，冷冷清清。鲁侯心中疑虑，遣人至宫门细访。回报："齐侯未娶正妃，止有偏宫连氏，乃大夫连称之从妹，向来失宠，齐侯不与相处。姜夫人自入齐宫，只是兄妹叙情，并无他宫嫔相聚。"鲁侯情知不做好事，恨不得一步跨进齐宫，观其动静。恰好人报："国母出宫来了。"鲁侯盛气以待，便问姜氏曰："夜来宫中共谁饮酒?"答曰："同连妃。"又问："几时散席?"答："久别话长，直到粉墙月上，可半夜矣。"又问："你兄曾来陪饮否?"答曰："我兄不曾来。"鲁侯笑而问曰："难道兄妹之情，不来相陪?"姜氏曰："饮至中间，曾来相劝一杯，即时便去。"鲁侯曰："你席散如何不出宫?"姜氏曰："夜深不便。"鲁侯又问曰："你在何处安置?"姜氏曰："君侯差矣！何必盘问至此?宫中许多空房，岂少下榻之处?妾自在西宫过宿，即昔年守闺之所也。"鲁侯曰："你今日如何起得恁迟?"姜氏曰："夜来饮酒劳倦，今早梳妆，不觉过时。"鲁侯又问曰："宿处谁人相伴?"姜氏曰："宫娥耳。"鲁侯又曰："你兄在何处睡?"姜氏不觉面赤曰："为妹的怎管哥哥睡处?言之可笑！"鲁侯曰："只怕为哥的，倒要管妹子睡处！"姜氏曰："是何言也?"鲁侯曰："自古男女有别。你留宿宫中，兄妹同宿，寡人已尽知之，休得瞒隐！"姜氏口中虽是含糊抵赖，啼啼哭哭，心中却也十分惭愧。鲁桓公身在齐国，无可奈何，心中虽然忿恨，却不好发作出来，正是敢怒而不敢言。即遣人告辞齐侯，且待归国，再作区处。

却说齐襄公自知做下不是，姜氏出宫之时，难以放心，便密遣心腹力士石之纷如跟随，打听鲁侯夫妇相见有何说话。石之纷如回复："鲁侯与夫人角口，如此如此。"襄公大惊曰："亦料鲁侯久后必知，何其早也?"少顷，见鲁使来辞，明知事泄之故，乃固请于牛山一游，便作饯行。使人连逼几次，鲁侯只得命驾出郊。文姜自留邸舍，闷闷不悦。

却说齐襄公一来舍不得文姜回去，二来惧鲁侯怀恨成仇，一不做，二不休，吩咐公子彭生待席散之后，送鲁侯回邸，要在车中结果鲁侯性命。彭生记起战纪时一箭之恨，欣然领命。是日牛山大宴，盛陈歌舞，襄公意倍殷勤。鲁侯只低头无语。襄公教诸大夫轮流把盏，又教宫娥内侍，捧樽跪劝。鲁侯心中愤郁，也要借杯浇闷，不觉酩酊大醉，别时不能成礼。襄公使公子彭生抱之上车，彭生遂与鲁侯同载。离国门约有二里，彭生见鲁侯睡熟，挺臂以拉其胁。彭生力大，其臂如铁，鲁侯被拉胁折，大叫一声，血流满车而死。彭生谓众人曰："鲁侯醉后中恶，速驰入城，报知主公。"众人虽觉蹊跷，谁敢多言！史臣有诗云：

男女嫌微最要明，夫妻越境太胡行！
当时若听申繻谏，何至车中六尺横？

齐襄公闻鲁侯暴薨，佯啼假哭，即命厚殓入棺，使人报鲁迎丧。鲁之从人回国，备言车中被弑之由。大夫申繻曰："国不可一日无君，且扶世子同主张丧事，候丧车到日，行即位礼。"公子庆父字孟，乃桓公之庶长子，攘臂言曰："齐侯乱伦无礼，祸及君父。愿假我戎车三百乘，伐齐声罪！"大夫申繻惑其言，私以问谋士施伯曰："可伐齐否？"施伯曰："此暧昧之事，不可闻于邻国。况鲁弱齐强，伐未可必胜，反彰其丑。不如含忍，姑请究车中之故，使齐杀公子彭生，以解说于列国，齐必听从。"申繻告于庆父，遂使施伯草成国书之稿。世子居丧不言，乃用大夫出名。遣人如齐，致书迎丧。

齐襄公启书看之。书曰：

外臣申繻等，拜上齐侯殿下：寡君奉天子之命，不敢宁居，来议大婚。今出而不入，道路纷纷，皆以车中之变为言。无所归咎，耻辱播于诸侯，请以彭生正罪。

襄公览毕，即遣人召彭生入朝。彭生自谓有功，昂然而入。襄公当鲁使之面骂曰："寡人以鲁侯过酒，命尔扶持上车，何不小心伏侍，使其暴薨？尔罪难辞！"喝令左右缚之，斩于市曹。彭生大呼曰："淫其妹而杀其夫，皆出汝无道昏君所为，今日又委罪于我。死而有知，必为妖孽，以取尔命！"襄公遽自掩其耳，左右皆笑。襄公一面遣人往周王处谢婚，并订娶期，一面遣人送鲁侯丧车回国，文姜仍留齐不归。

鲁大夫申𦈡率世子同迎柩至郊，即于柩前行礼成丧，然后嗣位，是为庄公。申𦈡、颛孙生、公子溺、公子偃、曹沫一班文武，重整朝纲。庶兄公子庆父、庶弟公子牙、嫡弟季友俱参国政。申𦈡荐施伯之才，亦拜上士之职。以明年改元，实周庄王之四年也。

鲁庄公集群臣商议，为齐迎婚之事。施伯曰："国有三耻，君知之乎？"庄公曰："何谓三耻？"施伯曰："先君虽已成服，恶名在口，一耻也；君夫人留齐未归，引人议论，二耻也；齐为仇国，况君在衰绖之中，乃为主婚，辞之则逆王命，不辞则贻笑于人，三耻也。"鲁庄公蹴然曰："此三耻何以免之？"施伯曰："欲人勿恶，必先自美；欲人勿疑，必先自信。先君之立，未膺王命。若乘主婚之机，请命于周，以荣名被之九泉，则一耻免矣。君夫人在齐，宜以礼迎之，以成主公之孝，则二耻免矣。惟主婚一事，最难两全，然亦有策。"庄公曰："其策何如？"施伯曰："可将王姬馆舍筑于郊外，使上大夫迎而送之，君以丧辞。上不逆天王之命，下不拂大国之情，中不失居丧之礼，如此则三耻亦免矣。"庄公曰："申𦈡言汝'智过于腹'，果然！"遂一一依策而行。

却说鲁使大夫颛孙生至周，请迎王姬；因请以黻冕圭璧，为先君泉下之荣。周庄王许之，择人使鲁，锡桓公命。周公黑肩愿行，庄王不许，别遣大夫荣叔。原来庄王之弟王子克有宠于先王，周公黑肩曾受临终之托。庄王疑黑肩有外心，恐其私交外国，树成王子克之党，所以不用。黑肩知庄王疑己，夜诣王子克家，商议欲乘嫁王姬之日，聚众作乱，弑庄王而立子克。大夫辛伯闻其谋，以告庄王，乃杀黑肩而逐子克。子克奔燕，此事表过不提。

且说鲁颛孙生送王姬至齐，就奉鲁侯之命，迎接夫人姜氏。齐襄公十分难舍，碍于公论，只得放回。临行之际，把袂留连，千声珍重："相见有日！"各各洒泪而别。姜氏一者贪欢恋爱，不舍齐侯，二者背理贼伦，羞回故里，行一步，懒一步。车至禚地，见行馆整洁，叹曰："此地不鲁不齐，正吾家也。"吩咐从人，回复鲁侯："未亡人性贪闲适，不乐还宫。要吾回归，除非死后。"鲁侯知其无颜归国，乃为筑馆于祝邱，迎姜氏居之。姜氏遂往来于两地。鲁侯馈问，四时不绝。后来史官议论，以为鲁庄公之于文姜，论情则生身之母，论义则杀父之仇。若文姜归鲁，反是难处之事，只合徘徊两地，乃所以全鲁侯之孝也。髯翁诗曰：

弑夫无面返东蒙，禚地徘徊齐鲁中。

若使腼颜归故国，亲仇两字怎融通？

话分两头。再说齐襄公拉杀鲁桓公，国人沸沸扬扬，尽说："齐侯无道，干此淫残蔑理之事。"襄公心中暗愧，急使人迎王姬至齐成婚。国人议犹未息，欲行一二义举，以服众心，想："郑弑其君，卫逐其君，两件都是大题目。但卫公子黔牟是周王之婿，方娶王姬，未可便与黔牟作对。不若先讨郑罪，诸侯必然畏服。"又恐起兵伐郑，胜负未卜，乃佯遣人致书子亹，约于首止相会为盟。子亹大喜曰："齐侯下交，吾国安如泰山矣！"欲使高渠弥、祭足同往，祭足称疾不行。原繁私问于祭足曰："新君欲结好齐侯，君宜辅之，何以不往？"祭足曰："齐侯勇悍残忍，嗣守大国，侈然有图伯之心。况先君昭公有功于齐，齐所念也。夫大国难测，以大结小，必有奸谋。此行也，君臣其为戮乎？"原繁曰："君言果信，郑国谁属？"祭足曰："必子仪也。是有君人之相，先君庄公曾言之矣。"原繁曰："人言君多智，吾姑以此试之。"

至期，齐襄公遣王子成父、管至父二将，各率死士百余，环侍左右，力士石之纷如紧随于后。高渠弥引着子亹同登盟坛，与齐侯叙礼已毕。嬖臣孟阳手捧血盂，跪而请歃。襄公目视之，孟阳遽起。襄公执子亹手问曰："先君昭公，因甚而殂？"子亹变色，惊颤不能出词。高渠弥代答曰："先君因疾而殂，何烦君问？"襄公曰："闻蒸祭遇贼，非关病也。"高渠弥遮掩不过，只得对曰："原有寒疾，复受贼惊，是以暴亡耳。"襄公曰："君行必有警备，此贼从何而来？"高渠弥对曰："嫡庶争立，已非一日，各有私党，乘机窃发，谁能防之？"襄公又曰："曾获得贼人否？"高渠弥曰："至今尚在缉访，未有踪迹。"襄公大怒曰："贼在眼前，何烦缉访？汝受国家爵位，乃以私怨弑君。到寡人面前，还敢以言语支吾！寡人今日为汝先君报仇！"叫力士："快与我下手！"高渠弥不敢分辩。石之纷如先将高渠弥绑缚。子亹叩首乞哀曰："此事与孤无干，皆高渠弥所为也。乞恕一命！"襄公曰："既知高渠弥所为，何不讨之？汝今日自往地下分辩。"把手一招，王子成父与管至父引着死士百余，一齐上前，将子亹乱砍，死于非命。随行人众，见齐人势大，谁敢动手，一时尽皆逃散。襄公谓高渠弥曰：“汝君已了，汝犹望活乎？”高渠弥对曰：“自知罪重，只求赐死！”襄公曰：“只与你一刀，便宜了你！”乃带至国中，命车裂于南门。车裂者，将罪人头与四肢缚于五辆车辕之上，各自分向，各驾一牛，然后以鞭打牛，牛走车行，其人肢体裂而为五，俗言“五牛分尸”。此乃极重之刑。襄公欲以义举闻于诸侯，故意用此极刑，张大其事也。高渠弥已死，襄公命将其首，号令南门，榜曰：“逆臣视此！”一面使人收拾子亹尸首，藁葬于东郭之外。一面遣使告于郑曰：“贼臣逆子，周有常刑。汝国高渠弥主谋弑君，擅立庶孽，寡君痛郑先君之不吊，已为郑讨而戮之矣。愿改立新君，以邀旧好。”原繁闻之，叹曰：“祭仲之智，吾不及也！”

诸大夫共议立君，叔詹曰：“故君在栎，何不迎之？”祭足曰：“出亡之君，不可再辱宗庙。不如立公子仪。”原繁亦赞成之。于是迎公子仪于陈，以嗣君位。祭足为上大夫，叔詹为中大夫，原繁为下大夫。子仪既即位，乃委国于祭足，恤民修备，遣使修聘于齐、陈诸国。又受命于楚，许以年年纳贡，永为属国。厉公无间可乘，自此郑国稍安。不知后事如何，且看下回分解。

第十四回

卫侯朔抗王入国　齐襄公出猎遇鬼

却说王姬至齐，与襄公成婚。那王姬生性贞静幽闲，言动不苟。襄公是个狂淫之辈，不甚相得。王姬在宫数月，备闻襄公淫妹之事，默然自叹："似此蔑伦悖理，禽兽不如。吾不幸错嫁匪人，是吾命也！"郁郁成疾，不及一年遂卒。

襄公自王姬之死，益无忌惮。心下思想文姜，伪以狩猎为名，不时往禚。遣人往祝邱，密迎文姜到禚，昼夜淫乐。恐鲁庄公发怒，欲以兵威胁之，乃亲率重兵袭纪，取其郱、鄑、郚三邑之地。兵移酅城，使人告纪侯："速写降书，免至灭绝。"纪侯叹曰："齐吾世仇，吾不能屈膝仇人之庭，以求苟活也！"乃使夫人伯姬作书，遣人往鲁求救。齐襄公出令曰:“有救纪者,寡人先移兵伐之!”鲁庄公遣使如郑,约他同力救纪。郑伯子仪因厉公在栎,谋袭郑国,不敢出师,使人来辞。鲁侯孤掌难鸣,行至滑地,惧齐兵威,留宿三日而返。纪侯闻鲁兵退回,度不能守,将城池妻子,交付其弟嬴季,拜别宗庙,大哭一场,半夜开门而出,不知所终。嬴季谓诸大臣曰:“死国与存祀,二者孰重?”诸大夫皆曰:“存祀为重。”嬴季曰:“苟能存纪宗庙,吾何惜自屈?”即写降书,愿为齐外臣,守酅宗庙。齐侯许之。嬴季遂将纪国土地户口之数,尽纳于齐,叩首乞哀。齐襄公收其版籍于纪庙之旁,割三十户以供纪祭祀,号嬴季为庙主。纪伯姬惊悸而卒,襄公命葬以夫人之礼,以媚于鲁。伯姬之娣叔姬,乃昔日从嫁者,襄公欲送之归鲁。叔姬曰:“妇人之义,既嫁从夫。生为嬴氏妇,死为嬴氏鬼,舍此安归乎?”襄公乃听其居酅守节。后数年而卒。史官赞云:

> 世衰俗敝,淫风相袭。齐宫乱妹,新台娶媳。禽行兽心,伦亡纪佚。小邦妾媵,矢节从一。宁守故庙,不归宗国。卓哉叔姬,《柏舟》同式!

按齐襄公灭纪之岁,乃周庄王七年也。

是年楚武王熊通,以随侯不朝,复兴兵伐随,未至而薨。令尹斗祈、莫敖屈重秘不发丧,出奇兵从间道直逼随城。随惧行成。屈重伪以王命,入盟随侯。大军既济汉水,然后发丧。子熊赀即位,是为文王。此事不提。

再说齐襄公灭纪凯旋,文姜于路迎接其兄,至于祝邱,盛为燕享。用两君相见之礼,彼此酬酢,大犒齐军。又与襄公同至禚地,留连欢宿。襄公乃使文姜作书,召鲁庄公来禚地相会。庄公恐违母命,遂至禚谒见文姜。文姜使庄公以甥舅之礼见齐襄公,且谢葬纪伯姬之事。庄公亦不能拒,勉强从之。襄公大喜,亦具享礼款待庄公。时襄公新生一女,文姜以庄公内主尚虚,令其订约为婚。庄公曰:“彼女尚血胞,非吾配也。”文姜怒曰:“汝欲疏母族耶?”襄公亦以长幼悬隔为嫌,文姜曰:“待二十年而嫁,亦未晚也。”襄公惧失文姜之意,庄公亦不敢违母命,两下只得依允。甥舅之亲,复加甥舅,情愈亲密。二君并车驰猎于禚地之野,庄公矢不虚发,九射九中,襄公称赞不已。野人窃指鲁庄公戏曰："此吾君假子也！"庄公怒，使左右踪迹其人杀之。襄公亦不嗔怪。史臣论庄公有母无父，忘亲事仇，作诗诮云：

车中饮恨已多年，甘与仇雠共戴天。
莫怪野人呼假子，已同假父作姻缘！

文姜自鲁齐同狩之后，益无忌惮，不时与齐襄公聚于一处。或于防，或于谷，或时直至齐都，公然留宿宫中，俨如夫妇。国人作《载驱》之诗，以刺文姜。诗云：

载驱薄薄，簟茀朱鞹。鲁道有荡，齐子发夕。
汶水滔滔，行人儦儦。鲁道有荡，齐子游遨。

薄薄者，疾驱之貌。簟，席，所以铺车。茀，车后户。朱鞹者，以朱漆兽皮。皆车饰也。齐子指文姜，言文姜乘此车而至齐。儦儦，众貌，言其仆从之多也。又有《敝笱》之诗，以刺庄公。诗云：

敝笱在梁，其鱼鲂鳏。齐子归止，其从如云。
敝笱在梁，其鱼鲂鲔。齐子归止，其从如水。

笱者，取鱼之器。言敝坏之罟，不能制大鱼，以喻鲁庄公不能防闲文姜，任其仆从出入无禁也。

且说齐襄公自禚回国，卫侯朔迎贺灭纪之功，再请伐卫之期。襄公曰："今王姬已卒，此举无碍。但非连合诸侯，不为公举。君少待之。"卫侯称谢。过数日，襄公遣使约会宋、鲁、陈、蔡四国之君，一同伐卫，共纳惠公。其檄云：

天祸卫国，生逆臣泄、职，擅行废立。致卫君越在敝邑，于今七年，孤坐不安席。以疆场多事，不即诛讨。今幸少闲，悉索敝赋，愿从诸君之后，左右卫君，以诛卫之不当立者！

时周庄王八年之冬也。齐襄公出车五百乘，同卫侯朔先至卫境。四国之君，各引兵来会。那四路诸侯：宋闵公捷、鲁庄公同、陈宣公杵臼、蔡哀侯献舞。卫侯闻五国兵至，与公子泄、公子职商议，遣大夫甯跪告急于周。庄王问群臣："谁能为我救卫者？"周公忌父、西虢公伯皆曰："王室自伐郑损威以后，号令不行。今齐侯诸儿，不念王姬一脉之亲，鸠合四国，以纳君为名，名顺兵强，不可敌也。"左班中最下一人挺身出曰："二公之言差矣！四国但只强耳，安得言名顺乎？"众人视之，乃下士子突也。周公曰：“诸侯失国，诸侯纳之，何为不顺？”子突曰：“黔牟之立已禀王命，既立黔牟，必废子朔。二公不以王命为顺，而以纳诸侯为顺，诚突所不解也！”虢公曰：“兵戎大事，量力而行。王室不振，已非一日。伐郑之役，先王亲在军中，尚中祝聃之矢，至今两世，未能问罪，况四国之力十倍于郑。孤军赴援，如以卵抵石，徒自亵威，何益于事？”子突曰：“天下之事，理胜力为常，力胜理为变。王命所在，理所萃也。一时之强弱在力，千古之胜负在理。若蔑理而可以得志，无一人起而问之，千古是非从此颠倒，天下不复有王矣！诸公亦何面目号为王朝卿士乎？”虢公不能答。周公曰：“倘今日兴救卫之师，汝能任其事否？”子突曰：“九伐之法，司马掌之。突位微才劣，诚非其任。必无人肯往，突不敢爱死，愿代司马一行。”周公又曰：“汝救卫能保必胜乎？”子突曰：“突今日出师，已据胜理。若以文、武、宣、平之灵，仗义执言，四国悔罪，王室之福，非突敢必也。”大夫富辰曰：“突言甚壮，可令一往，亦使天下知王室有人。”周王从之。乃先遣甯跪归报卫国，王师随后起行。

却说周、虢二公，忌子突之成功，仅给戎车二百乘。子突并不推诿，告于太庙而行。时五国之师已至卫城下，攻围甚急。公子泄、公子职昼夜巡守，悬望王朝大兵解围，谁知子突兵微将寡，怎当五国如虎之众？不等子突安营，大杀一场，二百乘兵车如汤泼雪。子突叹曰：“吾奉王命而战死，不失为忠义之鬼也！”乃手杀数十人，然后自刎而亡。髯翁有诗赞曰：

虽然只旅未成功，王命昭昭耳目中。
见义勇为真汉子，莫将成败论英雄！

卫国守城军士，闻王师已败，先自奔窜。齐兵首先登城，四国继之，砍开城门，放卫侯朔入城。公子泄、公子职同甯跪收拾散兵，拥公子黔牟出走，正遇鲁兵，又杀一场。甯跪夺路先奔，三公子俱被鲁兵所擒。甯跪知力不能救，叹口气，奔往秦国逃难去讫。鲁侯将三公子献俘于卫，卫不敢决，转献于齐。齐襄公喝教刀斧手，将泄、职二公子斩讫。公子黔牟是周王之婿，于齐有连襟之情，赦之不诛，放归于周。卫侯朔鸣钟击鼓，重登侯位，将府库所藏宝玉，厚赂齐襄公。襄公曰：“鲁侯擒三公子，其劳不浅！”乃以所赂之半，分赠鲁侯。复使卫侯另出器贿，散于宋、陈、蔡三国。此周庄王九年之事。

却说齐襄公自败子突、放黔牟之后，诚恐周王来讨，乃使大夫连称为将军，管至父为副，领兵戍葵邱，以遏东南之路。二将临行，请于襄公曰：“戍守劳苦，臣不敢辞，以何期为满？”时襄公方食瓜，乃曰：“今此瓜熟之时，明岁瓜再熟，当遣人代汝。”二将往葵邱驻扎，不觉一年光景。忽一日，戍卒进瓜尝新，二将想起瓜熟之约：“此时正该交代，如何主公不遣人来？”特地差心腹往国中探信，闻齐侯在谷城与文姜欢乐，有一月不回。连称大怒曰：“王姬薨后，吾妹当为继室。无道昏君，不顾伦理，在外日事淫媟，使吾等暴露边鄙。吾必杀之！”谓管至父曰：“汝可助吾一臂。”管至父曰：“及瓜而代，主公所亲许也。恐其忘之，不如请代。请而不许，军心胥怨，乃可用也。”连称曰：“善。”乃使人献瓜于襄公，因求交代。襄公怒曰：“代出孤意，奈何请耶？再候瓜一熟可也。”使人回报，连称恨恨不已，谓管至父曰：“今欲行大事，计将安出？”至父曰：“凡举事必先有所奉，然后成。公孙无知乃公子夷仲年之子，先君僖公以同母之故，宠爱仲年，并爱无知。从幼畜养宫中，衣服礼数与世子无别。自主公即位，因无知向在宫中，与主公角力，无知足勾主公仆地，主公不悦。一日，无知又与大夫雍廪争道，主公怒其不逊，遂疏黜之，品秩裁减大半。无知衔恨于心久矣！每思作乱，恨无帮手。我等不若密通无知，内应外合，事可必济。”连称曰：“当于何时？”管至父曰：“主上性喜用兵，又好游猎，如猛虎离穴，易为制耳。但得预闻出外之期，方不失机会也。”连称曰：“吾妹在宫中，失宠于主公，亦怀怨望。今嘱无知阴与吾妹合计，伺主公之间隙，星夜相闻，可无误事。”于是再遣心腹，致书于公孙无知。书曰：

> 贤公孙受先公如嫡之宠，一旦削夺，行路之人皆为不平。况君淫昏日甚，政令无常。葵邱久戍，及瓜不代，三军之士，愤愤思乱。如有间可图，称等愿效犬马，竭力推戴。称之从妹，在宫失宠衔怨，天助公孙以内应之资，机不可失！

公孙无知得书大喜，即复书曰：

> 天厌淫人，以启将军之衷，敬佩衷官，迟疾奉报。

无知阴使女侍通信于连妃，且以连称之书示之：“若事成之日，当立为夫人。”连妃许之。

周庄王十一年冬十月，齐襄公知姑棼之野有山名贝邱。禽兽所聚，可以游猎。乃预戒徒人费等，整顿车徒，将以次月往彼田狩。连妃遣宫人送信于公孙无知，无知星夜传信葵邱，通知连、管二将军，约定十一月初旬，一齐举事。连称曰：“主上出猎，国中空虚，吾等率兵直入都门，拥立公孙何如？”管至父曰：“主上睦于邻国，若乞师来讨，何以御之？不若伏兵于姑棼，先杀昏君，然后奉公孙即位，事可万全也。”那时葵邱戍卒因久役在外，无不思家，连称密传号令，各备干粮，往贝邱行事，军士人人乐从。不在话下。

再说齐襄公于十一月朔日，驾车出游。止带力士石之纷如，及幸臣孟阳一班，架鹰牵犬，准备射猎，不用一大臣相随。先至姑棼，原建有离宫，游玩竟日。居民馈献酒肉，襄公欢饮至夜，遂留宿焉。次日起驾，往贝邱来。见一路树木蒙茸，藤萝翳郁，襄公驻车高阜，传令举火焚林，然后合围校射，纵放鹰犬。火烈风猛，狐兔之类东奔西逸。忽有大豕一只，如牛无角，似虎无斑，从火中奔出，竟上高阜，蹲踞于车驾之前。时众人俱往驰射，惟孟阳立于襄公之侧。襄公顾孟阳曰：“汝为我射此豕。”孟阳瞪目视之，大惊曰：“非豕也，乃公子彭生也！”襄公大怒曰：“彭生何敢见我？”夺孟阳之弓，亲自射之，连发三矢不中。那大豕直立起来，双拱前蹄，效人行步，放声而啼，哀惨难闻。吓得襄公毛骨俱竦，从车中倒撞下来，跌损左足，脱落了丝文屦一只，被大豕衔之而去，忽然不见。髯翁有诗曰：

鲁桓昔日死车中，今日车中遇鬼雄。
枉杀彭生应化厉，诸儿空自引雕弓。

徒人费与从人等，扶起襄公卧于车中，传令罢猎，复回姑棼离宫住宿。襄公自觉精神恍惚，心下烦躁。时军中已打二更，襄公因左足疼痛，展转不寐，谓孟阳曰：“汝可扶我缓行几步。”先前坠车，匆忙之际，不知失屦，到此方觉，问徒人费取讨。费曰：“屦为大豕衔去矣。襄公心恶其言，乃大怒曰：“汝既跟随寡人，岂不看屦之有无？若果衔去，当时何不早言？”自执皮鞭，鞭费之背，血流满地方止。徒人费被鞭，含泪出门，正遇连称引着数人打探动静，将徒人费一索捆住，问曰："无道昏君何在?"费曰："在寝室。"又问："已卧乎?"曰：尚未卧也?"连称举刀欲砍，费曰："勿杀我，我当先入，为汝耳目。"连称不信。费曰："我适被鞭伤，亦欲杀此贼耳。"乃袒衣以背示之。连称见其血肉淋漓，遂信其言，解费之缚，嘱以内应。随即招管至父引着众军士，杀入离宫。

且说徒人费翻身入门，正遇石之纷如，告以连称作乱之事。遂造寝室，告于襄公。襄公惊惶无措，费曰："事已急矣！若使一人伪作主公，卧于床上，主公潜伏户后，幸而仓卒不辨，或可脱也。"孟阳曰："臣受恩逾分，愿以身代，不敢恤死。"孟阳即卧于床，以面向内，襄公亲解锦袍覆之，伏身户后，问徒人费曰："汝将何如?"费曰："臣当与纷如协力拒贼。"襄公曰："不苦背创乎?"费曰："臣死且不避，何有于创?"襄公叹曰："忠臣也！"徒人费令石之纷如引众拒守中门，自己单身挟着利刃，诈为迎贼，欲刺连称。其时众贼已攻进大门，连称挺剑当先开路。管至父列兵门外，以防他变。徒人费见连称来势凶猛，不暇致详，上前一步便刺。谁知连称身被重铠，刃刺不入，却被连称一剑劈去，断其二指，还复一剑，劈下半个头颅，死于门中。石之纷如便挺矛来斗，约战十余合，连称转斗转进。纷如渐渐退步，误绊石阶脚跸，亦被连称一剑砍倒。遂入寝室，侍卫先已惊散，团花帐中卧着一人，锦袍遮盖。连称手起剑落，头离枕畔，举火烛之，年少无须。连称曰："此非君也。"使人遍搜房中，并无踪影。连称自引烛照之，忽见户槛之下，露出丝文屦一只，知户后藏躲有人，不是诸儿是谁?打开户后看时，那昏君因足疼，做一堆儿蹲着，那一只丝文屦仍在足上。连称所见之屦，乃是先前大豕衔去的，不知如何在槛下。分明是冤鬼所为，可不畏哉！连称认得诸儿，似鸡雏一般，一把提出户外，掷于地下，大骂："无道昏君！汝连年用兵，黩武殃民，是不仁也；背父之命，疏远公孙，是不孝也；兄妹宣淫，公行不忌，是无礼也；不念远戍，瓜期不代，是无信也。仁、孝、礼、信，四德皆失，何以为人?吾今日为鲁桓公报仇！"遂砍襄公为数段，以床褥裹其尸，与孟阳同埋于户下。计襄公在位只五年。史官评论此事，谓襄公疏远大臣，亲昵群小，石之纷如、孟阳、徒人费等，平日受其私恩，从于昏乱，虽视死如归，不得为忠臣之大节。连称、管至父徒以久戍不代，遂行篡弑，当是襄公恶贯已满，假手二人耳。彭生临刑大呼：“死为妖孽，以取尔命！”大豕见形，非偶然也。髯翁有诗咏费、石等死难之事。诗云：

捐生殉主是忠贞，费石千秋无令名。
假使从昏称死节，飞廉崇虎亦堪旌。

又诗叹齐襄公云：

方张恶焰君侯死，将熄凶威大豕狂。
恶贯满盈无不毙，劝人作善莫商量。

连称、管至父重整军容，长驱齐国。公孙无知预集私甲，一闻襄公凶信，引兵开门，接应连、管二将入城。二将托言：“曾受先君僖公遗命，奉公孙无知即位。”立连妃为夫人。连称为正卿，号为国舅。管至父为亚卿。诸大夫虽勉强排班，心中不服。惟雍廪再三稽首，谢往日争道之罪，极其卑顺，无知赦之，仍为大夫。高国称病不朝，无知亦不敢黜之。至父劝无知悬榜招贤，以收人望。因荐其族子管夷吾之才，无知使人召之。未知夷吾肯应召否，且听下回分解。

第十五回

雍大夫计杀无知　鲁庄公乾时大战

却说管夷吾字仲，生得相貌魁梧，精神俊爽，博通坟典，淹贯古今，有经天纬地之才，济世匡时之略。与鲍叔牙同贾，至分金时，夷吾多取一倍。鲍叔之从人心怀不平，鲍叔曰："仲非贪此区区之金，因家

贫不给，我自愿让之耳。"又曾领兵随征，每至战阵，辄居后队，及还兵之日，又为先驱。多有笑其怯者，鲍叔曰："仲有老母在堂，留身奉养，岂真怯斗耶?"又数与鲍叔计事，往往相左，鲍叔曰："人固有遇不遇，使仲遇其时，定当百不失一矣。"夷吾闻之，叹曰："生我者父母，知我者鲍叔哉!"遂结为生死之交。值襄公诸儿即位，长子曰纠，鲁女所生，次子小白，莒女所生。虽皆庶出，俱已成立，欲

为立傅以辅导之。管夷吾谓鲍叔牙曰:“君生二子,异日为嗣,非纠即白。吾与尔各傅一人,若嗣立之日,互相荐举。”叔牙然其言。于是管夷吾同召忽为公子纠之傅,叔牙为公子小白之傅。襄公欲迎文姜至禚相会,叔牙谓小白曰:“君以淫闻,为国人笑,及今止之,犹可掩饰。更相往来,如水决堤,将成泛滥,子必进谏。”小白果入谏襄公曰:“鲁侯之死,啧有烦言。男女嫌疑,不可不避。”襄公怒曰:“孺子何得多言!”以屦蹴之。小白趋而出,鲍叔曰:“吾闻之:‘有奇淫者,必有奇祸。’吾当与子适他国,以俟后图。”小白问:“当适何国?”鲍叔曰:“大国喜怒不常,不如适莒。莒小而近齐,小则不敢慢我,近则旦暮可归。”小白曰:“善。”乃奔莒国。襄公闻之,亦不追还。及公孙无知篡位,来召管夷吾。夷吾曰:“此辈兵已在颈,尚欲累人耶?”遂与召忽共计,以鲁为子纠之母家,乃奉纠奔鲁。鲁庄公居之于生窦,月给廪饩。

鲁庄公十二年春二月,齐公孙无知元年,百官贺旦,俱集朝房,见连、管二人公然压班,人人皆有怨愤之意。雍廪知众心不附,佯言曰:“有客自鲁来,传言‘公子纠将以鲁师伐齐’。诸君闻之否?”诸大夫皆曰:“不闻。”雍遂不复言。既朝退,诸大夫互相约会,俱到雍廪家,叩问公子纠伐齐之信。雍廪曰:“诸君谓此事如何?”东郭牙曰:“先君虽无道,其子何罪?吾等日望其来也。”诸大夫有泣下者。雍廪曰:“廪之屈膝,宁无人心?正欲委曲以图事耳。诸君若能相助,共除弑逆之贼,复立先君子,岂非义举?”东郭牙问计,雍廪曰:“高敬仲,国之世臣,素有才望,为人信服。连、管二贼,得其片言奖借,重于千钧,恨不能耳。诚使敬仲置酒,以招二贼,必欣然往赴。吾伪以子纠兵信面启公孙,彼愚而无勇,俟其相就,卒然刺之,谁为救者?然后举火为号,阖门而诛二贼,易如反掌。”东郭牙曰:“敬仲虽疾恶如仇,然为国自贬,当不靳也。吾力能必之。”遂以雍廪之谋告于高傒,高傒许诺。即命东郭牙往连、管二家致意。俱如期而至。高傒执觯言曰:“先君行多失德,老夫日虞国之丧亡。今幸大夫援立新君,老夫亦获守家庙,向因老病,不与朝班,今幸贱体稍康,特治一酌以报私恩,兼以子孙为托。”连称与管至父谦让不已。高傒命将重门紧闭:“今日饮酒,不尽欢不已。”预戒阍人:“勿通外信,直待城中举火,方来传报。”

却说雍廪怀匕首直叩宫门，见了无知，奏言："公子纠率领鲁兵，旦晚将至，幸早图应敌之计。"无知问："国舅何在？"雍廪曰："国舅与管大夫郊饮未回，百官俱集朝中，专候主公议事。"无知信之，方出朝堂，尚未坐定，诸大夫一拥而前，雍廪自后刺之，血流公座，登时气绝。计无知为君，才一月余耳，哀哉！连夫人闻变，自缢于宫中。史官诗云：

只因无宠间襄公，谁料无知宠不终。
一月夫人三尺帛，何如寂寞守空宫？

当时雍廪教人于朝外放起一股狼烟，烟透九霄。高傒正在款客，忽闻门外传板，报说："外厢举火。"高傒即便起身，往内而走。连称、管至父出其不意，却待要问其缘故，庑下预伏壮士，突然杀出，将二人砍为数段。虽有从人，身无寸铁，一时毕命。雍廪与诸大夫陆续俱到高府，公同商议，将二人心肝剖出，祭奠襄公。一面遣人于姑棼离宫，取出襄公之尸，重新殡殓，一面遣人于鲁国迎公子纠为君。

鲁庄公闻之，大喜，便欲为公子纠起兵。施伯谏曰："齐、鲁互为强弱，齐之无君，鲁之利也。请勿动，以观其变。"庄公踌躇未决。时夫人文姜因襄公被弑，自祝邱归于鲁国，日夜劝其子兴兵伐齐，讨无知之罪，为其兄报仇。及闻无知受戮，齐使来迎公子纠为君，不胜之喜。主定纳纠，催促庄公起程。庄公为母命所迫，遂不听施伯之言，亲率兵车三百乘，用曹沫为大将，秦子、梁子为左右，护送公子纠入齐。管夷吾谓鲁侯曰："公子小白在莒，莒地比鲁为近，倘彼先入，主客分矣。乞假臣良马，先往邀之。"鲁侯曰："甲卒几何？"夷吾曰："三十乘足矣。"

却说公子小白闻国乱无君，与鲍叔牙计议，向莒子借得兵车百乘，护送还齐。这里管夷吾引兵昼夜奔驰，行至即墨，闻莒兵已过，从后追之。又行三十余里，正遇莒兵停车造饭。管夷吾见小白端坐车中，上前鞠躬曰："公子别来无恙，今将何往？"小白曰："欲奔父丧耳。"管夷吾曰："纠居长，分应主丧；公子幸少留，无自劳苦。"鲍叔牙曰："仲且退，各为其主，不必多言！"夷吾见莒兵睁眉怒目，有争斗之色，诚恐众寡不敌，乃佯诺而退。蓦地弯弓搭箭，觑定小白，飕的射来。小白大喊一声，口吐鲜血，倒于车上。鲍叔牙急忙来救，从人尽叫道：“不好了！”一齐啼哭起来。管夷吾率领那三十乘，加鞭飞跑去了。夷吾在路叹曰：“子纠有福，合为君也！”还报鲁侯，酌酒与子纠称庆。此时放心落意，一路邑长献饩进馔，遂缓缓而行。谁知这一箭，只射中小白的带钩。小白知夷吾妙手，恐他又射，一时急智，嚼破舌尖，喷血诈倒，连鲍叔牙都瞒过了。鲍叔牙曰：“夷吾虽去，恐其又来，此行不可迟也。”乃使小白变服，载以温车，从小路疾驰。将近临淄，鲍叔牙单车先入城中，遍谒诸大夫，盛称公子小白之贤。诸大夫曰：“子纠将至，何以处之？”鲍叔牙曰：“齐连弑二君，非贤者不能定乱，况迎子纠而小白先至，天也！鲁君纳纠，其望报不浅。昔宋立子突，索赂无厌，兵连数年。吾国多难之余，能堪鲁之征求乎？”诸大夫曰：“然则何以谢鲁侯？”叔牙曰：“吾已有君，彼自退矣。”大夫隰朋、东郭牙齐声曰：“叔言是也。”于是迎小白入城即位，是为桓公。髯翁有诗单咏射钩之事。诗曰：

鲁公欢喜莒人愁，谁道区区中带钩？
但看一时权变处，便知有智合诸侯。

鲍叔牙曰：“鲁兵未至，宜预止之。”乃遣仲孙湫往迎鲁庄公，告以有君。庄公知小白未死，大怒曰：“立子以长，孺子安得为君？孤不能空以三军退也。”仲孙湫回报。齐桓公曰：“鲁兵不退，奈何？”鲍叔牙曰：“以兵拒之。”乃使王子成父将右军，宁越副之；东郭牙将左军，仲孙湫副之；鲍叔牙奉桓公亲将中军，雍廪为先锋。兵车共五百乘。分拨已定，东郭牙请曰：“鲁君虑吾有备，必不长驱。乾时水草方便，此驻兵之处也。若设伏以待，乘其不备，破之必矣！”鲍叔牙曰：“善。”使宁越、仲孙湫各率本部，分路埋伏。使王子成父、东郭牙从他路抄出鲁兵之后，雍廪挑战诱敌。

却说鲁庄公同子纠行至乾时，管夷吾进曰，“小白初立，人心未定，宜速乘之，必有内变。”庄公曰：“如仲之言，小白已射死久矣。”遂出令于乾时安营。鲁侯营于前，子纠营于后，相去二十里。次早谍报：“齐兵已到，先锋雍廪索战。”鲁庄公曰：“先破齐师，城中自然寒胆也。”遂引秦子、梁子驾戎车而前，呼雍廪亲数之曰：“汝首谋诛贼，求君于我。今又改图,信义安在?"挽弓欲射雍廪。雍廪佯作羞惭,抱头鼠窜。庄公命曹沫逐之。雍廪转辕来战,不几合又走。曹沫不舍,奋生平之勇,挺着画戟赶来,却被鲍叔牙大兵围住。曹沫深入重围,左冲右突,身中两箭,死战方脱。

却说鲁将秦子、梁子恐曹沫有失,正待接应,忽闻左右炮声齐震,宁越、仲孙湫两路伏兵齐起,鲍叔牙率领中军,如墙而进。三面受敌,鲁兵不能抵当,渐渐奔散。鲍叔牙传令:"有能获鲁侯者,赏以万家之邑。"使军中大声传呼。秦子忽取鲁侯绣字黄旗,偃之于地。梁子复取旗建于自车之上。秦子问其故,梁子曰:"吾将以误齐也。"鲁庄公见事急,跳下戎车,别乘轺车,微服而逃。秦子紧紧跟定,杀出重围。宁越望见绣旗,伏于下道,认是鲁君,麾兵围之数重。梁子免胄以面示曰:"吾鲁将也,吾君已去远矣。"鲍叔牙知齐军已全胜,鸣金收军。仲孙湫献戎辂。宁越献梁子,齐侯命斩于军前。齐侯因王子成父、东郭牙两路兵尚无下落;留宁越、仲孙湫屯于乾时。大军奏凯先回。

再说管夷吾等管辖辎重,在于后营,闻前营战败,教召忽同公子纠守营,悉起兵车自来接应。正遇鲁庄公,合兵一处,曹沫亦收拾残车败卒奔回。计点之时,十停折其七,夷吾曰:"军气已丧,不可留矣!"乃连夜拔营而起。行不二日,忽见兵车当路,乃是王子成父、东郭牙抄出鲁兵之后。曹沫挺戟大呼曰:"主公速行,吾死于此!"顾秦子曰:"汝当助吾。"秦子便接住王子成父厮杀,曹沫便接住东郭牙厮杀。管夷吾保着鲁庄公,召忽保着公子纠,夺路而行。有红袍小将追鲁侯至急,鲁庄公一箭,正中其额。又有一白袍者追来,庄公亦射杀之。齐兵稍却。管仲教把辎重、甲兵、乘马之类,连路委弃,恣齐兵抢掠,方才得脱。曹沫左膊复中一刀,尚刺杀齐军无数,溃围而出。秦子战死于阵。史官论鲁庄公乾时之败,实为自取。有诗叹云:

子纠本是仇人胤,何必勤兵往纳之?
若念深仇天不戴,助纠不若助无知。

鲁庄公等脱离虎口,如漏网之鱼,急急奔走。隰朋、东郭牙从后赶来,直追过汶水,将鲁境内汶阳之田,尽侵夺之,设守而去。鲁人不敢争较,齐兵大胜而归。

齐侯小白早朝，百官称贺。鲍叔牙进曰：“子纠在鲁，有管夷吾、召忽为辅，鲁又助之，心腹之疾尚在，未可贺也。”齐侯小白曰：“为之奈何？”鲍叔牙曰：“乾时一战，鲁君臣胆寒矣！臣当统三军之众，压鲁境上，请讨子纠，鲁必惧而从也。”齐侯曰：“寡人请举国以听子。”鲍叔牙乃简阅车马，率领大军直至汶阳，清理疆界。遣公孙隰朋致书于鲁侯曰：

> 外臣鲍叔牙，百拜鲁贤侯殿下：家无二主，国无二君。寡君已奉宗庙，公子纠欲行争夺，非不二之谊也。寡君以兄弟之亲，不忍加戮，愿假手于上国。管仲、召忽，寡君之仇，请受而戮于太庙。

隰朋临行，鲍叔牙嘱之曰：“管夷吾天下奇才，吾言于君，将召而用之，必令无死。”隰朋曰：“倘鲁欲杀之如何？”鲍叔曰：“但提起射钩之事，鲁必信矣。”隰朋唯唯而去。鲁侯得书，即召施伯。不知如何计议，再听下回分解。

第十六回

释槛囚鲍叔荐仲　战长勺曹刿败齐

却说鲁庄公得鲍叔牙之书，即召施伯计议曰："向不听子言，以致兵败。今杀纠与存纠孰利？"施伯曰："小白初立，即能用人，败我兵于乾时，此非子纠之比也。况齐兵压境，不如杀纠，与之讲和。"时公子纠与管夷吾、召忽俱在生窦，鲁庄公使公子偃将兵袭之，杀公子纠，执召忽、管仲至鲁。将纳槛车，召忽仰天大恸曰："为子死孝，为臣死忠，分也！忽将从子纠于地下，安能受桎梏之辱？"遂以头触殿柱而死。管夷吾曰："自古人君，有死臣必有生臣。吾且生入齐国，为子纠白冤。"便束身入槛车之中。施伯私谓鲁庄公曰："臣观管子之容，似有内援，必将不死。此人天下奇才，若不死，必大用于齐；

大用于齐，必霸天下。鲁自此奉奔走矣。君不如请于齐而生之。管子生，则必德我。德我而为我用，齐不足虑也。”庄公曰：“齐君之仇而我留之，虽杀纠，怒未解也。”施伯曰：“君以为不可用，不如杀之，以其尸授齐。”庄公曰：“善。”公孙隰朋闻鲁将杀管夷吾，疾趋鲁庭来见庄公曰：“夷吾射寡君中钩，寡君恨之切骨，欲亲加刃，以快其志。若以尸还，犹不杀也。”庄公信其言，遂囚夷吾，并函封子纠、召忽之首，交付隰朋。隰朋称谢而行。

却说管夷吾在槛车中，已知鲍叔牙之谋，诚恐：“施伯智士，虽然释放，倘或翻悔，重复追还，吾命休矣。”心生一计，制成《黄鹄》之词，教役人歌之。词曰：

黄鹄黄鹄，戢其翼，絷其足，不飞不鸣兮笼中伏。高天何跼兮，厚地何蹐！丁阳九兮逢百六。引颈长呼兮，继之以哭！

黄鹄黄鹄，天生汝翼兮能飞，天生汝足兮能逐，遭此网罗兮谁与赎？一朝破樊而出兮，吾不知其升衢而渐陆。嗟彼弋人兮，徒旁观而踯躅！

役人既得此词，且歌且走，乐而忘倦。车驰马奔，计一日得两日之程，遂出鲁境。

鲁庄公果然追悔，使公子偃追之，不及而返。夷吾仰天叹曰：“吾今日乃更生也！”行至堂阜，鲍叔牙先在，见夷吾如获至宝，迎之入馆，曰：“仲幸无恙！”即命破槛出之。夷吾曰：“非奉君命，未可擅脱。”鲍叔牙曰：“无伤也，吾行且荐子。”夷吾曰：“吾与召忽同事子纠，既不能奉以君位，又不能死于其难，臣节已亏矣。况复反面而事仇人？召忽有知，将笑我于地下！”鲍叔牙曰：“成大事者，不恤小耻；立大功者，不拘小谅。子有治天下之才，未遇其时。主公志大识高，若得子为辅，以经营齐国，霸业不足道也。功盖天下，名显诸侯，孰与守匹夫之节，行无益之事哉？”夷吾嘿然不语。乃解其束缚，留之于堂阜。鲍叔遂回临淄，见桓公，先吊后贺。桓公曰：“何吊也？”鲍叔牙曰：“子纠，君之兄也。君为国灭亲，诚非得已，臣敢不吊？”桓公曰：“虽然，何以贺寡人？”鲍叔牙曰：“管子天下奇才，非召忽比也，臣已生致之。君得一贤相，臣敢不贺？”桓公曰：“夷吾射寡人中钩，其矢尚在。寡人每戚戚于心,得食其肉不厌,况可用乎?”鲍叔牙曰:“人臣者各为其主。射钩之时,知有纠不知有君。君若用之,当为君射天下,岂特一人之钩哉?”桓公曰:“寡人姑听子,赦勿诛。”鲍叔牙乃迎管夷吾至于其家,朝夕谈论。

却说齐桓公修援立之功,高、国世卿,皆加采邑。欲拜鲍叔牙为上卿,任以国政,鲍叔牙曰:“君加惠于臣,使不冻馁,则君之赐也!至于治国家,则非臣之所能也。”桓公曰:“寡人知卿,卿不可辞。”鲍叔牙曰:“所谓知臣者,小心敬慎,循礼守法而已。此具臣之事,非治国家之才也。夫治国家者,内安百姓,外抚四夷,勋加于王室,泽布于诸侯,国有泰山之安,君享无疆之福,功垂金石,名播千秋。此帝臣王佐之任,臣何以堪之?”桓公不觉欣然动色,促膝而前曰:“如卿所言,当今亦有其人否?”鲍叔牙曰:“君不求其人则已,必求其人,其管夷吾乎?臣所不若夷吾者有五:宽柔惠民,弗若也;治国家不失其柄,弗若也;忠信可结于百姓,弗若也;制礼义可施于四方,弗若也;执枹鼓立于军门,使百姓敢战无退,弗若也。”桓公曰:“卿试与来,寡人将叩其所学。”鲍叔牙曰:“臣闻:‘贱不能临贵,贫不能役富,疏不能制亲。’君欲用夷吾,非置之相位,厚其禄入,隆以父兄之礼不可。夫相者,君之亚也,相而召之,是轻之也。相轻则君亦轻。夫非常之人,必待以非常之礼,君其卜日而郊迎之。四方闻君之尊贤礼士而不计私仇,谁不思效用于齐者?”桓公曰:“寡人听子。”乃命太卜择吉日,郊迎管子。鲍叔牙仍送管夷吾于郊外公馆之中。至期,三浴而三衅之。衣冠袍笏,比于上大夫。桓公亲自出郊迎之,与之同载入朝。百姓观者如堵,无不骇然。史官有诗云:

争贺君侯得相臣,谁知即是槛车人。
只因此日捐私忿,四海欣然号霸君。

管夷吾已入朝,稽首谢罪。桓公亲手扶起,赐之以坐。夷吾曰:“臣乃俘戮之馀,得蒙宥死,实为万幸!敢辱过礼?”桓公曰:“寡人有问于子,子必坐,然后敢请。”夷吾再拜就坐。桓公曰:“齐千乘之国,先僖公威服诸侯,号为小霸。自先襄公政令无常,遂构大变。寡人获主社稷,人心未定,国势不张。今欲修理国政,立纲陈纪,其道何先?”夷吾对曰:“礼义廉耻,国之四维。四维不张,国乃灭亡。今日君欲立国之纲纪,必张四维,以使其民,则纪纲立而国势振矣。”桓公曰:“如何而能使民?”夷吾对曰:“欲使民者,必先爱民,而后有以处之。”桓公曰:“爱民之道若何?”对曰:“公修公族,家修家族,相连以事,相及以禄,则民相亲矣;赦旧罪,修旧宗,立无后,则民殖矣;省刑罚,薄税敛,则民富矣;卿建贤士,使教于国,则民有礼矣;出令不改,则民正矣。此爱民之道也。”桓公曰:“爱民之道既行,处民之道若何?”对曰:“士农工商,谓之四民。士之子常为士,农之子常为农,工商之了常为工商,习焉安焉,不迁其业,则民自安矣。”桓公曰:“民既安矣,甲兵不足,奈何?”对曰:“欲足甲兵,当制赎刑:重罪赎以犀甲一戟;轻罪赎以鞼盾一戟;小罪分别入金;疑罪则宥之;讼理相等者,令纳束矢,许其平。金既聚矣,美者以铸剑戟,试诸犬马;恶者以铸锄夷斤欘,试诸壤土。”桓公曰:“甲兵既定,财用不足如何?”对曰:“销山为钱,煮海为盐,其利通于天下。因收天下百物之贱者而居之,以时贸易;为女闾三百,以安行商。商旅如归,百货骈集,因而税之,以佐军兴。如是而财用可足矣。”桓公曰:“财用既足,然军旅不多,兵势不振,如何而可?”对曰:“兵贵于精,不贵于多;强于心,不强于力。君若正卒伍,修甲兵,天下诸侯皆将正卒伍,修甲兵,臣未见其胜也。君若强兵,莫若隐其名而修其实。臣请作内政而寄之以军令焉。”桓公曰:“内政若何?”对曰:“内政之法,制国以为二十一乡。工商之乡六,士之乡十五。工商足财,士足兵。”

桓公曰:“何以足兵?”对曰:“五家为轨,轨为之长。十轨为里,里设有司。四里为连,连为之长。十连为乡,乡有良人焉。即以此为军令。五家为轨,故五人为伍,轨长率之。十轨为里,故五十人为小戎,里有司率之。四里为连,故二百人为卒,连长率之。十连为乡,故二千人为旅,乡良人率之。五乡立一师,故万人为一军,五乡之师率之。十五乡出三万人,以为三军。君主中军,高国二子各主一军。四时之隙,从事田猎:春曰蒐,以索不孕之兽;夏曰苗,以除五谷之灾;秋曰狝,行杀以顺秋气;冬曰狩,围守以告成功,使民习于武事。是故军伍整于里,军旅整于郊,内教既成,勿令迁徙。伍之人祭祀同福,死丧同恤,人与人相俦，家与家相俦，世同居，少同游。故夜战声相闻，足以不乖；昼战目相识，足以不散，其欢欣足以相死。居则同乐，死则同哀，守则同固，战则同强。有此三万人，足以横行于天下。”

桓公曰：“兵势既强，可以征天下诸侯乎？”对曰：“未可也。周室未屏，邻国未附，君欲从事于天下诸侯，莫若尊周而亲邻国。”桓公曰：“其道若何？”对曰：“审吾疆场，而反其侵地，重为皮币以聘问，而勿受其资，则四邻之国亲我矣。请以游士八十人，奉之以车马衣裘，多其资帛，使周游于四方，以号召天下之贤士。又使人以皮币玩好，鬻行四方，以察其上下之所好。择其瑕者而攻之，可以益地；择其淫乱篡弑者而诛之，可以立威。如此，则天下诸侯，皆相率而朝于齐矣。然后率诸侯以事周，使修职贡，则王室尊矣。方伯之名，君虽欲辞之，不可得也。”

桓公与管夷吾连语三日三夜，字字投机，全不知倦。桓公大悦，乃复斋戒三日，告于太庙，欲拜管夷吾为相，夷吾辞而不受。桓公曰：“吾纳子之伯策。欲成吾志，故拜子为相，何为不受？”对曰：“臣闻大厦之成，非一木之材也；大海之润，非一流之归也。君必欲成其大志，则用五杰。”桓公曰：“五杰为谁？”对曰：“升降揖逊，进退闲习，辨辞之刚柔，臣不如隰朋，请立为大司行。垦草莱，辟土地，聚粟众多，尽地之利，臣不如宁越，请立为大司田。平原广牧，车不结辙，士不旋踵，鼓之而三军之士视死如归，臣不如王子成父，请立为大司马。决狱执中，不杀无辜，不诬无罪，臣不如宾须无，请立为大司理。犯君颜色，进谏必忠，不避死亡，不挠富贵，臣不如东郭牙，请立为大谏之官。君若欲治国强兵，则五子者存矣。若欲霸王，臣虽不才，强成君命，以效区区。”桓公遂拜管夷吾为相国，赐以国中市租一年。其隰朋以下五人，皆依夷吾所荐，一一拜官，各治其事。遂悬榜国门，凡所奏富强之策，次第尽举而行之。

他日，桓公又问于管夷吾曰：“寡人不幸而好田，又好色，得毋害于霸乎？”夷吾对曰：“无害也。”桓公曰：“然则何为而害霸？”夷吾对曰：“不知贤，害霸；知贤而不用，害霸；用而不任，害霸；任而复以小人参之，害霸。”桓公曰：“善。”于是专任夷吾，尊其号曰仲父，恩礼在高、国之上。“国有大政，先告仲父，次及寡人。有所施行，一凭仲父裁决。”又禁国人语言，不许犯夷吾之名，不问贵贱，皆称仲，盖古人以称字为敬也。

却说鲁庄公闻齐国拜管仲为相，大怒曰：“悔不从施伯之言，反为孺子所欺！”乃简车蒐乘，谋伐齐以报乾时之仇。齐桓公闻之，谓管仲曰：“孤新嗣位，不欲频受干戈，请先伐鲁何如？”管仲对曰：“军政未定，未可用也。”桓公不听，遂拜鲍叔牙为将，率师直犯长勺。鲁庄公问于施伯曰：“齐欺吾太甚，何以御之？”施伯曰：“臣荐一人，可以敌齐。”庄公曰：“卿所荐何人？”施伯对曰：“臣识一人，姓曹名刿，隐于东平之乡，从未出仕。其人真将相之才也。”庄公命施伯往招之。刿笑曰：“肉食者无谋，乃谋及藿食耶？”施伯曰：“藿食能谋，行且肉食矣。”遂同见庄公。庄公问曰：“何以战齐？”曹刿曰：“兵事临机制胜，非可预言，愿假臣一乘，使得预谋于行间。”庄公喜其言，与之共载，直趋长勺。

鲍叔牙闻鲁侯引兵而来，乃严阵以待。庄公亦列阵相持。鲍叔牙因乾时得胜，有轻鲁之心，下令击鼓进兵，先陷者重赏。庄公闻鼓声震地，亦教鸣鼓对敌。曹刿止之曰：“齐师方锐，宜静以待之。”传令军中：“有敢喧哗者斩。”齐兵来冲鲁阵，阵如铁桶，不能冲动，只得退后。少顷，对阵鼓声又震，鲁军寂如不闻，齐师又退。鲍叔牙曰：“鲁怯战耳。再鼓之，必走。”曹刿又闻鼓响，谓庄公曰：“败齐此其时矣，可速鼓之！”论鲁是初次鸣鼓，论齐已是第三通鼓了。齐兵见鲁兵两次不动，以为不战，都不在意了。谁知鼓声一起，突然而来，刀砍箭射，势如疾雷不及掩耳，杀得齐兵七零八落，大败而奔。庄公欲行追逐，曹刿曰：“未可也，臣当察之。”乃下车，将齐兵列阵之处，周围看了一遍，复登车轼远望，良久曰：“可追矣。”庄公乃驱车而进，追三十余里方还，所获辎重甲兵无算。不知后事如何，再看下回分解。

第十七回

宋国纳赂诛长万　楚王杯酒虏息妫

话说鲁庄公大败齐师，乃问于曹刿曰："卿何以一鼓而胜三鼓，有说乎？"曹刿曰："夫战以气为主，气勇则胜，气衰则败。鼓，所以作气也。一鼓气方盛，再鼓则气衰，三鼓则气竭。吾不鼓以养三军之气，彼

三鼓而已竭，我一鼓而方盈。以盈御竭，不胜何为？"庄公曰："齐师既败，始何所见而不追，继何所见而追？请言其故。"曹刿曰："齐人多诈，恐有伏兵，其败走未可信也。吾视其辙迹纵横，军心已乱，又望其旌旗不整，急于奔驰，是以逐之。"庄公曰："卿可谓知兵矣！"乃拜为大夫。厚赏施伯荐贤之功。髯翁有诗云：

强齐压境举朝忧，
韦布谁知握胜筹？

莫怪边庭捷报杳，由来肉食少佳谋。

时周庄王十三年之春。

齐师败归，桓公怒曰：“兵出无功，何以服诸侯乎？”鲍叔牙曰：“齐、鲁皆千乘之国，势不相下，以主客为强弱。昔乾时之战，我为主，是以胜鲁。今长勺之战，鲁为主，是以败于鲁。臣愿以君命乞师于宋，齐、宋同兵，可以得志。”桓公许之。乃遣使行聘于宋，请出宋师。宋闵公捷，自齐襄公时，两国时常共事，今闻小白即位，正欲通好，遂订师期，以夏六月初旬，兵至郎城相会。

至期，宋使南宫长万为将，猛获副之。齐使鲍叔牙为将，仲孙湫副之。各统大兵，集于郎城，齐军于东北，宋军于东南。鲁庄公曰：“鲍叔牙挟忿而来，加以宋助，南宫长万有触山举鼎之力，吾国无其对手，两军并峙，互为犄角，何以御之？”大夫公子偃进曰：“容臣自出觇其军。”还报曰：“鲍叔牙有戒心，军容甚整。南宫长万自恃其勇，以为无敌，其行伍杂乱。倘自雩门窃出，掩其不备，宋可败也。宋败，齐不能独留矣。”庄公曰：“汝非长万敌也。”公子偃曰：“臣请试之。”庄公曰：“寡人自为接应。”公子偃乃以虎皮百余冒于马上，乘月色朦胧，偃旗息鼓，开雩门而出。将近宋营，宋兵全然不觉。公子偃命军中举火，一时金鼓喧天，直前冲突。火光之下，遥见一队猛虎咆哮，宋营人马，无不股栗，四下惊皇，争先驰奔。南宫长万虽勇，争奈车徒先散，只得驱车而退。鲁庄公后队已到，合兵一处，连夜追逐。到乘邱地方，南宫长万谓猛获曰：“今日必须死战，不然不免。”猛获应声而出，刚遇公子偃，两下对杀。南宫长万挺着长戟，直撞入鲁侯大军，逢人便刺。鲁兵惧其骁勇，无敢近前。庄公谓戎右颛孙生曰：“汝素以力闻，能与长万决一胜负乎？”颛孙生亦挺大戟，径寻长万交锋。庄公登轼望之，见颛孙生战长万不下，顾左右曰：“取我金仆姑来！”金仆姑者，鲁军府之劲矢也。左右捧矢以进，庄公搭上弓弦，觑得长万亲切，飕的一箭，正中右肩，深入于骨。长万用手拔箭，颛孙生乘其手慢，复尽力一戟，刺透左股。长万倒撞于地，急欲挣扎，被颛孙生跳下车来，双手紧紧按定，众军一拥上前擒住。猛获见主将被擒，弃车而逃。鲁庄公大获全胜，鸣金收军。颛孙生解长万献功。长万肩股被创，尚能挺立，毫无痛楚之态。庄公爱其勇，厚礼待之。鲍叔牙知宋师失利，全军而返。

是年，齐桓公遣大行隰朋告即位于周，且求婚焉。明年，周使鲁庄公主婚，将王姬下嫁于齐。徐、蔡、卫各以其女来媵。因鲁有主婚之劳，故此齐、鲁复通，各捐两败之辱，约为兄弟。其秋，宋大水，鲁庄公曰："齐既通好，何恶于宋？"使人吊之。宋感鲁恤灾之情，亦遣人来谢，因请南宫长万。鲁庄公释之归国。自此三国和好，各消前隙。髯翁有诗曰：

乾时长勺互雄雌，又见乘邱覆宋师。
胜负无常终有失，何如修好两无危？

却说南宫长万归宋，宋闵公戏之曰："始吾敬子，今子鲁囚也，吾弗敬子矣。"长万大惭而退。大夫仇牧私谏闵公曰："君臣之间，以礼相交，不可戏也。戏则不敬，不敬则慢，慢而无礼，悖逆将生，君必戒之！"闵公曰："孤与长万习狎，无伤也。"

再说周庄王十五年，王有疾，崩。太子胡齐立，是为釐王。讣告至宋。时宋闵公与宫人游于蒙泽，使南宫长万掷戟为戏。原来长万有一绝技，能掷戟于空中，高数丈，以手接之，百不失一。宫人欲观其技，所以闵公召长万同游。长万奉命要弄了一回，宫人都夸奖不已。闵公微有妒恨之意，命内侍取博局与长万决赌，以大金斗盛酒为罚。这博戏却是闵公所长，长万连负五局，罚酒五斗，已醉到八九分地位了，心中不服，再请覆局。闵公曰："囚乃常败之家，安敢复与寡人赌胜？"长万心怀惭忿，嘿嘿无言。忽宫侍报道："周王有使命到。"闵公问其来意，乃是报庄王之丧，且告立新王。闵公曰："周已更立新王，即当遣使吊贺。"长万奏曰："臣未睹王都之盛，愿奉使一往！"闵公笑曰："宋国即无人，何至以囚奉使？"宫人皆大笑。长万面颊发赤，羞变成怒，兼乘酒醉，一时性起，不顾君臣之分，大骂曰："无道昏君！汝知囚能杀人乎？"闵公亦怒曰："贼囚怎敢无礼！"便去抢长万之戟，欲以刺之。长万也不来夺戟，径提博局，把闵公打倒。再复挥拳，呜呼哀哉，闵公死于长万拳下。宫人惊散。长万怒气犹勃勃未息，提戟步行，及于朝门，遇大夫仇牧，问主公何在，长万曰："昏君无礼，吾已杀之矣。"仇牧笑曰："将军醉耶？"长万曰："吾非醉，乃实话也。"遂以手中血污示之。仇牧勃然变色,大骂:“弑逆之贼,天理不容!”便举笏来击长万。怎当得长万有力如虎,掷戟于地,以手来迎。左手将笏打落,右手一挥,正中其头,头如齑粉。齿折,随手跃去,嵌入门内三寸。真绝力也!仇牧已死,长万乃拾起画戟,缓步登车,旁若无人。宋闵公即位共十年,只因一句戏言,遂遭逆臣毒手。春秋世乱,视弑君不啻割鸡,可叹!可叹!史臣有《仇牧赞》云:

世降道斁,纲常扫地。堂帘不隔,君臣交戏。君戏以言,臣戏以戟。壮哉仇牧,以笏击贼!不畏强御,忠肝沥血。死重泰山,名光日月。

太宰华督闻变,挺剑登车,将起兵讨乱。行至东宫之西,正遇长万。长万并不交言,一戟刺去,华督坠于车下,又复一戟杀之。遂奉闵公之从弟公子游为君,尽逐戴、武、宣、穆、庄之族。群公子出奔萧,公子御说奔亳。长万曰:“御说文而有才,且君之嫡弟,今在亳,必有变。若杀御说,群公子不足虑也。”乃使其子南宫牛同猛获率师围亳。

冬十月,萧叔大心率戴、武、宣、穆、庄五族之众,又合曹国之师救亳。公子御说悉起亳人,开城接应。内外夹攻,南宫牛大败被杀。宋兵尽降于御说。猛获不敢回宋,径投卫国去了。戴叔皮献策于御说:“即用降兵旗号,假称南宫牛等已克亳邑,擒了御说,得胜回朝。”先使数人一路传言,南宫长万信之,不做准备。群公子兵到,赚开城门,一拥而入,只叫:“单要拿逆贼长万一人,余人勿得惊慌。”长万仓忙无计,急奔朝中,欲奉子游出奔。见满朝俱是甲士填塞,有内侍走出,言子游已被众军所杀。长万长叹一声,思列国惟陈与宋无交,欲待奔陈。又想家有八十余岁老母,叹曰:“天伦不可弃也!”复翻身至家,扶母登辇,左手挟戟,右手推辇而行,斩门而出,其行如风,无人敢拦阻者。宋国至陈,相去二百六十余里,长万推辇,一日便到。如此神力,古今罕有。

却说群公子既杀子游,遂奉公子御说即位,是为桓公。拜戴叔皮为大夫。选五族之贤者,为公族大夫。萧叔大心仍归守萧。遣使往卫,请执猛获。再遣使往陈,请执南宫长万。公子目夷时止五岁,侍于宋桓公之侧,笑曰:“长万不来矣!”宋公曰:“童子何以知之?”目夷曰:

"勇力人所敬也,宋之所弃,陈必庇之。空手而行,何爱于我?"宋公大悟,乃命赍重宝以赂之。

先说宋使至卫,卫惠公问于群臣曰:"与猛获,与不与孰便?"群臣皆曰:"人急而投我,奈何弃之?"大夫公孙耳谏曰:"天下之恶,一也。宋之恶犹卫之恶,留一恶人,于卫何益?况卫、宋之好旧矣,不遣获,宋必怒。庇一人之恶,而失一国之欢,非计之善也。"卫侯曰:"善。"乃缚猛获以畀宋。

再说宋使至陈,以重宝献于陈宣公。宣公贪其赂,许送长万。又虑长万绝力难制,必须以计困之。乃使公子结谓长万曰:"寡君得吾子,犹获十城。宋人虽百请,犹不从也。寡君恐吾子见疑,使结布腹心。如以陈国褊小,更适大国,亦愿从容数月,为吾子治车乘。"长万泣曰:"君能容万,万又何求?"公子结乃携酒为欢,结为兄弟。明日,长万亲至公子结之家称谢。公子结复留款,酒半,大出婢妾劝酬。长万欢饮大醉,卧于坐席。公子结使力士以犀革包裹,用牛筋束之,并囚其老母,星夜传至于宋。至半路,长万方醒,奋身蹴踏,革坚缚固,终不能脱。将及宋城,犀革俱被挣破,手足皆露于外。押送军人以槌击之,胫骨俱折。宋桓公命与猛获一同绑至市曹,剁为肉泥。使庖人治为醢,遍赐群臣曰:"人臣有不能事君者,视此醢矣!"八十岁老母,亦并诛之。髯翁有诗叹曰:

可惜赳赳力绝伦,但知母子昧君臣。
到头骈戮难追悔,好谕将来造逆人。

宋桓公以萧叔大心有救亳之功,升萧为附庸,称大心为萧君。念华督死难,仍用其子家为司马。自是华氏世为宋大夫。

再说齐桓公自长勺大挫之后,深悔用兵。乃委国管仲,日与妇人饮酒为乐。有以国事来告者,桓公曰:"何不告仲父?"时有竖貂者,乃桓公之幸童。因欲亲近内庭,不便往来,乃自宫以进。桓公怜之,宠信愈加,不离左右。又齐之雍邑人名巫者,谓之雍巫,字易牙,为人多权术,工射御,兼精于烹调之技。一日,卫姬病,易牙和五味以进,卫姬食之而愈,因爱近之。易牙又以滋味媚竖貂,貂荐之于桓公。桓公召易牙而问曰:"汝善调味乎?"对曰:"然。"桓公戏曰:"寡人尝鸟兽虫鱼之味几遍矣。所不知者,人肉味何如耳?”易牙既退,及午膳,献蒸肉一盘,嫩如乳羊,而甘美过之。桓公食之尽,问易牙曰:“此何肉,而美至此?”易牙跪而对曰:“此人肉也。”桓公大惊,问:“何从得之?”易牙曰:“臣之长子三岁矣。臣闻:‘忠君者不有其家。’君未尝人味,臣故杀子以适君之口。”桓公曰:“子退矣!”桓公以易牙为爱己,亦宠信之。卫姬复从中称誉。自此竖貂、易牙内外用事,阴忌管仲。至是,竖貂与易牙合词进曰:“闻‘君出令,臣奉令’,今君一则仲父,二则仲父,齐国疑于无君矣!”桓公笑曰:“寡人于仲父,犹身之有股肱也。有股肱方成其身,有仲父方成其君。尔等小人何知?”二人乃不敢再言。管仲秉政三年,齐国大治。髯仙有诗云:

疑人勿用用无疑,仲父当年独制齐。

都似桓公能信任,貂巫百口亦何为?

是时楚方强盛,灭邓,克权,服随,败郧,盟绞,役息。凡汉东小国,无不称臣纳贡。惟蔡恃与齐侯婚姻,中国诸侯通盟同兵,未曾服楚。至文王熊赀,称王已及二世。有斗祈、屈重、斗伯比、薳章、斗廉、鬻拳诸人为辅,虎视汉阳,渐有侵轶中原之意。

却说蔡哀侯献舞,与息侯同娶陈女为夫人。蔡娶在先,息娶在后。息夫人妫氏有绝世之貌,因归宁于陈,道经蔡国。蔡哀侯曰:“吾姨至此,岂可不一相见?”乃使人要至宫中款待,语及戏谑,全无敬客之意。息妫大怒而去。及自陈返息,遂不入蔡国。息侯闻蔡侯怠慢其妻,思以报之。乃遣使入贡于楚,因密告楚文王曰:“蔡恃中国,不肯纳款。若楚兵加我,我因求救于蔡,蔡君勇而轻,必然亲来相救。我因与楚合兵攻之,献舞可虏也。既虏献舞,不患蔡不朝贡矣。”楚文王大喜,乃兴兵伐息。息侯求救于蔡,蔡哀侯果起大兵,亲来救息。安营未定,楚伏兵齐起。哀侯不能抵当,急走息城,息侯闭门不纳,乃大败而走。楚兵从后追赶,直至莘野,活虏哀侯归国。息侯大犒楚军,送楚文王出境而返。蔡哀侯始知中了息侯之计,恨之入骨。

楚文王回国,欲杀蔡哀侯烹之,以飨太庙。鬻拳谏曰:“王方有事中原,若杀献舞,诸侯皆惧矣!不如归之,以取成焉。”再四苦谏,楚文王只是不从。鬻拳愤气勃发,乃左手执王之袖,右手拔佩刀拟王曰:

“臣当与王俱死，不忍见王之失诸侯也！”楚王惧，连声曰：“孤听汝！”遂舍蔡侯。鬻拳曰：“王幸听臣言，楚国之福。然臣而劫君，罪当万死，请伏斧锧！”楚王曰：“卿忠心贯日，孤不罪也。”鬻拳曰：“王虽赦臣，臣何敢自赦？”即以佩刀自断其足，大呼曰：“人臣有无礼于君者，视此！”楚王命藏其足于大府：“以识孤违谏之过！”使医人疗治鬻拳之病，虽愈不能行走。楚王使为大阍，以掌城门，尊之曰太伯。遂释蔡侯归国，大排筵席，为之饯行，席中盛张女乐。有弹筝女子，仪容秀丽，楚王指谓蔡侯曰：“此女色技俱胜，可进一觞。”即命此女以大觥送蔡侯，蔡侯一饮而尽。还斟大觥，亲为楚王寿。楚王笑曰：“君生平所见，有绝世美色否？”蔡侯想起息侯导楚败蔡之仇，乃曰：“天下女色，未有如息妫之美者，真天人也。”楚王曰：“其色何如？”蔡侯曰：“目如秋水，脸似桃花，长短适中，举动生态，目中未见其二！”楚王曰：“寡人得一见息夫人，死不恨矣！”蔡侯曰：“以君之威，虽齐姬、宋子，致之不难，何况宇下一妇人乎？”楚王大悦，是日尽欢而散。蔡侯遂辞归本国。

楚王思蔡侯之言，欲得息妫，假以巡方为名，来至息国。息侯迎谒道左，极其恭敬。亲自辟除馆舍，设大飨于朝堂，息侯执爵而前，为楚王寿。楚王接爵在手，微笑而言曰：“昔者寡人曾效微劳于君夫人，今寡人至此，君夫人何惜为寡人进一觞乎？”息侯惧楚之威，不敢违拒，连声唯唯，即时传语宫中。不一时，但闻环珮之声，夫人妫氏盛服而至，别设毯褥，再拜称谢。楚王答礼不迭。妫氏取白玉卮满斟以进，素手与玉色相映，楚王视之大惊。果然天上徒闻，人间罕见，便欲以手亲接其卮。那妫氏不慌不忙，将卮递与宫人，转递楚王。楚王一饮而尽。妫氏复再拜请辞回宫。楚王心念息妫，反未尽欢。席散归馆，寝不能寐。次日，楚王亦设享于馆舍，名为答礼，暗伏兵甲。息侯赴席，酒至半酣，楚王假醉，谓息侯曰：“寡人有大功于君夫人，今三军在此，君夫人不能为寡人一犒劳乎？”息侯辞曰：“敝邑褊小，不足以优从者，容与寡小君图之。”楚王拍案曰：“匹夫背义，敢巧言拒我？左右何不为我擒下！”息侯正待分诉，伏甲猝起，薳章、斗丹二将，就席间擒息侯而絷之。楚王自引兵径入息宫，来寻息妫。息妫闻变，叹曰：“引虎入室，吾自取也！”遂奔入后园中，欲投井而死，被斗丹抢前一步，牵住衣裾曰：“夫人不欲全息侯之命乎？何为夫妇俱死！”息妫嘿然。斗丹引见楚王，楚王以好言抚慰，许以不杀息侯，不斩息祀。遂即军中立息妫为夫人，载以后车。以其脸似桃花，又曰桃花夫人。今汉阳府城外有桃花洞，上有桃花夫人庙，即息妫也。唐人杜牧有诗云：

细腰宫里露桃新，脉脉无言几度春。

毕竟息亡缘底事，可怜金谷坠楼人！

楚王安置息侯于汝水，封以十家之邑，使守息祀。息侯忿郁而死。楚之无道，至此极矣！要知后事如何，且看下回分解。

第十八回

曹沫手剑劫齐侯　桓公举火爵甯戚

周釐王元年春正月，齐桓公设朝，群臣拜贺已毕，问管仲曰："寡人承仲父之教，更张国政。今国中兵精粮足，百姓皆知礼义，意欲立盟定伯，何如？"管仲对曰："当今诸侯，强于齐者甚众。南有荆楚，西有秦、晋。然皆自逞其雄，不知尊奉周王，所以不能成霸。周虽衰微，乃天下之共主。东迁以来，诸侯不朝，不贡方物，故郑伯射桓王之肩，五国拒庄王之命，遂令列国臣子不知君父。熊通僭号，宋、郑弑君，习为故然，莫敢征讨。今庄王初崩，新王即位，宋国近遭南宫长万之乱，贼臣虽戮，宋君未定，君可遣使朝周，请天子之旨，大会诸侯，立定宋君。宋君一定，然后奉天子以令诸侯，内

尊王室，外攘四夷。列国之中，衰弱者扶之，强横者抑之，昏乱不共命者，率诸侯讨之。海内诸侯，皆知我之无私，必相率而朝于齐。不动兵车，而霸可成矣。"桓公大悦。于是遣使至洛阳朝贺釐王，因请奉命为会，以定宋君。釐王曰："伯舅不忘周室，朕之幸也。泗上诸侯，惟伯舅左右之，朕岂有爱焉？"使者回报桓公。桓公遂以王命布告宋、鲁、陈、蔡、卫、郑、曹、邾诸国，约以三月朔日，共会北杏之地。桓公问管仲曰："此番赴会，用兵车多少？"管仲曰："君奉王命以临诸侯，安用兵车？请为衣裳之会。"桓公曰："诺。"乃使军士先筑坛三层，高起三丈，左悬钟，右设鼓，先陈天子虚位于上，旁设反坫，玉帛器具，加倍整齐。又预备馆舍数处，悉要高敞合式。

至期，宋桓公御说先到，与齐桓公相见，谢其定位之意。次日，陈宣公杵臼、邾子克二君继到。蔡哀侯献舞，恨楚见执，亦来赴会。四国见齐无兵车，相顾曰："齐侯推诚待人，一至于此。"乃各将兵车退在二十里之外。时二月将尽，桓公谓管仲曰："诸侯未集，改期待之，如何？"管仲曰："语云：'三人成众。'今至者四国，不为不众矣。若改期，是无信也。待而不至，是辱王命也。初合诸侯，而以不信闻，且辱王命，何以图霸？"桓公曰："盟乎？会乎？"管仲曰："人心未一，俟会而不散，乃可盟耳。"桓公曰："善。"

三月朔，昧爽，五国诸侯，俱集于坛下。相见礼毕，桓公拱手告诸侯曰："王政久废，叛乱相寻。孤奉周天子之命，会群公以匡王室。今日之事，必推一人为主，然后权有所属，而政令可施于天下。"诸侯纷纷私议：欲推齐，则宋爵上公，齐止称侯，尊卑有序；欲推宋，则宋公新立，赖齐定位，未敢自尊，事在两难。陈宣公杵臼越席言曰："天子以纠合之命，属诸齐侯，谁敢代之？宜推齐侯为盟会之主。"诸侯皆曰："非齐侯不堪此任，陈侯之言是也。"桓公再三谦让，然后登坛。齐侯为主，次宋公，次陈侯，次蔡侯，次邾子。排列已定，鸣钟击鼓，先于天子位前行礼，然后交拜，叙兄弟之情。仲孙湫捧约简一函，跪而读之曰："某年月日，齐小白、宋御说、陈杵臼、蔡献舞、邾克，以天子命，会于北杏，共奖王室，济弱扶倾。有败约者，列国共征之！"诸侯拱手受命。《论语》称桓公九合诸侯，此其第一会也。髯翁有诗云：

济济冠裳集五君，临淄事业赫然新。

局中先著谁能识？只为推尊第一人。

诸侯献酬甫毕，管仲历阶而上曰：“鲁、卫、郑、曹，故违王命，不来赴会，不可不讨。”齐桓公举手向四君曰：“敝邑兵车不足，愿诸君同事！”陈、蔡、邾三君齐声应曰：“敢不率敝赋以从。”惟宋桓公嘿然。是晚，宋公回馆，谓大夫戴叔皮曰：“齐侯妄自尊大，越次主会，便欲调遣各国之兵，将来吾国且疲于奔命矣！”叔皮曰：“诸侯从违相半，齐势未集，若征服鲁、郑，霸业成矣。齐之霸，非宋福也。与会四国，惟宋为大，宋不从兵，三国亦将解体。况吾今日之来，止欲得王命，以定位耳。已列于会，又何俟焉？不如先归。”宋公从其言，遂于五更登车而去。

齐桓公闻宋公背会逃归，大怒，欲遣仲孙湫追之。管仲曰：“追之非义，可请王师伐之，乃为有名，然事更有急于此者。”桓公曰：“何事更急于此？”管仲曰：“宋远而鲁近，且王室宗盟，不先服鲁，何以服宋？”桓公曰：“伐鲁当从何路？”管仲曰：“济之东北有遂者，乃鲁之附庸，国小而弱，才四姓耳。若以重兵压之，可不崇朝而下。遂下，鲁必悚惧。然后遣一介之使，责其不会。再遣人通信于鲁夫人，鲁夫人欲其子亲厚于外家，自当极力怂恿。鲁侯内迫母命，外怵兵威，必将求盟。俟其来求，因而许之。平鲁之后，移兵于宋，临以王臣，此破竹之势也。”桓公曰：“善。”乃亲自率师至遂城，一鼓而下。因驻兵于济水。鲁庄公果惧，大集群臣问计。公子庆父曰：“齐兵两至吾国，未尝得利，臣愿出兵拒之。”班中一人出曰：“不可！不可！”庄公视之，乃施伯也。庄公曰：“汝计将安出？”施伯曰：“臣尝言之：管子天下奇才，今得齐政，兵有节制，其不可一也；北杏之会，以奉命尊王为名，今责违命，理曲在我，其不可二也；子纠之戮，君有功焉，王姬之嫁，君有劳焉，弃往日之功劳，结将来之仇怨，其不可三也。为今之计，不若修和请盟，齐可不战而退。”曹刿曰：“臣意亦如此。”正议论间，报道：“齐侯有书至。”庄公视之，大意曰：

寡人与君并事周室，情同昆弟，且婚姻也。北杏之会，君不与焉。寡人敢请其故？若有二心，亦惟命。

齐侯另有书通信于文姜，文姜召庄公语之曰："齐、鲁世为甥舅，使其恶我，犹将乞好，况取平乎？"庄公唯唯。乃使施伯答书，略曰：

孤有犬马之疾，未获奔命。君以大义责之，孤知罪矣！然城下之盟，孤实耻之！若退舍于君之境上，孤敢不捧玉帛以从。

齐侯得书大悦，传令退兵于柯。

鲁庄公将往会齐侯，问："群臣谁能从者？"将军曹沫请往。庄公曰："汝三败于齐，不虑齐人笑耶？"曹沫曰："惟耻三败，是以愿往，将一朝而雪之。"庄公曰："雪之何如？"曹沫曰："君当其君，臣当其臣。"庄公曰："寡人越境求盟，犹再败也。若能雪耻，寡人听子矣！"遂偕曹沫而行，至于柯地。齐侯预筑土为坛以等。鲁侯先使人谢罪请盟，齐侯亦使人订期。

是日，齐侯将雄兵布列坛下，青、红、黑、白旗，按东、南、西、北四方，各自分队，各有将官统领，仲孙湫掌之。阶级七层，每层俱有壮士，执着黄旗把守。坛上建大黄旗一面，绣出"方伯"二字。旁置大鼓，王子成父掌之。坛中间设香案，排列着朱盘玉盂盛牲歃盟之器，隰朋掌之。两旁反坫，设有金尊玉斝，寺人貂掌之。坛西立石柱二根，系着乌牛白马，屠人准备宰杀，司庖易牙掌之。东郭牙为傧，立于阶下迎宾。管仲为相。气象十分整肃。齐侯传令："鲁君若到，止许一君一臣登坛，余人息屏坛下。"曹沫衷甲，手提利剑，紧随着鲁庄公。庄公一步一战，曹沫全无惧色。将次升阶，东郭牙进曰："今日两君好会，两相赞礼，安用凶器？请去剑！"曹沫睁目视之，两眦尽裂。东郭牙倒退几步。庄公君臣历阶而上。两君相见，各叙通好之意。三通鼓毕，对香案行礼。隰朋将玉盂盛血，跪而请歃。曹沫右手按剑，左手揽桓公之袖，怒形于色。管仲急以身蔽桓公，问曰："大夫何为者？"曹沫曰："鲁连次受兵，国将亡矣。君以济弱扶倾为会，独不为敝邑念乎？"管仲曰："然则大夫何求？"曹沫曰："齐恃强欺弱，夺我汶阳之田，今日请还，吾君乃就歃耳！"管仲顾桓公曰："君可许之。"桓公曰："大夫休矣，寡人许子！"曹沫乃释剑，代隰朋捧盂以进。两君俱已歃讫，曹沫曰："仲主齐国之政，臣愿与仲歃。"桓公曰："何必仲父？寡人与子立誓。"乃向天指日曰："所不反汶阳田于鲁者，有如此日！"曹沫受歃，再拜称谢。献酬甚欢。

既毕事，王子成父诸人，俱愤愤不平，请于桓公，欲劫鲁侯，以报曹沫之辱。桓公曰：“寡人已许曹沫矣！匹夫约言，尚不失信，况君乎？”众人乃止。明日，桓公复置酒公馆，与庄公欢饮而别。即命南鄙邑宰，将原侵汶阳田，尽数交割还鲁。昔人论要盟可犯而桓公不欺，曹子可仇而桓公不怨，此所以服诸侯霸天下也。有诗云：

巍巍霸气吞东鲁，尺剑如何能用武？
要将信义服群雄，不吝汶阳一片土。

又有诗单道曹沫劫齐桓公一事，此乃后世侠客之祖。诗云：

森森戈甲拥如潮，仗剑登坛意气豪。
三败羞颜一日洗，千秋侠客首称曹。

诸侯闻盟柯之事，皆服桓公之信义。于是卫、曹二国皆遣人谢罪请盟。桓公约以伐宋之后，相订为会。乃再遣使如周，告以宋公不遵王命，不来赴会，请王师下临，同往问罪。周釐王使大夫单蔑率师会齐伐宋。谍报陈、曹二国引兵从征，愿为前部。桓公使管仲先率一军，前会陈、曹，自引隰朋、王子成父、东郭牙等，统领大军继进，于商邱取齐。时周釐王二年之春也。

却说管仲有爱妾名婧，钟离人，通文有智。桓公好色，每出行，必以姬嫔自随。管仲亦以婧从行。是日，管仲军出南门，约行三十余里，至猺山，见一野夫，短褐单衣，破笠赤脚，放牛于山下。此人叩牛角而歌。管仲在车上，察其人不凡，使人以酒食劳之。野夫食毕，言：“欲见相君仲父。”使者曰：“相国车已过去矣。”野夫曰：“某有一语，幸传于相君：‘浩浩乎白水！’”使者追及管仲之车，以其语述之。管仲茫然，不解所谓，以问妾婧。婧曰：“妾闻古有《白水》之诗云：‘浩浩白水，鯈鯈之鱼，君来召我，我将安君？’此人殆欲仕也。”管仲即命停车，使人召之。野夫将牛寄于村家，随使者来见管仲，长揖不拜。管仲问其姓名，曰：“卫之野人也，姓甯名戚。慕相君好贤礼士，不惮跋涉至此。无由自达，为村人牧牛耳。”管仲叩其所学，应对如流。叹曰：“豪杰辱于泥涂，不遇汲引，何以自显？吾君大军在后，不日当过此。吾当作书，子持以谒吾君，必当重用。”管仲即作书缄，就交付甯戚，彼此各别。

宁戚仍牧牛于猛山之下。

齐桓公大军三日后方到，甯戚依前短褐单衣，破笠赤脚，立于路旁，全不畏避。桓公乘舆将近，甯戚遂叩牛角而歌之曰：

南山灿，白石烂，中有鲤鱼长尺半。

生不逢尧与舜禅，短褐单衣才至骭。

从昏饭牛至夜半，长夜漫漫何时旦？

桓公闻而异之，命左右拥至车前，问其姓名居处。戚以实对曰："姓甯名戚。"桓公曰："汝牧夫，何得讥刺时政？"甯戚曰："臣小人，安敢讥刺？"桓公曰："当今天子在上，寡人率诸侯宾服于下，百姓乐业，草木沾春，舜日尧天不过如此。汝谓'不逢尧、舜'，又曰'长夜不旦'，非讥刺而何？"甯戚曰："臣虽村夫，不睹先王之政。然尝闻尧、舜之世，十日一风，五日一雨，百姓耕田而食，凿井而饮，所谓'不识不知，顺帝之则'是也。今值纪纲不振，教化不行之世，而曰舜日尧天，诚小人所不解也。且又闻尧、舜之世，正百官而诸侯服，去四凶而天下安，不言而信，不怒而威。今明公一举而宋背会，再举而鲁劫盟，用兵不息，民劳财敝，而曰'百姓乐业，草木沾春'，又小人所未解也。小人又闻尧弃其子丹朱，而让天下于舜，舜又避于南河，百姓趋而奉之，不得已即帝位。今君杀兄得国，假天子以令诸侯，小人又不知于唐虞揖让何如也！"桓公大怒曰："匹夫出言不逊！"喝令斩之。

左右缚甯戚去，将行刑。戚颜色不变，了无惧意，仰天叹曰："桀杀龙逄，纣杀比干，今甯戚与之为三矣！"隰朋奏曰："此人见势不趋，见威不惕，非寻常牧夫也。君其赦之！"桓公念头一转，怒气顿平，遂命释甯戚之缚，谓戚曰："寡人聊以试子，子诚佳士。"甯戚因探怀中，出管仲之书。桓公拆而观之。书略云：

臣奉命出师，行至猛山，得卫人甯戚。此人非牧竖者流，乃当世有用之才，君宜留以自辅。若弃之使见用于邻国，则齐悔无及矣！

桓公曰："子既有仲父之书，何不遂呈寡人？"甯戚曰："臣闻贤君择人为佐，贤臣亦择主而辅。君如恶直好谀，以怒色加臣，臣宁死，必不出相国之书矣。"桓公大悦，命以后车载之。

是晚，下寨休军，桓公命举火，索衣冠甚急。寺人貂曰：“君索衣冠，为爵甯戚乎？”桓公曰：“然。”寺人貂曰：“卫去齐不远，何不使人访之？使其人果贤，爵之未晚。”桓公曰：“此人廓达之才，不拘小节，恐其在卫，或有细过。访得其过，爵之则不光，弃之则可惜！”即于灯烛之下，拜甯戚为大夫，使与管仲同参国政。甯戚改换衣冠，谢恩而出。髯翁有诗曰：

短褐单衣牧竖穷，不逢尧舜遇桓公。
自从叩角歌声歇，无复飞熊入梦中。

桓公兵至宋界，陈宣公杵臼、曹庄公射姑先在。随后周单子兵亦至。相见已毕，商议攻宋之策。甯戚进曰：“明公奉天子之命，纠合诸侯，以威胜，不如以德胜。依臣愚见，且不必进兵。臣虽不才，请掉三寸之舌，前去说宋公行成。”桓公大悦，传令扎寨于界上，命甯戚入宋。戚乃乘一小车，与从者数人，直至睢阳，求见宋公。宋公问于戴叔皮曰：“甯戚何人也？”叔皮曰：“臣闻此人乃牧牛村夫，齐侯新拔之于位。必其口才过人，此来乃使其游说也。”宋公曰：“何以待之？”叔皮曰：“主公召入，勿以礼待之，观其动静。若开口一不当，臣请引绅为号，便令武士擒而囚之，则齐侯之计沮矣。”宋公点首，吩咐武士伺候。

甯戚宽衣大带，昂然而入，向宋公长揖。宋公端坐不答。戚乃仰面长叹曰：“危哉乎，宋国也！”宋公骇然曰：“孤位备上公，忝为诸侯之首，危何从至？”戚曰：“明公自比与周公孰贤？”宋公曰：“周公圣人也，孤焉敢比之？”戚曰：“周公在周盛时，天下太平，四夷宾服，犹且吐哺握发，以纳天下贤士。明公以亡国之馀，处群雄角力之秋，继两世弑逆之后，即效法周公，卑躬下士，犹恐士之不至。乃妄自矜大，简贤慢客，虽有忠言，安能至明公之前乎？不危何待！”宋公愕然，离坐曰：“孤嗣位日浅，未闻君子之训，先生勿罪！”叔皮在旁，见宋公为甯戚所动，连连举其带绅。宋公不顾，乃谓甯戚曰：“先生此来，何以教我？”戚曰：“天子失权，诸侯星散，君臣无等，篡弑日闻。齐侯不忍天下之乱，恭承王命，以主夏盟。明公列名于会，以定位也。若又背之，犹不定也。今天子赫然震怒，特遣王臣，驱率诸侯，以讨于宋。明公既叛王命于前，又抗王师于后，不待交兵，臣已卜胜负之有在矣。”宋公曰：“先生之见如何？”戚曰：“以臣愚计，勿惜一束之贽，与齐会盟。上不失臣周之礼，下可结盟主之欢，兵甲不动，宋国安于泰山。”宋公曰：“孤一时失计，不终会好，今齐方加兵于我，安肯受吾之贽？”戚曰：“齐侯宽仁大度，不录人过，不念旧恶。如鲁不赴会，一盟于柯，遂举侵田而返之。况明公在会之人，焉有不纳？”宋公曰：“将何为贽？”戚曰：“齐侯以礼睦邻，厚往薄来。即束脯可贽，岂必倾府库之藏哉？”宋公大悦，乃遣使随甯戚至齐军中请成。叔皮满面羞惭而退。

却说宋使见了齐侯，言谢罪请盟之事。献白玉十瑴、黄金千镒。齐桓公曰：“天子有命，寡人安敢自专？必须烦王臣转奏于王方可。”桓公即以所献金玉转送单子，致宋公取成之意。单子曰：“苟君侯赦宥，有所藉手，以复于天王，敢不如命！”桓公乃使宋公修聘于周，然后再订会期。单子辞齐侯而归。齐与陈、曹二君各回本国。要知后事如何，且看下回分解。

第十九回

擒傅瑕厉公复国　杀子颓惠王反正

话说齐桓公归国，管仲奏曰："东迁以来，莫强于郑。郑灭东虢而都之，前嵩后河，右洛左济，虎牢之险，闻于天下，故在昔庄公恃之，以伐宋兼许，抗拒王师。今又与楚为党。楚，僭国也，地大兵强，吞噬汉阳诸国，与周为敌。君若欲屏王室而霸诸侯，非攘楚不可，欲攘楚，必先得郑。"桓公曰："吾知郑为中国之枢，久欲收之，恨无计耳！"甯戚进曰："郑公子突为君二载，祭足逐之而立子忽，高渠弥弑忽而立子亹，我先君杀子亹,祭足又立子仪。祭足以臣逐君,子仪以弟篡兄,犯分逆伦,皆当声讨。今子突在栎,日谋袭郑,况祭足已死,郑国无人,主公命一将往栎,送突入郑,则突必怀主公之德,北面而朝齐矣。”桓公然之。遂命宾须无引兵车二百乘,屯于栎城二十里之外。宾须无预遣人致齐侯之意。郑厉公突先闻祭足死信,密差心腹到郑国打听消息。忽闻齐侯遣兵送己归国,心中大喜,出城远接,大排宴会。二人叙话间,郑国差人已转,回说:“祭仲已死,如今叔詹为上大夫。”宾须无曰:“叔詹何人?”郑伯突曰:“治国之良,非将才也。”差人又禀:“郑城有一奇事:南门之内,有一蛇长八尺,青头黄尾;门外又有一蛇,长丈余,红头绿尾。斗于门阙之中,三日三夜,不分胜负。国人观者如市,莫敢近之。后十七日,内蛇被外蛇咬死,外蛇竟奔入城,至太庙之中,忽然不见。”须无欠身贺郑伯曰:“君位定矣。”郑伯突曰:“何以知之?”须无曰:“郑国外蛇即君也,长丈余,君居长也。内蛇子仪也,长八尺,弟也。十七日而内蛇被伤,外蛇入城者,君出亡以甲申之夏,今当辛丑之夏,恰十有七年矣。内蛇伤死,此子仪失位之兆;外蛇入于太庙,君主宗祀之征也。我主方申大义于天下,将纳君于正位,蛇斗适当其时,殆天意乎!”郑伯突曰:“诚如将军之言,没世不敢负德!”宾须无乃与郑伯定计,夜袭大陵。

傅瑕率兵出战,两下交锋,不虞宾须无绕出背后,先打破大陵,插了齐国旗号,傅瑕知力不敌,只得下车投降。郑伯突衔傅瑕十七年相拒之恨,咬牙切齿,叱左右:“斩讫报来!”傅瑕大呼曰:“君不欲入郑耶?何为杀我?”郑伯突唤转问之。傅瑕曰:“君若赦臣一命,臣愿枭子仪之首。”郑伯突曰:“汝有何策,能杀子仪?不过以甘言哄寡人,欲脱身归郑耳。”瑕曰:“当今郑政皆叔詹所掌,臣与叔詹至厚。君能赦我,我潜入郑国与詹谋之,子仪之首,必献于座下。”郑伯突大骂:“老贼奸诈,焉敢诳吾?吾今放汝入城,汝将与叔詹起兵拒我矣。”宾须无曰:“瑕之妻孥,见在大陵,可囚于栎城为质。”傅瑕叩头求哀:“如臣失信,诛臣妻子。”且指天日为誓。郑伯突乃纵之。

傅瑕至郑,夜见叔詹。詹见瑕,大惊曰:“汝守大陵,何以至此?”

瑕曰："齐侯欲正郑位，命大将宾须无统领大军，送公子突归国。大陵已失，瑕连夜逃命至此。齐兵旦晚当至，事在危急。子能斩子仪之首，开城迎之，富贵可保，亦免生灵涂炭。转祸为福，在此一时，不然，悔无及矣！"詹闻言嘿然，良久曰："吾向日原主迎立故君之议，为祭仲所阻。今祭仲物故，是天助故君。违天必有咎，但不知计将安出？"瑕曰："可通信栎城，令速进兵。子出城，伪为拒敌，子仪必临城观战，吾觑便图之。子引故君入城，大事定矣。"叔詹从其谋，密使人致书于突。傅瑕然后参见子仪，诉以齐兵助突，大陵失陷之事。子仪大惊曰："孤当以重赂求救于楚，待楚兵到日，内外夹攻，齐兵可退。"叔詹故缓其事。过二日，尚未发使往，谍报："栎军已至城下。"叔詹曰："臣当引兵出战，君同傅瑕登城固守。"子仪信以为然。

却说郑伯突引兵先到，叔詹略战数合，宾须无引齐兵大进，叔詹回车便走。傅瑕从城上大叫曰："郑师败矣！"子仪素无胆勇，便欲下城。瑕从后刺之，子仪死于城上。叔詹叫开城门，郑伯同宾须无一同入城。傅瑕先往清宫，遇子仪二子，俱杀之。迎突复位。国人素附厉公，欢声震地。厉公厚贿宾须无，约以冬十月亲至齐庭乞盟。须无辞归。

厉公复位数日，人心大定，乃谓傅瑕曰："汝守大陵十有七年，力拒寡人，可谓忠于旧君矣。今贪生畏死，复为寡人而弑旧君，汝心不可测也！寡人当为子仪报仇！"喝令力士押出，斩于市曹。其妻孥姑赦弗诛。髯翁有诗叹云：

郑突奸雄世所无，借人成事又行诛。
傅瑕不爱须臾活，赢得忠名万古呼。

原繁当先赞立子仪，恐其得罪，称疾告老。厉公使人责之，乃自缢而死。厉公复治逐君之罪，杀公子阏。强鉏避于叔詹之家，叔詹为之求生，乃免死，刖其足。公父定叔出奔卫国，后三年，厉公召而复之，曰："不可使共叔无后也！"祭足已死勿论。叔詹仍为正卿，堵叔、师叔并为大夫，郑人谓之"三良"。

再说齐桓公知郑伯突已复国，卫、曹二国去冬亦曾请盟，欲大合诸侯，刑牲定约。管仲曰："君新举霸事，必以简便为政。"桓公曰："简便如何?”管仲曰:“陈、蔡、邾自北杏之后,事齐不贰。曹伯虽未会,已同伐宋之举,此四国,不必再烦奔走。惟宋、卫未尝与会,且当一见。俟诸国齐心,方举盟约可也。”言未毕,忽传报:“周王再遣单蔑报宋之聘,已至卫国。”管仲曰:“宋可成矣。卫居道路之中,君当亲至卫地为会,以亲诸侯。”桓公乃约宋、卫、郑三国会于鄄地。连单子、齐侯,共是五位,不用歃血,揖让而散。诸侯大悦。齐侯知人心悦从,乃大合宋、鲁、陈、卫、郑、许诸国于幽地,歃血为盟,始定盟主之号。此周釐王三年之冬也。

却说楚文王熊赀,自得息妫立为夫人,宠幸无比。三年之内,生下二子,长曰熊艱,次曰熊恽。息妫虽在楚宫三载,从不与楚王说话,楚王怪之。一日,问其不言之故。息妫垂泪不答。楚王固请言之,对曰:“吾一妇人而事二夫,纵不能守节而死,又何面目向人言语乎?”言讫泪下不止。胡曾先生有诗云:

息亡身入楚王家,回看春风一面花。
感旧不言常掩泪,只应翻恨有容华。

楚王曰:“此皆蔡献舞之故,孤当为夫人报此仇也,夫人勿忧。”乃兴兵伐蔡,入其郛。蔡侯献舞肉袒伏罪,尽出其库藏宝玉以赂楚,楚师方退。适郑伯突遣使告复国于楚,楚王曰:“突复位二年,乃始告孤,慢孤甚矣。”复兴兵伐郑。郑谢罪请成,楚王许之。

周釐王四年,郑伯突畏楚,不敢朝齐。齐桓公使人让之。郑伯使上卿叔詹如齐,谓桓公曰:“敝邑困于楚兵,早夜城守,未获息肩,是以未修岁事。君若能以威加楚,寡君敢不朝夕立于齐庭乎?”桓公恶其不逊,囚詹于军府。詹视隙逃回郑国,自是郑背齐事楚。不在话下。

再说周釐王在位五年崩。子阆立,是为惠王。惠王之二年,楚文王熊赀淫暴无政,喜于用兵。先年,曾与巴君同伐申国,而惊扰巴师。巴君怒,遂袭那处,克之。守将阎敖游涌水而遁,楚王杀阎敖。阎氏之族怨王,至是约巴人伐楚,愿为内应。巴兵伐楚,楚王亲将迎之,大战于津。不提防阎族数百人假作楚军,混入阵中,竟来跟寻楚王。楚军大乱，巴兵乘之，遂大败楚。楚王面颊中箭而奔，巴君不敢追逐，收兵回国，阎氏之族从之，遂为巴人。

楚王回至方城，夜叩城门，鬻拳在门内问曰："君得胜乎？"楚王曰："败矣！"鬻拳曰："自先王以来，楚兵战无不胜。巴，小国也，王自将而见败，宁不为人笑乎？今黄不朝楚，若伐黄而胜，犹可自解。"遂闭门不纳。楚王愤然谓军士曰："此行再不胜，寡人不归矣！"乃移兵伐黄。王亲鼓，士卒死战，败黄师于踖陵。是夜，宿于营中，梦息侯怒气勃勃而前曰："孤何罪而见杀？又占吾疆土，淫吾妻室，吾已请于上帝矣！"乃以手批楚王之颊。楚王大叫一声，醒来箭疮迸裂，血流不止。急传令回军，至于湫地，夜半而薨。鬻拳迎丧归葬。长子熊囏嗣立。鬻拳曰："吾犯王二次，纵王不加诛，吾敢偷生乎？吾将从王于地下！"乃谓家人曰："我死，必葬我于绖皇，使子孙知我守门也。"遂自刭而死。熊囏怜之，使其子孙，世为大阍。先儒左氏称鬻拳为爱君，史官有诗驳之，曰：

谏王如何敢用兵？闭门不纳亦堪惊。
若将此事称忠爱，乱贼纷纷尽借名。

郑厉公闻楚文王凶信，大喜曰："吾无忧矣！"叔詹进曰："臣闻：'依人者危，臣人者辱。'今立国于齐、楚之间，不辱即危，非长计也。先君桓、武及庄，三世为王朝卿士，是以冠冕列国，征服诸侯。今新王嗣统，闻虢、晋二国朝王，王为之飨醴命宥，又赐玉五瑴、马三匹。君不若朝贡于周，若赖王之宠，以修先世卿士之业，虽有大国，不足畏也。"厉公曰："善。"乃遣大夫师叔如周请朝。师叔回报："周室大乱。"厉公问："乱形如何？"对曰："昔周庄王嬖妾姚姬，谓之王姚，生子颓，庄王爱之，使大夫蒍国为之师傅。子颓性好牛，尝养牛数百，亲自喂养，饲以五谷，被以文绣，谓之'文兽'。凡有出入，仆从皆乘牛而行，践踏无忌。又阴结大夫蒍国、边伯、子禽、祝跪、詹父，往来甚密。釐王之世，未尝禁止。今新王即位，子颓恃在叔行，骄横益甚。新王恶之，乃裁抑其党，夺子禽、祝跪、詹父之田。新王又因筑苑囿于宫侧，蒍国有圃，边伯有室，皆近王宫，王俱取之，以广其囿。又膳夫石速进膳不精，王怒，革其禄，石速亦憾王。故五大夫同石速作乱，奉子颓为君以攻王。赖周公忌父同召伯廖等死力拒敌，众人不能取胜，乃出奔于苏。先周武王时，苏忿生为王司寇有功，谓之苏公，授以南阳之田为采地。忿生死，其子孙为狄所制，乃叛王而事狄，又不缴还采地于周。桓王八年，乃以苏子之田畀我先君庄公，易我近周之田。于是苏子与周嫌隙益深。卫侯朔恶周之立黔牟，亦有夙怨，苏子因奉子颓奔卫，同卫侯帅师伐王城。周公忌父战败，同召伯廖等奉王出奔于鄢。五大夫等尊子颓为王，人心不服。君若兴兵纳王，此万世之功也。”厉公曰：“善。虽然，子颓懦弱，所恃者卫、燕之众耳，五大夫无能为也。寡人再使人以理谕之，若悔祸反正，免动干戈，岂不美哉？”一面使人如鄢迎王，暂幸栎邑。因厉公向居栎十七年，宫室齐整故也。一面使人致书于王子颓。书曰：

突闻以臣犯君，谓之不忠；以弟奸兄，谓之不顺。不忠不顺，天殃及之！王子误听奸臣之计，放逐其君，若能悔祸之延，奉迎天子，束身归罪，不失富贵。不然，退处一隅，比于藩服，犹可谢天下之口。惟王子速图之！

子颓得书，犹豫未决。五大夫曰：“骑虎者势不能复下。岂有尊居万乘而复退居臣位者？此郑伯欺人之语，不可听之。”颓遂逐出郑使。郑厉公乃朝王于栎，遂奉王袭入成周，取传国宝器，复还栎城。时惠王三年也。

是冬，郑厉公遣人约会西虢公，同起义兵纳王。虢公许之。惠王四年之春，郑、虢二君会兵于弭。夏四月，同伐王城。郑厉公亲率兵攻南门，虢公率兵攻北门。蒍国忙叩宫门来见子颓。子颓因饲牛未毕，不即相见。蒍国曰：“事急矣！”乃假传子颓之命，使边伯、子禽、祝跪、詹父登埤守御。周人不顺子颓，闻王至，欢声如雷，争开城门迎接。蒍国方草国书，谋遣人往卫求救。书未写就，闻钟鼓之声，人报：“旧王已入城坐朝矣！”蒍国自刎而死，祝跪、子禽死于乱军之中，边伯、詹父被周人绑缚献功。子颓出奔西门，使石速押文牛为前队，牛体肥行迟，悉为追兵所获，与边伯、詹父一同斩首。髯翁有诗叹子颓之愚云：

挟宠横行意未休，私交乘衅起奸谋。

一年南面成何事？只合关门去饲牛。

又一诗说齐桓公既称盟主，合倡义纳王，不应让之郑、虢也。诗云：

天子蒙尘九庙羞，纷纷郑虢效忠谋。

如何仲父无遗策，却让当时第一筹？

惠王复位，赏郑虎牢以东之地及后之鞶鉴。赏西虢公以酒泉之邑及酒爵数器。二君谢恩而归。郑厉公于路得疾，归国而薨。群臣奉世子捷即位，是为文公。

周惠王五年，陈宣公疑公子御寇谋叛，杀之。公子完，字敬仲，乃厉公之子，与御寇相善，惧诛奔齐，齐桓公拜为工正。一日，桓公就敬仲家饮酒甚乐，天色已晚，索烛尽欢。敬仲辞曰："臣止卜昼，未卜夜，不敢继以烛也。"桓公曰："敬仲有礼哉！"赞叹而去。桓公以敬仲为贤，使食采于田，是为田氏之祖。是年鲁庄公为图婚之事，会齐大夫高傒于防地。

却说鲁夫人文姜，自齐襄公变后，日夜哀痛想忆，遂得嗽疾。内侍进莒医察脉，文姜久旷之后，欲心难制，遂留莒医饮食，与之私通。后莒医回国，文姜托言就医，两次如莒，馆于莒医之家，莒医复荐人以自代。文姜老而愈淫，然终以不及襄公为恨。周惠王四年秋七月，文姜病愈剧，遂薨于鲁之别寝。临终谓庄公曰："齐女今长成十八岁矣，汝当速娶，以正六宫之位。万勿拘终丧之制，使我九泉之下悬念不了。"又曰："齐方图伯，汝谨事之，勿替世好。"言讫而逝。庄公丧葬如常礼。遵依遗命，其年便欲议婚。大夫曹刿曰："大丧在殡，未可骤也。请俟三年丧毕行之。"庄公曰："吾母命我矣。乘凶则骤，终丧则迟，酌其中可也。"遂以期年之后，与高傒申订前约，请自如齐，行纳币之礼。齐桓公亦以鲁丧未终，请缓其期。直至惠王七年，其议始定，以秋为吉。

时庄公在位二十四年，年已三十有七岁矣。意欲取悦齐女，凡事极其奢侈。又念父桓公薨于齐国，今复娶齐女，心终不安，乃重建桓宫，丹其楹，刻其桷，欲以媚亡者之灵。大夫御孙切谏，不听。是夏，庄公如齐亲迎。至秋八月，姜氏至鲁，立为夫人，是为哀姜。大夫宗妇，行见小君之礼，一概用币。御孙私叹曰："男贽大者玉帛，小者禽鸟，以章物采。女贽不过榛栗枣脩，以告虔也。今男女同贽，是无别也。男女之别，国之大节，而由夫人乱之，其不终乎？”自姜氏归鲁后，齐、鲁之好愈固矣。齐桓公复同鲁庄公合兵伐徐，伐戎，徐、戎俱臣服于齐。郑文公见齐势愈大，恐其侵伐，遂遣使请盟。不知后事如何，且看下回分解。

第二十回

晋献公违卜立骊姬　楚成王平乱相子文

周惠王十年，徐、戎俱已臣服于齐。郑文公见齐势愈大，恐其侵伐，遣使请盟。乃复会宋、鲁、陈、郑四国之君，同盟于幽，天下莫不归心于齐。齐桓公归国，大设宴以劳群臣。酒至半酣，鲍叔牙执卮至桓公之前，满斟为寿。桓公曰："乐哉，今日之饮！"鲍叔牙曰："臣闻：'明主贤臣，虽乐不忘其忧。'臣愿君毋忘出奔，管仲毋忘槛囚，甯戚毋忘饭牛车下之日。"桓公遽起离席再拜曰："寡人与诸大夫，皆能毋忘，此齐国社稷无穷之福也！"是日极欢而散。

忽一日，报："周王遣召伯廖来到。"桓公迎接入馆。召伯廖宣惠王之命，赐齐侯为方伯，修太公之

职，得专征伐。因言：“卫朔援立子颓，助逆犯顺，朕怀之十年，迄今天讨未彰，烦伯舅为朕图之。”惠王十一年，齐桓公亲率车徒伐卫。时卫惠公朔先薨，子赤立，已三年矣，是为懿公。懿公不问来由，率兵接战，大败而归。桓公乃直抵城下，宣扬王命，数其罪状。懿公曰：“然则先君之过，与寡人无与也。”乃使其长子开方，辇金帛五车，纳于齐军，求其讲和免罪。桓公曰：“先王之制，罪不及子孙。苟遵王命，寡人何多求于卫耶？”公子开方见齐国强盛，愿仕于齐。齐侯曰：“子乃卫侯长子，论次序当为国储，奈何舍南面之尊，而北面于寡人乎？”开方对曰：“明公乃天下之贤侯，倘得执鞭侍左右，荣幸已甚，岂不胜于为君？”桓公以开方为爱己，拜为大夫，宠之与竖貂、易牙等，齐人谓之“三贵”。开方复言卫侯少女之美，卫惠公先曾以女媵齐，此其妹也。桓公遣使纳币，求之为妾。卫懿公不敢辞却，即送卫姬至齐，齐侯纳之。因以长卫姬、少卫姬别之，姊妹俱有宠。髯翁有诗云：

卫侯罪案重如山，奉命如何取赂还？
漫说尊王申大义，致及功利在心间。

话分两头。却说晋国姬姓，侯爵，自周成王时，剪桐叶为珪，封其弟叔虞于此。传九世至穆侯，穆侯生二子，长曰仇，次曰成师。穆侯薨，子仇立，是为文侯。文侯薨，子昭侯立，畏其叔父桓叔之强，乃割曲沃以封之，谓之曲沃伯；改晋号曰翼，谓之二晋。昭侯立七年，大夫潘父弑之，而纳曲沃伯。翼人不受，杀潘父而立昭侯之弟平，是为孝侯。孝侯之八年，桓叔薨，子鱓立，是为曲沃庄伯。孝侯立十五年，庄伯伐翼，孝侯逆战大败，为庄伯所杀，翼人立其弟郄，是为鄂侯。鄂侯立二年，率兵伐曲沃，战败，出奔随国。子光嗣位，是为哀侯。哀侯之二年，庄伯薨，子称代立，是为曲沃武公。哀侯九年，武公率其将韩万、梁宏伐翼，哀侯逆战被杀。周桓王命卿士虢公林父立其弟缗，是为小子侯。小子侯立四年，武公复诱而杀之，遂并其国，定都于绛，仍号曰晋。悉取晋库藏宝器，辇入于周，献于釐王。釐王贪其赂，遂命称代以一军为晋侯。称代凡立三十九年，薨，子佹诸立，是为晋献公。

献公忌桓、庄之族，虑其为患。大夫士蒍献计散其党，因诱而尽杀之。献公嘉其功，命为大司空。因使大城绛邑，规模极其壮丽，比于大国之都。先献公为世子时，娶贾姬为妃，久而无子。又娶犬戎主之侄女曰狐姬，生子曰重耳；小戎允姓之女，生子曰夷吾。当武公晚年，求妾于齐，齐桓公以宗女归之，是为齐姜。时武公已老，不能御女。齐姜年少而美，献公悦而烝之，与生一子，私寄养于申氏，因名申生。献公即位之年，贾姬已薨，遂立齐姜为夫人。时重耳已二十一岁矣，夷吾年亦长于申生。因申生是夫人之子，论嫡庶不论长幼，乃立申生为世子。以大夫杜原款为太傅，大夫里克为少傅，相与辅导世子。齐姜又生一女而卒。献公复纳贾姬之娣曰贾君，亦无子。因以齐姜所生之女，使贾君育之。

献公十五年，兴兵伐骊戎。骊戎乃请和，纳其二女于献公，长曰骊姬，次曰少姬。那骊姬生得貌比息妫，妖同妲己，智计千条，诡诈百出。在献公前，小忠小信，贡媚取怜。又时常参与政事，十言九中。所以献公宠爱无二，一饮一食，必与之俱。逾年，骊姬生一子，名曰奚齐。又逾年，少姬亦生一子，名曰卓子。献公既心惑骊姬，又喜其有子，遂忘齐姜一段恩情，欲立骊姬为夫人。使太卜郭偃以龟卜之。郭偃献兆，其繇曰：

专之渝，攘公之羭。一薰一莸，十年尚有臭！

献公曰："何谓也。"郭偃曰："渝者，变也。意所专尚，心亦变乱，故曰'专之渝'。攘，夺也。羭，美也。心变则美恶倒置，故曰'攘公之羭'。草之香者曰薰，臭者曰莸。香不胜臭，秽气久而未消，故曰'十年尚有臭'也。"献公一心溺爱骊姬，不信其言，更命史苏筮之。得"观卦"之六二，爻词曰："窥观利女贞。"献公曰："居内观外，女子之正，吉孰大焉？"卜偃曰："开辟以来，先有象，后有数。龟，象也。筮，数也。从筮不如从龟。"史苏曰："礼无二嫡，诸侯不再娶，所谓观也。继称夫人，何以为正？不正，何利之有？以《易》言之，亦未见吉。"献公曰："若卜筮有定，尽鬼谋矣。"竟不听史苏、卜偃之言。择日告庙，立骊姬为夫人，少姬封为次妃。史苏私谓大夫里克曰："晋国将亡，奈何？"里克大惊，问曰："亡晋者何人？"史苏曰："其骊戎乎？"里克不解其说。史苏曰："昔夏桀伐有施，有施人以女妹喜归之。桀宠妺喜，遂以亡夏。殷辛伐有苏，有苏氏以女妲己归之。纣宠妲己，遂以亡殷。周幽王伐有褒，有褒人以女褒姒归之。幽王宠褒姒，西周遂亡。今晋伐骊戎而获其女，又加宠焉，不亡得乎？”适太卜郭偃亦至，里克述史苏之言。郭偃曰：“晋乱而已，亡则未也。昔唐叔之封，卜曰：‘尹正诸夏，再造王国。’晋业方大，何亡之患？”里克曰：“若乱当在何时？”郭偃曰：“善恶之报，不出十年。十者，数之盈也。”里克识其言于简。

再说献公爱骊姬，欲立其子奚齐为嗣。一日，与骊姬言之，骊姬心中甚欲。只因申生已立做世子，无故更变，恐群臣不服，必然谏沮。又且重耳、夷吾，与申生相与友爱，三公子俱在左右，若说而不行，反被提防，岂不误事。乃跪而对曰：“太子之立，诸侯莫不闻，且贤而无罪，君必以妾母子之故，欲行废立，妾宁自杀！”献公以为真心，遂置不言。献公有嬖幸大夫二人，曰梁五、东关五，并与献公察听外事，挟宠弄权，晋人谓之“二五”。又有优人名施者，少年美姿，伶俐多智，能言快语，献公尤嬖之，出入宫禁，不知防范。骊姬遂与施私通，情好甚密，因告以心腹之事，谋离间三公子，徐为夺嗣之计。优施为之画策：“必须以封疆为名，使三公子远远出镇，然后可居中行事。然此事又必须外臣开口，方见忠谋。今‘二五’用事，夫人诚以金币结之，俾彼相与进言，则主公无不听矣。”骊姬乃出金帛付优施，使分送“二五”。优施先见梁五曰：“君夫人愿交欢于大夫，使施致不腆之敬。”梁五大惊曰：“君夫人何须于我？必有嘱也。子不言，吾必不受。”优施乃尽以骊姬之谋告之。梁五曰：“必得东关为助乃可。”施曰：“夫人亦有馈，如大夫也。”于是同诣东关五之门，三人做一处商议停当。次日，梁五进言于献公曰：“曲沃始封之地，先君宗庙之所在也。蒲与屈，地近戎狄，边疆之要地也。此三邑者，不可无人以主之。宗邑无主，则民无畏威之心；边疆无主，则戎狄有窥伺之意。若使太子主曲沃，重耳、夷吾分主蒲、屈，君居中制驭，此磐石之安矣。”献公曰：“世子出外可乎？”东关五曰：“太子，君之贰也。曲沃，国之贰也。非太子其谁居之？”献公曰：“曲沃则然矣。蒲、屈乃荒野之地，如何可守？”东关五又曰：“不城则为荒野，城之即为都邑。”二人又齐声赞美曰：“一朝而增二都，内可屏蔽封内，而外可开拓疆宇，晋自此益大矣！”献公信其言，使世子申生居曲沃，以主宗邑，太傅杜原款从行。使重耳居蒲，夷吾居屈，以主边疆。狐毛从重耳于蒲，吕饴甥从夷吾于屈。又使赵夙为太子城曲沃，比旧益加高广，谓之新城。使士蒍监筑蒲、屈二城。士蒍聚薪筑土，草草完事。或言：“恐不坚固。”士蒍笑曰：“数年之后，此为仇敌，何以固为？”因赋诗曰：

狐裘龙茸，一国三公，吾谁适从？

狐裘，贵者之服。龙茸，乱貌。言贵者之多，喻嫡庶长幼五分别也。士蒍预知骊姬必有夺嫡之谋，故为此语。申生与二公子俱远居晋鄙，惟奚齐、卓子在君左右。骊姬益献媚取宠，以蛊献公之心。髯翁有诗云：

女色从来是祸根，骊姬宠爱献公昏。
空劳畚筑疆场远，不道干戈伏禁门。

时献公新作二军，自将上军。使世子申生将下军，率领大夫赵夙、毕万攻狄、霍、魏三国，灭之。以狄赐赵夙，魏赐毕万为采邑。太子功益高，骊姬忌之益甚，而谋愈深且毒矣。此事搁过一边。

却说楚熊囏、熊恽兄弟，虽同是文夫人所生，熊恽才智胜于其兄，为文夫人所爱，国人亦推服之。熊囏既嗣位，心忌其弟，每欲因事诛之，以绝后患。左右多有为熊恽周旋者，是以因循不决。熊囏怠于政事，专好游猎，在位三年，无所施设。熊恽嫌隙已成，私畜死士，乘其兄出猎，袭而杀之，以病薨告于文夫人。文夫人虽则心疑，不欲明白其事，遂使诸大夫拥立熊恽为君，是为成王。以熊囏未尝治国，不成为君，号为“堵敖”，不以王礼葬之。任其叔王子善为令尹，即子元也。子元自其兄文王之死，便有篡立之意。兼慕其嫂息妫，天下绝色，欲与私通。况熊囏、熊恽二子年齿俱幼，自恃尊行，全不在眼。只畏大夫斗伯比正直无私，且多才智，故此不敢纵肆。至是，周惠王十一年，斗伯比病卒。子元意无忌惮，遂于王宫之旁大筑馆舍，每日歌舞奏乐，欲以蛊惑文夫人之意。文夫人闻之，问侍人曰：“宫外乐舞之声何来？”侍人曰：“此令尹之新馆也。”文夫人曰：“先君舞干以习武事，以征诸侯，是以朝贡不绝于庭。今楚兵不至中国者十年矣，令尹不图雪耻，而乐舞于未亡人之侧，不亦异乎？”侍人述其言于子元，子元曰：“妇人尚不忘中原，我反忘之；不伐郑，非丈夫也。”遂发兵车六百乘，自为中军，斗御疆、斗梧建大旆为前队，王孙游、王孙嘉为后队，浩浩荡荡，杀奔郑国而来。

郑文公闻楚师大至，急召百官商议。堵叔曰：“楚兵众盛，未可敌也，不如请成。”师叔曰：“吾新与齐盟，齐必来救，且宜坚壁以待之。”世子华，年少方刚，请背城一战。叔詹曰：“三人之言，吾取师叔。然以臣愚见，楚兵不久自退。”郑文公曰：“令尹自将，安肯退乎？”叔詹曰：“自楚加兵人国，未有用六百乘者。公子元操必胜之心，欲以媚息夫人耳。夫求胜者，亦必畏败。楚兵若来，臣自有计退之。”正商议间，谍报：“楚师斩桔柣关而进，已破外郭，入纯门，将及逵市。”堵叔曰：“楚兵偪矣，如行成不可，且奔桐邱以避之。”叔詹曰：“无惧也！”乃使甲士埋伏于城内，大开城门，街市百姓来往如常，并无惧色。斗御疆等前队先到，见如此模样，城上绝无动静，心中疑惑，谓斗梧曰：“郑闲暇如此，必有诡计哄吾人城。不可轻进，且待令尹来议之。”遂离城五里，扎住营寨。须臾子元大兵已到，斗御疆等禀知城中如此。子元亲自登高阜处以望郑城，忽见旌旗整肃，甲士林立，看了一回，叹曰：“郑有‘三良’在，其谋叵测！万一失利，何面目见文夫人乎？更探听虚实，方可攻城也。”次日，后队王孙游遣人来报说：“谍探得齐侯同宋、鲁二国诸侯，亲率大军，前来救郑。斗将军等不敢前进，特候军令，准备迎敌。”子元大惊，谓诸将曰：“诸侯若截吾去路，吾腹背受敌，必致损折。吾侵郑及于逵市，可谓全胜矣。”乃暗传号令，人衔枚，马摘铃，是夜拔寨都起。犹恐郑兵追赶，命勿撤军幕，仍建大旆，以疑郑人。大军潜出郑界，乃始鸣钟击鼓，唱凯歌而还。先遣报文夫人曰：“令尹全胜而回矣！”夫人谢曰：“令尹若能歼敌成功，宜宣示国人，以彰明罚，告诸太庙，以慰先王之灵。未亡人何与焉？”子元大惭。楚王熊恽闻子元不战而还，自是有不悦之意。

却说郑叔詹亲督军士巡城，彻夜不睡。至晓，望见楚幕，指曰：“此空营也，楚师遁矣。”众犹未信，问：“何以知之？”叔詹曰：“幕乃大将所居，鸣钲设儆，军声震动。今见群鸟栖噪于上，故知其为空幕也。吾度诸侯救兵必至，楚先闻信，是以遁耳！”未几，谍报：“诸侯救兵果到，未及郑境，闻楚师已去，各散回本国去了。”众始服叔詹之智。郑遣使致谢齐侯救援之劳，自此感服齐国，不敢怀贰。

再说楚子元自伐郑无功，内不自安，篡谋益急。欲先通文夫人，然后行事。适文夫人有小恙，子元假称问安，来至王宫。遂移卧具寝处宫中，三日不出。家甲数百，环列宫外。大夫斗廉闻之，闯入宫门，直至卧榻，见子元方对镜整髯，让之曰：“此岂人臣栉沐之所耶？令尹宜速退！”子元曰：“此吾家宫室，与射师何与？”斗廉曰：“王侯之贵，弟兄不得通属。令尹虽介弟，亦人臣也。人臣过阙则下，过庙则趋，咳唾其地，犹为不敬，况寝处乎？且寡夫人密迩于此，男女别嫌，令尹岂未闻耶？”子元大怒曰：“楚国之政，在吾掌握，汝何敢多言！”命左右梏其手，拘于庑下，不放出宫。文夫人使侍人告急于斗伯比之子斗谷於菟，使其入宫靖难。斗谷於菟密奏楚王，约会斗梧、斗御疆及其子斗班，半夜率甲以围王宫，将家甲乱砍，众俱惊散。子元方拥宫人醉寝，梦中惊起，仗剑而出，恰遇斗班亦仗剑而入，子元喝曰：“作乱乃孺子耶！”斗班曰：“我非作乱，特来诛乱者耳。”两下就在宫中争战。不数合，斗御疆、斗梧齐到。子元度不能胜，夺门欲走，被斗班一剑砍下头来。斗谷於菟将斗廉开梏放出，一齐至文夫人寝室之外，稽首问安而退。次早，楚成王熊恽御殿，百官朝见已毕，楚王命灭子元之家，榜其罪状于通衢。髯翁论公子元欲蛊文夫人之事，有诗曰：

堪嗟色胆大于身，不论尊兮不论亲。
莫怪狂且轻动念，楚夫人是息夫人。

却说斗谷於菟之祖曰斗若敖，娶郧子之女，生斗伯比。若敖卒，伯比尚幼，随母居于郧国，往来宫中，郧夫人爱之如子。郧夫人有女与伯比为表兄妹之亲，自小宫中作伴游耍，长亦不禁，遂成私情。郧女有孕，郧夫人方才知觉，乃禁绝伯比，不许入宫。使其女诈称有病，屏居一室。及诞期已满，产下一子，郧夫人潜使侍人用衣服包裹，将出宫外，弃于梦泽之中。意欲瞒过郧子，且不欲扬其女之丑名也。伯比羞惭,与其母归于楚国去讫。其时郧子适往梦泽田猎,见泽中有猛虎蹲踞,使左右放箭,箭从旁落,一矢不中,其虎全不动掸。郧子心疑,使人至泽察之。回报:“虎方抱一婴儿,喂之以乳,见人亦不畏避。”郧子曰:“是神物,不可惊之。”猎毕而归,谓夫人曰:“适至梦泽,见一奇事。”夫人问曰:“何事?”郧子遂将猛虎乳儿之事述了一遍。夫人曰:“夫君不知,此儿乃妾所弃也!”郧子骇然曰:“夫人安得此儿而弃之?”夫人曰:“夫君勿罪,此儿实吾女与斗甥所生。妾恐污吾女之名,故命侍者弃于梦泽。妾闻姜嫄履巨人迹而生子,弃之冰上,飞鸟以翼覆之,姜嫄为神,收养成人,名之曰弃,官为后稷,遂为周代之祖。此儿既有虎乳之异,必是大贵人也。”郧子从之,使人收回,命其女抚养。逾年,送其女于楚,与斗伯比成亲。楚人乡谈,呼乳曰“谷”,呼虎曰“於菟”。取乳虎为义,名其子曰谷於菟,表字子文。今云梦县有於菟乡,即子文生处也。

谷於菟既长,有安民治国之才,经文纬武之略。父伯比,仕楚为大夫。伯比死,谷於菟嗣为大夫。及子元之死,令尹官缺,楚王欲用斗廉,斗廉辞曰:“方今与楚为敌者,齐也。齐用管仲、宁戚,国富兵强。臣才非管、宁之流明矣。王欲改纪楚政,与中原抗衡,非斗谷於菟不可。”百官齐声保奏:“必须此人,方称其职。”楚王准奏,遂拜斗谷於菟为令尹。楚王曰:“齐用管仲,号为仲父,今谷於菟尊显于楚,亦当字之。”乃呼为子文而不名。周惠王之十三年也。子文既为令尹,倡言曰:“国家之祸,皆由君弱臣强所致。凡百官采邑,皆以半纳还公家。”子文先于斗氏行之,诸人不敢不从。又以郢城南极湘潭、北据汉江形胜之地,自丹阳徙都之,号曰郢都。治兵训武,进贤任能。以公族屈完为贤,使为大夫;族人斗章才而有智,使与诸斗同治军旅,以其子斗班为申公。楚国大治。

齐桓公闻楚王任贤图治,恐其争胜中原,欲起诸侯之兵伐楚。问管仲,管仲对曰:“楚称王南海,地大兵强,周天子不能制。今又任子文为政,四境安堵,非可以兵威得志也。且君新得诸侯,非有存亡兴灭之德深入人心,恐诸侯之兵不为我用。今当益广威德,待时而动,方保万全。”桓公曰:“自我先君报九世之仇,剪灭纪国,奄有其地。鄣为纪附庸，至今未服，寡人欲并灭之，何如？”管仲曰：“鄣虽小国，其先乃太公之支孙，为齐同姓。灭同姓，非义也。君可命王子成父率大军巡视纪城，示以欲伐之状，鄣必畏而来降。是无灭亲之名，而有得地之实矣。”桓公用其策，鄣君果畏惧求降。桓公曰：“仲父之谋，百不失一！”君臣正计议国事，忽近臣来报：“燕国被山戎用兵侵伐，特遣人求救。”管仲曰：“君欲伐楚，必先定戎。戎患既熄，乃可专事于南方矣。”毕竟桓公如何服戎，且听下回分解。

第二十一回

管夷吾智辨俞儿　齐桓公兵定孤竹

话说山戎乃北戎之一种，国于令支，亦曰离支。其西为燕，其东南为齐、鲁。令支界于三国之间，恃其地险兵强，不臣不贡，屡犯中国。先时曾侵齐界，为郑公子忽所败。至是闻齐侯图伯，遂统戎兵万骑，侵扰燕国，欲绝其通齐之路。燕庄公抵敌不住，遣人走间道告急于齐。齐桓公问于管仲，管仲对曰："方今为患，南有楚，北有戎，西有狄，此皆中国之忧，盟主之责也。即戎不病燕，犹思膺之。况燕人被师，又求救乎?"桓公乃率师救燕，师过济水，鲁庄公迎之于鲁济。桓公告以伐戎之事。鲁侯曰:“君剪豺狼,以靖北方,敝邑均受其赐,岂惟燕人?寡人愿索敝赋以从。”桓公曰:“北方险远之地,寡人不敢劳君玉趾。若遂有功,君之灵也。不然,而借兵于君未晚。”鲁侯曰:“敬诺。”桓公别了鲁侯,望西北进发。

却说令支子名密卢,蹂躏燕境,已及二月,掳掠子女,不可胜计。闻齐师大至,解围而去。桓公兵至蓟门关,燕庄公出迎,谢齐侯远救之劳。管仲曰:“山戎得志而去,未经挫折,我兵若退,戎兵必然又来。不如乘此伐之,以除一方之患可也。”桓公曰:“善。”燕庄公请率本国之兵为前队,桓公曰:“燕方经兵困,何忍复令冲锋?君姑将后军,为寡人声势足矣。”燕庄公曰:“此去东八十里,国名无终,虽戎种,不附山戎,可以招致,使为向导。”桓公乃大出金帛,遣公孙隰朋召之。无终子即遣大将虎儿斑率领骑兵二千,前来助战。桓公复厚赏之,使为前队。约行将二百里,桓公见山路逼险,问于燕伯。燕伯曰:“此地名葵兹,乃北戎出入之要路也。”桓公与管仲商议,将辎重资粮分其一半,屯聚于葵兹。令士卒伐木筑土为关,留鲍叔牙把守,委以转运之事。休兵三日,汰下疲病,只用精壮,兼程而进。

却说令支子密卢闻齐兵来伐,召其将速买计议。速买曰:“彼兵远来疲困,乘其安营未定,突然冲之,可获全胜。”密卢与之三千骑。速买传下号令,四散埋伏于山谷之中,只等齐兵到来行事。虎儿斑前队先到,速买只引百余骑迎敌。虎儿斑奋勇,手持长柄铁爪锤,望速买当头便打。速买大叫:“且慢来!”亦挺大杆刀相迎。略斗数合,速买诈败,引入林中,一声呼哨,山谷皆应,把虎儿斑之兵,截为二段。虎儿斑死战,马复被伤,束手待缚。恰遇齐侯大军已到,王子成父大逞神威,杀散速买之兵,将虎儿斑救出。速买大败而去。虎儿斑先领戎兵,多有损折,来见桓公,面有愧色。桓公曰:“胜负常事,将军勿以为意。”乃以名马赐之,虎儿斑感谢不已。大军东进三十里,地名伏龙山,桓公和燕庄公结寨于山上。王子成父、宾须无立二营于山下。皆以大车联络为城,巡警甚严。次日,令支子密卢亲自带领速买,引着骑兵万余前来挑战。一连冲突数次,皆被车城隔住,不能得入。延至午后。管仲在山头望见戎兵渐渐稀少,皆下马卧地,口中谩骂。管仲抚虎儿斑之背曰:“将军今日可雪耻也!”虎儿斑应诺。车城开处,虎儿斑引本国人马飞奔杀出。隰朋曰:“恐戎兵有计。”管仲曰:“吾告已料之矣!”即命王子成父率一军出左,宾须无率一军出右,两路接应,专杀伏兵。原来山戎惯用埋伏之计,见齐兵坚壁不动,乃伏兵于谷中,故意下马谩骂,以诱齐兵。虎儿斑马头到处,戎兵皆弃马而奔。虎儿斑正欲追赶,闻大寨鸣金,即时勒马而回。密卢见虎儿斑不来追赶,一声呼哨,招引谷中人马,指望悉力来攻,却被王子成父和宾须无两路兵到,杀得七零八落。戎兵又大败而回,丁折了许多马匹。速买献计曰:“齐欲进兵,必由黄台山谷口而入。吾将木石擂断,外面多掘坑堑,以重兵守之,虽有百万之众,不能飞越也。伏龙山二十余里皆无水泉,必仰汲于濡水,若将濡流坝断,彼军中乏水饮,必乱,乱则必溃。吾因溃而乘之,无有不胜。一面再遣人求救于孤竹国,借兵助战,此万全之策也。”密卢大喜,依计而行。

却说管仲见戎兵退后,一连三日不见动静,心下怀疑。使谍者探听,回言:“黄台山大路已断塞了!”管仲乃召虎儿斑问曰:“尚有别径可入否?”虎儿斑曰:“此去黄台山不过十五里,便可以直捣其国。若要寻别径,须从西南打大宽转,由芝麻岭抄出青山口,复转东数里,方是令文巢穴。但山高路险,车马不便转动耳。”正商议间,牙将连挚禀道:“戎主断吾汲道,军中乏水,如何?”虎儿斑曰:“芝麻岭一派都是山路,非数日不到。若无水携载,亦自难往。”桓公传令,教军士凿山取水,先得水者重赏。公孙隰朋进曰:“臣闻蚁穴居知水,当视蚁蛭处掘之。”军士各处搜寻,并无蚁蛭,又来禀复。隰朋曰:“蚁冬则就暖,居山之阳;夏则就凉,居山之阴。今冬月,必于山之阳,不可乱掘。”军士如其言,果于山腰掘得水泉,其味清洌。桓公曰:“隰朋可谓圣矣!”因号其泉曰圣泉,伏龙山改为龙泉山。军中得水,欢呼相庆。密卢打听得齐军未尝乏水,大骇曰:“中国岂有神助耶?”速买曰:“齐兵虽然有水,然涉远而来,粮必不继。吾坚守不战,彼粮尽自然退矣。”密卢从之。管仲使宾须无假托转回葵兹取粮,却用虎儿斑领路,引一军取芝麻岭进发,以六日为期。却教牙将连挚,日往黄台山挑战,以缀密卢之兵,使之不疑。如此六日,戎兵并不接战。管仲曰:“以日计之,宾将军西路将达矣。彼既不战，我不可以坐守。”乃使士卒各负一囊，实土其中，先使人驾空车二百乘前探，遇堑坑处，即以土囊填满。大军直至谷口，发声喊，齐将木石搬运而进。密卢自以为无患，日与速买饮酒为乐，忽闻齐军杀人，连忙跨马迎敌。未及交锋，戎兵报：“西路又有敌军杀到！”速买知小路有失，无心恋战，保着密卢望东南而走。宾须无追赶数里，见山路崎岖，戎人驰马如飞，不及而还。马匹器仗、牛羊帐幕之类，遗弃无算，俱为齐有。夺还燕国子女，不可胜计。令支国人从未见此兵威，无不箪食壶浆，迎降于马首。桓公一一抚慰，吩咐不许杀戮降夷一人，戎人大悦。桓公召降戎问曰：“汝主此去，当投何国?”降戎曰：“我国与孤竹为邻，素相亲睦，近亦曾遣人乞师未到，此行必投孤竹也。桓公问孤竹强弱并路之远近。降戎曰：“孤竹乃东南大国，自商朝便有城郭。从此去约百余里，有溪名曰卑耳。过溪便是孤竹界内。但山路险峻难行耳。”桓公曰：“孤竹党山戎为暴，既在密迩，宜前讨之。”适鲍叔牙遣牙将高黑运干糒五十车到，桓公即留高黑军前听用。于降戎中挑选精壮千人，付虎儿斑帐下，以补前损折之数。休兵三日，然后起程。

再说密卢等行至孤竹，见其主答里呵，哭倒在地，备言：“齐兵恃强，侵夺我国，意欲乞兵报仇。”答里呵曰：“俺这里正欲起兵相助，因有小恙，迟这几日，不意你吃了大亏。此处有卑耳之溪，深不可渡。俺这里将竹筏尽行拘回港中，齐兵插翅亦飞不过。俟他退兵之后，俺和你领兵杀去，恢复你的疆土，岂不稳便?”大将黄花元帅曰：“恐彼造筏而渡，宜以兵守溪口，昼夜巡行，方保无事。”答里呵曰：“彼若造筏，吾岂不知?”遂不听黄花之言。

再说齐桓公大军起程，行不十里，望见顽山连路，怪石嵯峨，草木蒙茸，竹箐塞路。有诗为证：

盘盘曲曲接青云，怪石嵯岈路不分。

任是胡儿须下马，还愁石窟有山君。

管仲教取硫黄焰硝引火之物，撒入草树之间，放起火来，哔哔剥剥，烧得一片声响。真个草木无根，狐兔绝影，火光透天，五日夜不绝。火熄之后，命凿山开道，以便进车。诸将禀称：“山高且险，车行费力。”管仲曰："戎马便于驱驰，惟车可以制之。"乃制上山下山之歌，使军人歌之。《上山歌》曰：

山嵬嵬兮路盘盘，木濯濯兮顽石如栏。云薄薄兮日生寒，我驱车兮上巉岏。风伯为驭兮俞儿操竿，如飞鸟兮生羽翰，跋彼山巅兮不为难。

《下山歌》曰：

上山难兮下山易，轮如环兮蹄如坠。声辚辚兮人吐气，历几盘兮顷刻而平地。捣彼戎庐兮消烽燧，勒勋孤竹兮亿万世。

人夫唱起歌来，你唱我和，轮转如飞。桓公与管仲、隰朋等，登卑耳之巅，观其上下之势。桓公叹曰："寡人今日知人力可以歌取也。"管仲对曰："臣昔在槛车之时，恐鲁人见追，亦作歌以教军夫，乐而忘倦，遂有兼程之功。"桓公曰："其故何也？"对曰："凡人劳其形者疲其神，悦其神者忘其形。"桓公曰："仲父通达人情，一至于此！"于是催趱车徒，一齐进发。

行过了几处山头，又上一岭，只见前面大小车辆，俱壅塞不进。军士禀称："两边天生石壁，中间一径，止容单骑，不通车辆。"桓公面有惧色，谓管仲曰："此处倘有伏兵，吾必败矣！"正在踌躇，忽见山凹里走出一件东西来。桓公睁眼看之，似人非人，似兽非兽，约长一尺有馀，朱衣玄冠，赤着两脚，向桓公面前再三拱揖，如相迓之状。然后以右手抠衣，竟向石壁中间疾驰而去。桓公大惊，问管仲曰："卿有所见乎？"管仲曰："臣无所见。"桓公述其形状。管仲曰："此正臣所制歌词中'俞儿'者是也。"桓公曰："俞儿若何？"管仲曰："臣闻北方有登山之神，名曰'俞儿'，有霸王之主则出见。君之所见，其殆是乎？拱揖相迓者，欲君往伐也。抠衣者，示前有水也。右手者，水右必深，教君以向左也。"髯翁有诗论管仲识"俞儿"之事，诗云：

春秋典籍数而知，仲父何从识俞儿？
岂有异人传异事，张华博物总堪疑。

管仲又曰："既有水阻，幸石壁可守。且屯军山上，使人探明水势，然后进兵。"探水者去之良久，回报："下山不五里，即卑耳溪，溪水大而且深，虽冬不竭。原有竹筏以渡，今被戎主拘收矣。右去水愈深，不啻丈余。若从左而行，约去三里，水面虽阔而浅，涉之没不及膝。”桓公抚掌曰：“俞儿之兆验矣！”燕庄公曰：“卑耳溪不闻有浅处可涉，此殆神助君侯成功也！”桓公曰：“此去孤竹城，有路多少？”燕庄公曰：“过溪东去，先团子山，次马鞭山，又次双子山，三山连络，约三十里。此乃商朝孤竹三君之墓。过了三山，更二十五里，便是无棣城，即孤竹国君之都也。”虎儿斑请率本部兵先涉。管仲曰：“兵行一处，万一遇敌，进退两难，须分两路而行。”乃令军人伐竹，以藤贯之，顷刻之间，成筏数百。留下车辆，以为载筏，军士牵之。下了山头，将军马分为两队，王子成父同高黑引着一军，从右乘筏而渡为正兵，公子开方、竖貂随着齐桓公亲自接应；宾须无同虎儿斑引着一军，从左涉水而渡为奇兵，管仲同连挚随着燕庄公接应。俱于团子山下取齐。

却说答里呵在无棣城中，不知齐兵去来消息，差小番到溪中打听，见满溪俱是竹筏，兵马纷纷而渡，慌忙报知城中。答里呵大惊，即令黄花元帅率兵五千拒敌。密卢曰：“俺在此无功，愿引速买为前部。”黄花元帅曰：“屡败之人，难与同事！”跨马径行。答里呵谓密卢曰：“西北团子山，乃东来要路，相烦贤君臣把守，就便接应，俺这里随后也到。”密卢口虽应诺，却怪黄花元帅轻薄了他，心中颇有不悦之意。却说黄花元帅兵未到溪口，便遇了高黑前队，两下接住厮杀。高黑战黄花不过，却待要走，王子成父已到，黄花撇了高黑，便与王子成父厮杀。大战五十余合，不分胜负。后面齐侯大军俱到，公子开方在右，竖貂在左，一齐卷上。黄花元帅心慌，弃军而走，五千人马被齐兵掩杀大半，余者尽降。黄花单骑奔逃，将近团子山，见兵马如林，都打着齐、燕、无终三国旗号，乃是宾须无等涉水而渡，先据了团子山了。黄花不敢过山，弃了马匹，扮作樵采之人，从小路爬山得脱。齐桓公大胜，进兵至团子山，与左路军马做一处列营，再公议征进。

却说密卢引军刚到马鞭山，前哨报道：“团子山已被齐兵所占。”只得就马鞭山屯扎。黄花元帅逃命至马鞭山，认做自家军马，投入营中，却是密卢。密卢曰：“元帅屡胜之将，何以单身至此？”黄花羞惭无极。索酒食不得，与以炒麦一升。又索马骑，与之漏蹄。黄花大恨，回至无棣城，见答里呵，请兵报仇。答里呵曰：“吾不听元帅之言，以至如此！”黄花曰：“齐侯所恨，在于令支。今日之计，惟有斩密卢君臣之首，献于齐君，与之讲和，可不战而退。”答里呵曰：“密卢穷而归我，何忍卖之？”宰相兀律古进曰：“臣有一计，可以反败为功。”答里呵问何计，兀律古曰：“国之北有地名曰旱海，又谓之迷谷，乃砂碛之地，一望无水草。从来国人死者，弃之于此，白骨相望，白昼常见鬼。又时时发冷风，风过处，人马俱不能存立，中人毛发辄死。又风沙刮起，咫尺不辨，若误入迷谷，谷路纡曲难认，急不能出，兼有毒蛇猛兽之患。诚得一人诈降，诱至彼地，不须厮杀，管取死亡八九。吾等整顿军马，坐待其敝，岂非妙计？”答里呵曰：“齐兵安肯至彼乎？”兀律古曰：“主公同宫眷暂伏阳山，令城中百姓，俱往山谷避兵，空其城市。然后使降人告于齐侯，只说：‘吾主逃往砂碛借兵。’彼必来追赶，堕吾计矣。”黄花元帅欣然愿往。更与骑兵千人，依计而行。

黄花元帅在路思想：“不斩密卢之首，齐侯如何肯信？若使成功，主公亦必不加罪。”遂至马鞭山来见密卢。

却说密卢正与齐兵相持未决，且喜黄花救兵来到，欣然出迎。黄花出其不意，即于马上斩密卢之首。速买大怒，绰刀上马来斗黄花。两家军兵，各助其主，自相击斗，互有杀伤。速买料不能胜，单刀独马，径奔虎儿斑营中投降。虎儿斑不信，叱军士缚而斩之。可怜令支国君臣，只因侵扰中原，一朝俱死于非命，岂不哀哉！史官有诗云：

山有黄台水有濡，周围百里令支居。
燕山卤获今何在？国灭身亡可叹吁！

黄花元帅并有密卢之众，直奔齐军，献上密卢首级，备言：“国主倾国逃去砂碛，与外国借兵报仇。臣劝之投降不听。今自斩密卢之首投于帐下，乞收为小卒。情愿率本部兵马为向导，追赶国主，以效微劳。”桓公见了密卢首级，不由不信。即用黄花为前部，引大军进发，直抵无棣，果是个空城，益信其言为不谬。诚恐答里呵去远，止留燕庄公兵一支守城，其余尽发，连夜追袭。黄花请先行探路，桓公使高黑同之，大军继后。已到砂碛，桓公催军速进。行了许久，不见黄花消息。看看天晚，但见白茫茫一片平沙，黑黯黯千重惨雾，冷凄凄数群啼鬼，乱飒飒几阵悲风。寒气逼人，毛骨俱悚，狂飙刮地，人马俱惊，军马多有中恶而倒者。时桓公与管仲并马而行，仲谓桓公曰：“臣久闻北方有旱海，是极厉害之处，恐此是也，不可前行。”桓公急教传令收军，前后队已自相失。带来火种，遇风即灭，吹之不燃。管仲保着桓公，带转马头急走。随行军士，各各敲金击鼓，一来以屏阴气，二来使各队闻声来集。只见天昏地惨，东西南北，茫然不辨。不知走了多少路，且喜风息雾散，空中现出半轮新月。众将闻金鼓之声，追随而至，屯扎一处。挨至天晓，计点众将不缺，止不见隰朋一人。其军马七断八续，损折无数。幸而隆冬闭蛰，毒蛇不出，军声喧闹，猛兽潜藏，不然，真个不死带伤，所存无几矣。管仲见山谷险恶，绝无人行，急教寻路出去。奈东冲西撞，盘盘曲曲，全无出路，桓公心下早已着忙。管仲进曰：“臣闻老马识途，无终与山戎连界，其马多从漠北而来，可使虎儿斑择老马数头，观其所往而随之，宜可得路也。”桓公依其言，取老马数匹，纵之先行，委委曲曲，遂出谷口。髯翁有诗云：

蚁能知水马知途，异类能将危困扶。
堪笑浅夫多自用，谁能舍己听忠谟？

再说黄花元帅引齐将高黑先行，径走阳山一路。高黑不见后队大军来到，教黄花暂住，等候一齐进发。黄花只顾催趱。高黑心疑，勒马不行，被黄花执之，来见孤竹主答里呵。黄花瞒过杀密卢之事，只说：“密卢在马鞭山兵败被杀，臣用诈降之计，已诱齐侯大军，陷于旱海。又擒得齐将高黑在此，听凭发落。”答里呵谓高黑曰：“汝若投降，吾当重用。”高黑睁目大骂曰：“吾世受齐恩，安肯臣汝犬羊哉？”又骂黄花：“汝诱吾至此，我一身死不足惜，吾主兵到，汝君臣国亡身死，只在早晚，教你悔之无及！”黄花大怒，拔剑亲斩其首。真忠臣也！答里呵再整军容，来夺无棣城。燕庄公因兵少城空，不能固守，令人四面放火，乘乱杀出，直退回团子山下寨。

再说齐桓公大军出了迷谷，行不十里，遇见一枝军马，使人探之，乃公孙隰朋也。于是合兵一处，径奔无棣城来。一路看见百姓扶老携幼，纷纷行走。管仲使人问之，答曰：“孤竹主逐去燕兵，已回城中，吾等向避山谷，今亦归井里耳。”管仲曰：“吾有计破之矣！”乃使虎儿斑选心腹军士数人，假扮做城中百姓，随着众人，混入城中，只待夜半举火为应。虎儿斑依计去后，管仲使竖貂攻打南门，连挚攻打西门，公子开方攻打东门，只留北门与他做走路。却教王子成父和隰朋分作两路，埋伏于北门之外，只等答里呵出城，截住擒杀。管仲与齐桓公离城十里下寨。时答里呵方救灭城中之火，招回百姓复业。一面使黄花整顿兵马，以备厮杀。是夜黄昏时候，忽闻炮声四举，报言："齐兵已到，将城门围住。"黄花不意齐兵即至，大吃一惊，驱率军民，登城守望。延至半夜，城中四五路火起，黄花使人搜索放火之人。虎儿斑率十余人，径至南门，将城门砍开，放竖貂军马入来。黄花知事不济，扶答里呵上马，觅路奔走，闻北路无兵，乃开北门而去。行不二里，但见火把纵横，鼓声震地，王子成父和隰朋两路军马杀来。开方、竖貂、虎儿斑得了城池，亦各统兵追袭。黄花元帅死战良久，力尽被杀。答里呵为王子成父所获，兀律古死于乱兵之中。至天明，迎接桓公入城。桓公数答里呵助恶之罪，亲斩其首，悬之北门，以警戎夷，安抚百姓。戎人言高黑不屈被杀之事，桓公十分叹息，即命录其忠节，待回国再议恤典。

燕庄公闻齐侯兵胜入城，亦自团子山飞马来会。称贺已毕，桓公曰："寡人赴君之急，跋涉千里，幸而成功。令支、孤竹一朝殄灭，辟地五百里，然寡人非能越国而有之也，请以益君之封。"燕庄公曰："寡人借君之灵，得保宗社足矣，敢望益地？惟君建置之。"桓公曰："北陲僻远，若更立夷种，必然复叛，君其勿辞。东道已通，勉修先召公之业，贡纳于周，长为北藩，寡人与有荣施矣。"燕伯乃不敢辞。桓公即无棣城大赏三军，以无终国有助战之功，命以小泉山下之田畀之。虎儿斑拜谢先归。桓公休兵五日而行，再渡卑耳之溪，于石壁取下车辆，整顿停当，缓缓而行。见令支一路荒烟馀烬，不觉惨然，谓燕伯曰："戎主无道，殃及草木，不可不戒！"鲍叔牙自葵兹关来迎，桓公曰："饷馈不乏，皆大夫之功也。"又吩咐燕伯设戍葵兹关，遂将齐兵撤回。燕伯送桓公出境，恋恋不舍，不觉送入齐界，去燕界五十馀里。桓公曰："自古诸侯相送，不出境外，寡人不可无礼于燕君。"乃割地至所送之处畀燕，以为谢过之意。燕伯苦辞不允，只得受地而还。在其地筑城，名曰燕留，言留齐侯之德于燕也。燕自此西北增地五百里，东增地五十余里，始为北方大国。诸侯因桓公救燕，又不贪其地，莫不畏齐之威，感齐之德。史官有诗云：

千里提兵治犬羊，要将职贡达周王。

休言黩武非良策，尊攘须知定一匡。

桓公还至鲁济，鲁庄公迎劳于水次，设飨称贺。桓公以庄公亲厚，特分二戎卤获之半以赠鲁。庄公知管仲有采邑，名曰小谷，在鲁界首，乃发丁夫代为筑城，以悦管仲之意。时鲁庄公三十二年，周惠王之十五年也。是年秋八月，鲁庄公薨，鲁国大乱。欲知鲁事如何，且看下回分解。

第二十二回

公子友两定鲁君　齐皇子独对委蛇

话说公子庆父字仲，鲁庄公之庶兄，其同母弟名牙字叔，则庄公之庶弟。庄公之同母弟曰公子友，因手掌中生成一“友”字文，遂以为名，字季，谓之季友。虽则兄弟三人同为大夫，一来嫡庶之分，二来惟季友最贤，所以庄公独亲信季友。庄公即位之三年，曾游郎台，于台上窥见党氏之女孟任，容色殊丽，使内侍召之。孟任不从。庄公曰：“苟从我，当立汝为夫人也。”孟任请立盟誓，庄公许之。孟任遂割臂血誓神，与庄公同宿于台上，遂载回宫。岁余生下一子，名般。庄公欲立孟任为夫人，请命于母文姜。文姜不许。必欲其子与母家联姻，遂定下襄公始生之女为婚，只因姜氏年

幼,直待二十岁上,方才娶归。所以孟任虽未立为夫人,那二十余年,却也权主六宫之政。比及姜氏入鲁为夫人,孟任已病废不能起。未几卒,以妾礼葬之。姜氏久而无子,其娣叔姜从嫁,生一子曰启。先有妾风氏,乃须句子之女,生一子名申。风氏将申托于季友,谋立为嗣。季友曰:"子般年长。"乃止。姜氏虽为夫人,庄公念是杀父仇家,外虽礼貌,心中不甚宠爱。公子庆父生得魁伟轩昂,姜氏看上了他,阴使内侍往来通语,遂与庆父私通,情好甚密。因与叔牙为一党,相约异日共扶庆父为君,叔牙为相。髯翁有诗云:

淫风郑卫只寻常,更有齐风不可当。
堪笑鲁邦偏缔好,文姜之后又哀姜。

庄公三十一年,一冬无雨,欲行雩祭祈祷。先一日,演乐于大夫梁氏之庭。梁氏有女色甚美,公子般悦之,阴与往来,亦有约为夫人之誓。是日,梁女梯墙而观演乐,圉人荦在墙外窥见梁女姿色,立于墙下,故作歌以挑之。歌曰:

桃之夭夭兮,凌冬而益芳。中心如结兮,不能逾墙。愿同翼羽兮,化为鸳鸯。

公子般亦在梁氏观雩,闻歌声出看,见圉人荦大怒,命左右擒下,鞭之三百,血流满地。荦再三哀求,乃释之。公子般诉之于庄公,庄公曰:"荦无礼,便当杀之,不可鞭也。荦之勇捷,天下无比,鞭之,必怀恨于汝矣。"原来圉人荦有名绝力,曾登稷门城楼,飞身而下,及地,复踊身一跃,遂手攀楼屋之角,以手撼之,楼俱震动。庄公劝杀荦,亦畏其勇故也。子般曰:"彼匹夫耳,何虑焉?"圉人荦果恨子般,遂投庆父门下。

次年秋,庄公疾笃,心疑庆父,故意先召叔牙,问以身后之事。叔牙果盛称庆父之才:"若主鲁国,社稷有赖。况一生一及,鲁之常也。"庄公不应。叔牙出,复召季友问之。季友对曰:"君与孟任有盟矣。既降其母,可复废其子乎?"庄公曰:"叔牙劝寡人立庆父何如?"季友曰:"庆父残忍无亲,非人君之器。叔牙私于其兄,不可听之。臣当以死奉般。"庄公点首,遂不能言。季友出宫,急命内侍传庄公口语,使叔牙待于大夫鍼季之家,即有君命来到。叔牙果往鍼氏。季友乃封鸩酒一瓶，使鍼季毒死叔牙，复手书致牙曰："君有命，赐公子死。公子饮此而死，子孙世不失其位。不然，族且灭矣！"叔牙犹不肯服，鍼季执耳灌之，须臾九窍流血而死。史官有诗论鸩牙之事，曰：

周公诛管安周室，季友鸩牙靖鲁邦。

为国灭亲真大义，六朝底事忍相戕。

是夕，庄公薨。季友奉公子般主丧，谕国人以明年改元。各国遣吊，自不必说。

至冬十月，子般念外家党氏之恩，闻外祖党臣病死，往临其丧。庆父密召圉人荦谓曰："汝不记鞭背之恨乎？夫蛟龙离水，匹夫可制。汝何不报之于党氏？吾为汝主。"荦曰："苟公子相助，敢不如命！"乃怀利刃，夤夜奔党大夫家。时已三更，逾墙而入，伏于舍外。至天明时，小内侍启门取水，圉人荦突入寝室。子般方下床穿履，惊问曰："汝何至此？"荦曰："来报去年鞭背之恨耳！"子般急取床头剑劈之，伤额破脑。荦左手格剑，右手握刃刺般，中胁而死。内侍惊报党氏。党氏家众操兵齐来攻荦，荦因脑破不能战，被众人乱斫为泥。

季友闻子般之变，知是庆父所为，恐及于祸，乃出奔陈国以避难。庆父佯为不知，归罪于圉人荦，灭其家，以解说于国人。夫人姜氏欲遂立庆父。庆父曰："二公子犹在，不尽杀绝，未可代也。"姜氏曰："当立申乎？"庆父曰："申年长难制，不如立启。"乃为子般发丧，假讣告为名，亲至齐国，告以子般之变，纳贿于竖貂，立子启为君。时年八岁，是为闵公。闵公乃叔姜之子，叔姜是夫人姜氏之娣也。闵公为齐桓公外甥。闵公内畏哀姜，外畏庆父，欲借外家为重，故使人订齐桓公，会于落姑之地。闵公牵桓公之衣，密诉以庆父内乱之事，垂泪不止。桓公曰："今者鲁大夫谁最贤？"闵公曰："惟季友最贤，今避难于陈国。"桓公曰："何不召而复之？"闵公曰："恐庆父见疑。"桓公曰："但出寡人之意，谁敢违者？"乃使人以桓公之命，召季友于陈。闵公次于郎地，候季友至郎，并载归国，立季友为相。托言齐侯所命，不敢不从。时周惠王之六年，鲁闵公之元年也。

是冬，齐侯复恐鲁之君臣不安其位，使大夫仲孙湫来候问，且窥庆父之动静。闵公见了仲孙湫，流涕不能成语。后见公子申，与之谈论鲁事，甚有条理。仲孙曰："此治国之器也！"嘱季友善视之。因劝季友早除庆父，季友伸一掌示之。仲孙已悟孤掌难鸣之意，曰："湫当言于吾君，倘有缓急，不敢坐视。"庆父以重赂来见仲孙，仲孙曰："苟公子能忠于社稷，寡君亦受其赐，岂惟湫乎？"固辞不受。庆父悚惧而退。仲孙辞闵公归，谓桓公曰："不去庆父，鲁难未已也！"桓公曰："寡人以兵去之，何如？"仲孙曰："庆父凶恶未彰，讨之无名。臣观其志，不安于为下，必复有变。乘其变而诛之，此霸王之业也。"桓公曰："善。"

闵公二年，庆父谋篡益急，只为闵公是齐侯外甥，况且季友忠心相辅，不敢轻动。忽一日，阍人报："大夫卜齮相访。"庆父迎进书房，见卜齮怒气勃勃，问其来意。卜齮诉曰："我有田与太傅慎不害田庄相近，被慎不害用强夺去。我去告诉主公，主公偏护师傅，反劝我让他。以此不甘，特来投公子，求于主公前一言。"庆父屏去从人，谓卜齮曰："主公年幼无知，虽言不听，子若能行大事，我为子杀慎不害何如？"卜齮曰："季友在，惧不免。"庆父曰："主公有童心，尝夜出武闱，游行街市。子伏人于武闱，候其出而刺之，但云盗贼，谁能知者。吾以国母之命代立为君，逐季友如反掌耳。"卜齮许诺。乃求勇士，得秋亚，授以利匕首，使伏武闱。闵公果夜出，秋亚突起，刺杀闵公。左右惊呼，擒住秋亚，卜齮领家甲至夺去。庆父杀慎不害于家。季友闻变，夜叩公子申之门，蹴之起，告以庆父之乱，两人同奔邾国避难。髯翁有诗云：

子般遭弑闵公戕，操刃当时谁主张？
鲁乱尽由宫阃起，娶妻何必定齐姜！

却说国人素服季友，闻鲁侯被杀，相国出奔，举国若狂，皆怨卜齮而恨庆父。是日国中罢市，一聚千人，先围卜齮之家，满门遭戮。将攻庆父，聚者益众。庆父知人心不附，欲谋出奔。想起齐侯曾藉莒力以复国，齐莒有恩，可因莒以自解于齐。况文姜原有莒医一脉交情，今夫人姜氏，即文姜之侄女，有此因缘，凡事可托。遂微服扮作商人，载了货赂满车，出奔莒国。夫人姜氏闻庆父奔莒，安身不牢，亦想至莒国躲避。左右曰："夫人以仲故得罪国人，今复聚一国，谁能容之？季友在邾，众所与也，夫人不如适邾，以乞怜于季。”乃奔邾国，求见季友。季友拒之弗见。季友闻庆父、姜氏俱出，遂将公子申归鲁，一面使人告难于齐。齐桓公谓仲孙湫曰：“今鲁国无君，取之如何？”仲孙湫曰：“鲁，秉礼之国，虽遭弑乱，一时之变，人心未忘周公，不可取也。况公子申明习国事，季友有戡乱之才，必能安集众庶，不如因而守之。”桓公曰：“诺。”乃命上卿高傒率南阳甲士三千人，吩咐高傒，相机而动：“公子申果堪主社稷，即当扶立为君，以修邻好；不然，便可并兼其地。”高傒领命而行。来至鲁国，恰好公子申、季友亦到。高傒见公子申相貌端庄，议论条理，心中十分敬重。遂与季友定计，拥立公子申为君，是为僖公。使甲士帮助鲁人，筑鹿门之城以防邾、莒之变。季友使公子奚斯随高傒至齐，谢齐侯定国之功。一面使人如莒，要假手莒人以戮庆父，啖以重赂。

却说庆父奔莒之时，载有鲁国宝器，因莒医以献于莒子，莒子纳之。至是复贪鲁重赂，使人谓庆父曰：“莒国褊小，惧以公子为兵端，请公子改适他国。”庆父犹未行，莒子下令逐之。庆父思竖貂曾受赂相好，乃自邾如齐。齐疆吏素知庆父之恶，不敢擅纳，乃寓居于汶水之上。恰好公子奚斯谢齐事毕，还至汶水，与庆父相见，欲载之归国。庆父曰：“季友必不见容。子鱼能为我代言，乞念先君一脉，愿留性命，长为匹夫，死且不朽！”奚斯至鲁复命，遂致庆父之言。僖公欲许之。季友曰：“使弑君者不诛，何以戒后？”因私谓奚斯曰：“庆父若自裁，尚可为立后，不绝世祀也。”奚斯领命，再往汶上，欲告庆父，而难于启齿，乃于门外号啕大哭。庆父闻其声，知是奚斯，乃叹曰：“子鱼不入见而哭甚哀，吾不免矣！”乃解带自缢于树而死。

奚斯乃入而殓之，还报僖公，僖公叹息不已。忽报：“莒子遣其弟嬴拿，领兵临境。闻庆父已死，特索谢赂。”季友曰：“莒人未尝擒送庆父，安得居功？”乃自请率师迎敌。僖公解所佩宝刀相赠，谓曰：“此刀名曰‘孟劳’，长不满尺，锋利无比，叔父宝之。”季友悬于腰胯之间，谢恩而出。行至郦地，莒公子嬴拿列阵以待。季友曰：“鲁新立君，国事未定，若战而不胜，人心动摇矣。莒拿贪而无谋，吾当以计取之。”乃出阵前，请嬴拿面话。因谓之曰：“我二人不相悦，士卒何罪？闻公子多力善搏，友请各释器械，与公子徒手赌一雌雄，何如？”嬴拿曰：“甚善！”两下约退军士，就于战场放对，一来一往，各无破绽。约斗五十余合，季友之子行父，时年八岁，友甚爱之，俱至军中，时在旁观斗，见父亲不能取胜，连呼：“‘孟劳’何在？”季友忽然醒悟，故意卖个破绽，让嬴拿赶入一步，季友略一转身，于腰间拔出“孟劳”，回手一挥，连眉带额，削去天灵盖半边。刃无血痕，真宝刀也！莒军见主将劈倒，不待交锋，各自逃命。季友全胜，唱凯还朝。僖公亲自迎之于郊，立为上相，赐费邑为之采地。季友奏曰：“臣与庆父、叔牙并是桓公之孙，臣以社稷之故，鸩叔牙，缢庆父，大义灭亲，诚非得已。今二子俱绝后，而臣独叨荣爵，受大邑，臣何颜见桓公于地下？”僖公曰：“二子造逆，封之得无非典？”季友曰：“二子有逆心，无逆形，且其死非有刀锯之戮也。宜并建之，以明亲亲之谊。”僖公从之。乃以公孙敖继庆父之后，是为孟孙氏。庆父字仲，后人以字为氏，本曰仲孙，因讳庆父之恶，改为孟也。孟孙氏食采于成。以公孙兹继叔牙之后，是为叔孙氏，食采于郈。季友食采于费，加封以汶阳之田，是为季孙氏。于是季、孟、叔三家，鼎足而立，并执鲁政，谓之“三桓”。是日，鲁南门无故自崩，识者以为高而忽倾，异日必有凌替之祸，兆已见矣。史官有诗云：

手文征异已褒功，孟叔如何亦并封？
乱世天心偏助逆，三家宗裔是桓公。

话说齐桓公知姜氏在邾，谓管仲曰：“鲁桓、闵二公不得令终，皆以我姜之故。若不行讨，鲁人必以为戒，姻好绝矣。”管仲曰：“女子既嫁从夫，得罪夫家，非外家所得讨也。君欲讨之，宜隐其事。”桓公曰：“善。”乃使竖貂往邾，送姜氏归鲁。姜氏行至夷，宿馆舍，竖貂告姜氏曰：“夫人与弑二君，齐、鲁莫不闻之，夫人即归，何面目见太庙乎？不如自裁，犹可自盖也。”姜氏闻之，闭门哭泣，至半夜寂然。竖貂启门视之，已自缢死矣。竖貂告夷宰，使治殡事，飞报僖公。僖公迎其丧以归，葬之成礼，曰：“母子之情，不可绝也。”谥之曰哀，故曰哀姜。后八年，僖公以庄公无配，仍祔哀姜于太庙。此乃过厚之处。

却说齐桓公自救燕定鲁以后，威名愈振，诸侯悦服。桓公益信任管仲，专事饮猎为乐。一日，猎于大泽之陂，竖貂为御，车驰马骤，较射方欢。桓公忽然停目而视，半晌无言，若有惧容。竖貂问曰："君瞪目何所视也？"桓公曰："寡人适见一鬼物，其状甚怪而可畏，良久忽灭，殆不祥乎！"竖貂曰："鬼，阴物，安敢昼见？"桓公曰："先君田姑棼而见大豕，是亦昼也。汝为我亟召仲父。"竖貂曰："仲父非圣人，乌能悉知鬼神之事？"桓公曰："仲父能识'俞儿'，何谓非圣？"竖貂曰："君前者先言俞儿之状，仲父因逢君之意，饰美说以劝君之行也。君今但言见鬼，勿泄其状，如仲父言与君合，则仲父信圣不欺矣。"桓公曰："诺。"乃趋驾归，心怀疑惧，是夜遂大病如疟。明日，管仲与诸大夫问疾。桓公召管仲，与之言见鬼："寡人心中畏恶，不能出口，仲父试道其状。"管仲不能答，曰："容臣询之。"竖貂在旁笑曰："臣固知仲父之不能言也。"桓公病益增，管仲忧之，悬书于门："如有能言公所见之鬼者，当赠以封邑三分之一。"有一人荷笠悬鹑而来，求见管仲。管仲揖而进之。其人曰："君有恙乎？"管仲曰："然。"其人曰："君病见鬼乎？"管仲又曰："然。"其人曰："君见鬼于大泽之中乎？"管仲曰："子能言鬼之状否？吾当与子共家。"其人曰："请见君而言之。"

管仲见桓公于寝室，桓公方累重裀而坐，使两妇人摩背，两妇人捶足，竖貂捧汤，立而候饮。管仲曰："君之病有能言者，臣已与之俱来，君可召之。"桓公召人，见其荷笠悬鹑，心殊不喜，遽问曰："仲父言识鬼者乃汝乎？"对曰："公则自伤耳，鬼安能伤公？"桓公曰："然则有鬼否？"对曰："有之。水有'罔象'，邱有'峷'，山有'夔'，野有'彷徨'，泽有'委蛇'。"桓公曰："汝试言'委蛇'之状。"对曰："夫'委蛇'者，其大如毂，其长如辕，紫衣而朱冠。其为物也，恶闻轰车之声，闻则捧其首而立。此不轻见，见之者必霸天下。"桓公辴然而笑，不觉起立曰："此正寡人之所见也！"于是顿觉精神开爽，不知病之何往矣。桓公曰："子何名？"对曰："臣名皇子，齐西鄙之农夫也。"桓公曰："子可留仕寡人。"遂欲爵为大夫。皇子固辞曰："公尊王室，攘四夷，安中国，抚百姓，使臣常为治世之民，不妨农务足矣，不愿居官。"桓公曰："高士也！"赐之粟帛，命有司复其家。复重赏管仲。竖貂曰："仲父不能言，而皇子言之，仲父安得受赏乎？”桓公曰：“寡人闻之：‘任独者暗，任众者明。’微仲父，寡人固不得闻皇子之言也。”竖貂乃服。

时周惠王十七年。狄人侵犯邢邦，又移兵伐卫。卫懿公使人如齐告急，诸大夫请救之。桓公曰：伐戎之役，疮痍未息。且俟来春，合诸侯往救可也。”其冬，卫大夫宁速至齐，言：“狄已破卫，杀卫懿公。今欲迎公子毁为君。”齐侯大惊曰：“不早救卫，孤罪无辞矣。”不知狄如何破卫，且看下回分解。

第二十三回

卫懿公好鹤亡国　齐桓公兴兵伐楚

话说卫惠公之子懿公，自周惠王九年嗣立，在位九年，般乐怠傲，不恤国政，最好的是羽族中一物，其名曰鹤。按浮邱伯《相鹤经)云：

鹤，阳鸟也，而游于阴。因金气，乘火精以自养。金数九，火数七，故鹤七年一小变，十六年一大变，百六十年变止，千六百年形定。体尚洁，故其色白；声闻天，故其头赤；食于水，故其喙长；栖于陆，故其足高；翔于云，故毛丰而肉疏。大喉以吐故，修颈以纳新，故寿不可量。行必依洲渚，止不集林木。盖羽族之宗长，仙家之骐骥也。鹤之上相：隆鼻短口则少眠，高脚疏节则多力，露眼赤睛则视远，凤翼雀毛则喜飞，龟背鳖腹则能产，轻前重后则善舞，洪髀纤趾则能行。

那鹤色洁形清，能鸣善舞，所以懿公好之。俗谚云："上人不好，下人不要。"因懿公偏好那鹤，凡献鹤者皆有重赏，弋人百方罗致，都来进献。自苑囿、宫廷，处处养鹤，何止数百。有齐高帝咏鹤诗为证：

八风舞遥翮，九野弄清音。
一摧云间志，为君苑中禽。

懿公所畜之鹤，皆有品位俸禄：上者食大夫俸，次者食士俸。懿公若出游，其鹤亦分班从幸，命以大轩，载于车前，号曰"鹤将军"。养鹤之人亦有常俸。厚敛于民，以充鹤粮，民有饥冻，全不抚恤。大夫石祁子，乃石碏之后，石骀仲之子，为人忠直有名，与宁庄子名速同秉国政，皆贤臣也。二人进谏屡次，俱不听。公子毁乃惠公庶兄，公子硕烝于宣姜而生者，即文公也。毁知卫必亡，托故如齐。齐桓公妻以宗女，竟留齐国。卫人向来心怜故太子急子之冤，自惠公复位之后，百姓日夜咒诅："若天道有知，必不终于禄位也！"因急子与寿俱未有子，公子硕早死，黔牟已绝，惟毁有贤德，人心阴归附之。及懿公失政，公子毁出奔，卫人无不含怨。

却说北狄自周太王之时，獯鬻已强盛，逼太王迁都于岐。及武王一统，周公南惩荆舒，北膺戎狄，中国久安。迨平王东迁之后，南蛮北狄，交肆其横。单说北狄主名曰瞍瞒，控弦数万，常有迭荡中原之意。及闻齐伐山戎，瞍瞒怒曰："齐兵远伐，必有轻我之心，当先发制之。"乃驱胡骑二万伐邢，残破其国。闻齐谋救邢，遂移兵向卫。时卫懿公正欲载鹤出游，谍报："狄人入寇。"懿公大惊，即时敛兵授甲，为战守计。百姓皆逃避村野，不肯即戎，懿公使司徒拘执之。须臾，擒百余人来，问其逃避之故。众人曰："君用一物，足以御狄，安用我等？"懿公问："何物？"众人曰："鹤。"懿公曰："鹤何能御狄耶？"众人曰："鹤既不能战，是无用之物，君敝有用以养无用，百姓所以不服也！"懿公曰："寡人知罪矣！愿散鹤以从民可乎？"石祁子曰："君亟行之，犹恐其晚也。”懿公果使人纵鹤，鹤素受豢养，盘旋故处，终不肯去。石、宁二大夫亲往街市，述卫侯悔过之意，百姓始稍稍复集。狄兵已杀至荥泽，顷刻三报。石祁子奏曰：“狄兵骁勇，不可轻敌，臣请求救于齐。”懿公曰：“齐昔日奉命来伐，虽然退兵，我国并未修聘谢，安肯相救？不如一战，以决存亡！”宁速曰：“臣请率师御狄，君居守。”懿公曰：“孤不亲行，恐人不用心。”乃与石祁子玉玦，使代理国政，曰：“卿决断如此玦矣！”与宁速矢，使专力守御。又曰：“国中之事，全委二卿。寡人不胜狄，不能归也！”石、宁二大夫皆垂泪。懿公吩咐已毕，乃大集车徒，使大夫渠孔为将，于伯副之，黄夷为先锋，孔婴齐为后队。

一路军人口出怨言，懿公夜往察之，军中歌曰：

> 鹤食禄，民力耕；鹤乘轩，民操兵。狄锋厉兮不可撄，欲战兮九死而一生！鹤今何在兮？而我瞿瞿为此行！

懿公闻歌，闷闷不已。大夫渠孔用法太严，人心益离。行近荥泽，见敌军千余，左右分驰，全无行次。渠孔曰：“人言狄勇，虚名耳！”即命鼓行而进。狄人诈败，引入伏中，一时呼哨而起，如天崩地塌，将卫兵截做三处，你我不能相顾。卫兵原无心交战，见敌势凶猛，尽弃车仗而逃。懿公被狄兵围之数重。渠孔曰：“事急矣！请偃大旆，君微服下车，尚可脱也。”懿公叹曰：“二三子苟能相救，以旆为识。不然，去旆无益也。孤宁一死，以谢百姓耳！”须臾，卫兵前后队俱败，黄夷战死，孔婴齐自刎而亡。狄军围益厚，于伯中箭坠车，懿公与渠孔先后被害，被狄人砍为肉泥，全军俱没。髯翁有诗云：

> 曾闻古训戒禽荒，一鹤谁知便丧邦。
> 荥泽当时遍磷火，可能骑鹤返仙乡？

狄人囚卫太史华龙滑、礼孔，欲杀之。华、礼二人知胡俗信鬼，绐之曰：“我太史也，实掌国之祭祀，我先往为汝白神。不然，鬼神不汝佑，国不可得也。”瞍瞒信其言，遂纵之登车。宁速方戎服巡城，望见单车驰到，认是二太史，大惊，问：“主公何在？”曰：“已全军覆没矣！狄师强盛，不可坐待灭亡，宜且避其锋。”宁速欲开门纳之，礼孔曰：“与君俱出，不与君俱入，人臣之义谓何？吾将事吾君于地下！”遂拔剑自刎。华龙滑曰：“不可失史氏之籍。”乃入城。宁速与石祁子商议，引着卫侯宫眷及公子申，乘夜乘小车出城东走。华龙滑抱典籍从之。国人闻二大夫已行，各各携男抱女，随后逃命，哭声震天。狄兵乘胜长驱，直入卫城。百姓奔走落后者，尽被杀戮。又分兵追逐。石祁子保宫眷先行，宁速断后，且战且走。从行之民，半罹狄刃。将及黄河，喜得宋桓公遣兵来迎，备下船只，星夜渡河。狄兵方才退去，将卫国府库及民间存留金粟之类，劫掠一空，堕其城郭，满载而归。不在话下。

却说卫大夫弘演，先奉使聘陈，比及反役，卫已破灭。闻卫侯死于荥泽，往觅其尸。一路看见骸骨暴露，血肉狼籍，不胜伤感。行至一处，见大旆倒于荒泽之旁，弘演曰："旆在此，尸当不远矣。"未数步，闻呻吟之声，前往察之，见一小内侍折臂而卧。弘演问曰："汝认得主公死处否？"内侍指一堆血肉曰："此即主公之尸也，吾亲见主公被杀。为臂伤疼痛，不能行走，故卧守于此，欲俟国人来而示之。"弘演视其尸体，俱已零落不全，惟一肝完好。弘演对之再拜，大哭，乃复命于肝前，如生时之礼。事毕，弘演曰："主公无人收葬，吾将以身为棺耳！"嘱从人曰："我死后，埋我于林下，俟有新君，方可告之。"遂拔佩刀自剖其腹，手取懿公之肝，纳于腹中，须臾而绝。从者如言埋掩，因以车载小内侍渡河，察听新君消息。

却说石祁子先扶公子申登舟。宁速收拾遗民，随后赶上，至于漕邑，点查男女，才存得七百有二十人。狄人杀戮之多，岂不悲哉！二大夫相议："国不可一日无君，其奈遗民太少！"乃于共、滕二邑，十抽其三，共得四千有余人，连遗民凑成五千之数，即于漕邑创立庐舍，扶立公子申为君，是为戴公。宋桓公御说、许桓公新臣各遣人致唁。戴公先已有疾，立数日遂薨。宁速如齐，迎公子毁嗣位。齐桓公曰："公子归自敝邑，将守宗庙，若器用不具，皆寡人之过也。"乃遗以良马一乘，祭服五称，牛、羊、豕、鸡、狗各三百只。又以鱼轩赠其夫人，兼美锦三十端。命公子无亏帅车三百乘送之。并致门材，使立门户。公子毁至漕邑，弘演之从人同折臂小内侍俱到，备述纳肝之事。公子毁先遣使具棺，往荥泽收殓。一面为懿公、戴公发丧。追封弘演，录用其子，以旌其忠。诸侯重齐桓公之义，多有吊赙。时周惠王十八年冬十二月也。

其明年，春正月，卫侯毁改元，是为文公。才有车三十乘，寄居民间，甚是荒凉。文公布衣帛冠，蔬食莱羹，早起夜息，抚安百姓，人称其贤。公子无亏辞归齐国，留甲士三千人，协戍漕邑，以防狄患。无亏回见桓公，言卫毁草创之状，并述弘演纳肝之事。桓公叹曰："无道之君亦有忠臣如此者乎？其国正未艾也。"管仲进曰："今留戍劳民，不如择地筑城，一劳永逸。"桓公以为然，正欲纠合诸侯同役，忽邢国遣人告急，言："狄兵又到本国，势不能支，伏望救援！"桓公问管仲曰："邢可救乎？"管仲对曰："诸侯所以事齐，谓齐能拯其灾患也。不能救卫，又不救邢，霸业陨矣！"桓公曰："然则邢、卫之急孰先？"管仲对曰："俟邢患既平，因而城卫，此百世之功也。"桓公曰："善。"即传檄宋、鲁、曹、邾各国，合兵救邢，俱于聂北取齐。宋、曹二国兵先到。管仲又曰："狄寇方张，邢力未竭。敌方张之寇，其劳倍；助未竭之力，其功少：不如待之。邢不支狄，必溃；狄胜邢，必疲。驱疲狄而援溃邢，所谓力省而功多者也。"桓公用其谋，托言待鲁、邾兵到，乃屯兵于聂北，遣谍打探邢、狄攻守消息。史臣有诗讥管仲不早救邢、卫，乃霸者养乱为功之谋也。诗云：

救患如同解倒悬，提兵那可复迁延？

从来霸事逊王事，功利偏居道义先。

话说三国驻兵聂北约及两月，狄兵攻邢，昼夜不息。邢人力竭，溃围而出。谍报方到，邢国男女填涌而来，俱投奔齐营求救。内一人哭倒在地，乃邢侯叔颜也。桓公扶起，慰之曰："寡人相援不早，以致如此，罪在寡人。当请宋公、曹伯共议，驱逐狄人。"即日拔寨都起。狄主瞍瞒掳掠满欲，无心恋战，闻三国大兵将至，放起一把火，望北飞驰而去。比及各国兵到，只见一派火光，狄人已遁。桓公传令将火扑灭，问叔颜："故城尚可居否？"叔颜曰："百姓逃难者，大半在夷仪地方，愿迁夷仪，以从民欲。"桓公乃命三国各具版筑，筑夷仪城，使叔颜居之。更为建立朝庙，添设庐舍，牛马粟帛之类，皆从齐国运至，充牣其中。邢国君臣，如归故国，欢祝之声彻耳。事毕，宋、曹欲辞齐归国。桓公曰："卫国未定，城邢而不城卫，卫其谓我何？"诸侯曰："惟霸君命。"桓公传令，移兵向卫，凡畚锸之属，尽携带随身。卫文公毁远远相接。桓公见其大布为衣，大帛为冠，不改丧服，恻然久之。乃曰：“寡人借诸君之力，欲为君定都，未审何地为吉？”文公毁曰：“孤已卜得吉地，在于楚邱，但版筑之费，非亡国所能办耳！”桓公曰：“此事寡人力任之。”即日传令三国之兵，俱往楚邱兴工。复运门材，重立朝庙，谓之“封卫”。卫文公感齐再造之恩，为《木瓜》之诗以咏之。诗云：

投我以木瓜兮，报之以琼琚。

投我以木桃兮，报之以琼瑶。

投我以木李兮，报之以琼玖。

当时称桓公存三亡国：谓立僖公以存鲁，城夷仪以存邢，城楚邱以存卫。有此三大功劳，此所以为五霸之首也。潜渊先生读史诗云：

周室东迁纲纪摧，桓公纠合振倾颓。

兴灭继绝存三国，大义堂堂五霸魁。

时楚成王熊恽任用令尹子文图治，修明国政，有志争霸。闻齐侯救邢存卫，颂声传至荆、襄，楚成王心甚不乐，谓子文曰：“齐侯布德沽名，人心归向。寡人伏处汉东，德不足以怀人，威不足以慑众，当今之时，有齐无楚，寡人耻之！”子文对曰：“齐侯经营伯业，于今几三十年矣。彼以尊王为名，诸侯乐附，未可敌也。郑居南北之间，为中原屏蔽，王若欲图中原，非得郑不可。”成王曰：“谁能为寡人任伐郑之事者？”大夫斗章愿往，成王与车二百乘，长驱至郑。

却说郑自纯门受师以后，日夜提防楚兵，探知楚国兴师，郑伯大惧，即遣大夫聃伯率师把守纯门，使人星夜告急于齐。齐侯传檄，大合诸侯于柽，将谋救郑。斗章知郑有准备，又闻齐救将至，恐其失利，至界而返。楚成王大怒，解佩剑赐斗廉，使即军中斩斗章之首。斗廉乃斗章之兄也。既至军中，且隐下楚王之命，密与斗章商议：“欲免国法，必须立功，方可自赎。”斗章跪而请教。斗廉曰：“郑知退兵，谓汝必不骤来，若疾走袭之，可得志也。”斗章分军为二队，自率前队先行，斗廉率后队接应。

却说斗章衔枚卧鼓，悄地侵入郑界，恰遇聃伯在界上点阅车马。聃伯闻有寇兵，正不知何国，慌忙点兵，在界上迎住厮杀。不期斗廉后队已到，反抄出郑师之后，腹背夹攻。聃伯力不能支，被斗章只一铁简打倒，双手拿来。斗廉乘胜掩杀。郑兵折其大半。斗章将聃伯上了囚车，便欲长驱入郑。斗廉曰："此番掩袭成功，且图免死，敢侥幸从事耶？"乃即日班师。斗章归见楚成王，叩首请罪，奏曰："臣回军是诱敌之计，非怯战也。"成王曰："既有擒将之功，权许准罪。但郑国未服，如何撤兵？"斗廉曰："恐兵少不能成功，惧亵国威。"成王怒曰："汝以兵少为辞，明是怯敌。今添兵车二百乘，汝可再往，若不得郑成，休见寡人之面！"斗廉奏曰："臣愿兄弟同往，若郑不投降，当缚郑伯以献。"成王壮其言，许之。乃拜斗廉为大将，斗章副之，共率车四百乘，重望郑国杀来。史臣有诗云：

荆襄自帝势炎炎，蚕食多邦志未厌。
溱洧何辜三受伐？解悬只把霸君瞻。

且说郑伯闻聃伯被囚，复遣人如齐请救。管仲进曰："君数年以来，救燕存鲁，城邢封卫，恩德加于百姓，大义布于诸侯，若欲用诸侯之兵，此其时矣。君若救郑，不如伐楚，伐楚必须大合诸侯。"桓公曰："大合诸侯，楚必为备，可必胜乎？"管仲曰："蔡人得罪于君，君欲讨之久矣。楚、蔡接壤，诚以讨蔡为名，因而及楚，《兵法》所谓'出其不意'者也。"先时，蔡穆公以其妹嫁桓公为第三夫人，一日，桓公与蔡姬共登小舟，游于池上，采莲为乐。蔡姬戏以水洒公，公止之。姬知公畏水，故荡其舟，水溅公衣。公大怒曰："婢子不能事君！"乃遣竖貂送蔡姬归国。蔡穆公亦怒曰："已嫁而归，是绝之也。"竟将其妹更嫁于楚国，为楚成王夫人。桓公深恨蔡侯，故管仲言及之。桓公曰："江、黄二国，不堪楚暴，遣使纳款，寡人欲与会盟，伐楚之日，约为内应，何如？"管仲曰："江、黄远齐而近楚，一向服楚，所以仅存。今背而从齐，楚人必怒，怒必加讨。当此时，我欲救，则阻道路之遥；不救，则乖同盟之义。况中国诸侯，五合六聚，尽可成功，何必借助蕞尔？不如以好言辞之。"桓公曰："远国慕义而来，辞之将失人心。"管仲曰："君但识吾言于壁，异日勿忘江、黄之急也。"桓公遂与江、黄二君盟会，密订伐楚之约，以明年春正月为期。二君言："舒人助楚为虐，天下称为'荆舒'，不可不讨。"桓公曰："寡人当先取舒国，以剪楚翼。"乃密写一书，付于徐子。徐与舒近，徐嬴嫁为齐桓公第二夫人，有婚姻之好，一向归附于齐，故桓公以舒事嘱之。徐果引兵袭取舒国，桓公即命徐子屯兵舒城，以备缓急。江、黄二君各守本界，以候调遣。鲁僖公遣季友至齐谢罪，称："有邾、莒之隙，不得共邢、卫之役。今闻会盟江、黄，特来申好，嗣有征伐，愿执鞭前驱。"桓公大喜，亦以伐楚之事，密与订约。时楚兵再至郑国，郑文公请成，以纾民祸。大夫孔叔曰："不可，齐方有事于楚，以我故也。人有德于我，弃之不祥，宜坚壁以待之。"于是再遣使如齐告急。桓公授之以计，使扬言齐救即至，以缓楚。至期，或君或臣，率一军出虎牢，于上蔡取齐，等候协力攻楚。于是遍约宋、鲁、陈、卫、曹、许之君，俱要如期起兵，名为讨蔡，实为伐楚。

明年，为周惠王之十三年，春正月元旦，齐桓公朝贺已毕，便议讨蔡一事。命管仲为大将，率领隰朋、宾须无、鲍叔牙、公子开方、竖人貂等，出车三百乘，甲士万人，分队进发。太史奏："七日出军，上吉。"竖貂请先率一军，潜行掠蔡，就会集各国车马。桓公许之。蔡人恃楚，全不设备，直待齐兵到时，方才敛兵设守。竖貂在城下耀武扬威，喝令攻城，至夜方退。蔡穆公认得是竖貂，先年在齐宫曾伏侍蔡姬，受其恩惠，蔡姬退回，又是他送去的，晓得是宵小之辈。乃于夜深，使人密送金帛一车，求其缓兵。竖貂受了，遂私将齐侯纠合七路诸侯，先侵蔡、后伐楚一段军机，备细泄漏于蔡："不日各国军到，将蔡城蹂为平地，不如及早逃遁为上。"使者回报，蔡侯大惊。当夜率领宫眷，开门出奔楚国。百姓无主，即时溃散，竖貂自以为功，飞报齐侯去讫。

却说蔡侯至楚，见了成王，备述竖貂之语。成王方省齐谋，传令简阅兵车，准备战守，一面撤回斗章伐郑之兵。数日后，齐侯兵至上蔡，竖貂谒见已毕。七路诸侯陆续俱到，一个个躬率车徒，前来助战，军威甚壮。那七路：宋桓公御说、鲁僖公申、陈宣公杵臼、卫文公毁、郑文公捷、曹昭公班、许穆公新臣。连主伯齐桓公小白，共是八位。内许穆公抱病，力疾率师先到蔡地，桓公嘉其劳，使序于曹伯之上。是夜，许穆公薨。齐侯留蔡三日，为之发丧，命许国以侯礼葬之。七国之师，望南而进，直达楚界。只见界上早有一人衣冠整肃，停车道左，磬折而言曰："来者可是齐侯？可传言楚国使臣奉候久矣。"那人姓屈名完，乃楚之公族，官拜大夫。今奉楚王之命为行人，使于齐师。桓公曰："楚人何以预知吾军之至也？"管仲曰："此必有人漏泄消息。既彼遣使，必有所陈。臣当以大义责之，使彼自愧屈，可不战而降矣。"管仲亦乘车而出，与屈完车上拱手。屈完开言曰："寡君闻上国车徒，辱于敝邑，使下臣完致命。寡君命使臣辞曰：'齐、楚各君其国，齐居于北海，楚近于南海，虽风马牛不相及也。不知君何以涉于吾地？'敢请其故？"管仲对曰："昔周成王封吾先君太公于齐，使召康公赐之命，辞曰：'五侯九伯，汝世掌征伐，以夹辅周室。其地东至海，西至河，南至穆陵，北至无棣，凡有不共工职，汝勿赦宥。'自周室东迁，诸侯放恣，寡君奉命主盟，修复先业。尔楚国于南荆，当岁贡包茅，以助王祭。自尔缺贡，无以缩酒，寡人是征。且昭王南征而不返，亦尔故也。尔其何辞？"屈完对曰："周失其纲，朝贡废缺，天下皆然，岂惟南荆？虽然，包茅不入，寡君知罪矣。敢不共给，以承君命！若夫昭王不返，惟胶舟之故，君其问诸水滨，寡君不敢任咎。完将复于寡君。"言毕，麾车而退。管仲告桓公曰："楚人倔强，未可以口舌屈也，宜进逼之。"乃传令八军同发，直至陉山。离汉水不远，管仲下令："就此屯扎，不可前行！"诸侯皆曰："兵已深入，何不济汉，决一死战，而逗留于此？"管仲曰："楚既遣使，必然有备，兵锋一交，不可复解。今吾顿兵此地，遥张其势，楚惧吾之众，将复遣使，吾因取成焉。以讨楚出，以服楚归，不亦可乎？"诸侯犹未深信，议论纷纷不一。

却说楚成王已拜斗子文为大将，蒐甲厉兵，屯于汉南，只等诸侯济汉，便来邀击。谍报："八国之兵，屯驻陉地。"子文进曰："管仲知兵，不万全不发。今以八国之众，逗留不进，是必有谋。当遣使再往，探其强弱，察其意向，或战或和，决计未晚。"成王曰："此番何人可使？"子文曰："屈完既与夷吾识面，宜再遣之。"屈完奏曰："缺贡包茅，臣前承其咎矣。君若请盟，臣当勉行，以解两国之纷。若欲请战，别遣能者。"成王曰："战盟任卿自裁，寡人不汝制也。"屈完乃再至齐军。毕竟齐、楚如何，且看下回分解。

第二十四回

盟召陵礼款楚大夫　会葵邱义戴周天子

话说屈完再至齐军，请面见齐侯言事。管仲曰："楚使复来，请盟必矣，君其礼之。"屈完见齐桓公再拜，桓公答礼，问其来意。屈完曰："寡君以不贡之故，致干君讨，寡君已知罪矣。君若肯退师一舍，寡君敢不惟命是听！"桓公曰："大夫能辅尔君以修旧职，俾寡人有辞于天子，又何求焉？"屈完称谢而去。归报楚王，言："齐侯已许臣退师矣，臣亦许以入贡，君不可失信也。"少顷，谍报："八路军马，拔寨俱起。"成王再使探实，回言："退三十里，在召陵驻扎。"楚王曰："齐师之退，必畏我也。"欲

悔入贡之事。子文曰:“彼八国之君,尚不失信于匹夫,君可使匹夫食言于国君乎?”楚王嘿然。乃命屈完赍金帛八车,再往召陵犒八路之师,复备菁茅一车,在齐军前呈样过了,然后具表,如周进贡。

却说许穆公丧至本国,世子业嗣位,主丧,是为僖公。感桓公之德,遣大夫百佗率师会于召陵。桓公闻屈完再到,吩咐诸侯:“将各国车徒分为七队,分列七方。齐国之兵,屯于南方,以当楚冲。俟齐军中鼓起,七路一齐鸣鼓,器械盔甲,务要十分整齐,以强中国之威势。”屈完既入,见齐侯陈上犒军之物。桓公命分派八军。其菁茅验过,仍令屈完收管,自行进贡。桓公曰:“大夫亦曾观我中国之兵乎?”屈完曰:“完僻居南服,未及睹中国之盛,愿借一观。”桓公与屈完同登戎辂,望见各国之兵,各占一方,联络数十里不绝。齐军中一声鼓起,七路鼓声相应,正如雷霆震击,骇地惊天。桓公喜形于色,谓屈完曰:“寡人有此兵众,以战,何患不胜?以攻,何患不克?”屈完对曰:“君所以主盟中夏者,为天子宣布德意,抚恤黎元也。君若以德绥诸侯,谁敢不服?若恃众逞力,楚国虽褊小,有方城为城,汉水为池,池深城峻,虽有百万之众,正未知所用耳!”桓公面有惭色,谓屈完曰:“大夫诚楚之良也!寡人愿与汝国修先君之好如何?”屈完对曰:“君惠徼福于敝邑之社稷,辱收寡君于同盟,寡君其敢自外?请与君定盟可乎?”桓公曰:“可。”是晚留屈完宿于营中,设宴款待。次日,立坛于召陵,桓公执牛耳为主盟,管仲为司盟。屈完称楚君之命,同立载书:“自今以后,世通盟好。”桓公先歃,七国与屈完以次受歃。礼毕,屈完再拜致谢。管仲私与屈完言,请放聃伯还郑。屈完亦代蔡侯谢罪。两下各许诺。管仲下令班师。途中鲍叔牙问于管仲曰:“楚之罪,僭号为大。吾子以包茅为辞,吾所未解。”管仲对曰:“楚僭号已三世矣,我是以摈之,同于蛮夷。倘责其革号,楚肯俯首而听我乎?若其不听,势必交兵,兵端一开,彼此报复,其祸非数年不解,南北从此骚然矣。吾以包茅为辞,使彼易于共命。苟有服罪之名,亦足以夸耀诸侯,还报天子,不愈于兵连祸结,无已时乎?”鲍叔牙嗟叹不已。胡曾先生有诗曰:

楚王南海目无周,仲父当年善运筹。

不用寸兵成款约，千秋伯业诵齐侯。

又髯翁有诗讥桓、仲苟且结局，无害于楚，所以齐兵退后，楚兵犯侵中原如故，桓、仲不能再兴伐楚之师矣。诗云：

南望踌躇数十年，远交近合各纷然。
大声罪状谋方壮，直革淫名局始全。
昭庙孤魂终负痛，江黄义举但贻愆。
不知一歃成何事，依旧中原战血鲜！

陈大夫辕涛涂闻班师之令，与郑大夫申侯商议曰："师若取道于陈、郑，粮食衣屦，所费不赀，国必甚病。不若东循海道而归，使徐、莒承供给之劳，吾二国可以少安。"申侯曰："善，子试言之。"涛涂言于桓公曰："君北伐戎，南伐楚，若以诸侯之众，观兵于东夷，东方诸侯畏君之威，敢不奉朝请乎？"桓公曰："大夫之言是也。"少顷，申侯请见，桓公召入。申侯进曰："臣闻：'师不逾时。'惧劳民也。今自春徂夏，霜露风雨，师力疲矣。若取道于陈、郑，粮食衣屦，取之犹外府也。若出于东方，倘东夷梗路，恐不堪战，将若之何？涛涂自恤其国，非善计也。君其察之！"桓公曰："微大夫之言，几误吾事！"乃命执涛涂于军，使郑伯以虎牢之地，赏申侯之功。因使申侯大其城邑，为南北藩蔽。郑伯虽然从命，自此心中有不乐之意。陈侯遣使纳赂，再三请罪，桓公乃赦涛涂。诸侯各归本国。桓公以管仲功高，乃夺大夫伯氏之骈邑三百户，以益其封焉。

楚王见诸侯兵退，不欲贡茅。屈完曰："不可以失信于齐！且楚惟绝周，故使齐得私之以为重。若假此以自通于周，则我与齐共之矣。"楚王曰："奈二王何？"屈完曰："不序爵，但称远臣某可也。"楚王从之。即使屈完为使，赍菁茅十车，加以金帛，贡献天子。周惠王大喜曰："楚不共职久矣。今效顺如此，殆先王之灵乎？"乃告于文、武之庙，因以胙赐楚。谓屈完曰："镇尔南方，毋侵中国！"屈完再拜稽首而退。屈完方去后，齐桓公遣隰朋随至，以服楚告。惠王待隰朋有加礼，隰朋因请见世子，惠王便有不乐之色。乃使次子带与世子郑，一同出见。隰朋微窥惠王神色，似有仓皇无主之意。隰朋自周归，谓桓公曰："周将乱矣！"桓公曰："何故？"隰朋曰："周王长子名郑，先皇后姜氏所生，已正位东宫矣。姜后薨，次妃陈妫有宠，立为继后，有子名带。带善于趋奉，周王爱之，呼为太叔，遂欲废世子而立带。臣观其神色仓皇，必然此事在心故也。恐《小弁》之事，复见于今日！君为盟主，不可不图。”桓公乃召管仲谋之。管仲对曰：“臣有一计，可以定周。”桓公曰：“仲父计将安出？”管仲对曰：“世子危疑，其党孤也。君今具表周王，言：‘诸侯愿见世子，请世子出会诸侯。’世子一出，君臣之分已定，王虽欲废立，亦难行矣。”桓公曰：“善。”乃传檄诸侯，以明年夏月会于首止。再遣隰朋如周，言：“诸侯愿见世子，以申尊王之情。”周惠王本不欲子郑出会，因齐势强大，且名正言顺，难以辞之，只得许诺。隰朋归报。至次年春，桓公遣陈敬仲先至首止，筑宫以待世子驾临。夏五月，齐、宋、鲁、陈、卫、郑、许、曹八国诸侯，并集首止。世子郑亦至，停驾于行宫。桓公率诸侯起居，子郑再三谦让，欲以宾主之礼相见。桓公曰：“小白等忝在藩室，见世子如见王也，敢不稽首！”子郑谢曰：“诸君且休矣。”是夜，子郑使人邀桓公至于行宫，诉以太叔带谋欲夺位之事。桓公曰：“小白当与诸臣立盟，共戴世子，世子勿忧也！”子郑感谢不已，遂留于行宫。诸侯亦不敢归国，各就馆舍，轮番进献酒食，及犒劳舆从之属。子郑恐久劳诸国，便欲辞归京师。桓公曰：“所以愿与世子留连者，欲使天王知吾等爱戴世子，不忍相舍之意，所以杜其邪谋也。方今夏月大暑，稍俟秋凉，当送驾还朝耳。”遂预择盟期，用秋八月之吉。

却说周惠王见世子郑久不还辕，知是齐侯推戴，心中不悦。更兼惠后与叔带朝夕在傍，将言语浸润惠王。太宰周公孔来见，谓之曰：“齐侯名虽伐楚，其实不能有加于楚。今楚人贡献效顺，大非昔比，未见楚之不如齐也。齐又率诸侯拥留世子，不知何意，将置朕于何地！朕欲烦太宰通一密信于郑伯，使郑伯弃齐从楚，因为孤致意楚君，努力事周，无负朕意！”宰孔奏曰：“楚之效顺，亦齐力也。王奈何弃久昵之伯舅，而就乍附之蛮夷乎？”惠王曰：“郑伯不离，诸侯不散，能保齐之无异谋乎？朕志决矣，太宰无辞。”宰孔不敢复言。惠王乃为玺书一通，封函甚固，密授宰孔。宰孔不知书中何语，只得使人星夜达于郑伯。郑文公启函读之，言：“子郑违背父命，植党树私，不堪为嗣。朕意在次子带也。叔父若能舍齐从楚，共辅少子，朕愿委国以听！”郑伯喜曰：“吾先公武、庄，世为王卿士，领袖诸侯，不意中绝，夷于小国。厉公又有纳王之劳，未蒙召用。今王命独临于我，政将及焉，诸大夫可以贺我矣。”大夫孔叔谏曰：“齐以我故，勤兵于楚。今乃反齐事楚，是悖德也。况翼戴世子，天下大义，君不可以独异。”郑伯曰：“从霸何如从王？且王意不在世子，孤何爱焉！”孔叔曰：“周之主祀，惟嫡与长。幽王之爱伯服，桓王之爱子克，庄王之爱子颓，皆君所知也。人心不附，身死无成。君不惟大义是从，而乃蹈五大夫之覆辙乎？后必悔之！”大夫申侯曰：“天子所命，谁敢违之？若从齐盟，是弃王命也。我去，诸侯必疑，疑则必散，盟未必成。且世子有外党，太叔亦有内党，二子成败，事未可知。不如且归，以观其变。”郑文公乃从申侯之言，托言国中有事，不辞而行。

齐桓公闻郑伯逃去，大怒，便欲奉世子以讨郑。管仲进曰：“郑与周接壤，此必周有人诱之。一人去留，不足以阻大计。且盟期已及，俟成盟而后图之。”桓公曰：“善。”于是即首止旧坛，歃血为盟。齐、宋、鲁、陈、卫、许、曹，共是七国诸侯。世子郑临之，不与歃，示诸侯不敢与世子敌也。盟词曰：“凡我同盟，共翼王储，匡靖王室。有背盟者，神明殛之！”事毕，世子郑降阶揖谢曰：“诸君以先王之灵，不忘周室，昵就寡人，自文、武以下，咸嘉赖之！况寡人其敢忘诸君之赐？”诸侯皆降拜稽首。次日，世子郑欲归，各国各具车徒护送。齐桓公同卫侯亲自送出卫境，世子郑垂泪而别。史官有诗赞云：

君王溺爱冢嗣危，郑伯甘将大义违。
首止一盟储位定，纲常赖此免凌夷。

郑文公闻诸侯会盟，且将讨郑，遂不敢从楚。

却说楚成王闻郑不与首止之盟，喜曰：“吾得郑矣！”遂遣使通于申侯，欲与郑修好。原来申侯先曾仕楚，有口才，贪而善媚，楚文王甚宠信之。及文王临终之时，恐后人不能容他，赠以白璧，使投奔他国避祸。申侯奔郑，事厉公于栎，厉公复宠信如在楚时。及厉公复国，遂为大夫。楚臣俱与申侯有旧，所以今日打通这个关节，要申侯从中怂恿，背齐事楚。申侯密言于郑伯，言：“非楚不能敌齐，况王命乎？不然，齐、楚二国，皆将仇郑，郑不支矣。”郑文公惑其言，乃阴遣申侯输款于楚。周惠王二十六年，齐桓公率同盟诸侯伐郑，围新密。时申侯尚在楚，言于楚成王曰：“郑所以愿归宇下者，正谓惟楚足以抗齐也。王不救郑，臣无辞以复命矣。”楚王谋于群臣，令尹子文进曰：“召陵之役，许穆公卒于军中，齐所怜也。许事齐最勤，王若加兵于许，诸侯必救，则郑围自解矣。”楚王从之，乃亲将伐许，亦围许城。诸侯闻许被围，果去郑而救许，楚师遂退。申侯归郑，自以为有全郑之功，扬扬得意，满望加封。郑伯以虎牢之役，谓申侯已过分，不加爵赏。申侯口中不免有怨望之言。

明年春，齐桓公复率师伐郑。陈大夫辕涛涂自伐楚归时，与申侯有隙，乃为书致孔叔曰：

申侯前以国媚齐，独擅虎牢之赏。今又以国媚楚，使子之君负德背义，自召干戈，祸及民社。必杀申侯，齐兵可不战而罢。

孔叔以书呈于郑文公。郑伯为前日不听孔叔之言，逃归不盟，以致齐兵两次至郑，心怀愧悔，亦归咎于申侯。乃召申侯责之曰：“汝言惟楚能抗齐，今齐兵屡至，楚救安在？”申侯方欲措辩，郑伯喝教武士推出斩之。函其首，使孔叔献于齐军曰：“寡君昔者误听申侯之言，不终君好。今谨行诛，使下臣请罪于幕下，惟君侯赦宥之！”齐侯素知孔叔之贤，乃许郑平。遂会诸侯于宁母。郑文公终以王命为疑，不敢公然赴会，使其世子华代行，至宁母听命。子华与弟子臧皆嫡夫人所出。夫人初有宠，故立华为世子。后复立两夫人，皆有子。嫡夫人宠渐衰，未几病死。又有南燕姞氏之女，为媵于郑宫，向未进御。一夕，梦一伟丈夫，手持兰草，谓女曰：“余为伯儵，乃尔祖也。今以国香赠尔为子，以昌尔国。”遂以兰授之。及觉，满室皆香，且言其梦。同伴嘲之曰：“当生贵子。”是日，郑文公入宫，见此女而悦之。左右皆相顾而笑。文公问其故，乃以梦对。文公曰：“此佳兆也，寡人为汝成之。”遂命采兰蕊佩之，曰，“以此为符。”夜召幸之，有娠，生子名之曰兰。此女亦渐有宠，谓之燕姞。世子华见其父多宠，恐他日有废立之事，乃私谋之于叔詹。叔詹曰：“得失有命，子亦行孝而已。”又谋之于孔叔，孔叔亦劝之以尽孝。子华不悦而去。子臧性好奇诡，聚鹬羽以为冠，师叔曰：

“此非礼之服，愿公子勿服。”子臧恶其直言，诉于其兄。故子华与叔詹、孔叔、师叔三大夫，心中俱有芥蒂。至是，郑伯使子华代行赴会，子华虑齐侯见怪，不愿往。叔詹促之使速行，子华心中益恨，思为自全之术。既见齐桓公，请屏去左右，然后言曰：“郑国之政，皆听于洩氏、孔氏、子人氏三族。逃盟之役，三族者实主之。若以君侯之灵，除此三臣，我愿以郑附齐，比于附庸。”桓公曰：“诺。”遂以子华之谋，告于管仲。管仲连声曰：“不可！不可！诸侯所以服齐者，礼与信也。子奸父命，不可谓礼。以好来而谋乱其国，不可谓信。且臣闻此三族，皆贤大夫，郑人称为‘三良’。所贵盟主，顺人心也。违人自逞，灾祸必及。以臣观之，子华且将不免，君其勿许。”桓公乃谓子华曰：“世子所言，诚国家大事。俟子之君至，当与计之。”子华面皮发赤，汗流浃背，遂辞归郑。管仲恶子华之奸，故泄其语于郑人。先有人报知郑伯，比及子华复命，诡言：“齐侯深怪君不亲行，不肯许成，不如从楚。”郑伯大喝曰：“逆子几卖吾国，尚敢谬说耶？”叱左右将子华囚禁于幽室之中。子华穴墙谋遁，郑伯杀之，果如管仲所料。公子臧奔宋，郑伯使人追杀之于途中。郑伯感齐不听子华之德，再遣孔叔如齐致谢，并乞受盟。胡曾先生咏史诗曰：

郑用三良似屋楹，一朝楹撤屋难撑。
子华奸命思专国，身死徒留不孝名。

此周惠王二十二年事也。

是冬，周惠王疾笃，王世子郑恐惠后有变，先遣下士王子虎告难于齐。未几，惠王崩。子郑与周公孔、召伯廖商议，且不发丧，星夜遣人密报于王子虎。王子虎言于齐侯，乃大合诸侯于洮。郑文公亦亲来受盟。同歃者，齐、宋、鲁、卫、陈、郑、曹、许，共八国诸侯，各各修表，遣其大夫如周。那几位大夫：齐大夫隰朋、宋大夫华秀老、鲁大夫公孙敖、卫大夫宁速、陈大夫辕选、郑大夫子人师、曹大夫公子戊、许大夫百佗。八国大夫连毂而至，羽仪甚盛，假以问安为名，集于王城之外。王子虎先驱报信，王世子郑使召伯廖问劳，然后发丧。诸大夫固请谒见新王，周、召二公奉子郑主丧，诸大夫假便宜，称君命以吊。遂公请王世子嗣位，百官朝贺，是为襄王。惠后与叔带暗暗叫苦，不敢复萌异志矣。襄王乃以明年改元，传谕各国。

襄王元年，春祭毕。命宰周公孔赐胙于齐，以彰翼戴之功。齐桓公先期闻信，复大合诸侯于葵邱。时齐桓公在路上，偶与管仲论及周事。管仲曰："周室嫡庶不分，几至祸乱。今君储位尚虚，亦宜早建，以杜后患。"桓公曰："寡人六子，皆庶出也，以长则无亏，以贤则昭。长卫姬事寡人最久，寡人已许之立无亏矣。易牙、竖貂二人，亦屡屡言之。寡人爱昭之贤，意尚未决。今决之于仲父。"管仲知易牙、竖貂二人奸佞，且素得宠于长卫姬，恐无亏异日为君，内外合党，必乱国政。公子昭，郑姬所出，郑方受盟，假此又可结好。乃对曰："欲嗣伯业，非贤不可。君既知昭之贤，立之可也。"桓公曰："恐无亏挟长来争，奈何！"管仲曰："周王之位，待君而定。今番会盟，君试择诸侯中之最贤者，以昭托之，又何患焉？"桓公点首。比至葵邱，诸侯毕集，宰周公孔亦到，各就馆舍。时宋桓公御说薨，世子兹父，让国于公子目夷，目夷不受，兹父即位，是为襄公。襄公遵盟主之命，虽在新丧，不敢不至，乃墨衰赴会。管仲谓桓公曰："宋子有让国之美，可谓贤矣！且墨衰赴会，其事齐甚恭。储贰之事，可以托之。"桓公从其言，即命管仲私诣宋襄公馆舍，致齐侯之意。襄公亲自来见齐侯，齐侯握其手，谆谆以公子昭嘱之："异日仗君主持，使主社稷。"襄公愧谢不敢当，然心感齐侯相托之意，已心许之矣。至会日，衣冠济济，环珮锵锵。诸侯先让天使升坛，然后以次而升。坛上设有天王虚位，诸侯北面拜稽，如朝觐之仪，然后各就位次。宰周公孔捧胙东向而立，传新王之命曰："天子有事于文、武，使孔赐伯舅胙。"齐侯将下阶拜受，宰孔止之曰："天子有后命：以伯舅耋老，加劳，赐一级，无下拜。"桓公欲从之，管仲从旁进曰："君虽谦，臣不可以不敬。"桓公乃对曰："天威不违颜咫尺，小白敢贪王命而废臣职乎？"疾趋下阶，再拜稽首，然后登堂受胙。诸侯皆服齐之有礼。桓公因诸侯未散，复申盟好，颂周《五禁》曰："毋壅泉，毋遏籴，毋易树子，毋以妾为妻，毋以妇人与国事。"誓曰："凡我同盟，言归于好。"但以载书，加于牲上，使人宣读，不复杀牲歃血，诸侯无不信服。髯翁有诗云：

纷纷疑叛说春秋，攘楚尊周握胜筹。

不是桓公功业盛，谁能不歃信诸侯？

盟事已毕，桓公忽谓宰孔曰：“寡人闻三代有封禅之事，其典何如？可得闻乎？”宰孔曰：“古者封泰山，禅梁父。封泰山者，筑土为坛，金泥玉简以祭天，报天之功。天处高，故崇其土以象高也。禅梁父者，扫地而祭，以象地之卑。以蒲为车，菹秸为藉，祭而掩之，所以报地。三代受命而兴，获祐于天地，故隆此美报也。”桓公曰：“夏都于安邑，商都于亳，周都于丰镐，泰山、梁父去都城甚远，犹且封之禅之。今二山在寡人之封内，寡人欲徼宠天王，举此旷典，诸君以为何如？”宰孔视桓公足高气扬，似有矜高之色，乃应曰：“君以为可，谁敢曰不可！”桓公曰：“俟明日更与诸君议之。”诸侯皆散。宰孔私诣管仲曰：“夫封禅之事，非诸侯所宜言也。仲父不能发一言谏止乎？”管仲曰：“吾君好胜，可以隐夺，难以正格也。夷吾今且言之矣。”乃夜造桓公之前，问曰：“君欲封禅，信乎？”桓公曰：“何为不信？”管仲曰：“古者封禅，自无怀氏至于周成王，可考者七十二家，皆以受命，然后得封。”桓公艴然曰：“寡人南伐楚，至于召陵；北伐山戎，刜令支，斩孤竹；西涉流沙，至于太行，诸侯莫余违也。寡人兵车之会三，衣裳之会六，九合诸侯，一匡天下，虽三代受命，何以过于此？封泰山，禅梁父，以示子孙，不亦可乎？”管仲曰：“古之受命者，先有祯祥示征，然后备物而封，其典甚隆备也。鄗上之嘉黍，北里之嘉禾，所以为盛。江、淮之间，一茅三脊，谓之‘灵茅’，王者受命则生焉，所以为藉。东海致比目之鱼，西海致比翼之鸟，祥瑞之物，有不召而致者，十有五焉。以书史册，为子孙荣。今凤凰、麒麟不来，而鸱鸮数至；嘉禾不生，而蓬蒿繁植。如此而欲行封禅，恐列国有识者必归笑于君矣！”桓公嘿然。明日，遂不言封禅之事。

桓公既归，自谓功高无比，益治宫室，务为壮丽。凡乘舆服御之制，比于王者，国人颇议其僭。管仲乃于府中筑台三层，号为“三归之台”，言民人归、诸侯归、四夷归也。又树塞门，以蔽内外。设反坫，以待列国之使臣。鲍叔牙疑其事，问曰：“君奢亦奢，君僭亦僭，毋乃不可乎？”管仲曰：“夫人主不惜勤劳，以成功业，亦图一日之快意为乐耳。若以礼绳之，彼将苦而生怠。吾之所以为此，亦聊为吾君分谤也。”鲍叔口虽唯唯,心中不以为然。

话分两头。却说周太宰孔自葵邱辞归，于中途遇见晋献公亦来赴会。宰孔曰:“会已撤矣。”献公顿足恨曰:“敝邑辽远,不及观衣裳之盛,何无缘也?”宰孔曰:“君不必恨。今者齐侯自恃功高,有骄人之意。夫月满则亏,水满则溢,齐之亏且溢,可立而待,不会亦何伤乎?”献公乃回辕西向,于路得疾,回至晋国而薨,晋乃大乱。欲知晋乱始末,且看下回分解。

第二十五回

智荀息假途灭虢　穷百里饲牛拜相

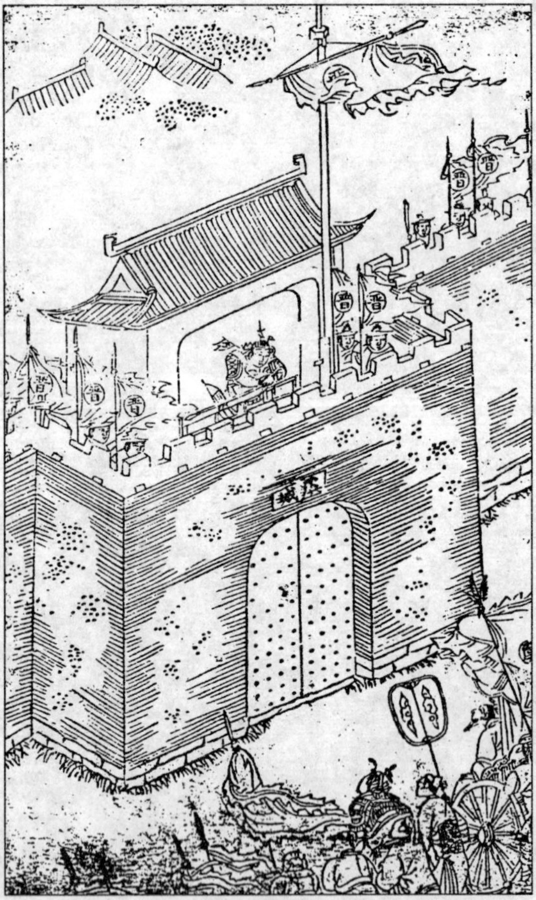

话说晋献公内蛊于骊姬，外惑于“二五”，益疏太子，而亲爱奚齐。只因申生小心承顺，又数将兵有功，无间可乘。骊姬乃召优施，告以心腹之事：“今欲废太子而立奚齐，何策而可？”施曰：“三公子皆在远鄙，谁敢为夫人难者？”骊姬曰：“三公子年皆强壮，历事已深，朝中多为之左右，吾未敢动也。”施曰：“然则当以次去之。”骊姬曰：“去之孰先？”施曰：“必先申生。其为人也，慈仁而精洁。精洁则耻于自污，慈仁则惮于贼人。耻于自污，则愤不能忍，惮于贼人，其自贼易也。然世子迹虽见疏，君素知其为人，谤以异谋必不信。夫人必以夜半泣而诉君，若为誉世子者，而因加诬焉，庶几说可售矣。"骊姬果夜半而泣，献公惊问其故，再三不肯言。献公迫之，骊姬对曰："妾虽言之，君必不信也。妾所以泣者，恐妾不能久侍君为欢耳！"献公曰："何出此不祥之言！"骊姬收泪而对曰："妾闻申生为人，外仁而内忍。其在曲沃，甚加惠于民，民乐为之死，其意欲有所用之也。申生每为人言：君惑于妾，必乱国。举朝皆闻之，独君不闻耳。毋乃以靖国之故，而祸及于君。君何不杀妾，以谢申生，可塞其谋，勿以一妾乱百姓。"献公曰："申生仁于民，岂反不仁父乎？"骊姬对曰："妾亦疑之。然妾闻外人之言曰：匹夫为仁，与在上不同。匹夫以爱亲为仁，在上者以利国为仁。苟利于国，何亲之有？"献公曰："彼好洁，不惧恶名乎？"骊姬对曰："昔幽王不杀宜臼，放之于申，申侯召犬戎，杀幽王于骊山之下，立宜臼为君，是为平王，为东周始祖。至于今，幽王之恶益彰，谁复以不洁之名加之平王者哉？"献公意悚然，遂披衣起坐，曰："夫人言是也。若何而可？"骊姬曰："君不若称耄而以国授之。彼得国而厌其欲，其或可以释君。且昔者，曲沃之兼翼，非骨肉乎？武公惟不顾其亲，故能有晋。申生之志，亦犹是也。君其让之！"献公曰："不可。我有武与威以临诸侯。今当吾身而失国，不可谓武；有子而不胜，不可谓威。失武与威，人能制我，虽生不如死。尔勿忧，吾将图之。"骊姬曰："今赤狄皋落氏屡侵吾国，君何不使之将兵伐狄，以观其能用众与否也？若其不胜，罪之有名。若胜，则信得众矣。彼恃其功，必有异谋，因而图之，国人必服。夫胜敌以靖边鄙，又以识世子之能否，君何为不使？"献公曰："善。"乃传令使申生率曲沃之众，以伐皋落氏。少傅里克在朝，谏曰："太子，君之贰也。故君行则太子监国。夫朝夕视膳，太子之职，远之犹不可，况可使帅师乎？"献公曰："申生已屡将兵矣。"里克曰："向者从君于行，今专制，固不可也。"献公仰面而叹曰："寡人有子九人，尚未定孰为太子，卿勿多言！"里克嘿然而退，告于狐突。狐突曰："危哉乎，公子也！"乃遗书申生，劝使勿战，战而胜滋忌，不如逃之。申生得书，叹曰："君之以兵事使我，非好我也，欲测我心耳。违君之命，我罪大矣。战而幸死，犹有令名。”乃与皋落大战于稷桑之地，皋落氏败走，申生献捷于献公。骊姬曰：“世子果能用众矣，奈何？”献公曰：“罪未著也，姑待之。”狐突料晋国将乱，乃托言痼疾，杜门不出。

时有虞、虢二国，乃是同姓比邻，唇齿相依，其地皆连晋界。虢公名丑，好兵而骄，屡侵晋之南鄙。边人告急，献公谋欲伐虢。骊姬请曰：“何不更使申生？彼威名素著，士卒为用，可必成功也。”献公已入骊姬之言，诚恐申生胜虢之后，益立威难制，踌躇未决，问于大夫荀息曰：“虢可伐乎？”荀息对曰：“虞、虢方睦，吾攻虢，虞必救之，若移而攻虞，虢又救之。以一敌二，臣未见其必胜也。”献公曰：“然则寡人无如虢何矣！”荀息对曰：“臣闻虢公淫于色，君诚求国中之美女，教之歌舞，盛其车服，以进于虢，卑词请平，虢公必喜而受之。彼耽于声色，将怠弃政事，疏斥忠良，我更行赂犬戎，使侵扰虢境，然后乘隙而图之，虢可灭也。”献公用其策，以女乐遗虢，虢公欲受之。大夫舟之侨谏曰：“此晋所以钓虢也，君奈何吞其饵乎？”虢公不听，竟许晋平。自此，日听淫声，夜接美色，视朝稀疏矣。舟之侨复谏，虢公怒，使出守下阳之关。

未几，犬戎贪晋之赂，果侵扰虢境，兵至渭汭，为虢兵所败。犬戎主遂起倾国之师，虢公恃其前胜，亦率兵拒之，相持于桑田之地。献公复问于荀息曰：“今戎、虢相持，寡人可以伐虢否？”荀息对曰：“虞、虢之交未离也。臣有一策，可以今日取虢，而明日取虞。”献公曰：“卿策如何？”荀息曰：“君厚赂虞，而假道以伐虢。”献公曰：“吾新与虢成，伐之无名，虞肯信我乎？”荀息曰：“君密使北鄙之人，生事于虢，虢之边吏，必有责言，吾因以为名而请于虞。”献公用其策，虢之边吏，果来责让，两下遂治兵相攻。虢公方有犬戎之患，不暇照管。献公曰：“今伐虢不患无名矣。但不知赂虞当用何物？”荀息对曰：“虞公性虽贪，然非至宝，不可动之。必须用二物前去，但恐君之不舍耳。”献公曰：“卿试言所用何物？”荀息曰：“虞公最爱者，璧、马之良也。君不有垂棘之璧，屈产之乘乎？请以此二物，假道于虞。虞贪于璧、马，坠吾计矣。”献公曰：“此二物，乃吾至宝，何忍弃之他人？”荀息曰：“臣固知君之不舍也！虽然，假吾道以伐虢，虢无虞救必灭，虢亡，虞不独存，璧、马安往乎？夫寄璧外府，养马外厩，特暂事耳。”大夫里克曰：“虞有贤臣二人，曰宫之奇、百里奚，明于料事，恐其谏阻，奈何？”荀息曰：“虞公贪而愚，虽谏必不从也。献公即以璧、马交付荀息，使如虞假道。

虞公初闻晋来假道，欲以伐虢，意甚怒，及见璧、马，不觉回嗔作喜，手弄璧而目视马，问荀息曰：“此乃汝国至宝，天下罕有，奈何以惠寡人？”荀息曰：“寡君慕君之贤，畏君之强，故不敢自私其宝，愿邀欢于大国。”虞公曰：“虽然，必有所言于寡人也。”荀息曰：“虢人屡侵我南鄙，寡君以社稷之故，屈意请平。今约誓未寒，责让日至，寡君欲假道以请罪焉。倘幸而胜虢，所有卤获，尽以归君，寡君愿与君世敦盟好。”虞公大悦。宫之奇谏曰：“君勿许也！谚云：‘唇亡齿寒。’晋吞噬同姓，非一国矣，独不敢加于虞、虢者，以有唇齿之助耳。虢今日亡，则明日祸必中于虞矣！”虞公曰：“晋君不爱重宝，以交欢于寡人，寡人其爱此尺寸之径乎？且晋强于虢十倍，失虢而得晋，何不利焉？子退，勿预吾事！”宫之奇再欲进谏，百里奚牵其裾，乃止。宫之奇退谓百里奚曰：“子不助我一言，而更止我何故？”百里奚曰：“吾闻进嘉言于愚人之前，犹委珠玉于道也。桀杀关龙逢，纣杀比干，惟强谏耳。子其危哉！”宫之奇曰：“然则虞必亡矣，吾与子盍去乎？”百里奚曰：“子去则可矣，又偕一人，不重子罪乎？吾宁徐耳。”宫之奇尽族而行，不言所之。荀息归报晋侯，言：“虞公已受璧、马，许以假道。”献公便欲亲将伐虢，里克入见曰：“虢，易与也，毋烦君往。”献公曰：“灭虢之策何如？”里克曰：“虢都上阳，其门户在于下阳。下阳一破，无完虢矣。臣虽不才，愿效此微劳，如无功甘罪。”献公乃拜里克为大将，荀息副之，率车四百乘伐虢，先使人报虞以兵至之期。虞公曰：“寡人辱受重宝，无以为报，愿以兵从。”荀息曰：“君以兵从，不如献下阳之关。”虞公曰：“下阳，虢所守也，寡人安得献之？”荀息曰：“臣闻虢君方与犬戎大战于桑田，胜败未决。君托言助战，以车乘献之，阴纳晋兵，则关可得也。臣有铁叶车百乘，惟君所用。”虞公从其计。守将舟之侨信以为然，开关纳车。车中藏有晋甲，入关后一齐发作，欲闭关已无及矣。里克驱兵直进，舟之侨既失下阳，恐虢公见罪，遂以兵降晋。里克用为向导，望上阳进发。

却说虢公在桑田，闻晋师破关，急急班师，被犬戎兵掩杀一阵，大败而走，随身仅数十乘，奔至上阳守御，茫然无策。晋兵至，筑长围以困之。自八月至十二月，城中樵采俱绝，连战不胜，士卒疲敝，百姓日夜号哭。里克使舟之侨为书，射入城中，谕虢公使降。虢公曰：“吾先君为王卿士，吾不能为降诸侯！”乘夜开城，率家眷奔京师去讫。里克等亦不追赶。百姓香花灯烛，迎里克等进城。克安集百姓，秋毫无犯，留兵戍守。将府库宝藏尽数装载，以十分之三，并女乐献于虞公，虞公益大喜。里克一面遣人驰报晋侯，自己托言有疾，休兵城外，俟病愈方行。虞公不时馈药，候问不绝。如此月余，忽谍报：“晋侯兵在郊外。”虞公问其来意，报者曰：“恐伐虢无功，亲来接应耳。”虞公曰：“寡人正欲面与晋君讲好，今晋君自来，寡人之愿也。”慌忙郊迎致饩，两君相见，彼此称谢，自不必说。献公约与虞公较猎于箕山，虞公欲夸耀晋人，尽出城中之甲及坚车良马，与晋侯驰逐赌胜。是日，自辰及申，围尚未撤，忽有人报：“城中火起！”献公曰：“此必民间漏火，不久扑灭耳。”固请再打一围。大夫百里奚密奏曰：“传闻城中有乱，君不可留矣。”虞公乃辞晋侯先行，半路见人民纷纷逃窜，言：“城池已被晋兵乘虚袭破。”虞公大怒，喝教：“驱车速进！”来至城边，只见城楼上一员大将，倚栏而立，盔甲鲜明，威风凛凛，向虞公言曰：“前蒙君假我以道，今再假我以国，敬谢明赐！”虞公转怒，便欲攻门。城头上一声梆响，箭如雨下。虞公命车速退，使人催趱后面车马。军人报曰：“后军行迟者，俱被晋兵截住，或降或杀，车马皆为晋有，晋侯大军即到矣！”虞公进退两难，叹曰：“悔不听宫之奇之谏也！”顾百里奚在侧，问曰：“彼时卿何不言？”百里奚曰：“君不听之奇，其能听奚乎？臣之不言，正留身以从君于今日耳。”

虞公正在危急之际，见后有单车驱至，视之，乃虢国降将舟之侨也。虞公不觉面有惭色。舟之侨曰：“君误听弃虢，失已在前。今日之计，与其出奔他国，不如归晋。晋君德量宽洪，必无相害，且怜君必厚待君，君其勿疑。”虞公踌躇未决。晋献公随后来到，使人请虞公相见，虞公不得不往。献公笑曰：“寡人此来，为取璧马之值耳。”命以后车，载虞公宿于军中。百里奚紧紧相随，或讽其去，曰："吾食其禄久，所以报也！"献公入城安民。荀息左手托璧，右手牵马而前曰："臣谋已行，今请还璧于府，还马于厩。"献公大悦。髯翁有诗云：

璧马区区虽至宝，请将社稷较何如？
不夸荀息多奇计，还笑虞公真是愚。

献公以虞公归，欲杀之。荀息曰："此呆竖子耳，何能为！"于是待以寓公之礼，别以他璧及他马赠之，曰："吾不忘假道之惠也。"舟之侨至晋，拜为大夫。侨荐百里奚之贤，献公欲用奚，使侨通意，奚曰："终旧君之世乃可。"侨去，奚叹曰："君子违，不适仇国，况仕乎？吾即仕，不于晋也。"舟之侨闻其言，恶形其短，意甚不悦。

时秦穆公任好即位六年，尚未有中宫，使大夫公子絷求婚于晋，欲得晋侯长女伯姬为夫人。献公使太史苏筮之，得《雷泽归妹》卦第六爻，其繇曰：

士刲羊，亦无衁也。女承筐，亦无贶也。西邻责言，不可偿也。

太史苏玩其辞，以为秦国在西，而有责言，非和睦之兆。况《归妹》嫁娶之事，而《震》变为《离》，其卦为《睽》，《睽》、《离》皆非吉名，此亲不可许。献公更使太卜郭偃以龟卜之。偃献其兆，上吉。断词曰：

松柏为邻，世作舅甥，三定我君。利于婚媾，不利寇。

史苏犹据筮词争之。献公曰："向者固云：'从筮不如从卜。'卜既吉矣，又可违乎？吾闻秦受帝命，其后将大，不可拒也。"遂许之。

公子絷归复命，路遇一人，面如噀血，隆准虬须，以两手握两锄而耕，入土累尺。命索其锄观之，左右皆不能举。公子絷问其姓名，对曰："公孙氏名枝，字子桑，晋君之疏族也。"絷曰："以子之才，何以屈于陇亩？"枝对曰："无人荐引耳。"絷曰："肯从我游于秦乎？"公孙枝曰："士为知己者死，若能见挈，固所愿也。"絷与之同载归秦，言于穆公，穆公使为大夫。穆公闻晋已许婚，复遣公子絷如晋纳币，遂迎伯姬。晋侯问媵于群臣，舟之侨进曰："百里奚不愿仕晋，其心不测，不如远之。"乃用奚为媵。

却说百里奚是虞国人，字井伯，年三十余，娶妻杜氏，生一子。奚家贫不遇，欲出游，念其妻子无依，恋恋不舍。杜氏曰："妾闻：'男子志在四方。'君壮年不出图仕,乃区区守妻子坐困乎?妾能自给,毋相念也!"家只有一伏雌,杜氏宰之以饯行。厨下乏薪,乃取扊扅炊之。舂黄齑,煮脱粟饭,奚饱餐一顿。临别,妻抱其子,牵袂而泣曰:"富贵勿相忘!"奚遂去。游于齐,求事襄公,无人荐引。久之,穷困乞食于铚,时奚年四十矣。铚人有蹇叔者,奇其貌,曰:"子非乞人也。"叩其姓名,因留饭,与谈时事,奚应对如流,指画井井有叙。蹇叔叹曰:"以子之才,而穷困乃尔,岂非命乎?"遂留奚于家,结为兄弟。蹇叔长奚一岁,奚呼叔为兄。蹇叔家亦贫,奚乃为村中养牛,以佐饔飧之费。值公子无知弑襄公,新立为君,悬榜招贤。奚欲往应招,蹇叔曰:"先君有子在外,无知非分窃立,终必无成。"奚乃止。后闻周王子颓好牛,其饲牛者皆获厚糈,乃辞蹇叔如周。蹇叔戒之曰:"丈夫不可轻失身于人。仕而弃之,则不忠;与同患难,则不智。此行弟其慎之!吾料理家事,当至周相看也。"奚至周,谒见王子颓,以饲牛之术进。颓大喜。欲用为家臣。蹇叔自铚而至,奚与之同见子颓。退谓奚曰:"颓志大而才疏,其所与皆谗谄之人,必有觊觎非望之事,吾立见其败也,不如去之。"奚因久别妻子,意欲还虞。蹇叔曰:"虞有贤臣宫之奇者,吾之故人也,相别已久,吾亦欲访之。弟若还虞,吾当同行。"遂与奚同至虞国。时奚妻杜氏,贫极不能自给,已流落他方,不知去处,奚感伤不已。

蹇叔与宫之奇相见,因言百里奚之贤。宫之奇遂荐奚于虞公,虞公拜奚为中大夫。蹇叔曰:"吾观虞君见小而自用,亦非可与有为之主。"奚曰:"弟久贫困,譬之鱼在陆地,急欲得勺水自濡矣!"蹇叔曰:"弟为贫而仕,吾难阻汝,异日若见访,当于宋之鸣鹿村。其地幽雅,吾将卜居于此。"蹇叔辞去。奚遂留事虞公。及虞公失国,奚周旋不舍,曰:"吾既不智矣,敢不忠乎?"至是,晋用奚为媵于秦。奚叹曰:"吾抱济世之才,不遇明主而展其大志,又临老为人媵,比于仆妾,辱莫大焉!"行至中途而逃。将适宋,道阻,乃适楚。及宛城,宛之野人出猎,疑为奸细,执而缚之。奚曰:"我虞人也,因国亡逃难至此。"野人问:"何能?"奚曰:"善饲牛。"野人释其缚,使之喂牛,牛日肥泽。野人大悦,闻于楚王。楚王召奚问曰:"饲牛有道乎?"奚对曰:"时其食,恤其力，心与牛而为一。”楚王曰：“善哉！子之言，非独牛也，可通于马。”乃使为圉人，牧马于南海。

却说秦穆公见晋媵有百里奚之名，而无其人，怪之。公子絷曰：“故虞臣也，今逃矣。”穆公谓公孙枝曰：“子桑在晋，必知百里奚之略，是何等人也?”公孙枝对曰：“贤人也。知虞公之不可谏而不谏，是其智；从虞公于晋，而义不臣晋，是其忠。且其人有经世之才，但不遇其时耳！”穆公曰：“寡人安得百里奚而用之?”公孙枝曰：“臣闻奚之妻子在楚，其亡必于楚，何不使人往楚访之?”使者往楚，还报：“奚在海滨，为楚君牧马。”穆公曰：“孤以重币求之，楚其许我乎?”公孙枝曰：“百里奚不来矣。”穆公曰：“何故?”公孙枝曰：“楚之使奚牧马者，为不知奚之贤也。君以重币求之，是告以奚之贤也。楚知奚之贤，必自用之，肯畀我乎?君不若以逃媵为罪，而贱赎之，此管夷吾所以脱身于鲁也。”穆公曰：“善。”乃使人持羖羊之皮五进于楚王曰：“敝邑有贱臣百里奚者，逃在上国。寡人欲得而加罪，以警亡者，请以五羊皮赎归。”楚王恐失秦欢，乃使东海人囚百里奚以付秦人。

百里奚将行，东海人谓其就戮，持之而泣。奚笑曰：“吾闻秦君有伯王之志，彼何急于一媵?夫求我于楚，将以用我也。此行且富贵矣，又何泣焉！”遽上囚车而去。将及秦境，秦穆公使公孙枝往迎于郊。先释其囚，然后召而见之。问：“年几何?”奚对曰：“才七十岁。”穆公叹曰：“惜乎老矣！”奚曰：“使奚逐飞鸟，搏猛兽，则臣已老；若使臣坐而策国事，臣尚少也。昔吕尚年八十，钓于渭滨，文王载之以归，拜为尚父，卒定周鼎。臣今日遇君，较吕尚不更早十年乎?”穆公壮其言，正容而问曰：“敝邑介在戎狄，不与中国会盟，叟何以教寡人，俾敝邑不后于诸侯。幸甚！”奚对曰：“君不以臣为亡国之虏、衰残之年，乃虚心下问，臣敢不竭其愚?夫雍、岐之地，文、武所兴，山如犬牙，原如长蛇，周不能守，而以畀之秦，此天所以开秦也。且夫介在戎狄则兵强，不与会盟则力聚。今西戎之间，为国不啻数十，并其地足以耕，籍其民可以战，此中国诸侯所不能与君争者。君以德抚而以力征，既全有西陲，然后扼山川之险，以临中国，俟隙而进，则恩威在君掌中，而伯业成矣。”穆公不觉起立曰：“孤之有井伯，犹齐之得仲父也。”一连与语三日，言无不合，遂爵为上卿，任以国政。因此秦人都称奚为“五羖大夫”。又相传以为穆公举奚于牛口之下，以奚曾饲牛于楚，秦用五羖皮赎回故也。髯翁有诗云：

脱囚拜相事真奇，仲后重闻百里奚。
从此西秦名显赫，不亏身价五羊皮。

百里奚辞上卿之位，举荐一人以自代。不知所举何人，且听下回分解。

第二十六回

歌扊扅百里认妻　获陈宝穆公证梦

话说秦穆公深知百里奚之才，欲爵为上卿，百里奚辞曰：“臣之才，不如臣友蹇叔十倍。君欲治国家，请任蹇叔而臣佐之。”穆公曰：“子之才，寡人见之真矣，未闻蹇叔之贤也。”奚对曰：“蹇叔之贤，岂惟君未之闻，虽齐、宋之人亦莫之闻也。然而臣独知之。臣尝出游于齐，欲委质于公子无知，蹇叔止臣曰：‘不可。’臣因去齐，得脱无知之祸。嗣游于周，欲委质于王子颓，蹇叔复止臣曰：‘不可。’臣复去周，得脱子颓之祸。后臣归虞，欲委质于虞公，蹇叔又止臣曰：‘不可。’臣时贫甚，利其

爵禄，姑且留事，遂为晋俘。夫再用其言，以脱于祸，一不用其言，几至杀身，此其智胜于中人远矣。今隐于宋之鸣鹿村，宜速召之。”穆公乃遣公子絷假作商人，以重币聘蹇叔于宋。百里奚另自作书致意。

公子絷收拾行囊，驾起犊车二乘，径投鸣鹿村来。见数人息耕于陇上，相赓而歌。歌曰：

山之高兮无辇，途之泞兮无烛。相将陇上兮，泉甘而土沃。勤吾四体兮，分吾五谷。三时不害兮饔飧足，乐此天命兮无荣辱！

絷在车中，听其音韵，有绝尘之致，乃叹谓御者曰：“古云：‘里有君子，而鄙俗化。’今入蹇叔之乡，其耕者皆有高遁之风，信乎其贤也。”乃下车，问耕者曰：“蹇叔之居安在？”耕者曰：“子问之何为？”絷曰：“其故人百里奚有书，托吾致之。”耕者指示曰：“前去竹林深处，左泉右石，中间一小茅庐，乃其所也。”絷拱手称谢。复登车，行将半里，来至其处。絷举目观看，风景果是幽雅。陇西居士有隐居诗云：

翠竹林中景最幽，人生此乐更何求？
数方白石堆云起，一道清泉接涧流；
得趣猿猴堪共乐，忘机麋鹿可同游。
红尘一任漫天去，高卧先生百不忧。

絷停车于草庐之外，使从者叩其柴扉。有一小童子，启门而问曰：“贵客何来？”絷曰：“吾访蹇先生来也。”童子曰：“吾主不在。”絷曰：“先生何往？”童子曰：“与邻叟观泉于石梁，少顷便回。”絷不敢轻造其庐，遂坐于石上以待之。童子将门半掩，自入户内。须臾之间，见一大汉，浓眉环眼，方面长身，背负鹿蹄二只，从田塍西路而来。絷见其容貌不凡，起身迎之。那大汉即置鹿蹄于地，与絷施礼。絷因叩其姓名，大汉答曰：“某蹇氏，丙名，字白乙。”絷曰：“蹇叔是君何人？”对曰：“乃某父也。”絷重复施礼，口称：“久仰！”大汉曰：“足下何人？到此贵干？”絷曰：“有故人百里奚，今仕于秦，有书信托某奉候尊公。”蹇丙曰：“先生请入草堂少坐，吾父即至矣。”言毕，推开双扉，让公子絷先入。蹇丙复取鹿蹄负之，至于草堂。童子收进鹿蹄。蹇丙又复施礼，分宾主坐定。公子絷与蹇丙谈论些农桑之事，因及武艺，丙讲说甚有次第。絷暗暗称奇，想道：“有其父方有其子，井伯之荐不虚也。”献茶方罢，蹇丙使童子往门首伺候其父。少顷，童子报曰："翁归矣！"

却说蹇叔与邻叟二人肩随而至，见门前有车二乘，骇曰："吾村中安得有此车耶？"蹇丙趋出门外，先道其故。蹇叔同二叟进入草堂，各各相见，叙次坐定。蹇叔曰："适小儿言吾弟井伯有书，乞以见示！"公子絷遂将百里奚书信呈上。蹇叔启缄观之。略曰：

奚不听兄言，几蹈虞难。幸秦君好贤，赎奚于牧竖之中，委以秦政。奚自量才智不逮恩兄，举兄同事。秦君敬慕若渴，特命大夫公子絷布币奉迎。惟冀幡然出山，以酬生平未足之志。如兄恋恋山林，奚亦当弃爵禄相从于鸣鹿之乡矣！

蹇叔曰："井伯何以见知于秦君也？"公子絷将百里奚为媵逃楚，秦君闻其贤，以五羊皮赎归始末，叙述一遍。"今寡君欲爵以上卿，井伯自言不及先生，必求先生至秦，方敢登仕。寡君有不腆之币，使絷致命。"言讫，即唤左右于车厢中取出征书礼币，排列草堂之中。邻叟俱山野农夫，从未见此盛仪，相顾惊骇，谓公子絷曰："吾等不知贵人至此，有失回避。"絷曰："何出此言？寡君望蹇先生之临，如枯苗望雨。烦二位老叟相劝一声，受赐多矣！"二叟谓蹇叔曰："既秦邦如此重贤，不可虚贵人来意。蹇叔曰："昔虞公不用井伯，以致败亡。若秦君肯虚心仕贤，一井伯已足。老夫用世之念久绝，不得相从。所赐礼币，望乞收回，求大夫善为我辞！"公子絷曰："若先生不往，井伯亦必不独留。"蹇叔沉吟半晌，叹曰："井伯怀才未试，求仕已久，今适遇明主，吾不得不成其志。勉为井伯一行，不久仍归耕于此耳。"童子报："鹿蹄已熟。"蹇叔命取床头新酿，酺之以奉客。公子絷西席，二叟相陪，瓦杯木箸，宾主劝酬，欣然醉饱。不觉天色已晚，遂留絷于草堂安宿。次早，二叟携樽饯行，依前叙坐。良久，公子絷夸白乙之才，亦要他同至秦邦，蹇叔许之。乃以秦君所赠礼币分赠二叟，嘱咐看觑家间："此去不久，便再得相叙。"再吩咐家人："勤力稼穑，勿致荒芜。"二叟珍重而别。蹇叔登车，白乙丙为御。公子絷另自一车，并驾而行。夜宿晓驰，将近秦郊，公子絷先驱入朝，参谒了秦穆公，言："蹇先生已到郊外。其子蹇丙，亦有挥霍之才，臣并取至，以备任使。"穆公大喜，乃命百里奚往迎。

蹇叔既至，穆公降阶加礼，赐坐而问之曰：“井伯数言先生之贤，先生何以教寡人乎？”蹇叔对曰：“秦僻在西土，邻于戎狄，地险而兵强，进足以战，退足以守。所以不列于中华者，威德不及故也。非威何畏，非德何怀；不畏不怀，何以成霸？”穆公曰：“威与德二者孰先？”蹇叔对曰：“德为本，威济之。德而不威，其国外削；威而不德，其民内溃。”穆公曰：“寡人欲布德而立威，何道可立？”蹇叔对曰：“秦杂戎俗，民鲜礼教，等威不辨，贵贱不明，臣请为君先教化而后刑罚。教化既行，民知尊敬其上，然后恩施而知感，刑用而知惧，上下之间，如手足头目之相为。管夷吾节制之师，所以号令天下而无敌也。”穆公曰：“诚如先生之言，遂可以霸天下乎？”蹇叔对曰：“未也。夫霸天下者有三戒：毋贪，毋忿，毋急。贪则多失，忿则多难，急则多蹶。夫审大小而图之，乌用贪；衡彼己而施之，乌用忿；酌缓急而布之，乌用急。君能戒此三者，于霸也近矣。”穆公曰：“善哉言乎！请为寡人酌今日之缓急。”蹇叔对曰：“秦立国西戎，此祸福之本也。今齐侯已耄，霸业将衰。君诚善抚雍、渭之众，以号召诸戎，而征其不服者。诸戎既服，然后敛兵以俟中原之变，拾齐之遗，而布其德义。君虽不欲霸，不可得而辞矣。”穆公大悦，曰：“寡人得二老，真庶民之长也！”乃封蹇叔为右庶长，百里奚为左庶长，位皆上卿，谓之“二相”。并召白乙丙为大夫。自二相兼政，立法教民，兴利除害，秦国大治。史官有诗云：

子絷荐奚奚荐叔，转相汲引布秦庭。

但能好士如秦穆，人杰何须问地灵！

穆公见贤才多出于异国，益加采访。公子絷荐秦人西乞术之贤，穆公亦召用之。百里奚素闻晋人繇余负经纶之略，私询于公孙枝。枝曰：“繇余在晋不遇，今已仕于西戎矣。”奚叹惜不已。

却说百里奚之妻杜氏，自从其夫出游，纺绩度日，后遇饥荒，不能存活，携其子趁食他乡，展转流离，遂入秦国，以浣衣为活。其子名视，字孟明，日与乡人打猎角艺，不肯营生。杜氏屡谕不从。及百里奚相秦，杜氏闻其姓名，曾于车中望见，未敢相认。因府中求浣衣妇，杜氏自愿入府浣衣，勤于捣濯，府中人皆喜，然未得见奚之面也。一日，奚坐于堂上，乐工在庑下作乐。杜氏向府中人曰：“老妾颇知音律，愿引至庑，一听其声。”府中人引至庑下，言于乐工，问其所习。杜氏曰：“能琴亦能歌。”乃以琴授之。杜氏援琴而鼓，其声凄怨。乐工俱倾耳静听，自谓不及。再使之歌，杜氏曰：“老妾自流移至此，未尝发声。愿言于相君，请得升堂而歌之。”乐工禀知百里奚，奚命之立于堂左。杜氏低眉敛袖，扬声而歌。歌曰：

百里奚，五羊皮！忆别时，烹伏雌，舂黄虀，炊扊扅。今日富贵忘我为？

百里奚，五羊皮！父粱肉，子啼饥；夫文绣，妻浣衣。嗟乎！富贵忘我为？

百里奚，五羊皮！昔之日，君行而我啼；今之日，君坐而我离。嗟乎！富贵忘我为？

百里奚闻歌愕然，召至前询之，正其妻也，遂相持大恸。良久，问：“儿子何在？”杜氏曰：“村中射猎。”使人召之。是日，夫妻、父子再得完聚。穆公闻百里奚妻子俱到，赐以粟千钟、金帛一车。次日，奚率其子孟明视朝见谢恩。穆公亦拜视为大夫，与西乞术、白乙丙并号将军，谓之“三帅”，专掌征伐之事。

姜戎子吾离，桀骜侵掠，三帅统兵征之。吾离兵败奔晋，遂尽有瓜州之地。时西戎主赤斑见秦人强盛，使其臣繇余聘秦以观穆公之为人。穆公与之游于苑囿，登三休之台，夸以宫室苑囿之美。繇余曰：“君之为此者，役鬼耶，抑役人耶？役鬼劳神，役人劳民！”穆公异其言，曰：“汝戎、夷无礼乐法度，何以为治？”繇余笑曰：“礼乐法度，此乃中国所以乱也！自上圣创为文法，以约束百姓，仅仅小治。其后日渐骄淫，借礼乐之名，以粉饰其身，假法度之威，以督责其下，人民怨望，因生篡夺。若戎、夷则不然，上含淳德以遇其下，下怀忠信以事其上，上下一体，无形迹之相欺，无文法之相扰，不见其治，乃为至治。”穆公默然，退而述其言于百里奚。奚对曰：“此晋国之大贤人，臣熟闻其名矣。”穆公蹴然不悦曰：“寡人闻之：‘邻国有圣人，敌国之忧也。’今繇余贤而用于戎，将为秦患奈何？”奚对曰：“内史廖多奇智，君可谋之。”穆公即召内史廖告以其故。廖对曰：“戎主僻处荒徼，未闻中国之声。君试遗之女乐，以夺其志。留繇余不遣，以爽其期。使其政事怠废，上下相疑，虽其国可取，况其臣乎？”穆公曰：“善。”乃与繇余同席而坐，共器而食，居常使蹇叔、百里奚、公孙枝等轮流作伴，叩其地形险夷，兵势强弱之实。一面装饰美女，能音乐者六人，遣内史廖至戎报聘，以女乐献之。戎主赤斑大悦，日听音而夜御女，遂疏于政事。繇余留秦一年乃归，戎主怪其来迟，繇余曰：“臣日夜求归，秦君固留不遣。”戎主疑其有二心于秦，意颇疏之。繇余见戎主耽于女乐，不理政事，不免苦口进谏。戎主拒而不纳。穆公因密遣人招之。繇余弃戎归秦，即擢亚卿，与二相同事。繇余遂献伐戎之策。三帅兵至戎境，宛如熟路，戎主赤斑不能抵敌，遂降于秦。后人有诗云：

虞违百里终成虏，戎失繇余亦丧邦。
毕竟贤才能干国，请看齐霸与秦强。

西戎主赤斑，乃诸戎之领袖，向者诸戎俱受服役。及闻赤斑归秦，无不悚惧，纳土称臣者相继不绝。穆公论功行赏，大宴群臣。群臣更番上寿，不觉大醉，回宫一卧不醒。宫人惊骇，事闻于外。群臣皆叩宫门问安。世子䓨召太臣入宫诊脉，脉息如常，但闭目不能言动。太医曰：“是有鬼神。”欲命内史廖行祷。内史廖曰：“此是尸厥，必有异梦。须俟其自复，不可惊之。祷亦无益。”世子䓨守于床席之侧，寝食俱不敢离。直候至第五日，穆公方醒，额间汗出如雨，连叫：“怪哉！”世子䓨跪而问曰：“君体安否？何睡之久也？”穆公曰：“顷刻耳。”䓨曰：“君睡已越五日，得无有异梦乎？”穆公惊问曰：“汝何以知之？”世子䓨曰：“内史廖固言之。”

穆公乃召廖至榻前，言曰：“寡人今者梦一妇人，妆束宛如妃嫔，容貌端好，肌如冰雪，手握天符，言奉上帝之命来召寡人。寡人从之。忽若身在云中，缥缈无际，至一宫阙，丹青炳焕，玉阶九尺，上悬珠帘，妇人引寡人拜于阶下。须臾帘卷，见殿上黄金为柱，壁衣锦绣，精光夺目。有王者冕旒华衮，凭玉几上坐，左右侍立，威仪甚盛。王者传命：‘赐醴！’有如内侍者，以碧玉斝赐寡人酒，甘香无比。王者以一简授左右，即闻堂上大声呼寡人名曰：‘任好听旨，尔平晋乱！’如是者再。妇人遂教寡人拜谢，复引出宫阙。寡人问妇人何名，对曰：‘妾乃宝夫人也，居于太白山之西麓，在君宇下，君不闻乎？妾夫叶君，别居南阳,或一二岁来会妾。君能为妾立祠,当使君霸,传名万载。'寡人因问:'晋有何乱,乃使寡人平之?"宝夫人曰:"此天机不可预泄。'已闻鸡鸣,声大如雷霆,寡人遂惊觉。不知此何祥也?"廖对曰:"晋侯方宠骊姬,疏太子,保无乱乎?天命及君,君之福也!"穆公曰:"宝夫人何为者?"廖对曰:"臣闻先君文公之时,有陈仓人于土中得一异物,形如满囊,色间黄白,短尾多足,嘴有利喙。陈仓人谋献之先君。中途遇二童子,拍手笑曰:'汝虐于死人,今乃遭生人之手乎?'陈仓人请问其说,二童了曰:"此物名猬,在地下惯食死人之脑,得其精气,遂能变化。汝谨持之!'猬亦张喙忽作人言曰:'彼二童子者,一雌一雄,名曰陈宝,乃野雉之精。得雄者王,得雌者霸。'陈仓人遂舍猬而逐童子,二童子忽化为雉飞去。陈仓人以告先君,命书其事于简,藏之内府,臣实掌之,可启而视也。夫陈仓正在太白山之西,君试猎于两山之间,以求其迹,则可明矣。"穆公命取文公藏简观之,果如廖之语。因使廖详记其梦,并藏内府。

次日,穆公视朝,群臣毕贺。穆公遂命驾车,猎于太白山。迤逦而西,将至陈仓山,猎人举网得一雉鸡,玉色无瑕,光采照人。须臾化为石鸡,色光不减。猎者献于穆公。内史廖贺曰:"此所谓宝夫人也。得雌者霸,殆霸征乎?君可建祠于陈仓,必获其福。"穆公大悦,命沐以兰汤,覆以锦衾,盛以玉匮。即日鸠工伐木,建祠于山上,名其祠曰宝夫人祠。改陈仓山为宝鸡山。有司春秋二祭,每祭之晨,山上闻鸡鸣,其声闻三里之外。间一年或二年,望见赤光长十余丈,雷声殷殷然,此乃叶君来会之期。叶君者,即雄雉之神,所谓别居南阳者也。至四百余年后,汉光武生于南阳,起兵诛王莽,复汉祚,为后汉皇帝,乃是得雄者王之验。毕竟秦穆公如何定晋乱,再看下回分解。

第二十七回

骊姬巧计杀申生　献公临终嘱荀息

话说晋献公既并虞、虢二国，群臣皆贺，惟骊姬心中不乐。他本意欲遣世子申生伐虢，却被里克代行，又一举成功，一时间无题目可做，乃复与优施相议，言："里克乃申生之党，功高位重，我无以敌之，

奈何?"优施曰："荀息以一璧、马灭虞、虢二国，其智在里克之上，其功亦不在里克之下，若求荀息为奚齐、卓子之傅，则可以敌里克有余矣。"骊姬请于献公，遂使荀息傅奚齐、卓子。骊姬又谓优施曰："荀息已入我党矣。里克在朝，必破我谋，何计可以去之?克去而申生乃可图也。"优施曰："里克为人，外强而中多顾虑。诚以利害动之，彼必持两端，然后可收而为我用。克好饮，夫人能为我具特

羊之飨，我因侍饮而以言探之。其入，则夫人之福也；即不入，我优人亦聊与为戏，何罪焉？”骊姬曰：“善。”乃代为优施治饮具。

优施预请于里克曰：“大夫驱驰虞、虢间，劳苦甚，施有一杯之献，愿取闲邀大夫片刻之欢，何如？”里克许之。乃携酒至克家。克与内子孟皆西坐为客。施再拜进觞，因侍饮于侧，调笑甚洽。酒至半酣，施起舞为寿，因谓孟曰：“主啖我，我有新歌为主歌之。”孟酌兕觥以赐施，啖以羊脾，问曰：“新歌何名？”施对曰：“名《暇豫》。大夫得此事君，可保富贵也。”乃顿嗓而歌。歌曰：

暇豫之吾吾兮，不如乌乌。众皆集于菀兮，尔独于枯。菀何荣且茂兮，枯招斧柯。斧柯行及兮，奈尔枯何！

歌讫，里克笑曰：“何谓菀？何谓枯？”施曰：“譬之于人，其母为夫人，其子将为君。本深枝茂，众鸟依托，所谓菀也。若其母已死，其子又得谤，祸害将及。本摇叶落，鸟无所栖，斯为枯矣。”言罢，遂出门。里克心中快快，即命撤馔，起身径入书房，独步庭中，回旋良久。是夕不用晚餐，挑灯就寝，展转床褥，不能成寐，左思右想：“优施内外俱宠，出入宫禁，今日之歌，必非无谓而发。彼欲言未竟，俟天明当再叩之。”捱至半夜，心中急不能忍，遂吩咐左右：“密唤优施到此问话。”优施已心知其故，连忙衣冠整齐，跟着来人直达寝所。里克召优施坐于床间，以手抚其膝，问曰：“适来‘菀枯’之说，我已略喻，岂非谓曲沃乎？汝必有所闻，可与我详言，不可隐也。”施对曰：“久欲告知，因大夫乃曲沃之傅，且未敢直言，恐见怪耳。”里克曰：“使我预图免祸之地，是汝爱我也，何怪之有？”施乃俯首就枕畔低语曰：“君已许夫人杀太子而立奚齐，有成谋矣”。里克曰：“犹可止乎？”施对曰：“君夫人之得君，子所知也。中大夫之得君，亦子所知也。夫人主乎内，中大夫主乎外，虽欲止，得乎？”里克曰：“从君而杀太子，我不忍也；辅太子以抗君，我不及也。中立而两无所为，可以自脱否？”施对曰：“可。”施退，里克坐以待旦，取往日所书之简视之，屈指恰是十年，叹曰：“卜筮之理，何其神也！”遂造大夫丕郑父之家，屏去左右，告之曰：“史苏、卜偃之言，验于今矣！”丕郑父曰：“有闻乎？”里克曰：“夜来优施告我曰：‘君将杀太子而立奚齐也。’”丕郑父曰：“子何以复之？”里克曰：“我告以中立。”丕郑父曰：“子之言，如见火而益之薪也。为子计，宜阳为不信，彼见子不信，必中忌而缓其谋。子乃多树太子之党，以固其位，然后乘间而进言，以夺君之志，成败犹未有定。今子曰‘中立’，则太子孤矣，祸可立而待也！”里克顿足曰：“惜哉！不早与吾子商之！”里克别去登车，诈坠于车下。次日遂称伤足，不能赴朝。史臣有诗云：

特羊具享优人舞，断送储君一曲歌。
堪笑大臣无远识，却将中立佐操戈。

优施回复骊姬，骊姬大悦，乃夜谓献公曰：“太子久居曲沃，君何不召之，但言妾之思见太子。妾因以为德于太子，冀免旦夕何如？”献公果如其言，以召申生。申生应呼而至，先见献公，再拜问安，礼毕，入宫参见骊姬。骊姬设飨待之，言语甚欢。次日，申生入宫谢宴，骊姬又留饭。是夜，骊姬复向献公垂泪言曰：“妾欲回太子之心，故召而礼之。不意太子无礼更甚。”献公曰：“何如？”骊姬曰：“妾留太子午餐，索饮，半酣，戏谓妾曰：‘我父老矣，若母何？’妾怒而不应。太子又曰：‘昔我祖老而以我母姜氏遗于我父。今我父老，必有所遗，非子而谁？’欲前执妾手，妾拒之乃免。君若不信，妾试与太子同游于囿，君从台上观之，必有睹焉。”献公曰：“诺。”及明，骊姬召申生同游于囿。骊姬预以蜜涂其发，蜂蝶纷纷，皆集其鬓。姬曰：“太子盍为我驱蜂蝶乎？”申生从后以袖麾之。献公望见，以为真有调戏之事矣。心中大怒，即欲执申生行诛。骊姬跪而告曰：“妾召之而杀之，是妾杀太子也。且宫中暧昧之事，外人未知，姑忍之。献公乃使申生还曲沃，而使人阴求其罪。

过数日，献公出田于翟桓，骊姬与优施商议，使人谓太子曰：“君梦齐姜诉曰：‘苦饥无食。’必速祭之。”齐姜别有祠在曲沃，申生乃设祭，祭齐姜。使人送胙于献公，献公未归，乃留胙于宫中。六日后，献公回宫。骊姬以鸩入酒，以毒药傅肉，而献之曰：“妾梦齐姜苦饥不可忍，因君之出也，以告太子而使祭焉。今致胙于此，待君久矣。”献公取觯，欲尝酒。骊姬跪而止之曰：“酒食自外来者，不可不试。”献公曰：“然。”乃以酒沥地，地即坟起。又呼犬，取一脔肉掷之，犬啖肉立死。骊姬佯为不信，再呼小内侍，使尝酒肉。小内侍不肯，强之，才下口，七窍流血亦死。骊姬佯大惊，疾趋下堂而呼曰："天乎！天乎！国固太子之国也。君老矣，岂旦暮之不能待，而必欲弑之？"言罢，双泪俱下。复跪于献公之前，带噎而言曰："太子所以设此谋者，徒以妾母子故也。愿君以此酒肉赐妾，妾宁代君而死，以快太子之志！"即取酒欲饮。献公夺而覆之，气咽不能出语。骊姬哭倒在地，恨曰："太子真忍心哉！其父而且欲弑之，况他人乎？始君欲废之，妾固不肯。后囿中戏我，君又欲杀之，我犹力劝。今几害我君，妾误君甚矣！"献公半晌方言，以手扶骊姬曰："尔起。孤使当暴之群臣，诛此贼子！"当时出朝，召诸大夫议事。惟狐突久杜门，里克称足疾，丕郑父托以他出不至，其余毕集朝堂。

献公以申生逆谋，告诉群臣。群臣知献公畜谋已久，皆面面相觑，不敢置对。东关五进曰："太子无道，臣请为君讨之。"献公乃使东关五为将，梁五副之，率车二百乘以讨曲沃。嘱之曰："太子数将兵，善用众，尔其慎之！"狐突虽然杜门，时刻使人打听朝事，闻"二五"戒车，心知必往曲沃，急使人密报太子申生。申生以告太傅杜原款，原款曰："胙已留宫六日，其为宫中置毒明矣。子必以状自理，群臣岂无相明者？毋束手就死为也！"申生曰："君非姬氏居不安，食不饱。我自理而不明，是增罪也；幸而明，君护姬，未必加罪，又以伤君之心，不如我死！"原款曰："且适他国，以俟后图如何？"申生曰："君不察其无罪而行讨于我，我被弑父之名以出，人将以我为鸱鸮矣！若出而归罪于君，是恶君也。且彰君父之恶，必见笑于诸侯。内困于父母，外困于诸侯，是重困也。弃君脱罪，是逃死也。我闻之：'仁不恶君，智不重困，勇不逃死。'"乃为书以复狐突曰："申生有罪，不敢爱死。虽然，君老矣，子少，国家多难，伯氏努力以辅国家，申生虽死，受伯氏之赐实多！"于是北向再拜，自缢而死。死之明日，东关五兵到，知申生已死，乃执杜原款囚之，以报献公曰："世子自知罪不可逃，乃先死也。"献公使原款证成太子之罪，原款大呼曰："天乎冤哉！原款所以不死而就俘者，正欲明太子之心也！胙留宫六日，岂有毒而久不变者乎？"骊姬从屏后急呼曰："原款辅导无状，何不速杀之？"献公使力士以铜锤击破其脑而死，群臣皆暗暗流涕。

梁五、东关五谓优施曰："重耳、夷吾与太子一体也，太子虽死，二公子尚在，我窃忧之。"优施言于骊姬，使引二公子。骊姬夜半复泣诉献公曰："妾闻重耳、夷吾，实同申生之谋。申生之死，二公子归罪于妾，终日治兵，欲袭晋而杀妾，以图大事，君不可不察！"献公意犹未信。蚤朝，近臣报："蒲、屈二公子来觐已至关，闻太子之变，即时俱回辕去矣。"献公曰："不辞而去，必同谋也。"乃遣寺人勃鞮率师往蒲，擒拿公子重耳；贾华率师往屈，擒拿公子夷吾。狐突唤其次子狐偃至前，谓曰："重耳骈胁重瞳，状貌伟异，又素贤明，他日必能成事。且太子既死，次当及之。汝可速往蒲，助之出奔，与汝兄毛同心辅佐，以图后举。"狐偃遵命，星夜奔蒲城来投重耳。重耳大惊，与狐毛、狐偃方商议出奔之事，勃鞮车马已到。蒲人欲闭门拒守，重耳曰："君命不可抗也！"勃鞮攻入蒲城，围重耳之宅。重耳与毛偃急趋后园，勃鞮挺剑逐之。毛偃先逾墙出，推墙以招重耳。勃鞮执重耳衣袂，剑起袂绝，重耳得脱去。勃鞮收袂回报。三人遂出奔翟国。

翟君先梦苍龙蟠于城上，见晋公子来到，欣然纳之。须臾，城下有小车数乘相继而至，叫开城甚急。重耳疑是追兵，便教城上放箭。城下大叫曰："我等非追兵，乃晋臣愿追随公子者。"重耳登城观看，认得为首一人，姓赵名衰，字子余，乃大夫赵威之弟，仕晋朝为大夫。重耳曰："子余到此，孤无虑矣。"即命开门放入。余人乃胥臣、魏犨、狐射姑、颠颉、介子推、先轸，皆知名之士。其他愿执鞭负橐，奔走效劳，又有壶叔等数十人。重耳大惊曰："公等在朝，何以至此？"赵衰等齐声曰："主上失德，宠妖姬，杀世子，晋国旦晚必有大乱。素知公子宽仁下士，所以愿从出亡。"翟君教开门放入，众人进见。重耳泣曰："诸君子能协心相辅，如肉傅骨，生死不敢忘德。"魏犨攘臂前曰："公子居蒲数年，蒲人咸乐为公子死。若借助于狄，以用蒲人之众，杀入绛城，朝中积愤已深，必有起为内应者。因以除君侧之恶，安社稷而抚民人，岂不胜于流离道途为逋客哉？"重耳曰："子言虽壮，然震惊君父，非亡人所敢出也。"魏犨乃一勇之夫，见重耳不从，遂咬牙切齿，以足顿地曰："公子畏骊姬辈如猛虎蛇蝎，何日能成大事乎？"狐偃谓犨曰："公子非畏骊姬，畏名义耳。"犨乃不言。昔人有古风一篇，单道重耳从亡诸臣之盛：

蒲城公子遭谗变，轮蹄西指奔如电。
担囊仗剑何纷纷，英雄尽是山西彦。
山西诸彦争相从，吞云吐雨星罗胸。
文臣高等擎天柱，武将雄夸驾海虹。
君不见，赵成子，冬日之温彻人髓。
又不见，司空季，六韬三略饶经济。
二狐肺腑兼尊亲，山奇制变圆如轮。
魏犨矫矫人中虎，贾佗强力轻千钧。
颠颉昂藏独行意，直哉先轸胸无滞。
子推介节谁与俦，百炼坚金任磨砺。
颉颃上下如掌股，周流遍历秦齐楚。
行居寝食无相离，患难之中定臣主。
古来真主百灵扶，风虎云龙自不孤。
梧桐种就鸾凤集，何问朝中菀共枯？

重耳自幼谦恭下士，自十七岁时，已父事狐偃，师事赵衰，长事狐射姑，凡朝野知名之士，无不纳交，故虽出亡，患难之际，豪杰愿从者甚众。惟大夫郤芮与吕饴甥腹心之契，虢射是夷吾之母舅，三人独奔屈以就夷吾。相见之间，告以："贾华之兵，旦暮且至。"夷吾即令敛兵为城守计。贾华原无必获夷吾之意，及兵到，故缓其围，使人阴告夷吾曰："公子宜速去，不然，晋兵继至，不可当也。"夷吾谓郤芮曰："重耳在翟，今奔翟何如？"郤芮曰："君固言二公子同谋，以是为讨。今异出而同走，骊姬有辞矣。晋兵且至翟，不如之梁。梁与秦近，秦方强盛，且婚姻之国，君百岁后，可借其力以图归也。"夷吾乃奔梁国。贾华佯追之不及，以逃奔复命。献公大怒曰："二子不获其一，何以用兵？"叱左右欲缚贾华斩之，丕郑父奏曰："君前使人筑二城，使得聚兵为备，非贾华之罪也。"梁五亦奏曰："夷吾庸才无足虑。重耳有贤名，多士从之，朝堂为之一空。且翟吾世仇，不伐翟除重耳，后必为患。"献公乃赦贾华，使召勃鞮。鞮闻贾华几不免，乃自请率兵伐翟，献公许之。勃鞮兵至翟城，翟君亦盛陈兵于采桑，相守二月余。丕郑父进曰："父子无绝恩之理，二公子罪恶未彰，既已出奔，而必追杀之，得无已甚乎？且翟未可必胜，徒老我师，为邻国笑。”献公意稍转，即召勃鞮还师。献公疑群公子多重耳、夷吾之党，异日必为奚齐之梗，乃下令尽逐群公子，晋之公族，无敢留者。于是立奚齐为世子。百官自“二五”及荀息之外，无不人人扼腕，多有称疾告老者。时周襄王之元年，晋献公之二十六年也。

是秋九月，献公奔赴葵邱之会不果，于中途得疾，至国还宫。骊姬坐于足，泣曰：“君遭骨肉之衅，尽逐公族，而立妾之子。一旦设有不讳，我妇人也，奚齐年又幼，倘群公子挟外援以求入，妾母子所靠何人？”献公曰：“夫人勿忧！太傅荀息忠臣也，忠不二心，孤当以幼君托之。”于是召荀息至于榻前，问曰：“寡人闻‘士之立身，忠信为本’，何以谓之忠信？”荀息对曰：“尽心事主曰忠，死不食言曰信。”献公曰：“寡人欲以弱孤累大夫，大夫其许我乎？”荀息稽首对曰：“敢不竭死力！”献公不觉堕泪，骊姬哭声闻幕外。数日，献公薨。骊姬抱奚齐以授荀息，时年才十一岁。荀息遵遗命，奉奚齐主丧，百官俱就位哭泣。骊姬亦以遗命拜荀息为上卿，梁五、东关五加左右司马，敛兵巡行国中，以备非常。国中大小事体，俱关白荀息而后行。以明年为新君元年，告讣诸侯。毕竟奚齐能得几日为君，且看下回分解。

第二十八回

里克两弑孤主　穆公一平晋乱

话说荀息拥立公子奚齐，百官都至丧次哭临，惟狐突托言病笃不至。里克私谓丕郑父曰："孺子遂立矣，其若亡公子何？"丕郑父曰："此事全在荀叔，姑与探之。"二人登车，同往荀息府中。息延入，里克告曰："主上晏驾，重耳、夷吾俱在外，叔为国大臣，乃不迎长公子嗣位，而立嬖人之子，何以服人？且三公子之党，怨奚齐子母入于骨髓，只碍主上耳。今闻大变，必有异谋。秦、翟辅之于外，国人应之于内，子何策以御之？"荀息曰："我受先君遗托而傅奚齐，则奚齐乃我君矣。此外不知更有他人！万一力不从心，惟有一死，以谢先君而已。"丕郑父曰："死无益也，何不改图？"荀息曰："我既以

忠信许先君矣，虽无益，敢食言乎？”二人再三劝谕，荀息心如铁石，终不改言，乃相辞而去。里克谓郑父曰：“我以叔有同僚之谊，故明告以利害。彼坚执不听，奈何？”郑父曰：“彼为奚齐，我为重耳，各成其志，有何不可。”

于是二人密约，使心腹力士变服杂于侍卫服役之中，乘奚齐在丧次，就刺杀于苫块之侧。时优施在旁，挺剑来救，亦被杀。一时幕间大乱。荀息哭临方退，闻变大惊，疾忙趋入，抚尸大恸曰：“我受遗命托孤，不能保护太子，我之罪也！”便欲触柱而死。骊姬急使人止之曰：“君柩在殡，大夫独不念乎？且奚齐虽死，尚有卓子在，可辅也。”荀息乃诛守幕者数十人，即日与百官会议，更扶卓子为君，时年才九岁。里克、丕郑父佯为不知，独不与议。梁五曰：“孺子之死，实里、丕二人为先太子报仇也，今不与公议，其迹昭然，请以兵讨之！”荀息曰：“二人者，晋之老臣，根深党固，七舆大夫，半出其门，讨而不胜，大事去矣。不如姑隐之，以安其心而缓其谋。俟丧事既毕，改元正位，外结邻国，内散其党，然后乃可图矣。”梁五退谓东关五曰：“荀卿忠而少谋，作事迂缓，不可恃也。里、丕虽同志，而克为先太子之冤，衔怨独深。若除克，则丕氏之心惰矣。”东关五曰：“何策除之？”梁五曰：“今丧事在迩，诚伏甲东门，视其送葬，突起攻之，此一夫之力也。”东关五曰：“善。我有客屠岸夷者，能负三千钧绝地而驰，若啖以爵禄，此人可使也。”乃召屠岸夷而语之。夷素与大夫骓遄相厚，密以其谋告于骓遄，问：“此事可行否？”遄曰：“故太子之冤，举国莫不痛之，皆因骊姬母子之故。今里、丕二大夫欲歼骊姬之党，迎立公子重耳为君，此义举也。汝若辅佞仇忠，干此不义之事，我等必不容汝。徒受万代骂名，不可！不可！”夷曰：“我侪小人不知也，今辞之何如？”骓遄曰：“辞之，则必复遣他人矣。子不如佯诺，而反戈以诛逆党，我以迎立之功与子，子不失富贵，而且有令名，与为不义杀身，孰得？”屠岸夷曰：“大夫之教是也。”骓遄曰：“得无变否？”夷曰：“大夫见疑，则请盟！”乃割鸡而为盟。夷去，遄即与丕郑父言之，郑父亦言于里克，各整顿家甲，约定送葬日齐发。

至期，里克称病不会葬。屠岸夷谓东关五曰：“诸大夫皆在葬，惟里克独留，此天夺其命也，请授甲兵三百人，围其宫而歼之。”东关五大悦，与甲士三百，伪围里克之家。里克故意使人如墓告变。荀息惊问其故，东关五曰：“闻里克将乘隙为乱，五等辄使家客以兵守之。成则大夫之功，不成不相累也。”荀息心如芒刺，草草毕葬，即使“二五”勒兵助攻，自己奉卓子坐于朝堂，以俟好音。东关五之兵先至东市，屠岸夷来见，托言禀事，猝以臂拉其颈，颈折坠。军中大乱，屠岸夷大呼曰：“公子重耳引秦、翟之兵，已在城外，我奉里大夫之命，为故太子申生伸冤，诛奸佞之党，迎立重耳为君。汝等愿从者皆来，不愿者自去。”军士闻重耳为君，无不踊跃愿从者。梁五闻东关五被杀，急趋朝堂，欲同荀息奉卓子出奔，却被屠岸夷追及。里克、丕郑父、骓遄各率家甲，一时亦到。梁五料不能脱，拔剑自刎，不断，被屠岸夷只手擒来，里克趁势挥刀，劈为两段。时左行大夫共华亦统家甲来助，一齐杀入朝门。里克仗剑先行，众人随之，左右皆惊散。荀息面不改色，左手抱卓子，右手举袖掩之。卓子惧而啼。荀息谓里克曰：“孺子何罪？宁杀我，乞留此先君一块肉！”里克曰：“申生安在？亦先君一块肉也！”顾屠岸夷曰：“还不下手！”屠岸夷就荀息手中夺来，掷之于阶，但闻跐蹋一声，化为肉饼。荀息大怒，挺佩剑来斗里克，亦被屠岸夷斩之。遂杀入宫中。骊姬先奔贾君之宫，贾君闭门不纳，走入后园，从桥上投水中而死，里克命戮其尸。骊姬之娣，虽生卓子，无宠无权，恕不杀，锢之别室。尽灭“二五”及优施之族。髯仙有诗叹骊姬云：

谮杀申生意若何？要将稚子掌山河。
一朝母子遭骈戮，笑杀当年暇豫歌。

又有诗叹荀息从君之乱命而立庶孽，虽死不足道也。诗云：

昏君乱命岂宜从？犹说硁硁效死忠。
璧马智谋何处去？君臣束手一场空。

里克大集百官于朝堂，议曰：“今庶孽已除，公子中惟重耳最长且贤，当立，诸大夫同心者，请书名于简！”丕郑父曰：“此事非狐老大夫不可。”里克即使人以车迎之。狐突辞曰：“老夫二子从亡，若与迎，是同弑也。突老矣，惟诸大夫之命是听！”里克遂执笔先书己名，次丕郑父，以下共华、贾华、骓遄等共三十余人。后至者俱不及书。以上士之衔假屠岸夷，使之奉表往翟，奉迎公子重耳。重耳见表上无狐突名，疑之。魏犨曰："迎而不往，欲长为客乎？"重耳曰："非尔所知也。群公子尚多，何必我？且二孺子新诛，其党未尽，入而求出，何可得也？天若祚我，岂患无国？"狐偃亦以乘丧因乱，皆非美名，劝公子勿行。乃谢使者曰："重耳得罪于父，逃死四方，生既不得展问安侍膳之诚，死又不得尽视含哭位之礼，何敢乘乱而贪国。大夫其更立他子，重耳不敢违！"屠岸夷还报，里克欲遣使再往，大夫梁繇靡曰："公子孰非君者，盍迎夷吾乎？"里克曰："夷吾贪而忍，贪则无信，忍则无亲，不如重耳。"梁繇靡曰："不犹愈于群公子乎？"众人俱唯唯。里克不得已，乃使屠岸夷辅梁繇靡迎夷吾于梁。

且说公子夷吾在梁，梁伯以女妻之，生一子，名曰圉。夷吾安居于梁，日夜望国中有变，乘机求入。闻献公已薨，即命吕饴甥袭屈城据之。荀息为国中多事，亦不暇问。及闻奚齐、卓子被杀，诸大夫往迎重耳，吕饴甥以书报夷吾，夷吾与虢射、郤芮商议，要来争国。忽见梁繇靡等来迎，以手加额曰："天夺国于重耳，以授我也！"不觉喜形于色。郤芮进曰："重耳非恶得国者，其不行必有疑也，君勿轻信。夫在内而外求君者，是皆有大欲焉。方今晋臣用事，里、丕为首，君宜捐厚赂以啖之，虽然，犹有危。夫入虎穴者，必操利器。君欲入国，非借强国之力为助不可。邻晋之国，惟秦最强，子盍遣使卑辞以求纳于秦乎？秦许我，则国可入矣。"夷吾用其言，乃许里克以汾阳之田百万，许丕郑父以负葵之田七十万，皆书契而缄之。先使屠岸夷还报，留梁繇靡使达手书于秦，并道晋国诸大夫奉迎之意。

秦穆公谓蹇叔曰："晋乱待寡人而平，上帝先示梦矣。寡人闻重耳、夷吾皆贤公子也。寡人将择而纳之，未知孰胜？"蹇叔曰："重耳在翟，夷吾在梁，地皆密迩，君何不使人往吊，以观二公子之为人？"穆公曰："诺。"乃使公子絷先吊重耳，次吊夷吾。公子絷至翟，见公子重耳，以秦君之命称吊。礼毕，重耳即退。絷使阍者传语："公子宜乘时图入，寡君愿以敝赋为前驱。"重耳以告赵衰，赵衰曰："却内之迎而借外宠以求入，虽入不光矣！"重耳乃出见使者曰："君惠吊亡臣重耳，辱以后命。亡人无宝，仁亲为宝，父死之谓何，而敢有他志？"遂伏地大哭，稽颡而退，绝无一私语。公子絷见重耳不从，心知其贤，叹息而去。遂吊夷吾于梁，礼毕，夷吾谓絷曰："大夫以君命下吊亡人，亦何以教亡人乎？"絷亦以"乘时图入"相劝。夷吾稽颡称谢。入告郤芮曰："秦人许纳我矣！"郤芮曰："秦人何私于我？亦将有取于我也！君必大割地以赂之。"夷吾曰："大割地不损晋乎？"郤芮曰："公子不返国，则梁山一匹夫耳，能有晋尺寸之土乎？他人之物，公子何惜焉？"夷吾复出见公子絷，握其手谓曰："里克、丕郑皆许我矣，亡人皆有以酬之，且不敢薄也。苟假君之宠入主社稷，惟是河外五城，所以便君之东游者，东尽虢地，南及华山，内以解梁为界，愿入之于君，以报君德于万一。"出契于袖中，面有德色。公子絷方欲谦让，夷吾又曰："亡人另有黄金四十镒、白玉之珩六双，愿纳于公子之左右。乞公子好言于君，亡人不忘公子之赐。"公子絷乃皆受之。史臣有诗云：

重耳忧亲为丧亲，夷吾利国喜津津。

但看受吊相悬处，成败分明定两人。

絷返命于穆公，备述两公子相见之状。穆公曰："重耳之贤，过夷吾远矣！必纳重耳。"公子絷对曰："君之纳晋君也，忧晋乎？抑欲成名于天下乎？穆公曰："晋何与我事？寡人亦欲成名于天下耳。"公子絷曰："君如忧晋，则为之择贤君；第欲成名于天下，则不如置不贤者。均之有置君之名，而贤者出我上，不贤者出我下，二者孰利？"穆公曰："子之言，开我肺腑。"乃使公孙枝出车三百乘，以纳夷吾。秦穆公夫人乃晋世子申生之娣，是为穆姬，幼育于献公次妃贾君之宫，甚有贤德。闻公孙枝将纳夷吾于晋，遂为手书以属夷吾，言："公子入为晋君，必厚视贾君。其群公子因乱出奔，皆无罪。闻叶茂者本荣，必尽纳之，亦所以固我藩也。"夷吾恐失穆姬之意，随以手书复之，一一如命。

时齐桓公闻晋国有乱，欲合诸侯谋之，乃亲至高梁之地。又闻秦师已出，周惠王亦遣大夫王子党率师至晋，乃遣公孙隰朋会周、秦之师，同纳夷吾。吕饴甥亦自屈城来会。桓公遂回齐。里克、丕郑父请出国舅狐突做主，率群臣备法驾，迎夷吾于晋界。夷吾入绛都即位，是为惠公。即以本年为元年。按晋惠公之元年，实周襄王之二年也。

国人素慕重耳之贤，欲得为君，及失重耳得夷吾，乃大失望。

惠公既即位，遂立子圉为世子，以狐突、虢射为上大夫，吕饴甥、郤芮俱为中大夫，屠岸夷为下大夫，其余在国诸臣，一从其旧。使梁繇靡从王子党如周，韩简从隰朋如齐，各拜谢纳国之恩。惟公孙枝以索取河西五城之地，尚留晋国。惠公有不舍之意，乃集群臣议之。虢射目视吕饴甥，饴甥进曰："君所以赂秦者，为未入，则国非君之国也。今既入矣，国乃君之国矣，虽不畀秦，秦其奈君何？"里克曰："君始得国而失信于强邻，不可。不如与之。"郤芮曰："去五城是去半晋矣。秦虽极兵力，必不能取五城于我。且先君百战经营，始有此地，不可弃也。"里克曰："既知先君之地，何以许之？许而不与，不怒秦乎？且先君立国于曲沃，地不过蕞尔，惟自强于政，故能兼并小国，以成其大。君能修政而善邻，何患无五城哉？"郤芮大喝曰："里克之言，非为秦也，为取汾阳之田百万，恐君不与，故以秦为例耳！"丕郑父以臂推里克，克遂不敢复言。惠公曰："不与则失信，与之则自弱，畀一二城可乎？"吕饴甥曰："畀一二城，未为全信也，而适以挑秦之争，不如辞之。"惠公乃命吕饴甥作书辞秦。书略曰：

> 始夷吾以河西五城许君。今幸入守社稷，夷吾念君之赐，欲即践言。大臣皆曰："地者，先君之地。君出亡在外，何得擅许他人？"寡人争之弗能得。惟君少缓其期，寡人不敢忘也。

惠公问："谁人能为寡人谢秦者？"丕郑父愿往，惠公从之。

原来惠公求入国时，亦曾许丕郑父负葵之田七十万，惠公既不与秦城，安肯与里、丕二人之田？郑父口虽不言，心中怨恨，特地讨此一差，欲诉于秦耳。郑父随公孙枝至于秦国，见了穆公，呈上国书。穆公览毕，拍案大怒曰："寡人固知夷吾不堪为君，今果被此贼所欺！"欲斩丕郑父。公孙枝奏曰："此非郑父之罪也，望君恕之！"穆公馀怒未尽，问曰："谁使夷吾负寡人者？寡人愿得而手刃之！"丕郑父曰："君请屏左右，臣有所言。"穆公色稍和，命左右退于帘下，揖郑父进而问之。郑父对曰："晋之诸大夫无不感君之恩，愿归地者，惟吕饴甥、郤芮二人从中阻挠。君若重币聘问而以好言召此二人，二人至，则杀之。君纳重耳，臣与里克逐夷吾，为君内应，请得世世事君，何如？”穆公曰：“此计妙哉！固寡人之本心也！”于是遣大夫冷至随丕郑父行聘于晋，欲诱吕饴甥、郤芮而杀之。不知吕、郤性命何如，且看下回分解。

第二十九回

晋惠公大诛群臣　管夷吾病榻论相

话说里克主意，原要奉迎公子重耳，因重耳辞不肯就，夷吾又以重赂求入，因此只得随众行事。谁知惠公即位之后，所许之田，分毫不给，又任用虢射、吕饴甥、郤芮一班私人，将先世旧臣一概疏远，里

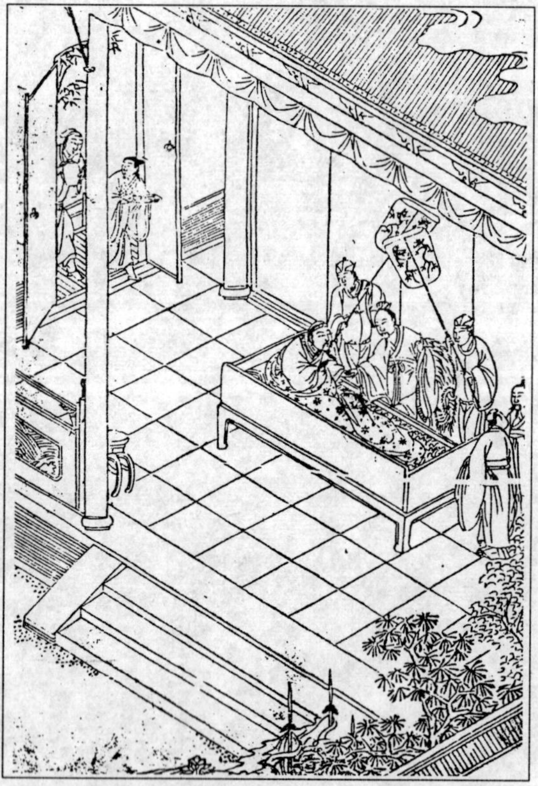

克心中已自不服。及劝惠公畀地于秦，分明是公道话，郤芮反说他为己而设，好生不忿，忍了一肚子气，敢怒而不敢言。出了朝门，颜色之间，不免露些怨望之意。及丕郑父使秦，郤芮等恐其与里克有谋，私下遣人窥瞰。郑父亦虑郤芮等有人伺察，遂不别里克而行。里克使人邀郑父说话，则郑父已出城矣。克自往追之，不及而还。早有人报知郤芮。芮求见惠公，奏曰："里克谓君夺其权政，又

不与汾阳之田，心怀怨望。今闻丕郑父聘秦，自驾往追，其中必有异谋。臣素闻里克善于重耳。君之立非其本意，万一与重耳内应外合，何以防之？不若赐死以绝其患。”惠公曰：“里克有功于寡人，今何辞以戮之？”郤芮曰：“克弑奚齐，又弑卓子，又杀顾命之臣荀息，其罪大矣！念其入国之功，私劳也；讨其弑逆之罪，公义也。明君不以私劳而废公议，臣请奉君命行讨！”惠公曰：“大夫往矣！郤芮遂诣里克之家，谓里克曰：“晋侯有命，使芮致之吾子。晋侯云：‘微子寡人不得立，寡人不敢忘子之功。虽然，子弑二君，杀一大夫，为尔君者难矣！寡人奉先君之遗命，不敢以私劳而废大义，惟子自图之！’”里克曰：“不有所废，君何以兴？欲加之罪，何患无辞？臣闻命矣！”郤芮复迫之，克乃拔佩剑跃地大呼曰：“天乎冤哉！忠而获罪，死若有知，何面目见荀息乎？”遂自刎其喉而死。郤芮还报惠公，惠公大悦。髯仙有诗云：

才入夷吾身受兵，当初何不死申生？
方知中立非完策，不及荀家有令名。

惠公杀了里克，群臣多有不服者，祁举、共华、贾华、骓遄辈俱口出怨言。惠公欲诛之，郤芮曰：“丕郑在外，而多行诛戮，以启其疑叛之心，不可。君且忍之。”惠公曰：“秦夫人有言，托寡人善视贾君，而尽纳群公子，何如?。”郤芮曰：“群公子谁无争心，不可纳也。善视贾君，以报秦夫人可矣。”惠公乃入见贾君。时贾君色尚未衰，惠公忽动淫心，谓贾君曰：“秦夫人属寡人与君为欢，君其无拒。”即往抱持贾君，宫人皆含笑避去。贾君畏惠公之威，勉强从命。事毕，贾君垂泪言曰：“妾不幸事先君不终，今又失身于君。妾身不足惜，但乞君为故太子申生白冤，妾得复于秦夫人，以赎失身之罪！”惠公曰：“二竖子见杀，先太子之冤已白矣。”贾君曰：“闻先太子尚藁葬新城，君必迁冢而为之立谥，庶冤魂获安，亦国人之所望于君者也。”惠公许之。乃命郤芮之从弟郤乞，往曲沃择地改葬。使太史议谥，以其孝敬，谥曰“共世子”。再使狐突往彼设祭告墓。

先说郤乞至曲沃，别制衣衾棺椁及冥器木偶之类，极其整齐。掘起申生之尸，面色如生，但臭不可当。役人俱掩鼻欲呕，不能用力。郤乞焚香再拜曰：“世子生而洁，死而不洁乎？若不洁，不在世子，愿无骇众！言讫，臭气顿息，转为异香。遂重殓入棺，葬于高原。曲沃之人，空城来送，无不堕泪。葬之三日，狐突赍祭品来到，以惠公之命，设位拜奠，题其墓曰“晋共太子之墓”。事毕，狐突方欲还国，忽见旌旗对对，戈甲层层，簇拥一队车马，狐突不知是谁，仓忙欲避。只见副车一人，须发斑白，袍笏整齐，从容下车，至于狐突之前，揖曰：“太子有话奉迎，请国舅那步。”突视之，太傅杜原款也。恍惚中忘其已死，问曰：“太子何在？”原款指后面大车曰：“此即太子之车矣。”突乃随至车前，见太子申生冠缨剑佩，宛如生前。使御者下引狐突升车，谓曰：“国舅亦念申生否？”突垂泪对曰：“太子之冤，行道之人无不悲涕，突何人，能勿念乎？”申生曰：“上帝怜我仁孝，已命我为乔山之主矣。夷吾行无礼于贾君，吾恶其不洁，欲却其葬，恐违众意而止。今秦君甚贤，吾欲以晋畀秦，使秦人奉吾之祀，舅以为何如？”突对曰：“太子虽恶晋君，其民何罪？且晋之先君又何罪？太子舍同姓而求食于异姓，恐乖仁孝之德也。”申生曰：“舅言亦是，然吾已具奏于上帝矣。今当再奏，舅为姑留七日，新城之西偏有巫者，吾将托之以复舅也。”杜原款在车下唤曰：“国舅可别矣！”牵狐突下车，失足跌仆于地，车马一时不见，突身乃卧于新城外馆。心中大惊，问左右：“吾何得在此？”左右曰：“国舅祭奠方毕，焚祝辞神，忽然仆于席上，呼唤不醒。吾等扶至车中，载归此处安息，今幸无恙。”狐突心知是梦，暗暗称异，不与人言，只推抱恙，留车外馆。至第七日未申之交，门上报：“有城西巫者求见。”突命召入，预屏左右以待之。巫者入见，自言：“素与鬼神通语。今有乔山主者，乃晋国故太子申生，托传语致意国舅：‘今已覆奏上帝，但辱其身，斩其胤，以示罚罪而已，无害于晋。’”狐突佯为不知，问曰：“所罚者，何人之罪？”巫曰：“太子但命传语如此，我亦不知所指何事也？”突命左右以金帛酬巫者，戒勿妄言。巫者叩谢而去。狐突归国，私与丕郑父之子丕豹言之，豹曰：“君举动乖张，必不克终。有晋国者，其重耳乎？”正叙谈间，阍人来报：“丕大夫使秦已归，见在朝中复命。”二人遂各别而归。

却说丕郑父同秦大夫冷至赍着礼币数车，如晋报聘。行及绛郊，忽闻诛里克之信，郑父心中疑虑，意欲转回秦国，再作商量。又念其子豹在绛城："我一走，必累及豹。"因此去住两难，踌躇不决，恰遇大夫共华在于郊外，遂邀与相见。郑父叩问里克缘由，共华一一叙述了。郑父曰："吾今犹可入否？"共华曰："里克同事之人尚多，如华亦在其内，今止诛克一人，其馀并不波及。况子出使在秦，若为不知可也。如惧而不入，是自供其罪矣。"郑父从其言，乃催车入城。郑父先复命讫，引进冷至朝见，呈上国书礼物。惠公启书看之，略曰：

晋、秦甥舅之国，地之在晋，犹在秦也。诸大夫亦各忠其国，寡人何敢曰必得地，以伤诸大夫之义。但寡人有疆场之事，欲与吕、郤二大夫面议。幸旦暮一来，以慰寡人之望！

书尾又一行云："原地券纳还。"惠公是见小之人，看见礼币隆厚，又且缴还地券，心中甚喜，便欲遣吕饴甥、郤芮报秦。郤芮私谓饴甥曰："秦使此来，不是好意。其币重而言甘，殆诱我也。吾等若往，必劫我以取地矣。"饴甥曰："吾亦料秦之欢晋，不至若是。此必丕郑父闻里克之诛，自惧不免，与秦共为此谋，欲使秦人杀吾等而后作乱耳。"郤芮曰："郑父与克同功一体之人，克诛，郑父安得不惧？子金之料是也。今群臣半是里、丕之党，若郑父有谋，必更有同谋之人，且先归秦使而徐察之。"饴甥曰："善。"乃言于惠公，先遣冷至回秦，言："晋国未定，稍待二臣之暇，即当趋命。"冷至只得回秦。吕、郤二人使心腹每夜伏于丕郑父之门，伺察动静。郑父见吕、郤全无行色，乃密请祁举、共华、贾华、骓遄等，夜至其家议事，五鼓方回。心腹回报所见，如此如此。郤芮曰："诸人有何难决之事？必逆谋也。"乃与饴甥商议，使人请屠岸夷至，谓曰："子祸至矣，奈何？"屠岸夷大惊曰："祸从何来？"郤芮曰："子前助里克弑幼君，今克已伏法，君将有讨于子。吾等以子有迎立之功，不忍见子之受诛，是以告也。"屠岸夷泣曰："夷乃一勇之夫，听人驱遣，不知罪之所在，惟大夫救之！"郤芮曰："君怒不可解也。独有一计，可以脱祸。"夷遂跪而问计。郤芮慌忙扶起，密告曰："今丕郑父党于里克，有迎立之心，与七舆大夫阴谋作乱，欲逐君而纳公子重耳。子诚伪为惧诛者而见郑父，与之同谋。若尽得其情，先事出首，吾即以所许郑父负葵之田，割三十万以酬子功，子且重用，又何罪之足患乎？"夷喜曰："夷死而得生，大夫之赐也，敢不效力！但我不善为辞，奈何？”吕饴甥曰：“吾当教子。”乃拟为问答之语，使夷熟记。

是夜，夷遂叩丕郑父之门，言有密事。郑父辞以醉寝，不与相见。夷守门内，更深犹不去，乃延之入。夷一见郑父，便下跪曰：“大夫救我一命！”郑父惊问其故，夷曰：“君以我助里克弑卓子，将加戮于我，奈何？”郑父曰：“吕、郤二人为政，何不求之？”夷曰：“此皆吕、郤之谋也，吾恨不得食二人之肉，求之何益？”郑父犹未深信，又问曰：“汝意欲何如？”夷曰：“公子重耳仁孝，能得士心，国人皆愿戴之为君，而秦人恶夷吾之背约，亦欲改立重耳。诚得大夫手书，夷星夜往致重耳，使合秦、翟之众，大夫亦纠故太子之党，从中而起，先斩吕、郤之首，然后逐君而纳重耳，无不济矣。”郑父曰：“子意得无变否？”夷即啮一指出血，誓曰：“夷若有贰心，当使合族受诛！”郑父方才信之。约次日三更，再会定议。至期，屠岸夷复往，则祁举、共华、贾华、骓遄皆先在，又有叔坚、累虎、特宫、山祈四人，皆故太子申生门下，与郑父、屠岸夷共是十人，重复对天歃血，共扶公子重耳为君。后人有诗云：

只疑屠岸来求救，谁料奸谋吕郤为？
强中更有强中手，一人行诈九人危。

丕郑父款待众人，尽醉而别。屠岸夷私下回报郤芮。芮曰：“汝言无据，必得郑父手书，方可正罪。”夷次夜再至郑父之家，索其手书，往迎重耳。郑父已写就了，简后署名，共是十位，其九人俱先有花押，第十屠岸夷也。夷亦请笔书押。郑父缄封停当，交付夷手，嘱他：“小心在意，不可漏泄。”屠岸夷得书，如获至宝，一径投郤芮家，呈上芮看。芮乃匿夷于家，将书怀于袖中，同吕饴甥往见国舅虢射，备言如此如此，“若不早除，变生不测。”虢射夜叩宫门，见了惠公，细述丕郑父之谋。“明日早朝，便可面正其罪，以手书为证。”

次日，惠公早朝，吕、郤等预伏武士于壁衣之内。百官行礼已毕，惠公召丕郑父问曰：“知汝欲逐寡人而迎重耳，寡人敢请其罪！”郑父方欲致辩，郤芮仗剑大喝曰：“汝遣屠岸夷将手书迎重耳，赖吾君洪福，屠岸夷已被吾等伺候于城外拿下，搜出其书。同事共是十人，今屠岸夷已招出，汝等不必辩矣。”惠公将原书掷于案下，吕饴甥拾起，按简呼名，命武士擒下。只有共华告假在家未到，另行捕拿。见在八人，面面相觑，真个是有口难开，无地可入。惠公喝教："押出朝门斩首！"内中贾华大呼曰："臣先年奉命伐屈，曾有私放吾君之功，求免一死，可乎？"吕饴甥曰："汝事先君而私放吾主，今事吾主，复私通重耳，此反覆小人，速宜就戮。"贾华语塞。八人束手受刑。

却说共华在家，闻郑父等事泄被诛，即忙拜辞家庙，欲赴朝中领罪。其弟共赐谓曰："往则就死，盍逃乎？"共华曰："丕大夫之入，吾实劝之。陷人于死，而己独生，非丈夫也！吾非不爱生，不敢负丕大夫耳！"遂不待捕至，疾趋入朝，请死。惠公亦斩之。丕豹闻父遭诛，飞奔秦国逃难。惠公欲尽诛里、郤诸大夫之族，郤芮曰："罪人不孥，古之制也。乱人行诛，足以儆众矣。何必多杀，以惧众心？"惠公乃赦各族不诛。进屠岸夷为中大夫，赏以负葵之田三十万。

却说丕豹至秦，见了穆公，伏地大哭。穆公问其故，丕豹将其父始谋及被害缘由，细述一遍，乃献策曰："晋侯背秦之大恩，而修国之小怨，百官耸惧，百姓不服。若以偏师往伐，其众必内溃，废置惟君所欲耳。"穆公问于群臣，蹇叔对曰："以丕豹之言而伐晋，是助臣伐君，于义不可。"百里奚曰："若百姓不服，必有内变，君且俟其变而图之。"穆公曰：寡人亦疑此言。彼一朝而杀九大夫，岂众心不附，而能如此？况兵无内应，可必有功乎？"丕豹遂留仕秦为大夫。时晋惠公之二年，周襄王之三年也。

是年周王子带，以赂结好伊、雒之戎，使戎伐京师，而已从中应之。戎遂入寇，围王城。周公孔与召伯廖悉力固守，带不敢出会戎师。襄王遣使告急于诸侯。秦穆公、晋惠公皆欲结好周王，各率师伐戎以救周。戎知诸侯兵至，焚掠东门而去。惠公与穆公相见，面有惭色。惠公又接得穆姬密书，书中数晋侯无礼于贾君，又不纳群公子，许多不是，教他速改前非，不失旧好。惠公遂有疑秦之心，急急班师。丕豹果劝穆公夜袭晋师，穆公曰："同为勤王而来此，虽有私怨，未可动也。"乃各归其国。

时齐桓公亦遣管仲将兵救周，闻戎兵已解，乃遣人诘责戎主。戎主惧齐兵威，使人谢曰："我诸戎何敢犯京师？尔甘叔招我来耳！"襄王于是逐王子带，子带出奔齐国。戎主使人诣京师，请罪求和，襄王许之。襄王追念管仲定位之功，今又有和戎之劳，乃大飨管仲，待以上卿之礼。管仲对曰："有国、高二子在，臣不敢当。"再三谦让，受下卿之礼而还。是冬，管仲病，桓公亲往问之。见其瘠甚，乃执其手曰："仲父之疾甚矣，不幸而不起，寡人将委政于何人？"时甯戚、宾须无先后俱卒，管仲叹曰："惜哉乎，甯戚也！"桓公曰："甯戚之外，岂无人乎？吾欲任鲍叔牙，何如？"仲对曰："鲍叔牙，君子也。虽然，不可以为政。其人善恶过于分明。夫好善可也，恶恶已甚，人谁堪之？鲍叔牙见人之一恶，终身不忘，是其短也。"桓公曰："隰朋何如？"仲对曰："庶乎可矣。隰朋不耻下问，居其家不忘公门。"言毕，喟然叹曰："天生隰朋，以为夷吾舌也。身死，舌安得独存？恐君之用隰朋不能久耳！"桓公曰："然则易牙何如？"仲对曰："君即不问，臣亦将言之。彼易牙、竖貂、开方三人，必不可近也！"桓公曰："易牙烹其子，以适寡人之口，是爱寡人胜于爱子，尚可疑耶？"仲对曰："人情莫爱于子，其子且忍之，何有于君？"桓公曰："竖貂自宫以事寡人，是爱寡人胜于爱身，尚可疑耶？"仲对曰："人情莫重于身，其身且忍之，何有于君？"桓公曰："卫公子开方，去其千乘之太子，而臣于寡人，以寡人之爱幸之也。父母死不奔丧，是爱寡人胜于父母，无可疑矣。"仲对曰："人情莫亲于父母，其父母且忍之，又何有于君？且千乘之封，人之大欲也，弃千乘而就君，其所望有过于千乘者矣。君必去之勿近，近必乱国！"桓公曰："此三人者，事寡人久矣，仲父平日何不闻一言乎？"仲对曰："臣之不言，适以适君之意也。譬之于水，臣为之堤防焉，勿令泛滥。今堤防去矣，将有横流之患，君必远之！"桓公默然而退。毕竟管仲性命如何，且看下回分解。

第三十回

秦晋大战龙门山　穆姬登台要大赦

话说管仲于病中，嘱桓公斥远易牙、竖貂、开方三人，荐隰朋为政。左右有闻其言者，以告易牙。易牙见鲍叔牙谓曰："仲父之相，叔所荐也。今仲病，君往问之，乃言叔不可以为政，而荐隰朋，吾意甚不平焉。"鲍叔牙笑曰："是乃牙之所以荐仲也。仲忠于为国，不私其友。夫使牙为司寇，驱逐佞人，则有馀矣。若使当国为政，即尔等何所容身乎？"易牙大惭而退。逾一日，桓公复往视仲，仲已不能言，鲍叔牙、隰朋莫不垂泪。是夜，仲卒。桓公哭之恸，曰："哀哉，仲父！是天折吾臂也！"使上卿高虎董其丧，殡葬从厚。生前采邑，悉与其子，令世为大夫。易牙谓大夫伯氏曰："昔君夺子骈邑三百

以赏仲之功，今仲父已亡，子何不言于君，而取还其邑？吾当从旁助子。”伯氏泣曰：“吾惟无功，是以失邑。仲虽死，仲之功尚在也，吾何面目求邑于君乎？”易牙叹曰：“仲死犹能使伯氏心服，吾侪真小人矣！”

且说桓公念管仲遗言，乃使公孙隰朋为政。未一月，隰朋病卒。桓公曰：“仲父其圣人乎？何以知朋之用于吾不久也？”于是使鲍叔牙代朋之位，牙固辞。桓公曰：“今举朝无过于卿者，卿欲让之何人？”牙对曰：“臣之好善恶恶，君所知也。君必用臣，请远易牙、竖貂、开方，乃敢奉命。”桓公曰：“仲父固言之矣，寡人敢不从子！”即日罢斥三人，不许入朝相见，鲍叔牙乃受事。时有淮夷侵犯杞国，杞人告急于齐。齐桓公合宋、鲁、陈、卫、郑、许、曹七国之君，亲往救杞，迁其都于缘陵。诸侯尚从齐之令，以能用鲍叔，不改管仲之政故也。

话分两头。却说晋自惠公即位，连岁麦禾不熟，至五年，复大荒，仓廪空虚，民间绝食，惠公欲乞籴于他邦。思想惟秦毗邻地近，且婚姻之国，但先前负约未偿，不便开言。郤芮进曰：“吾非负秦约也，特告缓其期耳。若乞籴而秦不与，秦先绝我，我乃负之有名矣。”惠公曰：“卿言是也。”乃使大夫庆郑，持宝玉如秦告籴。穆公集群臣计议：“晋许五城不与，今因饥乞籴，当与之否？”蹇叔、百里奚同声对曰：“天灾流行，何国无之，救灾恤邻，理之常也。顺理而行，天必福我。”穆公曰：“吾之施于晋已重矣。”公孙枝对曰：“若重施而获报，何损于秦？其或不报，曲在彼矣。民憎其上，孰与我敌？君必与之。”丕豹思念父仇，攘臂言曰：“晋侯无道，天降之灾，乘其饥而伐之，可以灭晋。此机不可失！”繇余曰：“仁者不乘危以邀利，智者不侥幸以成功。与之为当。”穆公曰：“负我者，晋君也。饥者，晋民也。吾不忍以君故，迁祸于民。”于是运粟数万斛于渭水，直达河、汾、雍、绛之间，舳舻相接，命曰“泛舟之役”，以救晋之饥。晋人无不感悦。史官有诗称穆公之善云：

> 晋君无道致天灾，雍绛纷纷送粟来。
> 谁肯将恩施怨者？穆公德量果奇哉！

明年冬，秦国年荒，晋反大熟。穆公谓蹇叔、百里奚曰：“寡人今日乃思二卿之言也，丰凶互有。若寡人去冬遏晋之籴，今日岁饥，亦难乞于晋矣。”丕豹曰：“晋君贪而无信，虽乞之，必不与。”穆公不以为然，乃使冷至亦赍宝玉，如晋告籴。惠公将发河西之粟，以应秦命，郤芮进曰：“君与秦粟，亦将与秦地乎？”惠公曰：“寡人但与粟耳，岂与地哉？”芮曰：“君之与粟为何？”惠公曰：“亦报其‘泛舟之役’也。”芮曰：“如以泛舟为秦德，则昔年纳君，其德更大。君舍其大而报其小，何哉？”庆郑曰：“臣去岁奉命乞籴于秦，秦君一诺无辞，其意甚美。今乃闭籴不与，秦怨我矣！”吕饴甥曰：“秦与晋粟，非好晋也，为求地也。不与粟而秦怨，与粟而不与地，秦亦怨，均之怨也，何为与之。”庆郑曰：“幸人之灾，不仁；背人之施，不义。不义不仁，何以守国？”韩简曰：“郑之言是也。使去岁秦闭我籴，君意何如？”虢射曰：“去岁天饥晋以授秦，秦弗知取而贷我粟，是甚愚也！今岁天饥秦以授晋，晋奈何逆天而不取？以臣愚意，不如约会梁伯，乘机伐秦，共分其地，是为上策。”惠公从虢射之言，乃辞冷至曰：“敝邑连岁饥馑，百姓流离，今冬稍稔，流亡者渐归故里，仅能自给，不足以相济也。”冷至曰：“寡君念婚姻之谊，不责地，不闭籴，固曰：‘同患相恤也。’寡君济君之急，而不得报于君，下臣难以复命。”吕饴甥、郤芮大喝曰：“汝前与丕郑父合谋，以重币诱我，幸天破奸谋，不堕汝计。今番又来饶舌！可归语汝君，要食晋粟，除非用兵来取！”冷至含愤而退。庆郑出朝，谓太史郭偃曰：“晋侯背德怒邻，祸立至矣。”郭偃曰：“今秋沙鹿山崩，草木俱偃。夫山川国之主也，晋将有亡国之祸，其在此乎？”史臣有诗讥晋惠公云：

泛舟远道赈饥穷，偏遇秦饥意不同。

自古负恩人不少，无如晋惠负秦公。

冷至回复秦君，言：“晋不与秦粟，反欲纠合梁伯，共兴伐秦之师。”穆公大怒曰：“人之无道，乃至出于意料若此！寡人将先破梁，而后伐晋。”百里奚曰：“梁伯好土功，国之旷地皆筑城建室，而无民以实之，百姓胥怨，此其不能用众助晋明矣。晋君虽无道，而吕、郤俱强力自任，若起绛州之众，必然震惊西鄙。《兵法》云：‘先发制人。’今以君之贤，诸大夫之用命，往声晋侯负德之罪，胜可必也。因以馀威，乘梁之敝，如振槁叶耳！”穆公然之。乃大起三军，留蹇叔、繇余辅太子罃守国，孟明视引兵巡边，弹压诸戎。穆公同百里奚亲将中军，西乞术、白乙丙保驾。公孙枝将右军，公子絷将左军，共车四百乘，浩浩荡荡，杀奔晋国来。

晋之西鄙告急于惠公，惠公问于群臣曰：“秦无故兴兵犯界，何以御之？”庆郑进曰：“秦兵为主上背德之故，是以来讨，何谓无故？依臣愚见，只宜引罪请和，割五城以全信，免动干戈。”惠公大怒曰：“以堂堂千乘之国，而割地求和，寡人何面目为君哉？”喝令：“先斩庆郑，然后发兵迎敌！”虢射曰：“未出兵，先斩将，于军不利。姑赦令从征，将功折罪。”惠公准奏。当日大阅车马，选六百乘，命郤步扬、家仆徒、庆郑、蛾晰分将左右，己与虢射居中军调度，屠岸夷为先锋，离绛州望西进发。晋侯所驾之马，名曰“小驷”，乃郑国所献。其马身材小巧，毛鬣润泽，步骤安稳，惠公平昔甚爱之。庆郑又谏曰：“古者出征大事，必乘本国出产之马。其马生在本土，解人心意，安其教训，服习道路，故遇战随人所使，无不如志。今君临大敌，而乘异产之马，恐不利也。”惠公叱曰：“此吾惯乘，汝勿多言！”

却说秦兵已渡河东，三战三胜，守将皆奔窜，长驱而进，直至韩原下寨。晋惠公闻秦军至韩，乃蹙额曰：“寇已深矣，奈何？”庆郑曰：“君自招之，又何问焉？”惠公曰：“郑无礼，可退！”晋兵离韩原十里下寨，使韩简往探秦兵多少。简回报曰：“秦师虽少于我，然其斗气十倍于我。”惠公曰：“何故？”简对曰：“君始以秦近而奔梁，继以秦援而得国，又以秦赈而免饥，三受秦施而无一报。君臣积愤，是以来伐，三军皆有责负之心，其气锐甚，岂止十倍而已！”惠公愠曰：“此乃庆郑之语，定伯亦为此言乎？寡人当与秦决一死敌！”遂命韩简往秦军请战曰：“寡人有甲车六百乘，足以待君。君若退师，寡人之愿；若其不退，寡人即欲避君，其奈此三军之士何！”穆公笑曰：“孺子何骄也？”乃使公孙枝代对曰：“君欲国，寡人纳之；君欲粟，寡人给之；今君欲战，寡人敢拒命乎？”韩简退曰：“秦理直，吾不知死所矣！”晋惠公使郭偃卜车右，诸人莫吉，惟庆郑为可。惠公曰：“郑党于秦，岂可任哉？”乃改用家仆徒为车右，而使郤步扬御车，逆秦师于韩原。

百里奚登垒，望见晋师甚众，谓穆公曰：“晋侯将致死于我，君其勿战。”穆公指天曰：“晋负我已甚，若无天道则已，天而有知，吾必胜之！”乃于龙门山下，整列以待。须臾，晋兵亦布阵毕，两阵对圆，中军各鸣鼓进兵。屠岸夷恃勇，手握浑铁枪一条，何止百斤之重，先撞入对阵，逢人便刺，秦军披靡。正遇白乙丙，两下交战，约莫五十余合，杀得性起，各跳下车来，互相扭结。屠岸夷曰：“我与你拚个死活，要人帮助的，不为好汉！”白乙丙曰：“正要独手擒拿你，方是英雄！”吩咐众人：“都莫来！”两个拳捶脚踢，直推入阵后去了。晋惠公见屠岸夷陷阵，急叫韩简、梁繇靡引军冲其左，自引家仆徒等冲其右，约于中军取齐。穆公见晋分兵两路冲来，亦分作两路迎敌。

且说惠公之车，正遇见公孙枝，惠公遂使家仆徒接战。那公孙枝有万夫不当之勇，家仆徒如何斗得过？惠公教步扬：“用心执辔，寡人亲自助战。”公孙枝横戟大喝曰：“会战者一齐上来！”只这一声喝，如霹雳震天，把个国舅虢射吓得伏于车中，不敢出气。那小驷未经战阵，亦被惊吓，不繇御人做主，向前乱跑，遂陷于泥淖之中。步扬用力鞭打，奈马小力微，拔脚不起。正在危急，恰好庆郑之车从前而过，惠公呼曰：“郑速救我！”庆郑曰：“虢射何在，乃呼郑耶？”惠公又呼曰：“郑速将车来载寡人！”郑曰：“君稳乘小驷，臣当报他人来救也！”遂催辕转左而去。步扬欲往觅他车，争奈秦兵围裹将来，不能得出。

再说韩简一军冲入，恰遇着秦穆公中军，遂与秦将西乞术交战，三十余合，未分胜败。蛾晰引军又到，两下夹攻，西乞术不能当，被韩简一戟刺于车下。梁繇靡大叫：“败将无用之物，可协力擒捉秦君！”韩简不顾西乞术，驱率晋兵，径奔戎辂，来捉穆公。穆公叹曰：“我今日反为晋俘，天道何在！”才叹一声，只见正西角上，一队勇士约三百余人，高叫：“勿伤吾恩主！”穆公抬头看之，见那三百余人，一个个蓬首袒肩，脚穿草履，步行如飞，手中皆执大砍刀，腰悬弓箭，如混世魔王手下鬼兵一般，脚踪到处，将晋兵乱砍。韩简与梁繇靡慌忙迎敌。又见一人飞车从北而至，乃庆郑也，高叫：“勿得恋战，主公已被秦兵困于龙门山泥泞之中，可速往救驾！”韩简等无心厮杀，撇了那一伙壮士，径奔龙门山来救晋侯。谁知晋惠公已被公孙枝所获，并家仆徒、虢射、步扬等一齐就缚，已归大寨去了。韩简顿足曰：“获秦君犹可相抵，庆郑误我矣！”梁繇靡曰：“君已在此，我辈何归？”遂与韩简各度兵仗，来投秦寨，与惠公做一处。

再说那壮士三百余人救了秦穆公，又救了西乞术。秦兵乘胜掩杀，晋兵大溃，龙门山下尸积如山，六百乘得脱者，十分中之二三耳。庆郑闻晋君见擒，遂偷出秦军，遇蛾晰被伤在地，扶之登车，同回晋国。髯翁有诗咏韩原大战之事，诗曰：

龙门山下叹舆尸，只为昏君不报施。

善恶两家分胜败，明明天道岂无知！

却说秦穆公还于大寨，谓百里奚曰：“不听井伯之言，几为晋笑。”那壮士三百余人，一齐到营前叩首。穆公问曰：“汝等何人，乃肯为寡人出死力耶？”壮士对曰：“君不记昔年亡善马乎？吾等皆食马肉之人也。”原来穆公曾出猎于梁山，夜失良马数匹，使吏求之。寻至岐山之下，有野人三百余，群聚而食马肉。吏不敢惊之，趋报穆公：“速遣兵往捕，可尽得。”穆公叹曰：“马已死矣，又因而戮人，百姓将谓寡人贵畜而贱人也。”乃索军中美酒数十瓮，使人赍往岐下，宣君命而赐之曰：“寡君有言：‘食良马肉，不饮酒伤人。’今以美酒赐汝。”野人叩头谢恩，分饮其酒，齐叹曰：“盗马不罪，更虑我等之伤而赐以美酒，君之恩大矣，何以报之！”至是，闻穆公伐晋，三百余人皆舍命趋至韩原，前来助战。恰遇穆公被围，一齐奋勇救出。真个是：

种瓜得瓜，种豆得豆。施薄报薄，施厚报厚。有施无报，何异禽兽！

穆公仰天叹曰：“野人且有报德之义，晋侯独何人哉？”乃问：“众人中有愿仕者，寡人能爵禄之。”壮士齐声应曰：“吾侪野人，但报恩主一时之惠，不愿仕也！”穆公各赠金帛，野人不受而去。穆公叹息不已。后人有诗云：

韩原山下两交锋，晋甲重重困穆公。

当日若诛牧马士，今朝焉得出樊笼？

穆公点视将校不缺，单不见白乙丙一人，使军士遍处搜寻。闻土窟中有哼声，趋往视之，乃是白乙丙与屠岸夷相持滚入窟中，各各力尽气绝，尚扭定不放手。军士将两下拆开，抬放两个车上，载回本寨。穆公问白乙丙，已不能言。有人看见他两人拚命之事，向前奏知如此如此。穆公叹曰："两人皆好汉也！"问左右："有识晋将姓名者乎？"公子絷就车中观看，奏曰："此乃勇士屠岸夷也。臣前吊晋二公子，夷亦奉本国大臣之命来迎，相遇于旅次，是以识之。"穆公曰："此人可留为秦用乎？"公子絷曰："弑卓子，杀里克，皆出其手。今日正当顺天行诛。"穆公乃下令将屠岸夷斩首。亲解锦袍，以覆白乙丙，命百里奚先以温车载回秦国就医。丙服药，吐血数斗，半年之后，方才平复，此是后话。

再说穆公大获全胜，拔寨都起，使人谓晋侯曰："君不欲避寡人，寡人今亦不能避君，愿至敝邑而请罪焉！"惠公俯首无言。穆公使公孙枝率车百乘，押送晋君至秦。虢射、韩简、梁繇靡、家仆徒、郤步扬、郭偃、郤乞等，皆披发垢面，草行露宿相随，如奔丧之仪。穆公复使人吊诸大夫，且慰之曰："尔君臣谓'要食晋粟，用兵来取'，寡人之留尔君，聊以致晋之粟耳，敢为已甚乎？二三子何患无君？勿过戚也！"韩简等再拜稽首曰："君怜寡君之愚，及于宽政，不为已甚，皇天后土，实闻君语。臣等敢不拜赐！"秦兵回至雍州界上，穆公集群臣议曰："寡人受上帝之命，以平晋乱，而立夷吾。今晋君背寡人之德，即得罪于上帝也。寡人欲用晋君郊祀上帝，以答天贶，何如？"公子絷曰："君言甚当。"公孙枝进曰："不可。晋大国也，吾俘虏其民，已取怨矣，又杀其君，以益其忿。晋之报秦，将甚于秦之报晋也！"公子絷曰："臣意非徒杀晋君已也，且将以公子重耳代之。杀无道而立有道，晋人德我不暇，又何怨焉？"公孙枝曰："公子重耳，仁人也。父子兄弟，相去一间耳。重耳不肯以父丧为利，其肯以弟死为利乎？若重耳不入，别立他人，与夷吾何择？如其肯入，必且为弟而仇秦。君废前德于夷吾，而树新仇于重耳，臣窃以为不可。"穆公曰："然则逐之乎？囚之乎？抑复之乎？三者孰利？"公孙枝对曰："囚之，一匹夫耳，于秦何益？逐之，必有谋纳者。不如复之。"穆公曰："不丧功乎？"枝对曰："臣意亦非徒复之已也，必使归吾河西五城之地，又使其世子圉留质于吾国，然后许成焉。如是，则晋君终身不敢恶秦，且异日父死子继，吾又以为德于圉。晋世世戴秦，利孰大乎？”穆公曰：“子桑之算，及于数世矣！”乃安置惠公于灵台山之离宫，以千人守之。

穆公发遣晋侯，方欲起程，忽见一班内侍，皆服衰绖而至。穆公意谓有夫人之变，方欲问之，那内侍口述夫人之命，曰：“上天降灾，使秦、晋两君，弃好即戎。晋君之获，亦婢子之羞也。若晋君朝入，则婢子朝死；夕入，则婢子夕死！今特使内侍以丧服迎君之师。若赦晋侯，犹赦婢子，惟君亮之！”穆公大惊，问：“夫人在宫作何状？”内侍奏曰：“夫人自闻晋君见获，便携太子服丧服，徒步出宫，至于后园崇台之上，立草舍而居。台下俱积薪数十层，送饔飧者履薪上下。吩咐：‘只待晋君入城，便自杀于台上。纵火焚吾尸，以表兄弟之情也。’”穆公叹曰：“子桑劝我，勿杀晋君。不然，几丧夫人之命矣！”于是使内侍去其衰绖，以报穆姬曰：“寡人不日归晋侯也。”穆姬方才回宫。内侍跪而问曰：“晋侯见利忘义，背吾君之约，又负君夫人之托，今日乃自取囚辱，夫人何为哀痛如此？”穆姬曰：“吾闻：‘仁者虽怨不忘亲，虽怒不弃礼。’若晋侯遂死于秦，吾亦与有罪矣！”内侍无不诵君夫人之贤德。毕竟晋侯如何回国，且看下回分解。

第三十一回

晋惠公怒杀庆郑　介子推割股啖君

话说晋惠公囚于灵台山，只道穆姬见怪，全不知衰绖逆君之事，遂谓韩简曰："昔先君与秦议婚时，史苏已有'西邻责言，不利婚媾'之占。若从其言，必无今日之事矣。"简对曰："先君之败德，岂在婚秦哉？且秦不念婚姻，君何以得入？入而又伐，以好成仇，秦必不然，君其察之。"惠公嘿然。未几，穆公使公孙枝至灵台山问候晋侯，许以复归。公孙枝曰："敝邑群臣无不欲甘心于君者，寡君独以君夫人登台请死之故，不敢伤婚姻之好。前约河外五城，可速交割，再使太子圉为质，君可归矣。"惠公方才晓得穆姬用情，愧惭无地。即遣大夫郤乞归晋，吩咐吕省以割地质子之事。省特至王城，会

秦穆公，将五城地图及钱谷户口之数献之，情愿纳质归君。穆公问：“太子如何不到？”省对曰：“国中不和，故太子暂留敝邑，俟寡君入境之日，太子即出境矣。”穆公曰：“晋国为何不和？”省对曰：“君子自知其罪，惟思感秦之德。小人不知其罪，但欲报秦之仇。以此不和也。”穆公曰：“汝国犹望君之归乎？”省对曰：“君子以为必归，便欲送太子以和秦；小人以为必不归，坚欲立太子以拒秦。然以臣愚见，执吾君可以立威，舍吾君又可以见德，德威兼济，此伯主之所以行乎诸侯也。伤君子之心而激小人之怨，于秦何益？弃前功而坠伯业，料君之必不然矣。”穆公笑曰：“寡人意与饴甥正合！”命孟明往定五城之界，设官分守。迁晋侯于郊外之公馆，以宾礼待之。馈以七牢，遣公孙枝引兵同吕省发送晋侯归国。凡牛、羊、豕各一，谓之一牢，七牢，礼之厚者，此乃穆公修好之意也。

惠公自九月战败，囚于秦，至十一月才得释。与难诸臣，一同归国，惟虢射病死于秦，不得归。蛾晰闻惠公将入，谓庆郑曰：“子以救君误韩简，君是以被获。今君归，子必不免，盍奔他国以避之？”庆郑曰：“军法：‘兵败当死，将为虏当死。’况误君而贻以大辱，又罪之甚者？君若不还，吾亦将率其家属以死于秦，况君归矣，乃令失刑乎？吾之留此，将使君行法于我，以快君之心，使人臣知有罪之无所逃也。又何避焉？”蛾晰叹息而去。

惠公将至绛，太子圉率领狐突、郤芮、庆郑、蛾晰、司马说、寺人勃鞮等出郊迎接。惠公在车中望见庆郑，怒从心起，使家仆徒召之来前，问曰：“郑何敢来见寡人？”庆郑对曰：“君始从臣言，报秦之施，必不伐；继从臣言，与秦讲和，必不战；三从臣言，不乘‘小驷’，必不败。臣之忠于君也至矣！何为不见？”惠公曰：“汝今日尚有何言？”庆郑对曰：“臣有死罪三：有忠言而不能使君必听，罪之一也；卜车右吉而不能使君必用，罪之二也；以救君召二三子而不能使君必不为人擒，罪之三也。臣请受刑，以明臣罪。”惠公不能答，使梁繇靡代数其罪。梁繇靡曰：“郑所言，皆非死法也。郑有死罪三，汝不自知乎？君在泥泞之中，急而呼汝，汝不顾，一宜死；我几获秦君，汝以救君误之，二宜死；二三子俱受执缚，汝不力战，不面伤，全身逃归，三宜死。”庆郑曰："三军之士皆在此，听郑一言："有人能坐以待刑而不能力战面伤者乎？" 蛾晰谏曰："郑死不避刑，可谓勇矣！君可赦之，使报韩原之仇。"梁繇靡曰："战已败矣，又用罪人以报其仇，天下不笑晋为无人乎？"家仆徒亦谏曰："郑有忠言三，可以赎死。与其杀之以行君之法，不若赦之以成君之仁。"梁繇靡又曰："国所以强，惟法行也。失刑乱法，谁复知惧！不诛郑，今后再不能用兵矣！"惠公顾司马说，使速行刑。庆郑引颈受戮。髯仙有诗叹惠公器量之浅，不能容一庆郑也。诗曰：

闭籴谁教负泛舟？反容奸佞杀忠谋。

惠公褊急无君德，只合灵台永作囚！

梁繇靡当时围住秦穆公，自谓必获，却被庆郑呼云："急救主公！"遂弃之而去。以此深恨庆郑，必欲诛之。诛郑之时，天昏地惨，日色无光，诸大夫中多有流涕者。蛾晰请其尸葬之，曰："吾以报载我之恩也！"惠公既归国，遂使世子圉随公孙枝入秦为质，因请屠岸夷之尸，葬以上大夫之礼，命其子嗣为中大夫。

惠公一日谓郤芮曰："寡人在秦三月，所忧者惟重耳，恐其乘变求入，今日才放心也。"郤芮曰："重耳在外，终是心腹之疾。必除了此人，方绝后患。"惠公问："何人能为寡人杀重耳者？寡人不吝重赏。"郤芮曰："寺人勃鞮，向年伐蒲，曾斩重耳之衣袂，常恐重耳入国，或治其罪。君欲杀重耳，除非此人可用。"惠公召勃鞮，密告以杀重耳之事。勃鞮对曰："重耳在翟十二年矣。翟人伐咎如，获其二女，曰叔隗、季隗，皆有美色。以季隗妻重耳，而以叔隗妻赵衰，各生有子，君臣安于室家之乐，无复虞我之意。臣今往伐，翟人必助重耳兴兵拒战，胜负未卜。愿得力士数人，微行至翟，乘其出游，刺而杀之。"惠公曰："此计大妙！"遂与勃鞮黄金百镒，使购求力士，自去行事："限汝三日内便要起身，事毕之日，当加重用。"自古道："若要不知，除非莫为。若要不闻，除非莫言。"惠公所托，虽是勃鞮一人，内侍中多有闻其谋者。狐突闻勃鞮挥金如土，购求力士，心怀疑惑，密地里访问其故。那狐突是老国舅，那个内侍不相熟？不免把这密谋来泄漏于狐突之耳。狐突大惊，即时密写一信，遣人星夜往翟，报与公子重耳知道。

却说重耳是日正与翟君猎于渭水之滨，忽有一人冒围而入，求见狐氏兄弟，说："有老国舅家书在此。"狐毛、狐偃曰："吾父素不通外信，今有家书，必然国中有事。"即召其人至前。那人呈上书信，叩了一头，转身就走。毛、偃心疑，启函读之，书中云："主公谋刺公子，已遣寺人勃鞮，限三日内起身。汝兄弟禀知公子，速往他国，无得久延取祸。"二狐大惊，将书禀知重耳。重耳曰："吾妻子皆在此，此吾家矣。欲去将何之？"狐偃曰："吾之适此，非以营家，将以图国也。以力不能适远，故暂休足于此。今为日已久，宜徙大国，勃鞮之来，殆天遣之以促公子之行乎？"重耳曰："即行，适何国为可？"狐偃曰："齐侯虽耄，伯业尚存，收恤诸侯，录用贤士。今管仲、隰朋新亡，国无贤佐，公子若至齐，齐侯必然加礼。倘晋有变，又可借齐之力，以图复也。"重耳以为然。乃罢猎归，告其妻季隗曰："晋君将使人行刺于我，恐遭毒手，将远适大国，结连秦、楚，为复国之计。子宜尽心抚育二子，待我二十五年不至，方可别嫁他人。"季隗泣曰："男子志在四方，非妾敢留。然妾今二十五岁矣，再过二十五年，妾当老死，尚嫁人乎？妾自当待子，子勿虑也！"赵衰亦嘱咐叔隗，不必尽述。次早，重耳命壶叔整顿车乘，守藏小吏头须收拾金帛。正吩咐间，只见狐毛、狐偃仓皇而至，言："父亲老国舅见勃鞮受命次日即便起身，诚恐公子未行，难以提防，不及写书，又遣能行快走之人，星夜赶至，催促公子速速逃避，勿淹时刻！"重耳闻信，大惊曰："鞮来何速也？"不及装束，遂与二狐徒步出于城外。壶叔见公子已行，止备犊车一乘，追上与公子乘坐。赵衰、臼季诸人陆续赶上，不及乘车，都是步行。重耳问："头须如何不来？"有人说："头须席卷藏中所有逃走，不知去向了。"重耳已失窠巢，又没盘费，此时情绪，好不愁闷！事已如此，不得不行，正是忙忙似丧家之犬，急急如漏网之鱼。公子出城半日，翟君始知，欲赠资装，已无及矣。有诗为证：

流落夷邦十二年，困龙伏蛰未升天。
豆萁何事相煎急？道路于今又播迁。

却说惠公原限寺人勃鞮三日内起身往翟干事，如何次日便行？那勃鞮原是个寺人，专以献勤取宠为事。前番献公差他伐蒲，失了公子重耳，仅割到衣袂而回，料想重耳必然衔恨。今番又奉惠公之差，若能够杀却重耳，不惟与惠公立功，兼可除自己之患。故此纠合力士数人，先期疾走，正要公子不知防备，好去结果他性命。谁知老国舅两番送信，漏泄其情，比及勃鞮到翟，访问公子消息，公子已不在了。翟君亦为公子面上吩咐关津，凡过往之人，加意盘诘，十分严紧。勃鞮在晋国还是个近侍的宦者，今日为杀重耳而来，做了奸人刺客之流，若被盘诘，如何答应？因此过不得翟国，只得怏怏而回，复命于惠公，惠公没法，只得暂时搁起。

再说公子重耳一心要往齐国，却先要经由卫国，这是“登高必自卑，行远必自迩”。重耳离了翟境，一路穷苦之状，自不必说。数日，至于卫界，关吏叩其来历。赵衰曰：“吾主乃晋公子重耳，避难在外，今欲往齐，假道于上国耳。”吏开关延入，飞报卫侯。上卿宁速请迎之入城。卫文公曰：“寡人立国楚丘，并不曾借晋人半臂之力。卫、晋虽为同姓，未通盟好，况出亡之人，何关轻重？若迎之，必当设宴赠贿，费多少事，不如逐之。”乃吩咐守门阍者，不许放晋公子入城。重耳乃从城外而行。魏犨、颠颉进曰：“卫毁无礼，公子宜临城责之。”赵衰曰：“蛟龙失势，比于蚯蚓。公子且宜含忍，无徒责礼于他人也。”犨、颉曰：“既彼不尽主人之礼，剽掠村落，以助朝夕，彼亦难怪我矣。”重耳曰：“剽掠者谓之盗，吾宁忍饿，岂可行盗贼之事乎？”

是日，公子君臣尚未早餐，忍饥而行。看看过午，到一处，地名五鹿，见一伙田夫同饭于陇上。重耳令狐偃问之求食。田夫问：“客从何来？”偃曰：“吾乃晋客，车上者乃吾主也。远行无粮，愿求一餐！”田夫笑曰：“堂堂男子，不能自资，而问吾求食耶？吾等乃村农，饱食方能荷锄，焉有馀食及于他人？”偃曰：“纵不得食，乞赐一食器！”田夫乃戏以土块与之，曰：“此土可为器也！”魏犨大骂：“村夫焉敢辱吾！”夺其食器，掷而碎之。重耳亦大怒，将加鞭扑。偃急止之曰：“得饭易，得土难。土地，国之基也。天假手野人，以土地授公子，此乃得国之兆，又何怒焉？公子可降拜受之。”重耳果依其言，下车拜受。田夫不解其意，乃群聚而笑曰：“此诚痴人耳！”后人有诗曰：

土地应为国本基，皇天假手慰艰危。

高明子犯窥先兆，田野愚民反笑痴。

再行约十余里，从者饥不能行，乃休于树下。重耳饥困，枕狐毛之膝而卧。狐毛曰："子余尚携有壶餐，其行在后，可俟之。"魏犨曰："虽有壶餐，不够子余一人之食，料无存矣。"众人争采蕨薇煮食，重耳不能下咽。忽见介子推捧肉汤一盂以进，重耳食之而美。食毕，问："此处何从得肉？"介子推曰："臣之股肉也。臣闻：'孝子杀身以事其亲，忠臣杀身以事其君。'今公子乏食，臣故割股以饱公子之腹。"重耳垂泪曰："亡人累子甚矣！将何以报？"子推曰："但愿公子早归晋国，以成臣等股肱之义。臣岂望报哉！"髯仙有诗赞云：

孝子重归全，亏体谓亲辱。
嗟嗟介子推，割股充君腹。
委质称股肱，腹心同祸福。
岂不念亲遗，忠孝难兼局！
彼哉私身家，何以食君禄？

良久，赵衰始至。众人问其行迟之故，衰曰："被棘刺损足胫，故不能前。"乃出竹笥中壶餐，以献于重耳。重耳曰："子余不苦饥耶？何不自食？"衰对曰："臣虽饥，岂敢背君而自食耶？"狐毛戏魏犨曰："此浆若落子手，在腹中且化矣。"魏犨惭而退。重耳即以壶浆赐赵衰，衰汲水调之，遍食从者。重耳叹服。重耳君臣一路觅食，半饥半饱，至于齐国。

齐桓公素闻重耳贤名，一知公子进关，即遣使往郊，迎入公馆，设宴款待。席间问："公子带有内眷否？"重耳对曰："亡人一身不能自卫，安能携家乎？"桓公曰："寡人独处一宵，如度一年。公子绌在行旅，而无人以侍巾栉，寡人为公子忧之！"于是择宗女中之美者，纳于重耳。赠马二十乘，自是从行之众，皆有车马。桓公又使廪人致粟，庖人致肉，日以为常。重耳大悦，叹曰："向闻齐侯好贤礼士，今始信之！其成伯，不亦宜乎？"其时周襄王之八年，乃齐桓公之四十二年也。

桓公自从前岁委政鲍叔牙，一依管仲遗言，将竖貂、雍巫、开方三人逐去，食不甘味，夜不酣寝，口无谑语，面无笑容。长卫姬进曰："君逐竖貂诸人，而国不加治，容颜日悴，意者左右使令，不能休君之心，何不召之?”桓公曰:“寡人亦思念此三人,但已逐之,而又召之,恐拂鲍叔牙之意也。”长卫姬曰:“鲍叔牙左右,岂无给使令者?君老矣,奈何自苦如此!君但以调味,先召易牙,则开方、竖貂可不烦招而致也。”桓公从其言,乃召雍巫和五味。鲍叔牙谏曰:“君岂忘仲父遗言乎?奈何召之?”桓公曰:“此三人有益于寡人,而无害于国。仲父之言,无乃太过!”遂不听叔牙之言,并召开方、竖貂。三人同时皆令复职,给事左右。鲍叔牙愤郁发病而死,齐事从此大坏矣。后来毕竟如何,且看下回分解。

第三十二回

晏蛾儿逾墙殉节　群公子大闹朝堂

话说齐桓公背了管仲遗言，复用竖貂、雍巫、开方三人，鲍叔牙谏诤不从，发病而死。三人益无忌惮，欺桓公老耄无能，遂专权用事。顺三人者，不贵亦富；逆三人者，不死亦逐。这话且搁过一边。

且说是时有郑国名医，姓秦名缓，字越人，寓于齐之卢村，因号卢医。少时开邸舍，有长桑君来寓，秦缓知其异人，厚待之，不责其直。长桑君感之，授以神药，以上池水服之，眼目如镜，暗中能见鬼物，虽人在隔墙，亦能见之，以此视人病症，五脏六腑无不洞烛，特以诊脉为名耳。古时有个扁鹊，与轩辕黄帝同时，精于医药。人见卢医手段高强，遂比之古人，亦号为扁鹊先生。扁鹊曾游虢国，适值虢太子暴蹶而死，扁鹊过其宫中，自言能医。内侍曰："太子已死矣，安能复生？"扁鹊曰："请试之。"内侍报知虢公，虢公流泪沾襟，延扁鹊入视。扁鹊教其弟子阳厉用砭石针之，须臾，太子苏，更进以汤药，过二旬复故。世人共称扁鹊有回生起死之术。

扁鹊周游天下，救人无数。一日，游至临淄，谒见齐桓公，奏曰："君有病在腠理，不治将深？"桓公曰："寡人不曾有疾。"扁鹊出。后五日复见，奏曰："君病在血脉，不可不治。"桓公不应。后五日又见，奏曰："君之病已在肠胃矣。宜速治也！"桓公复不应。扁鹊退，桓公叹曰："甚矣，医人之喜于见功也！无疾而谓之有疾。"过五日，扁鹊又求见，望见桓公之色，退而却走。桓公使人问其故，曰："君之病在骨髓矣！夫腠理，汤熨之所及也。血脉，针砭之所及也。肠胃，酒醪之所及也。今在骨髓，虽司命其奈之何！臣是以不言而退也。"又过五日，桓公果病，使人召扁鹊，其馆人曰："秦先生五日前已束装而去矣。"桓公懊悔无已。

桓公先有三位夫人，曰王姬、徐姬、蔡姬，皆无子。王姬、徐姬相继先卒，蔡姬退回蔡国。以下又有如夫人六位，俱因他得君宠爱，礼数与夫人无别，故谓之如夫人。六位各生一子：第一位长卫姬，生公子无亏。第二位少卫姬，生公子元。第三位郑姬，生公子昭。第四位葛嬴，生公子潘。第五位密姬，生公子商人。第六位宋华子，生公子雍。其余妾媵，有子者尚多，不在六位如夫人之数。那六位如夫人中，惟长卫姬事桓公最久。六位公子中，亦惟无亏年齿最长。桓公嬖臣雍巫、竖貂，俱与卫姬相善，巫、貂因请于桓公，许立无亏为嗣。后又爱公子昭之贤，与管仲商议，在葵邱会上，嘱咐宋襄公，以昭为太子。卫公子开方独与公子潘相善，亦为潘谋嗣立。公子商人性喜施予，颇得民心，因母密姬有宠，未免萌觊觎之心。内中只公子雍出身微贱，安分守己。其他五位公子，各树党羽，互相猜忌，如五只大虫，各藏牙爪，专等人来搏噬。桓公虽然是个英主，却不道剑老无芒，人老无刚，他做了多年的侯伯，志足意满，且是耽于酒色之人，不是个清心寡欲的，到今日衰耄之年，志气自然昏惰了。况又小人用事，蒙蔽耳目，但知乐境无忧境，不听忠言听谀言。那五位公子，各使其母求为太子，桓公也一味含糊答应，全没个处分的道理，正所谓："人无远虑，必有近忧。"

忽然桓公疾病，卧于寝室。雍巫见扁鹊不辞而去，料也难治了，遂与竖貂商议出一条计策，悬牌宫门，假传桓公之语。牌上写道：

寡人有怔忡之疾，恶闻人声，不论群臣子姓，一概不许入宫，着寺貂紧守宫门，雍巫率领宫甲巡逻。一应国政，俱俟寡人病痊日奏闻。

巫、貂二人，假写悬牌，把住宫门。单留公子无亏，住长卫姬宫中，他公子问安，不容入宫相见。过三日，桓公未死，巫、貂将他左右侍卫之人，不问男女，尽行逐出，把宫门塞断。又于寝室周围筑起高墙三丈，内外隔绝，风缝不通。止存墙下一穴，如狗窦一般，早晚使小内侍钻入，打探生死消息。一面整顿宫甲，以防群公子之变，不在话下。

再说桓公伏于床上，起身不得，呼唤左右，不听得一人答应，光着两眼，呆呆而看。只见扑蹋一声，似有人自上而坠，须臾推窗入来。桓公睁目视之，乃贱妾晏蛾儿也。桓公曰："我腹中觉饿，正思粥饮，为我取之！"蛾儿对曰："无处觅粥饮。"桓公曰："得热水亦可救渴。"蛾儿对曰："热水亦不可得。"桓公曰："何故？"蛾儿对曰："易牙与竖貂作乱，守禁宫门，筑起三丈高墙，隔绝内外，不许人通，饮食从何处而来？"桓公曰："汝如何得至于此？"蛾儿对曰："妾曾受主公一幸之恩，是以不顾性命，逾墙而至，欲以视君之瞑也。"桓公曰："太子昭安在？"蛾儿对曰："被二人阻挡在外，不得入宫。"桓公叹曰："仲父不亦圣乎？圣人所见，岂不远哉！寡人不明，宜有今日。"乃奋气大呼曰："天乎！天乎！小白乃如此终乎？"连叫数声，吐血数口，谓蛾儿曰："我有宠妾六人，子十余人，无一人在目前者。单只你一人送终，深愧平日未曾厚汝。"蛾儿对曰："主公请自保重，万一不幸，妾情愿以死送君！"桓公叹曰："我死若无知则已，若有知，何面目见仲父于地下？"乃以衣袂自掩其面，连叹数声而绝。计桓公即位于周庄王十二年之夏五月，薨于周襄王九年之冬十月，在位共四十有三年，寿七十三岁。潜渊先生有诗单赞桓公好处：

姬辙东迁纲纪亡，首倡列国共尊王。

南征僭楚包茅贡，北启顽戎朔漠疆。

立卫存邢仁德著，定储明禁义声扬。

正而不谲春秋许，五伯之中业最强。

髯仙又有一绝，叹桓公一生英雄，到头没些结果。诗云：

四十余年号方伯，南摧西抑雄无敌。

一朝疾卧牙貂狂，仲父原来死不得！

晏蛾儿见桓公命绝，痛哭一场。欲待叫唤外人，奈墙高声不得达；欲待逾墙而出，奈墙内没有衬脚之物。左思右想，叹口气曰："吾曾有言：'以死送君。'若殡殓之事，非妇人所知也！"乃解衣以覆桓公之尸，复肩负窗槅二扇以盖之，权当掩覆之意。向床下叩头曰："君魂且勿远去，待妾相随！"遂以头触柱，脑裂而死。贤哉此妇也！

是夜，小内侍钻墙穴而入，见寝室堂柱之下，血泊中挺着一个尸首，惊忙而出，报与巫、貂二人曰："主公已触柱自尽矣！"巫、貂二人不信，使内侍辈掘开墙垣，二人亲自来看，见是个妇人尸首，大惊。内侍中有认得者，指曰："此晏蛾儿也。"再看牙床之上，两扇窗槅，掩盖着个不言不动、无知无觉的齐桓公。呜呼哀哉，正不知几时气绝的。竖貂便商议发丧之事，雍巫曰："且慢！且慢！必须先定了长公子的君位，然后发丧，庶免争竞。"竖貂以为然。当下二人同到长卫姬宫中，密奏曰："先公已薨逝矣！以长幼为序，合当夫人之子。但先公存日，曾将公子昭嘱托宋公，立为太子，群臣多有知者；倘闻先公之变，必然辅助太子。依臣等之计，莫若乘今夜仓卒之际，即率本宫甲士逐杀太子，而奉长公子即位，则大事定矣！"长卫姬曰："我妇人也，惟卿等好为之！"于是雍巫、竖貂各率宫甲数百杀入东宫，来擒世子。

且说世子昭不得入宫问疾，闷闷不悦。是夕方挑灯独坐，恍惚之间，似梦非梦，见一妇人前来谓曰："太子还不速走，祸立至矣！妾乃晏蛾儿也，奉先公之命，特来相报。"昭方欲叩之，妇人把昭一推，如坠万丈深渊，忽然惊醒，不见了妇人。此兆甚奇，不可不信。忙呼侍者取行灯相随，开了便门，步至上卿高虎之家，急叩其门。高虎迎入，问其来意，公子昭诉称如此。高虎曰："主公抱病半月，被奸臣隔绝内外，声息不通。世子此梦，凶多吉少。梦中口称先公，主公必已薨逝了。

宁可信其有，不可信其无，世子且宜暂出境外，以防不测。”昭曰：“何处可以安身？”高虎曰：“主公曾将世子嘱咐宋公，今宜适宋，宋公必能相助。虎乃守国之臣，不敢同世子出奔。吾有门下士崔夭，见管东门锁钥，吾使人吩咐开门，世子可乘夜出城也。”言之未已，阍人传报：“宫甲围了东宫。”吓得世子昭面如土色。高虎使昭变服，与从人一般，差心腹人相随，至于东门，传谕崔夭，令开钥放出世子。崔夭曰：“主公存亡未知，吾私放太子，罪亦不免。太子无人侍从，如不弃崔夭，愿一同奔宋。”世子昭大喜曰：“汝若同行，吾之愿也！”当下开了城门，崔夭见有随身车仗，让世子登车，自己执辔，望宋国急急而去。

话分两头。却说巫、貂二人率领宫甲围了东宫，遍处搜寻，不见世子昭的踪影。看看鼓打四更，雍巫曰：“吾等擅围东宫，不过出其不意，若还迟至天明，被他公子知觉，先据朝堂，大事去矣。不如且归宫拥立长公子，看群情如何，再作道理。”竖貂曰：“此言正合吾意。”二人收甲，未及还宫，但见朝门大开，百官纷纷而集，不过是高氏、国氏、管氏、鲍氏、陈氏、隰氏、南郭氏、北郭氏、闾邱氏这一班子孙臣庶，其名也不可尽述。这些众官员闻说巫、貂二人率领许多甲士出宫，料必宫中有变，都到朝房打听消息。宫内已漏出齐侯凶信了。又闻东宫被围，不消说得，是奸臣乘机作乱。“那世子是先公所立，若世子有失，吾等何面目为齐臣？”三三两两，正商议去救护世子。恰好巫、貂二人兵转，众官员一拥而前，七嘴八张的，都问道：“世子何在？”雍巫拱手答曰：“世子无亏，今在宫中。”众人曰：“无亏未曾受命册立，非吾主也，还我世子昭来！”竖貂仗剑大言曰：“昭已逐去了！今奉先公临终遗命，立长子无亏为君，有不从者，剑下诛之。”众人愤愤不平，乱嚷乱骂：“都是你这班奸佞，欺死蔑生，擅权废置。你若立了无亏，吾等誓不为臣！”大夫管平挺身出曰：“今日先打死这两个奸臣，除却祸根，再作商议。”手挺牙笏，望竖貂顶门便打。竖貂用剑架住。众官员却待上前相助，只见雍巫大喝曰：“甲士们，今番还不动手，平日养你每何干？”数百名甲士各挺器械，一齐发作，将众官员乱砍。众人手无兵器，况且寡不敌众，弱不敌强，如何支架得来？正是：“白玉阶前为战地，金銮殿上见阎王。”百官死于乱军之手者十分之三。其余带伤者甚多,俱乱窜出朝门去了。

再说巫、貂二人,杀散了众百官,天已大明,遂于宫中扶出公子无亏,至朝堂即位。内侍们鸣钟击鼓,甲士环列两边,阶下拜舞称贺者,刚刚只有雍巫、竖貂二人。无亏又惭又怒。雍巫奏曰:“大丧未发,群臣尚未知送旧,安知迎新乎?此事必须召国、高二老入朝,方可号召百官,压服人众。”无亏准奏,即遣内侍分头宣召右卿国懿仲、左卿高虎。这两位是周天子所命监国之臣,世为上卿,群僚钦服,所以召之。国懿仲与高虎闻内侍将命,知齐侯已死,且不具朝服,即时披麻戴孝,入朝奔丧。巫、貂二人急忙迎住于门外,谓曰:“今日新君御殿,老大夫权且从吉。”国、高二老齐声答曰:“未殡旧君,先拜新君,非礼也。谁非先公之子?老夫何择?惟能主丧者,则从之。”巫、貂语塞。国、高乃就门外,望空再拜,大哭而出。无亏曰:“大丧未殡,群臣又不服,如之奈何?”竖貂曰:“今日之事,譬如搏虎,有力者胜。主上但据住正殿,臣等列兵两庑,俟公子有入朝者,即以兵劫之。”无亏从其言。长卫姬尽出本宫之甲,凡内侍悉令军装,宫女长大有力者,亦凑甲士之数,巫、貂各统一半,分布两庑。不在话下。

且说卫公子开方闻巫、貂拥立无亏,谓葛嬴之子潘曰:“太子昭不知何往,若无亏可立,公子独不可立乎?”乃悉起家丁死士,列营于右殿。密姬之子商人与少卫姬之子元共议:“同是先公骨血,江山莫不有分。公子潘已据右殿,吾等同据左殿。世子昭若到,大家让位;若其不来,把齐国四份均分。”元以为然。亦各起家甲,及平素所养门下之士,成队而来。公子元列营于左殿,公子商人列营于朝门,相约为犄角之势。巫、貂畏三公子之众,牢把正殿,不敢出攻。三公子又畏巫、貂之强,各守军营,谨防冲突。正是:“朝中成敌国,路上绝行人。”有诗为证:

凤阁龙楼虎豹嘶,纷纷戈甲满丹墀。
分明四虎争残肉,那个降心肯伏低?

其时只有公子雍怕事,出奔秦国去讫,秦穆公用为大夫,不在话下。

且说众官知世子出奔,无所朝宗,皆闭门不出。惟有老臣国懿仲、高虎,心如刀刺,只想解结,未得其策。如此相持,不觉两月有馀。

高虎曰："诸公子但知夺位，不思治丧，吾今日当以死争。"国懿仲曰："子先入言，我则继之，同舍一命，以报累朝爵禄之恩可也。"高虎曰："只我两人开口，济得甚事？凡食齐禄者，莫非臣子，吾等沿门唤集，同至朝堂，且奉公子无亏主丧何如？"懿仲曰："立子以长，立无亏不为无名。"于是分头四下招呼群臣，同去哭临。众官员见两位老大夫做主，放着胆各具丧服，相率入朝。寺貂拦住问曰："老大夫此来何意？"高虎曰："彼此相持，无有了期。吾等专请公子主丧而来，无他意也。"貂乃揖虎而进。虎将手一招，国懿仲同群臣俱入，直至朝堂，告无亏曰："臣等闻：'父母之恩，犹天地也。'故为人子者，生则致敬，死则殡葬。未闻父死不殓而争富贵者。且君者臣之表，君既不孝，臣何忠焉？今先君已死六十七日矣，尚未入棺，公子虽御正殿，于心安乎？"言罢，群臣皆伏地痛哭。无亏亦泣下曰："孤之不孝，罪通于天。孤非不欲成丧礼，其如元等之见逼何？"国懿仲曰："太子已外奔，惟公子最长。公子若能主丧事，收殓先君，大位自属。公子元等，虽分据殿门，老臣当以义责之，谁敢与公子争者！"无亏收泪下拜曰："此孤之愿也。"高虎吩咐巫、貂，仍守殿庑，群公子但衰麻入临者，便放入宫，如带挟兵仗者，即时拿住正罪。寺貂先至寝宫，安排殡殓。

却说桓公尸在床上，日久无人照顾，虽则冬天，血肉狼藉，尸气所蒸，生虫如蚁，直散出于墙外。起初众人尚不知虫从何来，及入寝室，发开窗槅，见虫攒尸骨，无不凄惨。无亏放声大哭，群臣皆哭。即日取梓棺盛殓，皮肉皆腐，仅以袍带裹之，草草而已。惟晏蛾儿面色如生，形体不变，高虎等知为忠烈之妇，叹息不已，亦命取棺殓之。高虎等率群臣奉无亏居主丧之位，众人各依次哭临。是夜，同宿于柩侧。却说公子元、公子潘、公子商人，列营在外，见高、国老臣率群臣丧服入内，不知何事。后闻桓公已殡，群臣俱奉无亏主丧，戴以为君，各相传语言："高、国为主，吾等不能与争矣！"乃各散去兵众，俱衰麻入宫奔丧，兄弟相见，各各大哭。当时若无高、国说下无亏，此事不知如何结局也！胡曾先生有诗叹曰：

违背忠臣宠佞臣，致令骨肉肆纷争。
若非高国行和局，白骨堆床葬不成。

却说齐世子昭逃奔宋国，见了宋襄公，哭拜于地，诉以雍巫、竖貂作乱之事。其时，宋襄公乃集群臣问曰：“昔齐桓公曾以公子昭嘱托寡人，立为太子，屈指十年矣。寡人中心藏之，不敢忘也。今巫、貂内乱，太子见逐，寡人欲约会诸侯，共讨齐罪，纳昭于齐，定其君位而返。此举若遂，名动诸侯，便可倡率会盟，以绍桓公之伯业，卿等以为何如?”忽有一大臣出班奏曰：“宋国有三不如齐，焉能伯诸侯乎?”襄公视之，其人乃桓公之长子，襄公之庶兄，因先年让国不立，襄公以为上卿，公子目夷字子鱼也。襄公曰：“子鱼言‘三不如齐’，其故安在?”目夷曰：“齐有泰山、渤海之险，琅琊、即墨之饶，我国小土薄，兵少粮稀，一不如也。齐有高、国世卿，以干其国，有管仲、宁戚、隰朋、鲍叔牙以谋其事，我文武不具，贤才不登，二不如也。桓公北伐山戎，‘俞儿’开道；猎于郊外，‘委蛇’现形。我今年春正月，五星陨地，俱化为石；二月又有大风之异，六鹢退飞，此乃上而降下，求进反退之象，三不如也。有此三不如齐，自保且不暇，何暇顾他人乎?”襄公曰：“寡人以仁义为主，不救遗孤，非仁也；受人嘱而弃之，非义也。”遂以纳太子昭，传檄诸侯，约以来年春正月，共集齐郊。檄至卫国，卫大夫宁速进曰：“立子以嫡，无嫡立长，礼之常也。无亏年长，且有戍卫之劳，于我有恩，愿君勿与。”卫文公曰：“昭已立为世子，天下莫不知之。夫戍卫，私恩也；立世子，公义也。以私废公，寡人不为也。”檄至鲁国，鲁僖公曰：“齐侯托昭于宋，不托寡人，寡人惟知长幼之序矣。若宋伐无亏，寡人当救之。”

周襄王十年，齐公子无亏元年三月，宋襄公亲合卫、曹、邾三国之师，奉世子昭伐齐，屯兵于郊。时雍巫已进位中大夫，为司马，掌兵权矣。无亏使统兵出城御敌，寺貂居中调度。高、国二卿分守城池。高虎谓国懿仲曰：“吾之立无亏，为先君之未殡，非奉之也。今世子已至，又得宋助，论理则彼顺，较势则彼强。且巫、貂戕杀百官，专权乱政，必为齐患。不若乘此除之，迎世子奉以为君，则诸公子绝觊觎之望，而齐有泰山之安矣。”懿仲曰：“易牙统兵驻郊，吾召竖貂，托以议事，因而杀之，率百官奉迎世子，以代无亏之位。吾谅易牙无能为也。”高虎曰：“此计大妙！”乃伏壮士于城楼，托言机密重事，使人请竖貂相会。正是：“做就机关擒猛虎，安排香饵钓鳌鱼。”不知竖貂性命如何，且看下回分解。

第三十三回

宋公伐齐纳子昭　楚人伏兵劫盟主

话说高虎乘雍巫统兵出城，遂伏壮士于城楼，使人请竖貂议事。竖貂不疑，昂然而来。高虎置酒楼中相待，三杯之后，高虎开言："今宋公纠合诸侯，起大兵送太子到此，何以御之？"竖貂曰："已有易牙统兵出郊迎敌矣。"虎曰："众寡不敌，奈何？老夫欲借重吾子，以救齐难。"竖貂曰："貂何能为？如老大夫有差遣，惟命是听！"虎曰："欲借子之头，以谢罪于宋耳！"貂愕然遽起，虎顾左右喝曰："还不下手！"壁间壮士突出，执竖貂斩之。虎遂大开城门，使人传呼曰："世子已至城外，愿往迎者随我！"国人素恶雍巫、竖貂之为人，因此不附无亏，见高虎出迎世子，无不攘臂乐从，

随行者何止千人。国懿仲入朝，直叩宫门，求见无亏，奏言："人心思戴世子，相率奉迎，老臣不能阻当，主公宜速为避难之计。"无亏问："雍巫、竖貂安在?"懿仲曰："雍巫胜败未知，竖貂已为国人所杀矣。"无亏大怒曰："国人杀竖貂，汝安得不知?"顾左右欲执懿仲，懿仲奔出朝门。无亏带领内侍数十人，乘一小车，愤然仗剑出宫，下令欲发丁壮授甲，亲往御敌。内侍辈东唤西呼，国中无一人肯应，反叫出许多冤家出来。正是：

恩德终须报，冤仇撇不开。

从前作过事，没兴一齐来。

这些冤家，无非是高氏、国氏、管氏、鲍氏、甯氏、陈氏、晏氏、东郭氏、南郭氏、北郭氏、公孙氏、闾邱氏众官员子姓。当初只为不附无亏，被雍巫、竖貂杀害的，其家属人人含怨，个个衔冤，今日闻宋君送太子入国，雍巫统兵拒战，论起私心，巴不得雍巫兵败。又怕宋国兵到，别有一番杀戮之惨，大家怀着鬼胎。及闻高老相国杀了竖貂，往迎太子，无不喜欢，都道："今日天眼方开!"齐带器械防身，到东门打探太子来信，恰好撞见无亏乘车而至，仇人相见，分外眼睁，一人为首，众人相助，各各挺着器械，将无亏围住。内侍喝道："主公在此，诸人不得无礼!"众人道："那里是我主公!"便将内侍乱砍，无亏抵挡不住，急忙下车逃走，亦被众人所杀。东门鼎沸，却得国懿仲来抚慰一番，众人方才分散。懿仲将无亏尸首抬至别馆殡殓，一面差人飞报高虎。

再说雍巫正屯兵东关，与宋相持，忽然军中夜乱，传说："无亏、竖貂俱死，高虎相国率领国人迎接太子昭为君，吾等不可助逆。"雍巫知军心已变，心如芒刺，急引心腹数人，连夜逃奔鲁国去讫。天明，高虎已到，安抚雍巫所领之众，直至郊外迎接世子昭，与宋、卫、曹、邾四国讲和，四国退兵。高虎奉世子昭行至临淄城外，暂停公馆，使人报国懿仲整备法驾，同百官出迎。

却说公子元、公子潘闻知其事，约会公子商人，一同出郭奉迎新君。公子商人咈然曰："我等在国奔丧，昭不与哭泣之位，今乃借宋兵威，以少凌长，强夺齐国，于理不顺。闻诸侯之兵已退，我等不如各率家甲，声言为无亏报仇，逐杀子昭。吾等三人中，凭大臣公议一人为君，也免得受宋国节制，灭了先公盟主的志气。”公子元曰：“若然，当奉宫中之令而行，庶为有名。”乃入宫禀知长卫姬。长卫姬泣曰：“汝能为无亏报仇，我死无恨矣！”即命纠集无亏旧日一班左右人众，合着三位公子之党，同拒世子。竖貂手下亦有心腹，欲为其主报仇，也来相助，分头据住临淄城各门。国懿仲畏四家人众，将府门紧闭，不敢出头了。高虎谓世子昭曰：“无亏、竖貂虽死，馀党尚存，况有三公子为主，闭门不纳。若欲求入，必须交战，倘战而不胜，前功尽弃，不如仍走宋国求救为上。”世子昭曰：“但凭国老主张。”高虎乃奉世子昭复奔宋国。

宋襄公才班师及境，见世子昭来到，大惊，问其来意。高虎一一告诉明白。襄公曰：“此寡人班师太早之故也。世子放心，有寡人在，何愁不入临淄哉？”即时命大将公孙固增添车马。先前有卫、曹、邾三国同事，止用二百乘，今日独自出车，加至四百乘。公子荡为先锋，华御事为合后，亲将中军，护送世子，重离宋境，再入齐郊。时有高虎前驱，把关将吏，望见是高相国，即时开门延入，直逼临淄下寨。宋襄公见国门紧闭，吩咐三军准备攻城器具。城内公子商人谓公子元、公子潘曰：“宋若攻城，必然惊动百姓。我等率四家之众，乘其安息未定，合力攻之。幸而胜固善，不幸而败，权且各图避难，再作区处。强如死守于此，万一诸侯之师毕集，如之奈何？”元、潘以为然。乃于是日，夜开城门，各引军出来劫宋寨，不知虚实，单劫了先锋公子荡的前营。荡措手不及，弃寨而奔。中军大将公孙固闻前寨有失，急引大军来救。后军华御事同齐国老大夫高虎，亦各率部下接应。两下混战，直至天明。四家党羽虽众，各为其主，人心不齐，怎当得宋国大兵。当下混战了一夜，四家人众被宋兵杀得七零八落。公子元恐世子昭入国，不免于祸，乘乱引心腹数人，逃奔卫国避难去讫。公子潘、公子商人收拾败兵入城，宋兵紧随其后，不能闭门，崔夭为世子昭御车，长驱直入。上卿国懿仲闻四家兵散，世子已进城，乃聚集百官，同高虎拥立世子昭即位。即以本年为元年，是为孝公。孝公嗣位，论功行赏，进崔夭为大夫。大出金帛，厚犒宋军。襄公留齐境五日，方才回宋。时鲁僖公起大兵来救无亏，闻孝公已立，中道而返，自此鲁、齐有隙，不在话下。

再说公子潘与公子商人计议，将出兵拒敌之事都推在公子元身上。国、高二国老，明知四家同谋，欲孝公释怨修好，单治首乱雍巫、竖貂二人之罪，尽诛其党，馀人俱赦不问。是秋八月，葬桓公于牛首垌之上，连起三大坟。以晏蛾儿附葬于旁，另起一小坟。又为无亏、公子元之故，将长卫姬、少卫姬两宫内侍宫人，悉令从葬，死者数百人。后至晋永嘉末年，天下大乱，有村人发桓公冢，冢前有水银池，寒气触鼻，人不敢入，经数日，其气渐消。乃牵猛犬入冢中，得金蚕数十斛，珠襦玉匣、缯彩军器，不可胜数，冢中骸骨狼藉，皆殉葬之人也。足知孝公当日葬父之厚矣。亦何益哉！髯仙有诗云：

疑冢三堆峻似山，金蚕玉匣出人间。

从来厚蓄多遭发，薄葬须知不是悭。

话分两头。却说宋襄公自败了齐兵，纳世子昭为君，自以为不世奇功，便想号召诸侯，代齐桓公为盟主。又恐大国难致，先约滕、曹、邾、鄫小国，为盟于曹国之南。曹、邾二君到后，滕子婴齐方至。宋襄不许婴齐与盟，拘之一室。鄫君惧宋之威，亦来赴会，已逾期二日矣。宋襄公问于群臣曰："寡人甫倡盟好，鄫小国，辄敢怠慢，后期二日，不重惩之，何以立威！"大夫公子荡进曰："向者齐桓公南征北讨，独未服东夷之众。君欲威中国，必先服东夷，欲服东夷，必用鄫子。"襄公曰："用之何如？"公子荡曰："睢水之次，有神能致风雨，东夷皆立社祠之，四时不缺。君诚用鄫子为牺牲以祭睢神，不惟神将降福，使东夷闻之，皆谓君能生杀诸侯，谁不耸惧来服？然后借东夷之力，以征诸侯，伯业成矣。"上卿公子目夷谏曰："不可！不可！古者小事不用大牲，重物命也，况于人乎？夫祭祀，以为人祈福也。杀人以祈人福，神必不飨。且国有常祀，宗伯所掌。睢水河神，不过妖鬼耳！夷俗所祀，君亦祀之，未见君之胜于夷也，而谁肯服之？齐桓公主盟四十年，存亡继绝，岁有德施于天下。今君才一举盟会，而遂戮诸侯以媚妖神，臣见诸侯之惧而叛我，未见其服也。"公子荡曰："子鱼之言谬矣！君之图伯与齐异。齐桓公制国二十余年，然后主盟，君能待乎？夫缓则用德，急则用威，迟速之序，不可不察也。不同夷，夷将疑我；不惧诸侯，诸侯将玩我。内玩而外疑，何以成伯？昔武王斩纣头，悬之太白旗，以得天下。此诸侯之行于天子者也，而何有于小国之君？君必用之。”襄公本心急于欲得诸侯，遂不听目夷之言，使邾文公执鄫子杀而烹之，以祭睢水之神。遣人召东夷君长，俱来睢水会祭。东夷素不习宋公之政，莫有至者。滕子婴齐大惊，使人以重赂求释，乃解婴齐之囚。

曹大夫僖负羁谓曹共公襄曰：“宋躁而虐，事必无成，不如归也。”共公辞归，遂不具地主之礼。襄公怒，使人责之曰：“古者国君相见，有脯资饩牢，以修宾主之好。寡君逗留于君之境上，非一日矣。三军之众，尚未知主人之所属。愿君图之！”僖负羁对曰：“夫授馆致饩，朝聘之常礼也。今君以公事涉于南鄙，寡人亟于奔命，未及他图。今君责以主人之礼，寡君愧甚，惟君恕之！”曹共公遂归。襄公大怒，传令移兵伐曹。公子目夷又谏曰：“昔齐桓公会盟之迹遍于列国，厚往薄来，不责其施，不诛其不及，所以宽人之力，而恤人之情也。曹之缺礼，于君无损，何必用兵？”襄公不听，使公子荡将兵车三百乘，伐曹围其城。僖负羁随方设备，与公子荡相持三月，荡不能取胜。是时，郑文公首先朝楚，约鲁、齐、陈、蔡四国之君，与楚成王为盟于齐境。宋襄公闻之大惊。一来恐齐、鲁两国之中，或有倡伯者，宋不能与争；二来又恐公子荡攻曹失利，挫了锐气，贻笑于诸侯。乃召荡归。曹共公亦恐宋师再至，遣人至宋谢罪。自此宋、曹相睦如初。

再说宋襄公一心求伯，见小国诸侯，纷纷不服，大国反远与楚盟，心中愤急，与公子荡商议。公子荡进曰：“当今大国，无过齐、楚。齐虽伯主之后，然纷争方定，国势未张。楚僭王号，乍通中国，诸侯所畏。君诚不惜卑词厚币以求诸侯于楚，楚必许之。借楚力以聚诸侯，复借诸侯以压楚，此一时权宜之计也。”公子目夷又谏曰：“楚有诸侯，安肯与我？我求诸侯于楚，楚安肯下我？恐争端从此开矣！”襄公不以为然。即命公子荡以厚赂如楚，求见楚成王。成王问其来意，许以明年之春，相会于鹿上之地。公子荡归报襄公，襄公曰：“鹿上齐地，不可不闻之齐侯。”复遣公子荡如齐修聘，述楚王期会之事，齐孝公亦许之。时宋襄公之十一年，乃周襄王之十二年也。

次年春正月，宋襄公先至鹿上，筑盟坛以待齐、楚之君。二月初旬,齐孝公始至。襄公自负有纳孝公之功,相见之间,颇有德色。孝公感宋之德,亦颇尽地主之礼。又二十余日,楚成王方到。宋、齐二君接见之间,以爵为序。楚虽僭王号,实是子爵。宋公为首,齐侯次之,楚子又次之,这是宋襄公定的位次。至期,共登鹿上之坛,襄公毅然以主盟自居,先执牛耳,并不谦让。楚成王心中不悦,勉强受歃。襄公拱手言曰:"兹父忝先代之后,作宾王家,不自揣德薄力微,窃欲修举盟会之政。恐人心不肃,欲借重二君之馀威,以合诸侯于敝邑之盂地,以秋八月为期。若君不弃,倡率诸侯,徼惠于盟,寡人愿世敦兄弟之好。自殷先王以下,咸拜君之赐,岂独寡人乎?"齐孝公拱手以让楚成王,成王亦拱手以让孝公,二君互相推让,良久不决。襄公曰:"二君若不弃寡人,请同署之。"乃出征会之牍,不送齐侯,却先送楚成王求署。孝公心中亦怀怏怏。楚成王举目观览,牍中叙合诸侯修会盟之意,效齐桓公衣裳之会,不以兵车。牍尾宋公先已署名。楚成王暗暗含笑,谓襄公曰:"诸侯君自能致,何必寡人?"襄公曰:"郑、许久在君之宇下,而陈、蔡近者复受盟于齐,非乞君之灵,惧有异同。寡人是以借重于上国。"楚成王曰:"然则齐君当署,次及寡人可也。"孝公曰:"寡人于宋,犹宇下也,所难致者,上国之威令耳。"楚王笑而署名,以笔授孝公。孝公曰:"有楚不必有齐。寡人流离万死之余,幸社稷不陨,得从末歃为荣,何足重轻,而亵此简牍为耶?"坚不肯署。论齐孝公心事,却是怪宋襄公先送楚王求署,识透他重楚轻齐,所以不署。宋襄公自负有恩于齐,却认孝公是衷肠之语,遂收牍而藏之。三君于鹿上又叙数日,丁宁而别。髯仙有诗叹曰:

诸侯原自属中华,何用纷纷乞楚家?
错认同根成一树,谁知各自有丫叉?

楚成王既归,述其事于令尹子文。子文曰:"宋君狂甚!吾王何以征会许之?"楚王笑曰:"寡人欲主中华之政久矣,恨不得其便耳。今宋公倡衣裳之会,寡人因之以合诸侯,不亦可乎?"大夫成得臣进曰:"宋公为人好名而无实,轻信而寡谋,若伏甲以劫之,其人可虏也。"楚王曰:"寡人意正如此。"子文曰:"许人以会而复劫之,人谓楚无信矣,何以服诸侯?"得臣曰:"宋喜于主盟,必有傲诸侯之心。诸侯未习宋政，莫之与也。劫之以示威，劫而释之，又可以示德。诸侯耻宋之无能，不归楚，将谁归乎？夫拘小信而丧大功，非策也。”子文奏曰：“子玉之计，非臣所及。”楚王乃使成得臣、斗勃二人为将，各选勇士五百人，操演听令，预定劫盟之计。不必详说，下文便见。

且说宋襄公归自鹿上，欣然有喜色，谓公子目夷曰：“楚已许我诸侯矣。”目夷谏曰：“楚，蛮夷也，其心不测。君得其口，未得其心，臣恐君之见欺也。”襄公曰：“子鱼太多心了。寡人以忠信待人，人其忍欺寡人哉？”遂不听目夷之言，传檄征会。先遣人于盂地筑起坛壝，增修公馆，务极华丽。仓场中储积刍粮，以待各国军马食费。凡献享犒劳之仪，一一从厚，无不预备。至秋七月，宋襄公命乘车赴会。目夷又谏曰：“楚强而无义，请以兵车往。”襄公曰：“寡人与诸侯约为‘衣裳之会’，若用兵车，自我约之，自我堕之，异日无以示信于诸侯矣。”目夷曰：“君以乘车全信，臣请伏兵车百乘于三里之外，以备缓急如何？”襄公曰：“子用兵车，与寡人用之何异？必不可！”临行之际，襄公又恐目夷在国起兵接应，失了他信义，遂要目夷同往。目夷曰：“臣亦放心不下，也要同去。”于是君臣同至会所。楚、陈、蔡、许、曹、郑六国之君，如期而至，惟齐孝公心怀怏怏，鲁僖公未与楚通，二君不到。襄公使候人迎接六国诸侯，分馆安歇，回报：“都用乘车。楚王侍从虽众，亦是乘车。”襄公曰：“吾知楚不欺吾也！”

太史卜盟日之吉，襄公命传知各国。先数日，预派定坛上执事人等。是早五鼓，坛之上下，皆设庭燎，照耀如同白日。坛之旁，另有憩息之所，襄公先往以待。陈穆公谷、蔡庄公甲午、郑文公捷、许僖公业、曹共公襄五位诸侯，陆续而至。伺候良久，天色将明，楚成王熊恽方到。襄公且循地主之礼，揖让了一番，分左右两阶登坛。右阶宾登，众诸侯不敢僭楚成王，让之居首，成得臣、斗勃二将相随。众诸侯亦各有从行之臣，不必细说。左阶主登，单只宋襄公及公子目夷君臣二人。方才升阶之时，论个宾主，既登盟坛之上，陈牲歃血，要天矢日，列名载书，便要推盟主为尊了。宋襄公指望楚王开口，以目视之。楚王低头不语。陈、蔡诸国，面面相觑，莫敢先发。襄公忍不住了，乃昂然而出曰：“今日之举，寡人欲修先伯主齐桓公故业，尊王安民，息兵罢战，与天下同享太平之福，诸君以为何如？”诸侯尚未答应，楚王挺身而前曰：“君言甚善！但不知主盟今属何人？”襄公曰：“有功论功，无功论爵，更有何言！”楚王曰：“寡人冒爵为王久矣，宋虽上公，难列王前，寡人告罪占先了。”便立在第一个位次。目夷扯襄公之袖，欲其权且忍耐，再作区处。襄公把个盟主捏在掌中，临时变卦，如何不恼？包着一肚子气，不免疾言遽色，谓楚王曰：“寡人徼福先代，忝为上公，天子亦待以宾客之礼。君言冒爵，乃僭号也。奈何以假王而压真公乎？”楚王曰：“寡人既是假王，谁教你请寡人来此？”襄公曰：“君之至此，亦是鹿上先有成议，非寡人之谩约也。”成得臣在旁大喝曰：“今日之事，只问众诸侯，为楚来乎？为宋来乎？”陈、蔡各国，平素畏服于楚，齐声曰：“吾等实奉楚命，不敢不至。”楚王呵呵大笑曰：“宋君更有何说？”

襄公见不是头，欲待与他讲理，他又不管理之长短；欲作脱身之计，又无片甲相护，正在踌躇。只见成得臣、斗勃卸去礼服，内穿重铠，腰间各插小红旗一面，将旗向坛下一招，那跟随楚王人众，何止千人，一个个俱脱衣露甲，手执暗器，如蜂攒蚁聚，飞奔上坛。各国诸侯，俱吓得魂不附体。成得臣先把宋襄公两袖紧紧捻定，同斗勃指挥众甲士掳掠坛上所陈设玉帛器皿之类。一班执事，乱窜奔逃。宋襄公见公子目夷紧随在旁，低声谓曰：“悔不听子言，以至如此，速归守国，勿以寡人为念！”目夷料想跟随无益，乃乘乱逃回。不知宋襄公如何脱身，且看下回分解。

第三十四回

宋襄公假仁失众　齐姜氏乘醉遣夫

话说楚成王假饰乘车赴会，跟随人众俱是壮丁，内穿暗甲，身带暗器，都是成得臣、斗勃选练来的，好不勇猛！又遣芳吕臣、斗般二将统领大军，随后而进，准备大大厮杀。宋襄公全然不知，

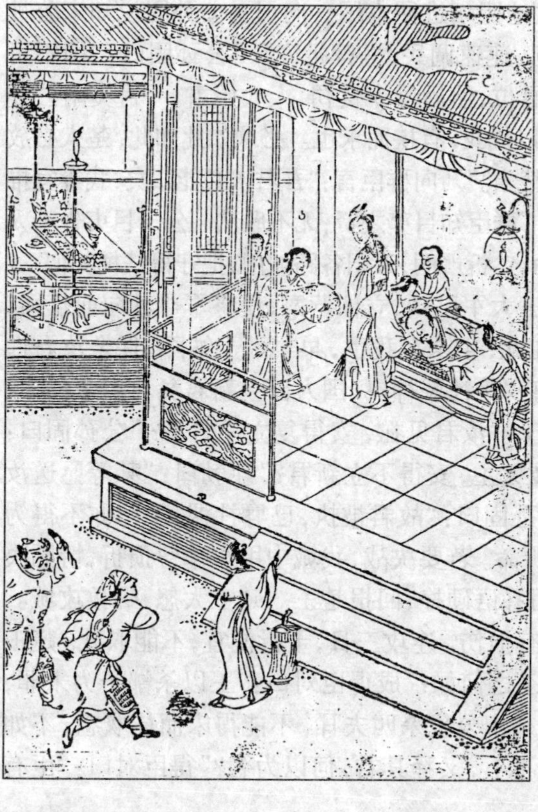

随其圈套，正是“没心人遇有心人，要脱身时难脱身”了！楚王拿住了襄公，众甲士将公馆中所备献享犒劳之仪，及仓中积粟，掳掠一空。随行车乘，皆为楚有。陈、蔡、郑、许、曹五位诸侯，人人悚惧，谁敢上前说个方便！楚成王邀众诸侯至于馆寓，面数宋襄公六罪，曰：“汝伐齐之丧，擅行废置，一罪也；滕

子赴会稍迟,辄加絷辱,二罪也;用人代牲,以祭淫鬼,三罪也;曹缺地主之仪,其事甚小,汝乃恃强围之,四罪也;以亡国之馀,不能度德量力,天象示戒,犹思图伯,五罪也;求诸侯于寡人,而妄自尊大,全无逊让之礼,六罪也。天夺其魄,单车赴会,寡人今日统甲车千乘、战将千员,踏碎睢阳城,为齐、鄫各国报仇!诸君但少驻车驾,看寡人取宋而回,更与诸君痛饮十日方散。"众诸侯莫不唯唯。襄公顿口无言,似木雕泥塑一般,只多着两行珠泪。须臾,楚国大兵俱集,号曰千乘,实五百乘。楚成王赏劳了军士,拔寨都起,带了宋襄公,杀向睢阳城来。列国诸侯,奉楚王之命,俱屯盂地,无敢归者。史官有诗讥宋襄之失。诗云:

无端媚楚反遭殃,引得睢阳做战场。
昔日齐桓曾九合,何尝容楚近封疆?

却说公子目夷自盂地盟坛逃回本国,向司马公孙固说知宋公被劫一事,"楚兵旦暮且到,速速调兵,登陴把守。"公孙固曰:"国不可一日无君,公子须暂摄君位,然后号令赏罚,人心始肃。"目夷附公孙固之耳曰:"楚人执我君以伐我,有挟而求也。必须如此如此,楚人必放吾君归国。"固曰:"此言甚当。"乃向群臣言:"吾君未必能归矣!我等宜推戴公子目夷,以主国事。"群臣知目夷之贤,无不欣然。公子目夷告于太庙,南面摄政。三军用命,铃柝严明,睢阳各路城门,把守得铁桶相似。

方才安排停当,楚王大军已到,立住营寨,使将军斗勃向前打话,言:"尔君已被我拘执在此,生杀在我手,早早献土纳降,保全汝君性命!"公孙固在城楼答曰:"赖社稷神灵,国人已立新君矣。生杀任你,欲降不可得也!"斗勃曰:"汝君见在,安得复立一君乎?"公孙固曰:"立君以主社稷也,社稷无主,安得不立新君?"斗勃曰:"某等愿送汝君归国,何以相酬?"公孙固曰:"故君被执,已辱社稷,虽归亦不得为君矣。归与不归,惟楚所命。若要决战,我城中甲车未曾损折,情愿决一死敌!"斗勃见公孙固答语硬挣,回报楚王。楚王大怒,喝教攻城。城上矢石如雨,楚兵多有损伤。连攻三日,干折便宜,不能取胜。楚王曰:"彼国既不用宋君,杀之何如?"成得臣对曰:"王以杀鄫子为宋罪,今杀宋公,是效尤也。杀宋公犹杀匹夫耳,不能得宋而徒取怨,不如释之。"楚王曰:"攻宋不下,又释其君,何以为名?"得臣对曰:"臣有计矣。今不与盂之会者，惟齐、鲁二国。齐与我已两次通好，且不必较。鲁礼义之邦，一向辅齐定伯，目中无楚。若以宋之俘获献鲁，请鲁君于亳都相会，鲁见宋俘，必恐惧而来。鲁、宋是葵邱同盟之人，况鲁侯甚贤，必然为宋求情，我因以为鲁君之德。是我一举而兼得宋、鲁也。”楚王鼓掌大笑曰：“子玉真有见识！”乃退兵屯于亳都，用宜申为使，将卤获数车如曲阜献捷。其书云：

宋公傲慢无礼，寡人已幽之于亳。不敢擅功，谨献捷于上国，望君辱临，同决其狱！

鲁僖公览书大惊，正是：“兔死狐悲，物伤其类。”明知楚使献捷，词意夸张，是恐吓之意，但鲁弱楚强，若不往会，恐其移师来伐，悔无及矣！乃厚待宜申，先发回书，驰报楚王，言：“鲁侯如命，即日赴会。”鲁僖公随后发驾，大夫仲遂从行。来至亳都，仲遂因宜申先容，用私礼先见了成得臣，嘱其于楚王前每事方便。得臣引鲁僖公与楚成王相见，各致敬慕之意。其时，陈、蔡、郑、许、曹五位诸侯，俱自盂地来会，和鲁僖公共是六位，聚于一处商议。郑文公开言，欲尊楚王为盟主，诸侯嗫嚅未应。鲁僖公奋然曰：“盟主须仁义布闻，人心悦服。今楚王恃兵车之众，袭执上公，有威无德，人心疑惧。吾等与宋俱有同盟之谊，若坐视不救，惟知奉楚，恐被天下豪杰耻笑。楚若能释宋公之囚，终此盟好，寡人敢不惟命是听！”众诸侯皆曰：“鲁侯之言甚善！”仲遂将这话私告于成得臣，得臣转闻于楚王。楚王曰：“诸侯以盟主之义责寡人，寡人其可违乎？”乃于亳郊，更筑盟坛，期以十二月癸丑日，歃血要神，同赦宋罪。

约会已定，先一日，将宋公释放，与众诸侯相见。宋襄公且羞且愤，满肚不乐，却又不得不向诸侯称谢。至日，郑文公拉众诸侯，敦请楚成王登坛主盟。成王执牛耳，宋、鲁以下，次第受歃。襄公敢怒而不敢言。事毕，诸侯各散。宋襄公讹闻公子目夷已即君位，将奔卫以避之。公子目夷遣使已到，致词曰：“臣所以摄位者，为君守也。国固君之国，何为不入？”须臾，法驾齐备，迎襄公以归，目夷退就臣列。胡曾先生论襄公之释，全亏公子目夷定计，神闲气定，全不以旧君为意；若手忙脚乱，求归襄公，楚益视为奇货，岂肯轻放。有诗赞云：

金注何如瓦注奇?新君能解旧君围。

为君守位仍推位,千古贤名诵目夷。

又有诗说六位诸侯,公然媚楚求宽,明明把中国操纵之权授之于楚,楚目中尚有中国乎?诗云:

从来兔死自狐悲,被劫何人劫是谁?

用夏媚夷全不耻,还夸释宋得便宜。

宋襄公志欲求伯,被楚人捉弄一场,反受大辱,怨恨之情,痛入骨髓,但恨力不能报。又怪郑伯倡议,尊楚王为盟主,不胜其愤,正要与郑国作对。时周襄王之十四年春三月,郑文公如楚行朝礼,宋襄公闻之大怒,遂起倾国之兵,亲讨郑罪,使上卿公子目夷辅世子王臣居守。目夷谏曰:“楚、郑方睦,宋若伐郑,楚必救之。此行恐不能取胜,不如修德待时为上。”大司马公孙固亦谏,襄公怒曰:“司马不愿行,寡人将独往!”固不敢复言,遂出师伐郑。襄公自将中军,公孙固为副,大夫乐仆伊、华秀老、公子荡、向訾守等皆从行。

谍人报知郑文公,文公大惊,急遣人告急于楚,楚成王曰:“郑事我如父,宜亟救之。”成得臣进曰:“救郑不如伐宋。”楚成王曰:“何故?”得臣对曰:“宋公被执,国人已破胆矣。今复不自量,以大兵伐郑,其国必虚,乘虚而捣之,其国必惧,此不待战而知胜负者也。若宋还而自救,彼亦劳矣,以逸制劳,安往而不得志耶?”楚王以为然。即命得臣为大将,斗勃副之,兴兵伐宋。

宋襄公正与郑相持,得了楚兵之信,兼程而归,列营于泓水之南以拒楚。成得臣使人下战书。公孙固谓襄公曰:“楚师之来,为救郑也,吾以释郑谢楚,楚必归,不可与战。”襄公曰:“昔齐桓公兴兵伐楚,今楚来伐而不与战,何以继桓公之业乎?”公孙固又曰:“臣闻:‘一姓不再兴。’天之弃商久矣,君欲兴之,得乎?且吾之甲不如楚坚,兵不如楚利,人不如楚强。宋人畏楚如畏蛇蝎,君何恃以胜楚?”襄公曰:“楚兵甲有馀,仁义不足;寡人兵甲不足,仁义有余。昔武王虎贲三千而胜殷亿万之众,惟仁义也。以有道之君而避无道之臣,寡人虽生不如死矣。”乃批战书之尾,约以十一月朔日,交战于泓阳。命建大旗一面于辂尾,旗上写“仁义”二字。公孙固暗暗叫苦,私谓乐仆伊曰："战主杀而言仁义，吾不知君之仁义何在也？天夺君魄矣，窃为危之！吾等必戒慎其事，毋致丧国足矣。"至期，公孙固未鸡鸣而起，请于襄公，严阵以待。

且说楚将成得臣屯兵于泓水之北，斗勃请："五鼓济师，防宋人先布阵以扼我。"得臣笑曰："宋公专务迂阔，全不知兵。吾早济早战，晚济晚战，何所惧哉？"天明，甲乘始陆续渡水。公孙固请于襄公曰："楚兵天明始渡，其意甚轻。我今乘其半渡，突前击之，是吾以全军而制楚之半也。若令皆济，楚众我寡，恐不敌，奈何？"襄公指大旗曰："汝见'仁义'二字否？寡人堂堂之阵，岂有半济而击之理？"公孙固又暗暗叫苦。须臾，楚兵尽济。成得臣服琼弁，结玉缨，绣袍软甲，腰挂雕弓，手执长鞭，指挥军士东西布阵，气宇昂昂，旁若无人。公孙固又请于襄公曰："楚方布阵，尚未成列，急鼓之必乱。"襄公唾其面曰："咄！汝贪一击之利，不顾万世之仁义耶？寡人堂堂之阵，岂有未成列而鼓之之理？"公孙固又暗暗叫苦。

楚兵阵势已成，人强马壮，漫山遍野，宋兵皆有惧色。襄公使军中发鼓，楚军中亦发鼓。襄公自挺长戈，带着公子荡、向訾守二将，及门官之众，催车直冲楚阵。得臣见来势凶猛，暗传号令，开了阵门，只放襄公一队车骑进来。公孙固随后赶上护驾，襄公已杀入阵内去了。只见一员上将挡住阵门，口口声声叫道："有本事的快来决战！"那员将乃斗勃也。公孙固大怒，挺戟直刺斗勃，勃即举刀相迎。两下交战，未及二十合，宋将乐仆伊引军来到，斗勃微有着忙之意，恰好阵中又冲出一员上将蒍氏吕臣，接住乐仆伊厮杀。公孙固乘忙，觑个方便，拨开刀头，驰入楚军。斗勃提刀来赶，宋将华秀老又到，牵住斗勃，两对儿在阵前厮杀。公孙固在楚阵中，左冲右突，良久，望见东北角上甲士如林，围裹甚紧，疾驱赴之。正遇宋将向訾守，流血被面，急呼曰："司马可速来救主！"公孙固随着訾守，杀入重围，只见门官之众，一个个身带重伤，兀自与楚军死战不退。原来襄公待下人极有恩，所以门官皆尽死力。楚军见公孙固英勇，稍稍退却。公孙固上前看时，公子荡要害被伤，卧于车下，"仁义"大旗已被楚军夺去了。襄公身被数创，右股中箭，射断膝筋，不能起立。公子荡见公孙固到来，张目曰："司马好扶主公，吾死于此矣！"言讫而绝。公孙固感伤不已，扶襄公于自己车上，以身蔽之，奋勇杀出。向訾守为后殿，门官等一路拥卫，且战且走。比及脱离楚阵，门官之众，无一存者。宋之甲车，十丧八九。乐仆伊、华秀老见宋公已离虎穴，各自逃回。成得臣乘胜追之，宋军大败，辎重器械委弃殆尽。公孙固同襄公连夜奔回。宋兵死者甚众，其父母妻子皆相讪于朝外，怨襄公不听司马之言，以致于败。襄公闻之，叹曰："君子不重伤，不擒二毛。寡人将以仁义行师，岂效此乘危扼险之举哉？"举国无不讥笑。后人相传，以为宋襄公行仁义失众而亡，正指战泓之事。髯翁有诗叹云：

不恤滕鄫恤楚兵，宁甘伤股博虚名。
宋襄若可称仁义，盗跖文王两不明。

楚兵大获全胜，复渡泓水，奏凯而还。方出宋界，哨马报："楚王亲率大军接应，见屯柯泽。"得臣即于柯泽谒见楚王献捷。楚成王曰："明日郑君将率其夫人至此劳军，当大陈俘馘以夸示之。"原来郑文公的夫人芈氏，正是楚成王之妹，是为文芈，以兄妹之亲，驾了辎軿，随郑文公至于柯泽，相会楚王。楚王示以俘获之盛，郑文公夫妇称贺，大出金帛犒赏三军。郑文公敦请楚王来日赴宴。次早，郑文公亲自出郭，邀楚王进城，设享于太庙之中，行九献礼，比于天子。食品数百，外加笾豆六器，宴享之侈，列国所未有也。文芈所生二女，曰伯芈、叔芈，未嫁在室。文芈又率之以甥礼见舅，楚王大喜。郑文公同妻女更番进寿，自午至戌，吃得楚王酩酊大醉。楚王谓文芈曰："寡人领情过厚，已逾量矣！妹与二甥送我一程何如？"文芈曰："如命。"郑文公送楚王出城，先别。文芈及二女与楚王并驾而行，直至军营。原来楚王看上了二甥美貌，是夜拉入寝室，遂成枕席之欢，文芈徬徨于帐中，一夜不寐，然畏楚王之威，不敢出声。以舅纳甥，真禽兽也！次日，楚王将军获之半，赠于文芈，载其二女以归，纳之后宫。郑大夫叔詹叹曰："楚王其不得令终乎？享以成礼，礼而无别，是不终也。"

且不说楚、宋之事，再表晋公子重耳，自周襄王八年适齐，至襄王十四年，前后留齐共七年了。遭桓公之变，诸子争立，国内大乱，及至孝公嗣位，又反先人之所为，附楚仇宋，纷纷多事，诸侯多与齐不睦，赵衰等私议曰："吾等适齐，谓伯主之力可借以图复也。今嗣君失业，诸侯皆叛，此其不能为公子谋亦明矣。不如更适他国，别作良图。"乃相与见公子，欲言其事。公子重耳溺爱齐姜，朝夕欢宴，不问外事。众豪杰伺候十日，尚不能见。魏犨怒曰："吾等以公子有为，故不惮劳苦，执鞭从游。今留齐七载，偷安惰志，日月如流，吾等十日不能一见，安能成其大事哉？"狐偃曰："此非聚谈之处，诸君都随我来。"乃共出东门外里许，其地名曰桑阴，一望都是老桑，绿荫重重，日色不至。赵衰等九位豪杰，打一圈儿席地而坐。赵衰曰："子犯计将安出？"狐偃曰："公子之行，在我而已。我等商议停妥，预备行装，一等公子出来，只说邀他郊外打猎，出了齐城，大家齐心劫他上路便了。但不知此行，得力在于何国？"赵衰曰："宋方图伯，且其君好名之人，盍往投之。如不得志，更适秦、楚，必有遇焉。"狐偃曰："吾与公孙司马有旧，且看如何？"众人商议许久方散。只道幽僻之处，无人知觉，却不道"若要不闻，除非莫说，若要不知，除非莫作。"其时姜氏的婢妾十余人，正在树上采桑喂蚕，见众人环坐议事，停手而听之，尽得其语，回宫时，如此恁般，都述于姜氏知道。姜氏喝道："那有此话，不得乱道！"乃命蚕妾十余人幽之一室，至夜半尽杀之，以灭其口。推公子重耳起，告之曰："从者将以公子更适他国，有蚕妾闻其谋，吾恐泄漏其机，或有阻当，今已除却矣。公子宜早定行计。"重耳曰："人生安乐，谁知其他。吾将老此，誓不他往。"姜氏曰："自公子出亡以来，晋国未有宁岁。夷吾无道，兵败身辱，国人不悦，邻国不亲，此天所以待公子也。公子此行，必得晋国，万勿迟疑！"重耳迷恋姜氏，犹弗肯。

次早，赵衰、狐偃、臼季、魏犨四人立宫门之外，传语："请公子郊外射猎！"重耳尚高卧未起，使宫人报曰："公子偶有微恙，尚未梳栉，不能往也。"齐姜闻言，急使人单召狐偃入宫。姜氏屏去左右，问其来意。狐偃曰："公子向在翟国，无日不驰车骤马，伐狐击兔。今在齐，久不出猎，恐其四肢懒惰，故来相请，别无他意。"姜氏微笑曰："此番出猎，非宋即秦、楚耶？"狐偃大惊曰："一猎安得如此之远？"姜氏曰："汝等欲劫公子逃归，吾已尽知，不得讳也。吾夜来亦曾苦劝公子，奈彼执意不从。今晚吾当设宴，灌醉公子，汝等以车夜载出城，事必谐矣。”狐偃顿首曰：“夫人割房闱之爱，以成公子之名，贤德千古罕有！”狐偃辞出，与赵衰等说知其事。凡车马人众鞭刀糗糒之类，收拾一一完备，赵衰、狐毛等先押往郊外停泊。只留狐偃、魏犨、颠颉三人，将小车二乘，伏于宫门左右，专等姜氏送信，即便行事。正是：要为天下奇男子，须历人间万里程。

是晚，姜氏置酒宫中，与公子把盏。重耳曰：“此酒为何而设?”姜氏曰：“知公子有四方之志，特具一杯饯行耳。”重耳曰：“人生如白驹过隙，苟可适志，何必他求?”姜氏曰：“纵欲怀安，非丈夫之事也。从者乃忠谋，子必从之！”重耳勃然变色，搁杯不饮。姜氏曰：“子真不欲行乎?抑诳妾也?”重耳曰：“吾不行。谁诳汝！”姜氏带笑言曰：“行者，公子之志；不行者，公子之情。此酒为饯公子，今且以留公子矣。愿与公子尽欢可乎?”重耳大喜，夫妇交酢，更使侍女歌舞进觞。重耳已不胜饮，再四强之，不觉酩酊大醉，倒于席上。姜氏覆之以衾，使人召狐偃。狐偃知公子已醉，急引魏犨、颠颉二人入宫，和衾连席，抬出宫中。先用重褥衬贴，安顿车上停当。狐偃拜辞姜氏，姜氏不觉泪流。有诗为证：

公子贪欢乐，佳人慕远行。

要成鸿鹄志，生割凤鸾情。

狐偃等催趱小车二乘，赶黄昏离了齐城，与赵衰等合做一处，连夜驱驰。约行五六十里，但闻得鸡声四声，东方微动。重耳方才在车儿上翻身，唤宫人取水解渴。时狐偃执辔在傍，对曰：“要水须待天明。”重耳自觉摇动不安，曰：“可扶我下床。”狐偃曰：“非床也，车也。”重耳张目曰：“汝为谁?”对曰：“狐偃。”重耳心下恍然，知为偃等所算，推衾而起，大骂子犯：“汝等如何不通知我，将我出城，意欲何为?”狐偃曰：“将以晋国奉公子也。”重耳曰：“未得晋，先失齐，吾不愿行！”狐偃诳曰：“离齐已百里矣。齐侯知公子之逃，必发兵来追，不可复也。”重耳勃然发怒，见魏犨执戈侍卫，乃夺其戈以刺狐偃。不知生死如何，且看下回分解。

第三十五回

晋重耳周游列国　秦怀嬴重婚公子

话说公子重耳怪狐偃用计去齐，夺魏犨之戈以刺偃，偃急忙下车走避，重耳亦跳下车挺戈逐之，赵衰、臼季、狐射姑、介子推等一齐下车解劝。重耳投戟于地，恨恨不已。狐偃叩首请罪曰："杀偃以成公

子，偃死愈其生矣！"重耳曰："此行有成则已，如无所成，吾必食舅氏之肉！"狐偃笑而答曰"事若不济，偃不知死在何处，焉得与尔食之？如其克济，子当列鼎而食，偃肉腥臊，何足食？"赵衰等并进曰："某等以公子负大有为之志，故舍骨肉，弃乡里，奔走道途，相随不舍，亦望垂功名于竹帛耳。今晋君无道，国人孰不愿戴公子为君？公子自不求入，谁走齐国而迎公子者！今日之事，实出吾等公议，非子

犯一人之谋，公子勿错怪也。”魏犨亦厉声曰：“大丈夫当努力成名，声施后世，奈何恋恋儿女子目前之乐，而不思终身之计耶？”重耳改容曰：“事既如此，惟诸君命。”狐毛进干糒，介子推捧水以进，重耳与诸人各饱食。壶叔等割草饲马，重施衔勒，再整轮辕，望前进发。有诗为证：

凤脱鸡群翔万仞，虎离豹穴奔千山。
要知重耳能成伯，只在周游列国间。

不一日行至曹国。却说曹共公为人，专好游嬉，不理朝政，亲小人，远君子，以谀佞为腹心，视爵位如粪土。朝中服赤芾乘轩车者三百余人，皆里巷市井之徒，胁肩谄笑之辈。见晋公子带领一班豪杰到来，正是“薰莸不同器”了！惟恐其久留曹国，都阻挡曹共公不要延接他。大夫僖负羁谏曰：“晋、曹同姓，公子穷而过我，宜厚礼之。”曹共公曰：“曹，小国也，而居列国之中，子弟往来，何国无之？若一一待之以礼，则国微费重，何以支吾？”负羁又曰：“晋公子贤德闻于天下，且重瞳骈胁，大贵之征，不可以寻常子弟视也。曹共公一团稚气，说贤德他也不管。说到重瞳骈胁，便道：“重瞳寡人知之，未知骈胁如何？”负羁对曰：“骈胁者，其胁骨相合如一，乃异相也。”曹共公曰：“寡人不信，姑留馆中，俟其浴而观之。”乃使馆人自延公子进馆，以水饭相待，不致饩，不设享，不讲宾主之礼。重耳怒而不食。馆人进澡盆请浴，重耳道路腌臜，正想洗涤尘垢，乃解衣就浴。曹共公与嬖幸数人，微服至馆，突入浴堂，迫近公子，看他的骈胁，言三语四，嘈杂一番而去。狐偃等闻有外人，急忙来看，犹闻嬉笑之声。询问馆人，乃曹君也。君臣无不愠怒。

却说僖负羁谏曹伯不听，归到家中，其妻吕氏迎之，见其面有忧色，问：“朝中何事？”负羁以晋公子过曹，曹君不礼为言。吕氏曰：“妾适往郊外采桑，正值晋公子车从过去。妾观晋公子犹未的，但从行者数人，皆英杰也。吾闻：‘有其君者，必有其臣；有其臣者，必有其君。’以从行诸子观之，晋公子必能光复晋国，此时兴兵伐曹，玉石俱焚，悔之无及。曹君既不听忠言，子当私自结纳可也。妾已备下食品数盘，可藏白璧于中，以为贽见之礼。结交在未遇之先，子宜速往。”僖负羁从其言，夜叩公馆。重耳腹中方馁，含怒而坐，闻曹大夫僖负羁求见馈飧，乃召之入。负羁再拜，先为曹君请罪，然后述自家致敬之意。重耳大悦，叹曰："不意曹国有此贤臣！亡人幸而返国，当图相报！"重耳进食，得盘中白璧，谓负羁曰："大夫惠顾亡人，使不饥饿于土地足矣，何用重贿？"负羁曰："此外臣一点敬心，公子万乞勿弃！"重耳再三不受。负羁退而叹曰："晋公子穷困如此，而不贪吾璧，其志不可量也！"次日，重耳即行，负羁私送出城十里方回。史官有诗云：

错看龙虎作狴犴，盲眼曹共识见微。
堪叹乘轩三百辈，无人及得负羁妻！

重耳去曹适宋，狐偃前驱先到，与司马公孙固相会。公孙固曰："寡君不自量，与楚争胜，兵败股伤，至今病不能起。然闻公子之名，向慕久矣。必当扫除馆舍，以候车驾。"公孙固入告于宋襄公，襄公正恨楚国，日夜求贤人相助，以为报仇之计。闻晋公子远来，晋乃大国，公子又有贤名，不胜之喜！其奈伤股未痊，难以面会，随命公孙固郊迎授馆，待以国君之礼，馈之七牢。次日，重耳欲行。公孙固奉襄公之命，再三请其宽留，私问狐偃："当初齐桓公如何相待？"偃备细告以纳姬赠马之事。公孙固回复宋公。宋公曰："公子昔年已婚宋国矣。纳女吾不能，马则如数可也。"亦以马二十乘相赠，重耳感激不已。住了数日，馈问不绝。狐偃见宋襄公病体没有痊好之期，私与公孙固商议复国一事。公孙固曰："公子若惮风尘之劳，敝邑虽小，亦可以息足。如有大志，敝邑新遭丧败，力不能振，更求他大国，方可济耳。"狐偃曰："子之言，肺腑也。"即日告知公子，束装起程。宋襄公闻公子欲行，复厚赠资粮衣履之类，从人无不欢喜。自晋公子去后，襄公箭疮日甚一日，不久而薨。临终，谓世子王臣曰："吾不听子鱼之言，以及如此！汝嗣位，当以国委之。楚，大仇也，世世勿与通好。晋公子若返国，必然得位，得位必能合诸侯，吾子孙谦事之，可以少安。"王臣再拜受命。襄公在位十四年薨。王臣主丧即位，是为成公。髯仙有诗论宋襄公德力俱无，不当列于五伯之内。诗云：

一事无成身死伤，但将迂语自称扬。
腐儒全不稽名实，五伯犹然列宋襄。

再说重耳去宋，将至郑国，早有人报知郑文公。文公谓群臣曰：“重耳叛父而逃，列国不纳，屡至饥馁，此不肖之人，不必礼之。”上卿叔詹谏曰：“晋公子有三助，乃天祐之人，不可慢也。”郑伯曰：“何为三助？”叔詹对曰：“‘同姓为婚，其类不蕃。’今重耳乃狐女所生，狐与姬同宗，而生重耳，处有贤名，出无祸患，此一助也。自重耳出亡，国家不靖，岂非天意有待治国之人乎？此二助也。赵衰、狐偃皆当世英杰，重耳得而臣之，此三助也。有此三助，君其礼之。礼同姓，恤困穷，尊贤才，顺天命，四者皆美事也。”郑伯曰：“重耳且老矣，是何能为？”叔詹对曰：“君若不能尽礼，则请杀之，毋留仇雠，以遗后患。”郑伯笑曰：“大夫之言甚矣！既使寡人礼之，又使寡人杀之。礼之何恩？杀之何怨？”乃传令门官，闭门勿纳。重耳见郑不相延接，遂驱车竟过。行至楚国，谒见楚成王。成王亦待以国君之礼，设享九献。重耳谦让不敢当。赵衰侍立，谓公子曰：“公子出亡在外，十余年矣，小国犹轻慢，况大国乎？此天命也，子勿让。”重耳乃受其享。终席，楚王恭敬不衰。重耳言词亦愈逊。由此两人甚相得，重耳遂安居于楚。一日，楚王与重耳猎于云梦之泽，楚王卖弄武艺，连射一鹿一兔，俱获之。诸将皆伏地称贺。适有人熊一头，冲车而过，楚王谓重耳曰：“公子何不射之？”重耳拈弓搭箭，暗暗祝祷：“某若能归晋为君，此箭去，中其右掌。”飕的一箭，正穿右掌之上，军士取熊以献。楚王惊服曰：“公子真神箭也！”

须臾，围场中发起喊来，楚王使左右视之，回报道：“山谷中赶出一兽，似熊非熊，其鼻如象，其头似狮，其足似虎，其发如豺，其鬣似野豕，其尾似牛，其身大于马，其文黑白斑驳，剑戟刀箭俱不能伤，嚼铁如泥，车轴裹铁俱被啃食，矫捷无伦，人不能制，以此喧闹。”楚王谓重耳曰：“公子生长中原，博闻多识，必知此兽之名？”重耳回顾赵衰，衰前进曰：“臣能知之。此兽其名曰‘貘’，秉天地之金气而生，头小足卑，好食铜铁，便溺所至，五金见之，皆消化为水，其骨实无髓，可以代槌，取其皮为褥，能辟瘟去湿。”楚王曰：“然则何以制之？”赵衰曰：“皮肉皆铁所结，惟鼻孔中有虚窍，可以纯钢之物刺之，或以火炙，立死，金性畏火故也。”言毕，魏犨厉声曰：“臣不用兵器，活擒此兽，献于驾前。”跳下车来，飞奔去了。楚王谓重耳曰：“寡人与公子同往观之。”即命驰车而往。且说魏犨赶入西北角围中，一见那兽，便挥拳连击几下。那兽全然不怕，大叫一声，如牛鸣之响，直立起来，用舌一舐，将魏犨腰间鋈金镗带，舐去一段。魏犨大怒曰：“孽畜不得无礼！”耸身一跃，离地约五尺许。那兽就地打一滚，又蹲在一边。魏犨心中愈怒，再复跃起。趁这一跃之势，用尽平生威力腾身跨在那兽身上，双手将他项子抱住。那兽奋力踯躅，魏犨随之上下，只不放手。挣扎多时，那兽力势渐衰，魏犨凶猛有余，两臂抱持愈紧。那兽项子被勒，气塞不通，全不动弹。魏犨乃跳下身来，再舒铜筋铁骨这只臂膊，将那兽的象鼻，一手捻定，如牵犬羊一般，直至二君之前。真虎将也！赵衰命军士取火熏其鼻端，火气透入，那兽便软做一堆。魏犨方才放手，拔起腰间宝剑砍之，剑光迸起，兽毛亦不损伤。赵衰曰：“欲杀此兽取皮，亦当用火围而炙之。”楚王依其言。那兽皮肉如铁，经四围火炙，渐渐柔软，可以开剥。楚王曰：“公子相从诸杰，文武俱备，吾国中万不及一也！”时楚将成得臣在旁，颇有不服之意，即奏楚王曰：“吾王夸晋臣之武，臣愿与之比较。”楚王不许曰：“晋君臣，客也，汝当敬之。”是日猎罢，会饮大欢。楚王谓重耳曰：“公子若返晋国，何以报寡人？”重耳曰：“子女玉帛，君所馀也；羽毛齿革，则楚地之所产：何以报君王？”楚王笑曰：“虽然，必有所报。寡人愿闻之。”重耳曰：“若以君王之灵，得复晋国，愿同欢好，以安百姓。倘不得已，与君王以兵车会于平原广泽之间，请避君王三舍。”按行军三十里一停，谓之一舍，三舍九十里。言异日晋、楚交兵，当退避三舍，不敢即战，以报楚相待之恩。当日饮罢，楚将成得臣怒言于楚王曰：“王遇晋公子甚厚，今重耳出言不逊，异日归晋，必负楚恩，臣请杀之。”楚王曰：“晋公子贤，其从者皆国器，似有天助，楚其敢违天乎？”得臣曰：“王即不杀重耳，且拘留狐偃、赵衰数人，勿令与虎添翼。”楚王曰：“留之不为吾用，徒取怨焉。寡人方施德于公子，以怨易德，非计也！”于是待晋公子益厚。

话分两头。却说周襄王十五年，实晋惠公之十四年，是岁惠公抱病在身，不能视朝。其太子圉，久质秦国，圉之母家，乃梁国也。梁君无道，不恤民力，日以筑凿为事，万民嗟怨，往往流徙入秦，以逃苛役。秦穆公乘民心之变，命百里奚兴兵袭梁，灭之。梁君为乱民所杀。太子圉闻梁见灭，叹曰："秦灭我外家，是轻我也！"遂有怨秦之意。及闻惠公有疾，思想："只身在外，外无哀怜之交，内无腹心之援，万一君父不测，诸大夫更立他公子，我终身客死于秦，与草木何异？不如逃归侍疾，以安国人之心。"乃夜与其妻怀嬴，枕席之间，说明其事："我如今欲不逃归，晋国非我之有，欲逃归又割舍不得夫妇之情。你可与我同归晋国，公私两尽。"怀嬴泣下，对曰："子一国太子，乃拘辱于此，其欲归不亦宜乎？寡君使婢子侍巾栉，欲以固子之心也。今从子而归，背弃君命，妾罪大矣。子自择便，勿与妾言。妾不敢从，亦不敢泄子之语于他人也。"太子圉遂逃归于晋。秦穆公闻子圉不别而行，大骂："背义之贼！天不祐汝！"乃谓诸大夫曰："夷吾父子俱负寡人，寡人必有以报之！"自悔当时不纳重耳，乃使人访重耳踪迹，知其在楚，已数月矣，于是遣公孙枝聘于楚王，因迎重耳至秦，欲以纳之。重耳假意谓楚王曰："亡人委命于君王，不愿入秦。"楚王曰："楚、晋隔远，公子若求入晋，必须更历数国。秦与晋接境，朝发夕到。且秦君素贤，又与晋君相恶，此公子天赞之会也，公子其勉行！"重耳拜谢。楚王厚赠金帛车马，以壮其行色。重耳在路复数月，方至秦界。虽然经历尚有数国，都是秦、楚所属，况有公孙枝同行，一路安稳。自不必说。

秦穆公闻重耳来信，喜形于色，郊迎授馆，礼数极丰。秦夫人穆姬亦敬爱重耳，而恨子圉，劝穆公以怀嬴妻重耳，结为姻好。穆公使夫人告于怀嬴，怀嬴曰："妾已失身公子圉矣，可再字乎？"穆姬曰："子圉不来矣！重耳贤而多助，必得晋国。得晋国，必以汝为夫人，是秦、晋世为婚姻也。"怀嬴默然良久，曰："诚如此，妾何惜一身不以成两国之好？"穆公乃使公孙枝通语于重耳。子圉与重耳有叔侄之分，怀嬴是嫡亲侄妇，重耳恐干碍伦理，欲辞不受。赵衰进曰："吾闻怀嬴美而才，秦君及夫人之所爱也。不纳秦女，无以结秦欢。臣闻之：'欲人爱己，必先爱人；欲人从己，必先从人。'无以结秦欢，而欲用秦之力，必不可得也。公子其毋辞！"重耳曰："同姓为婚，犹有避焉，况犹子乎？"臼季进曰："古之同姓为同德也，非谓族也。昔黄帝、炎帝俱有熊国君少典之子，黄帝生于姬水，炎帝生于姜水，二帝异德，故黄帝为姬姓，炎帝为姜姓。姬、姜之族，世为婚姻。黄帝之子二十五人，得姓者十四人，惟姬、己各二，同德故也。德同姓同，族虽远，婚姻不通。德异姓异，族虽近，男女不避。尧为帝喾之子、黄帝五代之孙，而舜为黄帝八代之孙，尧之女于舜为祖姑，而尧以妻舜，舜未尝辞。古人婚姻之道若此。以德言，子圉之德，岂同公子？以亲言，秦女之亲，不比祖姑。况收其所弃，非夺其所欢，是何伤哉？"重耳复谋于狐偃曰："舅犯以为可否？"狐偃问曰："公子今求入，欲事之乎？抑代之也？"重耳不应。狐偃曰："晋之统系，将在圉矣。如欲事之，是为国母；如欲代之，则仇雠之妻。又何问焉？"重耳犹有惭色，赵衰曰："方夺其国，何有于妻？成大事而惜小节，后悔何及？"重耳意乃决，公孙枝复命于穆公。重耳择吉布币，就公馆中成婚。怀嬴之貌，更美于齐姜，又妙选宗女四名为媵，俱有颜色，重耳喜出望外，遂不知有道路之苦矣。史官有诗论怀嬴之事云：

一女如何有二夫？况于叔侄分相悬。
只因要结秦欢好，不恤人言礼义愆。

秦穆公素重晋公子之品，又添上甥舅之亲，情谊愈笃。三日一宴，五日一飨。秦世子罃亦敬事重耳，时时馈问。赵衰、狐偃等因与秦臣蹇叔、百里奚、公孙枝等深相结纳，共踌躇复国之事。一来公子新婚，二来晋国无衅，以此不敢轻易举动。自古道："运到时来，铁树花开。"天生下公子重耳，有晋君之分，有名的伯主，自然生出机会。

再说太子圉自秦逃归，见了父亲晋惠公，惠公大喜曰："吾抱病已久，正愁付托无人。今吾子得脱樊笼，复还储位，吾心安矣。"是秋九月，惠公病笃，托孤于吕省、郤芮二人，使辅子圉："群公子不足虑，只要谨防重耳。"吕、郤二人，顿首受命。是夜，惠公薨，太子圉主丧即位，是为怀公。怀公恐重耳在外为变，乃出令："凡晋臣从重耳出亡者，因亲及亲，限三个月内俱要唤回。如期回者，仍复旧职，既往不咎；若过期不至，禄籍除名，丹书注死。父子兄弟坐视不召者，并死不赦！"老国舅狐突二子狐毛、狐偃，俱从重耳在秦，郤芮私劝狐突作书，唤二子归国。狐突再三不肯。郤芮乃谓怀公曰："二狐有将相之才，今从重耳，如虎得翼。突不肯唤归，其意不测，主公当自与言之。"怀公即使人召狐突。突与家人诀别而行，来见怀公，奏曰：“老臣病废在家，不知宣召何言？”怀公曰：“毛、偃在外，老国舅曾有家信去唤否？”突对曰：“未曾。”怀公曰：“寡人有令：‘过期不至者，罪及亲党。’老国舅岂不闻乎？”突对曰：“臣二子委质重耳，非一日矣。忠臣事君，有死无二！二子之忠于重耳，犹在朝诸臣之忠于君也，即使逃归，臣犹将数其不忠，戮于家庙，况召之乎？”怀公大怒，喝令二力士以白刃交加其颈，谓曰：“二子若来，免汝一死！”因索简置突前，郤芮执其手，使书之，突呼曰：“勿执我手，我当自书。”乃大书“子无二父，臣无二君”八字。怀公大怒曰：“汝不惧耶？”突对曰：“为子不孝，为臣不忠，老臣之所惧也。若死，乃臣子之常事，有何惧焉！”舒颈受刑。怀公命斩于市曹。太卜郭偃见其尸，叹曰：“君初嗣位，德未及于匹夫，而诛戮老臣，其败不久矣！”即日称疾不出。狐氏家臣，急忙逃奔秦国，报与毛、偃知道。不知毛、偃如何，且看下回分解。

第三十六回

晋吕郤夜焚公宫　秦穆公再平晋乱

话说狐毛、狐偃兄弟从公子重耳在秦，闻知父亲狐突被子圉所害，捶胸大哭。赵衰、臼季等都来问慰。赵衰曰："死者不可复生，悲之何益？且同见公子，商议大事。"毛、偃收泪，同赵衰等来见重耳。毛偃言："惠公已薨，子圉即位，凡晋臣从亡者，立限唤回，如不回，罪在亲党。怪老父不召臣等兄弟，将来杀害。"说罢，痛上心来，重复大哭。重耳曰："二舅不必过伤，孤有复国之日，为汝父报仇。"即时驾车来见穆公，诉以晋国之事。穆公曰："此天以晋国授公子，不可失也！寡人当身任之。”赵衰代对曰：“君若庇荫重耳，幸速图之！若待子圉改元告庙，君臣之分已定，恐动摇不易也。”穆公深然其言。

重耳辞回甥馆，方才坐定，只见门官通报：“晋国有人到此，说有机密事，求见公子。”公子召入，问其姓名。其人拜而言曰：“臣乃晋大夫栾枝之子栾盾也。因新君性多猜忌，以杀为威，百姓胥怨，群臣不服，臣父特遣盾私送款于公子。子圉心腹，只有吕省、郤芮二人，旧臣郤步扬、韩简等一班老成，俱疏远不用，不足为虑。臣父已约会郤溱、舟之侨等，敛集私甲，只等公子到来，便为内应。”重耳大喜，与之订约，以明年岁首为期，决至河上。栾盾辞去，重耳对天祷祝，以蓍布，筮得《泰卦》六爻安静。重耳疑之，召狐偃占其吉凶，偃拜贺曰：“是为天地配享，小往大来，上吉之兆。公子此行，不惟得国，且有主盟之分。”重耳乃以栾盾之言告狐偃，偃曰：“公子明日便与秦公请兵，事不宜迟。”重耳乃于次日复入朝谒秦穆公，穆公不待开言，便曰：“寡人知公子急于归国矣。恐诸臣不任其事，寡人当亲送公子至河。”重耳拜谢而出。丕豹闻穆公将纳公子重耳，愿为先锋效力，穆公许之。太史择吉于冬之十二月。先三日，穆公设宴，饯公子于九龙山，乃赠以白璧十双、马四百匹，帷席器用，百物俱备，粮草自不必说。赵衰等九人，各白璧一双、马四匹。重耳君臣俱再拜称谢。

至日，穆公自统谋臣百里奚、繇余，大将公子縶、公孙枝，先锋丕豹等，率兵车四百乘，送公子重耳离了雍州城，望东进发。秦世子罃与重耳素本相得，依依不舍，直送至渭阳，垂泪而别。诗曰：

猛将精兵似虎狼，共扶公子立边疆。
怀公空自诛狐突，只手安能掩太阳？

周襄王十六年，晋怀公圉之元年，春正月，秦穆公同晋公子重耳行至黄河岸口。渡河船只，俱已预备齐整，穆公重设饯筵，丁宁重耳曰：“公子返国，毋忘寡人夫妇也。”乃分军一半，命公子縶、丕豹护送公子济河，自己大军屯于河西。正是：“眼望捷旌旗，耳听好消息。”

却说壶叔主公子行李之事，自出奔以来，曹、卫之间，担饥受饿，不止一次，正是无衣惜衣，无食惜食，今日渡河之际，收拾行装，将日用的坏笾残豆，敝席破帷，件件搬运入船，有吃不尽的酒脯之类，亦皆爱惜如宝，摆列船内。重耳见了，呵呵大笑，曰："吾今日入晋为君，玉食一方，要这些残敝之物何用？"喝教抛弃于岸，不留一些。狐偃私叹曰："公子未得富贵，先忘贫贱，他日怜新弃旧，把我等同守患难之人，看做残敝器物一般，可不枉了这十九年辛苦！乘今日尚未济河，不如辞之，异时还有相念之日。"乃以秦公所赠白璧一双，跪献于重耳之前曰："公子今已渡河，便是晋界，内有诸臣，外有秦将，不愁晋国不入公子之手。臣之一身，相从无益，愿留秦邦，为公子外臣。所有白璧一双，聊表寸意。"重耳大惊曰："孤方与舅氏共享富贵，何出此言？"狐偃曰："臣自知有三罪于公子，不敢相从。"重耳曰："三罪何在？"狐偃对曰："臣闻：'圣臣能使其君尊，贤臣能使其君安。'今臣不肖，使公子困于五鹿，一罪也；受曹、卫二君之慢，二罪也；乘醉出公子于齐城，致触公子之怒，三罪也。向以公子尚在羁旅，臣不敢辞。今入晋矣，臣奔走数年，惊魂几绝，心力并耗，譬之馀笾残豆，不可再陈，敝破席帷，不可再设。留臣无益，去臣无损，臣是以求去耳！"重耳垂泪而言曰："舅氏责孤甚当，乃孤之过也。"即命壶叔将已弃之物，一一取回；复向河设誓曰："孤返国，若忘了舅氏之劳，不与同心共政者，子孙不昌！"即取白璧投之于河曰："河伯为盟证也！"时介子推在他船中，闻重耳与狐偃立盟，笑曰："公子之归，乃天意也，子犯欲窃以为己功乎？此等贪图富贵之辈，吾羞与同朝！"自此有栖隐之意。

重耳济了黄河，东行至于令狐，其宰邓惛发兵登城拒守，秦兵围之。丕豹奋勇先登，遂破其城，获邓惛斩之。桑泉、臼衰望风迎降。晋怀公闻谍报大惊，悉起境内车乘甲兵，命吕省为大将，郤芮副之，屯于庐柳，以拒秦兵，畏秦之强，不敢交战。公子絷乃为秦穆公书，使人送吕郤军中。略曰：

> 寡人之为德于晋，可谓至矣。父子背恩，视秦如仇，寡人忍其父，不能复忍其子。今公子重耳，贤德著闻，多士为辅，天人交助，内外归心。寡人亲率大军，屯于河上，命絷护送公子归晋，主其社稷。子大夫若能别识贤愚，倒戈来迎，转祸为福，在此一举！

吕、郤二人览书，半晌不语。欲接战，诚恐敌不过秦兵，又如龙门山故

事;欲迎降,又恐重耳记着前仇,将他偿里克、丕郑之命。踌躇了多时,商量出一个计较来,乃答书于公子絷,其略云:

某等自知获罪公子,不敢释甲,然翼戴公子,实某等之愿也!倘得与从亡诸子共矢天日,各无相害,子大夫任其无咎,敢不如命。

公子絷读其回书,已识透其狐疑之意,乃单车造于庐柳,来见吕、郤。吕、郤欣然出迎,告以衷腹曰:"某等非不欲迎降,惧公子不能相容,欲以盟为信耳。"絷曰:"大夫若退军于西北,絷将以大夫之诚告于公子,而盟可成也。"吕、郤应诺。候公子絷别去,即便出令,退屯于郇城。重耳使狐偃同公子絷至郇城,与吕、郤相会。是日,刑牲歃血,立誓共扶重耳为君,各无二心。盟讫,即遣人相随狐偃至臼衰,迎接重耳到郇城大军之中,发号施令。怀公不见吕、郤捷音,使寺人勃鞮至晋军催战。行至中途,闻吕、郤退军郇城,与狐偃、公子絷讲和,叛了怀公,迎立重耳,慌忙回报。怀公大惊,急集郤步扬、韩简、栾枝、士会等一班朝臣计议。那一班朝臣,都是向着公子重耳的,平昔见怀公专任吕、郤,心中不忿:"今吕、郤等尚且背叛,事到临头,召我等何用!"一个个托辞,有推病的,有推事的,没半个肯上前。怀公叹了一口气道:"孤不该私自逃回,失了秦欢,以致如此!"勃鞮奏曰:"群臣私约共迎新君,主公不可留矣!臣请为御,暂适高梁避难,再作区处。"

不说怀公出奔高梁,再说公子重耳,因吕、郤遣人来迎,遂入晋军。吕省、郤芮叩首请罪,重耳将好言抚慰。赵衰、臼季等从亡诸臣,各各相见,吐露心腹,共保无虞。吕、郤大悦,乃奉重耳入曲沃城中,朝于武公之庙。绛都旧臣,栾枝、郤溱为首,引着士会、舟之侨、羊舌职、荀林父、先蔑箕、郑先都等三十余人,俱至曲沃迎驾。郤步扬、梁繇靡、韩简、家仆徒等另做一班,俱往绛都郊外邀接。重耳入绛城即位,是为文公。按重耳四十三岁奔翟,五十五岁适齐,六十一岁适秦,及复国为君,年已六十二岁矣。文公既立,遣人至高梁刺杀怀公。子圉自去年九月嗣位,至今年二月被杀,首尾为君,不满六个月。哀哉!寺人勃鞮收而葬之,然后逃回,不在话下。

却说文公宴劳秦将公子絷等,厚犒其军。有丕豹哭拜于地,请改葬其父于郑，文公许之。文公欲留用丕豹，豹辞曰："臣已委质于秦庭，不敢事二君也。"乃随公子絷到河西，回复秦穆公。穆公班师回国。史臣有诗美秦穆公云：

辚辚车骑过河东，龙虎乘时气象雄。

假使雍州无义旅，纵然多助怎成功？

却说吕省、郤芮迫于秦势，虽然一时迎降，心中疑虑，到底不能释然，对着赵衰、臼季诸人，未免有惭愧之意。又见文公即位数日，并不曾爵一有功，戮一有罪，举动不测，怀疑益甚。乃相与计较，欲率家甲造反，焚烧公宫，弑了重耳，别立他公子为君，思想："在朝无可与商者，惟寺人勃鞮乃重耳之深仇，今重耳即位，勃鞮必然惧诛，此人胆力过人，可邀与共事。"使人招之，勃鞮随呼而至。吕、郤告以焚宫之事，勃鞮欣然领命。三人歃血为盟，约定二月晦日会齐，夜半一齐举事。吕、郤二人，各往封邑，暗集人众，不在话下。

却说勃鞮虽然当面应承，心中不以为然，思量道："当初奉献公之命去伐蒲城，又奉惠公所差去刺重耳，这是桀犬吠尧，各为其主。今日怀公已死，重耳即位，晋国方定，又干此大逆无道之事，莫说重耳有天人之助，未必成事；纵使杀了重耳，他从亡许多豪杰，休想轻轻放过了我。不如私下往新君处出首，把这话头反做个进身之阶。此计甚妙。"又想："自己是个有罪之人，不便直叩公宫。"遂于深夜往见狐偃。狐偃大惊，问曰："汝得罪新君甚矣！不思远引避祸，而夤夜至此何也？"勃鞮曰："某之此来，正欲见新君，求国舅一引进耳！"狐偃曰："汝见主公，乃自投死也。"勃鞮曰："某有机密事来告，欲救一国人性命，必面见主公，方可言之。"狐偃遂引至公宫门首，偃叩门先入，见了文公，述勃鞮求见之语。文公曰："鞮有何事，救得一国人性命？此必托言求见，借舅氏作面情讨饶耳。"狐偃曰："刍荛之言，圣人择焉。主公新立，正宜捐弃小忿，广纳忠告，不可拒之。"文公意犹未释，乃使近侍传语责之曰："汝斩寡人之袂，此衣犹在，寡人每一见之寒心。汝又至翟行刺寡人，惠公限汝三日起身，汝次日即行，幸我天命见祐，不遭毒手。今寡人入国，汝有何面目来见？可速逃遁，迟则执汝付刑矣！"勃鞮呵呵大笑曰："主公在外奔走十九年，世情尚未熟透耶？先君献公，与君父子，惠公则君之弟也。父仇其子，弟仇其兄，况勃鞮乎？勃鞮小臣，此时惟知有献、惠，安知有君哉？昔管仲为公子纠射桓公中其钩，桓公用之，遂伯天下。如君所见，将修射钩之怨，而失盟主之业矣。不见臣，不为臣损，但恐臣去，而君之祸不远也。”狐偃奏曰：“勃鞮必有所闻而来，君必见之。”文公乃召勃鞮入宫。勃鞮并不谢罪，但再拜口称：“贺喜！”文公曰：“寡人嗣位久矣，汝今日方称贺，不已晚乎？”勃鞮对曰：“君虽即位，未足贺也。得勃鞮，此位方稳，乃可贺耳！”文公怪其言，屏开左右，愿闻其说。勃鞮将吕、郤之谋，如此恁般，细述一遍：“今其党布满城中，二贼又往封邑聚兵。主公不若乘间与狐国舅微服出城，往秦国起兵，方可平此难也。臣请留此，为诛二贼之内应。”狐偃曰：“事已迫矣！臣请从行。国中之事，子馀必能料理。”文公叮嘱勃鞮：“凡事留心，当有重赏！”勃鞮叩首辞出。

文公与狐偃商议了多时，使狐偃预备温车于宫之后门，只用数人相随。文公召心腹内侍，吩咐如此如此，不可泄漏。是晚，依旧如常就寝。至五鼓，托言感寒疾腹病，使小内侍执灯如厕，遂出后门，与狐偃登车出城而去。次早，宫中俱传主公有病，各来寝室问安，俱辞不见。宫中无有知其出外者。天明，百官齐集朝门，不见文公视朝，来至公宫询问。只见朱扉双闭，门上挂着一面免朝牌，守门者曰：“主公夜来偶染寒疾，不能下床。直待三月朔视朝，方可接见列位也。”赵衰曰：“主公新立，百事未举，忽有此疾，正是：‘天有不测风云，人有旦夕祸福。’”众人信以为真，各各叹息而去。吕、郤二人闻知文公患病不出，直至三月朔方才视朝，暗暗欢喜曰：“天教我杀重耳也！”

且说晋文公、狐偃潜行离了晋界，直入秦邦，遣人致密书于秦穆公，约于王城相会。穆公闻晋侯微行来到，心知国中有变。乃托言出猎，即日命驾，竟至王城来会晋侯。相见之间，说明来意。穆公笑曰：“天命已定，吕、郤辈何能为哉？吾料子馀诸人，必能办贼，君勿虑也！”乃遣大将公孙枝屯兵河口，打探绛都消息，便宜行事。晋侯权住王城。

却说勃鞮恐吕、郤二人见疑，数日前，便寄宿于郤芮之家，假作商量。至二月晦日，勃鞮说郤芮曰：“主公约来早视朝，想病当小愈。宫中火起，必然出外。吕大夫守住前门，郤大夫守住后门，我领家众据朝门，以遏救火之人。重耳虽插翅难逃也！”郤芮以为然，言于吕省。是晚，家众各带兵器火种，分头四散埋伏。约莫三更时分，于宫门放起火来。那火势好不凶猛！宫人都在睡梦中惊醒，只道宫中遗漏，大惊小怪，一齐都乱起来。火光中但见戈甲纷纷，东冲西撞，口内大呼：“不要走了重耳！”宫人遇火者，烂额焦头；逢兵者，伤肢损体。哀哭之声，耳不忍闻。吕省仗剑直入寝宫，来寻文公，并无踪影。撞见郤芮亦仗剑从后宰门入来，问吕省：“曾了事否？”吕省对答不出，只是摇头。二人又冒火覆身搜寻一遍，忽闻外面喊声大举，勃鞮仓忙来报曰：“狐、赵、栾、魏等各家，悉起兵众前来救火，若至天明，恐国人俱集，我等难以脱身，不如乘乱出城，候至天明，打听晋侯死生的确，再作区处。”吕、郤此时，不曾杀得重耳，心中早已着忙了，全无主意。只得号召其党，杀出朝门而去。史官有诗云：

毒火无情杀械成，谁知车驾在王城！
晋侯若记留袪恨，安得潜行会舅甥？

且说狐、赵、栾、魏等各位大夫，望见宫中失火，急忙敛集兵众，准备挠钩水桶，前来救火，原不曾打帐厮杀。直至天明，将火扑灭，方知吕、郤二人造反。不见了晋侯，好大吃惊！有先前吩咐心腹内侍，火中逃出，告知：“主公数日前，于五鼓微服出宫，不知去向。”赵衰曰：“此事问狐国舅便知。”狐毛曰：“吾弟子犯亦于数日前入宫，是夜便不曾归家。想君臣相随，必然预知二贼之逆谋。吾等只索严守都城，修葺宫寝，以待主公之归可也。”魏犨曰：“贼臣造逆，焚宫弑主，今虽逃不远，乞付我一旅之师，追而斩之。”赵衰曰：“甲兵，国家大权，主公不在，谁敢擅动。二贼虽逃，不久当授首矣。”

再说吕、郤等屯兵郊外，打听得晋君未死，诸大夫闭城谨守；恐其来追，欲奔他国，但未决所向。勃鞮绐之曰：“晋君废置，从来皆出秦意，况二位与秦君原有旧识，今假说公宫失火，重耳焚死。去投秦君，迎公子雍而立之，重耳虽不死，亦难再入矣。”吕省曰：“秦君向与我有王城之盟，今日只合投之，但未知秦肯容纳否？”勃鞮曰：“吾当先往道意，如其慨许，即当偕往。不然，再作计较。”勃鞮行至河口，闻公孙枝屯兵河西，即渡河求见，各各吐露心腹，说出真情。公孙枝曰："既贼臣见投，当诱而诛之，以正国法，无负便宜之托可也。"乃为书托勃鞮往召吕、郤。书略曰：

新君入国，与寡君原有割地之约，寡君使枝宿兵河西，理明疆界，恐新君复如惠公故事也。今闻新君火厄，二大夫有意于公子雍，此寡君之所愿闻，大夫其速来共计！

吕、郤得书，欣然而往。至河西军中，公孙枝出迎，叙话之后，设席相款，吕、郤坦然不疑。谁知公孙枝预遣人报知秦穆公，先至王城等候。吕、郤等留连三日，愿见秦君。公孙枝曰："寡君驾在王城，同往可也。车徒暂屯此地，俟大夫返驾，一同济河何如？"吕、郤从其言。行至王城，勃鞮同公孙枝先驱入城，见了秦穆公，使丕豹往迎吕、郤。穆公伏晋文公于围屏之后。吕、郤等继至，谒见已毕，说起迎立子雍之事。穆公曰："公子雍已在此了！"吕、郤齐声曰："愿求一见。"穆公呼曰："新君可出矣！"只见围屏后一位贵人，不慌不忙，叉手步出。吕、郤睁眼看之，乃文公重耳也。吓得吕省、郤芮魂不附体，口称："该死！"叩头不已。穆公邀文公同坐。文公大骂："逆贼！寡人何负于汝而反？若非勃鞮出首，潜出宫门，寡人已为灰烬矣！"吕、郤此时，方知为勃鞮所卖。报称："勃鞮实歃血同谋，愿与俱死。"文公笑曰："勃鞮若不共歃，安知汝谋如此？"喝叫武士拿下，就命勃鞮监斩。须臾，二颗人头献于阶下。可怜吕省、郤芮辅佐惠、怀，也算一时豪杰，索性屯军庐柳之时，与重耳做个头敌，不失为从一忠臣！既已迎降，又复背叛，今日为公孙枝所诱，死于王城，身名俱败，岂不哀哉！文公即遣勃鞮，将吕、郤首级，往河西招抚其众；一面将捷音驰报国中。众大夫皆喜曰："不出子馀所料也！"赵衰等忙备法驾，往河东迎接晋侯。要知后事如何，且看下回分解。

第三十七回

介子推守志焚绵上　太叔带怙宠入宫中

话说晋文公在王城诛了吕省、郤芮，向秦穆公再拜称谢。因以亲迎夫人之礼，请逆怀嬴归国。穆公曰："弱女已失身子圉，恐不敢辱君之宗庙，得备嫔嫱之数足矣。"文公曰："秦、晋世好，非此不足以主宗祀，舅其勿辞！且重耳之出，国人莫知，今以大婚为名，不亦美乎？"穆公大喜，乃邀文公复至雍都，盛饰辎軿，以怀嬴等五人归之。又亲送其女，至于河上，以精兵三千护送，谓之"纪纲之仆"。今人称管家为纪纲，盖始于此。文公同怀嬴等济河，赵衰诸臣早备法驾于河口，迎接夫妇升车。百官扈从，旌旗蔽日，鼓乐喧天，好不闹热！昔时宫中夜遁，如入土之龟，缩头缩尾；今番河上荣归，如出冈

之凤，双宿双飞。正所谓“彼一时，此一时”也。文公至绛，国人无不额手称庆。百官朝贺，自不必说。遂立怀嬴为夫人。

当初晋献公嫁女伯姬之时，使郭偃卜卦，其繇云：“世作甥舅，三定我君。”伯姬为秦穆公夫人，穆公女怀嬴又为晋文公夫人，岂不是“世作甥舅”？穆公先送夷吾归国，又送重耳归国，今日文公避难而出，又亏穆公诱诛吕、郤，重整山河，岂不是“三定我君”？又穆公曾梦宝夫人，引之游于天阙，谒见上帝，遥闻殿上呼穆公之名曰：“任好听旨，汝平晋乱！”如是者再。穆公先平里克之乱，复平吕、郤之乱，一筮一梦，无不应验。诗云：

万物荣枯皆有定，浮生碌碌空奔忙。
笑彼愚人不安命，强觅冬雷和夏霜。

文公追恨吕、郤二人，欲尽诛其党，赵衰谏曰：“惠、怀以严刻失人心，君宜更之以宽。”文公从其言，乃颁行大赦。吕、郤之党甚众，虽见赦文，犹不自安，讹言日起，文公心以为忧。忽一日侵晨，小吏头须叩宫门求见。文公方解发而沐，闻之怒曰：“此人窃吾库藏，致寡人行资缺乏，乞食曹、卫，今日尚何见为？”阍人如命辞之。头须曰：“主公得无方沐乎？”阍者惊曰：“汝何以知之？”头须曰：“夫沐者，俯首曲躬，其心必覆；心覆则出言颠倒，宜我之求见而不得也。且主公能容勃鞮，得免吕、郤之难；今独不能容头须耶？头须此来，有安晋国之策。君必拒之，头须从此逃矣。”阍人遽以其言告于文公，文公曰：“是吾过也！”亟索冠带装束，召头须入见。头须叩头请罪讫，然后言曰：“主公知吕、郤之党几何？”文公蹙眉而言曰：“众甚。”头须奏曰：“此辈自知罪重，虽奉赦犹且怀疑，主公当思所以安之。”文公曰：“安之何策？”头须奏曰：“臣窃主公之财，使主公饥饿，臣之获罪，国人尽知。若主公出游而用臣为御，使举国之人，闻且见之，皆知主公之不念旧恶，而群疑尽释矣。”文公曰：“善。”乃托言巡城，用头须为御。吕、郤之党见之，皆私语曰：“头须窃君之藏，今且仍旧录用，况他人乎？”自是讹言顿息。文公仍用头须掌库藏之事。因有恁般容人之量，所以能安定晋国。

文公先为公子时，已娶过二妻。初娶徐嬴早卒。再娶偪姞，生一子一女，子名驩，女曰伯姬。偪姞亦薨于蒲城。文公出亡时，子女俱幼，弃之于蒲，亦是头须收留，寄养于蒲民遂氏之家，岁给粟帛无缺。一日，乘间言于文公。文公大惊曰："寡人以为死于兵刃久矣，今犹在乎？何不早言？"头须奏曰："臣闻：'母以子贵，子以母贵。'君周游列国，所至送女，生育已繁。公子虽在，未卜君意何如？是以不敢遽白耳。"文公曰："汝如不言，寡人几负不慈之名！"即命头须往蒲，厚赐遂氏，迎其子女以归，使怀嬴母之。遂立驩为太子，以伯姬赐与赵衰为妻，谓之赵姬。

翟君闻晋侯嗣位，遣使称贺，送季隗归晋。文公问季隗之年，对曰："别来八载，今三十有二矣。"文公戏曰："犹幸不及二十五年也。"齐孝公亦遣使送姜氏于晋，晋侯谢其玉成之美。姜氏曰："妾非不贪夫妇之乐，所以劝驾者，正为今日耳。"文公将齐、翟二姬平昔贤德，述于怀嬴。怀嬴称赞不已，固请让夫人之位于二姬。于是更定宫中之位，立齐女为夫人，翟女次之，怀嬴又次之。赵姬闻季隗之归，亦劝其夫赵衰，迎接叔隗母子。衰辞曰："蒙主公赐婚，不敢复念翟女也！"赵姬曰："此世俗薄德之语，非妾所愿闻也。妾虽贵，然叔隗先配，且有子矣，岂可怜新而弃旧乎！"赵衰口虽唯唯，意犹未决。赵姬乃入宫奏于文公曰："妾夫不迎叔隗，欲以不贤之名遗妾，望父侯作主！"文公乃使人至翟，迎叔隗母子以归。赵姬以内子之位让翟女，赵衰又不可。赵姬曰："彼长而妾幼，彼先而妾后，长幼先后之序，不可乱也。且闻子盾，齿已长矣，而又有才，自当立为嫡子。妾居偏房，理所当然。若必不从，妾惟有退居宫中耳！"衰不得已，以姬言奏于文公。文公曰："吾女能推让如此，虽周太妊莫能过也！"遂宣叔隗母子入朝，立叔隗为内子，立盾为嫡子。叔隗亦固辞，文公喻以赵姬之意，乃拜受谢恩而出。盾时年十七岁，生得气宇轩昂，举动有则，通诗书，精射御，赵衰甚爱之。后赵姬生三子，曰同，曰括，曰婴，其才皆不及盾，此是后话。史官叙赵姬之贤德，赞云：

阴性好闲，不嫉则妒，惑夫逞骄，篡嫡敢怒。褒进申绌，服欢白怖，理显势穷，误人自误。贵而自贱，高而自卑，同括下盾，隗压于姬。谦谦令德，君子所师，文公之女，成季之妻。

再说晋文公欲行复国之赏，乃大会群臣，分为三等：以从亡为首功，送款者次之，迎降者又次之。三等之中，又各别其劳之轻重，而上下其赏。第一等从亡中，以赵衰、狐偃为最；其他狐毛、胥臣、魏犨、狐射姑、先轸、颠颉，以次而叙。第二等送款者，以栾枝、郤溱为最；其他士会、舟之侨，孙伯纠、祁满等，以次而叙。第三等迎降者，郤步扬、韩简为最；其他梁繇靡、家仆徒、郤乞、先蔑、屠击等，以次而叙。无采地者赐地，有采地者益封。别以白璧五双赐狐偃曰："向者投璧于河，以此为报。"又念狐突冤死，立庙于晋阳之马鞍山，后人因名其山曰狐突山。又出诏令于国门："倘有遗下功劳未叙者，许其自言。"小臣壶叔进曰："臣自蒲城相从主公，奔走四方，足踵俱裂。居则侍寝食，出则戒车马，未尝顷刻离左右也。今主公行从亡之赏，而不及于臣，意者臣有罪乎？"文公曰："汝来前，寡人为汝明之。夫导我以仁义，使我肺腑开通者，此受上赏；辅我以谋议，使我不辱诸侯者，此受次赏；冒矢石，犯锋镝，以身卫寡人者，此复受次赏。故上赏赏德，其次赏才，又其次赏功。若夫奔走之劳，匹夫之力，又在其次。三赏之后，行且及汝矣。"壶叔愧服而退。文公乃大出金帛，遍赏舆儓仆隶之辈，受赏者无不感悦。惟魏犨、颠颉二人，自恃才勇，见赵衰、狐偃都是文臣，以辞令为事，其赏却在己上，心中不悦，口内稍有怨言。文公念其功劳，全不计较。

又有介子推，原是从亡人数，他为人狷介无比，因济河之时，见狐偃有居功之语，心怀鄙薄，耻居其列，自随班朝贺一次以后，托病居家，甘守清贫，躬自织屦，以侍奉其老母。晋侯大会群臣，论功行赏，不见子推，偶尔忘怀，竟置不问了。邻人解张见子推无赏，心怀不平；又见国门之上，悬有诏令："倘有遗下功劳未叙，许其自言。"特地叩子推之门，报此消息。子推笑而不答。老母在厨下闻之，谓子推曰："汝效劳十九年，且曾割股救君，劳苦不小，今日何不自言？亦可冀数钟之粟米，共朝夕之饔飧，岂不胜于织屦乎？"子推对曰："献公之子九人，惟主公最贤。惠、怀不德，天夺其助，以国属于主公。诸臣不知天意，争据其功，吾方耻之！吾宁终身织屦，不敢贪天之功以为己力也！"老母曰："汝虽不求禄，亦宜入朝一见，庶不没汝割股之劳。"子推曰：

"孩儿既无求于君，何以见为？"老母曰："汝能为廉士，吾岂不能为廉士之母？吾母子当隐于深山，毋溷于市井中也。"子推大喜曰："孩儿素爱绵上，山高谷深，今当归此。"乃负其母奔绵上，结庐于深谷之中，草衣木食，将终其身焉。邻舍无知其去迹者，惟解张知之，乃作书夜悬于朝门。文公设朝，近臣收得此书，献于文公。文公读之，其词曰：

有龙矫矫，悲失其所；数蛇从之，周流天下。龙饥乏食，一蛇割股；龙返于渊，安其壤土。数蛇入穴，皆有宁宇；一蛇无穴，号于中野！

文公览毕，大惊曰："此介子推之怨词也！昔寡人过卫乏食，子推割股以进。今寡人大赏功臣，而独遗子推，寡人之过何辞？"即使人往召子推，子推已不在矣。文公拘其邻舍，诘问子推去处："有能言者，寡人并官之。"解张进曰："此书亦非子推之书，乃小人所代也。子推耻于求赏，负其母隐于绵上深谷之中。小人恐其功劳泯没，是以悬书代为白之。"文公曰："若非汝悬书，寡人几忘子推之功矣！"遂拜解张为下大夫，即日驾车，用解张为前导，亲往绵山，访求子推。只见峰峦叠叠，草树萋萋，流水潺潺，行云片片，林鸟群噪，山谷应声，竟不得子推踪迹。正是："只在此山中，云深不知处。"左右拘得农夫数人到来，文公亲自问之。农夫曰："数日前，曾有人见一汉子，负一老妪，息于此山之足，汲水饮之，复负之登山而去。今则不知所之也。"

文公命停车于山下，使人遍访，数日不得。文公面有愠色，谓解张曰："子推何恨寡人之深耶？吾闻子推甚孝，若举火焚林，必当负其母而出矣。"魏犨进曰："从亡之日，众人皆有功劳，岂独子推哉？今子推隐身以要君，逗遛车驾，虚费时日。待其避火而出，臣当羞之！"乃使军士于山前山后，周围放火，火烈风猛，延烧数里，三日方息。子推终不肯出，子母相抱，死于枯柳之下。军士寻得其骸骨，文公见之，为之流涕，命葬于绵山之下，立祠祀之。环山一境之田，皆作祠田，使农夫掌其岁祀。"改绵山曰介山，以志寡人之过！"后世于绵上立县，谓之介休，言介子推休息于此也。焚林之日，乃三月五日清明之候。国人思慕子推，以其死于火，不忍举火，为之冷食一月。后渐减至三日。

至今太原、上党、西河、雁门各处，每岁冬至后一百五日，预作干糒，以冷水食之，谓之“禁火”，亦曰“禁烟”。因以清明前一日为寒食节，遇节，家有插柳于门，以招子推之魂，或设野祭，焚纸钱，皆为子推也。胡曾有诗云：

羁绁从游十九年，天涯奔走备颠连。
食君刳股心何赤，辞禄焚躯志甚坚。
绵上烟高标气节，介山祠壮表忠贤。
只今禁火悲寒食，胜却年年挂纸钱。

文公既定君臣之赏，大修国政，举善任能，省刑薄敛，通商礼宾，拯寡救乏，国中大治。周襄王使太宰周公孔及内使叔兴，赐文公以侯伯之命。文公待之有加礼。叔兴归见襄王，言：“晋侯必伯诸侯，不可不善也。”襄王自此疏齐而亲晋，不在话下。

是时郑文公臣服于楚，不通中国，恃强凌弱，怪滑伯事卫不事郑，乃兴师伐之。滑伯惧而请成，郑师方退。滑仍旧事卫，不肯服郑。郑文公大怒，命公子士泄为将，堵俞弥副之，再起大军伐滑。卫文公与周方睦，诉郑于周。周襄王使大夫游、孙伯、伯服至郑，为滑求解。未至，郑文公闻之，怒曰：“郑、卫一体也，王何厚于卫，而薄于郑耶？”命拘游孙伯、伯服于境上，俟破滑凯旋，方可释之。孙伯被拘，其左右奔回，诉知周襄王。襄王骂曰：“郑捷欺朕太甚，朕必报之！”问群臣：“谁能为朕问罪于郑者？”大夫颓叔、桃子二人进曰：“郑自先王兵败，益无忌惮。今又挟荆蛮为重，虐执王臣。若兴兵问罪，难保必胜。以臣之愚，必借兵于翟，方可伸威。”大夫富辰连声曰：“不可！不可！古人云：‘疏不间亲。’郑虽无道，乃子友之后，于天子兄弟也。武公著东迁之劳，厉公平子颓之乱，其德均不可忘。翟乃戎狄豺狼，非我同类。用异类而蔑同姓，修小怨而置大德，臣见其害，未见其利也。”颓叔、桃子曰：“昔武王伐商，九夷俱来助战，何必同姓？东山之征，实因管、蔡。郑之横逆，犹管、蔡也。翟之事周，未尝失礼，以顺诛逆，不亦可乎？”襄王曰：“二卿之言是也。”乃使颓叔、桃子如翟，谕以伐郑之事。翟君欣然奉命，假以出猎为名，突入郑地，攻破栎城，以兵戍之，遣使同二大夫告捷于周。周襄王曰：“翟有功于朕，朕今中宫新丧，欲以翟为婚姻何如?"颓叔、桃子曰:"臣闻翟人之歌曰:'前叔隗,后叔隗,如珠比玉生光辉。'言翟有二女,皆名叔隗,并有殊色。前叔隗乃咎如国之女,已嫁晋侯。后叔隗乃翟君所生,今尚未聘,王可求之。"襄王大喜,复命颓叔、桃子往翟求婚。翟人送叔隗至周,襄王欲立为继后。富辰又谏曰:"王以翟为有功,劳之可也。今以天子之尊,下配夷女,翟恃其功,加以姻亲,必有窥伺之患矣。"襄王不听,遂以叔隗主中宫之政。

说起那叔隗,虽有韶色,素无闺德。在本国专好驰马射箭,翟君每出猎,必自请随行,日与将士每驰逐原野,全无拘束。今日嫁与周王,居于深宫,如笼中之鸟,槛内之兽,甚不自在。一日,请于襄王曰:"妾幼习射猎,吾父未尝禁也。今郁郁宫中,四肢懈倦,将有痿痹之疾。王何不举大狩,使妾观之?"襄王宠爱方新,言无不从。遂命太史择日,大集车徒,较猎于北邙山。有司张幕于山腰,襄王与隗后坐而观之。襄王欲悦隗后之意,出令曰:"日中为期,得三十禽者赏钝车三乘,得二十禽者赏以辎车二乘,得十禽者赏以辚车一乘,不逾十禽者无赏。"一时王子王孙及大小将士,击狐伐兔,无不各逞其能,以邀厚赏。打围良久,太史奏:"日已中矣。"襄王传令撤回,诸将各献所获之禽,或一十,或二十,惟有一位贵人,所献逾三十之外。那贵人生得仪容俊伟,一表人物,乃襄王之庶弟,名曰带,国人皆称曰太叔,爵封甘公。因先年夺嫡不遂,又召戎师以伐周,事败出奔齐国,后来惠后再三在襄王面前辩解求恕,大夫富辰亦劝襄王兄弟修好,襄王不得已,召而复之。今日在打围中,施逞精神,拔了个头筹。襄王大喜,即赐钝车如数。其余计获多少,各有赐赉。隗后坐于王侧,见甘公带才貌不凡,射艺出众,夸奖不迭。问之襄王,知是金枝玉叶,十分心爱。遂言于襄王曰:"天色尚早,妾意欲自打一围,以健筋骨,幸吾王降旨!"襄王本意欲取悦隗后,怎好不准其奏,即命将士重整围场。

隗后解下绣袍。原来袍内预穿就窄袖短衫,罩上异样黄金锁子轻细之甲。腰系五彩纯丝绣带。用玄色轻绡六尺,周围抹额,笼蔽凤笄,以防尘土。腰悬箭箙,手执朱弓,妆束得好不齐整!有诗为证:

花般绰约玉般肌,幻出戎装态更奇。

仕女班中夸武艺，将军队里擅娇姿。

隗后这回装束，别是一般丰采，喜得襄王微微含笑。左右驾戎辂以待。隗后曰："车行不如骑迅。妾随行诸婢，凡翟国来的，俱惯驰马，请于王前试之。"襄王命多选良马，鞴勒停当。侍婢陪骑者，约有数人。隗后方欲跨马，襄王曰："且慢。"遂问同姓诸卿中："谁人善骑？保护王后下场。"甘公带奏曰："臣当效劳。"这一差，正暗合了隗后之意。侍婢簇拥隗后，做一队儿骑马先行。甘公带随后跨着名驹赶上，不离左右。隗后要在太叔面前施逞精神。太叔亦要在隗后面前夸张手段。未试弓箭，且试跑马。隗后将马连鞭几下，那马腾空一般去了。太叔亦跃马而前。转过山腰，刚刚两骑马讨个并头。隗后将丝缰勒住，夸奖甘公曰："久慕王子大才，今始见之！"太叔马上欠身曰："臣乃学骑耳，不及王后万分之一！"隗后曰："太叔明早可到太后宫中问安，妾有话讲。"言犹未毕，侍女数骑俱到，隗后以目送情，甘公轻轻点头，各勒马而回。恰好山坡下赶出一群麋鹿来，太叔左射麋，右射鹿，俱中之。隗后亦射中一鹿。众人喝采一番。隗后复跑马至于山腰，襄王出幕相迎曰："王后辛苦！"隗后以所射之鹿，拜献襄王。太叔亦以一麋一鹿呈献。襄王大悦。众将及军士又驰射一番，方才撤围。御庖将野味烹调以进，襄王颁赐群臣，欢饮而散。

次日，甘公带入朝谢赐，遂至惠后宫中问安，其时隗后已先在矣。隗后预将贿赂，买嘱随行宫侍，遂与太叔眉来眼去，两下意会，托言起身，遂私合于侧室之中。男贪女爱，极其眷恋之情，临别两不相舍。隗后嘱咐太叔："不时入宫相会。"太叔曰："恐王见疑。"隗后曰："妾自能周旋，不必虑也！"惠后宫人颇知其事，只因太叔是太后的爱子，况且事体重大，不敢多口。惠后心上亦自觉着，反吩咐宫人："闲话少说。"隗后的宫侍已自遍受赏赐，做了一路，为之耳目。太叔连宵达旦，潜住宫中，只瞒得襄王一人。史官有诗叹曰：

太叔无兄何有嫂？襄王爱弟不防妻。
一朝射猎成私约，始悔中宫女是夷！

又有诗讥襄王不该召太叔回来，自惹其祸。诗云：

明知篡逆性难悛，便不行诛也绝亲。

引虎入门谁不噬，襄王真是梦中人！

大凡做好事的心，一日小一日；做歹事的胆，一日大一日。甘公带与隗后私通，走得路熟，做得事惯，渐渐不避耳目，不顾利害，自然败露出来。那隗后少年贪欲，襄王虽则宠爱，五旬之人，到底年力不相当了，不时在别寝休息。太叔用些贿，使些势，那把守宫门的，无过是内侍之辈，都想道："太叔是太后的爱子，周王一旦晏驾，就是太叔为王了，落得他些赏赐，管他甚帐？"以此不分早晚，出入自如。

却说宫婢中有个小东，颇有几分颜色，善于音律。太叔一夕欢宴之际，使小东吹玉箫，太叔歌而和之。是夕开怀畅饮，醉后不觉狂荡，便按住小东求欢。小东惧怕隗后，解衣脱身，太叔大怒，拔剑赶逐，欲寻小东杀之。小东竟奔襄王别寝，叩门哭诉，说太叔如此恁般，如今见在宫中。襄王大怒，取了床头宝剑，趋至中宫，要杀太叔。毕竟性命如何，且看下回分解。

第三十八回

周襄王避乱居郑　晋文公守信降原

话说周襄王闻宫人小东之语，心头一时火起，急取床头宝剑，趋至中宫，来杀太叔。才行数步，忽然转念："太叔乃太后所爱，我若杀之，外人不知其罪，必以我为不孝矣。况太叔武艺高强，倘然不逊，挺剑相持，反为不美。

不如暂时隐忍，俟明日询有实迹，将隗后贬退，谅太叔亦无颜复留，必然出奔外境，岂不稳便？"叹了一口气，掷剑于地，复回寝宫，使随身内侍打探太叔消息。回报："太叔知小东来诉我王，已脱身出宫去矣。"襄王曰："宫门出入，如何不禀命于朕？亦朕之疏于防范也！"次早，襄王命拘中宫侍妾审问。初时抵赖，唤出小东面证，遂不能隐，将前后丑情，一一招出。襄王将隗后贬入冷宫，封锁其门，穴墙以通饮食。太叔带自知有罪，逃奔翟国去了。惠太后惊成心疾，自此抱病不起。

却说颓叔、桃子闻隗后被贬，大惊曰："当初请兵伐郑，是我二人；请婚隗氏，又是我二人。今忽然被斥，翟君必然见怪。太叔今出奔在翟，定有一番假话哄动翟君。倘然翟兵到来问罪，我等何以自解？"即日乘轻车疾驰赶上太叔，做一路商量："若见翟君，须是如此如此。"不一日，行到翟国，太叔停驾于郊外，颓叔、桃子先入城见了翟君，告诉道："当初我等原为太叔请婚，周王闻知美色，乃自取之，立为正宫。只为往太后处问安，与太叔相遇，偶然太叔叙起前因，说话良久，被宫人言语诬谤，周王轻信，不念贵国伐郑之劳，遂将王后贬入冷宫，太叔逐出境外。忘亲背德，无义无恩，乞假一旅之师，杀入王城，扶立太叔为王，救出王后，仍为国母，诚贵国之义举也。"翟君信其言，问："太叔何在？"颓叔、桃子曰："现在郊外候命。"翟君遂迎太叔入城。太叔请以甥舅之礼相见，翟君大喜，遂拨步骑五千，使大将赤丁同颓叔、桃子，奉太叔以伐周。

周襄王闻翟兵临境，遣大夫谭伯为使，至翟军中，谕以太叔内乱之罪。赤丁杀之，驱兵直逼王城之下。襄王大怒，乃拜卿士原伯贯为将，毛卫副之，率车三百乘出城御敌。伯贯知翟兵勇猛，将轫车联络为营，如坚城一般，赤丁冲突数次，俱不能入，连日搦战，亦不出应。赤丁愤甚，乃定下计策，于翠云山搭起高台，上建天子旌旗，使军士假扮太叔，在台上饮宴歌舞为乐，却教颓叔、桃子各领一千骑兵伏于山之左右，只等周兵到时，台上放炮为号，一齐拢杀将来。又教亲儿赤风子引骑兵五百，直逼其营辱骂，以激其怒，若彼开营出战，佯输诈败，引他走翠云山一路，便算功劳。赤丁与太叔引大队在后准备接应。分拨停当。

却说赤风子引五百骑兵搦战，原伯贯登垒望之，欺其寡少，便欲出战。毛卫谏曰："翟人诡诈多端，只宜持重。俟其懈怠，方可击也。"挨至午牌时分，翟军皆下马坐地，口中大骂："周王无道之君，用这般无能之将，降又不降，战又不战，待要如何？"亦有卧地而骂者。原伯贯忍耐不住，喝教开营。营门开处，涌出车乘百余，车上立着一员大将，金盔绣袄，手执大杆刀，乃原伯贯也。赤风子忙叫：“孩儿们快上马！”自挺铁搠来迎战，不上十合，拨马往西而走。军士多有上马不及者，周军乱抢马匹，全无行列。赤风子回马，又战数合，渐渐引至翠云山相近。赤风子委弃马匹器械殆尽，引数骑奔山后去了。原伯贯抬头一望，见山上飞龙赤旗飘飐，绣伞之下盖着太叔，大吹大擂饮酒。原伯贯曰：“此贼命合尽于吾手！”乃拣平坦处驱车欲上。山上檑木炮石打将下来，原伯正没计较，忽闻山坳中连珠炮响，左有颓叔，右有桃子，两路铁骑如狂风骤雨围裹将来。原伯心知中计，急教回车，来路上已被翟军砍下乱木，纵横道路，车不能行。原伯喝令步卒开路，军士都心慌胆落，不战而溃。原伯无计可施，卸下绣袍，欲杂于众中逃命。有小军叫曰：“将军到这里来！”颓叔听得叫声，疑为原伯，指挥翟骑追之，擒获二十余人，原伯果在其内。比及赤丁大军到时，已大获全胜，车马器械，悉为所俘。有逃脱的军士，回营报知毛卫。毛卫只教坚守，一面遣人驰奏周王，求其添兵助将。不在话下。

颓叔将原伯贯绑缚献功于太叔，太叔命囚之于营。颓叔曰：“今伯贯被擒，毛卫必然丧胆。若夜半往劫其营，以火攻之，卫可擒也。”太叔以为然，言于赤丁。赤丁用其策，暗传号令。是夜三鼓之后，赤丁自引步军千余，俱用利斧，劈开索链，劫入大营，就各车上将芦苇放起火来。顷刻延烧，遍营中火球乱滚，军士大乱。颓叔、桃子各引精骑，乘势杀入，锐不可当。毛卫急乘小车，从营后而遁。正遇着步卒一队，为首乃是太叔带，大喝：“毛卫那里走？”毛卫着忙，被太叔一枪刺于车下。翟军大获全胜，遂围王城。

周襄王闻二将被擒，谓富辰曰：“早不从卿言，致有此祸。”富辰曰：“翟势甚狂，吾王暂尔出巡，诸侯必有倡义纳王者。”周公孔奏曰：“王师虽败，若悉起百官家属，尚可背城一战。奈何轻弃社稷，委命于诸侯乎？”召公过奏曰：“言战者，乃危计也。以臣愚见，此祸皆本于叔隗，吾王先正其诛，然后坚守以待诸侯之救，可以万全。”襄王叹曰：“朕之不明，自取其祸！今太后病危，朕暂当避位，以慰其意。若人心不忘朕，听诸侯自图之可也。”因谓周、召二公曰：“太叔此来，为隗后耳。若取隗氏，必惧国人之谤，不敢居于王城。二卿为朕缮兵固守，以待朕之归可也。”周、召二公顿首受命。襄王问于富辰曰：“周之接壤，惟郑、卫、陈三国，朕将安适？”富辰对曰：“陈、卫弱，不如适郑。”襄王曰：“朕曾用翟伐郑，郑得无怨乎？”富辰曰：“臣之劝王适郑者，正为此也。郑之先世有功于周，其嗣必不忘。王以翟伐郑，郑心不平，固日夜望翟之背周，以自明其顺也。今王适郑，彼必喜于奉迎，又何怨焉？”襄王意乃决。富辰又请曰：“王犯翟锋而出，恐翟人悉众与王为难，奈何？臣愿率家属与翟决战，王乘机出避可也。”乃尽召子弟亲党，约数百人，勉以忠义，开门直犯翟营，牵住翟兵。襄王同简师父、左鄢父等十余人，出城望郑国而去。富辰与赤丁大战，所杀伤翟兵甚众，辰亦身被重伤，遇颓叔、桃子，慰之曰：“子之忠谏，天下所知也，今日可以无死。”富辰曰：“昔吾屡谏王，王不听，以及此。若我不死战，王必以我为怼矣。”复力战多时，力尽而死。子弟亲党，同死者三百余人。史官有诗赞曰：

用夷凌夏岂良谋，纳女宣淫祸自求。

骤谏不从仍死战，富辰忠义播春秋。

富辰死后，翟人方知襄王已出王城。时城门复闭，太叔命释原伯贯之囚，使于门外呼之。周、召二公立于城楼之上，谓太叔曰：“本欲开门奉迎，恐翟兵入城剽掠，是以不敢。”太叔请于赤丁，求其屯兵城外，当出府库之藏为犒，赤丁许之。太叔遂入王城，先至冷宫，放出隗后，然后往谒惠太后。太后见了太叔。喜之不胜，一笑而绝。太叔且不治丧，先与隗后宫中聚阔。欲寻小东杀之，小东惧罪，先已投井自尽矣。呜呼哀哉！

次日，太叔假传太后遗命，自立为王，以叔隗为王后，临朝受贺。发府藏大犒翟军，然后为太后发丧。国人为之歌曰：

暮丧母，旦娶妇；妇得嫂，臣娶后。为不惭，言可丑！谁其逐之？我与尔左右！

太叔闻国人之歌，自知众论不服，恐生他变，乃与隗氏移驻于温，大治宫室，日夜取乐。王城内国事，悉委周、召二公料理，名虽为王，实未尝与臣民相接也。原伯贯逃往原城去了。这边话且搁过不提。

且说周襄王避出王城，虽然望郑国而行，心中未知郑意好歹。行至氾地，其地多竹而无公馆，一名竹川。襄王询土人，知入郑界，即命停车，借宿于农民封氏草堂之内。封氏问："官居何职？"襄王言曰："我周天子也。为国中有难，避而到此。"封氏大惊，叩头谢罪曰："吾家二郎，夜来梦红日照于草堂，果有贵人下降。"即命二郎杀鸡为黍。襄王问："二郎何人？"对曰："民之后母弟也。与民同居于此，共爨同耕，以奉养后母。"襄王叹曰："汝农家兄弟，如此和睦，朕贵为天子，反受母弟之害，朕不如此农民多矣！"因凄然泪下。大夫左鄢父进曰："周公大圣，尚有骨肉之变。吾主不必自伤，作速告难于诸侯，料诸侯必不坐视。"襄王乃亲作书稿，使人分告齐、宋、陈、郑、卫诸国。略曰：

不谷不德，得罪于母之宠子弟带，越在郑地氾。敢告。

简师父奏曰："今日诸侯有志图伯者，惟秦与晋。秦有蹇叔、百里奚、公孙枝诸贤为政，晋有赵衰、狐偃、胥臣诸贤为政，必能劝其君以勤王之义，他国非所望也。"襄王乃命简师父告于晋，使左鄢父告于秦。

且说郑文公闻襄王居氾，笑曰："天子今日方知翟之不如郑也。"即日使工师往氾地创立庐舍，亲往起居，省视器具，一切供应，不敢菲薄。襄王见郑文公颇有惭色。鲁、宋诸国，亦遣使问安，各有馈献。惟卫文公不至。鲁大夫臧孙辰，字文仲，闻之叹曰："卫侯将死矣！诸侯之有王，犹木之有本，水之有源也。木无本必枯，水无源必竭，不死何为？"时襄王十八年之冬十月也。至明年春，卫文公薨，世子郑立，是为成公。果应臧文仲之言，此是后话。

再说简师父奉命告晋。晋文公询于狐偃，偃对曰："昔齐桓之能合诸侯，惟尊王也。况晋数易其君，民以为常，不知有君臣之大义。君盍纳王而讨太叔之罪，使民知君之不可贰乎？继文侯辅周之勋，光武公启晋之烈，皆在于此。若晋不纳，秦必纳之，则伯业独归于秦矣。"文公使太史郭偃卜之，偃曰："大吉！此黄帝战于阪泉之兆。"文公曰："寡人何敢当此！"偃对曰："周室虽衰，天命未改。今之王，古之帝也，其克叔带必矣。"文公曰："更为我筮之。"得《乾》下《离》上《大有》之卦，第三爻动，变为《兑》下《离》上《睽》卦。偃断之曰："《大有》之九三云：'公用享于天子。'战克而王享，吉莫大焉！《乾》为天，《离》为日。日丽于天，昭明之象。《乾》变而《兑》，《兑》为泽，泽在下，以当《离》日之炤。是天子之恩光炤临晋国，又何疑焉？"文公大悦，乃大阅车徒，分左右二军，使赵衰将左军，魏犫佐之；郤溱将右军，颠颉佐之。文公引狐偃、栾枝等，左右策应。

临发时，河东守臣报称："秦伯亲统大兵勤王，已在河上，不日渡河矣。"狐偃进曰："秦公志在勤王，所以顿兵河上者，为东道之不通故也。夫草中之戎，丽土之狄，皆车马必由之路，秦素未与通，恐其不顺，是以怀疑不进。君诚行赂于二夷，谕以假道勤王之意，二夷必听。更使人谢秦君，言晋师已发，秦必退矣。"文公然其言。一面使狐偃之子狐射姑，赍金帛之类行赂于戎狄，一面使胥臣往河上辞秦。胥臣谒见穆公，致晋侯之命曰："天子蒙尘在外，君之忧，即寡君之忧也。寡君已扫境内兴师，代君之劳，已有成算，毋敢烦大军远涉。"穆公曰："寡人恐晋君新立，军师未集，是以奔走在此，以御天子之难。既晋君克举大义，寡人当静听捷音。"蹇叔、百里奚皆曰："晋侯欲专大义，以服诸侯，恐主公分其功业，故遣人止我之师。不如乘势而下，共迎天子，岂不美哉？"穆公曰："寡人非不知勤王美事，但东道未通，恐戎狄为梗。晋初为政，无大功何以定国，不如让之。"乃遣公子絷随左鄢父至氾，问劳襄王。穆公班师而回。

却说胥臣以秦君退师回报，晋兵遂进屯阳樊，守臣苍葛出郊外劳军。文公使右军将军郤溱等围温，左军将军赵衰等迎襄王于氾。襄王以夏四月丁巳日复至王城，周、召二公迎之入朝。不在话下。温人闻周王复位，乃群聚攻颓叔、桃子，杀之，大开城门以纳晋师。太叔带忙携隗后登车，欲夺门出走翟国。守门军士，闭门不容其去，太叔仗剑砍倒数人。却得魏犫赶到，大喝："逆贼那里去走？"太叔曰："汝放孤出城，异日厚报。"魏犫曰："问天子肯放你时，魏犫就做人情。"太叔大怒，挺剑刺来，被魏犫跃上其车，一刀斩之。军士擒隗氏来见，犫曰："此淫妇，留他何用！"命众军乱箭攒射。可怜如花夷女，与太叔带半载欢娱，今日死于万箭之下。胡曾先生咏史诗云：

逐兄盗嫂据南阳，半载欢娱并罹殃。

淫逆倘然无速报，世间不复有纲常。

魏犨带二尸以报郤溱，溱曰："何不槛送天子，明正其戮？"魏犨曰："天子避杀弟之名，假手于晋，不如速诛之为快也！"郤溱叹息不已，乃埋二尸于神农涧之侧。一面安抚温民，一面使人报捷于阳樊。

晋文公闻太叔和隗氏俱已伏诛，乃命驾亲至王城，朝见襄王奏捷。襄王设醴酒以飨之，复大出金帛相赠。文公再拜谢曰："臣重耳不敢受赐，但死后得用隧葬，臣沐恩于地下无穷矣。"襄王曰："先王制礼，以限隔上下，止有此生死之文，朕不敢以私劳而乱大典。叔父大功，朕不敢忘！"乃割畿内温、原、阳樊、攒茅四邑，以益其封。文公谢恩而退。百姓携老扶幼，填塞街市，争来识认晋侯，叹曰："齐桓公今复出也！"晋文公下令两路俱班师。大军屯于太行山之南，使魏犨定阳樊之田，颠颉定攒茅之田，栾枝定温之田，晋侯亲率赵衰定原之田。为何定原之田，文公亲往？那原乃周卿士原伯贯之封邑，原伯贯兵败无功，襄王夺其邑以与晋，伯贯见在原城，恐其不服，所以必须亲往。颠颉至攒茅，栾枝至温，守臣俱携酒食出迎。

却说魏犨至阳樊，守臣苍葛谓其下曰："周弃岐、丰，余地几何！而晋复受四邑耶？我与晋同是王臣，岂可服之。"遂率百姓持械登城。魏犨大怒，引兵围之，大叫："早早降顺，万事俱休；若打破城池，尽皆屠戮！"苍葛在城上答曰："吾闻：'德以柔中国，刑以威四夷。'今此乃王畿之地，畿内百姓，非王之宗族，即王之亲戚。晋亦周之臣子，忍以兵威相劫耶？"魏犨感其言，遣人驰报文公。文公致书于苍葛，略曰：

四邑之地，乃天子之赐，寡人不敢违命。将军若念天子之姻亲，率以归国，亦惟将军之命是听。

因谕魏犨缓其攻，听阳民迁徙。苍葛得书，命城中百姓："愿归周者去，愿从晋者留。"百姓愿去者大半，苍葛尽率之，迁于轵村。魏犨定其疆界而还。

再说文公同赵衰略地至原，原伯贯绐其下曰："晋兵围阳樊，尽屠其民矣！"原人恐惧，共誓死守，晋兵围之。赵衰曰："民所以不服晋者，不信故也。君示之以信，将不攻而下矣。"文公曰："示信若何？"赵衰对曰："请下令，军士各持三日之粮，若三日攻原不下，即当解围而去。"文公依其言。到第三日，军吏告禀："军中只有今日之粮了！"文公不答。是日夜半，有原民縋城而下，言："城中已探知阳樊之民，未尝遭戮，相约于明晚献门。"文公曰："寡人原约攻城以三日为期，三日不下，解围去之。今满三日矣，寡人明早退师。尔百姓自尽守城之事，不必又怀二念。"军吏请曰："原民约明晚献门，主公何不暂留一日，拔一城而归？即使粮尽，阳樊去此不远，可驰取也。"文公曰："信，国之宝也，民之所凭也。三日之令，谁不闻之？若复留一日，是失信矣！得原而失信，民尚何凭于寡人？"黎明，即解原围。原民相顾曰："晋侯宁失城，不失信，此有道之君！"乃争建降旗于城楼，縋城以追文公之军者，纷纷不绝。原伯贯不能禁止，只得开城出降。髯仙有诗云：

口血犹含起战戈，谁将片语作山河？
去原毕竟原来服，谲诈何如信义多！

晋军行三十里，原民追至，原伯贯降书亦到。文公命扎住车马，以单车直入原城，百姓鼓舞称庆。原伯贯来见，文公待以王朝卿士之礼，迁其家于河北。文公择四邑之守曰："昔子馀以壶飧从寡人于卫，忍饥不食，此信士也。寡人以信得原，还以信守之。"使赵衰为原大夫，兼领阳樊。又谓郤溱曰："子不私其族，首同栾氏通款于寡人，寡人不敢忘。"乃以郤溱为温大夫，兼守攒茅。各留兵二千戍其地而还。后人论文公纳王示义，伐原示信，乃图伯之首事也。毕竟何时称伯，且看下回分解。

第三十九回

柳下惠授词却敌　晋文公伐卫破曹

话说晋文公定了温、原、阳樊、攒茅四邑封境，直通太行山之南，谓之南阳。此周襄王十七年之冬也。时齐孝公亦有嗣伯之意。自无亏之死，恶了鲁僖公；鹿上不署，别了宋襄公；盂会不赴，背了楚成王。诸侯离心。朝聘不至。孝公心怀愤怒，欲用兵中原，以振先业，乃集群臣问曰："先君桓公在日，无岁不征，无日不战。今寡人安坐朝堂，如居蜗壳之中，不知外事，寡人愧之！昔年鲁侯谋救无亏，与寡人为难，此仇未报。今鲁北与卫结，南与楚通，倘结连伐齐，何以当之？闻鲁岁饥，寡人意欲乘此加兵，以杜其谋。诸卿以为何如？"上卿高虎奏曰："鲁方多助，伐之未必有

功。”孝公曰：“虽无功，且试一行，以观诸侯离合之状。”乃亲率车徒二百乘，欲侵鲁之北鄙。

边人闻信，先来告急。鲁正值饥馑之际，民不胜兵，大夫臧孙辰言于僖公曰：“齐挟忿深入，未可与争胜负也，请以辞令谢之！”僖公曰：“当今善为辞令者何人？”臧孙辰对曰：“臣举一人，乃先朝司空无骇之子，展氏获名，字子禽，官拜士师，食邑柳下。此人外和内介，博文达理，因居官执法，不合于时，弃职归隐。若得此人为使，定可不辱君命，取重于齐矣。”僖公曰：“寡人亦素知其人，今安在？”曰：“见在柳下。”使人召之，展获辞以病不能行。臧孙辰曰：“禽有从弟名喜，虽在下僚，颇有口辩。若令喜就获之家，请其指授，必有可听。”僖公从之。展喜至柳下，见了展获，道达君命。展获曰：“齐之伐我，欲绍桓公之伯业也。夫图伯莫如尊王，若以先王之命责之，何患无辞？”展喜复于僖公曰：“臣知所以却齐矣。”僖公已具下犒师之物，无非是牲醴粟帛之类，装做数车，交与展喜。喜至北鄙，齐师尚未入境，乃迎将上去。至汶南地方，刚遇齐兵前队，乃崔夭为先锋。展喜先将礼物呈送崔夭。崔夭引至大军，谒见齐侯，呈上犒军礼物，曰：“寡君闻君亲举玉趾，将辱临于敝邑，使下臣喜奉犒执事。”孝公曰：“鲁人闻寡人兴师，亦恐惧乎？”喜笑曰：“小人则或者恐惧矣；若君子，则全无恐惧也。”孝公曰：“汝国文无施伯之智，武无曹刿之勇，况正逢饥馑，野无青草，何所恃而不惧？”喜答曰：“敝邑别无所恃，所恃者先王之命耳。昔周先王封太公于齐，封我先君伯禽于鲁，使周公与太公割牲为盟，誓曰：‘世世子孙，同奖王室，无相害也。’此语载在盟府，太史掌之。桓公是以九合诸侯，而先与庄公为柯之盟，奉王命也。君嗣位九年，敝邑君臣引领望齐曰：‘庶几修先伯主之业，以亲睦诸侯。’若弃成王之命，违太公之誓，堕桓公之业，以好为仇，度君侯之必不然也。敝邑恃此不惧。”孝公曰：“子归语鲁侯，寡人愿修睦，不复用兵矣。”即日传令班师。潜渊有诗，讥臧孙辰知柳下惠之贤，不能荐引同朝。诗云：

北望烽烟鲁势危，片言退敌奏功奇。
臧孙不肯开贤路，柳下仍淹展士师。

展喜还鲁，复命于僖公。臧孙辰曰：“齐师虽退，然其意实轻鲁，臣请偕仲遂如楚，乞师伐齐，使齐侯不敢正眼觑鲁，此数年之福也。”僖公以为然。乃使公子遂为正使，臧孙辰为副使，行聘于楚。

臧孙辰素与楚将成得臣相识，使得臣先容于楚王，谓楚王曰：“齐背鹿上之约，宋为泓水之战，二国者皆楚仇也。王若问罪于二国，寡君愿悉索敝赋，为王前驱。”楚成王大喜，即拜成得臣为大将，申公叔侯副之，率兵伐齐。取阳谷之地，以封齐桓公之子雍，使雍巫相之。留甲士千人，从申公叔侯屯戍，以为鲁之声援。成得臣奏凯还朝，令尹子文时已年老，请让政于得臣。楚王曰：“寡人怨宋，甚于怨齐。子玉已为我报齐矣，卿为我伐宋，以报郑之仇。俟凯旋之日，听卿自便何如？”子文曰：“臣才万不及子玉，愿以自代，必不误君王之事。”楚王曰：“宋方事晋，楚若伐宋，晋必救之。两当晋、宋，非卿不可，卿强为寡人一行。”乃命子文治兵于睽，简阅车马，申明军法。子文满意欲显子玉之能，是日草草完事，终朝毕事，不戮一人。楚王曰：“卿阅武而不戮一人，何以立威？”子文奏曰：“臣之才力，比于强弩之末矣。必欲立威，非子玉不可。”楚王更使得臣治兵于蒍。得臣简阅精细，用法严肃，有犯不赦，竟一日之长，方才事毕。总计鞭七人之背，贯三人之耳，真个钟鼓添声，旌旗改色。楚王喜曰：“子玉果将才也！”子文复请致政，楚王许之。乃以得臣为令尹，掌中军元帅事。群臣皆造子文之宅，贺其举荐得人，致酒相款。时文武毕集，惟大夫蒍吕臣有微恙不至。酒至半酣，阍人报：“门外有一小儿求见。”子文命召入。那小儿举手鞠躬。竟造末席而坐，饮酒啖炙，傍若无人。有人认识此儿，乃蒍吕臣之子，名曰蒍贾，年方一十三岁。子文异之，问曰：“某为国得一大将，国老无不贺，尔小子独不贺，何也？”蒍贾曰：“诸公以为可贺，愚以为可吊耳！”子文怒曰：“汝谓可吊，有何说？”贾曰：“愚观子玉为人，勇于任事，而昧于决机。能进而不能退，可使佐斗，不可专任也。若以军政委之，必至偾事。谚云：‘太刚则折。’子玉之谓矣！举一人而败国，又何贺焉？如其不败，贺未晚也。”左右曰：“此小儿狂言，不须听之。”蒍贾大笑而出，众公卿俱散。

明日，楚王拜得臣为大将，亲统大兵，纠合陈、蔡、郑、许四路诸侯，一同伐宋，围其缗邑。宋成公使司马公孙固如晋告急。晋文公集群臣问计，先轸进曰："方今惟楚强横，而于君有私恩。今楚成谷伐宋，生事中原，此天授我以救灾恤患之名也。取威定伯，在此举矣！"文公曰："寡人欲解齐、宋之患，如何而可？"狐偃进曰："楚始得曹而新婚于卫，是二国又皆主公之仇也。若兴师以伐曹、卫，楚必移兵来救，则齐、宋宽矣。"文公曰："善。"乃以其谋告公孙固，使回报宋公，令其坚守。公孙固领命去了。文公以兵少为虑，赵衰进曰："古者大国三军，次国二军，小国一军。我曲沃武公，始以一军受命。献公始作二军，以灭霍、魏、虞、虢诸国，拓地千里。晋在今日，不得为次国，宜作三军。"文公曰："三军既作，遂可用否？"赵衰曰："未也。民未知礼，虽聚而易散。君盍大蒐以示之礼，使民知尊卑长幼之序，动亲上死长之心，然后可用。"文公曰："作三军，必须立元帅，谁堪其任？"赵衰对曰："夫为将者，有勇不如有智，有智不如有学。君如求智勇之将，不患无人。若求有学者，臣所见惟郤縠一人耳。縠年五十余矣，好学不倦，说《礼》、《乐》而敦《诗》、《书》。夫《礼》、《乐》、《诗》、《书》，先王之法，德义之府也。民生以德义为本，兵事以民为本。惟有德义者，方能恤民。能恤民者，方能用兵。"文公曰："善。"乃召郤縠为元帅，縠辞不受。文公曰："寡人知卿，卿不可辞！"强之再三，乃就职。择日，大蒐于被庐，作中上下三军。郤縠将中军，郤溱佐之，祁瞒掌大将旗鼓。使狐偃将上军，偃辞曰："臣兄在前，弟不可以先兄。"乃命狐毛将上军，狐偃佐之。使赵衰将下军，衰辞曰："臣贞慎不如栾枝，有谋不如先轸，多闻不如胥臣。"乃命栾枝将下军，先轸佐之。荀林父御戎，魏犨为车右，赵衰为大司马。郤縠登坛发令，三通鼓罢，操演阵法，少者在前，长者在后，坐作进退，皆有成规。有不能者，教之；三教而不遵，以违令论，然后用刑。一连操演三日，奇正变化，指挥如意。众将见郤縠宽严得体，无不悦服。方欲鸣金收军，忽将台之下起一阵旋风，竟将大帅旗杆吹为两段，众皆变色。郤縠曰："帅旗倒折，主将当应之。吾不能久与诸子同事，然主公必成大功。"众问其说，縠但笑而不答。时周襄王十九年，冬十二月之事也。

明年春，晋文公议分兵以伐曹、卫，谋于郤縠。縠对曰："臣已与先轸商议停当矣。今日非与曹、卫为难也，分兵可以当曹、卫，而不可以当楚。主公宜以伐曹为名，假道于卫，卫、曹方睦，必然不允。我乃从南河济师，出其不意，直捣卫境，所谓‘迅雷不及掩耳’，胜有八九。既胜卫，然后乘势而临曹。曹伯素失民心，又愓于败卫之威，其破曹必矣！”文公喜曰：“子真有学之将也！”即使人如卫假道伐曹。卫大夫元咺请于成公曰：“始晋君出亡过我，先君未尝加礼。今来假道，君必听之。不然，彼将先卫而后曹矣。”成公曰：“寡人与曹共服于楚，若假以伐曹之路，恐未结晋欢，而先取楚怒也。怒晋，犹恃有楚。并怒楚，将何恃乎？”遂不许。晋使回报文公。文公曰：“不出元帅所料也！”乃命迂道南行。渡了黄河，行至五鹿之野，文公曰：“嘻！此介子推割股处也！”不觉凄然泪下，诸将皆感叹助悲。魏犨曰：“吾等当拔城取邑，为君雪往年之耻，何用叹息？”先轸曰：“武子之言是也。臣愿率本部之兵，独取五鹿。”文公壮其言，许之。魏犨曰：“吾当助子一臂。”二将升车前进。先轸令军士多带旗帜，凡所过山林高阜之处，便教悬插，务要透出林表。魏犨曰：“吾闻‘兵行诡道’，今遍张旗表，反使敌人知备，不知何意？”先轸曰：“卫素臣服于齐，近改事荆蛮，国人不顺，每虞中国之来讨。吾主欲继齐图伯，不可示弱，当以先声夺之。”

却说五鹿百姓，不意晋兵猝然来到，登城了望，但见旌旗布满山林，正不知兵有多少。不论城内城外居民争先逃窜，守臣禁止不住。先轸兵到，无人守御，一鼓拔之，遣人报捷于文公。文公喜形于色，谓狐偃曰：“舅云得土，今日验矣！”乃留老将郤步扬屯守五鹿，大军移营，进屯敛盂。郤縠忽然得病，文公亲往视之。郤縠曰：“臣蒙主公不世之遇，本欲涂肝裂脑，以报知己。奈天命有限，当应折旗之兆，死在旦夕！尚有一言奉启。”文公曰：“卿有何言？寡人无不听教。”縠曰：“君之伐曹、卫，本谋固以致楚也。致楚必先计战，计战必先合齐、秦。秦远而齐近，君速遣一使结好齐侯，愿与结盟。齐方恶楚，亦思结晋。倘得齐侯降临，则卫、曹必惧而请成，因而收秦。此制楚之全策也。”文公曰：“善。”遂遣使通好于齐，叙述桓公先世之好，愿与结盟，同攘荆蛮。

时齐孝公已薨，国人推立其弟潘，是为昭公。潘，葛嬴所生也，新嗣大位。以取縠之故，正欲结晋以抗楚。闻知晋侯屯军敛盂，即日命驾至卫地相会。卫成公见五鹿已失，忙使宁速之子宁俞前来谢罪请成。文公曰："卫不容假道，今惧而求成，非其本心，寡人旦夕当踏平楚丘矣。"宁俞还报卫侯。时楚丘城中，讹传晋兵将到，一夕五惊。俞谓卫成公曰："晋怒方盛，国人震恐，君不如暂出城避之。晋知主公已出，必不来攻楚丘，然后再乞晋好，保全社稷可也。"成公叹曰："先君不幸失礼于亡公子，寡人又一时不明，不允假道，以至如此。累及国人，寡人亦无面目居于中国！"乃使大夫咺同其弟叔武摄国事，自己避居襄牛之地；一面使大夫孙炎，求救于楚。时乃春二月也。髯翁有诗云：

纳姬赠马怪纷纷，患难何须具主宾？

谁知五鹿开疆者，便是当年求乞人！

是月，郤縠卒于军。晋文公悼惜不已，使人护送其丧归国。以先轸有取五鹿之功，升为元帅。用胥臣佐下军，以补先轸之缺。因赵衰前荐胥臣多闻，是以任之。文公欲遂灭卫国，先轸谏曰："本为楚困齐、宋，来拯其危，今齐、宋之患未解，而先覆人国，非伯者存亡恤小之义也。况卫虽无道，其君已出，废置在我。不如移兵东伐曹，比及楚师救卫，则我已在曹矣。"文公然其言。

三月，晋师围曹。曹共公集群臣问计，僖负羁进曰："晋君此行，为报观胁之怨也。其怒方深，不可较力。臣愿奉使谢罪请平，以救一国百姓之难。"曹共公曰："晋不纳卫，肯独纳曹乎？"大夫于朗进曰："臣闻晋侯出亡过曹，负羁私馈饮食，今又自请奉使，此乃卖国之计，不可听之。主公先斩负羁，臣自有计退晋。"曹共公曰："负羁谋国不忠，姑念世臣，免杀罢官。"负羁谢恩出朝去了。正是："闭门不管窗前月，吩咐梅花自主张。"共公问于朗："计将安出？"于朗曰："晋侯恃胜，其气必骄。臣请诈为密书，约以黄昏献门。预使精兵挟弓弩伏于城壖之内，哄得晋侯入城，将悬门放下，万矢俱发，不愁不为齑粉。"曹共公从其计。晋侯得于朗降书，便欲进城。先轸曰："曹力未亏，安知非诈？臣请试之。"乃择军中长须伟貌者，穿晋侯衣冠代行。寺人勃鞮自请为御。黄昏左侧，城上竖起降旗一面，城门大开，假晋侯引着五百余人长驱而入。未及一半，但闻城壖之内梆声乱响，箭如飞蝗射来。急欲回车,门已下闸。可惜勃鞮及二百余人死做一堆。幸得晋侯不去,不然,“昆岗失火,玉石俱焚”了。晋文公先年过曹,曹人多有认得的,其夜仓卒不辨真伪。于朗只道晋侯已死,在曹共公面前好不夸嘴!及至天明辨验,方知是假的,早减了一半兴。

其未曾入城者,逃命来见晋侯。晋侯怒上加怒,攻城愈急。于朗又献计曰:“可将射死晋兵,暴尸于城上,彼军见之。必然惨沮,攻不尽力。再延数日,楚救必至,此乃摇动军心之计也。”曹共公从之。晋军见城头用秤竿悬尸,累累相望,口中怨叹不绝。文公谓先轸曰:“军心恐变,如之奈何?”先轸对曰:“曹国坟墓,俱在西门之外。请分军一半,列营于墓地,若将发掘者,城中必惧,惧必乱,而后乃可乘也。”文公曰:“善。”乃令军中扬言:“将发曹人之墓。”使狐毛、狐偃率所部之众,移屯墓地,备下锹锄,限定来日午时,各以墓中髑髅献功。城内闻知此信,心胆俱裂。曹共公使人于城上大叫:“休要发墓,今番真正愿降!”先轸亦使人应曰:“汝诱杀我军,复磔尸城上,众心不忍,故将发墓,以报此恨!汝能殡殓死者,以棺送还吾军,吾当敛兵而退矣。”曹人覆曰:“既如此,请宽限三日!”先轸应曰:“三日内不送尸棺,难怪我辱汝祖宗也!”曹共公果然收取城上尸骸,计点数目,各备棺木,三日之内,盛殓得停停当当,装载乘车之上。先轸定下计策,预令狐毛、狐偃、栾枝、胥臣整顿兵车,分作四路埋伏,只等曹人开门出棺,四门一齐攻打进去。到第四日,先轸使人于城下大叫:“今日还我尸棺否?”曹人城上应曰:“请解围退兵五里,即当交纳。”先轸禀知文公,传令退兵,果退五里之远。城门开处,棺车分四门推出。才出得三分之一,忽闻炮声大举,四路伏兵一齐发作,城门被丧车填塞,急切不能关闭,晋兵乘乱攻入。曹共公方在城上弹压,魏犨在城外看见,从车中一跃登城,劈胸揪住,缚做一束。于朗越城欲遁,被颠颉获住斩之。晋文公率众将登城楼受捷。魏犨献曹伯襄,颠颉献于朗首级,众将各有擒获。晋文公命取仕籍观之,乘轩者三百人,各有姓名,按籍拘拿,无一脱者。籍中不见僖负羁名字,有人说:“负羁为劝曹君行成,已除籍为民矣。”文公乃面数曹伯之罪曰:“汝国只有一贤臣,汝不能用,却任用一班宵小,如小儿嬉戏,不亡何待?”喝教:“幽于大寨,俟胜楚之后,待听处分。”其乘轩三百人，尽行诛戮，抄没其家，以赏劳军士。僖负羁有盘飧之惠，家住北门，环北门一带，传令：“不许惊动，如有犯僖氏一草一木者斩首！”晋侯分调诸将，一半守城，一半随驾，出屯大寨。胡曾先生咏史诗云：

曹伯慢贤遭絷虏，负羁行惠免诛夷。

眼前不肯行方便，到后方知是与非。

却说魏犨、颠颉二人，素有挟功骄恣之意，今日见晋侯保全僖氏之令，魏犨忿然曰：“吾等今日擒君斩将，主公并无一言褒奖。些须盘飧，所惠几何，却如此用情，真个轻重不分了！”颠颉曰：“此人若仕于晋，必当重用，我等被他欺压，不如一把火烧死了他，免其后患。便主公晓得，难道真个斩首不成？”魏犨曰：“言之有理。”二人相与饮酒，候至夜静，私领军卒围住僖负羁之家，前后门放起火来，火焰冲天。魏犨乘醉恃勇，跃上门楼，冒着火势，在檐溜上奔走如飞，欲寻僖负羁杀之。谁知栋榱焚毁，倒塌下来，扑陆一声，魏犨失脚坠地，跌个仰面朝天。只听得天崩地裂之声，一根败栋刮喇的正打在魏犨胸脯上。魏犨大痛无声，登时口吐鲜血，前后左右，火球乱滚，只得挣扎起来，兀自攀着庭柱，仍跃上屋，盘旋而出。满身衣服，俱带着火，扯得赤条条，方免焚身之祸。魏犨虽然勇猛，此时不由不困倒了。刚遇颠颉来到，扶到空闲去处，解衣衣之，一同上车，回寓安歇。

却说狐偃、胥臣在城内，见北门火起，疑有军变，慌忙引兵来视。见僖负羁家中被火，急教军士扑灭，已自焚烧得七零八落。僖负羁率家人救火，触烟而倒，比及救起，已中火毒，不省人事。其妻曰：“不可使僖氏无后！”乃抱五岁孩儿僖禄奔后园，立污池中得免。乱到五更，其火方熄。僖氏家丁死者数人，残毁房舍民居数十余家。狐偃、胥臣访知是魏犨、颠颉二人放的火，大惊，不敢隐瞒，飞报大寨。那大寨离城五里，是夜虽望见城中火光，不甚明白，直到天明，文公接得申报，方知其故。即刻驾车入城，先到北门来看僖负羁，负羁张目一看，遂瞑。文公叹息不已。负羁妻抱着五岁孩儿僖禄哭拜于地。文公亦为垂泪，谓曰：“贤嫂不必愁烦，寡人为汝育之。”即怀中拜为大夫，厚赠金帛，殡葬负羁，携其妻子归晋。直待曹伯归附之后，负羁妻愿归乡省墓，乃遣人送归。僖禄长成，仍仕于曹为大夫，此是后话。

当日文公命司马赵衰，议违命放火之罪，欲诛魏犨、颠颉。赵衰奏曰："此二人有十九年从亡奔走之劳，近又立有大功，可以赦之！"文公怒曰："寡人所以取信于民者，令也。臣不遵令，不谓之臣；君不能行令于臣，不谓之君。不君不臣，何以立国？诸大夫有劳于寡人者甚众，若皆可犯令擅行，寡人自今不复能出一令矣！"赵衰复奏曰："主公之言甚当。然魏犨材勇，诸将莫及，杀之诚为可惜！且罪有首从，臣以为借颠颉一人，亦足警众，何必并诛？"文公曰："闻魏犨伤胸不能起，何惜此旦暮将死之人，而不以行吾法乎？"赵衰曰："臣请以君命问之，如其必死，诚如君言。倘尚可驱驰，愿留此虎将，以备缓急。"文公点头道："是。"乃使荀林父往召颠颉，使赵衰视魏犨之病。不知魏犨性命如何，且看下回分解。

第四十回

先轸诡谋激子玉　晋楚城濮大交兵

话说赵衰奉了晋侯密旨，乘车来看魏犨。时魏犨胸脯伤重，病卧于床，问："来者是几人?"左右曰："止赵司马单车至此。"魏犨曰："此探吾死生，欲以我行法耳!"乃命左右取匹帛："为我束胸，我当出见使者。"左右曰："将军病甚，不宜轻动。"魏犨大喝曰："病不至死，汝勿多言!"如常装束而出。赵衰问曰："闻将军病，犹能起乎？主公使衰问子所苦。"魏犨曰："君命至此，不敢不敬，故勉强束胸以见吾子。犨自知有罪当死；万一获赦，尚将以余息报君父之恩，其敢自逸!"于是距跃者三，曲踊者三。赵衰曰："将军保重，衰当为主公言之。"乃复命于文公，言："魏犨虽伤，尚能跃

踊，且不失臣礼，不忘报效。君若赦之，后必得其死力。”文公曰：“苟足以申法而警众，寡人亦何乐乎多杀？”须臾，荀林父拘颠颉至，文公骂曰：“汝焚僖大夫之家何意？”颠颉曰：“介子推割股啖君，亦遭焚死，况盘飧乎？臣欲使僖负羁附于介山之庙也！”文公大怒曰：“介子推逃禄不仕，何与寡人？”乃问赵衰曰：“颠颉主谋放火，违命擅刑，合当何罪？”赵衰应曰：“如令当斩首！”文公喝命军正用刑。刀斧手将颠颉拥出辕门斩之。命以其首祭负羁于僖氏之家，悬其首于北门，号令曰：“今后有违寡人之令者，视此！”文公又问赵衰曰：“魏犨与颠颉同行，不能谏阻，合当何罪？”赵衰应曰：“当革职，使立功赎罪。”文公乃革魏犨戎右之职，以舟之侨代之。将士皆相顾曰：“颠、魏二将，有十九年从亡大功，一违君命，或诛或革，况他人乎？国法无私，各宜谨慎！”自此三军肃然知畏。史官有诗云：

乱国全凭用法严，私劳公议两难兼。
只因违命功难赎，岂为盘飧一夕淹？

话分两头。却说楚成王伐宋，克了缗邑，直至睢阳，四面筑起长围，欲俟其困，迫而降之。忽报：“卫国遣使臣孙炎告急。”楚王召问其事，孙炎将晋取五鹿，及卫君出居襄牛之事，备细诉说：“如救兵稍迟，楚丘不守。”楚王曰：“吾舅受困，不得不救。”乃分申、息二邑之兵，留元帅成得臣及斗越椒、斗勃、宛春一班将佐，同各路诸侯围宋。自统芳吕臣、斗宜申等，率中军两广，亲往救卫。四路诸侯，亦虑本国有事，各各辞回，止留其将统兵。陈将辕选、蔡将公子印、郑将石癸、许将百畴俱听得臣调度。

单说楚王行至半途，闻晋兵已移向曹国，正议救曹。未几，报至：“晋兵已破曹，执其君。”楚王大惊曰：“晋之用兵，何神速乃尔？”遂驻军于申城，遣人往穀，取回公子雍及易牙等，以穀地仍复归齐，使申公叔侯与齐讲和，撤戍而还。又遣人往宋，取回成得臣之师，且戒谕之曰：“晋侯在外十九年矣，年逾六旬而果得晋国，备尝险阻，通达民情，殆天假之年，以昌大晋国之业，非楚所能敌也，不如让之。”使命致穀，申公叔侯致谷修好于齐，班师回楚。惟成得臣自恃其才，愤愤不平，谓众诸侯曰：“宋城旦暮且破，奈何去之？”斗越椒亦以为然。得臣使回见楚王："愿少待破宋，奏凯而回。如遇晋师，请决一死战，若不能取胜，甘伏军法。"楚王召子文问曰："孤欲召子玉还，而子玉请战，于卿何如？"子文曰："晋之救宋，志在图伯，然晋之伯，非楚利也。能与晋抗者惟楚，楚若避晋，则晋遂伯矣。且曹、卫我之与国，见楚避晋，必惧而附晋，姑令相持，以坚曹、卫之心，不亦可乎？王但戒子玉勿轻与晋战，若讲和而退，犹不失南北之局也。"楚王如其言，吩咐越椒，戒得臣勿轻战，可和则和。成得臣闻越椒回复之话，且喜不即班师，攻宋愈急，昼夜不息。

宋成公初时得公孙固报言，晋侯将伐曹、卫以解宋围，乃悉力固守。及楚成王分兵一半，救卫去了，得臣之围愈急，心下转慌。大夫门尹般进曰："晋知救卫之师已行，未知围宋之师未退也。臣请冒死出城，再见晋君，乞其救援。"宋成公曰："求人至再，岂可以空言往乎？"乃籍库藏中宝玉重器之数，造成册籍，献于晋侯，以求进兵，只等楚兵宁静，便照册输纳。门尹般再要一人帮行，宋公使华秀老同之。二人辞了宋公，觑个方便，缒城而出，偷过敌寨，一路挨访晋军到于何处，径奔军前告急。门尹般、华秀老二人见了晋侯，涕泣而言："敝邑亡在旦夕，寡君惟是不腆宗器，愿纳左右，乞赐哀怜！"文公谓先轸曰："宋事急矣！若不往救，是无宋也；若往救，必须战楚。郤縠曾为寡人策之，非合齐、秦为助不可。今楚归穀地于齐，与之通好，秦、楚又无隙，未肯合谋，将若之何？"先轸对曰："臣有一策，能使齐、秦自来战楚。"文公欣然，问："卿有何妙计，使齐、秦自来战楚？"先轸对曰："宋之赂我，可谓厚矣！受赂而救，君何义焉？不如辞之。使宋以赂晋之物，分赂齐、秦，求二国向楚宛转，乞其解围。二国自谓力能得之于楚，必遣使至楚。楚若不从，则齐、秦之隙成矣。"文公曰："倘请之而从，齐、秦将以宋奉楚，与我何利焉？"先轸对曰："臣又有一策，能使楚必不从齐、秦之请。"文公曰："卿又有何计，使楚必不从齐、秦之请？"先轸曰："曹、卫，楚所爱也；宋，楚所嫉也。我已逐卫侯，执曹伯矣。二国土地，在我掌握，与宋连界。诚割取二国田土，以畀宋人，则楚之恨宋愈甚。齐、秦虽请，其肯从乎？齐、秦怜宋而怒楚，虽欲不与晋合，不可得也。"文公抚掌称善。乃使门尹般以宝玉重器之数，分作二籍，转献齐、秦二国。门尹般如秦，华秀老如齐，约定一般说话，相见之间，须要极其哀恳。

秀老至齐，参见了昭公，言："晋、楚方恶，此难非上国不解。若因上国得保社稷，不惟先朝重器不敢爱，愿年年聘好，子孙无间。"齐昭公问曰："今楚君何在?"华秀老曰："楚王亦肯解围，已退师于申矣。惟楚令尹成得臣新得楚政，谓敝邑旦暮可下，贪功不退，是以乞怜于上国耳！"昭公曰："楚王前日取我穀邑，近日复归于我，结好而退，此无贪功之心。既令尹成得臣不肯解围，寡人为宋曲意请之。"乃命崔夭为使，径至宋地，往见得臣，为宋求释。

门尹般到秦，亦如华秀老之言。秦穆公亦遣公子縶为使，如楚军与得臣讨情。齐、秦两不相照，各自遣使。门尹般和华秀老俱转到晋军回话。文公谓之曰："寡人已灭曹、卫，其田近宋者，不敢自私。"乃命狐偃同门尹般收取卫田，命胥臣同华秀老收取曹田，把两国守臣，尽行赶逐。崔夭、公子縶正在成得臣幕下替宋讲和，恰好那些被逐的守臣，纷纷来诉，说："宋大夫门尹般、华秀老倚晋之威，将本国田土都割据去了。"得臣大怒，谓齐、秦使者曰："宋人如此欺负曹、卫，岂像个讲和的?不敢奉命，休怪！休怪！"崔夭和公子縶一场没趣，即时辞回。晋侯闻得臣不准齐、秦二国之请，预遣人于中途邀迎二国使臣到于营中，盛席款待，诉以："楚将骄悍无礼，即日与晋交战，望二国出兵相助。"崔夭、公子縶领命去了。

且说得臣誓于众曰："不复曹、卫，宁死必不回军！"楚将宛春献策曰："小将有一计，可以不劳兵刃而复曹、卫之封。"得臣问曰："子有何计?"宛春曰："晋之逐卫君，执曹伯，皆为宋也。元帅诚遣一使至晋军，好言讲解，要晋复了曹、卫之君，还其田土，我这里亦解宋围，大家罢战休兵，岂不为美?"得臣曰："倘晋不见听如何?"宛春曰："元帅先以解围之说明告宋人，姑缓其攻。宋人思脱楚祸，如倒悬之望解，若晋侯不允，不惟曹、卫二国怨晋，宋亦怒之。聚三怨以敌一晋，我之胜数多矣。"得臣曰："谁人敢使晋军?"宛春曰："元帅若以见委，春不敢辞。"得臣乃缓宋国之攻，命宛春为使，乘单车直造晋军，谓文公曰："君之外臣得臣，再拜君侯麾下，楚之有曹、卫，犹晋之有宋也。君若复卫封曹，得臣亦愿解围去宋，彼此修睦，各免生灵涂炭之苦。”言犹未毕，只见狐偃在旁，咬牙怒目骂道：“子玉好没道理！你释了一个未亡之宋，却要我这里复两个已亡之国，你直恁便宜！”先轸急蹑狐偃之足，谓宛春曰：“曹、卫罪不至灭亡，寡君亦欲复之。且请暂住后营，容我君臣计议施行。”栾枝引宛春归于后营。

狐偃问于先轸曰：“子载真欲听宛春之请乎？”轸曰：“宛春之请，不可听，不可不听。”偃曰：“何谓也？”轸曰：“宛春此来，盖子玉奸计，欲居德于己，而归怨于晋也。不听，则弃三国，怨在晋矣；听之，则复三国，德又在楚矣。为今之计，不如私许曹、卫，以离其党；再拘执宛春以激其怒，得臣性刚而躁，必移兵索战于我，是宋围不求解而自解也。倘子玉自与宋通和，则我遂失宋矣。”文公曰：“子载之计甚善！但寡人前受楚君之惠，今拘执其使，恐于报施之理有碍。”栾枝对曰：“楚吞噬小国，凌辱大邦，此皆中原之大耻；君不图伯则已，如欲图伯，耻在于君，乃怀区区之小惠乎？”文公曰：“微卿言，寡人不知也！”遂命栾枝押送宛春于五鹿，交付守将郤步扬小心看管。其原来车骑从人，尽行驱回，教他传话令尹曰：“宛春无礼，已行囚禁，待拿得令尹，一同诛戮。”从人抱头鼠窜而去。文公打发宛春事毕，使人告曹共公曰：“寡人岂为出亡小忿求过于君？所以不释然于君者，以君之附楚故也。君若遣一介告绝于楚，以明君之与晋，即当送君还曹耳。”曹共公急于求释，信以为然，遂为书遗得臣云：

> 孤惧社稷之陨，死亡不免，不得已即安于晋，不得复事上国。上国若能驱晋以为孤宁宇，孤敢有二心耶？

文公又使人往襄牛见卫成公，亦以复国许之。成公大喜。宁俞谏曰：“此晋国反间之计，不可信之。”成公不听，亦致书得臣，大约如曹伯之语。时得臣方闻宛春被拘之报，咆哮叫跳，大骂：“晋重耳，你是跑不伤饿不死的老贼！当初在我国中，是我刀砧上一块肉，今才得返国为君，辄如此欺负人！自古‘两国相争，不罪来使’。如何将我使臣拿住？吾当亲往与他讲理。”正在发怒，帐外小卒报道：“曹、卫二国，各有书札上达元帅。”得臣想道：“卫侯、曹伯流离之际，有甚书来通我？必是打探得晋国什么破绽，私来报我，此乃天助我成功也！”启书看时，如此恁般，却是从晋绝楚的话头，气得心头一片无明火，直透上三千丈不止，大叫道："这两封书，又是老贼逼他写的！老贼！老贼！今日不是你就是我，定要拚个死活！"吩咐大小三军，撤了宋围，且去寻晋重耳做对。"待我败了晋军，怕残宋走往那里去！"斗越椒曰："吾王曾叮咛'不可轻战'，若元帅要战之时，还须禀命而行。况齐、秦二国曾为宋求情，恨元帅不从，必然遣兵助晋。我国虽有陈、蔡、郑、许相帮，恐非齐、秦之敌。必须入朝请添兵益将，方可赴敌。"得臣曰："就烦大夫一行，以速为贵。"

越椒奉元帅将令，径到申邑，来见楚王，奏知请兵交战之意。楚王怒曰："寡人戒勿与战，子玉强要出师，能保必胜乎？"越椒对曰："得臣有言在前：'如若不胜，甘当军令。'"楚王终不快意，乃使斗宜申将西广之兵而往。楚兵二广，东广在左，西广在右，凡精兵俱在东广。止分西广之兵，不过千人，又非精卒，乃是楚王疑其兵败，不肯多发之意。成得臣之子成大心，聚集宗人之兵约六百人，自请助战，楚王许之。斗宜申同越椒领兵至宋，得臣看兵少，心中愈怒，大言曰："便不添兵，难道我胜不得晋？"即日约会四路诸侯之兵拔寨都起。这一去，正中了先轸的机谋了。髯翁有诗云：

久困睢阳功未收，勃然一怒战群侯。
得臣纵有冲天志，怎脱今朝先轸谋！

得臣以西广戎车兼成氏本宗之兵，自将中军。使斗宜申率申邑之师，同郑、许二路兵将为左军。使斗勃率息邑之兵，同陈、蔡二路兵将为右军。雨骤风驰，直逼晋侯大寨，做三处屯聚。

晋文公集诸将问计，先轸曰："本谋致楚，欲以挫之。且楚自伐齐围宋，以至于今，其师老矣。必战楚，毋失敌！"狐偃曰："主公昔日在楚君面前曾有一言：'他日治兵中原，请避君三舍。'今遂与楚战，是无信也。主公向不失信于原人，乃失信于楚君乎？必避楚。"诸将皆艴然曰："以君避臣，辱甚矣！不可！不可！"狐偃曰："子玉虽刚狠，然楚君之惠，不可忘也。吾避楚，非避子玉。"诸将又曰："倘楚兵追至，奈何？"狐偃曰："若我退，楚亦退，必不能复围宋矣。如我退而楚进，则以臣逼君，其曲在彼。避而不得，人有怒心，彼骄我怒，不胜何为？"文公曰："子犯之言是也。"传令："三军俱退！"晋军退三十里，军吏来禀曰："已退一舍之地矣。"文公曰："未也。"又退三十里，文公仍不许驻车。直退到九十里之程，地名城濮，恰是三舍之远，方教安营息马。时齐孝公命上卿国懿仲之子国归父为大将，崔夭副之；秦穆公使其次子小子慭为大将，白乙丙副之。各率大兵，协同晋师战楚，俱于城濮下寨。宋围已解，宋成公亦遣司马公孙固如晋军拜谢，就留军中助战。

却说楚军见晋军移营退避，各有喜色。斗勃曰："晋侯以君避臣，于我亦有荣名矣。不如借此旋师，虽无功，亦免于罪。"得臣怒曰："吾已请添兵将，若不一战，何以复命？晋军既退，其气已怯，宜疾追之！"传令："速进！"楚军行九十里，恰与晋军相遇，得臣相度地势，凭山阻泽，据险为营。晋诸将言于先轸曰："楚若据险，攻之难拔，宜出兵争之。"先轸曰："夫据险以固守也。子玉远来，志在战而不在守。虽据险，安所用之？"时文公亦以战楚为疑，狐偃奏曰："今日对垒，势在必战。战而胜，可以伯诸侯；即使不胜，我国外河内山，足以自固。楚其奈我何？"文公意犹未决。是夜就寝，忽得一梦，梦见如先年出亡之时，身在楚国，与楚王手搏为戏，气力不加，仰面倒地，楚王伏于身上，击破其脑，以口喋之。既觉，大惧。时狐偃同宿帐中，文公呼而告之，如此恁般："梦中斗楚不胜，彼饮吾脑，恐非吉兆乎？"狐偃称贺曰："此大吉之兆也！君必胜矣！"文公曰："吉在何处？"狐偃对曰："君仰面倒地，得天相照；楚王伏于身上，乃伏地请罪也。脑所以柔物，君以脑予楚，柔服之矣，非胜而何？"文公意乃释然。天色乍明，军吏报："楚国使人来下战书。"文公启而观之，书云：

> 请与君之士戏，君凭轼而观之，得臣与寓目焉。

狐偃曰："战，危事也，而曰戏，彼不敬其事矣，能无败乎？"文公使栾枝答其书云：

> 寡人未忘楚君之惠，是以敬退三舍，不敢与大夫对垒。大夫必欲观兵，敢不惟命！诘朝相见。

楚使者去后，文公使先轸再阅兵车，共七百乘，精兵五万余人。齐、秦之众，不在其内。文公登有莘之墟，以望其师，见其少长有序，进退有节，叹曰："此郤縠之遗教也。以此应敌可矣。"使人伐其山木，以备战具。先轸分拨兵将，使狐毛、狐偃引上军，同秦国副将白乙丙攻楚左师，与斗宜申交战。使栾枝、胥臣引下军，同齐国副将崔夭攻楚右师，与斗勃交战。各授计策行事。自与郤溱、祁瞒中军结阵，与成得臣相持。却教荀林父、士会各率五千人为左右翼，准备接应。再教国归父、小子慭各引本国之兵，从间道抄出楚军背后埋伏，只等楚军败北，便杀入据其大寨。时魏犨胸疾已愈，自请为先锋，先轸曰："留老将军有用处。从有莘南去，地名空桑，与楚连谷地面接壤，老将军可引一枝兵，伏于彼处，截楚败兵归路，擒拿楚将。"魏犨欣然去了。赵衰、孙伯纠、羊舌突、茅筏等一班文武，保护晋文公于有莘山上观战。再教舟之侨于南河整顿船只，伺候装载楚军辎重，临期无误。次日黎明，晋军列阵于有莘之北，楚军列阵于南，彼此三军，各自成列。得臣传令，教："左右二军先进，中军继之。"

且说晋下军大夫栾枝，打探楚右师用陈、蔡为前队，喜曰："元帅密谓我曰：'陈、蔡怯战而易动。'先挫陈、蔡，则右师不攻而自溃矣。"乃使白乙丙出战。陈辕选、蔡公子印欲在斗勃前建功，争先出车。未及交锋，晋兵忽然退后。二将方欲追赶，只见对阵门旗开处，一声炮响，胥臣领着一阵大车，冲将出来。驾车之马，都用虎皮蒙背，敌马见之，认为真虎，惊惶跳踯，执辔者拿把不住，牵车回走，反冲动斗勃后队。胥臣和白乙丙乘乱掩杀，胥臣斧劈公子印于车下，白乙丙箭射斗勃中颊。斗勃带箭而逃，楚右师大败，死者枕藉，不计其数。栾枝遣军卒，假扮作陈、蔡军人，执着彼处旗号，往报楚军，说："右师已得胜，速速进兵，共成大功。"得臣凭轼望之，但见晋军北奔，烟尘蔽天，喜曰："晋下军果败矣！"急催左师并力前进。斗宜申见对阵大旆高悬，料是主将，抖擞精神冲杀过来。这里狐偃迎住，略战数合，只见阵后大乱，狐偃回辕便走，大旆亦往后退行。宜申只道晋军已溃，招引郑、许二将，尽力追逐。忽然鼓声大震，先轸、郤溱引精兵一枝，从半腰里横冲过来，将楚军截做二段。狐毛、狐偃翻身复战，两下夹攻。郑、许之兵先自惊溃，宜申支架不住，拚死命杀出，遇着齐将崔夭，又杀一阵，尽弃其车马器械，杂于步卒之中，爬山而遁。原来晋下军伪作北奔，烟尘蔽天，却是栾枝砍下有莘山之木，曳于车后，车驰木走，自然刮地尘飞，哄得左军贪功索战。狐毛又诈设大旆，教人曳之而走，装作奔溃之形。狐偃佯败，诱其驱逐。先轸早已算定，吩咐祁瞒虚建大将旗，守定中军，任他敌军搦战，切不可出应，自引兵从阵后抄出，横冲过来，恰与二狐夹攻，遂获全胜。这都是先轸预定下的计策。有诗为证：

临机何用阵堂堂，先轸奇谋不可当。

只用虎皮蒙马计，楚军左右尽奔亡。

话说楚元帅成得臣虽则恃勇求战，想着楚王两番教诫之语，却也十分持重。传闻左右二军，俱已进战得利，追逐晋兵；遂令中军击鼓，使其子小将军成大心出阵。祁瞒先时，也守着先轸之戒，坚守阵门，全不招架。楚中军又发第三通鼓，成大心手提画戟，在阵前耀武扬威。祁瞒忍耐不住，使人察之，回报："是十五岁的孩子。"祁瞒曰："谅童子有何本事！手到拿来，也算我中军一功。"喝教："擂鼓！"战鼓一鸣，阵门开处，祁瞒舞刀而出，小将军便迎住交锋。约斗二十余合，不分胜败。斗越椒在门旗之下，见小将军未能取胜，即忙驾车而出，拈弓搭箭，觑得较亲，一箭正射中祁瞒的盔缨。祁瞒吃了一惊，欲待退回本阵，恐冲动了大军，只得绕阵而走。斗越椒大叫："此败将不须追之，可杀入中军，擒拿先轸！"不知胜负如何，且看下回分解。

第四十一回

连谷城子玉自杀　践士坛晋侯主盟

话说楚将斗越椒与小将军成大心，不去追赶祁瞒，竟杀入中军，越椒见大将旗迎风荡扬，一箭射将下来。晋军不见了帅旗，即时大乱。却得荀林父、先蔑两路接应兵到，荀林父接住斗越椒厮杀，先蔑便接住成大心厮杀。

成得臣麾军大进，攘臂大呼曰："今日若容晋军一个生还，誓不回军！"正在施设，先轸、郤溱兵到，两下混战多时。栾枝、胥臣、狐毛、狐偃一齐都到，如铜墙铁壁，围裹将来。得臣方知左右二军已溃，无心恋战，急急传令鸣金收军。怎当得晋兵众盛，把楚家兵将分做十来处围住。小将军成大心一枝画戟，神出鬼没，率领宗兵六百人，无不一以当百，保护其父得臣，拚命杀出重围。不见了斗越椒，复翻身杀人。那斗越椒乃是子文之从弟，生得状如熊虎，声若豺狼，有万夫不当之勇，精于射艺，矢无虚发。在晋军中左冲右突，正寻觅成家父子。恰好成大心遇见，说："元帅有了，将军可快行！"两个遂合做一处，各备神威，复救出许多楚军，溃围而出。晋文公在有莘山上，观见晋兵得胜，忙使人教先轸传谕各军："但逐楚兵出了宋、卫之境足矣，不必多事擒杀，以伤两国之情，负了楚王施惠之意。"先轸遂约住诸军，不行追赶。祁瞒违令出战，囚于后军，伺候发落。胡曾先生有诗云：

避兵三舍为酬恩，又诫穷追免楚军。
两敌交锋尚如此，平居负义是何人？

陈、蔡、郑、许四国，损兵折将，各自逃生，回本国去了。

单说成得臣同成大心、斗越椒出了重围，急投大寨。前哨报："寨中已竖起齐、秦两家旗号了！"原来国归父、小子慭二将杀散楚兵，据了大寨，辎重粮草，尽归其手。得臣不敢经过，只得倒转从有莘山后，沿睢水一路而行。斗宜申、斗勃各引残兵来会。行至空桑地面，忽然连珠炮响，一军当路，旗上写"大将魏"字。魏犨先在楚国独制貘兽，楚人无不服其神勇，今日路当险处，遇此劲敌，那残兵又都是个伤弓之鸟，谁人不丧胆消魂！早已望风而溃了。斗越椒大怒，叫小将军保护元帅，奋起精神，独力拒战。斗宜申、斗勃也只得勉强相帮。魏犨力战三将，水泄不漏。正在相持，忽见北来一人，飞马而至，大叫："将军罢战，先元帅奉主公之命：'放楚将生还本国，以报出亡时款待之德。'"魏犨方才住手，教军士分开两下，大喝："饶你去！"得臣等奔走不迭，回至连谷，点检残军，中军虽有损折，尚十存六七；其申息之师，分属左右二军者，所存十无一二。哀哉！古人有吊战场诗云：

胜败兵家不可常，英雄几个老沙场？
禽奔兽骇投坑阱，肉颤筋飞饱剑铓。
鬼火荧荧魂宿草，悲风飒飒骨侵霜。
劝君莫羡封侯事，一将功成万命亡！

得臣大恸曰："本图为楚国扬万里之威，不意中晋人诡谋，贪功败绩，罪复何辞？"乃与斗宜申、斗勃俱自囚于连谷，使其子大心部领残军，去见楚王，自请受诛。时楚成王尚在申城，见成大心至，大怒曰：“汝父有言在前：‘不胜甘当军令！’今又何言？”大心叩头曰：“臣父自知其罪，便欲自杀，臣实止之；欲使就君之戮，以申国法也。”楚王曰：“楚国之法，兵败者死。诸将速宜自裁，毋污吾斧锧！”大心见楚王无怜赦之意，号泣而出，回复得臣。得臣叹曰：“纵楚王赦我，我亦何面目见申息之父老乎？”乃北向再拜，拔佩剑自刎而死。

却说蔿贾在家，问其父蔿吕臣曰：“闻令尹兵败，信乎？”吕臣曰：“信。”蔿贾曰：“王何以处之？”蔿吕臣曰：“子玉与诸将请死，王听之矣。”蔿贾曰：“子玉刚愎而骄，不可独任；然其人强毅不屈，使得智谋之士以为之辅，可使立功。今虽兵败，他日能报晋仇者，必子玉也，父亲何不谏而留之？”吕臣曰：“王怒甚，恐言之无益。”蔿贾曰：“父亲不记范巫矞似之言乎？”吕臣曰：“汝试言之。”蔿贾曰：“矞似善相人，主上为公子时，矞似曾言：‘主上与子玉、子西三人，日后皆不得其死！’主上切记其言，即位之日，即赐子玉、子西免死牌各一面，欲使矞似之言不验也。主上怒中，偶忘之耳。父亲若言及此，主上必留二臣无疑矣。”吕臣即时往见楚王，奏曰：“子玉罪虽当死，然吾王曾有免死牌在彼，可以赦之。”楚王愕然曰：“岂非范巫矞似之故耶？微子言，寡人几忘之矣！”乃使大夫潘尫同成大心乘急传宣楚王命：“败将一概免死！”比及到连谷时，得臣先死半日矣，左师将军斗宜申悬梁自缢，因身躯重大，悬帛断绝，恰好免死命至，留下性命。斗勃原要收殓子玉、子西之尸，方才自尽，故此亦不曾死。单死了个成得臣，岂非命乎？潜渊居士有诗吊之云：

楚国昂藏一丈夫，气吞全晋挟雄图。
一朝失足身躯丧，始信坚强是死徒。

成大心殡殓父尸。斗宜申、斗勃、斗越椒等，随潘尫到申城谒楚王，伏地拜谢不杀之恩。楚王知得臣自杀，懊悔不已。还驾郢都，升蔿吕臣为令尹，贬斗宜申为商邑尹，谓之商公，斗勃出守襄城。楚王转怜得臣之死，拜其子成大心、成嘉俱为大夫。令尹子文致政居家，闻得臣兵败，叹曰：“不出蔿贾所料！吾之识见，反不如童子，宁不自羞！”呕血数升，伏床不起。召其子斗般嘱曰：“吾死在旦夕，惟有一言嘱汝：汝叔越椒，自初生之日，已有熊虎之状，豺狼之声，此灭族之相也。吾此时曾劝汝祖勿育之，汝祖不听。吾观芳吕臣不寿，勃与宜申皆非善终之相，楚国为政，非汝则越椒。越椒傲狠好杀，若为政，必有非理之望，斗氏之祖宗其不祀乎？吾死后，椒若为政，汝必逃之，无与其祸也。”般再拜受命，子文遂卒。未几，芳吕臣亦死。成王追念子文之功，使斗般嗣为令尹，越椒为司马，芳贾为工正。不在话下。

却说晋文公既败楚师，移屯于楚大寨。寨中所遗粮草甚广，各军资之以食，戏曰：“此楚人馆谷我也。”齐、秦及诸将等，皆北面称贺。文公谢不受，面有忧色。诸将曰：“君胜敌而忧，何也？”文公曰：“子玉非甘出人下者，胜不可恃，能勿惧乎？”国归父、小子慭等辞归，文公以军获之半遗之，二国奏凯而还。宋公孙固亦归本国，宋公自遣使拜谢齐、秦。不在话下。

先轸囚祁瞒至文公之前，奏其违命辱师之罪。文公曰：“若非上下二军先胜，楚兵尚可制乎？”命司马赵衰定其罪，斩祁瞒以徇于军，号令曰：“今后有违元帅之令者，视此！”军中益加悚惧。大军留有莘三日，然后下令班师。行至南河，哨马禀复：“河下船只，尚未齐备。”文公使召舟之侨，侨亦不在。原来舟之侨是虢国降将，事晋已久，满望重用立功，却差他南河拘集船只，心中不平。恰好接得家报，其妻在家病重，侨料晋、楚相持，必然日久，未必便能班师，因此暂且回国看视。不想夏四月戊辰，师至城濮，己巳交战，便大败楚师，休兵三日，至癸酉大军遂还，前后不过六日，晋侯便至河下，遂误了济河之事。文公大怒，欲令军士四下搜捕民船。先轸曰：“南河百姓，闻吾败楚，谁不震恐？若使搜捕，必然逃匿。不若出令以厚赏募之。”文公曰：“善。”才悬赏军门，百姓争舣船应募，顷刻舟集如蚁，大军遂渡了黄河。文公谓赵衰曰：“曹、卫之耻已雪矣，惟郑仇未报，奈何？”赵衰对曰：“君旋师过郑，不患郑之不来也。”文公从之。

行不数日，遥见一队车马，簇拥着一位贵人从东而来。前队栾枝迎住，问：“来者何人？”答曰：“吾乃周天子之卿士王子虎也。闻晋侯伐楚得胜，少安中国，故天子亲驾銮舆来犒三军，先令虎来报知。”栾枝即引子虎来见文公。文公问于群下曰：“今天子下劳寡人，道路之间，如何行礼？”赵衰曰：“此去衡雍不远，有地曰践土，其地宽平，连夜建造王宫于此，然后主公引列国诸侯迎驾，以行朝礼，庶不失君臣之义也。”文公遂与王子虎订期，约以五月之吉，于践土候周王驾临。子虎辞去。大军望衡雍而进，途中又见车马一队，有一使臣来迎，乃是郑大夫子人九，奉郑伯之命，恐晋兵来讨其罪，特遣行成。晋文公怒曰：“郑闻楚败而惧，非出本心，寡人俟觐王之后，当亲率师徒至于城下。”赵衰进曰：“自我出师以来，逐卫君，执曹伯，败楚师，兵威已大震矣。又求多于郑，奈劳师何？君必许之。若郑坚心来归，赦之可也；如其复贰，姑休息数月，讨之未晚。”文公乃许郑成。大军至衡雍下寨，一面使狐毛、狐偃帅本部兵，往践土筑造王宫；一面使栾枝入郑城，与郑伯为盟。郑伯亲至衡雍，致饩谢罪。文公复与歃血订好。话间，因夸美子玉之英勇。郑伯曰：“已自杀于连谷矣。”文公叹息久之。郑伯既退，文公私谓诸臣曰：“吾今日不喜得郑，喜楚之失子玉也。子玉死，馀人不足虑，诸卿可高枕而卧矣！”髯翁有诗云：

得臣虽是莽男儿，胜负将来未可知。
尽说楚兵今再败，可怜连谷有舆尸！

却说狐毛、狐偃筑王宫于践土，照依明堂之制。怎见得？有《明堂赋》为证：

赫赫明堂，居国之阳。嵬峨特立，镇压殊方。所以施一人之政令，朝万国之侯王。面室有三，总数惟九。间太庙于正位，处太室于中霤；启闭乎三十六户，罗列乎七十二牖。左个右个，为季孟之交分；上圆下方，法天地之奇偶。及夫诸位散设，三公最崇。当中阶而列位，与群臣而不同。诸侯东阶之东，西面而北上；诸伯西阶之西，东面而相向；诸子应门之东而鹄立，诸男应门之西而鹤望。戎夷金木之户外，蛮狄水火而位配。九采外屏之右以成列，四塞外屏之左而遥对。朱干玉戚，森耸以相参；龙旗豹韬，抑扬而相错。肃肃沉沉，峦崇壑深。烟收而卿士齐列，日出而天颜始临。戴冕旒以当轩，见八纮之稽颡；负斧扆而南面，知万国之归心。

王宫左右，又别建馆舍数处，昼夜并工，月余而毕。传檄诸侯："俱要五月朔日，践土取齐。"是时，宋成公王臣、齐昭公潘俱系旧好，郑文公捷是新附之国，率先来赴。他如鲁僖公申，与楚通好；陈穆公款、蔡庄公甲午，与楚连兵，都是楚党：至是惧罪，亦来赴会。邾、莒小国，自不必说。惟许僖公业事楚最久，不愿从晋。秦穆公任好虽与晋合，从未与中国会盟，迟疑不至。卫成公郑出在襄牛，曹共公襄见拘五鹿，晋侯曾许以复国，尚未明赦，亦不与会。

单说卫成公闻晋将合诸侯，谓宁俞曰："征会不及于卫，晋怒尚未息也。寡人不可留矣！"宁俞对曰："君徒出奔，谁纳君者？不如让位于叔武，使元咺奉之，以乞盟于践土，君若为逊避而出。天如祚卫，武获与盟，武之有国，犹君有之。况武素孝友，岂忍代立？必当为复君之计矣。"卫侯心虽不愿，到此地位，无可奈何，使孙炎以君命致国于叔武，如宁俞之言。孙炎领命，往楚丘去了。卫侯又问于宁俞曰："寡人今欲出奔，何国而可？"俞踌躇未答。卫侯又曰："适楚何如？"俞对曰："楚虽婚姻，实晋仇也，且前已告绝，不可复往，不如适陈。陈将事晋，又可藉为通晋之地也。"卫侯曰："不然，告绝非寡人意，楚必谅之。晋、楚将来，事未可定。使武事晋，而我托于楚，两途观望，不亦可乎？"卫侯遂适楚，楚边人追而詈之，乃改适陈，始服宁俞之先见矣。

孙炎见叔武，致卫侯之命。武曰："吾之守国，摄也，敢受让乎？"即同元咺赴会。使孙炎回复卫侯，言："见晋之时，必当为兄乞怜求复也。"元咺曰："君性多猜忌，吾不遣亲子弟相从，何以取信？"乃使其子元角伴孙炎以往，名虽问候，实则留质之意。公子歂犬私谓元咺曰："君之不复，亦可知矣。子何不以让国之事，明告国人，拥立夷叔而相之？晋人必喜。子挟晋之重以临卫，是子与武共卫也。"元咺曰："叔武不敢无兄，吾敢无君乎？此行且请复吾君矣。"歂犬语塞而退，恐卫侯一旦复国，元咺泄其言，未免得罪，乃私往陈国，密报卫侯，反说："元咺已立叔武为君，谋会晋以定其位。"卫成公惑其言，以问孙炎。孙炎对曰："臣不知也。元角见在君所，其父有谋，角必与闻，君何不问之？"卫侯复问于元角，角言并无是事。宁俞亦言曰："咺若不忠于君，肯遣子出侍乎？君勿疑也。”公子歂犬私见卫侯曰：“咺之设谋拒君，非一日矣。其遣子，非忠于君也，将以窥君之动静，而为之备也。若使乞怜于晋，以求复吾君，必辞会而不敢与，如公然与会，则为君信矣。君其察之。”卫侯果阴使人往践土，伺察叔武、元咺之事。胡曾先生有诗云：

弟友臣忠无间然，何堪歂犬肆谗言？

从来富贵生猜忌，忠孝常含万古冤。

却说周襄王以夏五月丁未日，驾幸践土。晋侯率诸侯，预于三十里外迎接，驻跸王宫。襄王御殿，诸侯谒拜稽首。起居礼毕，晋文公献所获楚俘于王：被甲之马凡百乘，步卒千人，器械衣甲十余车。襄王大悦，亲劳之曰：“自伯舅齐侯即世之后，荆楚复强，凭陵中夏，得叔父仗义翦伐，以尊王室，自文武以下，皆赖叔父之休，岂惟朕躬？”晋侯再拜稽首曰：“臣重耳幸歼楚寇，皆仗天子之灵，臣何功焉？”次日，襄王设醴酒以享晋侯，使上卿尹武公、内史叔兴策命晋侯为方伯，赐大辂之服，服鷩冕；戎辂之服，服韦弁；彤弓一、彤矢百、玈弓十、玈矢千、秬鬯一卣、虎贲之士三百人。宣命曰：“俾尔晋侯，得专征伐，以纠王慝。”晋侯逊谢再三，然后敢受。遂以王命布告于诸侯。襄王复命王子虎册封晋侯为盟主，合诸侯修盟会之政。晋侯于王宫之侧，设下盟坛，诸侯先至王宫行觐礼，然后各趋会所。王子虎监临其事。晋侯先登，执牛耳，诸侯以次而登。元咺已引叔武谒过晋侯了。是日，叔武摄卫君之位，附于载书之末。子虎读誓词曰：“凡兹同盟，皆奖王室，毋相害也。有背盟者，明神殛之，殃及子孙，陨命绝祀！”诸侯齐声曰：“王命修睦，敢不敬承！”各各歃血为信。潜渊读史诗云：

晋国君臣建大猷，取威定伯服诸侯。

扬旌城濮观俘馘，连袂王宫觐冕旒。

更羡今朝盟践土，谩夸当日会葵邱。

桓公末路留遗恨，重耳能将此志酬。

盟事既毕，晋侯欲以叔武见襄王，立为卫君，以代成公。叔武涕泣辞曰：“昔宁母之会，郑子华以子奸父，齐桓公拒之。今君方继桓公之业，乃令武以弟奸兄乎？君侯若嘉惠于武，赐之矜怜，乞复臣兄郑之位。臣兄郑事君侯，不敢不尽！”元咺亦叩头哀请，晋侯方才首肯。不知卫侯何时复国，再看下回分解。

第四十二回

周襄王河阳受觐　卫元咺公馆对狱

话说周襄王二十年，下劳晋文公于践土，事毕归周，诸侯亦各辞回本国。卫成公疑歂犬之言，遣人密地打探，见元咺奉叔武人盟，名列载书，不暇致详，即时回报卫侯。卫侯大怒曰："叔武果自立矣！"大骂："元咺背君之贼！自己贪图富贵，扶立新君，却又使儿子来窥吾动静。吾岂容汝父子乎？"元角方欲置辩，卫侯拔剑一挥，头已坠地。冤哉！元角从人，慌忙逃回，报知其父咺。咺曰："子之生死，命也！君虽负咺，咺岂可负太叔乎？"司马瞒谓元咺曰："君既疑子，子亦当避嫌，何不辞位而去，以明子之心耶？"咺叹曰："咺若辞位，谁与太叔共守此国者？夫杀子，私怨也；守国，大

事也。以私怨而废大事，非人臣所以报国之义也。”乃言于叔武，使奉书晋侯，求其复成公之位。此乃是元晅的好处。这事暂且搁过一边。

再说晋文公受了册命而回，虎贲弓矢，摆列前后，另是一番气象。入国之日，一路百姓扶老携幼，争睹威仪，箪食壶浆，共迎师旅。叹声啧啧，都夸："吾主英雄！"喜色欣欣，尽道："晋家兴旺。"正是：

捍艰复缵文侯绪，攘楚重修桓伯勋。

十九年前流落客，一朝声价上青云。

晋文公临朝受贺，论功行赏，以狐偃为首功，先轸次之。诸将请曰："城濮之役，设奇破楚，皆先轸之功，今反以狐偃为首，何也？"文公曰："城濮之役，轸曰：'必战楚，毋失敌。'偃曰：'必避楚，毋失信。'夫胜敌者，一时之功也；全信者，万世之利也。奈何以一时之功，而加万世之利乎？是以先之。"诸将无不悦服。狐偃又奏："先臣荀息死于奚齐、卓子之难，忠节可嘉，宜录其后，以励臣节。"文公准奏，遂召荀息之子荀林父为大夫。舟之侨正在家中守着妻子，闻晋侯将到，赶至半路相迎，文公命囚之后车。行赏已毕，使司马赵衰议罪，当诛。舟之侨自陈妻病求宽，文公曰："事君者不顾其身，况妻子乎？"喝命斩首示众。文公此番出军，第一次斩了颠颉，第二次斩了祁瞒，今日第三次又斩了舟之侨。这三个都是有名的宿将，违令必诛，全不轻宥。所以三军畏服，诸将用命。正所谓："赏罚不明，百事不成；赏罚若明，四方可行。"此文公所以能伯诸侯也。文公与先轸等商议，欲增军额，以强其国，又不敢上同天子之六军，乃假名添作"三行"。以荀林父为中行大夫，先蔑、屠击为左右行大夫。前后三军三行，分明是六军，但避其名而已。以此兵多将广，天下莫比其强。

一日，文公坐朝，正与狐偃等议曹、卫之事，近臣奏："卫国有书到。"文公曰："此必叔武为兄求宽也。"启而观之，书曰：

君侯不泯卫之社稷，许复故君，举国臣民咸引领以望高义。惟君侯早图之！

陈穆公亦有使命至晋，代卫、郑致悔罪自新之意。文公乃各发回书，听其复归故国，谕郤步扬不必领兵邀阻。叔武得晋侯宽释之信，急发车骑如陈，往迎卫侯。陈穆公亦遣人劝驾。公子歂犬谓成公曰："太叔为君已久，国人归附，邻国同盟，此番来迎，不可轻信。”卫侯曰：“寡人亦虑之。”乃遣甯俞先到楚丘，探其实信。甯俞只得奉命而行。至卫，正值叔武在朝中议政。甯俞入朝，望见叔武设座于殿堂之东，西向而坐。一见甯俞，降坐而迎，叙礼甚恭。甯俞佯问曰：“太叔摄位而不御正，何以示观瞻耶?”叔武曰：“此正位吾兄所御，吾虽侧其傍，尚栗栗不自安，敢居正乎?”甯俞曰：“俞今日方见太叔之心矣。”叔武曰：“吾思兄念切，朝暮悬悬，望大夫早劝君兄还朝，以慰我心也。”俞遂与订期，约以六月辛未吉日入城。甯俞出朝，采听人言，但闻得百官之众，纷纷议论，言：“故君若复入，未免分别居行二项，行者有功，居者有罪，如何是好?”甯俞曰：“我奉故君来此传谕尔众：‘不论行居，有功无罪。’如或不信，当歃血立誓。”众皆曰：“若能共盟，更有何疑!”俞遂对天设誓曰：“行者卫主，居者守国，若内若外，各宣其力。君臣和协，共保社稷，倘有相欺，明神是殛!”众皆欣然而散，曰：“甯子不欺吾也。”叔武又遣大夫长牂，专守国门，吩咐：“如有南来人到，不拘早晚，立刻放入。”

却说甯俞回复卫侯，言：“叔武真心奉迎，并无歹意。”卫侯也自信得过了。怎奈歂犬谗毁在前，恐临时不合，反获欺谤之罪，又说卫侯曰：“太叔与甯大夫定约，焉知不预作准备，以加害于君?君不如先期而往，出其不意，可必入也。”卫侯从其言，即时发驾。歂犬请为前驱，除宫备难，卫侯许之，甯俞奏曰：“臣已与国人订期矣。君若先期而往，国人必疑。”歂犬大喝曰：“俞不欲吾君速入，是何主意?”甯俞乃不敢复谏，只得奏言：“君驾若即发，臣请先行一程，以晓谕臣民，而安上下之心。”卫侯曰：“卿为国人言之，寡人不过欲早见臣民一面，并无他故。”甯俞去后，歂犬曰：“甯之先行，事可疑也。君行不宜迟矣!”卫侯催促御人，并力而驰。

再说甯俞先到国门，长牂询知是卫侯之使，即时放入。甯俞曰：“君即至矣。”长牂曰：“前约辛未，今尚戊辰，何速也?子先入城报信，吾当奉迎。”甯才转身时，歂犬前驱已至，言：“卫侯只在后面。”长牂急整车从迎将上去。歂犬先入城去了。时叔武方亲督舆隶扫除宫室，就便在庭中沐发，闻甯俞报言：“君至。”且惊且喜，仓卒之间，正欲问先期之故，忽闻前驱车马之声，认是卫侯已到，心中喜极，发尚未干，等不得挽髻，急将一手握发，疾趋而出，正撞了歂犬。歂犬恐留下叔武，恐其兄弟相逢，叙出前因，远远望见叔武到来，遂弯弓搭箭，飕的发去，射个正好。叔武被箭中心窝，望后便倒。甯俞急忙上前扶救，已无及矣。哀哉！元咺闻叔武被杀，吃了一惊，大骂："无道昏君！枉杀无辜，天理岂能容汝？吾当投诉晋侯，看你坐位可稳？"痛哭了一场，急忙逃奔晋国去了。髯翁有诗云：

坚心守国为君兄，弓矢无情害有情。

不是卫侯多忌忮，前驱安敢擅加兵？

却说成公至城下，见长牂来迎，叩其来意。长牂述叔武吩咐之语，早来早入，晚来晚入。卫侯叹曰："吾弟果无他意也！"比及入城，只见甯俞带泪而来，言："叔武喜主公之至，不等沐完，握发出迎，谁知枉被前驱所杀，使臣失信于国人，臣该万死！"卫侯面有惭色，答曰："寡人已知夷叔之冤矣，卿勿复言。"趋车入朝，百官尚未知觉，一路迎谒，先后不齐。甯俞引卫侯视叔武之尸，两目睁开如生。卫侯枕其头于膝上，不觉失声大哭，以手抚之曰："夷叔！夷叔！我因尔归，尔为我死！哀哉痛哉！"只见尸目闪烁有光，渐渐而瞑。甯俞曰："不杀前驱，何以谢太叔之灵？"卫侯即命拘之。时歂犬谋欲逃遁，被甯俞遣人擒至。歂犬曰："臣杀太叔，亦为君也！"卫侯大怒曰："汝谤毁吾弟，擅杀无辜，今又归罪于寡人。"命左右将歂犬斩首号令。吩咐以君礼厚葬叔武。国人初时闻叔武被杀，议论哄然，及闻诛歂犬，葬叔武，群心始定。

话分两头。再说卫大夫元咺逃奔晋国，见了晋文公，伏地大哭，诉说卫侯疑忌叔武，故遣前驱射杀之事。说了又哭，哭了又说。说得晋文公发恼起来，把几句好话安慰了元咺，留在馆驿。因大集群臣问曰："寡人赖诸卿之力，一战胜楚。践土之会，天子下劳，诸侯景从。伯业之盛，窃比齐桓。奈秦人不赴约，许人不会朝；郑虽受盟，尚怀疑贰之心；卫方复国，擅杀受盟之弟。若不再申约誓，严行诛讨，诸侯虽合必离，诸卿计将安出？"先轸进曰："征会讨贰，伯主之职。臣请厉兵秣马，以待君命。"狐偃曰："不然。伯主所以行乎诸侯者，莫不挟天子之威。今天子下劳，而君之觐礼未修，我实有缺，何以服人？为君计，莫若以朝王为名，号召诸侯，视其不至者，以天子之命临之。朝王，大礼也。讨慢王之罪，大名也。行大礼而举大名，又大业也。君其图之！”赵衰曰：“子犯之言甚善。然以臣愚见，恐入朝之举，未必遂也。”文公曰：“何为不遂？”赵衰曰：“朝觐之礼，不行久矣。以晋之强，五合六聚，以临京师，所过之地，谁不震惊？臣惧天子之疑君而谢君也。谢而不受，君之威亵矣。莫若致王于温，而率诸侯以见之。君臣无猜，其便一也；诸侯不劳，其便二也；温有叔带之新宫，不烦造作，其便三也。”文公曰：“王可致乎？”赵衰曰：“王喜于亲晋，而乐于受朝，何为不可？臣请为君使于周，而商入朝之事，度天子之计，亦必出此。”文公大悦，乃命赵衰如周。

赵衰谒见周襄王，稽首再拜，奏言：“寡君重耳，感天王下劳锡命之恩，欲率诸侯至京师，修朝觐之礼，伏乞圣鉴！”襄王嘿然。命赵衰就使馆安歇。即召王子虎计议，言：“晋侯拥众入朝，其心不测，何以辞之？”子虎对曰：“臣请面见晋使而探其意，可辞则辞。”子虎辞了襄王，到馆驿见了赵衰，叙起入朝之事。子虎曰：“晋侯倡率诸姬，尊奖天子，举累朝废坠之旷典，诚王室之大幸也！但列国鳞集，行李充塞，车徒众盛，士民目未经见，妄加猜度，讹言易起，或相讥讪，反负晋侯一片忠爱之意，不如已之。”赵衰曰：“寡君思见天子，实出至诚。下臣行日，已传檄各国，相会于温邑取齐。若废而不举，是以王事为戏也，下臣不敢复命。”子虎曰：“然则奈何？”赵衰曰：“下臣有策于此，但不敢言耳。”子虎曰：“子馀有何良策？敢不如命！”赵衰曰：“古者，天子有时巡之典，省方观民，况温亦畿内故地也。天子若以巡狩为名，驾临河阳，寡君因率诸侯以展觐。上不失王室尊严之体，下不负寡君忠敬之诚。未知可否？”子虎曰：“子馀之策，诚为两便。虎即当转达天子。”子虎入朝，述其语于襄王，襄王大喜。约于冬十月之吉，驾幸河阳。赵衰回复晋侯。晋文公以朝王之举，播告诸侯，俱约冬十月朔，于温地取齐。

至期，齐昭公潘、宋成公王臣、鲁僖公申、蔡庄公甲午、秦穆公任好、郑文公捷陆续俱到。秦穆公言：“前此践土之会，因惮路远后期，是以不果。今番愿从诸侯之后。”晋文公称谢。时陈穆公款新卒，子共公朔新立，畏晋之威，墨衰而至。邾、莒小国，无不毕集。卫侯郑自知有罪，意不欲往，宁俞谏曰：“若不往，是益罪也，晋讨必至矣。”成公乃行，甯俞与鍼庄子、士荣，三人相从。比至温邑，文公不许相见，以兵守之。惟许人终于负固，不奉晋命。总计晋、齐、宋、鲁、蔡、秦、郑、陈、邾、莒，共是十国，先于温地叙会。不一日，周襄王驾到，晋文公率众诸侯迎至新宫驻跸。上前起居，再拜稽首。次日五鼓，十路诸侯，冠裳佩玉，整整齐齐，舞蹈扬尘，锵锵济济。方物有贡，各伸地主之仪；就位惟恭，争睹天颜之喜。这一朝，比践土更加严肃。有诗为证：

衣冠济济集河阳，争睹云车降上方。
虎拜朝天鸣素节，龙颜垂地沐恩光。
酆宫胜事空前代，郏鄏虚名慨下堂。
虽则致王非正典，托言巡狩亦何妨？

朝礼既毕，晋文公将卫叔武冤情诉于襄王，遂请王子虎同决其狱。襄王许之。文公邀子虎至于公馆，宾主叙坐。使人以王命呼卫侯，卫侯囚服而至，卫大夫元咺亦到。子虎曰：“君臣不便对理，可以代之。”乃停卫侯于庑下。甯俞侍卫侯之侧，寸步不离。鍼庄子代卫侯，与元咺对理；士荣摄治狱之官，质正其事。元咺口如悬河，将卫侯自出奔襄牛起首，如何嘱咐太叔守国，以后如何先杀元角，次杀太叔，备细铺叙出来。鍼庄子曰：“此皆歂犬谗谮之言，以致卫君误听，不全由卫君之事。”元咺曰：“歂犬初与咺言，要拥立太叔。咺若从之，君岂得复入？只为咺仰体太叔爱兄之心，所以拒歂犬之请，不意彼反肆离间。卫君若无猜忌太叔之意，歂犬之谮，何由而入？咺遣儿子角，往从吾君，正是自明心迹，本是一团美意，乃无辜被杀。就他杀吾子角之心，便是杀太叔之心了。”士荣折之曰：“汝挟杀子之怨，非为太叔也。”元咺曰：“咺常言：‘杀子私怨，守国大事。’咺虽不肖，不敢以私怨而废大事。当日太叔作书致晋，求复其兄，此书稿出于咺手。若咺挟怨，岂肯如此？只道吾君一时之误，还指望他悔心之萌，不意又累太叔受此大枉。”士荣又曰：“太叔无篡位之情，吾君亦已谅之。误遭歂犬之手，非出君意。”元咺曰：“君既知太叔无篡位之情，从前歂犬所言，都是虚谬，便当加罪，如何又听他先期而行？比及入国，又用为前驱，明明是假手歂犬，难言不知。”鍼庄子低首不出一语。士荣又折之曰：“太叔虽受枉杀，然太叔臣也，卫侯君也。古来人臣被君枉杀者，不可胜计。况卫侯已诛歂犬，又于太叔加礼厚葬，赏罚分明，尚有何罪？”元咺曰：“昔者桀枉杀关龙逢，汤放之。纣枉杀比干，武王伐之。汤与武王，并为桀、纣之臣子，目击忠良受枉，遂兴义旅，诛其君而吊其民。况太叔同气，又有守国之功，非龙逢、比干之比。卫不过侯封，上制于天王，下制于方伯，又非桀、纣贵为天子，富有四海之比。安得云无罪乎？”士荣语塞，又转口曰：“卫君固然不是，汝为其臣，既然忠心为君，如何君一入国，汝便出奔？不朝不贺，是何道理？”元咺曰：“咺奉太叔守国，实出君命；君且不能容太叔，能容咺乎？咺之逃，非贪生怕死，实欲为太叔伸不白之冤耳！”

晋文公在座，谓子虎曰：“观士荣、元咺往复数端，种种皆是元咺的理长。卫、郑乃天子之臣，不敢擅决，可先将卫臣行刑。”喝教左右：“凡相从卫君者，尽加诛戮。”子虎曰：“吾闻甯俞，卫之贤大夫，其调停于兄弟君臣之间，大费苦心，无如卫君不听何？且此狱与甯俞无干，不可累之。士荣摄为士师，断狱不明，合当首坐。鍼庄子不发一言，自知理曲，可从末减。惟君侯鉴裁！”文公依其言，乃将士荣斩首，鍼庄子刖足，甯俞姑赦不问。卫侯上了槛车，文公同子虎带了卫侯，来见襄王，备陈卫家君臣两造狱词：“如此冤情，若不诛卫郑，天理不容，人心不服。乞命司寇行刑，以彰天罚！”襄王曰：“叔父之断狱明矣；虽然，不可以训。朕闻：‘《周官》设两造以讯平民，惟君臣无狱，父子无狱。’若臣与君讼，是无上下也。又加胜焉，为臣而诛君，为逆已甚！朕恐其无以彰罚，而适以教逆也。朕亦何私于卫哉？”文公惶恐谢曰：“重耳见不及此。既天王不加诛，当槛送京师，以听裁决。”文公仍带卫侯回至公馆，使军士看守如初。一面打发元咺归卫，听其别立贤君，以代卫郑之位。元咺至卫，与群臣计议，诡言：“卫侯已定大辟，今奉王命，选立贤君。”群臣共举一人，乃是叔武之弟名适，字子瑕，为人仁厚。元咺曰:“立此人,正合‘兄终弟及’之礼。”乃奉公子瑕即位,元咺相之。司马瞒、孙炎、周歂、冶廑一班文武相助,卫国粗定。毕竟卫事如何结束,且看下回分解。

第四十三回

智甯俞假鸩复卫　老烛武縋城说秦

话说周襄王受朝已毕，欲返洛阳，众诸侯送襄王出河阳之境，就命先蔑押送卫侯于京师。时卫成公有微疾，晋文公使随行医衍，与卫侯同行，假以视疾为名，实使之鸩杀卫侯，以泄胸中之忿："若不用心，必死无赦！"又吩咐先蔑："作急在意，了事之日，一同医衍回话。"

襄王行后，众诸侯未散，晋文公曰："寡人奉天子之命，得专征伐。今许人一心事楚，不通中国。王驾再临，诸君趋走不暇，颍阳密迩，置若不闻，怠慢莫甚！愿偕诸君问罪于许。"众诸侯皆曰："敬从君命。"时晋侯为主，齐、宋、鲁、蔡、陈、秦、莒、邾八国诸侯，皆率车徒听命，一齐向颍阳进发。只有郑文公捷，原是楚王姻党，惧晋来附，见晋文公处置曹、卫太过，心中有不平之意，思想："晋侯出亡之时，自家也曾失礼于他，看他亲口许复曹、卫，兀自不肯放手。如此怀恨，未必便忘情于郑也。不如且留楚国一路，做个退步，后来患难之时，也有个依靠。"上卿叔詹见郑伯踌躇，似有背晋之意，遂进谏曰："晋幸辱收郑矣，君勿贰也。贰且获罪不赦。"郑伯不听，使人扬言："国中有疫。"托言祈祷，遂辞晋先归，阴使人通款于楚曰："晋侯恶许之昵就上国也，驱率诸侯，将问罪焉。寡君畏上国之威，不敢从兵，敢告。"许人闻有诸侯之兵，亦遣人告急于楚。楚成王曰："吾兵新败，勿与晋争。俟其厌兵之后，而求成焉。"遂不救许。诸侯之兵围了颍阳，水滴不漏。

时曹共公襄，尚羁五鹿城中，不见晋侯赦令，欲求能言之人往说晋侯。小臣侯獳，请携重赂以行，曹共公许之。侯獳闻诸侯在许，径至颍阳，欲求见晋文公。适文公以积劳之故，因染寒疾，梦有衣冠之鬼，向文公求食，叱之而退，病势愈加，卧不能起，方召太卜郭偃占问吉凶。侯獳遂以金帛一车，致于郭偃，告之以情，使借鬼神之事为曹求解，须如此恁般进言。郭偃受其贿嘱，许为讲解。既见，晋侯示之以梦。布卦得"天泽"之象，阴变为阳。偃献繇于文公，其词曰：

阴极生阳，蛰虫开张。大赦天下，钟鼓堂堂。

文公问曰："何谓也？"郭偃对曰："以卦合之于梦，必有失祀之鬼神，求赦于君也。"文公曰："寡人于祀事有举无废。且鬼神何罪，而求赦耶？"偃曰："以臣之愚度之，其曹乎？曹叔振铎，文之昭也。晋先君唐叔，武之穆也。昔齐桓公为会，而封邢、卫异姓之国。今君为会，而灭曹、卫同姓之国，况二国已蒙许复矣。践土之盟，君复卫而不复曹，同罪异罚，振铎失祀，其见梦不亦宜乎？君若复曹伯，以安振铎之灵，布宽仁之令，享钟鼓之乐，又何疾之足患？"这一席话，说得文公心下豁然，觉病势顿去其半。即日遣人召曹伯襄于五鹿，使复归本国为君，所畀宋国田土，亦吐还之。曹伯襄得释，如笼鸟得翔于霄汉，槛猿复升于林木，即统本国之兵趋至颍阳，面谢晋侯复国之恩，遂协助众诸侯围许。文公病亦渐愈。许僖公见楚救不至，乃面缚衔璧，向晋军中乞降，大出金帛犒军。文公乃与诸侯解围而去。秦穆公临别，与晋文公相约：“异日若有军旅之事，秦兵出，晋必助之，晋兵出，秦亦助之，彼此同心协力，不得坐视。”二君相约已定，各自分路。晋文公在半途，闻郑国遣使复通款于楚，勃然大怒，便欲移兵伐郑。赵衰谏曰：“君玉体乍平，未可习劳。且士卒久敝，诸侯皆散，不如且归，休息一年，而后图之。”文公乃归。

话分两头。再表周襄王回至京师，群臣谒见称贺毕。先蔑稽首，致晋侯之命，乞以卫侯付司寇。时周公阅为太宰秉政，阅请羁卫侯于馆舍，听其修省。襄王曰：“置大狱太重，舍公馆太轻。”乃于民间空房，别立囚室而幽之。襄王本欲保全卫侯，只因晋文公十分忿恨，又有先蔑监押，恐拂其意，故幽之别室，名为囚禁，实宽之也。甯俞紧随其君，寝处必偕，一步不离，凡饮食之类，必亲尝过，方才进用。先蔑催促医衍数次，奈甯俞防范甚密，无处下手。医衍没奈何，只得以实情告于甯俞曰：“晋君之强明，子所知也。有犯必诛，有怨必报。衍之此行，实奉命用鸩，不然，衍且得罪。衍将为脱死之计，子勿与知可也。”甯俞附耳言曰：“子既剖腹心以教我，敢不曲为子谋乎？子之君老矣，远于人谋，而近于鬼谋。近闻曹君获宥，特以巫史一言，子若薄其鸩以进，而托言鬼神，君必不罪。寡君当有薄献。”医衍会意而去。甯俞假以卫侯之命，向衍取药酒疗疾，因密致宝玉一函。衍告先蔑曰：“卫侯死期至矣！”遂调鸩于瓯以进，用毒甚少，杂他药以乱其色。甯俞请尝，衍佯不许，强逼卫侯而灌之。才灌下两三口，衍张目仰看庭中，忽然大叫倒地，口吐鲜血，不省人事，仆瓯于地，鸩酒狼藉。甯俞故意大惊小怪，命左右将太医扶起。半晌方苏，问其缘故，衍言：“方灌酒时，忽见一神人，身长丈余，头大如斛，装束威严，自天而下，直入室中，言：‘奉唐叔之命，来救卫侯。’遂用金锤，击落酒瓯，使我魂魄俱丧也！”卫侯自言所见，与衍相同。宁俞佯怒曰：“汝原来用毒以害吾君，若非神人相救，几不免矣。我与汝义不俱生！”即奋臂欲与衍斗，左右为之劝解。先蔑闻其事，亦飞驾来视，谓宁俞曰：“汝君既获神祐，后禄未艾，蔑当复于寡君。”卫侯服鸩，又薄又少，以此受毒不深，略略患病，随即痊安。先蔑与医衍还晋，将此事回复文公。文公

信以为然,赦医衍不诛。史臣有诗云:

鸩酒何名毒卫侯?漫教医衍碎磁瓯。

文公怒气虽如火,怎脱今朝宁武谋!

却说鲁僖公原与卫世相亲睦,闻得医衍进鸩不死,晋文公不加责罪,乃问于臧孙辰曰:"卫侯尚可复乎?"辰对曰:"可复。"僖公曰:"何以见之?"辰对曰:"凡五刑之用,大者甲兵斧钺,次者刀锯钻笮,最下鞭扑,或陈之原野,或肆之市朝,与百姓共明其罪。今晋侯于卫,不用刑而私鸩焉;又不诛医衍,是讳杀卫侯之名也。卫侯不死,其能老于周乎?若有诸侯请之,晋必赦卫。卫侯复国,必益亲于鲁,诸侯谁不诵鲁之高义?"僖公大悦,使臧孙辰先以白璧十双,献于周襄王,为卫求解。襄王曰:"此晋侯之意也。若晋无后言,朕何恶于卫君?"辰对曰:"寡君将使辰哀请于晋,然非天王有命,下臣不敢自往。"襄王受了白璧,明是依允之意。臧孙辰随到晋国,见了文公,亦以白璧十双为献曰:"寡君与卫,兄弟也,卫侯得罪君侯,寡君不遑宁处。今闻君已释曹伯,寡君愿以不腆之赋,为卫君赎罪。"文公曰:"卫侯已在京师,王之罪人,寡人何得自专乎?"臧孙辰曰:"君侯代天子以令诸侯,君侯如释其罪,虽王命又何殊也?"先蔑进曰:"鲁亲于卫,君为鲁而释卫,二国交亲,以附于晋,君何不利焉?"文公许之,即命先蔑再同臧孙辰如周,共请于襄王,乃释卫成公之囚,放之回国。

时元咺已奉公子瑕为君,修城缮备,出入稽察甚严。卫成公恐归国之日,元咺发兵相拒,密谋于甯俞。俞对曰:"闻周歂、冶廑以拥子瑕之功,求为卿而不得,中怀怨望,此可结为内援也。臣有交厚一人,姓孔名达,此人乃宋忠臣孔父之后,胸中广有经纶,周、冶二人,亦是孔父相识。若使孔达奉君之命,以卿位啖二人,使杀元咺,其余俱不足惧矣。"卫侯曰:"子为我密致之,若事成,卿位固不吝也。"甯俞乃使心腹人一路扬言:"卫侯虽蒙宽释,无颜回国,将往楚国避难矣。"因取卫侯手书,付孔达为信,教他私结周歂、冶廑二人,如此恁般。歂、廑相与谋曰:"元咺每夜必亲自巡城,设伏兵于城闉隐处,突起刺之,因而杀入宫中,并杀子瑕,扫清宫室,以迎卫侯,功无出我二人上者。"两家各自约会家丁，埋伏停当。黄昏左侧，元咺巡至东门，只见周歂、冶廑二人一齐来迎，元咺惊曰："二位为何在此？"周歂曰："外人传言故君已入卫境，旦晚至此，大夫不闻乎？"元咺愕然曰："此言从何来？"冶廑曰："闻宁大夫有人入城，约在位诸臣往迎，大夫何以处之？"元咺曰："此乱言，不可信之。况大位已定，岂有复迎故君之理？"周歂曰："大夫身为正卿，当洞观万里。如此大事，尚然不知，要你则甚！冶廑便拿住元咺双手。元咺急待挣扎，周歂手拔佩刀，大喝一声，劈头砍来，去了半个天灵盖。伏兵齐起，左右一时惊逃。周歂、冶廑率领家丁，沿途大呼："卫侯引齐、鲁之兵，见集城外矣！尔百姓各宜安居，勿得扰动！"百姓家家闭户，处处关门。便是为官在朝的，此时也半疑半信，正不知甚么缘故，一个个袖手静坐，以待消息。周歂、冶廑二人，杀入宫中。公子适方与其弟子仪在宫中饮酒，闻外面有兵变，子仪拔剑在手，出宫探信。正遇周歂，亦被所杀。寻觅公子适不见。宫中乱了一夜，至天明，方知子适已投井中死矣。周歂、冶廑将卫侯手书榜于朝堂，大集百官，迎接卫成公入城复位。后人论甯武子，能委曲以求复成公，可谓智矣。然使当此之时，能谕之让国于子瑕，瑕知卫君之归，未必引兵相拒，或退居臣位，岂不两全？乃导周歂、冶廑行袭取之事，遂及弑逆，骨肉相残，虽卫成公之薄，武子不为无罪也！有诗叹曰：

前驱一矢正含冤，又迫新君赴井泉。
终始贪残无谏阻，千秋空说宁俞贤。

卫成公复位之后，择日祭享太庙。不负前约，封周歂、冶廑并受卿职，使之服卿服，陪祭于庙。是日五鼓，周歂升车先行，将及庙门，忽然目睛反视，大叫："周歂穿窬小人，蛇豕奸贼！我父子尽忠为国，汝贪卿位之荣，戕害我命。我父子含冤九泉，汝盛服陪祀。好不快活！我拿你去见太叔及子瑕，看你有何理说？吾乃上大夫元咺是也！"言毕，九窍流血，僵死车中。冶廑后到，吃一大惊，慌忙脱卸卿服，托言中寒而返。卫成公至太庙，改命宁俞、孔达陪祀。还朝之时，冶廑辞爵表章已至。卫侯知周歂死得希奇，遂不强其受。未逾月，冶廑亦病亡。可怜周、冶二人止为贪图卿位，干此不义之事，未享一日荣华，徒取千年唾骂，岂不愚哉！卫侯以甯俞有保护之功，欲用为上卿。俞让于孔达，乃以达为上卿，甯俞为亚卿。达为卫侯画策，将咺、瑕之死，悉推在已死周歂、冶廑二人身上，遣使往谢晋侯。晋侯亦付之不问。

时周襄王十二年，晋兵已休息岁余，文公一日坐朝，谓群臣曰："郑人不礼之仇未报，今又背晋款楚，吾欲合诸侯问罪何如？"先轸曰："诸侯屡勤矣，今以郑故，又行征发，非所以靖中国也。况我军行无缺，将士用命，何必外求？"文公曰："秦君临行有约，必与同事。"先轸对曰："郑为中国咽喉，故齐桓欲伯天下，每争郑地。今若使秦共伐，秦必争之，不如独用本国之兵。"文公曰："郑邻晋而远于秦，秦何利焉？"乃使人以兵期告秦，约于九月上旬，同集郑境。文公临发，以公子兰从行。兰乃郑伯捷之庶弟，向年逃晋，仕为大夫。及文公即位，兰周旋左右，忠谨无比，故文公爱近之。此行盖欲借为向导也。兰辞曰："臣闻：'君子虽在他乡，不忘父母之国。'君有讨于郑，臣不敢与其事。"文公曰："卿可谓不背本矣！"乃留公子兰于东鄙，自此有扶持他为郑君之意。晋师既入郑境，秦穆公亦引着谋臣百里奚、大将孟明视、副将杞子、逢孙、杨孙等，车二百乘来会。两下合兵攻破郊关，直逼曲洧，筑长围而守之。晋兵营于函陵，在郑城之西。秦兵营于氾南，在郑城之东。游兵日夜巡警，樵采俱断。

慌得郑文公手足无措，大夫叔詹进曰："秦、晋合兵，其势甚锐，不可与争。但得一舌辩之士，往说秦公，使之退兵，秦若退师，晋势已孤，不足畏矣。"郑伯曰："谁可往说秦公者？"叔詹对曰："佚之狐可。"郑伯命佚之狐，狐对曰："臣不堪也，臣愿举一人以自代。此人乃口悬河汉，舌摇山岳之士，但其老不见用。主公若加其官爵，使之往说，不患秦公不听矣。"郑伯问："是何人？"狐曰："考城人也，姓烛名武，年过七十，事郑国为圉正，三世不迁官。乞主公加礼而遣之！"郑伯遂召烛武入朝，见其须眉尽白，伛偻其身，蹒跚其步，左右无不含笑。烛武拜见了郑伯，奏曰："主公召老臣何事？"郑伯曰："佚之狐言子舌辨过人，欲烦子说退秦师，寡人将与子共国。"烛武再拜辞曰："臣学疏才拙，当少壮时，尚不能建立尺寸之功，况今老耄，筋力既竭，语言发喘，安能犯颜进说，动千乘之听乎？”郑伯曰：“子事郑三世，老不见用，孤之过也。今封子为亚卿，强为寡人一行。”佚之狐在旁赞言曰：“大丈夫老不遇时，委之于命。今君知先生而用之，先生不可再辞。”烛武乃受命而出。

时二国围城甚急，烛武知秦东晋西，各不相照。是夜命壮士以绳索缒下东门，径奔秦寨。将士把持，不容入见。武从营外放声大哭，营吏擒来禀见穆公。穆公问：“是谁人？”武曰：“老臣乃郑之大夫烛武是也。”穆公曰：“所哭何事？”武曰：“哭郑之将亡耳！”穆公曰：“郑亡，汝安得在吾寨外号哭？”武曰：“老臣哭郑，兼亦哭秦。郑亡不足惜，独可惜者秦耳！”穆公大怒，叱曰：“吾国有何可惜？言不合理，即当斩首！”武面无惧色，叠着两个指头，指东画西，说出一段利害来。正是：

说时石汉皆开眼，道破泥人也点头。

红日朝升能夜出，黄河东逝可西流。

烛武曰：“秦晋合兵临郑，郑之亡不待言矣。若亡郑而有益于秦，老臣又何敢言？不惟无益，又且有损，君何为劳师费财，以供他人之役乎？”穆公曰：“汝言无益有损，何说也？”烛武曰：“郑在晋之东界，秦在晋之西界，东西相距千里之遥。秦东隔于晋，南隔于周，能越周、晋而有郑乎？郑虽亡，尺土皆晋之有，于秦何与？夫秦、晋两国毗邻并立，势不相下，晋益强则秦益弱矣。为人兼地以自弱其国，智者计不出此。且晋惠公曾以河外五城许君，既入而旋背之，君所知也。君之施于晋者，累世矣。曾见晋有分毫之报于君乎？晋侯自复国以来，增兵设将，日务兼并为强。今日拓地于东，既亡郑矣；异日必思拓地于西，患且及秦。君不闻虞、虢之事乎？假虞君以灭虢，旋反戈而中虞。虞公不智，助晋自灭，可不鉴哉！君之施晋既不足恃，晋之用秦又不可测，以君之贤智，而甘堕晋之术中，此臣所谓‘无益而有损’，所以痛哭者此也！”穆公静听良久，耸然动色，频频点首曰：“大夫之言是也！”百里奚进曰：“烛武辩士，欲离吾两国之好，君不可听之！”烛武曰：“君若肯宽目下之围，定立盟誓，弃楚降秦。君如有东方之事，行李往来，取给于郑，犹君外府也。”穆公大悦，遂与烛武歃血为誓，反使杞子、逢孙、杨孙三将，留卒二千人助郑戍守，不告于晋，密地班师而去。早有探骑报入晋营。文公大怒，狐偃在旁，请追击秦师。不知文公从否，且看下回分解。

第四十四回

叔詹据鼎抗晋侯　弦高假命犒秦军

话说秦穆公私与郑盟，背晋退兵，晋文公大怒。狐偃进曰："秦虽去不远，臣请率偏师追击之。军有归心，必无斗志，可一战而胜也。既胜秦，郑必丧胆，将不攻自下矣。"文公曰："不可。寡

人昔赖其力，以抚有社稷。若非秦君，寡人何能及此？以子玉之无礼于寡人，寡人犹避之三舍，以报其施，况婚姻乎？且无秦，何患不能围郑？"乃分兵一半，营于函陵，攻围如故。郑伯谓烛武曰："秦兵之退，子之力也。晋兵未退，如之奈何？"烛武对曰："闻公子兰有宠于晋侯，若使人迎公子兰归国，以请成于晋，晋必从矣。"郑伯曰："此非老大夫，亦不堪使也。"石申父曰："武

劳矣，臣愿代一行。”乃携重宝出城，直叩晋营求见。文公命之入。石申父再拜，将重宝上献，致郑伯之命曰：“寡君以密迩荆蛮，不敢显绝，然实不敢离君侯之宇下也。君侯赫然震怒，寡君知罪矣。不腆世藏，愿效贽于左右。寡君有弟兰，获侍左右，今愿因兰以乞君侯之怜。君侯使兰监郑之国，当朝夕在庭，其敢有二心！”文公曰：“汝离我于秦，明欺我不能独下郑也；今又来求成，莫非缓兵之计，欲俟楚救耶？若欲我退兵，必依我二事方可。”石申父曰：“请君侯命之！”文公曰：“必迎立公子兰为世子，且献谋臣叔詹出来，方表汝诚心也。”

石申父领了晋侯言语，入城回复郑伯。郑伯曰：“孤未有子，闻子兰昔有梦征，立为世子，社稷必享之。但叔詹乃吾股肱之臣，岂可去孤左右？”叔詹对曰：“臣闻：‘主忧则臣辱，主辱则臣死。’今晋人索臣，臣不往，兵必不解，是臣避死不忠，而遗君以忧辱也。臣请往！”郑伯曰：“子往必死，孤不忍也！”叔詹对曰：“君不忍于一詹，而忍于百姓之危困、社稷之陨坠乎？舍一臣以救百姓而安社稷，君何爱焉？”郑伯涕泪而遣之。石申父同侯宣多送叔詹于晋军，言：“寡君畏君之灵，二事俱不敢违。今使詹听罪于幕下，惟君侯处裁，且求赐公子兰为敝邑之適嗣，以终上国之德。”晋侯大悦，即命狐偃召公子兰于东鄙，命石申父、侯宣多在营中等候。

且说晋侯见了叔詹，大喝：“汝执郑国之柄，使其君失礼于宾客，一罪也；受盟而复怀贰心，二罪也。”命左右速具鼎镬，将烹之。叔詹面不改色，拱手谓文公曰：“臣愿得尽言而死。”文公曰：“汝有何言？”詹对曰：“君侯辱临敝邑，臣常言于君曰：‘晋公子贤明，其左右皆卿才，若返国，必伯诸侯。’及温之盟，臣又劝吾君：‘必终事晋，无得罪，罪且不赦！’天降郑祸，言不见纳。今君侯委罪于执政，寡君明其非辜，坚不肯遣，臣引‘主辱臣死’之义，自请就诛，以救一城之难。夫料事能中，智也；尽心谋国，忠也；临难不避，勇也；杀身救国，仁也。仁、智、忠、勇俱全，有臣如此，在晋国之法，固宜烹矣！”乃据鼎耳而号曰：“自今已往，事君者以詹为戒！”文公悚然，命赦勿杀，曰：“寡人聊以试子，子真烈士也！”加礼甚厚。不一日，公子兰取至，文公告以相召之意，使叔詹同石申父、侯宣多等，即以世子之礼相见，然后跟随入城。郑伯立公子兰为世子，晋师方退。自是秦、晋有隙。髯翁有诗叹云：

甥舅同兵意不欺，却因烛武片言移。

为贪东道蝇头利，数世兵连那得知？

是年魏犨醉后，坠车折臂，内伤病复发，呕血斗余死。文公录其子魏颗嗣爵。未几，狐毛、狐偃亦相继而卒。晋文公哭之恸曰：“寡人得脱患难，以有今日，多赖舅氏之力，不意弃我而去，使寡人失其右臂矣。哀哉！”胥臣进曰：“主公惜二狐之才，臣举一人，可为卿相，惟主公主裁！”文公曰：“卿所举何人也？”胥臣曰：“臣前奉使，舍于冀野，见一人方秉耒而耨，其妻馈以午餐，双手捧献，夫亦敛容接之。夫祭而后食，其妻侍立于旁。良久食毕，夫俟其妻行而后复耨，始终无惰容。夫妻之间，相敬如宾，况他人乎？臣闻：‘能敬者必有德。’往问姓名，乃郤芮之子郤缺也。此人若用于晋，不弱于子犯。”文公曰：“其父有大罪，安可用其子乎？”胥臣曰：“以尧、舜为父，而有丹朱、商均之不肖；以鲧为父，而有禹之圣：贤不肖之间，父子不相及也。君奈何因已往之恶，而弃有用之才乎？”文公曰：“善。卿为我召之。”胥臣曰：“臣恐其逃奔他国，为敌所用，已携归在臣家中矣。君以使命往，方是礼贤之道。”文公依其言，使内侍以簪缨袍服往召郤缺。郤缺再拜稽首辞曰：“臣乃冀野农夫，君不以先臣之罪加之罪戮，已荷宽宥，况敢赖宠以玷朝班？”内侍再三传命劝驾，郤缺乃簪佩入朝。郤缺生得身长九尺，隆准丰颐，声如洪钟。文公一见大喜，乃迁胥臣为下军元帅，使郤缺佐之。复改二行为二军，谓之“新上”、“新下”。以赵衰将“新上军”，箕郑佐之；胥臣之子胥婴将“新下军”，先都佐之。旧有三军，今又添二军，共是五军。亚于天子之制，豪杰向用，军政无阙。楚成王闻之而惧，乃使大夫斗章请平于晋。晋文公念其旧德，许之通好，使大夫阳处父报聘于楚。不在话下。

周襄王二十四年，郑文公捷薨。群臣奉其弟公子兰即位，是为穆公，果应昔日梦兰之兆。是冬，晋文公有疾，召赵衰、先轸、狐射姑、阳处父诸臣入受顾命，使辅世子驩为君，勿替伯业。复恐诸子不安于国，预遣公子雍出仕于秦，公子乐出仕于陈。雍乃杜祁所生，乐乃辰嬴所生也。又使其幼子黑臀，出仕于周，以亲王室。文公薨，在位八年，享年六十八岁。史臣有诗赞云：

道路奔驰十九年，神龙返穴遂乘权。
河阳再觐忠心显，城濮三军义问宣。
雪耻酬恩中始快，赏功罚罪政无偏。
虽然广俭由天授，左右匡扶赖众贤。

世子驩主丧即位，是为襄公。襄公奉文公之柩殡于曲沃。方出绛城，柩中忽作大声，如牛鸣然，其柩重如泰山，车不能动。群臣无不大骇。太卜郭偃卜之，献其繇曰：

有鼠西来，越我垣墙。我有巨梃，一击三伤。

偃曰："数日内，必有兵信自西方来。我军击之，大捷。此先君有灵，以告我也。"群臣皆下拜，柩中声顿止，亦觉不重，遂如常而行。先轸曰："西方者，秦也。"随使人密往秦国探信不题。

话分两头。却说秦将杞子、逢孙、杨孙三人，屯戍于郑之北门，见晋国送公子兰归郑，立为世子，忿然曰："我等为他戍守，以拒晋兵，他又降服晋国，显得我每无功了。"已将密报知会本国。秦穆公心亦不忿，只碍着晋侯，敢怒而不敢言。及公子兰即位，待杞子等无加礼，杞子遂与逢孙、杨孙商议："我等屯戍在外，终无了期，不若劝吾主潜师袭郑，吾等皆可厚获而归。"正商议间，又闻晋文公亦薨，举手加额曰："此天赞吾成功也！"遂遣心腹人归秦，言于穆公曰："郑人使我掌北门之管，若遣兵潜来袭郑，我为内应，郑可灭也。晋有大丧，必不能救郑，况郑君嗣位方新，守备未修，此机不可失。"秦穆公接此密报，遂与蹇叔及百里奚商议。二臣同声进谏曰："秦去郑千里之遥，非能得其地也，特利其俘获耳。夫千里劳师，跋涉日久，岂能掩人耳目？若彼闻吾谋而为之备，劳而无功，中途必有变。夫以兵戍人，还而谋之，非信也；

乘人之丧而伐之，非仁也；成则利小，不成则害大，非智也。失此三者，臣不知其可也！”穆公艴然曰：“寡人三置晋君，再平晋乱，威名著于天下。只因晋侯败楚城濮，遂以伯业让之。今晋侯即世，天下谁为秦难者？郑如困鸟依人，终当飞去。乘此时灭郑，以易晋河东之地，晋必听之。何不利之有？”蹇叔又曰：“君何不使人行吊于晋，因而吊郑，以窥郑之可攻与否？毋为杞子辈虚言所惑也。”穆公曰：“若待行吊而后出师，往返之间，又几一载。夫用兵之道，疾雷不及掩耳，汝老惫何知？”乃阴约来人：“以二月上旬，师至北门，里应外合，不得有误。”

于是召孟明视为大将，西乞术、白乙丙副之，挑选精兵三千余人，车三百乘，出东门之外。孟明乃百里奚之子，白乙乃蹇叔之子。出师之日，蹇叔与百里奚，号哭而送之曰：“哀哉！痛哉！吾见尔之出，而不见尔之入也！”穆公闻之大怒，使人让二臣曰：“尔何为哭吾师？敢沮吾军心耶？”蹇叔、百里奚并对曰：“臣安敢哭君之师？臣自哭吾子耳！”白乙见父亲哀哭，欲辞不行。蹇叔曰：“吾父子食秦重禄，汝死自分内事也。”乃密授以一简，封识甚固，嘱之曰：“汝可依吾简中之言。”白乙领命而行，心下又惶惑，又凄楚。惟孟明自恃才勇，以为成功可必，恬不为意。

大军既发，蹇叔谢病不朝，遂请致政。穆公强之，蹇叔遂称病笃，求还铚村。百里奚造其家问病，谓蹇叔曰：“奚非不知见几之道，所以苟留于此者，尚冀吾子生还一面耳！吾兄何以教我！”蹇叔曰：“秦兵此去必败。贤弟可密告子桑，备舟楫于河下，万一得脱，接应西还。切记！切记！”百里奚曰：“贤兄之言，即当奉行。”穆公闻蹇叔决意归田，赠以黄金二十斤、彩缎百束，群臣俱送出郊关而返。百里奚握公孙枝之手，告以蹇叔之言，如此恁般：“吾兄不托他人，而托子桑，以将军忠勇，能分国家之忧也。将军不可泄漏，当密图之！”公孙枝曰：“敬如命。”自去准备船只。不在话下。

却说孟明见白乙领父密简，疑有破郑奇计在内，是夜安营已毕，特来索看。白乙丙启而观之，内有字二行曰：“此行郑不足虑，可虑者晋也。崤山地险，尔宜谨戒。我当收尔骸骨于此！”孟明掩目急走，连声曰：“咄咄！晦气！晦气！”白乙意亦以为未必然。三帅自冬十二月丙戌日出师，至明年春正月，从周北门而过，孟明曰：

"天子在是，虽不敢以戎事谒见，敢不敬乎？"传令左右，皆免胄下车。前哨牙将褒蛮子，骁勇无比，才过都门，即从平地超越登车，疾如飞鸟，车不停轨。孟明叹曰："使人人皆褒蛮子，何事不成？"众将士哗然曰："吾等何以不如褒蛮子？"于是争先攘臂呼于众曰："有不能超乘者，退之殿后！"凡行军以殿为怯，军败则以殿为勇，此言殿后者，辱之也。一军凡三百乘，无不超腾而上者。登车之后，车行迅速，如疾风闪电一般，霎时不见。时周襄王使王子虎同王孙满往观秦师，讫讫，回复襄王。王子虎叹曰："臣观秦师骁健如此，谁能敌者？此去郑必无幸矣！"王孙满时年甚小，含笑而不言。襄王问曰："尔童子以为何如？"满对曰："礼，过天子门，必卷甲束兵而趋。今止于免胄，是无礼也。又超乘而上，其轻甚矣。轻则寡谋，无礼则易乱。此行也，秦必有败衄之辱，不能害人，只自害耳！"

却说郑国有一商人，名曰弦高，以贩牛为业。自昔王子颓爱牛，郑、卫各国商人贩牛至周，颇得重利。今日弦高尚袭其业。此人虽则商贾之流，倒也有些忠君爱国之心，排患解纷之略，只为无人荐引，屈于市井之中。今日贩了数百肥牛，往周买卖，行近黎阳津，遇一故人，名曰蹇他，乃新从秦国而来。弦高与蹇他相见，问："秦国近有何事？"他曰："秦遣三帅袭郑，以十二月丙戌日出兵，不久即至矣。"弦高大惊曰："吾父母之邦忽有此难，不闻则已，若闻而不救，万一宗社沦亡，我何面目回故乡也？"遂心生一计，辞别了蹇他，一面使人星夜奔告郑国，教他速作准备；一面打点犒军之礼，选下肥牛二十头随身，馀牛俱寄顿客舍。弦高自乘小车，一路迎秦师上去。来至滑国，地名延津，恰好遇见秦兵前哨，弦高拦住前路，高叫："郑国有使臣在此，愿求一见！"前哨报入中军。孟明倒吃一惊，想道："郑国如何便知我兵到来，遣使臣远远来接？且看他来意如何。"遂与弦高车前相见。弦高诈传郑君之命，谓孟明曰："寡君闻三位将军，将行师出于敝邑，不腆之赋，敬使下臣高远犒从者。敝邑摄乎大国之间，外侮迭至，为久劳远戍，恐一旦不戒，或有不测，以得罪于上国，日夜儆备，不敢安寝。惟执事谅之!"孟明曰:"郑君既犒师,何无国书?"弦高曰:"执事以冬十二月丙戌日出兵,寡君闻从者驱驰甚力,恐俟词命之修,或失迎犒,遂口授下臣,匍匐请罪,非有他也。"孟明附耳言曰:"寡君之遣视,为滑故也,岂敢及郑?"传令:"住军于延津!"弦高称谢而退。西乞、白乙问孟明:"驻军延津何意?"孟明曰:"吾师千里远涉,止以出郑人之不意,可以得志。今郑人已知吾出军之日,其为备也久矣。攻之则城固而难克,围之则兵少而无继。今滑国无备,不若袭滑而破之,得其卤获,犹可还报吾君,师出不为无名也。"是夜三更,三帅兵分作三路,并力袭破滑城,滑君奔翟。秦兵大肆掳掠,子女玉帛,为之一空。史臣论此事,谓秦帅目中已无郑矣。若非弦高矫命犒师,以杜三帅之谋,则灭国之祸,当在郑而不在滑也。有诗赞云:

千里驱兵狠似狼,岂因小滑逞锋铓。
弦高不假军前犒,郑国安能免灭亡?

滑自被残破,其君不能复国,秦兵去后,其地遂为卫国所并。不在话下。

却说郑穆公接了商人弦高密报,犹未深信。时当二月上旬,使人往客馆,窥觇杞子、逢孙、杨孙所为。则已收束车乘,厉兵秣马,整顿器械,人人装束,个个抖擞,只等秦兵到来,这里准备献门。使者回报,郑伯大惊,乃使老大夫烛武先见杞子、逢孙、杨孙,各以束帛为赆,谓之曰:"吾子淹久于敝邑,敝邑以供给之故,原圃之麋鹿俱竭矣。今闻吾子戒严,意者有行色乎?孟明诸将在周、滑之间,盍往从之?"杞子大惊,暗思:"吾谋已泄,师至无功,反将得罪,不惟郑不可留,秦亦不可归矣。"乃缓词以谢烛武,即日引亲随数十人逃走齐国。逢孙、杨孙亦奔宋国避罪。戍卒无主,屯聚于北门,欲为乱。郑穆公使佚之狐多赍行粮,分散众人,导之还乡。郑穆公录弦高之功,拜为军尉。自此郑国安靖。

却说晋襄公在曲沃殡宫守丧,闻谍报:"秦国孟明将军统兵东去,不知何往?"襄公大惊,即使人召群臣商议。先轸预已打听明白,备知秦君袭郑之谋,遂来见襄公。不知先轸如何计较,且看下回分解。

第四十五回

晋襄公墨缞败秦　先元帅免胄殉翟

话说中军元帅先轸已备知秦国袭郑之谋，遂来见襄公曰："秦违蹇叔、百里奚之谏，千里袭人。此卜偃所谓'有鼠西来，越我垣墙'者也。急击之，不可失！"栾枝进曰："秦有大惠于先君，未报其德，而伐其师，如先君何？"先轸曰："此正所以继先君之志也。先君之丧，同盟方吊恤之不暇，秦不加哀悯，而兵越吾境，以伐我同姓之国，秦之无礼甚矣！先君亦必含恨于九泉，又何德之足报？且两国有约，彼此同兵，围郑之役，背我而去，秦之交情亦可知矣。彼不顾信，我岂顾德？"栾枝又曰："秦未犯吾境，击之毋乃太过？"先轸曰："秦之树吾先君于晋，非好晋也，以自辅也。君之伯诸侯，秦虽面从，心

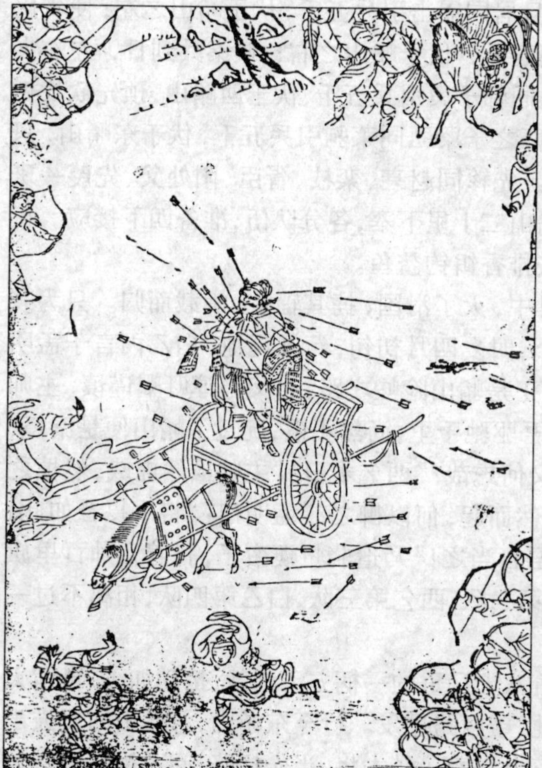

实忌之。今乘丧用兵，明欺我之不能庇郑也，我兵不出，真不能矣！袭郑不已，势将袭晋，谚云：‘一日纵敌，数世贻殃。’若不击秦，何以自立？”赵衰曰：“秦虽可击，但吾主苫块之中，遽兴兵革，恐非居丧之礼。”先轸曰：“礼，人子居丧，寝处苫块，以尽孝也。翦强敌以安社稷，孝孰大焉？诸卿若云不可，臣请独往！”胥臣等皆赞成其谋。

先轸遂请襄公墨缞治兵，襄公曰：“元帅料秦兵何时当返？从何路行？”先轸屈指算之曰：“臣料秦兵，必不能克郑。远行无继，势不可久，总计往返之期四月有余，初夏必过渑池。渑池乃秦、晋之界，其西有崤山两座，自东崤至于西崤，相去三十五里，此乃秦归必由之路。其地树木丛杂，山石崚嶒，有数处车不可行，必当解骖下走。若伏兵于此处，出其不意，可使秦之兵将尽为俘虏。”襄公曰：“但凭元帅调度。”先轸乃使其子先且居同屠击引兵五千，伏于崤山之左；使胥臣之子胥婴同狐鞫居引兵五千，伏于崤山之右；候秦兵到日，左右夹攻。使狐偃之子狐射姑同韩子舆引兵五千，伏于西崤山，预先砍伐树木，塞其归路。使梁繇靡之子梁弘同莱驹引兵五千，伏于东崤山，只等秦兵尽过，以兵追之。先轸同赵衰、栾枝、胥臣、阳处父、先蔑一班宿将，跟随晋襄公，离崤山二十里下寨，各分队伍，准备四下接应。正是：整顿窝弓射猛虎，安排香饵钓鳌鱼。

再说秦兵于春二月中，灭了滑国，掳其辎重，满载而归。只为袭郑无功，指望以此赎罪。时夏四月初旬，行及渑池，白乙丙言于孟明曰：“此去从渑池而西，正是崤山险峻之路，吾父谆谆叮嘱谨慎，主帅不可轻忽。”孟明曰：“吾驱驰千里，尚然不惧，况过了崤山便是秦境，家乡密迩，缓急可恃，又何虑哉？”西乞术曰：“主帅虽然虎威，然慎之无失。恐晋有埋伏，卒然而起，何以御之？”孟明曰：“将军畏晋如此，吾当先行，如有伏兵，吾自当之！”乃遣骁将褒蛮子，打着元帅百里旗号，前往开路。孟明做第二队，西乞第三队，白乙第四队，相离不过一二里之程。

却说褒蛮子惯使着八十斤重的一柄方天画戟，抡动如飞，自谓天下无敌。驱车过了渑池，望西路进发。行至东崤山，忽然山凹里鼓声大震，飞出一队车马，车上立着一员大将，当先拦路，问：“汝是秦将孟明否？吾等候多时矣。”褒蛮子曰：“来将可通姓名。”那将答曰：“吾乃晋国大将莱驹是也！”蛮子曰：“教汝国栾枝、魏犨来到，还斗上几合戏耍，汝乃无名小卒，何敢拦吾归路？快快闪开，让我过去。若迟慢时，怕你捱不得我一戟！”莱驹大怒，挺长戈劈胸刺去，蛮子轻轻拨开，就势一戟刺来，莱驹急闪，那戟来势太重，就刺在那车衡之上。蛮子将戟一绞，把衡木折做两段。莱驹见其神勇，不觉赞叹一声道：“好孟明，名不虚传！”蛮子呵呵大笑曰：“我乃孟明元帅部下牙将褒蛮子便是！我元帅岂肯与汝鼠辈交锋耶？汝速速躲避，我元帅随后兵到，汝无噍类矣！莱驹吓得魂不附体，想道：“牙将且如此英雄，不知孟明还是如何？”遂高声叫曰：“我放汝过去，不可伤害吾军！”遂将车马约在一边，让褒蛮子前队过去。蛮子即差军士传报主帅孟明，言：“有些小晋军埋伏，已被吾杀退，可速上前合兵一处，过了崤山，便没事了。”孟明得报大喜，遂催趱西乞、白乙两军，一同进发。且说莱驹引兵来见梁弘，盛述褒蛮子之勇。梁弘笑曰：“虽有鲸蛟，已入铁网，安能施其变化哉？吾等按兵勿动，俟其尽过，从后驱之，可获全胜。”

再说孟明等三帅，进了东崤，约行数里，地名上天梯、堕马崖、绝命岩、落魂涧、鬼愁窟、断云峪，一路都是有名的险处，车马不能通行。前哨褒蛮子已自去得远了，孟明曰：“蛮子已去，料无埋伏矣。”吩咐军将，解了辔索，卸了甲胄，或牵马而行，或扶车而过，一步两跌，备极艰难，七断八续，全无行伍。有人问道：“秦兵当日出行，也从崤山过去的，不见许多艰阻。今番回转，如何说得恁般？”这有个缘故。当初秦兵出行之日，乘着一股锐气，且没有晋兵拦阻，轻车快马，缓步徐行，任意经过，不觉其苦。今日往来千里，人马俱疲困了，又掳掠得滑国许多子女金帛，行装重滞，况且遇过晋兵一次，虽然硬过，还怕前面有伏，心下慌忙，倍加艰阻，自然之理也。孟明等过了上天梯第一层险隘，正行之间，隐隐闻鼓角之声，后队有人报道：“晋兵从后追至矣！”孟明曰：“我既难行，他亦不易，但愁前阻，何怕后追？吩咐各军，速速前进便了！”教白乙前行：“我当亲自断后，以御追兵。”又蓦过了堕马崖。将近绝命岩了，众人发起喊来，报道：“前面有乱木塞路，人马俱不能通，如何是好？”孟明想：“这乱木从何而来？莫非前面果有埋伏?”乃亲自上前来看，但见岩旁有一碑，镌上五字道：“文王避雨处。”碑旁竖立红旗一面，旗竿约长三丈有余，旗上有一“晋”字。旗下都是纵横乱木。孟明曰：“此是疑兵之计也。事已至此，便有埋伏，只索上前。”遂传令教军士先将旗竿放倒，然后搬开柴木，以便跋涉。谁知这面晋字红旗，乃是伏军的记号。他伏于岩谷僻处，望见旗倒，便知秦兵已到，一齐发作。秦军方才搬运柴木，只闻前面鼓声如雷，远远望见旌旗闪烁，正不知多少军马。白乙丙且教安排器械，为冲突之计。只见山岩高处，立着一位将军，姓狐名射姑，字贾季，大叫道：“汝家先锋褒蛮子已被缚在此了，来将早早投降，免遭屠戮！”原来褒蛮子恃勇前进，堕于陷坑之中，被晋军将挠钩搭起，绑缚上囚车了。白乙丙大惊，使人报知西乞术与主将孟明，商议并力夺路。孟明看这条路径，只有尺许之阔，一边是危峰峻石，一边临着万丈深溪，便是落魂涧了，虽有千军万马，无处展施。心生一计，传令：“此非交锋之地。教大军一齐退转东崤宽展处，决一死战，再作区处。”白乙丙奉了将令，将军马退回，一路闻金鼓之声，不绝于耳。才退至堕马崖，只见东路旌旗，连接不断，却是大将梁弘同副将莱驹引着五千人马，从后一步步袭来。秦军过不得堕马崖，只得又转。此时好像蚂蚁在热盘之上，东旋西转，没有个定处。孟明教军士从左右两旁，爬山越溪，寻个出路。只见左边山头上金鼓乱鸣，左有一枝军占住，叫道：“大将先且居在此，孟明早早投降！”右边隔溪一声炮响，山谷俱应，又竖起大将胥婴的旗号。孟明此时，如万箭攒心，没摆布一头处。军士每分头乱窜，爬山越溪，都被晋兵斩获。孟明大怒，同西乞、白乙二将，仍杀到堕马崖来。那柴木上都掺有硫黄焰硝引火之物，被韩子舆放起火来，烧得焰腾腾烟涨迷天，红赫赫火星撒地。后面梁弘军马已到，逼得孟明等三帅叫苦不迭。左右前后都是晋兵布满，孟明谓白乙丙曰：“汝父真神算也！今日困于绝地，我死必矣！你二人变服，各自逃生。万一天幸，有一人得回秦国，奏知吾主，兴兵报仇，九泉之下，亦得吐气！”西乞术、白乙丙哭曰：“吾等生则同生，死则同死，纵使得脱，何面目独归故国?”言之未已，手下军兵，看看散尽，委弃车仗器械，连路堆积。孟明等三帅无计可施，聚于岩下，坐以待缚。晋兵四下围裹将来，如馒头一般，把秦家兵将做个饺子，一个个束手受擒。杀得血污溪流，尸横山径，匹马只轮，一些不曾走漏。髯翁有诗云：

千里雄心一旦灰，西崤无复只轮回。
休夸晋帅多奇计，蹇叔先曾堕泪来。

先且居诸将会集于东崤之下，将三帅及褒蛮子上了囚车。俘获军士及车马，并滑国掳掠来许多子女玉帛，尽数解到晋襄公大营。襄公墨缞受俘，军中欢呼动地。襄公问了三帅姓名，又问："褒蛮子何人也？"梁弘曰："此人虽则牙将，有兼人之勇，莱驹曾失利一阵，若非落于陷坑，亦难制缚。"襄公骇然曰："既如此骁勇，留之恐有他变！"唤莱驹上前："汝前日战输与他，今日在寡人面前，可斩其头以泄恨。"莱驹领命，将褒蛮子缚于庭柱，手握大刀，方欲砍去。那蛮子大呼曰："汝是我手下败将，安敢犯吾？"这一声，就如半空中起个霹雳一般，屋宇俱震动。蛮子就呼声中，将两臂一撑，麻索俱断。莱驹吃一大惊，不觉手颤，堕刀于地，蛮子便来抢这把大刀。有个小校，名曰狼瞫，从旁观见，先抢刀在手，将蛮子一刀劈倒，再复一刀，将头割下，献于晋侯之前。襄公大喜曰："莱驹之勇，不及一小校也！"乃黜退莱驹不用，立狼瞫为车右之职。狼瞫谢恩而出，自谓受知于君，不往元帅先轸处拜谢。先轸心中颇有不悦之意。

次日，襄公同诸将奏凯而归，因殡在曲沃，且回曲沃，欲俟还绛之后，将秦帅孟明等三人献俘于太庙，然后施刑。先以败秦之功告于殡宫，遂治窀穸之事。襄公墨缞视葬，以表战功。母夫人嬴氏，因会葬亦在曲沃，已知三帅被擒之信，故意问襄公曰："闻我兵得胜，孟明等俱被囚执，此社稷之福也。但不知已曾诛戮否？"襄公曰："尚未。"文嬴曰："秦、晋世为婚姻，相与甚欢。孟明等贪功起衅，妄动干戈，使两国恩变为怨，吾量秦君必深恨此三人。我国杀之无益，不如纵之还秦，使其君自加诛戮，以释二国之怨，岂不美哉？"襄公曰："三帅用事于秦，获而纵之，恐贻晋患。"文嬴曰："'兵败者死'，国有常刑。楚兵一败，得臣伏诛。岂秦国独无军法乎？况当时晋惠公被执于秦，秦君且礼而归之，秦之有礼于我如此。区区败将，必欲自我行戮，显见我国无情也。"襄公初时不肯，闻说到放还惠公之事，悚然动心。即时诏有司释三帅之囚，纵归秦国。孟明等得脱囚系，更不入谢，抱头鼠窜而逃。先轸方在家用饭，闻晋侯已赦三帅，吐哺入见，怒气冲冲，问襄公："秦囚何在？"襄公曰："母夫人请放归即刑，寡人已从之矣。"先轸勃然唾襄公之面曰："咄！孺子不知事如此！武夫千辛万苦，方获此囚，乃坏于妇人之片言耶？放虎归山，异日悔之晚矣！"襄公方才醒悟，拭面而谢，曰："寡人之过也！"遂问班部中："谁人敢追秦囚者？"阳处父愿往。先轸曰："将军用心，若追得，便是第一功也。"阳处父驾起追风马，抡起斩将刀，出了曲沃西门，来追孟明。史臣有诗赞襄公能容先轸，所以能嗣伯业。诗曰：

妇人轻丧武夫功，先轸当时怒气冲。
拭面容言无愠意，方知嗣伯属襄公。

却说孟明等三人得脱大难，路上相议曰："我等若得渡河，便是再生，不然，犹恐晋君追悔，如之奈何？"比到河下，并无一个船只，叹曰："天绝我矣！"叹声未绝，见一渔翁，荡着小艇，从西而来，口中唱歌曰：

囚猿离槛兮，囚鸟出笼。有人遇我兮，反败为功。

孟明异其言，呼曰："渔翁渡我！"渔翁曰："我渡秦人，不渡晋人！"孟明曰："吾等正是秦人，可速渡我！"渔翁曰："子非崤中失事之人耶？"孟明应曰："然。"渔翁曰："吾奉公孙将军将令，特舣舟在此相候，已非一日矣。此舟小，不堪重载，前行半里之程有大舟，将军可以速往。"说罢，那渔翁反棹而西，飞也似去了。三帅循河而西，未及半里，果有大船数只泊于河中，离岸有半箭之地，那渔舟已自在彼招呼。孟明和西乞、白乙跣足下船，未及撑开，东岸上早有一位将官，乘车而至，乃大将阳处父也，大叫："秦将且住！"孟明等各各吃惊。须臾之间，阳处父停车河岸，见孟明已在舟中，心生一计，解自家所乘左骖之马，假托襄公之命，赐与孟明："寡君恐将军不给于乘，使处父将此良马，追赠将军，聊表相敬之意，伏乞将军俯纳！"阳处父本意要哄孟明上岸相见，收马拜谢，乘机缚之。那孟明漏网之鱼，"脱却金钩去，回头再不来"，心上也防这一着，如何再肯登岸，乃立于船头之上，遥望阳处父，稽首拜谢曰："蒙君不杀之恩，为惠已多，岂敢复受良马之赐？此行寡君若不加戮，三年之后，当亲至上国，拜君之赐耳！"阳处父再欲开口，只见舟师水手运桨下篙，船已荡入中流去了。阳处父惘然如有所失，闷闷而回，以孟明之言奏闻于襄公。先轸忿然进曰：“彼云‘三年之后，拜君之赐’者，盖将伐晋报仇也。不如乘其新败丧气之日，先往伐之，以杜其谋。”襄公以为然，遂商议伐秦之事。

话分两头。再说秦穆公闻三帅为晋所获，又闷又怒，寝食俱废。过了数日，又闻三帅已释放还归，喜形于色。左右皆曰：“孟明等丧师辱国，其罪当诛。昔楚杀得臣以警三军，君亦当行此法也。”穆公曰：“孤自不听蹇叔、百里奚之言，以累及三帅，罪在于孤，不在他人。”乃素服迎之于郊，哭而唁之，复用三帅主兵，愈加礼待。百里奚叹曰：“吾父子复得相会，已出望外矣！”遂告老致政。穆公乃以繇余、公孙枝为左右庶长，代蹇叔、百里奚之位。此话且搁过一边。

再说晋襄公正议伐秦，忽边吏驰报：“今有翟主白部胡引兵犯界，已过箕城。望乞发兵防御！”襄公大惊曰：“翟、晋无隙，如何相犯？”先轸曰：“先君文公，出亡在翟，翟君以二隗妻我君臣，一住十二年，礼遇甚厚。及先君返国，翟君又遣人拜贺，送二隗还晋。先君之世，从无一介束帛以及于翟。翟君念先君之好，隐忍不言。今其子白部胡嗣位，自恃其勇，故乘丧来伐耳。”襄公曰：“先君勤劳王事，未暇报及私恩。今翟君伐我之丧，是我仇也，子载为寡人创之。”先轸再拜辞曰：“臣忿秦帅之归，一时怒激，唾君之面，无礼甚矣！臣闻：‘兵事尚整，惟礼可以整民。’无礼之人，不堪为帅。愿主公罢臣之职，别择良将！”襄公曰：“卿为国发愤，乃忠心所激，寡人岂不谅之？今御翟之举，非卿不可，卿其勿辞！”先轸不得已，领命而出，叹曰：“我本欲死于秦，谁知却死于翟也！”闻者亦莫会其意。襄公自回绛都去了。

单说先轸升了中军帐，点集诸军，问众将：“谁肯为前部先锋者？”一人昂然而出曰：“某愿往。”先轸视之，乃新拜右车将军狼瞫也。先轸因他不来谒谢，已有不悦之意，今番自请冲锋，愈加不喜，遂骂曰：“尔新进小卒，偶斩一囚，遂获重用。今大敌在境，汝全无退让之意，岂藐我帐下无一良将耶？”狼瞫曰：“小将愿为国家出力，元帅何故见阻？”先轸曰：“眼前亦不少出力之人，汝有何谋勇，辄敢掩诸将之上？”遂叱去不用。以狐鞫居有崤山夹战之功，用以代之。狼瞫垂首叹气，恨恨而出。遇其友人鲜伯于途,问曰:“闻元帅选将御敌,子安能在此闲行?”狼瞫曰:“我自请冲锋,本为国家出力,谁知反触了先轸那厮之怒。他道我有何谋勇,不该掩诸将之上,已将我罢职不用矣!”鲜伯大怒曰:“先轸妒贤嫉能,我与你共起家丁,刺杀那厮,以出胸中不平之气,便死也落得爽快!”狼瞫曰:“不可!不可!大丈夫死必有名。死而不义,非勇也。我以勇受知于君,得为戎右,先轸以为无勇而黜之。若死于不义,则我今日之被黜,乃黜一不义之人,反使嫉妒者得藉其口矣。子姑待之。”鲜伯叹曰:“子之高见,吾不及也!”遂与狼瞫同归,不在话下。后人有诗议先轸黜狼瞫之非,诗曰:

提戈斩将勇如贲,车右超升属主恩。
效力何辜遭黜逐?从来忠勇有冤吞!

再说先轸用其子先且居为先锋,栾盾、郤缺为左右队,狐射姑、狐鞫居为合后,发车四百乘,出绛都北门,望箕城进发。两军相遇,各安营停当。先轸唤集诸将授计曰:“箕城有地名曰大谷,谷中宽衍,正乃车战之地。其旁多树木,可以伏兵。栾、郤二将可分兵左右埋伏,待且居与翟交战,佯败,引至谷中,伏兵齐起,翟主可擒也!二狐引兵接应,以防翟兵驰救。”诸将如计而行。先轸将大营移后十余里安扎。

次早,两下结阵,翟主白部胡亲自索战。先且居略战数合,引车而退。白部胡引着百余骑奋勇来追,被先且居诱入大谷,左右伏兵俱起。白部胡施逞精神,左一冲,右一突,胡骑百余,看看折尽。晋兵亦多损伤。良久,白部胡杀出重围,众莫能御。将至谷口,遇着一员大将,刺斜里飕的一箭,正中白部胡面门,翻身落马,军士上前擒之。射箭者,乃新拜下军大夫郤缺也。箭透脑后,白部胡登时身死。郤缺认得是翟主,割下首级献功。时先轸在中营,闻知白部胡被获,举首向天连声曰:“晋侯有福!晋侯有福!”遂索纸笔,写表章一道,置于案上。不通诸将得知,竟与营中心腹数人,乘单车驰入翟阵。

却说白部胡之弟白暾,尚不知其兄之死,正欲引兵上前接应。忽见有单车驰到,认是诱敌之兵,白暾急提刀出迎。先轸横戈于肩,瞪目大喝一声,目眦尽裂,血流及面。白暾大惊,倒退数十步,见其无继,传令弓箭手围而射之。先轸奋起神威,往来驰骤,手杀头目三人,兵士二十余人，身上并无点伤。原来这些弓箭手，惧怕先轸之勇，先自手软，箭发的没力了。又且先轸身被重铠，如何射得入去？先轸见射不能伤，自叹曰："吾不杀敌，无以明吾勇；既知吾勇矣，多杀何为？吾将就死于此！"乃自解其甲以受箭，箭集如蝟，身死而尸不僵仆。白暾欲断其首，见其怒目扬须，不异生时，心中大惧。有军士认得的，言："此乃晋中军元帅先轸。"白暾乃率众罗拜，叹曰："真神人也！"祝曰："神许我归翟供养乎，则仆！"尸僵立如故。乃改祝曰："神莫非欲还晋国否？我当送回。"祝毕，尸遂仆于车上。要知如何送回晋国，且看下回分解。

第四十六回

楚商臣宫中弑父　秦穆公殽谷封尸

话说翟主白部胡被杀，有逃命的败军报知其弟白暾，白暾涕泣曰："俺说：'晋有天助，不可伐之。'吾兄不听，今果遭难也！"欲将先轸尸首与晋打换部胡之尸，遣人到晋军打话。且说郤缺提了白部胡首级，同诸将到中军献功，不见了元帅。有守营军士说道："元帅乘单车出营去了，但吩咐：'紧守寨门！'不知何往？"先且居心疑，偶于案上见表章一道，取而观之，云：

臣中军大夫先轸奏言：臣自知无礼于君，君不加诛讨，而复用之，幸而战胜，赏赉将及矣。臣归而不受赏，是有功而不赏也；若归而受赏，是无礼而亦可论功

也。有功不赏，何以劝功？无礼论功，何以惩罪？功罪紊乱，何以为国？臣将驰入翟军，假手翟人，以代君之讨。臣子且居有将略，足以代臣。臣轸临死冒昧！

且居曰："吾父驰翟师死矣！"放声大哭，便欲乘车闯入翟军，查看其父下落。此时郤缺、栾盾、狐鞫居、狐射姑等毕集营中，死劝方住。众人商议："必先使人打听元帅生死，方可进兵。"忽报："翟主之弟白暾差人打话。"召而问之，乃是彼此换尸之事。且居知死信真实，又复痛哭了一场。约定："明日军前，各抬亡灵，彼此交换。"翟使回复去后，先且居曰："戎狄多诈，来日不可不备。"乃商议令郤缺、栾盾仍旧张两翼于左右，但有交战之事，便来夹攻。二狐同守中军。

次日，两边结阵相持，先且居素服登车，独出阵前迎接父尸，白暾畏先轸之灵，拔去箭翎，将香水浴净，自脱锦袍包裹，装载车上，如生人一般，推出阵前，付先且居收领。晋军中亦将白部胡首级，交割还翟。翟送还的是香喷喷一具全尸，晋送去的只是血淋淋一颗首级。白暾心怀不忍，便叫道："你晋家好欺负人！如何不把全尸还我？"先且居使人应曰："若要取全尸，你自去大谷中乱尸内寻认！"白暾大怒，手执开山大斧，指挥翟骑冲杀过来。这里用辀车结阵，如墙一般，连冲突数次，皆不能入。引得白暾踯躅咆哮，有气莫吐。忽然晋军中鼓声骤起，阵门开处，一员大将，横戟而出，乃狐射姑也。白暾便与交锋，战不多合，左有郤缺，右有栾盾，两翼军士围裹将来。白暾见晋兵众盛，急忙拨转马头，晋军从后掩杀，翟兵死者，不计其数。狐射姑认定白暾，紧紧追赶。白暾恐冲动本营，拍马从刺斜里跑去。射姑不舍，随着马尾赶来。白暾回首一看，带转马头，问曰："将军面善，莫非贾季乎？"射姑答曰："然也。"白暾曰："将军别来无恙？将军父子俱住吾国十二年，相待不薄，今日留情，异日岂无相见？我乃白部之弟白暾是也。"狐射姑见提起旧话，心中不忍，便答道："我放汝一条生路，汝速速回军，无得淹久于此。"言毕回车，至于大营。晋兵已自得胜，便拿不着白暾，众俱无话。是夜白暾潜师回翟，白部胡无子，白暾为之发丧，遂嗣位为君。此是后话。

且说晋师凯旋而归，参见晋襄公，呈上先轸的遗表，襄公怜轸之死，亲殓其尸。只见两目复开，勃勃有生气，襄公抚其尸曰："将军死于国事，英灵不泯，遗表所言，足见忠爱，寡人不敢忘也！"乃即柩前，拜先且居为中军元帅，以代父职，其目遂瞑。后人于箕城立庙祀之。襄公嘉郤缺杀白部胡之功，仍以冀为之食邑，谓曰："尔能盖父之愆，故还尔父之封也。"又谓胥臣曰："举郤缺者，吾子之功。微子，寡人何由任缺？"乃以先茅之县赏之。诸将见襄公赏当其功，无不悦服。

时许、蔡二国，因晋文公之变，复受盟于楚。晋襄公拜阳处父为大将，帅师伐许，因而侵蔡。楚成王命斗勃同成大心帅师救之。行及泜水，隔岸望见晋军，遂逼泜水下寨。晋军营于泜水之北，两军只隔得一层水面，击柝之声，彼此相闻。晋军为楚师所拒，不能前进。如此相持，约有两月。看看岁终，晋军粮食将尽，阳处父意欲退军。既恐为楚所乘，又嫌于避楚为人所笑，乃使人渡泜水，直入楚军传语斗勃曰："谚云：'来者不惧，惧者不来。'将军若欲与吾战，吾当退去一舍之地，让将军济水而阵，决一死敌；如将军不肯济，将军可退一舍之地，让我渡河南岸，以请战期。若不进不退，劳师费财，何益于事？处父今驾马于车，以候将军之命，惟速裁决！"斗勃忿然曰："晋欺我不敢渡河耶？"便欲渡河索战，成大心急止曰："晋人无信，其言退舍，殆诱我耳。若乘我半济而击之，我进退俱无据矣。不如姑退，以让晋涉。我为主，晋为客，不亦可乎？"斗勃悟曰："孙伯之言是也！"乃传令军中，退三十里下寨，让晋济水。使人回复阳处父，处父使改其词，宣言于众，只说："楚将斗勃畏晋不敢涉水，已遁去矣。"军中一时传遍。处父曰："楚师已遁，我何济为？岁暮天寒，且归休息，以俟再举可也。"遂班师还晋。斗勃退舍二日，不见晋师动静，使人侦之，已去远矣，亦下令班师而回。

却说楚成王之长子，名曰商臣，先时欲立为太子，问于斗勃，勃对曰："楚国之嗣利于少，不利于长，历世皆然。且商臣之相，蜂目豺声，其性残忍，今日爱而立之，异日复恶而黜之，其为乱必矣。"成王不听，竟立为嗣，使潘崇傅之。商臣闻斗勃不欲立己，心怀怨恨。

及斗勃救蔡，不战而归，商臣谮于成王曰："子上受阳处父之赂，故避之以为晋名。"成王信其言，遂不许斗勃相见，使人赐之以剑。斗勃不能自明，以剑刎喉而死。成大心自诣成王之前叩头涕泣，备述退师之故，如此恁般："并无受赂之事，若以退为罪，罪宜坐臣。"成王曰："卿不必引咎，孤亦悔之矣！"自此成王有疑太子商臣之意。后又爱少子职，遂欲废商臣而立职，诚恐商臣谋乱，思寻其过失而诛之。宫人颇闻其语，传播于外。商臣犹豫未信，以告于太傅潘崇。崇曰："吾有一计，可察其说之真假。"商臣问："计将安出？"潘崇曰："王妹芈氏嫁于江国，近因归宁来楚久住宫中，必知其事。江芈性最躁急，太子诚为设享，故加怠慢，以激其怒，怒中之言，必有泄漏。"商臣从其谋，乃具享以待江芈。芈氏来至东宫，商臣迎拜甚恭，三献之后，渐渐疏慢，中馈但使庖人供馔，自不起身，又故意与行酒侍儿窃窃私语，芈氏两次问话，俱失应答。芈氏大怒，拍案而起，骂曰："役夫不肖如此，宜王之欲杀汝而立职也！"商臣假意谢罪，芈氏不顾，竟上车而去，骂声犹不绝口。

商臣连夜告于潘崇，因叩以自免之策。潘崇曰："子能北面而事职乎？"商臣曰："吾不能以长事少也。"潘崇曰："若不能屈首事人，盍适他国？"商臣曰："无因也，只取辱焉。"潘崇曰："舍此二者，别无策矣！"商臣固请不已，潘崇曰："有一策甚便捷，但恐汝不忍耳！"商臣曰："死生之际，有何不忍？"潘崇附耳曰："除非行大事，乃可转祸为福。"商臣曰："此事吾能之！"乃部署宫甲，至夜半，托言宫中有变，遂围王宫。潘崇仗剑，同力士数人入宫，径造成王之前，左右皆惊散。成王问曰："卿来何事？"潘崇答曰："王在位四十七年矣，成功者退，今国人思得新王，请传位于太子！"成王惶遽答曰："孤即当让位，但不知能相活否？"潘崇曰："一君死，一君立，国岂有二君耶？何王之老而不达也？"成王曰："孤方命庖人治熊掌，俟其熟而食之，虽死不恨！"潘崇厉声曰："熊掌难熟，王欲延时刻，以待外救乎？请王自便，勿俟臣动手！"言毕，解束带投于王前。成王仰天呼曰："好斗勃！好斗勃！孤不听忠言，自取其祸，复何言哉！"遂以带自挽其颈，潘崇命左右拽之，须臾气绝。江芈曰："杀吾兄者，我也！"亦自缢而死。时周襄王二十六年，冬

十月之丁未日也。髯翁论此事,谓成王以弟弑兄,其子商臣遂以子弑父,天理报应,昭昭不爽。有诗叹曰:

楚君昔日弑熊囏,今日商臣报叔冤。

天遣潘崇为逆傅,痴心犹想食熊蹯。

商臣既弑其父,遂以暴疾讣于诸侯,自立为王,是为穆王。加潘崇之爵为太师,使掌环列之尹,复以为太子之室赐之。令尹斗般等皆知成王被弑,无人敢言。商公斗宜申闻成王之变,托言奔丧,因来郢都,与大夫仲归谋弑穆王。事露,穆王使司马斗越椒擒宜申、仲归杀之。巫者范矞似言:"楚成王与子玉、子西三人,俱不得其死。"至是,其言果验矣!斗越椒觊令尹之位,乃说穆王曰:"子扬常向人言:'父子世秉楚政,受先王莫大之恩,愧不能成先王之志。'其意欲扶公子职为君。子上之来,子扬实召之。今子上伏诛,子扬意不自安,恐有他谋,不可不备。"穆王疑之,乃召斗般使杀公子职,斗般辞以不能。穆王怒曰:"汝欲成先王之志耶?"自举铜锤击杀之。公子职欲奔晋,斗越椒追杀之于郊外。穆王拜成大心为令尹,未几,大心亦卒,遂迁斗越椒为令尹,蒍贾为司马。后穆王复念子文治楚之功,录斗克黄为箴尹。克黄字子仪,乃斗般之子,子文之孙也。

晋襄公闻楚成王之死,问于赵盾曰:"天其遂厌楚乎?"赵盾对曰:"楚君虽横,犹可以礼义化诲。商臣不爱其父,况其他乎?臣恐诸侯之祸,方未艾耳!"不几年,穆王遣兵四出,先灭江,次灭六,灭蓼,又用兵陈、郑,中原多事,果如赵盾之言。此是后话。

却说周襄王二十七年,春二月,秦孟明视请于穆公,欲兴师伐晋,以报崤山之败。穆公壮其志,许之。孟明遂同西乞、白乙率车四百乘伐晋。晋襄公虑秦有报怨之举,每日使人远探,一得此信,笑曰:"秦之拜赐者至矣!"遂拜先且居为大将,赵衰为副,狐鞫居为车右,迎秦师于境上。大军将发之际,狼瞫自请以私属效劳,先且居许之。时孟明等尚未出境,先且居曰:"与其俟秦至而战,不如伐秦。"遂西行至于彭衙,方与秦兵相遇,两边各排成阵势。狼瞫请于先且居曰:"昔先元帅以瞫为无勇,罢黜不用,今日瞫请自试,非敢求录功,但以雪前之耻耳。"言毕,遂与其友鲜伯等百余人,直犯秦阵,所向披靡,杀死秦兵无算。鲜伯为白乙所杀。先且居登车,望见秦阵已乱,遂驱大军掩杀前去。孟明等不能当,大败而走。先且居救出狼瞫,瞫遍体皆伤,呕血斗余,逾日而亡。晋兵凯歌还朝,且居奏于襄公曰:"今日之胜,狼瞫之力,与臣无与也。"与襄公命以上大夫之礼葬狼瞫于西郭,使群臣皆送其葬。此是襄公激励人才的好处。史臣有诗夸狼瞫之勇云:

壮哉狼车右,斩囚如割鸡!
被黜不妄怒,轻身犯敌威。
一死表生平,秦师因以摧。
重泉若有知,先轸应低眉。

却说孟明兵败回秦,自分必死,谁知穆公一意引咎,全无嗔怪之意,依旧使人郊迎慰劳,任以国政如初。孟明自愧不胜,乃增修国政,尽出家财以恤阵亡之家。每日操演军士,勉以忠义,期来年大举伐晋。是冬,晋襄公复命先且居纠合宋大夫公子成、陈大夫辕选、郑大夫公子归生,率师伐秦,取江及彭衙二邑而还,戏曰:"吾以报拜赐之役也。"昔郭偃卜繇,有"一击三伤"之语,至是三败秦师,其言果验。孟明不请师御晋,秦人皆以为怯,惟穆公深信之,谓群臣曰:"孟明必能报晋,但时未至耳。"至明年夏五月,孟明补卒蒐乘,训练已精,请穆公自往督战:"若今次不能雪耻,誓不生还!"穆公曰:"寡人凡三见败于晋矣,若再无功,寡人亦无面目返国也。"乃选车五百乘,择日兴师。凡军士从行者,皆厚赠其家,三军踊跃,皆愿效死。兵由蒲津关而出,既渡黄河,孟明出令,使尽焚其舟。穆公怪而问曰:"元帅焚舟,何意也?"孟明视奏曰:"兵以气胜。吾屡挫之后,气已衰矣。幸而胜,何患不济?吾之焚舟,示三军之必死,有进无退,所以作其气也。"穆公曰:"善!"孟明自为先锋,长驱直入,破王官城,取之。

谍报至绛州,晋襄公大集群臣,商议出兵拒敌。赵衰曰:"秦怒已甚,此番起倾国之兵,将致死于我。且其君亲行,不可当也,不如避之,使稍逞其志,可以息两国之争。"先且居亦曰:"困兽犹能斗,况大国乎?秦君耻败,而三帅俱好勇,其志不胜不已。兵连祸结,未有已时,子馀之言是也。"襄公乃传谕四境坚守,毋与秦战。繇余谓穆公曰:"晋惧我矣!君可乘此兵威,收崤山死士之骨,可以盖昔之耻。"穆公从之。遂引兵渡黄河上岸，自茅津济师，屯于东崤，晋兵无一人一骑敢相迎者。穆公命军士于堕马崖、绝命岩、落魂涧等处收检尸骨，用草为衬，埋藏于山谷僻坳之处。宰牛杀马，大陈祭享。穆公素服，亲自沥酒，放声大哭。孟明诸将伏地不能起，哀动三军，无不堕泪。髯仙有诗云：

曾嗔二老哭吾师，今日如何自哭之？
莫道封尸豪举事，崤山虽险本无尸。

江及彭衙二邑百姓闻穆公伐晋得胜，哄然相聚，逐去晋之守将，还复归秦。秦穆公奏凯班师，以孟明为亚卿，与二相同秉国政。西乞、白乙，俱加封赏。改蒲津关为大庆关，以志军功。

却说西戎主赤班，初时见秦兵屡败，欺秦之弱，欲倡率诸戎叛秦。及伐晋回来，穆公遂欲移师伐戎。繇余请传檄戎中，征其朝贡，若其不至，然后攻之。赤班打听孟明得胜，正怀忧惧，一见檄文，遂率西方二十余国，纳地请朝，尊穆公为西戎伯主。史臣论秦事，以为："千军易得，一将难求。"穆公信孟明之贤，能始终任用，所以卒成伯业。

是时秦之威名直达京师，周襄王谓尹武公曰："秦、晋匹也，其先世皆有功于王室。昔重耳主盟中夏，朕册命为侯伯。今秦伯任好，强盛不亚于晋，朕亦欲册之如晋。卿以为何如？"尹武公曰："秦自伯西戎，未若晋之能勤王也。今秦、晋方恶，而晋侯驩能继父业，若册命秦，则失晋欢矣。不若遣使颁赐以贺秦，则秦知感而晋亦无怨。"襄王从之。要知后事如何，再看下回分解。

第四十七回

弄玉吹箫双跨凤　赵盾背秦立灵公

话说秦穆公并国二十，遂伯西戎。周襄王命尹武公赐金鼓以贺之。秦伯自称年老，不便入朝，公孙枝如周谢恩。是年，繇余病卒，穆公心加痛惜，遂以孟明为右庶长。公孙枝自周还，知穆公意向孟明，亦告老致政。不在话下。

却说秦穆公有幼女，生时适有人献璞，琢之得碧色美玉。女周岁，宫中陈晬盘，女独取此玉，弄之不舍，因名弄玉。稍长，姿容绝世，且又聪明无比，善于吹笙，不由乐师，自成音调。穆公命巧匠，剖此美玉为笙。女吹之，声如凤鸣。穆公钟爱其女，筑重楼以居之，名曰凤楼，楼前有高台，亦名凤台。弄玉年十五，穆公欲为之求佳婿。弄玉自誓曰："必得善笙人，能与我唱和者，方是我夫，他非所愿也。”穆公使人遍访，不得其人。

忽一日，弄玉于楼上卷帘闲看，见天净云空，月明如镜，呼侍儿焚香一炷，取碧玉笙，临窗吹之。声音清越，响入天际，微风拂拂，忽若有和之者。其声若远若近，弄玉心异之，乃停吹而听，其声亦止，馀音犹袅袅不断。弄玉临风惘然，如有所失，徙倚夜半，月昃香消，乃将玉笙置于床头，勉强就寝。梦见西南方，天门洞开，五色霞光，照耀如昼。一美丈夫羽冠鹤氅，骑彩凤自天而下，立于凤台之上，谓弄玉曰："我乃太华山之主也。上帝命我与尔结为婚姻，当以中秋日相见，宿缘应尔。”乃于腰间解赤玉箫，倚栏吹之。其彩凤亦舒翼鸣舞，凤声与箫声，唱和如一，宫商协调，喤喤盈耳。弄玉神思俱迷，不觉问曰："此何曲也？”美丈夫对曰："此《华山吟》第一弄也。”弄玉又问曰："曲可学乎？”美丈夫对曰："既成姻契，何难相授？”言毕，直前执弄玉之手。弄玉猛然惊觉，梦中景象，宛然在目。

及旦，自言于穆公，乃使孟明以梦中形象，于太华山访之。有野夫指之曰："山上明星岩，有一异人，自七月十五日至此，结庐独居，每日下山沽酒自酌。至晚，必吹箫一曲，箫声四彻，闻者忘卧，不知何处人也。”孟明登太华山，至明星岩下，果见一人羽冠鹤氅，玉貌丹唇，飘飘然有超尘出俗之姿。孟明知是异人，上前揖之，问其姓名。对曰："某萧姓，史名。足下何人？来此何事？”孟明曰："某乃本国右庶长，百里视是也。吾主为爱女择婿，女善吹笙，必求其匹。闻足下精于音乐，吾主渴欲一见，命某奉迎。”萧史曰："某粗解宫商，别无他长，不敢辱命。”孟明曰："同见吾主，自有分晓。”乃与共载而回。

孟明先见穆公，奏知其事，然后引萧史入谒。穆公坐于凤台之上，萧史拜见曰："臣山野匹夫，不知礼法，伏祈矜宥！”穆公视萧史形容潇洒，有离尘绝俗之韵，心中先有三分欢喜，乃赐坐于旁，问曰："闻子善箫，亦善笙乎？”萧史曰："臣止能箫，不能笙也。”穆公曰："本欲觅吹笙之侣，今箫与笙不同器，非吾女匹也。”顾孟明使引退。弄玉遣侍者传语穆公曰："箫与笙一类也。客既善箫，何不一试其长？奈何令怀技而去乎？”穆公以为然，乃命萧史奏之。萧史取出赤玉箫一枝，玉色温润，赤光照耀人目，诚希世之珍也。才品一曲，清风习习而来，奏第二曲，彩云四合，奏至第三曲，见白鹤成对，翔舞于空中，孔雀数双，栖集于林际，百鸟和鸣，经时方散。穆公大悦。时弄玉于帘内，窥见其异，亦喜曰："此真吾夫矣！"穆公复问萧史曰："子知笙箫何为而作？始于何时？"萧史对曰："笙者，生也，女娲氏所作，义取发生，律应太簇。箫者，肃也，伏羲氏所作，义取肃清，律应仲吕。"穆公曰："试详言之。"萧史对曰："臣执艺在萧，请但言箫。昔伏羲氏，编竹为箫，其形参差，以象凤翼；其声和美，以象凤鸣。大者谓之'雅箫'，编二十三管，长尺有四寸；小者谓之'颂箫'，编十六管，长尺有二寸。总谓之箫管。其无底者，谓之'洞箫'。其后黄帝使伶伦伐竹于昆溪，制为笛，横七孔，吹之，亦象凤鸣，其形甚简。后人厌箫管之繁，专用一管而竖吹之。又以长者名箫，短者名管。今之箫，非古之箫矣。"穆公曰："卿吹箫，何以能致珍禽也？"史又对曰："箫制虽减，其声不变，作者以象凤鸣，凤乃百鸟之王，故皆闻凤声而翔集也。昔舜作箫韶之乐，凤凰应声而来仪。凤且可致，况他鸟乎？"萧史应对如流，音声洪亮。穆公愈悦，谓史曰："寡人有爱女弄玉，颇通音律，不欲归之盲婿，愿以室吾子。"萧史敛容再拜辞曰："史本山僻野人，安敢当王侯之贵乎？"穆公曰："小女有誓愿在前，欲择善笙者为偶，今吾子之箫，能通天地，格万物，更胜于笙多矣。况吾女复有梦征，今日正是八月十五中秋之日，此天缘也，卿不能辞。"萧史乃拜谢。穆公命太史择日婚配，太史奏今夕中秋上吉，月圆于上，人圆于下。乃使左右具汤沐，引萧史洁体，赐新衣冠更换，送至凤楼，与弄玉成亲。夫妻和顺，自不必说。

次早，穆公拜萧史为中大夫。萧史虽列朝班，不与国政，日居凤楼之中，不食火食，时或饮酒数杯耳。弄玉学其导气之方，亦渐能绝粒。萧史教弄玉吹箫，为《来凤》之曲。约居半载，忽然一夜，夫妇于月下吹箫，遂有紫凤集于台之左，赤龙盘于台之右。萧史曰："吾本上界仙人，上帝以人间史籍散乱，命吾整理。乃以周宣王十七年五月五日，降生于周之萧氏，为萧三郎。至宣王末年，史官失职，吾乃连缀本末，备典籍之遗漏。周人以吾有功于史，遂称吾为萧史，今历一百十余年矣。上帝命我为华山之主，与子有夙缘，故以箫声作合，然不应久住人间。今龙凤来迎，可以去矣。”弄玉欲辞其父，萧史不可，曰：“既为神仙，当脱然无虑，岂容于眷属生系恋耶？”于是萧史乘赤龙，弄玉乘紫凤，自凤台翔云而去。今人称佳婿为“乘龙”，正谓此也。是夜，有人于太华山闻凤鸣焉。次早，宫侍报知穆公，穆公惘然，徐叹曰：“神仙之事，果有之也！倘此时有龙凤迎寡人，寡人视弃山河如弃敝屣耳！”命人于太华踪迹之，杳然无所见闻。遂立祠于明星岩，岁时以酒果祀之，至今称为萧女祠，祠中时闻凤鸣也。六朝鲍照有《萧史曲》云：

萧史爱少年，嬴女忝童颜。
火粒愿排弃，霞雾好登攀。
龙飞逸天路，凤起出秦关。
身去长不返，箫声时往还。

又江总亦有诗云：

弄玉秦家女，萧史仙处童。
来时兔月满，去后凤楼空。
密笑开还敛，浮声咽更通。
相期红粉色，飞向紫烟中。

穆公自是厌言兵革，遂超然有世外之想，以国政专任孟明，日修清净无为之业。未几，公孙枝亦卒。孟明荐子车氏之三子：奄息、仲行、鍼虎，并有贤德，国中称为“三良”。穆公皆拜为大夫，恩礼甚厚。又三年，为周襄王三十一年春二月望日，穆公坐于凤台观月，想念其女弄玉，不知何往，更无会期，蓦然睡去。梦见萧史与弄玉控一凤来迎，同游广寒之宫，清冷彻骨。既醒，遂得寒疾，不数日薨，人以为仙去矣。在位三十九年，年六十九岁。穆公初娶晋献公女，生太子罃，至是即位，是为康公。葬穆公于雍，用西戎之俗，以生人殉葬，凡用一百七十七人。子车氏之三子亦与其数，国人哀之，为赋《黄鸟》之诗。诗见《毛诗·国风》。后人论穆公用“三良”殉葬，以为死而弃贤，失贻谋之道。惟宋苏东坡学士有题秦穆公墓诗，出人意表。诗云：

橐泉在城东，墓在城中无百步，乃知昔未有此城，秦人以此识公墓。昔公生不诛孟明，岂有死之日，而忍用其良？乃知三子殉公意，亦如齐之二子从田横。古人感一饭，尚能杀其身。今人不复见此等，乃以所见疑古人。古人不可望，今人益可伤！

话分两头。却说晋襄公六年，立其子夷皋为世子，使庶弟公子乐出仕于陈。是年，赵衰、栾枝、先且居、胥臣先后皆卒，连丧四卿，位署俱虚。明年，乃大蒐车徒于夷，舍二军，仍复三军之旧。襄公欲使士谷、梁益耳将中军，使箕郑父、先都将上军。先且居之子先克进曰："狐、赵有大功于晋，其子不可废也。且士谷位司空，与梁益耳俱未有战功，骤为大将，恐人心不服。"襄公从之。乃以狐射姑为中军元帅，赵盾佐之；以箕郑父为上军元帅，荀林父佐之；以先蔑为下军元帅，先都佐之。狐射姑登坛号令，指挥如意，傍若无人。其部下军司马臾骈谏曰："骈闻之：'师克在和。'今三军之帅，非夙将，即世臣也。元帅宜虚心谘访，常存谦退。夫刚而自矜，子玉所以败于晋也，不可不戒。"射姑大怒，喝曰："吾发令之始，匹夫何敢乱言，以慢军士？"叱左右鞭之一百。众人俱有不服之意。

再说士谷、梁益耳闻先克阻其进用，心中大恨。先都不得上军元帅之职，亦深恨之。时太傅阳处父聘于卫，不与其事。及处父归国，闻狐射姑为元帅，乃密奏于襄公曰："射姑刚而好上，不得民心，此非大将之才也。臣曾佐子馀之军，与其子盾相善，极知盾贤而且能。夫尊贤使能，国之令典。君如择帅，无如盾者。"襄公用其言，乃使阳处父改蒐于董。狐射姑未知易帅之事，欣然长中军之班，襄公呼其字曰："贾季，向也寡人使盾佐吾子，今吾子佐盾。"射姑不敢言，唯唯而退。襄公乃拜赵盾为中军元帅，而使狐射姑佐之。其上军下军如故。赵盾自此当国，大修政令，国人悦服。有人谓阳处父曰："子孟言无隐，忠则忠矣，独不虞取怨于人乎？"处父曰："苟利国家，何敢避私怨也？"次日，狐射姑独见襄公，问曰："蒙主公念先人之微劳，不以臣为不肖，使司戎政；忽然更易，臣未知罪。意者以先臣偃之勋，不如衰乎？抑别有所谓耶？"襄公曰："无他也。阳处父谓寡人，言吾子不得民心，难为大将，是以易之。"射姑嘿然而退。

是年秋八月，晋襄公病，将死，召太傅阳处父、上卿赵盾及诸臣在榻前，嘱曰："寡人承父业，破狄伐秦，未尝挫锐气于外国。今不幸命之不长，将与诸卿长别。太子夷皋年幼，卿等宜尽心辅佐，和好邻国，不失盟主之业可也。”群臣再拜受命，襄公遂薨。次日，群臣欲奉太子即位，赵盾曰：“国家多难，秦、狄为仇，不可以立幼主。今杜祁之子公子雍，见仕于秦，好善而长，可迎之以嗣大位。”群臣莫对。狐射姑曰：“不如立公子乐。其母，君之嬖也。乐仕于陈，而陈素睦于晋，非若秦之为怨，迎之则朝发而夕至矣。”赵盾曰：“不然。陈小而远，秦大而近。迎君于陈不加睦，而迎于秦可以释怨而树援，必公子雍乃可。”众议方息。乃使先蔑为正使，士会副之，如秦报丧，因迎公子雍为君。将行，荀林父止之曰：“夫人太子皆在，而欲迎君于他国，恐事之不成，将存他变，子何不托疾以辞之？”先蔑曰：“政在赵氏，何变之有？”林父谓人曰：“同官为僚。吾与士伯为同僚，不敢不尽吾心。彼不听吾言，恐有去日，无来日矣。”

不说先蔑往秦，且说狐射姑见赵盾不从其言，怒曰：“狐、赵等也，今有赵其无狐耶？”亦阴使人召公子乐于陈，将为争立之计。早有人报知赵盾。盾使其客公孙杵臼率家丁百人，伏于中路，候公子乐行过，要而杀之。狐射姑益怒曰：“使赵孟有权者，阳处父也。处父族微无援，今出宿郊外，主诸国会葬之事，刺之易耳。盾杀公子乐，我杀处父，不亦可乎？”乃与其弟狐鞫居谋。鞫居曰：“此事吾力能任之。”与家人诈为盗，夜半逾墙而入，处父尚秉烛观书，鞫居直前击之，中肩。处父惊而走，鞫居逐杀之，取其首以归。阳处父之从人，有认得鞫居者，走报赵盾。盾佯为不信，叱曰：“阳太傅为盗所害，安敢诬人？”令人收殓其尸。此九月中事。

至冬十月，葬襄公于曲沃。襄夫人穆嬴同太子夷皋送葬，谓赵盾曰：“先君何罪？其適嗣亦何罪？乃舍此一块肉，而外求君于他国耶？”赵盾曰：“此国家大事，非盾一人之私也。”葬毕，奉主入庙。赵宣子即庙中谓诸大夫曰：“先君惟能用刑赏，以伯诸侯。今君柩在殡，而狐鞫居擅杀太傅，为诸臣者，谁不自危？此不可不讨也！”乃执鞫居付司寇，数其罪而斩之。即于其家搜出阳处父之首，以线缝于颈而葬之。狐射姑惧赵盾已知其谋，乃夜乘小车出奔翟国，投翟主白暾去讫。

时翟国有长人曰侨如，身长一丈五尺，谓之长翟，力举千钧，铜头铁额，瓦砾不能伤害。白暾用之为将，使之侵鲁。文公使叔孙得臣帅师拒之。时值冬月，冻雾漫天，大夫富父终甥知将雨雪，进计曰："长翟骁勇异常，但可智取，不可力敌。"乃于要道，深掘陷坑数处，将草蓐掩盖，上用浮土。是夜果降大雪，铺平地面，不辨虚实。富父终甥引一枝军，去劫侨如之寨。侨如出战，终甥诈败，侨如奋勇追杀。终甥留下暗号，认得路径，沿坑而走。侨如随后赶来，遂坠于深坑之中。得臣伏兵悉起，杀散翟兵。终甥以戈刺侨如之喉而杀之，取其尸载以大车，见者都骇，以为防风氏之骨不是过也。得臣适生长子，遂名曰叔孙侨如，以志军功。自此鲁与齐、卫合兵伐翟，白暾走死，遂灭其国。狐射姑转入赤翟潞国，依潞大夫酆舒。赵盾曰："贾季，吾先人同时出亡者，左右先君，功劳不浅。吾诛鞫居，正以安贾季也。彼惧罪而亡，何忍使孤身栖止于翟境乎？"乃使臾骈送其妻子往潞。臾骈唤集家丁，将欲起行，众家丁禀曰："昔蒐夷之日，主人尽忠于狐帅，反被其辱，此仇不可不报。今元帅使主人押送其妻孥，此天赐我也。当尽杀之，以雪其恨！"臾骈连声曰："不可！不可！元帅以送孥见委，宠我也。元帅送之，而我杀之，元帅不怒我乎？乘人之危，非仁也；取人之怒，非智也。"乃迎其妻子登车，将家财细细登籍，亲送出境，毫无遗失。射姑闻之，叹曰："吾有贤人而不知，吾之出奔宜也！"赵盾自此重臾骈之人品，有重用之意。

再说先蔑同士会如秦，迎公子雍为君。秦康公喜曰："吾先君两定晋君，当寡人之身，复立公子雍，是晋君世世自秦出也。"乃使白乙丙率车四百乘，送公子雍于晋。

却说襄夫人穆嬴自送葬归朝之后，每日侵晨必抱太子夷皋于怀，至朝堂大哭，谓诸大夫曰："此先君適子也，奈何弃之！"既散朝，则命车适于赵氏，向赵盾顿首曰："先君临终，以此子嘱卿尽心辅佐。君虽弃世，言犹在耳。若立他人，将置此子于何地耶？不立吾儿，吾子母有死而已。"言毕，号哭不已。国人闻之，无不哀怜穆嬴，而归咎于赵盾。诸大夫亦以迎雍失策为言。赵盾患之，谋于郤缺曰："士伯已往秦迎长君矣，何可再立太子？"缺曰："今日舍幼子而立长君，异日幼子渐长，必然有变。可亟遣人往秦，止住士伯为上。"盾曰："先定君，然后发使，方为有名。”即时会集群臣，奉夷皋即位，是为灵公，时年才七岁耳。

百官朝贺方毕，忽边谍报称：“秦遣大兵送公子雍已至河下。”诸大夫曰：“我失信于秦矣，何以谢之？”赵盾曰：“我若立公子雍，则秦吾宾客也；既不受其纳，是敌国矣。使人往谢，彼反有辞于我，不如以兵拒之。”乃使上军元帅箕郑父辅灵公居守，盾自将中军，先克为副，以代狐射姑之职。荀林父独将上军。先都因先蔑往秦，亦独将下军。三军整顿，出迎秦师，屯于廑阴。秦师已济河而东，至令狐下寨。闻前有晋军，犹以为迎公子雍而来，全不戒备。先蔑先至晋军来见赵盾，盾告以立太子之故。先蔑睁目视曰：“谋迎公子，是谁主之？今又立太子而拒我乎？”拂袖而出，见荀林父曰：“吾悔不听子言，以至今日。”林父止之曰：“子，晋臣也。舍晋安归？”先蔑曰：“我受命往秦迎雍，则雍是我主，秦为吾主之辅。岂可自背前言，苟图故乡之富贵乎？”遂奔秦寨。赵盾曰：“士伯不肯留晋，来日秦师必然进逼，不如乘夜往劫秦寨，出其不意，可以得志。”遂出令秣谷饲马，军士于寝蓐饱食，衔枚疾走，比至秦寨，恰好三更，一声呐喊，鼓角齐鸣，杀入营门。秦师在睡梦中惊觉，马不及披甲，人不及操戈，四下乱窜。晋兵直追至刳首之地，白乙丙死战得脱，公子雍死于乱军之中。先蔑叹曰：“赵孟背我，我不可背秦！”乃奔秦。士会亦叹曰：“吾与士伯同事，士伯既往秦，吾不可以独归也！”亦从秦师而归，秦康公俱拜为大夫。荀林父言于赵盾曰：“昔贾季奔狄，相国念同僚之义，归其妻孥。今士伯、随季与某亦有僚谊，愿效相国昔日之事。”赵盾曰：“荀伯重义，正合吾意。”遂令卫士送两宅家眷及家财于秦。胡曾先生有诗云：

> 谁当越境送妻孥？只为同僚义气多。
>
> 近日人情相忌刻，一般僚谊却如何？

又髯翁有诗，讥赵宣子轻于迎雍，以宾为寇：

> 弈棋下子必踌躇，有嫡如何又外求？
>
> 宾寇须臾成反覆，赵宣谋国是何筹？

按此一战，各军将皆有俘获，惟先克部下骁将蒯得贪进不顾，为秦所败，反丧失戎车五乘。先克欲按军法斩之，诸将皆代为哀请。先克言于赵盾，乃夺其田禄。蒯得恨恨不已。

再说箕郑父与士谷、梁益耳素相厚善，自赵盾升为中军元帅，士谷、梁益耳俱失了兵柄，连箕郑父也有不平之意。时郑父居守，士谷、梁益耳俱聚做一处，说起："赵盾废置自由，目中无人。今闻秦以重兵送公子雍，若两军相持，急未能解，我这里从中为乱，反了赵盾，废夷皋迎公子雍，大权皆归于吾党之手。"商议已定。不知成败如何，且看下回分解。

第四十八回

刺先克五将乱晋　召士会寿余绐秦

话说箕郑父、士谷、梁益耳三人商议，只等秦兵紧急，便从中作乱，欲更赵盾之位，不意赵盾袭败秦兵，奏凯而回，心中愈愤。先都为下军佐，因主将先蔑为赵盾所卖，出奔于秦，亦恨赵盾。凑着蒯得被先克以军事夺其田禄，中怀怨望，诉于士谷。谷曰："先克倚恃赵孟之属，故敢横行如此。盾所专制，惟中军耳，诚得一死士，先往刺克，则盾势孤矣。此事非得先子会不可！"蒯得曰："子会因主帅为盾所卖，意亦恨之。"士谷曰："既如此，则克不难办也。"遂附耳曰："只须如此恁般，便可了事。"蒯得大喜曰："吾当即往言之。"蒯得往见先都，倒是先都开口说起："赵孟背了士季，袭败秦师，全

无信义，难与同事。”蒯得遂以士谷之言告于先都，都曰：“诚如此，晋国之幸也！”

时冬月将尽，约至新春，先克往箕城谒拜其祖先轸之祠。先都使家丁伏于箕城之外，只等先克过去，远远跟定，觑个空隙，群起刺杀之，从人惊散。赵盾闻先克为贼所杀，大怒，严令司寇缉获，五日一比。先都等情慌，与蒯得商议，怂恿士谷、梁益耳等作速举事。梁益耳醉中泄其语于梁弘，弘大惊曰：“此灭族之事也！”乃密告于臾骈，骈转闻于赵盾。盾即聚甲戒车，吩咐伺候听令。先都闻赵氏聚甲戒车，疑其谋已泄，急走士谷处，催并速发。箕郑父欲借上元节晋侯赐酺，乘乱行事，议久不决。赵盾先遣臾骈围先都之家，执都付狱。梁益耳、蒯得慌忙之际，欲与箕郑父、士谷团集四族家丁劫出先都，一同为乱。赵盾使人反以先都之谋告于箕郑父，请他入朝商议。箕郑父曰：“赵孟见召，殆不疑我也。”遂轻身而往。原来赵孟为箕郑父见为上军元帅，恐其鼓众同乱，假意召之。郑父不知是计，坦然入朝。赵盾留住于朝房，与之议先都之事。密遣荀林父、郤缺、栾盾领着三枝军马，分头拿捕士谷、梁益耳、蒯得三人，俱下狱讫。荀林父等三将至朝房回话。林父大声喝曰：“箕郑父亦在作乱数内，如何还不就狱？”郑父曰：“我有居守之劳，彼时三军在外，我独居中，不以此时为乱，今日诸卿济济，乃求死耶？”赵盾曰：“汝之迟于为乱，正欲待先都、蒯得也。我已访知的实，不须多辩！”箕郑父俯首就狱。

赵盾奏闻晋灵公，欲将先都等五人行诛。灵公年幼，唯唯而已。灵公既入宫，襄夫人闻五人在狱，问灵公曰：“相国如何处置？”灵公曰：“相国言：‘罪并应诛。’”襄夫人曰：“此辈事起争权，原无篡逆之谋，且主谋杀先克者，不过一二人，罪有首从，岂可一概诛戮？迩年老成雕丧，人才稀少，一朝而戮五臣，恐朝堂之位遂虚矣，可不虑乎？”明日，灵公以襄夫人之言述于赵盾。盾奏曰：“主少国疑，大臣擅杀，不大诛戮，何以惩后？”遂将先都、士谷、箕郑父、梁益耳、蒯得五人坐以不君之罪，斩于市曹。录先克之子先縠为大夫。国人畏赵盾之严，无不股栗。狐射姑在潞国闻其事，骇曰：“幸哉！我之得免于死也。”一日，潞大夫酆舒问于狐射姑曰：“赵盾比赵衰二人孰贤？”射姑曰：“赵衰乃冬日之日，赵盾乃夏日之日，冬日赖其温，夏日畏其烈。”鄋舒笑曰：“卿宿将，亦畏赵孟耶？”

闲话休提，却说楚穆王自篡位之后，亦有争伯中原之志。闻谍报：“晋君新立，赵盾专政，诸大夫自相争杀。”乃召群臣计议，欲加兵于郑。大夫范山进曰：“晋君年幼，其臣志在争权，不在诸侯。乘此时出兵以争北方，谁能当者！”穆王大悦，使斗越椒为大将，蒍贾副之，帅车三百乘伐郑。自引两广精兵，屯于狼渊以为声援。别遣息公子朱为大将，公子茷副之，帅车三百乘伐陈。

且说郑穆公闻楚兵临境，急遣大夫公子坚、公子庞、乐耳三人，引兵拒楚于境贾上，嘱以固守勿战，别遣人告急于晋。越椒连日挑战，郑兵不出。蒍贾密言于越椒曰：“自城濮之后，楚兵久不至郑矣。郑人恃有晋救，不与我战。乘晋之未至，诱而擒之，可以雪往日之耻。不然，迁延日久，诸侯毕集，恐复如子玉故事，将奈何？”越椒曰：“今欲诱之，当用何计？”蒍贾附耳曰：“必须如此恁般。”越椒从其谋，乃传令军中，言：“粮食将缺，可于村落掠取，以供食用。”自于帐中鼓乐饮酒，每日至夜半方散。有人传至狼渊，楚穆王疑斗越椒玩敌，欲自往督战。范山曰：“伯嬴智士，此必有计，不出数日，捷音当至矣。”

再说公子坚等，见楚兵不来搦战，心中疑虑，使人探听。回言：“楚兵四出掳掠为食，斗元帅中军日逐鼓乐饮酒，酒后谩骂，言郑人无用，不堪厮杀。”公子坚喜曰：“楚兵四出掳掠，其营必虚；楚将鼓乐饮酒，其心必懈；若夜劫其营，可获全胜。”公子庞、乐耳皆以为然。是夜结束饱食，公子庞欲分作前中后三队，次第而进。公子坚曰：“劫营与对阵不同，乃一时袭击之计，可分左右，不可分前后也。”于是三将并进。将及楚营，远远望见灯烛辉煌，笙歌嘹亮。公子坚曰：“伯棼命合休矣！”麾车直进，楚军全不抵当。公子坚先冲入寨中，乐人四散奔走，惟越椒呆坐不动。上前看时，吃一大惊，乃是束草为人，假扮作越椒模样。公子坚急叫：“中计！”退出寨时，忽闻寨后炮声大震，一员大将领军杀来，大叫：“斗越椒在此！”公子坚奔走不迭，会合公子庞及乐耳二将，做一路逃奔。行不一里，对面炮声又起，却是蒍贾预先埋伏一枝军马，在于中路，邀截郑兵。前有蒍贾，后有越椒，首尾夹攻，郑兵大败，公子庞、乐耳先被擒。公子坚舍命来救，马踬车覆，亦为楚兵所获。郑穆公大惧，谓群臣曰："三将被擒，晋救不至，如何？"群臣皆曰："楚势甚盛，若不乞降，早晚打破城池，虽晋亦无如之何矣！"郑穆公乃遣公子丰至楚营谢罪，纳赂求和，誓不反叛。斗越椒使人请命于穆王，穆王许之，乃释公子坚、公子庞、乐耳三人之囚，放还郑国。

楚穆王传令班师。行至中途，楚公子朱伐陈兵败，副将公子茷为陈所获，打从狼渊一路来见穆王，请兵复仇。穆王大怒，正欲加兵于陈，忽报："陈有使命，送公子茷还楚，上书乞降。"穆王拆书看之，略曰：

> 寡人朔，壤地褊小，未获接侍君王之左右。蒙君王一旅训定，边人愚莽，获罪于公子。朔惶悚，寝不能寐，敬使一介，具车马致之大国。朔愿终依宇下，以求荫庇。惟君王辱收之！

穆王笑曰："陈惧我讨罪，是以乞附，可谓见几之士矣。"乃准其降。传檄征取郑、陈二国之君同蔡侯，以冬十月朔，于厥貉取齐相会。

却说晋赵盾因郑人告急，遣人约宋、鲁、卫、许四国之兵，一同救郑。未及郑境，闻郑人降楚，楚师已还，又闻陈亦降楚。宋大夫华耦、鲁大夫公子遂，俱请伐陈、郑。赵盾曰："我实不能驰救，以失二国，彼何罪焉？不如退而修政。"乃班师。髯翁有诗叹云：

> 谁专国柄主诸侯，却令荆蛮肆蠢谋。
> 今日郑陈连臂去，中原伯气黯然收。

再说陈侯朔与郑伯兰，于秋末齐至息地，候楚穆王驾到。相见礼毕，穆王问曰："原订厥貉相会，如何逗遛此地？"陈侯、郑伯齐声答曰："蒙君王相约，诚恐后期获罪，故预于此地奉候随行。"穆王大喜。忽谍报："蔡侯甲午已先到厥貉境上。"穆王遂同陈、郑二君登车疾走。蔡侯迎穆王于厥貉，以臣礼见，再拜稽首。陈侯、郑伯大惊，私语曰："蔡屈礼如此，楚必以我为慢矣。"乃相与请于穆王曰："君王税驾于此，宋君不来参谒，君王可以伐之。"穆王笑曰："孤之顿兵于此，正欲为伐宋计也。"早有人报入宋国。

时宋成公王臣已卒，子昭公杵臼已立三年，信用小人，疏斥公族。穆、襄之党作乱，杀司马公子卬，司城荡意诸奔鲁，宋国大乱。赖司寇华御事调停国事，请复意诸之官，国以粗安。至是，闻楚合诸侯于厥貉，有窥宋之意，华御事请于宋公曰："臣闻：'小不事大，国所以亡。'今楚臣服陈、郑，所不得者宋耳，请先往迎之。若待其见伐，然后请成，无及也。"宋公以为然，乃亲造厥貉，迎谒楚王。且治田猎之具，请较猎于孟诸之薮。穆王大悦。陈侯请为前队开路，宋公为右阵，郑伯为左阵，蔡侯为后队，相从楚穆王出猎。穆王出令，命诸侯从田者，于侵晨驾车，车中各载燧，以备取火之用。合围良久，穆王驰入右师，偶赶逐群狐，狐入深窟，穆王回顾宋公，取燧薰之。车中无燧。楚司马申无畏奏曰："宋公违令，君不可以加刑，请治其仆。"乃叱宋公之御者，挞之三百，以儆于诸侯。宋公大惭。此周顷王二年事。是时楚最强横，遣斗越椒行聘于齐、鲁，俨然以中原伯主自待，晋不能制也。

周顷王四年，秦康公集群臣议曰："寡人衔令狐之恨五年于兹矣！今赵盾诛戮大臣，不修边政。陈、蔡、郑、宋，交臂事楚，晋莫能禁，其弱可知。此时不伐晋，更何待乎？"诸大夫皆曰："愿效死力！"康公乃大阅车徒，使孟明居守，拜西乞术为大将，白乙丙副之，士会为参谋，出车五百乘，浩浩荡荡，济河而东，攻羁马拔之。赵盾闻报，急为应敌之计，自将中军，迁上军大夫荀林父为中军佐，以补先克之缺。用提弥明为车右，使郤缺代箕郑父为上军元帅。盾有从弟赵穿，乃晋襄公之爱婿，自请为上军之佐，盾曰："汝年少好勇，未曾历练，姑待异日。"乃用臾骈为之。使栾盾为下军元帅，补先蔑之缺；胥臣之子胥甲为副，补先都之缺。赵穿又自请以其私属，附于上军，立功报效，赵盾许之。军中缺司马，韩子舆之子韩厥，自幼育于赵盾之家，长为门客，贤而有才，盾乃荐于灵公而用之。三军方出绛城，甚是整肃。行不十里，忽有乘车冲入中军，韩厥使人问之，御者对曰："赵相国忘携饮具，奉军令来取，特此追送。"韩厥怒曰："兵车行列已定，岂容乘车擅入？法当斩！"御者涕泣曰："此相国之命也！"韩厥曰："厥忝为司马，但知有军法，不知有相国也。"斩御者而毁其车。诸帅言于赵盾曰："相国举韩厥，而厥戮相国之车，此人负恩，恐不可用。"赵盾微笑，即使人召韩厥，诸将以盾必辱厥以报其怨。厥既至，盾乃降席而礼之曰："吾闻：'事君者，比而不党。'子能执法如此，不负吾举矣。勉之！"厥拜谢而退。盾又谓诸将曰："他日执晋政者，必厥也！韩氏其将昌矣。"晋师营于河曲，臾骈献策曰："秦师蓄锐数年而为此举，其锋不可当，请深沟高垒，固守勿战。彼不能持久，必退，退而击之，胜可万全。"赵盾从其计。

秦康公求战不得，问计于士会，士会对曰："赵氏新任一人，姓臾名骈，此人广有智谋。今日坚壁不战，盖用其谋，以老我师也。赵有庶子赵穿，晋先君之爱婿。闻其求佐上军，赵孟不从而用骈，穿意必然怀恨。今赵孟用骈之谋，穿必不服，故自以私属从行，其意欲夺臾骈之功也。若使轻兵挑其上军，即臾骈不出，赵穿必恃勇来追，因之以求一战，不亦可乎？"秦康公从其谋，乃使白乙丙率车百乘，袭晋上军挑战，郤缺与臾骈俱坚持不动。赵穿闻秦兵掩至，即率私属百乘出迎。白乙丙回车便走，车行甚速，赵穿追十余里，不及而返。怪臾骈等不肯协力同追，乃召军吏大骂曰："裹粮披甲，本欲求战，今敌来而不出击，岂上军皆妇人乎？"军吏曰："主帅自有破敌之谋，不在今日。"穿复大骂曰："鼠辈有何深谋？直是畏死耳！别人怕秦，我赵穿偏不怕！我将独奔秦军，拚死一战，以雪坚壁之耻。"遂驱车复进，呼号于众曰："有志气者，都跟我来！"三军莫应，惟有下军副将胥甲叹曰："此人真正好汉，吾当助之。"正欲出军。却说上军元帅郤缺，急使人以赵穿之事报之赵盾。盾大惊曰："狂夫独出，必为秦擒，不可不救也。"乃传令三军一时并出，与秦交战。

再说赵穿驰入秦壁，白乙丙接住交锋，约战三十余合，彼此互有杀伤。西乞术方欲夹攻，见对面大军齐至，两下不敢混战，各鸣金收军。赵穿回至本阵，问于赵盾曰："我欲独破秦军，为诸将雪耻，何以鸣金之骤也？"盾曰："秦大国，未可轻敌，当以计破之。"穿曰："用计用计，吃了一肚子好气！"言犹未毕，报："秦国有人来下战书。"赵盾使臾骈接之。使者将书呈上，臾骈转呈于赵盾。盾启而观之，书曰："两国战士，皆未有缺，请以来日决一胜负！"盾曰："谨如命。"使者去后，臾骈谓赵盾曰："秦使者口虽请战，然其目徬徨四顾，似有不宁之状，殆惧我也，夜必遁矣。请伏兵于河口，乘其将济而击之，必大获全胜。"赵盾曰："此计甚妙！"正欲发令埋伏，胥甲闻其谋，告于赵穿。穿遂与胥甲同至军门，大呼曰："众军士听吾一言：我晋国兵强将广，岂在西秦之下？秦来约战，已许之矣；又欲伏兵河口，为掩袭之计，是岂大丈夫所为耶？"赵盾闻之，召谓曰："我原无此意，勿得挠乱军心也！"秦谍者探得赵穿和胥甲军门之语，乃连夜遁走，复侵入瑕邑，出桃林塞而归。赵盾亦班师，回国治泄漏军情之罪，以赵穿为君婿，且是从弟，特免其议；专委罪于胥甲，削其官爵，逐去卫国安置。又曰："臼季之功，不可斩也！"仍用胥甲之子胥克为下军佐。髯仙有诗议赵盾之不公。诗云：

同呼军门罪不殊，独将胥甲正刑书。
相君庇族非无意，请把桃园问董狐。

周顷王五年，赵盾惧秦师复至，使大夫詹嘉居瑕邑，以守桃林之塞。臾骈进曰："河曲之战，为秦画策者士会也。此人在秦，吾辈岂能高枕而卧耶？"赵盾以为然，乃于诸浮之别馆，大集六卿而议之。那六卿：赵盾、郤缺、栾盾、荀林父、臾骈、胥克。是日六卿毕至，赵盾开言曰："今狐射姑在狄，士会在秦，二人谋害晋国，当何策以待之？"荀林父曰："请召射姑而复之。射姑堪境外之事，且子犯旧勋，宜延其赏。"郤缺曰："不然。射姑虽系宿勋，然有擅杀大臣之罪。若复之，何以儆将来乎？不如召士会。士会顺柔而多智，且奔秦非其罪也。狄远而秦近，欲除秦害，先去其助，言召士会者是。"赵盾曰："秦方宠任士会，请之必不从，何计而可复之？"臾骈曰："骈所善一人，乃先臣毕万之孙，名寿余，即魏犨之从子也。见今食邑于魏，虽在国中带名世爵，未有职任。此人颇能权变，要招来士会，只在此人身上。"乃附赵盾之耳曰："如此恁般，何如？"盾大喜曰："烦吾子为我致之。"六卿既散，臾骈即夕往叩寿余之门，寿余相迎坐定。臾骈请至密室，以招士会之策告于寿余，寿余应允。臾骈回复了赵盾。

次早，赵盾奏知灵公，言："秦人屡次侵晋，宜令河东诸邑宰，各各团练甲伍，结寨于黄河岸口，轮番戍守。并责成食采之人，往督其事，倘有失利，即行削夺，庶肯用心防范。"灵公准奏。赵盾又曰："魏大邑也。魏倡之，诸邑无敢不从矣。"乃以灵公之命召魏寿余，使督责有司，团兵出戍。寿余奏曰："臣蒙主上录先世之功，衣食大县，从未知军旅之事。况河上绵延百余里，处处可济，暴露军士，守之无益。”赵盾怒曰：“小臣何敢挠吾大计？限汝三日内，取军籍呈报！再若抗违，当正军法！”寿余叹息而出，回家闷闷不悦。妻子叩问其故，寿余曰：“赵盾无道，欲我督戍河口，何日了期？汝可收拾家资，随我往秦国，从士会去可也。”吩咐家人整备车马。是夜索酒痛饮，以进馔不洁，鞭膳夫百余，犹恨恨不绝，言欲杀之。膳夫奔赵府，首告寿余欲叛晋奔秦之事，赵盾使韩厥帅兵往捕之。厥放走寿余，只擒获其妻子，下于狱中。

寿余连夜遁往秦国，见秦康公，告诉赵盾如此恁般，强横无道，“妻子陷狱，某孤身走脱，特来投降。”康公问士会：“真否？”士会曰：“晋人多诈，不可信也。若寿余果真降，当以何物献功？”寿余于袖中出一文书，乃是魏邑土地人民之数，献于康公曰：“明公能收寿余，愿以食邑奉献。”康公又问士会：“魏可取否？”寿余以目盼士会，且蹑其足。士会虽奔在秦，然心亦思晋，见寿余如此光景，阴会其意，乃对曰：“秦弃河东五城，为姻好也。今两国治兵相攻，数年不息，攻城取邑，惟力是视。河东诸城，无大于魏者，若得魏而据之，以渐收河东之地，亦是长策。只恐魏有司惧晋之讨，不肯来归耳！”寿余曰：“魏有司虽晋臣，实魏氏之私也。若明公率一军屯于河西，遥为声援，臣力能致之。”秦康公顾士会曰：“卿熟知晋事，须同寡人一行。”乃拜西乞术为将，士会副之，亲率大军前进。

既至河口，安营了毕，前哨报：“河东有一枝军屯扎，不知何意？”寿余曰：“此必魏人闻有秦兵，故为备耳。彼未知臣之在秦也。诚得一东方之人，熟知晋事者，与臣先往，谕以祸福，不愁魏有司不从。”康公命士会同往，士会顿首辞曰：“晋人虎狼之性，暴不可测。倘臣往谕而从，是国家之福也。万一不从，拘执臣身，君复以臣不堪事之故，加罪于臣之妻孥，无益于君，而臣之身家，枉被其殃，九泉之下可追悔乎？”康公不知士会为诈，乃曰：“卿宜尽心前往，若得魏地，重加封赏，倘被晋人拘留，寡人当送还家口，以表相与之情。”与士会指黄河为誓。秦大夫绕朝谏曰：“士会，晋之谋臣，此去如巨鱼纵壑，必不来矣。君奈何轻信寿余之言，而以谋臣资敌乎？”康公曰：“此事寡人能任之，卿其勿疑。”士会同寿余辞康公而行。绕朝慌忙驾车追送，以皮鞭赠士会曰："子莫欺秦国无智士也，但主公不听吾言耳。子持此鞭马速回，迟则有祸。"士会拜谢，遂驰车急走。史臣有诗云：

策马挥衣古道前，殷勤赠友有长鞭。

休言秦国无名士，争奈康公不纳言。

士会等渡河而东。未知如何归晋，再看下回分解。

第四十九回

公子鲍厚施买国　齐懿公竹池遇变

话说士会同寿余济了黄河，望东而行。未及里许，只见一位年少将军引着一队军马来迎，在车上欠身曰："随季别来无恙？"士会近前视之，那将军姓赵名朔，乃赵相国盾之子也。三人下车相见。士会问其来意，朔曰："吾奉父命，前来接应吾子还朝，后面复有大军至矣。"当下一声炮响，车如水，马如龙，簇拥士会同寿余入晋去了。秦康公使人隔河了望，回报康公，大怒，便欲济河伐晋。前哨又报："探得河东复有大军到来，大将乃是荀林父、郤缺二人。"西乞术曰："晋既有大军接应，必不

容我济河，不如归也。”乃班师。荀林父等见秦军已去，亦还晋国。士会去秦三载，今日复进绛城，不胜感慨。入见灵公，肉袒谢罪。灵公曰：“卿无罪也。”使列于六卿之间。赵盾嘉魏寿余之劳，言于灵公，赐车十乘。秦康公使人送士会之妻孥于晋，曰：“吾不负黄河之誓也！”士会感康公之义，致书称谢，且劝以息兵养民，各保四境。康公从之。自此秦、晋不交兵者数十年。

周顷王六年，崩，太子班即位，是为匡王，即晋灵公之八年也。时楚穆王薨，世子旅嗣位，是为庄王。赵盾以楚新有丧，乘此机会，思复先世盟主之业，乃大合诸侯于新城。宋昭公杵臼、鲁文公兴、陈灵公平国、卫成公郑、郑穆公兰、许昭公锡我，并至会所。宋、陈、郑三国之君，各诉前日从楚之情，出于不得已。赵盾亦各各抚慰，诸侯始复附于晋。惟蔡侯附楚如故，不肯赴会。赵盾使郤缺引军伐之，蔡人求和，乃还。

齐昭公潘本欲赴会，适患病，未及盟期，昭公遂薨，太子舍即位。其母乃鲁女子叔姬，谓之昭姬。昭姬虽为昭公夫人，不甚得宠。世子舍才望庸常，亦不为国人所敬重。公子商人，齐桓公之妾密姬所生，素有篡位之志，赖昭公待之甚厚，此念中沮，专俟昭公死后，方举大事。昭公末年，召公子元于卫，任以国政。商人忌公子元之贤，意欲结纳人心，乃尽出其家财，周恤贫民，如有不给，借贷以继之，百姓无不感激。又多聚死亡在家，朝夕训练，出入跟随。及世子舍即位，适彗星出于北斗，商人使人占之，曰：“宋、齐、晋三国之君，皆将死乱。”商人曰：“乱齐者，非我而谁？”命死士即于丧幕中，刺杀世子舍。商人以公子元年长，乃伪言曰：“舍无人君之威，不可居大位，吾此举为兄故也。”公子元大惊曰：“吾知尔之求为君也久矣，何乃累我？我能事尔，尔不能事我也。但尔为君以后，得容我为齐国匹夫，以寿终足矣！”商人即位，是为懿公。子元心恶商人之所为，闭门托病，并不入朝。此乃是公子元的好处。

且说昭姬痛其子死于非命，日夜悲啼。懿公恶之，乃囚于别室，节其饮食。昭姬阴赂宫人，使通信于鲁。鲁文公畏齐之强，命大夫东门遂如周，告于匡王，欲借天子恩宠，以求释昭姬之囚。匡王命单伯往齐，谓懿公曰："既杀其子，焉用其母，何不纵之还鲁，以明齐之宽德？"懿公讳弑舍之事，闻"杀子"之语，面颊发赤，嘿然无语。单伯退就客馆。懿公迁昭姬于他宫，使人诱单伯曰："寡君于国母未之敢慢，况承天子降谕，敢不承顺？吾子何不谒见国母，使知天子眷顾宗国之意？"单伯只道是好话，遂驾车随使者入宫谒见昭姬。昭姬垂涕，略诉苦情，单伯尚未及答，不虞懿公在外掩至，大骂曰："单伯如何擅入吾宫，私会国母，欲行苟且之事耶？寡人将讼之天子！"遂并单伯拘禁，与昭姬各囚于一室。恨鲁人以王命压之，兴兵伐鲁。论者谓懿公弑幼主，囚国母，拘天使，虐邻国，穷凶极恶，天理岂能容乎？但当时高、国世臣，济济在朝，何不奉子元以声商人之罪，而乃纵其凶恶，绝无一言？时事至此，可叹矣！有诗云：

欲图大位欺孤主，先散家财买细民。

堪恨朝中绶若若，也随市井媚凶人！

鲁使上卿季孙行父如晋告急。晋赵盾奉灵公合宋、卫、蔡、陈、郑、曹、许共八国诸侯，聚于扈地，商议伐齐。齐懿公纳赂于晋，且释单伯还周，昭姬还鲁，诸侯遂散归本国。鲁闻晋不果伐齐，亦使公子遂纳赂于齐以求和。不在话下。

却说宋襄公夫人王姬，乃周襄王之女兄，宋成公王臣之母，昭公杵臼之祖母也。昭公自为世子时，与公子卬、公孙孔叔、公孙钟离三人，以田猎游戏相善；既即位，惟三人之言是听，不任六卿，不朝祖母，疏远公族，怠弃民事，日以从田为乐。司马乐豫知宋国必乱，以其官让于公子卬。司城公孙寿亦虑祸及，告老致政，昭公即用其子荡意诸，嗣为司城之官。襄夫人王姬老而好淫，昭公有庶弟公子鲍美艳胜于妇人，襄夫人心爱之，醉以酒，因逼与之通，公子鲍力拒得免，然襄夫人终有心，遂欲废昭公而立公子鲍。昭公畏穆、襄之族太盛，与公子卬等谋逐之。王姬阴告于二族，遂作乱，围公子卬、公孙钟离二人于朝门而杀之，司城荡意诸惧而奔鲁。公子鲍素能敬事六卿，至是，同在国诸卿与二族讲和，不究擅杀之罪，召荡意诸于鲁，复其位。

公子鲍闻齐公子商人以厚施买众心，得篡齐位，乃效其所为，亦散家财，以周给贫民。昭公七年，宋国岁饥，公子鲍尽出其仓廪之粟以济贫者。又敬老尊贤，凡国中年七十以上，月致粟帛，加以饮食珍味，使人慰问安否。其有一才一艺之人，皆收致门下，厚糈管待。公卿大夫之门，月有馈送。宗族无亲疏，凡有吉凶之费，倾囊助之。昭公八年，宋复大饥，公子鲍仓廪已竭，襄夫人尽出宫中之藏以助之施，举国无不颂公子鲍之仁。宋国之人不论亲疏贵贱，人人愿得公子鲍为君。公子鲍知国人助己，密告于襄夫人，谋弑昭公。襄夫人曰："闻杵臼将猎于孟诸之薮，乘其驾出，我使公子须闭门，子帅国人以攻之，无不克矣。"鲍依其言。

司城荡意诸颇有贤名，公子鲍素敬礼之。至是，闻襄夫人之谋，以告昭公曰："君不可出猎，若出猎，恐不能返。"昭公曰："彼若为逆，虽在国中，其能免乎？"乃使右师华元、左师公孙友居守，遂尽载府库之宝，与其左右，以冬十一月望孟诸进发。才出城，襄夫人召华元、公孙友留之宫中，而使公子须闭门。公子鲍使司马华耦号于军中曰："襄夫人有命：'今日扶立公子鲍为君。'吾等除了无道昏君，共戴有道之主，众议以为何如？"军士皆踊跃曰："愿从命！"国人亦无不乐从。华耦率众出城，追赶昭公。昭公行至半途闻变，荡意诸劝昭公出奔他国，以图后举。昭公曰："上自祖母，下及国人，无不与寡人为仇，诸侯谁纳我者？与其死于他国，宁死于故乡耳！"乃下令停车治餐，使从田者皆饱食。食毕，昭公谓左右曰："罪在寡人一身，与汝等何与？汝等相从数年，无以为赠，今国中宝玉，俱在于此，分赐汝等，各自逃生，毋与寡人同死也！"左右皆哀泣曰："请君前行，倘有追兵，我等愿拚死一战。"昭公曰："徒杀身，无益也。寡人死于此，汝等勿恋寡人！"少顷，华耦之兵已至，将昭公围住，口传襄夫人之命："单诛无道昏君，不关众人之事。"昭公急麾左右，奔散者大半，惟荡意诸仗剑立于昭公之侧。华耦再传襄夫人之命，独召意诸。意诸叹曰："为人臣而避其难，虽生不如死！"华耦乃操戈直逼昭公，荡意诸以身蔽之，挺剑格斗。众军民齐上，先杀意诸，后杀昭公，左右不去者，尽遭屠戮。伤哉！史臣有诗云：

昔年华督弑殇公，华耦今朝又助凶。

贼子乱臣原有种，蔷薇桃李不相同。

华耦引军回报襄夫人。右师华元，左师公孙友等合班启奏："公子鲍仁厚得民，宜嗣大位。"遂拥公子鲍为君，是为文公。华耦朝贺毕，回家患心疼暴卒。文公嘉荡意诸之忠，用其弟荡虺为司马，以代华耦。母弟公子须为司城，以补荡意诸之缺。

赵盾闻宋有弑君之乱，乃命荀林父为将，合卫、陈、郑之师伐宋。宋右师华元至晋军，备陈国人愿戴公子鲍之情，且敛金帛数车，为犒军之礼，求与晋和。荀林父欲受之，郑穆公曰："我等鸣钟击鼓，以从将军于宋，讨无君也。若许其和，乱贼将得志矣。"荀林父曰："齐、宋一体也，吾已宽齐，安得独诛宋乎？且国人所愿，因而定之，不亦可乎？"遂与宋华元盟，定文公之位而还。郑穆公退而言曰："晋惟赂是贪，有名无实，不能复伯诸侯矣。楚王新立，将有事于征伐，不如弃晋从楚，可以自安。"乃遣人通款于楚，晋亦无如之何也！髯仙有诗云：

> 仗义除残是伯图，兴师翻把乱臣扶。
> 商人无恙鲍安位，笑杀中原少丈夫！

再说齐懿公商人，赋性贪横，自其父桓公在位时，曾与大夫邴原争田邑之界，桓公使管仲断其曲直，管仲以商人理曲，将田断归邴氏，商人一向衔恨于心。及是弑舍而自立，乃尽夺邴氏之田，又恨管仲党于邴氏，亦削其封邑之半。管氏之族惧罪，逃奔楚国，子孙遂仕于楚。懿公犹恨邴原不已，时邴原已死，知其墓在东郊，因出猎过其墓所，使军士掘墓，出其尸，断其足。邴原之子邴歜随侍左右，懿公问曰："尔父罪合断足否？卿得无怨寡人乎？"歜应曰："臣父生免刑诛，已出望外，况此朽骨，臣何敢怨？"懿公大悦曰："卿可谓干蛊之子矣！"乃以所夺之田还之。邴歜请掩其父，懿公许之。复购求国中美色，淫乐惟日不足。有人誉大夫阎职之妻甚美，因元旦出令，凡大夫内子俱令朝于中宫。阎职之妻亦在其内，懿公见而悦之，因留宫中，不遣之归，谓阎职曰："中宫爱尔妻为伴，可别娶也。"阎职敢怒而不敢言。

齐西南门有地名申池，池水清洁可浴，池旁竹木甚茂。时夏五月，懿公欲往申池避暑，乃命邴歜御车，阎职骖乘。右师华元私谏曰："君刖邴歜之父，纳阎职之妻，此二人者，安知不衔怨于君？而君乃亲近之。齐臣中未尝缺员，何必此二人也？"懿公曰："二子未尝敢怨寡人也，卿勿疑。”乃驾车游于申池，饮酒甚乐。懿公醉甚，苦热，命取绣榻，置竹林密处，卧而乘凉。邴歜与阎职浴于申池之中，邴歜恨懿公甚深，每欲弑之，以报父仇，未得同事之人，知阎职有夺妻之怨，欲与商量而难于启口，因在池中同浴，心生一计，故意以折竹击阎职之头。职怒曰：“奈何欺我？”邴歜带笑言曰：“夺汝之妻，尚然不怒，一击何伤，乃不能忍耶？”阎职曰：“失妻虽吾之耻，然视刖父之尸，轻重何如？子忍于父，而责我不能忍于妻，何其昧也！”邴歜曰：“我有心腹之言，正欲语子，一向隐忍不言，惟恐子已忘前耻，吾虽言之，无益于事耳。”阎职曰：“人各有心，何日忘之，但恨力不及也。”邴歜曰：“今凶人醉卧竹中，从游者惟吾二人，此天遣我以报复之机，时不可失！”阎职曰：“子能行大事，吾当相助。”二人拭体穿衣，相与入竹林中，看时，懿公正在熟睡，鼻息如雷，内侍守于左右。邴歜曰：“主公酒醒，必觅汤水，汝辈可预备以待。”内侍往备汤水。阎职执懿公之手，邴歜扼其喉，以佩剑刎之，头坠于地。二人扶其尸，藏于竹林之深处，弃其头于池中。懿公在位才四年耳。内侍取水至，邴歜谓之曰：“商人弑君而立，齐先君使我行诛。公子元贤孝，可立为君也。”左右等唯唯，不敢出一言。邴歜与阎职驾车入城，复置酒痛饮，欢呼相庆。早有人报知上卿高倾、国归父，高倾曰：“盍讨其罪而戮之，以戒后人？”国归父曰：“弑君之人，吾不能讨，而人讨之，又何罪焉？”邴、阎二人饮毕，命以大车装其家资，以骈车载其妻子，行出南门，家人劝使速驰，邴歜曰：“商人无道，国人方幸其死，吾何惧哉？”徐徐而行，俱往楚国去讫。高倾与国归父聚集群臣商议，请公子元为君，是为惠公。髯翁有诗云：

仇人岂可与同游？密迩仇人仇报仇。
不是逆臣无远计，天教二憾逞凶谋。

话分两头，却说鲁文公名兴，乃僖公嫡夫人声姜之子，于周襄王二十六年嗣位。文公娶齐昭公女姜氏为夫人，生二子，曰恶，曰视。其嬖妾秦女敬嬴亦生二子，曰倭，曰叔肸。四子中惟倭年长。而恶乃嫡夫人所生，故文公立恶为世子。时鲁国任用三桓为政。孟孙氏曰公孙敖，生子曰谷，曰难。叔孙氏曰公孙兹，生子曰叔仲彭生，曰叔孙得臣。文公以彭生为世子太傅。季孙氏曰季无佚，乃季友之子，无佚生行父，即季文子也。鲁庄公有庶子曰公子遂，亦曰仲遂，住居东门，亦曰东门遂，自僖公之世，已与三桓一同用事。论起辈数，公孙敖与仲遂为再从兄弟，季孙行父又是下一辈了。因公孙敖得罪于仲遂，客死于外，故孟孙氏失权，反是仲孙氏、叔孙氏、季孙氏三家为政。

且说公孙敖如何得罪。敖娶莒女戴己为内子，即穀之母；其娣声己，即难之母也。戴己病卒，敖性淫，复往聘己氏之女。莒人辞曰："声己尚在，当为继室。"敖曰："吾弟仲遂未娶，即与遂纳聘可也。"莒人许之。鲁文公七年，公孙敖奉君命如莒修聘，因顺便为仲遂逆女。及鄢陵，敖登城而望，见己氏色甚美，是夜竟就己氏同宿，自娶归家。仲遂见夺其妻，大怒，诉于文公，请以兵攻之。叔仲彭生谏曰："不可。臣闻之：'兵在内为乱，在外为寇。'幸而无寇，可启乱乎？"文公乃召公孙敖，使退还己氏于莒，以释仲遂之憾。敖与遂兄弟讲和如故。敖一心思念己氏，至次年，奉命如周，奔襄王之丧，不至京师，竟携吊币私往莒国，与己氏夫妇相聚。鲁文公亦不追究，立其子穀主孟氏之祀。其后敖忽思故国，使人言于穀，穀转请于其叔仲遂。遂曰："汝父若欲归，必依我三件事，乃可。无入朝，无与国政，无携带己氏。"穀使人回复公孙敖。敖急于求归，欣然许之。敖归鲁三年，果然闭户不出。忽一日，尽取家中宝货金帛复往莒国。孟孙穀想念其父，逾年病死。其子仲孙蔑尚幼，乃立孟孙难为卿。未几，己氏卒，公孙敖复思归鲁，悉以家财纳于文公，并及仲遂，使其子难为父请命。文公许之，遂复归。至齐，病不能行，死于堂阜。孟孙难固请归其丧于鲁。难乃罪人之后，又权主宗祀，以待仲蔑之长，所以不甚与事。季孙行父让仲遂与彭生、得臣是叔父行，每事不敢自专。而彭生仁厚，居师傅之任。得臣屡掌兵权，所以仲遂、得臣二人，尤当权用事。敬嬴恃文公之宠，恨其子不得为嗣，乃以重赂交结仲遂，因以其子倭托之，曰："异日倭得为君，鲁国当与子共之。"仲遂感其相托之意，有心要推戴公子倭。念："叔仲彭生乃是世子恶之傅，必不肯同谋。而叔孙得臣性贪贿赂，可以利动。"时时以敬嬴所赐分赠之，曰："此嬴氏夫人命我赠子者。"又使公子阙时时诣得臣之门，谦恭请教，故得臣亦心向之。

周匡王四年，鲁文公十有八年也。是年春，文公薨，世子恶主丧即位。各国皆遣使吊问。时齐惠公元新即大位，欲反商人之暴政，特地遣人至鲁，会文公之葬。仲遂谓叔孙得臣曰：“齐、鲁世好也，桓、僖二公，欢若兄弟。孝公结怨，延及商人，遂为仇敌。今公子元新立，我国未曾致贺，而彼先遣人会葬，此修好之美意，不可不往谢之。乘此机会，结齐为援，以立公子倭，此一策也。”叔孙得臣曰：“子去，我当同行。”毕竟二人如齐，商量出甚事来，且看下回分解。

第五十回

东门遂援立子倭　赵宣子桃园强谏

话说仲孙遂同叔孙得臣二人如齐拜贺新君，且谢会葬之情。行

礼已毕，齐惠公赐宴，因问及鲁国新君："何以名恶？世间嘉名颇多，何偏用此不美之字？"仲遂对曰："先寡君初生此子，使太史占之，言：'当恶死，不得享国。'故先寡君名之曰恶，欲以厌之。然此子非先寡君所爱也，所爱者长子名倭，为人贤孝，能敬礼大臣，国人皆思奉之为君，但压于嫡耳。"惠公曰："古来亦有'立子以长'之义，况所爱乎？"叔孙得臣曰："鲁国故事，立子以嫡，无嫡方立长。先寡君狃于常

礼，置倭而立恶，国人皆不顺焉。上国若有意为鲁改立贤君，愿结婚姻之好，专事上国，岁时朝聘，不敢有阙。”惠公大悦曰：“大夫能主持于内，寡人惟命是从，岂敢有违？”仲遂、叔孙得臣请歃血立誓，因设婚约，惠公许之。遂等既返，谓季孙行父曰：“方今晋业已替，齐将复强，彼欲以嫡女室公子倭，此厚援不可失也。”行父曰：“嗣君，齐侯之甥也。齐侯有女，何不室嗣君，而乃归之公子乎？”仲遂曰：“齐侯闻公子倭之贤，立心与倭交欢，愿为甥舅。若夫人姜氏，乃昭公之女，桓公诸子相攻如仇敌，故四世皆以弟代兄，彼不有其兄，何有于甥？”行父嘿然，归而叹曰：“东门氏将有他志矣！”仲遂家住东门，故呼为东门氏。行父密告于叔仲彭生，彭生曰：“大位已定，谁敢贰心耶？”殊不以为意。仲遂与敬嬴私自定计，伏勇士于厩中，使圉人伪报：“马生驹甚良！”敬嬴使公子倭同恶与视往厩看驹毛色，勇士突起，以木棍击恶杀之，并杀视。仲遂曰：“太傅彭生尚在，此人不除，事犹未了。”乃使内侍假传嗣君有命，召叔仲彭生入宫。彭生将行，其家臣公冉务人素知仲遂结交宫禁之事，疑其有诈，止之曰：“太傅勿入，入必死！”彭生曰：“有君命，虽死，其可逃乎？”公冉务人曰：“果君命，则太傅不死矣。若非君命而死，死之何名？”彭生不听，务人牵其袂而泣。彭生绝袂登车，径造宫中，问嗣君何在？内侍诡对曰：“内厩马生驹，在彼阅之。”即引彭生往厩所。勇士复攒击杀之，埋其尸于马粪之中。敬嬴使人告姜氏曰：“君与公子视被劣马踶啮，俱死矣。”姜氏大哭，往厩视之，则二尸俱已移出于宫门之外，季孙行父闻恶、视之死，心知仲遂所为，不敢明言，私谓仲遂曰：“子作事太毒，吾不忍闻也。”仲遂曰：“此嬴氏夫人所为，与某无与。”行父曰：“晋若来讨，何以待之？”仲遂曰：“齐、宋往事，已可知矣。彼弑其长君，尚不成讨；今二孺子死，又何讨焉？”行父抚嗣君之尸，哭之不觉失声。仲遂曰：“大臣当议大事，乃效儿女子悲啼何益！”行父乃收泪。叔孙得臣亦至，问其兄彭生何在？仲遂辞以不知。得臣笑曰：“吾兄死为忠臣，是其志也，何必讳哉？”仲遂乃私告以尸处，且曰：“今日之事，立君为急。公子倭贤而且长，宜嗣大位。”百官莫不唯唯。乃奉公子倭为君，是为宣公，百官朝贺。胡曾先生咏史诗云：

外权内宠私谋合，无罪嗣君一旦休。

可笑模棱季文子，三思不复有良谋。

得臣掘马粪，出彭生之尸而殡之，不在话下。

再说嫡夫人姜氏，闻二子俱被杀，仲遂扶公子倭为君，捶胸大哭，绝而复苏者几次。仲遂又献媚于宣公，引“母以子贵”之文，尊敬嬴为夫人，百官致贺。姜夫人不安于宫，日夜啼哭，命左右收拾车仗，为归齐之计。仲遂伪使人留之曰：“新君虽非夫人所出，然夫人嫡母也，孝养自当不缺，奈何向外家寄活乎？”姜氏骂曰：“贼遂！我母子何负于汝，而行此惨毒之事？今乃以虚言留我，鬼神有知，决不汝宥也！”姜氏不与敬嬴相见，一径出了宫门，登车而去。经过大市通衢，放声大哭，叫曰：“天乎！天乎！二孺子何罪？婢子又何罪？贼遂蔑理丧心，杀嫡立庶！婢子今与国人永辞，不复再至鲁国矣！”路人闻者，莫不哀之，多有泣下者。是日，鲁国为之罢市，因称姜氏为哀姜，又以出归于齐，谓之出姜。出姜至齐，与昭公夫人母子相见，各诉其子之冤，抱头而哭。齐惠公恶闻哭声，另筑室以迁其母子。出姜竟终于齐。

却说鲁宣公同母之弟叔肸，为人忠直，见其兄藉仲遂之力杀弟自立，意甚非之，不往朝贺。宣公使人召之，欲加重用。肸坚辞不往。有友人问其故，肸曰：“吾非恶富贵，但见吾兄，即思吾弟，是以不忍耳！”友人曰：“子既不义其兄，盍适他国乎？”肸曰：“兄未尝绝我，我何敢于绝兄乎？”适宣公使有司候问，且以粟帛赠之，肸对使者拜辞曰：“肸幸不至冻饿，不敢费公帑。”使者再三致命，肸曰：“俟有缺乏，当来乞取，今决不敢受也！”友人曰：“子不受爵禄，亦足以明志矣。家无馀财，稍领馈遗，以给朝夕饔飧之资，未为伤廉。并却之，不已甚乎？”肸笑而不答，友人叹息而去。使者不敢留，回复宣公，宣公曰：“吾弟素贫，不知何以为生？”使人夜伺其所为，方挑灯织屦，俟明早卖之，以治朝餐。宣公叹曰：“此子欲学伯夷、叔齐，采首阳之薇耶？吾当成其志可也。”肸至宣公末年方卒。终其身未尝受其兄一寸之丝、一粒之粟，亦终其身未尝言兄之过。史臣有赞云：

> 贤者叔肸，感时泣血。织屦自赡，于公不屑。顽民耻周，采薇甘绝。惟叔嗣音，入而不涅。一乳同枝，兄顽弟洁。形彼东门，言之污舌！

鲁人高叔肸之义，称颂不置。成公初年，用其子公孙婴齐为大夫。于是叔孙氏之外，另有叔氏。叔老、叔弓、叔辄、叔鞅、叔诣，皆其后也。此是后话，搁过一边。

再说周匡王五年，为宣公元年，正旦，朝贺方毕，仲遂启奏："君内主尚虚，臣前与齐侯原有婚媾之约，事不容缓。"宣公曰："谁为寡人使齐者？"仲遂对曰："约出自臣，臣愿独往。"乃使仲遂如齐，请婚纳币。遂于正月至齐，二月迎夫人姜氏以归，因密奏宣公曰："齐虽为甥舅，将来好恶，未可测也。况国有大故者，必列会盟，方成诸侯。臣曾与齐侯歃血为盟，约以岁时朝聘，不敢有阙。盖预以定位嘱之。君必无恤重赂，请齐为会。若彼受赂而许会，因恭谨以事之，则两国相亲，有唇齿之固，君位安于泰山矣。"宣公然其言，随遣季孙行父往齐谢婚，致词曰：

> 寡君赖君之灵宠，备守宗庙，恐恐焉惧不得列于诸侯，以为君羞。君若惠顾寡君，赐以会好，所有不腆济西之田，晋文公所以贶先君者，愿效贽于上国，惟君辱收之！

齐惠公大悦，乃约鲁君以夏五月会于平州之地。至期，鲁宣公先往，齐侯继至，先叙甥舅之情，再行两君相见之礼。仲遂捧济西土田之籍以进，齐侯并不推辞。事毕，宣公辞齐侯回鲁。仲遂曰："吾今日始安枕而卧矣。"自此，鲁或朝或聘，君臣如齐，殆无虚日，无令不从，无役不共。至齐惠公晚年，感鲁侯承顺之意，仍以济西田还之。此是后话。

话分两头，却说楚庄王旅即位三年，不出号令，日事田猎。及在宫中，惟日夜与妇人饮酒为乐，悬令于朝门曰："有敢谏者，死无赦！"大夫申无畏入谒，庄王右抱郑姬，左抱蔡女，踞坐于钟鼓之间，问曰："大夫之来，欲饮酒乎？闻乐乎？抑有所欲言也？"申无畏曰："臣非饮酒听乐也。适臣行于郊，有以隐语进臣者，臣不能解，愿闻之于大王。”庄王曰：“噫！是何隐语，而大夫不能解，盍为寡人言之！”申无畏曰：“有大鸟，身被五色，止于楚之高阜三年矣。不见其飞，不闻其鸣，不知此何鸟也？”庄王知其讽己，笑曰：“寡人知之矣！是非凡鸟也。三年不飞，飞必冲天！三年不鸣，鸣必惊人！子其俟之。”申无畏再拜而退。居数日，庄王淫乐如故。大夫苏从请间见庄王，至而大哭。庄王曰：“苏子何哀之甚也？”苏从对曰：“臣哭夫身死而楚国之将亡也！”庄王曰：“子何为而死？楚国又何为而亡乎？”苏从曰：“臣欲进谏于王，王不听，必杀臣，臣死而楚国更无谏者。恣王之意，以堕楚政，楚之亡可立而待矣。”庄王勃然变色曰：“寡人有令：‘敢谏者死！’明知谏之必死，而又欲入犯寡人，不亦愚乎？”苏从曰：“臣之愚，不及王之愚之甚也！”庄王益怒曰：“寡人胡以愚甚？”苏从曰：“大王居万乘之尊，享千里之税，士马精强，诸侯畏服，四时贡献，不绝于庭，此万世之利也。今荒于酒色，溺于音乐，不理朝政，不亲贤才，大国攻于外，小国叛于内，乐在目前，患在日后。夫以一时之乐而弃万世之利，非甚愚而何？臣之愚，不过杀身。然大王杀臣，后世将呼臣为忠臣，与龙逄、比干并肩，臣不愚也。君之愚，乃至求为匹夫而不可得。臣言毕于此矣，请借大王之佩剑，臣当刎颈王前，以信大王之令！”庄王幡然起立曰：“大夫休矣！大夫之言，忠言也，寡人听子。”乃绝钟鼓之悬，屏郑姬，疏蔡女，立樊姬为夫人，使主宫政。曰：“寡人好猎，樊姬谏我不从，遂不食鸟兽之肉，此吾贤内助也。”任苏贾、潘尪、屈荡，以分令尹斗越椒之权。早朝宴罢，发号施令。令郑公子归生伐宋，战于大棘，获宋右师华元。命苏贾救郑，与晋师战于北林，获晋将解扬以归，逾年放还。自是楚势日强，庄王遂侈然有争伯中原之志。

却说晋上卿赵盾，因楚日强横，欲结好于秦以拒楚。赵穿献谋曰：“秦有属国曰崇，附秦最久，诚得偏师以侵崇国，秦必来救，因与讲和，如此，则我占上风矣。”赵盾从之。乃言于灵公，出车三百乘，遣赵穿为将侵崇。赵朔曰：“秦、晋之仇深矣，又侵其属国，秦必益怒，焉肯与我议和？”赵盾曰：“吾已许之矣。”朔复言于韩厥，厥微微冷笑，附朔耳言曰：“尊公此举，欲树穿以固赵宗，非为和秦也。”赵朔嘿然而退。秦闻晋侵崇，竟不来救，兴兵伐晋，围焦。赵穿还兵救焦，秦师始退。穿自此始与兵政。臾骈病卒，穿遂代之。

是时晋灵公年长，荒淫暴虐，厚敛于民，广兴土木，好为游戏。宠任一位大夫，名屠岸贾，乃屠击之子，屠岸夷之孙。岸贾阿谀取悦，言无不纳。命岸贾于绛州城内起一座花园，遍求奇花异草，种植其中。惟桃花最盛，春间开放，烂如锦绣，名曰桃园。园中筑起三层高台，中间建起一座绛霄楼，画栋雕梁，丹楹刻桷，四围朱栏曲槛，凭栏四望，市井俱在目前。灵公览而乐之，不时登临，或张弓弹鸟，与岸贾赌赛饮酒取乐。一日，召优人呈百戏于台上，园外百姓聚观，灵公谓岸贾曰：“弹鸟何如弹人？寡人与卿试之。中目者为胜，中肩臂者免，不中者以大斗罚之。”灵公弹右，岸贾弹左。台上高叫一声：“看弹！”弓如月满，弹似星流，人丛中一人弹去了半只耳朵，一个弹中了左胛。吓得众百姓每乱惊乱逃，乱嚷乱挤，齐叫道：“弹又来了！”灵公大怒，索性教左右会放弹的，一齐都放。那弹丸如雨点一般飞去，百姓躲避不迭，也有破头的，伤额的，弹出眼乌珠的，打落门牙的，啼哭号呼之声，耳不忍闻。又有唤爹的，叫娘的，抱头鼠窜的，推挤跌倒的，仓忙奔避之状，目不忍见。灵公在台望见，投弓于地，呵呵大笑，谓岸贾曰：“寡人登台，游玩数遍，无如今日之乐也！”自此百姓每望见台上有人，便不敢在桃园前行走。市中为之谚云：

莫看台，飞丸来。出门笑且忻，归家哭且哀！

又有周人所进猛犬，名曰灵獒，身高三尺，色如红炭，能解人意。左右有过，灵公即呼獒使噬之。獒起立啮其颡，不死不已。有一奴，专饲此犬，每日啖以羊肉数斤，犬亦听其指使。其人名獒奴，使食中大夫之俸。灵公废了外朝，命诸大夫皆朝于内寝。每视朝或出游，则獒奴以细链牵犬，侍于左右，见者无不悚然。其时列国离心，万民嗟怨，赵盾等屡屡进谏，劝灵公礼贤远佞，勤政亲民，灵公如瑱充耳，全然不听，反有疑忌之意。

忽一日，灵公朝罢，诸大夫皆散，惟赵盾与士会尚在寝门，商议国家之事，互相怨叹。只见有二内侍抬一竹笼，自闺而出。赵盾曰：

“宫中安有竹笼出外？此必有故。”遥呼：“来！来！”内侍只低头不应。盾问曰：“竹笼中所置何物？”内侍曰：“尔相国也，欲看时可自来看，我不敢言。”盾心中愈疑，邀士会同往察之，但见人手一只，微露笼外。二位大夫拉住竹笼细看，乃支解过的一个死人。赵盾大惊，问其来历，内侍还不肯说。盾曰：“汝再不言，吾先斩汝矣！”内侍方才告诉道：“此人乃宰夫也。主公命煮熊蹯，急欲下酒，催促数次，宰夫只得献上。主公尝之，嫌其未熟，以铜斗击杀之，又砍为数段，命我等弃于野外，立限时刻回报，迟则获罪矣。”赵盾乃放内侍依旧扛抬而去。盾谓士会曰：“主上无道，视人命如草菅。国家危亡，只在旦夕。我与子同往苦谏一番，何如？”士会曰：“我二人谏而不从，更无继者。会请先入谏，若不听，子当继之。”时灵公尚在中堂，士会直入。灵公望见，知其必有谏诤之言，乃迎而谓曰：“大夫勿言，寡人已知过矣，今当改之！”士会稽首对曰：“人谁无过，过而能改，社稷之福也！臣等不胜欣幸！”言毕而退，述于赵盾。盾曰：“主公若果悔过，旦晚必有施行。”

至次日，灵公免朝，命驾车往桃园游玩。赵盾曰：“主公如此举动，岂像改过之人？吾今日不得不言矣！”乃先往桃园门外，候灵公至，上前参谒。灵公讶曰：“寡人未尝召卿，卿何以至此？”赵盾稽首再拜，口称：“死罪！微臣有言启奏，望主公宽容采纳！臣闻：‘有道之君，以乐乐人；无道之君，以乐乐身。’夫宫室嬖幸，田猎游乐，一身之乐止此矣，未有以杀人为乐者。今主公纵犬噬人，放弹打人，又以小过支解膳夫，此有道之君所不为也，而主公为之。人命至重，滥杀如此，百姓内叛，诸侯外离，桀、纣灭亡之祸将及君身！臣今日不言，更无人言矣。臣不忍坐视君国之危亡，故敢直言无隐。乞主公回辇入朝，改革前非，毋荒游，毋嗜杀。使晋国危而复安，臣虽死不恨！”灵公大惭，以袖掩面曰：“卿且退，容寡人只今日游玩，下次当依卿言。”赵盾身蔽园门，不放灵公进去。屠岸贾在旁言曰：“相国进谏，虽是好意，然车驾既已至此，岂可空回，被人耻笑？相国暂请方便。如有政事，俟主公明日早朝，于朝堂议之，何如？”灵公接口曰：“明日早朝，当召卿也。”赵盾不得已，将身闪开，放灵公进园，瞋目视岸贾曰：“亡国败家，皆由此辈！”恨恨不已。

岸贾侍灵公游戏，正在欢笑之际，岸贾忽然叹曰：“此乐不可再矣！”灵公问曰：“大夫何发此叹？”岸贾曰：“赵相国明早必然又来聒絮，岂容主公复出耶？”灵公忿然作色曰：“自古臣制于君，不闻君制于臣。此老在，甚不便于寡人，何计可以除之？”岸贾曰：“臣有客鉏麑者，家贫，臣常周给之，感臣之惠，愿效死力。若使行刺于相国，主公任意行乐，又何患哉？”灵公曰：“此事若成，卿功非小！”是夜，岸贾密召鉏麑，赐以酒食，告以：“赵盾专权欺主，今奉晋侯之命，使汝往刺。汝可伏于赵相国之门，俟其五鼓赴朝刺杀，不可误事。”鉏麑领命而行，扎缚停留，带了雪花般匕首，潜伏赵府左右。闻谯鼓已交五更，便踅到赵府门首，见重门洞开，乘车已驾于门外，望见堂上灯光影影。鉏麑乘间踅进中门，躲在暗处，仔细观看。堂上有一位官员，朝衣朝冠，垂绅正笏，端然而坐。此位官员，正是相国赵盾，因欲趋朝，天色尚早，坐以待旦。鉏麑大惊，退出门外，叹曰：“不忘恭敬，民之主也！贼杀民主，则为不忠；受君命而弃之，则为不信。不忠不信，何以立于天地之间哉？”乃呼于门曰：“我，鉏麑也，宁违君命，不忍杀忠臣，我今自杀！恐有后来者，相国谨防之！”言罢，望着门前一株大槐，一头触去，脑浆迸裂而死。史臣有赞云：

壮哉鉏麑，刺客之魁！闻义能徙，视死如归。报屠存赵，身灭名垂。槐阴所在，生气依依！

此时惊动了守门人役，将鉏麑如此恁般，报知赵盾。盾之车右提弥明曰：“相国今日不可入朝，恐有他变。”赵盾曰：“主公许我早朝，我若不往，是无礼也。死生有命，吾何虑哉！”吩咐家人，暂将鉏麑浅埋于槐树之侧。赵盾登车入朝，随班行礼。灵公见赵盾不死，问屠岸贾以鉏麑之事。岸贾答曰：“鉏麑去而不返，有人说道触槐而死，不知何故？”灵公曰：“此计不成，奈何？”岸贾奏曰：“臣尚有一计，可杀赵盾，万无一失。”灵公曰：“卿有何计？”岸贾曰：“主公来日，召赵盾饮于宫中，先伏甲士于后壁。俟三爵之后，主公可向赵盾索佩剑观看，盾必捧剑呈上。臣从旁喝破：‘赵盾拔剑于君前，欲行不轨，左右可救驾！'甲士齐出，缚而斩之。外人皆谓赵盾自取诛戮，主公可免杀大臣之名，此计如何？"灵公曰："妙哉！妙哉！可依计而行。"

明日，复视朝，灵公谓赵盾曰："寡人赖吾子直言，以得亲于群臣。敬治薄享，以劳吾子。"遂命屠岸贾引入宫中。车右提弥明从之，将升阶，岸贾曰："君宴相国，馀人不得登堂。"弥明乃立于堂下。赵盾再拜，就坐于灵公之右，屠岸贾侍于君左。庖人献馔，酒三巡，灵公谓赵盾曰："寡人闻吾子所佩之剑，盖利剑也，幸解下与寡人观之。"赵盾不知是计，方欲解剑，提弥明在堂下望见，大呼曰："臣侍君宴，礼不过三爵，何为酒后拔剑于君前耶？"赵盾悟，遂起立。弥明怒气勃勃，直趋上堂，扶盾而下。岸贾呼獒奴纵灵獒，令逐紫袍者。獒疾走如飞，追及盾于宫门之内。弥明力举千钧，双手搏獒，折其颈，獒死。灵公怒甚，出壁中伏甲以攻盾，弥明以身蔽盾，教盾急走。弥明留身独战，寡不敌众，遍体被伤，力尽而死。史臣赞云：

君有獒，臣亦有獒；君之獒，不如臣之獒。君之獒，能害人；臣之獒，克保身。呜呼二獒！吾谁与亲？

话说赵盾亏弥明与甲士格斗，脱身先走。忽有一人狂追及盾，盾惧甚。其人曰："相国无畏，我来相救，非相害也。"盾问曰："汝何人？"对曰："相国不记翳桑之饿人乎？则我灵辄便是。"原来五年之前，赵盾曾往九原山打猎而回，休于翳桑之下，见有一男子卧地，盾疑为刺客，使人执之。其人饿不能起，问其姓名，曰："灵辄也。游学于卫三年，今日始归，囊空无所得食，已饿三日矣。"盾怜之，与之饭及脯，辄出一小筐，先藏其半而后食。盾问曰："汝藏其半何意？"辄对曰："家有老母，住于西门，小人出外日久，未知母存亡何如？今近不数里，倘幸而母存，愿以大人之馔，充老母之腹。"盾叹曰："此孝子也！"使尽食其余，别取箪食与肉，置囊中授之。灵辄拜谢而去。今绛州有哺饥坂，因此得名。后灵辄应募为公徒，适在甲士之数，念赵盾昔日之恩，特地上前相救。时从人闻变，俱已逃散，灵辄背负赵盾，趋出朝门。众甲士杀了提弥明，合力来追。恰好赵朔悉起家丁，驾车来迎，扶盾登车。盾急召灵辄欲共载，辄已逃去矣。甲士见赵府人众，不敢追逐。赵盾谓朔曰："吾不得复顾家矣！此去或翟或秦，寻一托身之处可也。"于是父子同出西门，望西路而进。不知赵宣子出奔何处，再看下回分解。

第五十一回

责赵盾董狐直笔　诛斗椒绝缨大会

话说晋灵公谋杀赵盾，虽然其事不成，却喜得赵盾离了绛城，如村童离师，顽竖离主，觉得胸怀舒畅，快不可言，遂携带宫眷于桃园住宿，日夜不归。再说赵穿在西郊射猎而回，正遇见盾、朔父子，停车相见，询问缘由。赵穿曰："叔父且莫出境，数日之内，穿有信到，再决行止。"赵盾曰："既然如此，吾权住首阳山，专待好音。汝凡事谨慎，莫使祸上加祸！"赵穿别了盾、朔父子，回至绛城，知灵公住于桃园，假意谒见，稽首谢罪，言："臣穿虽忝宗戚，然罪人之族，不敢复侍左右，乞赐罢斥！"灵公信为真诚，乃慰之曰："盾累次欺蔑寡人，寡人实不能堪，与卿何与？卿可安心供职。"穿谢恩毕，复奏曰：

"臣闻:'所贵为人主者,惟能极人生声色之乐也。'主公钟鼓虽悬,而内宫不备,何乐之有?齐桓公嬖幸满宫,正娶之外,如夫人者六人。先君文公虽出亡,患难之际,所至纳姬,迄于返国,年逾六旬,尚且妾媵无数。主公既有高台广囿,以为寝处之所,何不多选良家女子,充牣其中,使明师教之歌舞,以备娱乐,岂不美哉?"灵公曰:"卿所言,正合寡人之意。今欲搜括国中女色,何人可使?"穿对曰:"大夫屠岸贾可使。"灵公遂命屠岸贾专任其事。不拘城内郊外,有颜色女子,年二十以内未嫁者,咸令报名选择,限一月内回话。赵穿借此公差,遣开了屠岸贾,又奏于灵公曰:"桃园侍卫单弱,臣于军中精选骁勇二百人,愿充宿卫,伏乞主裁!"灵公复准其奏。

赵穿回营,果然挑选了二百名甲士。那甲士问道:"将军有何差遣?"赵穿曰:"主上不恤民情,终日在桃园行乐,命我挑选汝等,替他巡警。汝等俱有室家,此去立风宿露,何日了期?"军士皆嗟怨曰:"如此无道昏君,何不速死?若相国在此,必无此事。"赵穿曰:"吾有一语,与汝等商量,不知可否?"众军士皆曰:"将军能救拔我等之苦,恩同再生!"穿曰:"桃园不比深宫邃密,汝等以二更为候,攻入园中,托言讨赏,我挥袖为号,汝等杀了晋侯,我当迎还相国,别立新君。此计何如?"军士皆曰:"甚善!"赵穿皆劳以酒食,使列于桃园之外。入告灵公,灵公登台阅之,人人精勇,个个刚强。灵公大喜,即留赵穿侍酒,饮至二更,外面忽闻喊声,灵公惊问其故。赵穿曰:"此必宿卫军士驱逐夜行之人耳。臣往谕之,勿惊圣驾。"当下赵穿命掌灯,步下层台,甲士二百人已毁门而入。赵穿稳住了众人,引至台前,升楼奏曰:"军士知主公饮宴,欲求馀沥犒劳,别无他意。"公传旨,教内侍取酒分犒众人,倚栏看给。赵穿在旁呼曰:"主公亲犒汝等,可各领受!"言毕,以袖麾之,众甲士认定了晋侯,一涌而上。灵公心中着忙,谓赵穿曰:"甲士登台何意?卿可传谕速退!"赵穿曰:"众人思见相国盾,意欲主公召还归国耳。灵公未及答言,戟已攒刺,登时身死。左右俱各惊走。赵穿曰:"昏君已除,汝等勿得妄杀一人,宜随我往迎相国还朝也。"只为晋侯无道好杀,近侍朝夕惧诛,所以甲士行逆,莫有救者。百姓怨苦日久,反以晋侯之死为快,绝无一人归罪于赵穿。七年之前，彗星入北斗，占云："齐、宋、晋三国之君，皆将死乱。"至是验矣！髯翁有诗云：

崇台歌管未停声，血溅朱楼起外兵。

莫怪台前无救者，避丸之后绝人行。

屠岸贾正在郊外，捱门捱户的访问美色女子，忽报："晋侯被弑！"吃了大惊，心知赵穿所为，不敢声张，潜回府第。士会等闻变，趋至桃园，寂无一人。亦料赵穿往迎相国，将园门封锁，静以待之。不一日，赵盾回车入于绛城，巡到桃园，百官一时并集。赵盾伏于灵公之尸痛哭了一场，哀声闻于园外。百姓闻者皆曰："相国忠爱如此，晋侯自取其祸，非相国之过也。"赵盾吩咐将灵公殡殓，归葬曲沃。一面会集群臣，议立新君。时灵公尚未有子，赵盾曰："先君襄公之殁，吾常倡言欲立长君，众谋不协，以及今日。此番不可不慎！"士会曰："国有长君，社稷之福，诚如相国之言。"赵盾曰："文公尚有一子，始生之时，其母梦神人以黑手涂其臀，因名曰黑臀。今仕于周，其齿已长，吾意欲迎立之，何如？"百官不敢异同，皆曰："相国处分甚当。"赵盾欲解赵穿弑君之罪，乃使穿如周，迎公子黑臀归晋，朝于太庙，即晋侯之位，是为成公。

成公既立，专任赵盾以国政，以其女妻赵朔，是为庄姬。盾因奏曰："臣母乃狄女，君姬氏有逊让之美，遣人迎臣母子归晋，臣得僭居適子，遂主中军。今君姬氏三子同、括、婴皆长，愿以位归之。"成公曰："卿之弟，乃吾娣所钟爱，自当并用，毋劳过让。"乃以赵同、赵括、赵婴并为大夫。赵穿佐中军如故。穿私谓盾曰："屠岸贾谄事先君，与赵氏为仇，桃园之事，惟岸贾心怀不顺。若不除此人，恐赵氏不安！"盾曰："人不罪汝，汝反罪人耶？吾宗族贵盛，但当与同朝修睦，毋用寻仇为也。"赵穿乃止。岸贾亦谨事赵氏，以求自免。

赵盾终以桃园之事为歉。一日，步至史馆，见太史董狐，索简观之。董狐将史简呈上。赵盾观简上，明写："秋七月乙丑，赵盾弑其君夷皋于桃园。"盾大惊曰："太史误矣！吾已出奔河东，去绛城二百余里，安知弑君之事？而子乃归罪于我，不亦诬乎？"董狐曰："子为相国，出亡未尝越境，返国又不讨贼，谓此事非子主谋，谁其信之？"盾曰：

"犹可改乎?" 狐曰:"是是非非,号为信史。吾头可断,此简不可改也!"盾叹曰:"嗟乎!史臣之权,乃重于卿相!恨吾未即出境,不免受万世之恶名,悔之无及。"自是赵盾事成公,益加敬谨。赵穿自恃其功,求为正卿,盾恐碍公论,不许。穿愤恚,疽发于背而死。穿子赵旃求嗣父职,盾曰:"待汝他日有功,虽卿位不难致也。"史臣论赵盾不私赵穿父子,皆董狐直笔所致。有赞云:

庸史纪事,良史诛意。穿弑其君,盾蒙其罪。宁断吾头,敢以笔媚?卓哉董狐,是非可畏!

时乃周匡王之六年也。是年,匡王崩,其弟瑜立,是为定王。

定王元年,楚庄王兴师伐陆浑之戎,遂涉雒水,扬兵于周之疆界,欲以威胁天子,与周分制天下。定王使大夫王孙满问劳庄王,庄王问曰:"寡人闻大禹铸有九鼎,三代相传,以为世宝,今在雒阳。不知鼎形大小与其轻重何如?寡人愿一闻之!"王孙满曰:"三代以德相传,岂在鼎哉!昔禹有天下,九牧贡金,取铸九鼎。夏桀无道,鼎迁于商。商纣暴虐,鼎又迁于周。若其有德,鼎虽小亦重;如其无德,虽大犹轻!成王定鼎于郏鄏,卜世三十,卜年七百,天命有在,鼎未可问也?"庄王惭而退,自是不敢复萌窥周之志。

却说楚令尹斗越椒,自庄王分其政权,心怀怨望,嫌隙已成。自恃才勇无双,且先世功劳,人民信服,久有谋叛之意,常言:"楚国人才,惟司马伯嬴一人,余不足数也!"庄王伐陆浑时,亦虑越椒有变,特留芳贾在国。越椒见庄王统兵出征,遂决意作乱,欲尽发本族之众,斗克不从,杀之,遂袭杀司马芳贾。贾子敖扶其母奔于梦泽以避难。越椒出屯蒸野之地,欲邀截庄王归路。庄王闻变,兼程而行,将及漳澨,越椒引兵来拒,军威甚壮。越椒贯弓挺戟,在本阵往来驰骤,楚兵望之,皆有惧色。庄王曰:"斗氏世有功勋于楚,宁伯棼负寡人,寡人不负伯棼也!"乃使大夫苏从造越椒之营,与之讲和,赦其擅杀司马之罪,且许以王子为质。越椒曰:"吾耻为令尹耳,非望赦也,能战则来。"苏从再三谕之,不听。苏从去后,越椒命军士击鼓前进。庄王问诸将:"何人可退越椒?"大将乐伯应声而出,越椒之子斗贲皇便接住厮杀。潘尪见乐伯战贲皇不下,即忙驱车出阵,越椒之从弟斗旗亦驱车应之。庄王在戎辂之上，亲自执枹，鸣鼓督战。越椒远远望见，飞车直奔庄王，弯着劲弓，一箭射来。那枝箭直飞过车辕，刚刚中在鼓架之上，骇得庄王连鼓槌都掉下车来。庄王急教避箭，左右各将大笠前遮。越椒又复一箭，恰恰的把左笠射个对穿。庄王且教回车，鸣金收兵。越椒奋勇赶来，却得右军大将公子侧、左军大将公子婴齐两军一齐杀到，越椒方退。乐伯、潘尪闻金声，亦弃阵而回。

楚军颇有损折，退至皇浒下寨。取越椒箭视之，其长半倍于他箭，鹳翎为羽，豹齿为镞，锋利非常，左右传观，无不吐舌。至夜，庄王自出巡营，闻营中军卒，三三五五相聚，都说："斗令尹神箭可畏，难以取胜！"庄王乃使人谬言于众曰："昔先君文王之世，闻戎蛮造箭最利，使人问之，戎蛮乃献箭样二枝，名'透骨风'，藏于太庙，为越椒所窃得。今尽于两射矣，不必虑也，明日当破之。"众心始定。庄王乃下令退兵随国，扬言："欲起汉东诸国之众，以讨斗氏。"苏从曰："强敌在前，一退必为所乘，王失计矣！"公子侧曰："此王之谬言耳。吾等入见，必别有处分。"乃与公子婴齐夜见庄王。庄王曰："逆椒势锐，可计取，不可力敌也。"吩咐二将，如此恁般，埋伏预备。二将领计去了。

次早，鸡鸣，庄王引大军退走。越椒探听得实，率众来追。楚军兼程疾走，已过竟陵而北。越椒一日一夜行二百余里，至清河桥。楚军在桥北晨炊，望见追兵来到，弃其釜爨而遁。越椒令曰："擒了楚王，方许朝餐。"众人劳困之后，又忍着饥饿勉强前进，追及后队潘尪之军。潘尪立于车中，谓越椒曰："吾子志在取王，何不速驰？"越椒信为好语，乃舍潘尪，前驰六十里至青山，遇楚将熊负羁，问："楚王安在？"负羁曰："王尚未至也。"越椒心疑，谓负羁曰："子肯为我伺王，如得国当与子分治。"负羁曰："吾观子众饥困，且饱食，乃可战耳。"越椒以为然，乃停车治爨。爨尚未熟，只见公子侧、公子婴齐两路军杀到。越椒之军，不能复战，只得南走。回至清河桥，桥已拆断。原来楚庄王亲自引兵伏于桥之左右，只等越椒过去，便将桥梁拆断，绝其归路。越椒大惊，吩咐左右测水深浅，欲为渡河之计。只见隔河一声炮响，楚军于河畔大叫："乐伯在此！越椒速速下马受缚！"越椒大怒，命隔河放箭。

乐伯军中有一小校精于射艺，姓养名繇基，军中称为神箭养叔。自请于乐伯，愿与越椒较射，乃立于河口大叫曰：“河阔如此，箭何能及？闻令尹善射，吾当与比较高低，可立于桥堵之上，各射三矢，死生听命！”越椒问曰：“汝何人也？”应曰：“吾乃乐将军部下小将养繇基也。”越椒欺其无名，乃曰：“汝要与我比箭，须让我先射三矢。”养繇基曰：“莫说三矢，就射百矢，吾何惧哉！躲闪的不算好汉！”乃各约住后队，分立于桥堵之南北。越椒挽弓先发一箭，恨不得将养繇基连头带脑射下河来。谁知“忙者不会，会者不忙”。养繇基见箭来，将弓梢一拨，那箭早落在水中。高叫：“快射！快射！”越椒又将第二箭搭上弓弦，觑得亲切，飕的发来。养繇基将身一蹲，那枝箭从头而过。越椒叫曰：“你说不许躲闪，如何蹲身躲箭？非丈夫也！”繇基答曰：“你还有一箭，吾今不躲，你若这箭不中，须还我射来。”越椒想道：“他若不躲闪，这枝箭管情射着。”便取第三枝箭，端端正正的射去，叫声：“着了！”养繇基两脚站定，并不转动，箭到之时，张开大口，刚刚的将箭镞咬住。越椒三箭都不中，心下早已着慌，只是大丈夫出言在前，不好失信，乃叫道：“让你也射三箭，若射不着，还当我射。”养繇基笑曰：“要三箭方射着你，便是初学了。我只须一箭，管教你性命遭于我手！”越椒曰：“你口出大言，必有些本事，好歹由你射来。”心下想道：“那里一箭便射得正中？若一箭不中，我便喝住他。”大着胆由他射出。谁知养繇基的箭百发百中。那时养繇基取箭在手，叫一声：“令尹看射！”虚把弓拽一拽，却不曾放箭。越椒听得弓弦响，只说箭来，将身往左一闪。养繇基曰：“箭还在我手，不曾上弓，讲过‘躲闪的，不算好汉’。你如何又闪去？”越椒曰：“怕人躲闪的，也不算会射！”繇基又虚把弓弦拽响，越椒又往右一闪。养繇基乘他那一闪时，接手放一箭来，斗越椒不知箭到，躲闪不迭，这箭直贯其脑。可怜好个斗越椒，做了楚国数年令尹，今日死于小将养繇基的一箭之下！髯仙有诗云：

人生知足最为良，令尹贪心又想王。
神箭将军聊试技，越椒已在隔桥亡。

斗家军已自饥困，看见主将中箭，慌得四散奔走。楚将公子侧、公子婴齐分路追逐，杀得尸同山积，血染河红。越椒子斗贲皇逃奔晋国，晋侯用为大夫，食邑于苗，谓之苗贲皇。

庄王已获全胜，传令班师，有被擒者，即于军前斩首。凯歌还于郢都，将斗氏宗族不拘大小，尽行斩首。只有斗班之子名曰克黄，官拜箴尹，是时庄王遣使行聘齐、秦二国。斗克黄领命使齐，归及宋国，闻越椒作乱之事，左右曰："不可入矣！"克黄曰："君犹天也，天命其可弃乎？"命驰入郢都，复命毕，自诣司寇请囚，曰："吾祖子文曾言：'越椒有反相，必主灭族。'临终嘱吾父逃避他国。吾父世受楚恩，不忍他适，为越椒所诛。今日果应吾祖之言！既不幸为逆臣之族，又不幸违先祖之训，今日死其分也！安敢逃刑耶？"庄王闻之，叹曰："子文真神人也。况治楚功大，何忍绝其嗣乎？"乃赦克黄之罪，曰："克黄死不逃刑，乃忠臣也。"命复其官，改名曰斗生，言其宜死而得生也。

庄王嘉繇基一箭之功，厚加赏赐，使将亲军，掌车右之职。因令尹未得其人，闻沈尹虞邱之贤，使权主国事。置酒大宴群臣于渐台之上，妃嫔皆从。庄王曰："寡人不御钟鼓已六年于此矣。今日叛臣授首，四境安靖，愿与诸卿同一日之游，名曰'太平宴'。文武大小官员，俱来设席，务要尽欢而止。"群臣皆再拜，依次就坐。庖人进食，太史奏乐。饮至日落西山，兴尚未已。庄王命秉烛再酌，使所幸许姬、姜氏，遍送诸大夫之酒，众俱起席立饮。忽然一阵怪风，将堂烛尽灭，左右取火未至，席中有一人，见许姬美貌，暗中以手牵其袂。许姬左手绝袂，右手揽其冠缨，缨绝，其人惊惧放手。许姬取缨在手，循步至庄王之前，附耳奏曰："妾奉大王命，敬百官之酒，内有一人无礼，乘烛灭，强牵妾袖。妾已揽得其缨，王可促火察之。"庄王急命掌灯者："且莫点烛！寡人今日之会，约与诸卿尽欢，诸卿俱去缨痛饮，不绝缨者不欢。"于是百官皆去其缨，方许秉烛，竟不知牵袖者为何人也。席散回宫，许姬奏曰："妾闻：'男女不渎。'况君臣乎？今大王使妾献觞于诸臣，以示敬也。牵妾之袂，而王不加察，何以肃上下之礼，而正男女之别乎？"庄王笑曰："此非妇人所知也！古者，君臣为享，礼不过三爵，但卜其昼，不卜其夜。今寡人使群臣尽欢，继之以烛，酒后狂态，人情之常。若察而罪之，显妇人之节，而伤国士之心，使群臣俱不欢，非寡人出令之意也。"许姬叹服。后世名此宴为"绝缨会"。髯翁有诗云：

暗中牵袂醉中情，玉手如风已绝缨。
尽说君王江海量，畜鱼水忌十分清。

一日，与虞邱论政，至于夜分，方始回宫。夫人樊姬问曰："朝中今日何事，而晏罢如此？"庄王曰："寡人与虞邱论政，殊不觉其晏也。"樊姬曰："虞邱何如人？"庄王曰："楚之贤者。"樊姬曰："以妾观之，虞邱未必贤矣！"庄王曰："子何以知虞邱之非贤？"樊姬曰："臣之事君，犹妇之事夫也。妾备位中宫，凡宫中有美色者，未常不进于王前。今虞邱与王论政，动至夜分，然未闻进一贤者。夫一人之智有限，而楚国之士无穷，虞邱欲役一人之智，以掩无穷之士，又乌得为贤乎？"庄王善其言，明早以樊姬之言述于虞邱。虞邱曰："臣智不及此，当即图之。"乃遍访于群臣。斗生言芳贾之子芳敖之贤："为避斗越椒之难隐居梦泽，此人将相才也。"虞邱言于庄王，庄王曰："伯嬴智士，其子必不凡。微子言，吾几忘之。"即命虞邱同斗生驾车往梦泽，取芳敖入朝听用。

却说芳敖字孙叔，人称为孙叔敖。奉母逃难，居于梦泽，力耕自给。一日，荷锄而出，见田中有蛇两头，骇曰："吾闻两头蛇不祥之物，见者必死，吾其殆矣！"又想道："若留此蛇，倘后人复见之，又丧其命，不如我一人自当！"乃挥锄杀蛇，埋于田岸，奔归向母而泣。母问其故，敖对曰："闻见两头蛇者必死，儿今已见之，恐不能终母之养，是以泣也。"母曰："蛇今安在？"敖对曰："儿恐后人复见，已杀而埋之矣。"母曰："人有一念之善，天必祐之。汝见两头蛇，恐累后人，杀而埋之，此其善岂止一念哉？汝必不死，且将获福矣。"逾数日，虞邱等奉使命至，取用孙叔敖。母笑曰："此埋蛇之报也。"敖与其母随虞邱归郢。庄王一见，与语竟日，大悦曰："楚国诸臣，无卿之比！"即日拜为令尹。孙叔敖辞曰："臣起自田野，骤执大政，何以服人？请从诸大夫之后！"庄王曰："寡人知卿，卿可不辞。"叔敖谦让再三，乃受命为令尹。考求楚国制度，立为军法：凡军行，在军右者，挟辕为战备；在军左者，追求草蓐，为宿备；前茅虑无，中权后劲。前茅虑无者，旌帜在前，以觇贼之有无，而为之谋虑。中权者，权谋皆出中军，不得旁挠。后劲者，以劲兵为后殿，战则用为奇兵，归则用为断后。王之亲兵，分为二广，每广车十五乘，每乘用步卒百人，后以二十五人为游兵。右广管丑、寅、卯、辰、巳五时；左广管午、未、申、酉、戌五时。每日鸡鸣时分，右广驾马以备驱驰，至于日中，则左广代之，黄昏而止。内宫分班捱次，专主巡亥、子二时，以防非常之变。用虞邱将中军，公子婴齐将左军，公子侧将右军，养繇基将右广，屈荡将左广。四时蒐阅，各有常典，三军严肃，百姓无扰。又筑芍波以兴水利，六蓼之境，灌田万顷，民咸颂之。楚诸臣见庄王宠任叔敖，心中不服，及见叔敖行事井井有条，无不叹息曰："楚国有幸，得此贤臣，子文其复起矣！"当初令尹子文善治楚国，今得叔敖，如子文之再生也。

是时郑穆公兰薨，世子夷即位，是为灵公。公子宋与公子归生当国，尚依违于晋、楚之间，未决所事。楚庄王与孙叔敖商议欲兴兵伐郑，忽闻郑灵公被公子归生所弑，庄王曰："吾伐郑益有名矣！"不知归生如何弑君，且看下回分解。

第五十二回

公子宋尝鼋构逆　陈灵公袒服戏朝

话说公子归生字子家，公子宋字子公，二人皆郑国贵戚之卿也。郑灵公夷元年，公子宋与归生相约早起，将入见灵公。公子宋之食指，忽然翕翕自动。何谓食指？第一指曰拇指，第三指曰中指，第四指曰无名指，第五指曰小指。惟第二指，大凡取食必用着他，故曰食指。公子宋将食指跳动之状，与归生观看，归生异之。公子宋曰："无他。我每常若跳动，是日必尝异味。前使晋食石花鱼，后使楚一食天鹅，一食合欢橘，指皆预动，无次不验。不知今日尝何味耶？"将入朝门，内侍传命，唤宰夫甚急。公子宋问之曰："汝唤宰夫何事？"内侍曰："有郑客从汉江来，得一大鼋，重二百余斤，献于主公，主

公受而赏之。今缚于堂下,使我召宰夫割烹,欲以享诸大夫也。”公子宋曰:“异味在此,吾食指岂虚动耶?”既入朝,见堂柱缚鼋甚大,二人相视而笑,谒见之际,馀笑尚在。灵公问曰:“卿二人今日何得有喜容?”公子归生对曰:“宋与臣入朝时,其食指忽动,言:‘每常如此,必得异味而尝之。’今见堂下有巨鼋,度主公烹食,必将波及诸臣,食指有验,所以笑耳!”灵公戏之曰:“验与不验,权尚在寡人也!”二人既退,归生谓宋曰:“异味虽有,倘君不召子,如何?”宋曰:“既享众,能独遗我乎?”

至日晡,内侍果遍召诸大夫。公子宋欣然而入,见归生笑曰:“吾固知君之不得不召我也。”已而,诸臣毕集,灵公命布席叙坐,谓曰:“鼋乃水族佳味,寡人不敢独享,愿诸卿共之。”诸臣合词谢曰:“主公一食不忘,臣等何以为报!”坐定,宰夫告鼋味已调,乃先献灵公,公尝而美之。命人赐鼋羹一鼎,象箸一双,自下席派起,至于上席。恰到第一第二席,止剩得一鼎,宰夫禀道:“羹已尽矣,只有一鼎,请命赐与何人?”灵公曰:“赐子家。”宰夫将羹致归生之前。灵公大笑曰:“寡人命遍赐诸卿,而偏缺子公,是子公数不当食鼋也!食指何尝验耶?”原来灵公故意吩咐庖人,缺此一鼎,欲使宋之食指不验,以为笑端。却不知公子宋已在归生面前说了满话,今日百官俱得赐食,己独不与,羞变成怒,径趋至灵公面前,以指探其鼎,取鼋肉一块啖之,曰:“臣已得尝矣!食指何尝不验也?”言毕,直趋而出。灵公亦怒,投箸曰:“宋不逊,乃欺寡人!岂以郑无尺寸之刃,不能斩其头耶?”归生等俱下席俯伏曰:“宋恃肺腑之爱,欲均沾君惠,聊以为戏,何敢行无礼于君乎?愿君恕之!”灵公恨恨不已,君臣皆不乐而散。归生即趋至公子宋之家,告以君怒之意,“明日可入朝谢罪。”公子宋曰:“吾闻:‘慢人者,人亦慢之。’君先慢我,乃不自责而责我耶?”归生曰:“虽然如此,君臣之间,不可不谢。”

次日,二人一同入朝。公子宋随班行礼,全无觳觫伏罪之语,倒是归生心上不安,奏曰:“宋惧主公责其染指之失,特来告罪,战兢不能措辞,望主公宽容之!”灵公曰:“寡人恐得罪子公,子公岂惧寡人耶?”拂衣而起。公子宋出朝,邀归生至家,密语曰:“主公怒我甚矣!

恐见诛,不如先作难,事成可以免死。”归生掩耳曰:“六畜岁久,犹不忍杀之,况一国之君,敢轻言弑逆乎?”公子宋曰:“吾戏言,子勿泄也。”归生辞去。公子宋探知归生与灵公之弟公子去疾相厚,数有往来,乃扬言于朝曰:“子家与子良早夜相聚,不知所谋何事,恐不利于社稷也。”归生急牵宋之臂,至于静处,谓曰:“是何言与?”公子宋曰:“子不与我协谋,吾必使子先我一日而死!”归生素性懦弱,不能决断,闻宋之言,大惧曰:“汝意欲何如?”公子宋曰:“主上无道之端,已见于分鼋。若行大事,吾与子共扶子良为君,以亲昵于晋,郑国可保数年之安矣。”归生想了一回,徐答曰:“任子所为,吾不汝泄也。”公子宋乃阴聚家众,乘灵公秋祭斋宿,用重赂结其左右,夜半潜入斋宫,以土囊压灵公而杀之,托言“中魇暴薨”。归生知其事而不敢言。按孔子作《春秋》,书:“郑公子归生弑其君夷。”释公子宋而罪归生,以其身为执政,惧谮从逆,所谓“任重者,责亦重”也。圣人书法,垂戒人臣,可不畏哉!次日,归生与公子宋共议,欲奉公子去疾为君。去疾大惊,辞曰:“先君尚有八子:若立贤,则去疾无德可称;若立长,则有公子坚在。去疾有死,不敢越也。”于是扶公子坚即位,是为襄公。总计穆公共有子十三人:灵公夷被弑,襄公坚嗣立,以下尚有十一子:曰公子去疾,字子良;曰公子喜,字子罕;曰公子騑;字子驷;曰公子发,字子国;曰公子嘉,字子孔;曰公子偃,字子游;曰公子舒,字子印;又有公子丰、公子羽、公子然、公子志。襄公忌诸弟党盛,恐他日生变,私与公子去疾商议,欲独留去疾,而尽逐其诸弟。去疾曰:“先君梦兰而生,卜曰:‘是必昌姬氏之宗。’夫兄弟为公族,譬如枝叶盛茂,本是以荣,若剪枝去叶,本根俱露,枯槁可立而待矣。君能容之,固所愿也。若不能容,吾将同行,岂忍独留于此,异日何面目见先君于地下乎?”襄公感悟,乃拜其弟十一人皆为大夫,并知郑政。公子宋遣使求成于晋,以求安其国。此周定王二年事也。

明年,为郑襄公元年,楚庄王使公子婴齐为将,率师伐郑,问曰:“何故弑君?”晋使荀林父救之,楚遂移兵伐陈。郑襄公从晋成公盟于黑壤。

周定王三年,晋上卿赵盾卒,郤缺代为中军元帅,闻陈与楚平,乃言于成公,使荀林父从成公率宋、卫、郑、曹四国伐陈。晋成公于中途病薨,乃班师。立世子孺为君,是为景公。是年,楚庄王亲统大军,复伐郑,师于柳棼。晋郤缺率师救之,袭败楚师。郑人皆喜,公子去疾独有忧色,襄公怪而问之。去疾对曰:"晋之败楚,偶也。楚将泄怒于郑,晋可长恃乎?行见楚兵之在郊矣!"明年,楚庄王复伐郑,屯兵于颍水之北。适公子归生病卒,公子去疾追治尝鼋之事,杀公子宋,暴其尸于朝,斲子家之棺而逐其族,遣使谢楚王曰:"寡人有逆臣归生与宋,今俱伏诛。寡君愿因陈侯而受歃于上国。"庄王许之,遂欲合陈、郑同盟于辰陵之地,遣使约会陈侯。使者自陈还,言:"陈侯为大夫夏征舒所弑,国内大乱。"有诗为证:

周室东迁世乱离,纷纷篡弑岁无虚。

妖星入斗征三国,又报陈侯遇夏舒。

话说陈灵公讳平国,乃陈共公朔之子,在周顷王六年嗣位。为人轻佻惰慢,绝无威仪,且又耽于酒色,逐于游戏,国家政务,全然不理。宠着两位大夫,一个姓孔名宁,一个姓仪名行父,都是酒色队里打锣鼓的。一君二臣,志同气合,语言戏亵,各无顾忌。其时朝中有个贤臣,姓泄名冶,是个忠良正直之辈,遇事敢言,陈侯君臣甚畏惮之。又有个大夫夏御叔,其父公子少西,乃是陈定公之子。少西字子夏,故御叔以夏为字,又曰少西氏,世为陈国司马之官,食采于株林。御叔娶郑穆公之女为妻,谓之夏姬。那夏姬生得蛾眉凤眼,杏脸桃腮,有骊姬、息妫之容貌,兼妲己、文姜之妖淫。见者无不消魂丧魄,颠之倒之。更有一桩奇事,十五岁时,梦见一伟丈夫,星冠羽服,自称上界天仙,与之交合,教以吸精导气之法。与人交接,曲尽其欢,就中采阳补阴,却老还少,名为"素女采战之术"。在国未嫁,先与郑灵公庶兄公子蛮兄妹私通,不勾三年,子蛮殀死。后嫁于夏御叔为内子,生下一男,名曰征舒。征舒字子南,年十二岁上,御叔病亡。夏姬因有外交,留征舒于城内,从师习学,自家退居株林。

孔宁、仪行父向与御叔同朝相善,曾窥见夏姬之色,各有窥诱之意。夏姬有侍女荷华,伶俐风骚,惯与主母做脚揽主顾。孔宁一日与征舒射猎郊外,因送征舒至于株林,留宿其家。孔宁费一片心机,先勾搭上了荷华，赠以簪珥，求荐于主母，遂得入马，窃穿其锦裆以出，夸示于仪行父。行父慕之，亦以厚币交结荷华，求其通款。夏姬平日窥见仪行父，身材长大，鼻准丰隆，也有其心，遂遣荷华约他私会。仪行父广求助战奇药以媚夏姬，夏姬爱之，倍于孔宁。仪行父谓夏姬曰："孔大夫有锦裆之赐，今既蒙垂盼，亦欲乞一物为表记，以见均爱。"夏姬笑曰："锦裆彼自窃去，非妾所赠也。"因附耳曰："虽在同床，岂无厚薄？"乃自解所穿碧罗襦为赠，仪行父大悦。自此行父往来甚密，孔宁不免稍疏矣。有古诗为证：

郑风何其淫？桓武化已渺。
士女竞私奔，里巷失昏晓。
仲子墙欲逾，子充性偏狡。
东门忆茹芦，野外生蔓草。
搴裳望匪遥，驾车去何杳？
青衿萦我心，琼琚破人老。
风雨鸡鸣时，相会密以巧。
扬水流束薪，谗言莫相搅。
习气多感人，安能自美好？

仪行父为孔宁将锦裆骄了他，今得了碧罗襦，亦夸示于孔宁。孔宁私叩荷华，知夏姬与仪行父相密，心怀妒忌，无计拆他，想出一条计策来：那陈侯性贪淫药，久闻夏姬美色，屡次言之，相慕颇切，恨不到手。"不如引他一同入马，陈侯必然感我。况陈侯有个暗疾，医书上名曰'狐臭'，亦名'腋气'，夏姬定不喜欢。我去做个贴身帮闲，落得捉空调情，讨些便宜。少不得仪大夫稀疏一二分，出了我这点捻酸的恶气。——好计！好计！"遂独见灵公，闲话间，说及夏姬之美，天下绝无！灵公曰："寡人亦久闻其名，但年齿已及四旬，恐三月桃花，未免改色矣！"孔宁曰："夏姬熟晓房中之术，容颜转嫩，常如十七八岁好女子模样。且交接之妙，大异寻常，主公一试，自当魂消也。"灵公不觉欲火上炎，面颊发赤，向孔宁曰："卿何策使寡人与夏姬一会？寡人誓不相负！"孔宁奏曰："夏氏一向居株林，其地竹木繁盛，可以游玩。主公来早，只说要幸株林，夏氏必然设享相迎。夏姬有婢，名曰荷华，颇知情事，臣当以主公之意达之，万无不谐之理。”灵公笑曰：“此事全仗爱卿作成。”

次日传旨驾车，微服出游株林，只教大夫孔宁相随。孔宁先送信于夏姬，教他治具相候。又露其意于荷华，使之转达。那边夏姬也是个不怕事的主顾，凡事预备停当。灵公一心贪着夏姬，把游幸当个名色，正是：窃玉偷香真有意，观山玩水本无心。略蹬一时，就转到夏家。夏姬具礼服出迎，入于厅坐，拜谒致词曰：“妾男征舒，出就外傅，不知主公驾临，有失迎接。”其声如新莺巧啭，呖呖可听。灵公视其貌，真天人也！六宫妃嫔罕有其匹。灵公曰：“寡人偶尔闲游，轻造尊府，幸勿惊讶。”夏姬敛衽对曰：“主公玉趾下临，敝庐增色。贱妾备有蔬酒，未敢献上。”灵公曰：“既费庖厨，不须礼席，闻尊府园亭幽雅，愿入观之，主人盛馔，就彼相扰可也。”夏姬对曰：“自亡夫即世，荒圃久废扫除，恐慢大驾，贱妾预先告罪！”夏姬应对有序，灵公心中愈加爱重，命夏姬：“换去礼服，引寡人园中一游。”夏姬卸下礼服，露出一身淡妆，如月下梨花，雪中梅蕊，别是一般雅致。夏姬前导，至于后园。虽然地段不宽，却有乔松秀柏，奇石名葩，池沼一方，花亭几座。中间高轩一区，朱栏绣幕，甚是开爽，此乃宴客之所。左右俱有厢房。轩后曲房数层，回廊周折，直通内寝。园中立有马厩，乃是养马去处。园西空地一片，留为射圃。灵公观看了一回，轩中筵席已具，夏姬执盏定席。灵公赐坐于旁，夏姬谦让不敢。灵公曰：“主人岂可不坐？”乃命孔宁坐右，夏姬坐左：“今日略去君臣之分，图个尽欢。”饮酒中间，灵公目不转睛，夏姬亦流波送盼。灵公酒兴带了痴情，又有孔大夫从旁打和事鼓，酒落快肠，不觉其多。

日落西山，左右进烛，洗盏更酌，灵公大醉，倒于席上，鼾鼾睡去。孔宁私谓夏姬曰：“主公久慕容色，今日此来，立心与你求欢，不可违拗。”夏姬微笑不答。孔宁便宜行事，出外安顿随驾人众，就便宿歇。夏姬整备锦衾绣枕，假意送入轩中，自己香汤沐浴，以备召幸，止留荷华侍驾。少顷，灵公睡醒，张目问：“是何人？”荷华跪而应曰：“贱婢乃荷华也。奉主母之命，伏侍千岁爷爷。”因取酸梅醒酒汤以进。灵公曰：“此汤何人所造？”荷华答曰：“婢所煎也。”灵公曰：“汝能造梅汤，能为寡人作媒乎？”荷华佯为不知，对曰：“贱婢虽不惯为媒，亦颇知效奔走，但不知千岁爷属意何人？”灵公曰：“寡人为汝主母，神魂俱乱矣！汝能成就吾事，当厚赐汝。”荷华对曰：“主母残体，恐不足当贵人，倘蒙不弃，贱婢即当引入。”灵公大喜，即命荷华掌灯引导，曲曲弯弯，直入内室。夏姬明灯独坐，如有所待。忽闻脚步之声，方欲启问，灵公已入户内。荷华便将银灯携出，灵公更不攀话，拥夏姬入帷，解衣共寝。肌肤柔腻，着体欲融，欢会之时，宛如处女。灵公怪而问之。夏姬对曰：“妾有内视之法，虽产子之后，不过三日，充实如故。”灵公叹曰：“寡人虽遇天上神仙，亦只如此矣！”论起灵公淫具，本不及孔、仪二大夫，况带有暗疾，没讨好处。因他是一国之君，妇人家未免带三分势利，不敢嗔嫌，枕席上虚意奉承，灵公遂以为不世之奇遇矣。睡至鸡鸣，夏姬促灵公起身，灵公曰：“寡人得交爱卿，回视六宫，有如粪土。但不知爱卿心下有分毫及寡人否？”夏姬疑灵公已知孔、仪二人往来之事，乃对曰：“贱妾实不相欺，自丧先夫，不能自制，未免失身他人。今既获侍君侯，从兹当永谢外交，敢复有二心，以取罪戾！”灵公欣然曰：“爱卿平日所交，试为寡人悉数之，不必隐讳。”夏姬对曰：“孔、仪二大夫因抚遗孤，遂及于乱，他实未有也。”灵公笑曰：“怪道孔宁说卿交接之妙，大异寻常，若非亲试，何以知之？”夏姬对曰：“贱妾得罪在先，望乞宽宥！”灵公曰：“孔宁有荐贤之美，寡人方怀感激，卿其勿疑。但愿与卿常常相见，此情不绝，其任卿所为，不汝禁也。”夏姬对曰：“主公能源源而来，何难常常而见乎？”须臾，灵公起身，夏姬抽自己贴体汗衫，与灵公穿上，曰：“主公见此衫，如见贱妾矣！”荷华取灯，由旧路送归轩下。

天明后，厅事上已备早膳，孔宁率从人驾车伺候。夏姬请灵公登堂，起居问安，庖人进馔。众人俱有酒食犒劳。食毕，孔宁为灵公御车回朝。百官知陈侯野宿，是日俱集朝门伺候。灵公传令：“免朝。”径入宫门去了。仪行父扯住孔宁，盘问主公夜来宿处，孔宁不能讳，只得直言。仪行父知是孔宁所荐，顿足曰：“如此好人情，如何让你独做？”孔宁曰：“主公十分得意，第二次你做人情便了。”二人大笑而散。

次日，灵公早朝，礼毕，百官俱散，召孔宁至前，谢其荐举夏姬之事。又召仪行父问曰："如此乐事，何不早奏寡人？你二人却占先头，是何道理？"孔宁、仪行父齐曰："臣等并无此事。"灵公曰："是美人亲口所言，卿等不必讳矣。"孔宁对曰："譬如君有味，臣先尝之；父有味，子先尝之。若尝而不美，不敢进于君也。"灵公笑曰："不然。譬如熊掌，就让寡人先尝也不妨。"孔、仪二人俱笑。灵公又曰："汝二人虽曾入马，他偏有表记送我。"乃扯衬衣示之曰："此乃美人所赠，你二人可有么？"孔宁曰："臣亦有之。"灵公曰："赠卿何物？"孔宁撩衣，见其锦裆，曰："此姬所赠。不但臣有，行父亦有之。"灵公问行父："卿又是何物？"行父解开碧罗襦，与灵公观看。灵公大笑曰："我等三人，随身俱有质证，异日同往株林，可作连床大会矣！"一君二臣，正在朝堂戏谑。把这话传出朝门，恼了一位正直之臣，咬牙切齿，大叫道："朝廷法纪之地，却如此胡乱，陈国之亡，屈指可待矣！"遂整衣端简，复身闯入朝门进谏。不知那位官员是谁，再看下回分解。

第五十三回

楚庄王纳谏复陈　晋景公出师救郑

却说陈灵公与孔宁、仪行父二大夫，俱穿了夏姬所赠亵衣在朝堂上戏谑。大夫泄冶闻之，乃整襟端笏，复身趋入朝门。孔、仪二人素惮泄冶正直，今日不宣自至，必有规谏，遂先辞灵公而出。灵公抽身欲起御座，泄冶腾步上前，牵住其衣，跪而奏曰："臣闻：'君臣主敬，男女主别。'今主公无《周南》之化，使国中有失节之妇；而又君臣宣淫，互相标榜，朝堂之上，秽语难闻，廉耻尽丧，体统俱失。君臣之敬，男女之别，沦灭已极！夫不敬则慢，不别则乱，慢而且乱，亡国之道也。君必改之！"灵公自觉汗颜，以袖掩面曰："卿勿多言，寡人行且悔之矣！"泄冶辞出朝门，孔、仪二人尚在门外打探，见泄冶

怒气冲冲出来，闪入人丛中避之。泄冶早已看见，将二人唤出，责之曰：“君有善，臣宜宣之；君有不善，臣宜掩之。今子自为不善，以诱其君，而复宣扬其事，使士民公然见闻，何以为训？宁不羞耶？”二人不能措对，唯唯谢教。

泄冶去了，孔、仪二人求见灵公，述泄冶责备其君之语，“主公自今更勿为株林之游矣！”灵公曰：“卿二人还往否？”孔、仪二人对曰：“彼以臣谏君，与臣等无与。臣等可往，君不可往。”灵公奋然曰：“寡人宁得罪于泄冶，安肯舍此乐地乎？”孔、仪二人复奏曰：“主公若再往，恐难当泄冶絮聒，如何？”灵公曰：“二卿有何策，能止泄冶勿言？”孔宁曰：“若要泄冶勿言，除非使他开口不得。”灵公笑曰：“彼自有口，寡人安能禁之使不开乎？”仪行父曰：“宁之言，臣能知之。夫人死则口闭，主公何不传旨，杀了泄冶，则终身之乐无穷矣！”灵公曰：“寡人不能也。”孔宁曰：“臣使人刺之何如？”灵公点首曰：“由卿自为。”二人辞出朝门，做一处商议。将重贿买出刺客，伏于要路，候泄冶入朝，突起杀之。国人皆认为陈侯所使，不知为孔、仪二人之谋也。史臣有赞云：

> 陈丧明德，君臣宣淫；缨绅衵服，大廷株林。壮哉泄冶，独矢直音！身死名高，龙血比心。

自泄冶死后，君臣益无忌惮，三人不时同往株林，一二次还是私偷，以后习以为常，公然不避。国人作《株林》之诗以讥之。诗曰：

> 胡为乎株林？从夏南！匪适株林，从夏南！

征舒字子南，诗人忠厚，故不曰夏姬，而曰夏南，言从南而来也。陈侯本是个没傝僽的人，孔、仪二人一味奉承帮衬，不顾廉耻，更兼夏姬善于调停，打成和局，弄做了一妇三夫，同欢同乐，不以为怪。征舒渐渐长大知事，见其母之所为，心如刀刺，只是干碍陈侯，无可奈何。每闻陈侯欲到株林，往往托故避出，落得眼中清净。那一班淫乐的男女，亦以征舒不在为方便。光阴似箭，征舒年一十八岁，生得长躯伟干，多力善射。灵公欲悦夏姬之意，使嗣父职为司马，执掌兵权。征舒谢恩毕，回株林拜见其母夏姬。夏姬曰：“此陈侯恩典，汝当恪供乃职，为国分忧，不必以家事分念。”征舒辞了母亲，入朝理事。

忽一日，陈灵公与孔、仪二人复游株林，宿于夏氏。征舒因感嗣爵之恩，特地回家设享，款待灵公。夏姬因其子在坐，不敢出陪。酒酣之后，君臣复相嘲谑，手舞足蹈。征舒厌恶其状，退入屏后，潜听其言。灵公谓仪行父曰："征舒躯干魁伟，有些像你，莫不是你生的?"仪行父笑曰："征舒两目炯炯，极像主公，还是主公所生。"孔宁从旁插嘴曰："主公与仪大夫年纪小，生他不出，他的爹极多，是个杂种，便是夏夫人自家也记不起了!"三人拍掌大笑。征舒不听犹可，听见之时，不觉羞恶之心勃然难遏。正是："怒从心上起，恶向胆边生。"暗将夏姬锁于内室，却从便门溜出，吩咐随行军众："把府第团团围住，不许走了陈侯及孔、仪二人。"军众得令，发一声喊，围了夏府。征舒戎妆披挂，手执利刃，引着得力家丁数人，从大门杀进。口中大叫："快拿淫贼!"陈灵公口中还在那里不三不四，耍笑弄酒，却是孔宁听见了，说道："主公不好了!征舒此席，不是好意。如今引兵杀来，要拿淫贼，快跑罢!"仪行父曰："前门围断，须走后门。"三人常在夏家穿房入户，路道都是识熟的。陈侯还指望跑入内室，求救于夏姬，见中门锁断，慌上加慌，急向后园奔走。征舒随后赶来。陈侯记得东边马厩有短墙可越，遂望马厩而奔，征舒叫道："昏君休走!"攀起弓来，飕的一箭，却射不中。陈侯奔入马厩，意欲藏躲，却被群马惊嘶起来，即忙退身而出。征舒刚刚赶近，又复一箭，正中当心。可怜陈侯平国，做了一十五年诸侯，今日死于马厩之下!孔宁、仪行父先见陈侯向东走，知征舒必然追赶，遂望西边奔入射圃。征舒果然只赶陈侯，孔、仪二人遂从狗窦中钻出，不到家中，赤身奔入楚国去了。征舒既射杀了陈侯，拥兵入城，只说陈侯酒后暴疾身亡，遗命立世子午为君，是为成公。成公心恨征舒，力不能制，隐忍不言。征舒亦惧诸侯之讨，乃强逼陈侯往朝于晋，以结其好。

再说楚国使臣奉命约陈侯赴盟辰陵，未到陈国，闻乱而返。恰好孔宁、仪行父二人逃到，见了庄王，瞒过君臣淫乱之情，只说："夏征舒造反，弑了陈侯平国。"与使臣之言相合。庄王遂集群臣商议。却说楚国一位公族大夫，屈氏名巫，字子灵，乃屈荡之子。此人仪容秀美，文武全材，只有一件毛病，贪淫好色，专讲彭祖房中之术。数年前，曾出使陈国，遇夏姬出游，窥见其貌，且闻其善于采炼，却老还少，心甚慕之。及闻征舒弑逆，欲借此端掳取夏姬，力劝庄王兴师伐陈。令尹孙叔敖亦言："陈罪宜讨。"庄王之意遂决。时周定王九年，陈成公午之元年也。楚庄王先传一檄至于陈国，檄上写道：

楚王示尔：少西氏弑其君，神人共愤。尔国不能讨，寡人将为尔讨之。罪有专归，其余臣民，静听无扰！

陈国见了檄文，人人归咎征舒，巴不能勾假手于楚，遂不为御敌之计。

楚庄王亲引三军，带领公子婴齐、公子侧、屈巫一班大将，云卷风驰，直造陈都，如入无人之境，所至安慰居民，秋毫无犯。夏征舒知人心怨己，潜奔株林。时陈成公尚在晋国未归，大夫辕颇与诸臣商议："楚王为我讨罪，诛止征舒。不如执征舒献于楚军，遣使求和，保全社稷，此为上策。"群臣皆以为然。辕颇乃命其子侨如统兵，往株林擒拿征舒。侨如未行，楚兵已至城下。陈国久无政令，况陈侯不在国，百姓做主，开门迎楚，楚庄王整队而入。诸将将辕颇等拥至庄王面前，庄王问："征舒何在？"辕颇对曰："在株林。"庄王问曰："谁非臣子，如何容此逆贼，不加诛讨？"辕颇对曰："非不欲讨，力不加也。"庄王即命辕颇为向导，自引大军，往株林进发，却留公子婴齐一军，屯扎城中。

再说征舒正欲收拾家财，奉了母亲夏姬，逃奔郑国。只争一刻，楚兵围住株林，将征舒拿住。庄王命囚于后车。问："何以不见夏姬？"使将士搜其家，于园中得之。荷华逃去，不知所适。夏姬向庄王再拜言曰："不幸国乱家亡，贱妾妇人命悬大王之手，倘赐矜宥，愿充婢役！"夏姬颜色妍丽，语复详雅，庄王一见，心志迷惑，谓诸将曰："楚国后宫虽多，如夏姬者绝少，寡人意欲纳之，以备妃嫔，诸卿以为何如？"屈巫谏曰："不可！不可！吾主用兵于陈，讨其罪也。若纳夏姬，是贪其色也。讨罪为义，贪色为淫。以义始而以淫终，伯主举动，不当如此。"庄王曰："子灵之言甚正，寡人不敢纳矣。只是此妇世间尤物，若再经寡人之眼，必然不能自制。"叫军士凿开后垣，纵其所之。时将军公子侧在旁，亦贪夏姬美貌，见庄王已不收用，跪而请曰："臣中年无妻，乞我王赐臣为室。"屈巫又奏曰："吾王不可许也。"公子侧怒曰："子灵不容我娶夏姬，是何缘故？”屈巫曰：“此妇乃天地间不祥之物，据吾所知者言之：殀子蛮，杀御叔，弑陈侯，戮夏南，出孔、仪，丧陈国，不祥莫大焉！天下多美妇人，何必取此淫物，以贻后悔？”庄王曰：“如子灵所言，寡人亦畏之矣！”公子侧曰：“既如此，我亦不娶了。只是一件，你说主公娶不得，我亦娶不得，难道你娶了不成？”屈巫连声曰：“不敢！不敢！”庄王曰：“物无所主，人必争之。闻连尹襄老，近日丧偶，赐为继室可也。”时襄老引兵从征，在于后队，庄王召至，以夏姬赐之，夫妇谢恩而出。公子侧倒也罢了。只是屈巫谏止庄王，打断公子侧，本欲留与自家，见庄王赐与襄老，暗暗叫道：“可惜！可惜！”又暗想道：“这个老儿，如何当得起那妇人？少不得一年半载。仍做寡妇，到其间再作区处。”这是屈巫意中之事，口里却不曾说出。庄王居株林一宿，仍至陈国，公子婴齐迎接入城。庄王传令将征舒囚出栗门，车裂以殉，如齐襄公处高渠弥之刑。史臣有诗云：

陈主荒淫虽自取，征舒弑逆亦违条。

庄王吊伐如时雨，泗上诸侯望羽旄。

庄王号令征舒已毕，将陈国版图查明，灭陈以为楚县，拜公子婴齐为陈公，使守其地。陈大夫辕颇等，悉带回郢都。南方属国闻楚王灭陈而归，俱来朝贺，各处县公，自不必说。独有大夫申叔时，使齐未归。其时齐惠公薨，世子无野即位，是为顷公。齐、楚一向交好，故庄王遣申叔时往行吊旧贺新之礼。这一差还在未伐陈以前。及庄王归楚三日之后，申叔方才回转，复命而退，并无庆贺之言。庄王使内侍传语责之曰：“夏征舒无道，弑其君，寡人讨其罪而戮之，版图收于国中，义声闻于天下。诸侯县公无不称贺，汝独无一言，岂以寡人讨陈之举为非耶？”申叔时随使者来见楚王，请面毕其辞，庄王许之。申叔时曰：“王闻‘蹊田夺牛’之说乎？”庄王曰：“未闻也。”申叔时曰：“今有人牵牛取径于他人之田者，践其禾稼，田主怒夺其牛。此狱若在王前，何以断之？”庄王曰：“牵牛践田，所伤未多也。夺其牛，太甚矣！寡人若断此狱，薄责牵牛者，而还其牛。子以为当否？”申叔时曰：“王何明于断狱，而昧于断陈也？夫征舒有罪，止于弑君，未至亡国也，王讨其罪足矣。又取其国，此与牵牛何异？又何贺乎？”庄王顿足曰：“善哉此言！寡人未之闻也！”申叔时曰：“王既以臣言为善，何不效反牛之事？”庄王立召陈大夫辕颇，问：“陈君何在？”颇答曰：“向往晋国，今不知何在。”言讫，不觉泪下。庄王惨然曰：“吾当复封汝国，汝可迎陈君而立之。世世附楚，勿依违南北，有负寡人之德。”又召孔宁、仪行父吩咐：“放汝归国，共辅陈君！”辕颇明知孔、仪二人是个祸根，不敢在楚王面前说明，只是含糊一同拜谢而行。将出楚境，正遇陈侯午自晋而归，闻其国已灭，亦欲如楚，面见楚王。辕颇乃述楚王之美意，君臣并驾至陈。守将公子婴齐已接得楚王之命，召还本国，遂将版图交割还陈，自归楚国去了。此乃楚庄王第一件好处。髯翁有诗云：

县陈谁料复封陈，跖舜还从一念新。
南楚义声驰四海，须知贤主赖贤臣。

孔宁归国，未一月，白日见夏征舒来索命，因得狂疾，自赴池中而死。死之后，仪行父梦见陈灵公、孔宁与征舒三人，来拘他到帝廷对狱，梦中大惊，自此亦得暴疾卒。此乃淫人之报也！

再说公子婴齐既返楚国，入见庄王，犹自称陈公婴齐，庄王曰：“寡人已复陈国矣，当别图所以偿卿也。”婴齐遂请申、吕之田，庄王将许之，屈巫奏曰：“此北方之赋，国家所恃以御晋寇者，不可以充赏。”庄王乃止。及申叔时告老，庄王封屈巫为申公，屈巫并不推辞。婴齐由是与屈巫有隙，周定王十年，楚庄王之十七年也。

庄王以陈虽南附，郑犹从晋，未肯服楚，乃与诸大夫计议。令尹孙叔敖曰：“我伐郑，晋救必至，非大军不可。”庄王曰：“寡人意正如此。”乃悉起三军两广之众，浩浩荡荡，杀奔荥阳而来，连尹襄老为前部。临发时，健将唐狡请曰：“郑小国，不足烦大军，狡愿自率部下百人，前行一日，为三军开路。”襄老壮其志，许之。唐狡所至力战，当者辄败，兵不留行，每夕扫除营地，以待大军。庄王率诸将直抵郑郊，未曾有一兵之阻，一日之稽。庄王怪其神速，谓襄老曰：“不意卿老而益壮，勇于前进如此！”襄老对曰：“非臣之能，乃副将唐狡力战所致也。”庄王即召唐狡，欲厚赏之。唐狡对曰：“臣受君王之赐已厚，今日聊以报效，敢复叨赏乎？”庄王讶曰：“寡人未尝识卿，何处受寡人之赐？”唐狡对曰：“绝缨会上，牵美人之袂者，即臣也。蒙君王不杀之恩，故舍命相报。”庄王叹息曰：“嗟乎！使寡人当时明烛治罪，安得此人之死力哉？”命军正纪其首功，俟平郑之后将重用之。唐狡谓人曰：“吾得死罪于君，君隐而不诛，是以报之。然既已明言，不敢以罪人徼后日之赏。”即夜遁去，不知所往。庄王闻之，叹曰：“真烈士矣！”

大军攻破郊关，直抵城下。庄王传令，四面筑长围攻之，凡十有七日，昼夜不息。郑襄公恃晋之救，不即行成。军士死伤者甚众。城东北角崩陷数十丈，楚兵将登，庄王闻城内哭声震地，心中不忍，麾军退十里。公子婴齐进曰：“城陷正可乘势，何以退师？”庄王曰：“郑知吾威，未知吾德，姑退以示德。视其从违，以为进退可也。”郑襄公闻楚师退，疑晋救已至，乃驱百姓修筑城垣，男女皆上城巡守。庄王知郑无乞降之意，复进兵围之。郑坚守三月，力不能支。楚将乐伯率众自皇门先登，劈开城门。庄王下令，不许虏掠，三军肃然。行至逵路，郑襄公肉袒牵羊，以迎楚师，辞曰：“孤不德，不能服事大国，使君王怀怒，以降师于敝邑，孤知罪矣！存亡死生，一惟君王命。若惠顾先人之好，不遽剪灭，延其宗祀，使得比于附庸，君王之惠也！”公子婴齐进曰：“郑力穷而降，赦之复叛，不如灭之。”庄王曰：“申公若在，又将以蹊田夺牛见诮矣！”即麾军退三十里。郑襄公亲至楚军，谢罪请盟，留其弟公子去疾为质。

庄王班师北行，次于郔，谍报：“晋国拜荀林父为大将，先谷为副，出车六百乘，前来救郑，已过黄河。”庄王问于诸将曰：“晋师将至，归乎？抑战乎？”令尹孙叔敖对曰：“郑之未成，战晋宜也。已得郑矣，又寻仇于晋，焉用之？不如全师而归，万无一失。”嬖人伍参奏曰：“令尹之言非也。郑谓我力不及，是以从晋；若晋来而避之，真我不及矣。且晋知郑之从楚，必以兵临郑，晋以救来，我亦以救往，不亦可乎？”孙叔敖曰：“昔岁入陈，今岁入郑，楚兵已劳敝矣。若战而不捷，虽食参之肉，岂足赎罪？”伍参曰：“若战而捷，令尹为无谋矣；如其不捷，参之肉将为晋军所食，何能及楚人之口？”庄王乃遍问诸将，各授以笔，使书其掌，主战者写“战”字，主退者写“退”字。诸将写讫，庄王使开掌验之。惟中军元帅虞邱及连尹襄老、裨将蔡鸠居、彭名四人掌中写“退”字，其他公子婴齐、公子侧、公子谷臣、屈荡、潘党、乐伯、养繇基、许伯、熊负羁、许偃等二十余人,俱“战”字。庄王曰:“虞邱老臣之见,与令尹合,言‘退’者是矣。”乃传令南辕反旆,来日饮马于河而归。伍参夜求见庄王曰:“君王何畏于晋,而弃郑以畀之也?”庄王曰:“寡人未尝弃郑也。”伍参曰:“楚兵顿郑城下九十日,而仅得郑成。今晋来而楚去,使晋得以救郑为功而收郑,楚自此不复有郑矣,非弃郑而何?”庄王曰:“令尹言战晋未必捷,是以去之。”伍参曰:“臣已料之审矣。荀林父新将中军,威信未孚于众。其佐先谷,先轸之孙,先且居之子,恃其世勋,且刚愎不仁,非用命之将也。栾、赵之辈,皆累世名将,各行其意,号令不一。晋师虽多,败之易耳。且王以一国之主,而避晋之诸臣,将遗笑于天下,况能有郑乎?”庄王愕然曰:“寡人虽不能军,何至出晋诸臣之下?寡人从子战矣!”即夜使人告令尹孙叔敖,将乘辕一齐改为北向,进至管城,以待晋师。不知胜负如何,且看下回分解。

第五十四回

荀林父纵属亡师　孟侏儒托优悟主

话说晋景公即位三年，闻楚王亲自伐郑，谋欲救之，乃拜荀林父为中军元帅，先谷副之；士会为上军元帅，郤克副之；赵朔为下军元帅，栾书副之。赵括、赵婴齐为中军大夫，巩朔、韩穿为上军大夫，荀

首、赵同为下军大夫，韩厥为司马。更有部将魏锜、赵旃、荀罃、逢伯、鲍癸等数十员，起兵车共六百乘，以夏六月自绛州进发。到黄河口，前哨探得郑城被楚久困，待救不至，已出降于楚，楚兵亦将北归矣。荀林父召诸将商议行止。士会曰："救之不及，战楚无名，不如班师，以俟再举。"林父善之，遂命诸将班师。中军一员上将挺身出曰："不可！不可！晋能伯诸侯者，以其能扶倾救难故也。今郑待

救不至，不得已而降楚，我若挫楚，郑必归晋。今弃郑而逃楚，小国何恃之有？晋不复能伯诸侯矣！元帅必欲班师，小将情愿自率本部前进。”荀林父视之，乃中军副将先谷，字彘子。林父曰：“楚王亲在军中，兵强将广，汝偏师独济，如以肉投馁虎，何益于事？”先谷咆哮大叫曰：“我若不往，使人谓堂堂晋国，没一个敢战之人，岂不可耻？此行虽死于阵前，犹不失志气。”说罢，竟出营门，遇赵同、赵括兄弟，告以：“元帅畏楚班师，我将独济。”同、括曰：“大丈夫正当如此。我弟兄愿率本部相从。”三人不秉将令，引军济河。荀首不见了赵同，军士报道：“已随先将军去迎楚军矣。”荀首大惊，告于司马韩厥。韩厥特造中军，来见荀林父，曰：“元帅不闻彘子之济河乎？如遇楚师，必败。子总中军，而彘子丧师，咎专在子，将若之何？”林父悚然问计。韩厥曰：“事已至此，不如三军俱进。如其捷，子有功矣。万一不捷，六人均分其责，不犹愈于专罪乎？”林父下拜曰：“子言是也。”遂传令三军并济，立营于敖、鄗二山之间。先谷喜曰：“固知元帅不能违吾之言也。”

话分两头，且说郑襄公探知晋兵众盛，恐一旦战胜，将讨郑从楚之罪，乃集群臣计议。大夫皇戌进曰：“臣请为君使于晋军，劝之战楚。晋胜则从晋，楚胜则从楚，择强而事，何患焉？”郑伯善其谋，遂使皇戌往晋军中，致郑伯之命曰：“寡君待上国之救，如望时雨，以社稷之将危，偷安于楚，聊以救亡，非敢背晋也。楚师胜郑而骄，且久出疲敝，晋若击之，敝邑愿为后继。”先谷曰：“败楚服郑，在此一举矣。”栾书曰：“郑人反覆，其言未可信也。”赵同、赵括曰：“属国助战，此机不可失，彘子之言是也。”遂不由林父之命，同先谷竟与皇戌定战楚之约。

谁知郑襄公又别遣使往楚军中，亦劝楚王与晋交战，是两边挑斗，坐观成败的意思。孙叔敖虑晋兵之盛，言于楚王曰：“晋人无决战之意，不如请成，请而不获，然后交兵，则曲在晋矣。”庄王以为然。使蔡鸠居往晋请罢战修和。荀林父喜曰：“此两国之福也！”先谷对蔡鸠居骂曰：“汝夺我属国，又以和局缓我，便是我元帅肯和，我先谷决不肯，务要杀得你片甲不回，方见我先谷手段！快去报与楚君，教他早早逃走，饶他性命！”蔡鸠居被骂一场，抱头而窜。将出营门，又遇赵同、赵括兄弟，以剑指之曰："汝若再来，先教你吃我一剑！"鸠居出了晋营，又遇晋将赵旃，弯弓向之，说道："你是我箭头之肉，少不得早晚擒到！烦你传话，只教你蛮王仔细！"鸠居回转本寨，奏知庄王。庄王大怒，问众将："谁人敢去挑战？"大将乐伯应声而出曰："臣愿往！"乐伯乘单车，许伯为御，摄叔为车右。许伯驱车如风，径逼晋垒。乐伯故意代御执辔，使许伯下车饰马正鞅，以示闲暇。有游兵十余人过之，乐伯不慌不忙，一箭发去，射倒一人；摄叔跳下车，又只手生擒一人，飞身上车，馀兵发声喊都走。许伯仍为御，望本营而驰。晋军知楚将挑战杀人，分为三路追赶将来。鲍癸居中，左有逢宁，右有逢盖。乐伯大喝曰："吾左射马，右射人，射错了，就算我输！"乃将雕弓挽满，左一箭，右一箭，忙忙射去，有分有寸，不差一些。左边连射倒三四匹马，马倒，车遂不能行动。右边逢盖面门亦中一箭，军士被箭伤者甚多。左右二路追兵，俱不能进。只有鲍癸紧紧随后，看看赶着。乐伯只存下一箭了，搭上弓靶，欲射鲍癸，想道："我这箭若不中，必遭来将之手。"正转念间，车驰马骤之际，赶出一头麋来，在乐伯面前经过。乐伯心下转变，一箭望麋射去，刚刚的直贯麋心。乃使摄叔下车取麋，以献鲍癸曰："愿充从者之膳。"鲍癸见乐伯矢无虚发，心中正在惊惧，因其献麋，遂假意叹曰："楚将有礼，我不可犯也！"麾左右回车。乐伯徐行而返。有诗为证：

单车挑战骋豪雄，车似雷轰马似龙。
神箭将军谁不怕？追军缩首去如风。

晋将魏锜知鲍癸放走了乐伯，心中大怒曰："楚来挑战，晋国独无一人敢出军前，恐被楚人所笑也。小将亦愿以单车，探楚之强弱。"赵旃曰："小将愿同魏将军走遭。"林父曰："楚来求和，然后挑战。子若至楚军，也将和议开谈，方是答礼。"魏锜答曰："小将便去请和。"赵旃先送魏锜登车，请魏锜曰："将军报鸠居之使，我报乐伯，各任其事可也。"

却说上军元帅士会，闻赵、魏二将讨差往楚，慌忙来见荀林父，欲止其行。比到中军，二将已去矣。士会私谓林父曰："魏锜、赵旃自恃先世之功，不得重用，每怀怨望之心。况血气方刚，不知进退，此行必触楚怒。倘楚兵猝然乘我，何以御之？”时副将郤克亦来言：“楚意难测，不可不备。”先谷大叫曰：“旦晚厮杀，何以备为！”荀林父不能决。士会退谓郤克曰：“荀伯木偶耳！我等宜自为计。”乃使郤克约会上军大夫巩朔、韩穿，各率本部兵，分作三处，伏于敖山之前。中军大夫赵婴齐亦虑晋师之败，预遣人具舟于黄河之口。

话分两头。再说魏锜一心忌荀林父为将，欲败其名，在林父面前只说请和，到楚军中竟自请战而还。楚将潘党知蔡鸠居出使晋营受了晋将辱骂，今日魏锜到此，正好报仇。忙趋入中军，魏锜已自出营去了，乃策马追之。魏锜行及大泽，见追将甚紧，方欲对敌，忽见泽中有麋六头，因想起楚将战麋之事，弯起弓来，也射倒一麋，使御者献于潘党曰：“前承乐将军赐鲜，敬以相报。”潘党笑曰：“彼欲我描旧样耳！我若追之，显得我楚人无礼。”亦命御者回车而返。魏锜还营，诡说：“楚王不准讲和，定要交锋，决一胜负。”荀林父问：“赵旃何在？”魏锜曰：“我先行，彼在后，未曾相值。”林父曰：“楚既不准和，赵将军必然吃亏。”乃使荀䓨率𫐄车二十乘，步卒千五百人，往迎赵旃。

却说赵旃夜至楚军，布席于军门之外，车中取酒，坐而饮之。命随从二十余人，效楚语，四下巡绰，得其军号，混入营中。有兵士觉其伪，盘诘之，其人拔刀伤兵士。营中乱嚷起来，举火搜贼，被获一十余人。其余逃出，见赵旃尚安坐席上，扶之起，登车，觅御人，已没于楚军矣。天色渐明，赵旃亲自执辔鞭马，马饿不能驰。楚庄王闻营中有贼遁去，自驾戎辂，引兵追赶，其行甚速。赵旃恐为所及，弃其车，奔入万松林内，为楚将屈荡所见，亦下车逐之。赵旃将甲裳挂于小小松树之上，轻身走脱。屈荡取甲裳并车马，以献庄王。方欲回辕，望见单车风驰而至，视之，乃潘党也。党指北向车尘，谓楚王曰：“晋师大至矣！”这车尘却是荀林父所遣𫐄车，迎接赵旃者。潘党远远望见，误认以为大军，未免轻事重报，吓得庄王面如土色。忽听得南方鼓角喧天，为首一员大臣，领着一队车马飞到。这员大臣是谁？乃是令尹孙叔敖。庄王心下稍安，问：“相国何以知晋军之至，而来救寡人？”孙叔敖对曰：“臣不知也。但恐君王轻进，误入晋军，臣先来救驾，随后三军俱至矣。”庄王北向再看时，见尘头不高，曰：“非大军也。”孙叔敖对曰："《兵法》有云：'宁可我迫人，莫使人迫我。'诸将既已到齐，吾王可传令，只顾杀向前去。若挫其中军，馀二军皆不能存扎矣。"

庄王果然传令：使公子婴齐同副将蔡鸠居以左军攻晋上军，公子侧同副将工尹齐以右军攻晋下军，自引中军两广之众，直捣荀林父大营。庄王亲自援桴击鼓。众军一齐擂鼓，鼓声如雷，车驰马骤，步卒随着车马，飞奔前行。晋军全没准备。荀林父闻鼓声，才欲探听，楚军漫山遍野，已布满于营外，真是出其不意了。林父仓忙无计，传令并力混战。楚兵人人耀武，个个扬威，分明似海啸山崩，天摧地塌。晋兵如久梦乍回，大醉方醒，还不知东西南北。没心人遇有心人，怎生抵敌得过？一时鱼奔鸟散，被楚兵砍瓜切菜，乱杀一回，杀得四分五裂，七零八碎。荀罃乘着軘车，迎不着赵旃，却撞着楚将熊负羁，两下交锋。楚兵大至，寡不敌众，步卒奔散，荀罃所乘左骖中箭先倒，遂为熊负羁所擒。

再说晋将逢伯引其二子逢宁、逢盖，共载一小车，正在逃奔。恰好赵旃脱身走到，两趾俱裂，看见前面有乘车者，大叫："车中何人？望乞挈带！"逢伯认得是赵旃声音，吩咐二子："速速驰去，勿得反顾。"二子不解其父之意，回头看之，赵旃即呼曰："逢君可载我！"二子谓父曰："赵叟在后相呼。"逢伯大怒曰："汝既见赵叟，合当让载也！"叱二子下车，以辔授赵旃，使登车同载而去。逢宁、逢盖失车，遂死于乱军之中。荀林父同韩厥从后营登车，引着败残军卒，取路山右，沿河而走，弃下车马器仗无算。先谷自后赶上，额中一箭，鲜血淋漓，扯战袍裹之。林父指曰："敢战者亦如是乎？"行至河口，赵括亦到，诉称其兄赵婴齐私下预备船只，先自济河："不通我每得知，是何道理？"林父曰："死生之际，何暇相闻也？"赵括恨恨不已，自此与婴齐有隙。林父曰："我兵不能复战矣！目前之计，济河为急。"乃命先谷往河下招集船只。那船俱四散安泊，一时不能取齐。正扰攘之际，沿河无数人马，纷纷来到。林父视之，乃是下军正副将赵朔、栾书，被楚将公子侧袭败，驱率残兵，亦取此路而来。两军一齐在岸，那一个不要渡河的？船数一发少了。南向一望，尘头又起，林父恐楚兵乘胜穷追，乃击鼓出令曰："先济河者有赏！"两军夺舟，自相争杀。及至船上人满了，后来者攀附不绝，连船覆水，又坏了三十余艘。先谷在舟中喝令军士：“但有攀舷扯桨的，用刀乱砍其手。”各船俱效之。手指砍落舟中，如飞花片片，数掬不尽。皆投河中。岸上哭声震响，山谷俱应，天昏地惨，日色无光。史臣有诗云：

舟翻巨浪连帆倒，人逐洪波带血流。

可怜数万山西卒，半丧黄河作水囚！

后面尘头又起，乃是荀首、赵同、魏锜、逢伯、鲍癸一班败将，陆续逃至。荀首已登舟，不见其子荀罃，使人于岸呼之。有小军看见荀罃被楚所获，报知荀首。荀首曰：“吾子既失，吾不可以空返。”乃重复上岸，整车欲行。荀林父阻之曰：“罃已陷楚，往亦无益。”荀首曰：“得他人之子，犹可换回吾子也。”魏锜素与荀罃相厚，亦愿同行，荀首甚喜。聚起荀氏家兵，尚有数百人。更兼他平昔恤民爱士，大得军心，故下军之众，在岸者无不乐从，即已在舟中者，闻说下军荀大夫欲入楚军寻小将军，亦皆上岸相从，愿效死力。此时一股锐气，比着全军初下寨时，反觉强旺。荀首在晋亦算是数一数二的射手，多带良箭，撞入楚军。遇着老将连尹襄老正在掠取遗车弃仗，不意晋兵猝至，不作整备，被荀首一箭射去，恰穿其颊，倒于车上。公子谷臣看见襄老中箭，驰车来救，魏锜就迎住厮杀。荀首从旁觑定，又复一箭，中其右腕。谷臣负痛拔箭，被魏锜乘势将谷臣活捉过来，并载襄老之尸。荀首曰：“有此二物，可以赎吾子矣！楚师强甚，不可当也。”乃策马急驰，比及楚军知觉，欲追之，已无及矣。

且说公子婴齐来攻上军，士会预料有事，探信最早，先已结阵，且战且走。婴齐追及敖山之下，忽闻炮声大震，一军杀出，当头一员大将在车中高叫：“巩朔在此，等候多时矣！”婴齐倒吃了一惊。巩朔接住婴齐厮杀，约斗二十余合，不敢恋战，保着士会，徐徐而走。婴齐不舍，再复追来，前面炮声又起，韩穿起兵来到。偏将蔡鸠居出车迎敌，方欲交锋，山凹里炮声又震，旗旆如云，大将郤克引兵又至。婴齐见埋伏甚众，恐堕晋计，鸣金退师。士会点查将士，并不曾伤折一个人，遂依敖山之险，结成七个小寨，连络如七星，楚不敢逼。直到楚兵尽退，方才整旆而还。此是后话。

再说荀首兵转河口，林父大兵尚未济尽，心甚惊皇。却喜得赵婴齐渡过北岸，打发空船南来接应。时天已昏黑，楚军已至邲城。伍参请速追晋师，庄王曰："楚自城濮失利，贻羞社稷，此一战可雪前耻矣。晋、楚终当讲和，何必多杀？"乃下令安营。晋军乘夜济河，纷纷扰扰，直乱到天明方止。史臣论荀林父智不能料敌，才不能御将，不进不退，以至此败，遂使中原伯气尽归于楚，岂不伤哉！有诗云：

阃外元戎无地天，如何裨将敢挠权？

舟中掬指真堪痛，纵渡黄河也腼然！

郑襄公知楚师得胜，亲自至邲城劳军，迎楚王至于衡雍，僭居王宫，大设筵席庆贺。潘党请收晋尸，筑为"京观"，以彰武功于万世。庄王曰："晋非有罪可讨，寡人幸而胜之，何武功之足称耶？"命军士随在掩埋遗骨，为文祭祀河神，奏凯而还。论功行赏，嘉伍参之谋，用为大夫。伍举、伍奢、伍尚、伍员即其后也。令尹孙叔敖叹曰："胜晋大功，出自嬖人，吾当愧死矣！"遂郁郁成疾。

话分两头，却说荀林父引败兵还见景公，景公欲斩林父，群臣力保曰："林父先朝大臣，虽有丧师之罪，皆是先谷故违军令，所以致败。主公但斩先谷，以戒将来足矣。昔楚杀子玉而文公喜，秦留孟明而襄公惧。望主公赦林父之罪，使图后效。"景公从其言，遂斩先谷，复林父原职。命六卿治兵练将，为异日报仇之举。此周定王十年事也。

定王十二年春三月，楚令尹孙叔敖病笃，嘱其子孙安曰："吾有遗表一通，死后为我达于楚王。楚王若封汝官爵，汝不可受。汝碌碌庸才，非经济之具，不可滥厕冠裳也。若封汝以大邑，汝当固辞，辞之不得，则可以寝邱为请。此地瘠薄，非人所欲，庶几可延后世之禄耳。"言毕遂卒。孙安取遗表呈上，楚庄王启而读之，表曰：

臣以罪废之馀，蒙君王拔之相位，数年以来，愧乏大功，有负重任。今赖君王之灵，获死牖下，臣之幸矣！臣止一子，不肖，不足以玷冠裳。臣之从子薳凭，颇有才能，可任一职。晋号世伯，虽偶败绩，不可轻视。民苦战斗已久，惟息兵安民为上。人之将死，其言也善，愿王察之！

庄王读罢，叹曰："孙叔死不忘国，寡人无福，天夺我良臣也！"即命驾往视其殓，抚棺痛哭，从行者莫不垂泪。次日，以公子婴齐为令尹，召薳凭为箴尹，是为薳氏。庄王欲以孙安为工正，安守遗命，力辞不拜，退耕于野。

庄王所宠优人孟侏儒，谓之优孟，身不满五尺，平日以滑稽调笑取欢左右。一日出郊，见孙安砍下柴薪，自负而归。优孟迎而问曰："公子何自劳苦负薪？"孙安曰："父为相数年，一钱不入私门，死后家无馀财，吾安得不负薪乎？"优孟叹曰："公子勉之，王行且召子矣！"乃制孙叔敖衣冠剑履一具，并习其生前言动，摹拟三日，无一不肖，宛如叔敖之再生也。值庄王宴于宫中，召群优为戏。优孟先使他优扮为楚王，为思慕叔敖之状，自己扮叔敖登场。楚王一见，大惊曰："孙叔无恙乎？寡人思卿至切，可仍来辅相寡人也。"优孟对曰："臣非真叔敖，偶似之耳。"楚王曰："寡人思叔敖不得见，见似叔敖者，亦足少慰寡人之思，卿勿辞，可即就相位。"优孟对曰："王果用臣，于臣甚愿。但家有老妻，颇能通达世情，容归与老妻商议，方敢奉诏。"乃下场，复上曰："臣适与老妻议之，老妻劝臣勿就。"楚王问曰："何故？"优孟对曰："老妻有村歌劝臣，臣请歌之！"遂歌曰：

> 贪吏不可为而可为，廉吏可为而不可为。贪吏不可为者，污且卑；而可为者，子孙乘坚而策肥。廉吏可为者，高且洁；而不可为者，子孙衣单而食缺。君不见楚之令尹孙叔敖，生前私殖无分毫，一朝身没家凌替，子孙丐食栖蓬蒿。劝君勿学孙叔敖，君王不念前功劳！

庄王在席上见优孟问答，宛似叔敖，心中已是凄然，及闻优孟歌毕，不觉潸然泪下曰："孙叔之功，寡人不敢忘也！"即命优孟往召孙安。孙安敝衣草屦而至，拜见庄王，庄王曰："子穷困至此乎？"优孟从旁答曰："不穷困，不见前令尹之贤。"庄王曰："孙安不愿就职，当封以万家之邑。"安固辞。庄王曰："寡人主意已定，卿不可却。"孙安奏曰："君王倘念先臣尺寸之劳，给臣衣食，愿得封寝邱，臣愿足矣。"庄王曰："寝邱瘠恶之土，卿何利焉？"孙安曰："先臣有遗命，非此不敢受也。"庄王乃从之。后人以寝邱非善地，无人争夺，遂为孙氏世守，此乃孙叔敖先见之明。史臣有诗单道优孟之事。诗曰：

清官遑计子孙贫，身死褒崇赖主君。
不是侏儒能讽谏，庄王安肯念先臣！

却说晋臣荀林父闻孙叔敖新故，知楚兵不能骤出，乃请师伐郑，大掠郑郊，扬兵而还。诸将请遂围郑，林父曰："围之未可遽克，万一楚救忽至，是求敌也，姑使郑人惧而自谋耳。"郑襄公果大惧，遣使谋之于楚，且以其弟公子张换公子去疾回郑，共理国事。庄王曰："郑苟有信，岂在质乎？"乃悉遣之，因大集群臣计议。不知所议何事，且看下回分解。

第五十五回

华元登床劫子反　老人结草亢杜回

话说楚庄王大集群臣，计议却晋之事，公子侧进曰："楚所善无如齐，而事晋之坚无过于宋。若我兴师伐宋，晋方救宋不暇，敢与我争郑乎？"庄王曰："子策虽善，然未有隙也。自先君败宋于泓，伤其君

股，宋能忍之，及厥貉之会，宋君亲受服役。其后昭公见弑，子鲍嗣立，今十八年矣，伐之当奉何名？"公子婴齐对曰："是不难。齐君屡次来聘，尚未一答。今宜遣使报聘于齐，竟自过宋，令勿假道，且以探之。若彼不较，是惧我也，君之会盟，必不拒矣。如以无礼之故辱我使臣，我借此为辞，何患无名哉？"庄王曰："何人可使？"婴齐对曰："申无畏曾从厥貉之会，此人可使也。"庄王乃命无畏

如齐修聘，无畏奏曰：“聘齐必经宋国，须有假道文书送验，方可过关。”庄王曰：“汝畏阻绝使臣耶?”无畏答曰：“向者厥貉之会，诸君田于孟诸，宋君违令，臣执其仆而戮之，宋恨臣必深。此行若无假道文书，必然杀臣。”庄王曰：“文书上与汝改名曰申舟，不用无畏旧名可矣。”无畏犹不肯行，曰：“名可改，面不可改。”庄王怒曰：“若杀子，我当兴兵破灭其国，为子报仇!”无畏乃不敢复辞。

明日，率其子申犀谒见庄王，曰：“臣以死殉国，分也，但愿王善视此子。”庄王曰：“此寡人之事，子勿多虑。”申舟领了出使礼物，拜辞出城。子犀送至郊外，申舟吩咐曰：“汝父此行，必死于宋。汝必请于君王，为我报仇，切记吾言!”父子洒泪而别。

不一日，行至睢阳，关吏知是楚国使臣，要索假道文验。申舟答言：“奉楚王之命，但有聘齐文书，却没有假道文书。”关吏遂将申舟留住，飞报宋文公。时华元为政，奏于文公曰：“楚，吾世仇也，今遣使公然过宋，不循假道之礼，欺我甚矣!请杀之!”宋公曰：“杀楚使，楚必伐我，奈何?”华元对曰：“欺我之耻，甚于受伐，况欺我，势必伐我，均之受伐，且雪吾耻。”乃使人执申舟至宋廷，华元一见，认得就是申无畏，怒上加怒，责之曰：“汝曾戮我先公之仆，今改名，欲逃死耶?”申舟自知必死，大骂宋鲍：“汝奸祖母，弑嫡侄，幸免天诛；又妄杀大国之使，楚兵一到，汝君臣为齑粉矣!”华元命先割其舌，而后杀之。将聘齐的文书礼物焚弃于郊外。从人弃车而遁，回报庄王。庄王方进午膳，闻申舟见杀，投箸于席，奋袂而起。即拜司马公子侧为大将，申叔时副之，立刻整车，亲自伐宋，使申犀为军正，从征。按申舟以夏四月被杀，楚兵以秋九月即造宋境，可谓速之至矣!潜渊有诗云：

明知欺宋必遭屯，君命如天敢惜身!
投袂兴师风雨至，华元应悔杀行人。

楚兵将睢阳城围困，造楼车高与城等，四面攻城。华元率兵民巡守，一面遣大夫乐婴齐奔晋告急。晋景公欲发兵救之，谋臣伯宗谏曰：“林父以六百乘而败于邲城，此天助楚也，往救未必有功。”景公曰：“当今惟宋与晋亲，若不救，则失宋矣。”伯宗曰：“楚距宋二千里之遥，粮运不继，必不能久。今遣一使往宋，只说：‘晋已起大军来救。'谕使坚守。不过数月,楚师将去。是我无敌楚之劳,而有救宋之功也。"景公然其言,问:"谁能与我使宋国者?"大夫解扬请行。景公曰:"非子虎不胜此任也。"解扬微服行及宋郊,被楚之游兵盘诘获住,献于庄王。庄王认得是晋将解扬,问曰:"汝来何事?"解扬曰:"奉晋侯之命,来谕宋国,坚守待救。"楚庄王曰:"原来是晋使臣!尔前者北林之役,汝为我将蒍贾所擒,寡人不杀,放汝回国;今番又来自投罗网,有何理说?"解扬曰:"晋、楚仇敌,见杀分也,又何说乎?"庄王搜得身边文书,看毕,谓曰:"宋城破在旦夕矣,汝能反书中之言,说汝国中有事:'急切不能相救,恐误你国之事,特遣我口传相报。'如此,则宋人绝望,必然出降,省得两国人民屠戮之惨。事成之日,当封你为县公,留仕楚国。"解扬低头不应。庄王曰:"不然,当斩汝矣!"解扬本欲不从,恐身死于楚军,无人达晋君之命,乃佯许曰:"诺。"庄王升解扬于楼车之上,使人从旁促之。扬遂呼宋人曰:"我晋国使臣解扬也,被楚军所获,使我诱汝出降。汝切不可!我主公亲率大军来救,不久必至矣。"庄王闻其言,命速牵下楼车,责之曰:"尔既许寡人,而又背之,尔自无信,非寡人之过也。"叱左右斩讫报来。解扬全无惧色,徐声答曰:"臣未尝无信也。臣若全信于楚,必然失信于晋,假使楚有臣而背其主之言,以取赂于外国,君以为信乎?不信乎?臣请就诛,以明楚国之信,在外不在内!"庄王叹曰:"忠臣不惧死,子之谓矣!"纵之使归。

宋华元因解扬之告,缮守益坚。公子侧使军士筑土堙于外,如敌楼之状,亲自居之,以阚城内,一举一动皆知。华元亦于城内筑土堙以向之。自秋九月围起,至明年之夏五月,彼此相拒九个月头,睢阳城中粮草俱尽,人多饿死。华元但以忠义激劝其下,百姓感泣,甚至易子为食,拾骸骨为爨,全无变志。庄王没奈何了。军吏禀道:"营中只有七日之粮矣!"庄王曰:"吾不意宋国难下如此!"乃亲自登车,阅视宋城,见守陴军士甚是严整,叹了一口气,即召公子侧议班师。申犀哭拜于马前曰:"臣父以死奉王之命,王乃失信于臣父乎?"庄王面有惭色。申叔时时为庄王执辔在车,乃献计曰:"宋之不降,度我不能久耳。若使军士筑室耕田,示以长久之计,宋必惧矣。"庄王曰:"此计甚善！”乃下令，军士沿城一带起建营房，即拆城外民居，并砍伐竹木为之。每军十名，留五名攻城，五名耕种，十日一更番，军士互相传说。华元闻之，谓宋文公曰：“楚王无去志矣！晋救不至，奈何？臣请入楚营，面见子反，劫之以和，或可侥幸成事也。”宋文公曰：“社稷存亡，在此一行，小心在意！”华元探知公子侧在土堙敌楼上住宿，预得其左右姓名及奉差守宿备细。捱至夜分，扮作谒者模样，悄地从城上缒下，直到土堙边。遇巡军击柝而来，华元问曰：“主帅在上乎？”巡军曰：“在。”又问曰：“已睡乎？”巡军曰：“连日辛苦，今夜大王赐酒一樽，饮之已就枕矣。”华元走上土堙，守堙军士阻之。华元曰：“我谒者庸僚也，大王有紧要机密事吩咐主帅。因适才赐酒，恐其醉卧，特遣我来当面叮嘱，立等回复。”军士认以为真，让华元登堙。堙内灯烛尚明，公子侧和衣睡倒，华元径上其床，轻轻的以手推之。公子侧醒来，要转动时，两袖被华元坐住了，急问：“汝是何人？”华元低声答曰：“元帅勿惊，吾乃宋国右师华元也。奉主公之命，特地夜至求和。元帅若见从，当世从盟好；若还不允，元与元帅之命，俱尽于今夜矣！”言毕，左手按住卧席，右手于袖中掣出雪白一柄匕首，灯光之下，晃上两晃。公子侧慌忙答曰：“有事大家商量，不须粗卤。”华元收了匕首，谢曰：“死罪勿怪！情势已急，不得从容也。”公子侧曰：“子国中如何光景？”华元曰：“易子而食，拾骨而爨，已十分狼狈矣。”公子侧惊曰：“宋之困敝，一至此乎？吾闻军事‘虚者实之，实者虚之’。子奈何以实情告我？”华元曰：“君子矜人之厄，小人利人之危。元帅乃君子，非小人，元是以不敢匿情。”公子侧曰：“然则何以不降？”华元曰：“国有已困之形，人有不困之志。君民效死，与城俱碎，岂肯为城下之盟哉？倘蒙矜厄之仁，退师三十里，寡君愿以国从，誓无二志！”公子侧曰：“我不相欺，军中亦止有七日之粮矣。若过七日，城不下，亦将班师。筑室耕田之令，聊以相恐耳。明日我当奏知楚王，退军一舍，尔君臣亦不可失信。”华元曰：“元情愿以身为质，与元帅共立誓词，各无反悔。”二人设誓已毕，公子侧遂与华元结为兄弟，将令箭一枝付与华元，吩咐：“速行！”华元有了令箭，公然行走，直到城下，口中一个暗号，城上便放下兜子，将华元吊上城堙去了。华元连夜回复宋公，欢欢喜喜，专等明日退军消息。

次早天明，公子侧将夜来华元所言告于庄王，言："臣之一命，几丧于匕首。幸华元仁心，将国情实告于我，哀恳退师，臣已许之。乞我王降旨！"庄王曰："宋困惫如此，寡人当取此而归。"公子侧顿首曰："我军止有七日之粮，臣已告之矣。"庄王勃然怒曰："子何为以实情输敌?"公子侧对曰："区区弱宋，尚有不欺人之臣；岂堂堂大楚，而反无之?臣故不敢隐讳。"庄王颜色顿霁曰："司马之言是也！"即降旨退军，屯于三十里之外。申犀见军令已出，不敢复阻，捶胸大哭。庄王使人安慰之曰："子勿悲，终当成汝之孝。"楚军安营已定，华元先到楚军，致宋公之命，请受盟约。公子侧随华元入城，与宋文公歃血为誓。宋公遣华元送申舟之棺于楚营，即留身为质。庄王班师归楚，厚葬申舟，举朝皆往送葬。葬毕，使申犀嗣为大夫。

华元在楚，因公子侧又结交公子婴齐，与婴齐相善。一日，聚会之间，论及时事，公子婴齐叹曰："今晋、楚分争，日寻干戈，天下何时得太平耶?"华元曰："以愚观之，晋、楚互为雌雄，不相上下，诚得一人合二国之成，各朝其属，息兵修好，生民免于涂炭，诚为世道之大幸！"婴齐曰："此事子能任之乎?"华元曰："元与晋将栾书相善，向年聘晋时，亦曾言及于此，奈无人从中联合耳。"明日，婴齐以华元之言，告于公子侧。侧曰："二国尚未厌兵，此事殆未可轻议也。"华元留楚凡六年，至周定王十八年，宋文公鲍卒，子共公固立，华元请归奔丧，始返宋国。此是后话。

却说晋景公闻楚人围宋，经年不解，谓伯宗曰："宋之城守倦矣，寡人不可失信于宋，当往救之。"正欲发兵，忽报："潞国有密书送到。"按潞国乃赤狄别种，隗姓，子爵，与黎国为邻。周平王时，潞君逐黎侯而有其地，于是赤狄益强。此时潞子名婴儿，娶晋景公之娣伯姬为夫人。婴儿微弱，其国相酆舒专权用事。先时，狐射姑奔在彼国，他是晋国勋臣，识多才广，酆舒还怕他三分，不敢放恣。自射姑死后，酆舒益无忌惮，欲潞子绝晋之好，诬伯姬以罪，逼其君使缢杀之。又与潞子出猎郊外，醉后君臣打弹为戏，赌弹飞鸟。酆舒放弹，误伤潞子之目，投弓于地，笑曰："弹得不准，臣当罚酒一卮！"潞子不堪其虐，力不能制，遂写密书送晋，求晋起兵来讨酆舒之罪。谋臣伯宗进曰："若戮酆舒，兼并潞地，因及旁国，尽有狄土，则西南之疆益拓，而晋之兵赋益充，此机不可失也。"景公亦怒潞子婴儿不能庇其妻，乃命荀林父为大将，魏颗副之，出车三百乘伐潞。

酆舒率兵拒于曲梁，战败奔卫。卫穆公速方与晋睦，囚酆舒以献于晋军，荀林父令缚至绛都杀之。晋师长驱直入潞城，潞子婴儿迎于马首，林父数其诬杀伯姬之罪，并执以归。托言曰："黎人思其君久矣。"乃访黎侯之裔，割五百家，筑城以居之，名为复黎，实则灭潞也。婴儿痛其国亡，自刎而死。潞人哀之，为之立祠。今黎城南十五里，有潞祠山是也。

晋景公恐林父未能成功，自率大军屯于稷山。林父先至稷山献捷，留副将魏颗略定赤狄之地，还至辅氏之泽，忽见尘头蔽日，喊杀连天，晋兵不知为谁。前哨飞报："秦国遣大将杜回起兵来到。"按秦康公薨于周匡王之四年，子共公稻立，因赵穿侵崇起衅，秦兵围焦无功，遂厚结酆舒，共图晋国。共公立四年薨，子桓公荣立。此时乃秦桓公之十一年，闻晋伐酆舒，方欲起兵来救，又闻晋已杀酆舒，执潞子，遂遣杜回引兵来争潞地。那杜回是秦国有名的力士，生得牙张银凿，眼突金睛，拳似铜锤，脸如铁钵，虬须卷发，身长一丈有余。力举千钧，惯使一柄开山大斧，重一百二十斤。本白翟人氏。曾于青眉山，一日拳打五虎，皆剥其皮以归。秦桓公闻其勇，聘为车右将军。又以三百人破嵯峨山贼寇万余，威名大振，遂为大将。

魏颗排开阵势，等待交锋。杜回却不用车马，手执大斧，领着惯战杀手三百人，大踏步直冲入阵来。下砍马足，上劈甲将，分明是天降下神煞一般！晋兵从来未见此凶狠，遮拦不住，大败一阵。魏颗下令，扎住营垒，且莫出战。杜回领着一队刀斧手，在营外跳跃叫骂，一连三日，魏颗不敢出应。忽报本国有兵来到，其将乃颗弟魏锜也。锜曰："主公恐赤狄之党结连秦国生变，特遣弟来帮助。"魏颗述秦将杜回如此恁般，勇不可当，正欲遣人请兵。魏锜不信，曰："彼草寇何能为？来日弟当见阵，管取胜之。"

至明日，杜回又来挑战，魏锜忿然欲出，魏颗止之不听。当下领着新来甲士驱车直进，秦兵却四散奔走，魏锜分车逐之。忽然呼哨一声，三百个杀手复合为一，都跟着杜回，大刀阔斧，下砍马足，上劈甲将。北边步卒随车行转，辂车不便转折，被他左右前后觑便就砍，魏锜大败。亏着魏颗引兵接应，回营去了。是夜，魏颗在营中闷坐，左思右想，没有良策。坐至三更困倦，朦胧睡去，耳边似有人言“青草坡”三字，醒来不解其义，再睡，仍复如前。乃向魏锜言之，魏锜曰：“辅氏左去十里有个大坡，名为青草坡，或者秦军合败于此地也。弟先引一军往彼埋伏，兄诱敌军至此，左右夹攻，可以取胜。”魏锜自去行埋伏之事。魏颗传令：“拔寨都起。”扬言：“且回黎城。”杜回果然来追，魏颗略斗数合，回车就走，渐渐引近青草坡来。一声炮响，魏锜伏兵俱起。魏颗复身转来，将杜回团团围住，两下夹攻。杜回全不畏惧，轮着一百二十斤的开山大斧，横劈竖劈，当者辄死，虽然众杀手颇有损伤，不能取胜。二魏督率众军，力战杜回不退。看看杀至青草坡中间，杜回忽然一步一跌，如油靴踏着层冰，立脚不住，军中发起喊来。魏颗举眼看时，遥见一老人，布袍芒履，似庄家之状，将青草一路挽结，以攀杜回之足。魏颗、魏锜双车碾到，二戟并举，把杜回搠倒在地，活捉过来。众杀手见主将被擒，四散逃走，俱为晋兵追而获之，三百人逃不得四五十人。魏颗问杜回曰：“汝自逞英雄，何以见擒？”杜回曰：“吾双足似有物攀住，不能展动，乃天绝我命，非力不及也。”魏颗暗暗称奇。魏锜曰：“彼既有绝力，留于军中，恐有他变。”魏颗曰：“吾意正虑及此。”即时将杜回斩首，解往稷山请功。是夜，魏颗始得安睡，梦日间所见老人，前来致揖曰：“将军知杜回所以获乎？是老汉结草以御之，所以颠蹶被获耳。”魏颗大惊曰：“素不识叟面，乃蒙相助，何以奉酬？”老人曰：“我乃祖姬之父也。尔用先人之治命，善嫁吾女，老汉九泉之下，感子活女之命，特效微力，助将军成此军功。将军勉之，后当世世荣显，子孙贵为王侯，无忘吾言。”

原来魏颗之父魏犨有一爱妾，名曰祖姬。犨每出征，必嘱魏颗曰：“吾若战死沙场，汝当为我选择良配，以嫁此女，勿令失所，吾死亦瞑目矣。”及魏犨病笃之时，又嘱颗曰：“此女吾所爱惜，必用以殉吾葬，使吾泉下有伴也。”言讫而卒。魏颗营葬其父，并不用祖姬为殉。

魏锜曰："不记父临终之嘱乎？"颗曰："父平日吩咐必嫁此女，临终乃昏乱之言。孝子从治命，不从乱命。"葬事毕，遂择士人而嫁之。有此阴德，所以老人有结草之报。魏颗梦觉，述于魏锜曰："吾当时曲体亲心，不杀此女，不意女父衔恩地下如此。"魏锜叹息不已。髯仙有诗云：

结草何人亢杜回？梦中明说报恩来。

劝人广积阴功事，理顺心安福自该。

秦国败兵回到雍州，知杜回战死，君臣丧气。晋景公嘉魏颗之功，封以令狐之地，复铸大钟以纪其事，备载年月。后人因晋景公所铸，因名曰"景钟"。晋景公复遣士会领兵攻灭赤狄余种，共灭三国：曰甲氏，曰留吁，及留吁之属国曰铎辰。自是赤狄之土，尽归于晋。

时晋国岁饥，盗贼蜂起，荀林父访国中之能察盗者，得一人，乃郤氏之族，名雍。此人善于亿逆，尝游市井间，忽指一人为盗，使人拘而审之，果真盗也。林父问："何以知之？"郤雍曰："吾察其眉睫之间，见市中之物有贪色，见市中之人有愧色，闻吾之至，而有惧色，是以知之。"郤雍每日获盗数十人，市井悚惧，而盗贼愈多。大夫羊舌职谓林父曰："元帅任郤雍以获盗也，盗未尽获而郤雍之死期至矣。"林父惊问："何故？"不知羊舌职说出甚话来，且看下回分解。

第五十六回

萧夫人登台笑客　逢丑父易服免君

话说荀林父用郤雍治盗，羊舌职度郤雍必不得其死，林父请问其说。羊舌职对曰："周谚有云：'察见渊鱼者不祥，智料隐慝者有殃。'恃郤雍一人之察，不可以尽群盗，而合群盗之力，反可以制郤雍，不死何为？"未及三日，郤雍偶行郊外，群盗数十人，合而攻之，割其头以去。荀林父忧愤成疾而死。晋景公闻羊舌职之言，召而问曰："子之料郤雍当矣！然弭盗何策？"羊舌职对曰："夫以智御智，如用石压草，草必罅生；以暴禁暴，如用石击石，石必两碎。故弭盗之方，在乎化其心术，使知廉耻，非以多获为能也。君如择朝中之善人，显荣之于民上，彼不善者将自化，何盗之足患哉？"景公又问曰："当

今晋之善人，何者为最？卿试举之。”羊舌职曰：“无如士会。其为人，言依于信，行依于义，和而不谄，廉而不矫，直而不亢，威而不猛。君必用之。”及士会定赤狄而还，晋景公献狄俘于周，以士会之功，奏闻周定王。定王赐士会以黻冕之服，位为上卿。遂代林父之任，为中军元帅，且加太傅之职，改封于范，是为范氏之始。士会将缉盗科条，尽行除削，专以教化劝民为善，于是奸民皆逃奔秦国，无一盗贼，晋国大治。景公复有图伯之意，谋臣伯宗进曰：“先君文公始盟践土，列国景从。襄公之世，犹受盟新城，未敢贰也。自令狐失信，始绝秦欢。及齐、宋弑逆，我不能讨，山东诸国，遂轻晋而附楚。至救郑无功，救宋不果，复失二国。晋之宇下，惟卫、曹等寥寥三四国耳。夫齐、鲁天下之望，君欲复盟主之业，莫如亲齐、鲁。盍使人行聘于二国，以联属其情，而伺楚之间，可以得志。”晋景公以为然，乃遣上军元帅郤克使鲁及齐，厚其礼币。

却说鲁宣公以齐惠公定位之故，奉事惟谨，朝聘俱有常期。至顷公无野嗣立，犹循旧规，未曾缺礼。郤克至鲁修聘，礼毕，辞欲往齐，鲁宣公亦当聘齐之期，乃使上卿季孙行父同郤克一齐启行。方及齐郊，只见卫上卿孙良夫、曹大夫公子首也为聘齐来到。四人相见，各道来由，不期而会，足见同志了。四位大夫下了客馆，次日朝见，各致主君之意。礼毕，齐顷公看见四位大夫容貌，暗暗称怪，道：“大夫请暂归公馆，即容设飧相待。”四位大夫退出朝门。

顷公入宫，见其母萧太夫人，忍笑不住。太夫人乃萧君之女，嫁于齐惠公。自惠公薨后，萧夫人日夜悲泣。顷公事母至孝，每事求悦其意，即闾巷中有可笑之事，亦必形容称述，博其一启颜也。是日，顷公含笑，不言其故。萧太夫人问曰：“外面有何乐事，而欢笑如此？”顷公对曰：“外面别无乐事，乃见一怪事耳！今有晋、鲁、卫、曹四国各遣大夫来聘，晋大夫郤克是个瞎子，只有一只眼光着看人；鲁大夫季孙行父是个秃子，没一根毛发；卫大夫孙良夫是个跛子，两脚高低的；曹公子首是个驼背，两眼观地。吾想生人抱疾，五形四体，不全者有之，但四人各占一病，又同时至于吾国，堂上聚着一班鬼怪，岂不可笑？”萧太夫人不信，曰：“吾欲一观之可乎？”顷公曰：“使臣至国，公宴后，例有私享，来日儿命设宴于后苑，诸大夫赴宴必从崇台之下经过。母亲登于台上，张帷而窃观之，有何难哉？”

话中略过公宴不题，单说私宴。萧太夫人已在崇台之上了。旧例：使臣来到，凡车马仆从，都是主国供应，以暂息客人之劳。顷公主意，专欲发其母之一笑，乃于国中密选眇者、秃者、跛者、驼者各一人，使分御四位大夫之车。郤克眇，即用眇者为御；行父秃，即用秃者为御；孙良夫跛，即用跛者为御；公子首驼，即用驼者为御。齐上卿国佐谏曰：“朝聘，国之大事。宾主主敬，敬以成礼，不可戏也。”顷公不听。车中两眇、两秃、双驼、双跛，行过台下，萧夫人启帷望见，不觉大笑，左右侍女，无不掩口，笑声直达于外。郤克初见御者眇目，亦认为偶然，不以为怪，及闻台上有妇女嬉笑之声，心中大疑。草草数杯，即忙起身，回至馆舍，使人诘问：“台上何人？”“乃国母萧太夫人也。”须臾，鲁、卫、曹三国使臣，皆来告诉郤克，言：“齐国故意使执鞭之人戏弄我等，以供妇人观笑，是何道理？”郤克曰：“我等好意修聘，反被其辱，若不报此仇，非丈夫也！”行父等三人齐声曰：“大夫若兴师伐齐，我等奏过寡君，当倾国相助。”郤克曰：“众大夫果有同心，便当歃血为盟。伐齐之日，有不竭力共事者，明神殛之！”四位大夫聚于一处，竟夜商量，直至天明，不辞齐侯，竟自登车，命御人星驰，各还本国而去。国佐叹曰：“齐患自此始矣！”史臣有诗云：

主宾相见敬为先，残疾何当配执鞭？
台上笑声犹未寂，四郊已报起烽烟。

是时鲁卿东门仲遂、叔孙得臣俱卒，季孙行父为正卿，执政当权。自聘齐被笑而归，誓欲报仇。闻郤克请兵于晋侯，因与太傅士会主意不合，故晋侯未许，行父心下躁急，乃奏知宣公，使人往楚借兵。值楚庄王旅病薨，世子审即位，时年才十岁，是为共王。史臣有楚庄王赞云：

于赫庄王，干父之蛊；始不飞鸣，终能张楚。樊姬内助，孙叔外辅；戮舒播义，衄晋觌武。窥周围宋，威声如虎；蠢尔荆蛮，桓文为伍！

楚共王方有新丧，辞不出师。行父正在愤懑之际，有人自晋国来述：

"郤克日夜言伐齐之利，不伐齐难以图伯，晋侯惑之。士会知郤克意不可回，乃告老让之以政。今郤克为中军元帅，主晋国之事，不日兴师报齐矣。"行父大喜，乃使仲遂之子公孙归父行聘于晋，一来答郤克之礼，二来订伐齐之期。鲁宣公因仲遂得国，故宠任归父，异于群臣。时鲁孟孙、叔孙、季孙三家，子孙众盛，宣公每以为忧。知子孙必为三家所凌，乃于归父临行之日，握其手密嘱之曰："三桓日盛，公室日卑，子所知也。公孙此行，觑便与晋君臣密诉其情，倘能借彼兵力，为我逐去三家，情愿岁输币帛，以报晋德，永不贰志。卿小心在意，不可泄漏！"归父领命，赍重赂至晋，闻屠岸贾复以谀佞得宠于景公，官拜司寇。乃纳赂于岸贾，告以主君欲逐三家之意。岸贾为得罪赵氏，立心结交栾、郤二族，往来甚密。乃以归父之言告于栾书。书曰："元帅方与季孙氏同仇，恐此谋未必协也。吾试探之。"栾书乘间言于郤克，克曰："此人欲乱鲁国，不可听之。"遂写密书一封，遣人星夜至鲁，飞报季孙行父。行父大怒曰："当年弑杀公子恶及公子视，皆是东门遂主谋，我欲图国家安靖，隐忍其事，为之庇护。今其子乃欲见逐，岂非养虎留患耶？"乃以郤克密书，面致叔孙侨如看之。侨如曰："主公不视朝将一月矣。言有疾病，殆托词也。吾等同往问疾，而造主公榻前请罪，看他如何？"亦使人邀仲孙蔑，蔑辞曰："君臣无对质是非之理，蔑不敢往。"乃拉司寇臧孙许同行。三人行至宫门，闻宣公病笃，不及请见，但致问候而返。

次日，宣公报薨矣。时周定王之十六年也。季孙行父等拥立世子黑肱，时年一十三岁，是为成公。成公年幼，凡事皆决于季氏。季孙行父集诸大夫于朝堂，议曰："君幼国弱，非大明政刑不可。当初杀嫡立庶，专意媚齐，致失晋好，皆东门遂所为也。仲遂有误国大罪，宜追治之。"诸大夫皆唯唯听命。行父遂使司寇臧孙许逐东门氏之族。公孙归父自晋归鲁，未及境，知宣公已薨，季氏方治其先人之罪，乃出奔于齐国，族人俱从之。后儒论仲遂躬行弑逆，援立宣公，身死未几，子孙被逐，作恶者亦何益哉？髯翁有诗叹云：

援宣富贵望千秋，谁料三桓作寇仇？
楹折东门乔木萎，独馀青简恶名留。

鲁成公即位二年，齐顷公闻鲁与晋合谋伐齐，一面遣使结好于楚，以为齐缓急之助；一面整顿车徒，躬先伐鲁，由平阴进兵，直至龙邑。齐侯之嬖人卢蒲就魁轻进，为北门军士所获。顷公使人登车，呼城上人语之曰："还我卢蒲将军，即当退师。"龙人不信，杀就魁，磔其尸于城楼之上。顷公大怒，令三军四面攻之，三日夜不息。城破，顷公将城北一角，不论军民，尽皆杀死，以泄就魁之恨。正欲深入，哨马探得卫国大将孙良夫统兵将入齐境。顷公曰："卫窥吾之虚，来犯吾界，合当反戈迎之。"乃留兵戍龙邑，班师而南。行至新筑界口，恰遇卫兵前队副将石稷已到，两下各结营垒。石稷诣中军告于孙良夫曰："吾受命侵齐，乘其虚也。今齐师已归，其君亲在，不可轻敌。不如退兵，让其归路，俟晋、鲁合力并举，可以万全。"孙良夫曰："本欲报齐君一笑之仇，今仇人在前，奈何避之？"遂不听石稷之谏，是夜率中军往劫齐寨。齐人也虑卫军来袭，已有整备。良夫杀入营门，劫了空营。方欲回车，左有国佐、右有高固两员大将，围裹将来。齐侯自率大军掩至，大叫："跛夫！且留下头颅！"良夫死命相持，没抵当一头处，正在危急，却得宁相、向禽两队车马前来接应，救出良夫北奔，卫军大败。齐侯招引二将从后追来，卫将石稷之兵亦至，迎着孙良夫叫道："元帅只顾前行，吾当断后。"良夫引军急走，未及一里，只见前面尘头起处，车声如雷。良夫叹曰："齐更有伏兵，吾命休矣！"车马看看近前，一员将在车中鞠躬言曰："小将不知元帅交兵，救援迟误，伏乞恕罪！"良夫问曰："子何人也？"那员将答曰："某乃守新筑大夫，仲叔于奚是也。悉起本境之众，有百余乘在此，足以一战，元帅勿忧。"良夫方才放心，谓于奚曰："石将军在后，子可助之。"仲叔于奚应声麾车而去。

再说齐兵遇石稷断后之兵，正欲交战，见北路车尘蔽天，探是仲叔于奚领兵来到。齐顷公身在卫地，恐兵力不继，遂鸣金收军，止掠取辎重而回。石稷和于奚亦不追赶。后与晋人胜齐归国，卫侯因于奚有救孙良夫之功，欲以邑赏之。于奚辞曰："邑不愿受，得赐'曲县'、'繁缨'，以光宠于缙绅之中，于愿足矣。"按《周礼》：天子之乐，四面皆县，谓之"宫县"；诸侯之乐，止县三面，独缺南方，谓之"曲县"，亦曰"轩县"；大夫则左右县耳。"繁缨"，乃诸侯所以饰马者。二件皆诸侯之制，于奚自恃其功，以此为请。卫侯笑而从之。孔子修《春秋》，论此事，以为惟名器分别贵贱，不可假人。卫侯为失其赏矣！此是后话，表过不提。

却说孙良夫收拾败军，入新筑城中。歇息数日，诸将请示归期，良夫曰："吾本欲报齐，反为所败，何面目归见吾主？便当乞师晋国，生缚齐君，方出我胸中之气！"乃留石稷等屯兵新筑，自己亲往晋国借兵。适值鲁司寇臧宣叔亦在晋请师。二人先通了郤克，然后谒见晋景公，内外同心，彼唱此和，不由晋景公不从。郤克虑齐之强，请车八百乘，晋侯许之。郤克将中军，解张为御，郑邱缓为车右。士燮将上军，栾书将下军，韩厥为司马。于周定王十八年夏六月，师出绛州城，望东路进发。臧孙许先期归报，季孙行父同叔孙侨如帅师来会，同至新筑。孙良夫复约会曹公子首。各军俱于新筑取齐，摆成队伍，次第前行，连接三十余里，车声不绝。齐顷公预先使人于鲁境上觇探，已知臧司寇乞得晋兵消息。顷公曰："若待晋师入境，百姓震惊，当以兵逆之于境上。"乃大阅车徒，挑选五百乘，三日三夜，行五百余里，直至鞍地扎营。前哨报："晋军已屯于靡笄山下。"顷公遣使请战，郤克许来日决战。大将高固请于顷公曰："齐、晋从未交兵，未知晋人之勇怯，臣请探之。"乃驾单车，径入晋垒挑战。有末将亦乘车自营门而出，高固取巨石掷之，正中其脑，倒于车上，御人惊走。高固腾身一跃，早跳在晋车之上，脚踹晋囚，手挽辔索，驰还齐垒，周围一转，大呼曰："出卖馀勇！"齐军皆笑。晋军中觉而逐之，已无及矣。高固谓顷公曰："晋师虽众，能战者少，不足畏也。"

次日，齐顷公亲自披甲出阵，邴夏御车，逢丑父为车右。两家各结阵于鞍。国佐率右军以遏鲁，高固帅左军以遏卫、曹，两下相持，各不交锋，专候中军消息。齐侯自恃其勇，目无晋人，身穿锦袍绣甲，乘着金舆，令军士俱控弓以俟，曰："视吾马足到处，万矢俱发。"一声鼓响，驰车直冲入晋阵。箭如飞蝗，晋兵死者极多。解张手肘连中二箭，血流下及车轮，犹自忍痛，勉强执辔。郤克正击鼓进军，亦被箭伤左胁，㵱血及屦，鼓声顿缓。解张曰："师之耳目，在于中军之旗鼓，三军因之以为进退。伤未及死，不可不勉力趋战！"郑邱缓曰："张侯之言是也。死生命耳！”郤克乃援枹连击，解张策马，冒矢而进。郑邱缓左手执笠，以卫郤克，右手奋戈杀敌。左右一齐击鼓，鼓声震天。晋军只道本阵已得胜，争先驰逐，势如排山倒海，齐军不能当，大败而奔。韩厥见郤克伤重，曰：“元帅且暂息，某当力追此贼！”言毕，招引本部驱车来赶，齐军纷纷四散。顷公绕华不注山而走，韩厥遥望金舆，尽力逐之。逢丑父顾邴夏曰：“将军急急出围，以取救兵，某当代将军执辔。”邴夏下车去了。晋兵到者益多，围华不注山三匝。逢丑父谓顷公曰：“事急矣！主公快将锦袍绣甲脱下，与臣穿之，假作主公。主公可穿臣之衣，执辔于旁，以误晋人之目。倘有不测，臣当以死代君，君可脱也。”顷公依其言。更换方毕，将及华泉，韩厥之车已到马首。韩厥见锦袍绣甲，认是齐侯，遂手揽其绊马之索，再拜稽首曰：“寡君不能辞鲁、卫之请，使群臣询其罪于上国。臣厥忝在戎行，愿御君侯，以辱临于敝邑！”丑父诈称口渴不能答言，以瓢授齐侯曰：“丑父可为我取饮。”齐侯下车，假作华泉取饮，水至，又嫌其浊，更取清者。齐侯遂绕山左而遁，恰遇齐将郑周父御副车而至，曰：“邴夏已陷于晋军中矣！晋势浩大，惟此路兵稀，主公可急乘之！”乃以辔授齐侯，齐侯登车走脱。韩厥先遣人报入晋军曰：“已得齐侯矣！”郤克大喜。及韩厥以丑父献，郤克见之曰：“此非齐侯也！”郤克曾使齐，认得齐侯，韩厥却不认得，因此被他设计赚去。韩厥怒问丑父曰：“汝是何人？”对曰：“某乃车右将军逢丑父。欲问吾君，方才往华泉取饮者就是。”郤克亦怒曰：“军法：‘欺三军者，罪应死！’汝冒认齐侯，以欺我军，尚望活耶？”叱左右：“缚丑父去斩！”丑父大呼曰：“晋军听吾一言，自今无有代其君任患者。丑父免君于患，今且为戮矣！”郤克命解其缚，曰：“人尽忠于君，我杀之不祥。”使后车载之。潜渊居士有诗云：

绕山戈甲密如林，绣甲君王险被擒。
千尺华泉源不竭，不如丑父计谋深。

后人名华不注山为金舆山，正以齐侯金舆驻此而得名也。

顷公既脱归本营，念丑父活命之恩，复乘轻车驰入晋军，访求丑父，出而复入者三次。国佐、高固二将，闻中军已败，恐齐侯有失，各引军来救驾，见齐侯从晋军中出，大惊曰：“主公何轻千乘之尊，而自探虎穴耶?”顷公曰:“逢丑父代寡人陷于敌中,未知生死,寡人坐不安席,是以求之。”言未毕,哨马报:“晋兵分五路杀来了!”国佐奏曰:“军气已挫,主公不可久留于此。且回国中坚守,以待楚救之至可也。”齐侯从其言,遂引大军,回至临淄去了。郤克引大军及鲁、卫、曹三国之师长驱直入,所过关隘,尽行烧毁,直抵国都,志在灭齐。不知齐国如何应敌,再看下回分解。

第五十七回

娶夏姬巫臣逃晋　围下宫程婴匿孤

话说晋兵追齐侯，行四百五十里，至一地名袁娄，安营下寨，打点攻城。齐顷公心慌，集诸臣问计。国佐进曰："臣请以纪侯之甗及玉磬行赂于晋，而请与晋平；鲁、卫二国，则以侵地还之。"顷公曰："如卿所言，寡人之情已尽矣。再若不从，惟有战耳！"国佐领命，捧着纪甗、玉磬二物，径造晋军。先见韩厥，致齐侯之意。韩厥曰："鲁、卫以齐之侵削无已，故寡君怜而拯之；寡君则何仇于齐乎？"国佐答曰："佐愿言于寡君，返鲁、卫之侵地如何？"韩厥曰："有中军主帅在，厥不敢专。"韩厥引国佐来见郤克，克盛怒以待之，国佐辞气俱恭。郤克曰："汝国亡在旦夕，尚以巧言缓我耶？倘真心请平，

只依我两件事。”国佐曰：“敢问何事？”郤克曰：“一来，要萧君同叔之女为质于晋；二来，必使齐封内垄亩尽改为东西行。万一齐异日背盟，杀汝质，伐汝国，车马从西至东，可直达也。”国佐勃然发怒曰：“元帅差矣！萧君之女非他，乃寡君之母，以齐、晋匹敌言之，犹晋君之母也。那有国母为质人国的道理？至于垄亩纵横，皆顺其地势之自然，若惟晋改易，与失国何异？元帅以此相难，想不允和议了。”郤克曰：“便不允汝和，汝奈我何？”国佐曰：“元帅勿欺齐太甚也！齐虽褊小，其赋千乘，诸臣私赋，不下数百。今偶一挫衄，未及大亏。元帅必不允从，请收合残兵，与元帅决战于城下！一战不胜，尚可再战；再战不胜，尚可三战；若三战俱败，举齐国皆晋所有，何必质母、东亩为哉？佐从此辞矣！”委甗、磬于地，朝上一揖，昂然出营去了。季孙行父与孙良夫在幕后闻其言，出谓郤克曰：“齐恨我深矣，必将致死于我。兵无常胜，不如从之。”郤克曰：“齐使已去，奈何？”行父曰：“可追而还也。”乃使良马驾车，追及十里之外，强拉国佐复转至晋营。郤克使与季孙行父、孙良夫相见，乃曰：“克恐不胜其事，以获罪于寡君，故不敢轻诺。今鲁、卫大夫合辞以请，克不能违也，克听子矣。”国佐曰：“元帅已俯从敝邑之请，愿同盟为信。齐认朝晋，且反鲁、卫之侵地。晋认退师，秋毫无犯。各立誓书。”郤克命取牲血共歃，订盟而别。释放逄丑父复归于齐。齐顷公进逄丑父为上卿。晋、鲁、卫、曹之师，皆归本国。宋儒论此盟，谓郤克恃胜而骄，出令不恭，致触国佐之怒，虽取成而还，殊不足以服齐人之心也。晋师归献齐捷，景公嘉战鞍之功，郤克等皆益地。复作新上、中、下三军：以韩厥为新中军元帅，赵括佐之；巩朔为新上军元帅，韩穿佐之；荀骓为新下军元帅，赵旃佐之。爵皆为卿。自是晋有六军，复兴伯业。司寇屠岸贾见赵氏复盛，忌之益深，日夜搜赵氏之短，谮于景公。又厚结栾、郤二家，以为己援。此事且搁过一边，表白在后。

齐顷公耻其兵败，吊死问丧，恤民修政，志欲报仇。晋君臣恐齐侵伐，复失伯业，乃托言齐国恭顺可嘉，使各国仍还其所侵之地。自此诸侯以晋无信义，渐渐离心。此是后话。

且说陈夏姬嫁连尹襄老，未及一年，襄老从军于邲，夏姬遂与其子黑要烝淫。及襄老战死，黑要恋夏姬之色，不往求尸，国人颇有议论。夏姬以为耻，欲借迎尸之名谋归郑国。申公屈巫遂赂其左右，使传语于夏姬曰：“申公相慕甚切，若夫人朝归郑国，申公晚即来聘矣。”又使人谓郑襄公曰：“姬欲归宗国，盍往迎之？”郑襄公果然遣使来迎夏姬。楚庄王问于诸大夫曰：“郑人迎夏姬何意？”屈巫独对曰：“姬欲收葬襄老之尸，郑人任其事，以为可得，故使姬往迎之耳。”庄王曰：“尸在晋，郑安从得之？”屈巫对曰：“荀罃者，荀首之爱子也。罃为楚囚，首念其子甚切。今首新佐中军，而与郑大夫皇戌素相交厚，其必借郑皇戌居间，使讲解于楚，而以王子及襄老之尸，交易荀罃。郑君以邲之战，惧晋行讨，亦将借此以献媚于晋，此真情无疑矣。”话犹未毕，夏姬入朝辞楚王，奏闻归郑之故。言下泪珠如雨，曰：“若不得尸，妾誓不反楚！”楚庄王怜而许之。夏姬方行，屈巫遂致书于郑襄公，求聘夏姬为内子。襄公不知庄王及公子婴齐欲娶前因，以屈巫方重用于楚，欲结为姻亲，乃受其聘币，楚人无知之者。屈巫复使人至晋，通信于荀首，教他将二尸易荀罃于楚，以实其言。荀首致书皇戌，求为居间说合。庄王欲得其子公子谷臣之尸，乃归荀罃于晋，晋亦以二尸畀楚。楚人信屈巫之言为实，不疑其有他故也。及晋师伐齐，齐顷公请救于楚，值楚新丧，未即发兵。后闻齐师大败，国佐已及晋盟，楚共王曰：“齐之从晋，为楚失救之故，非齐志也。寡人当为齐伐卫、鲁，以雪鞍耻，谁能为寡人达此意于齐侯者？”申公屈巫应声曰：“微臣愿往！”共王曰：“卿此去经由郑国，就便约郑师以冬十月之望，在卫境取齐，即以此期告于齐侯可也。”屈巫领命归家，托言往新邑收赋，先将家属及财帛装载十余车，陆续出城。自己乘轺车在后，星驰往郑，致楚王师期之命。遂与夏姬在馆舍成亲，二人之乐可知矣！有诗为证：

佳人原是老妖精，到处偷情旧有名。
采战一双今作配，这回鏖战定输赢。

夏姬枕畔谓屈巫曰：“此事曾禀知楚王否？”屈巫将庄王及公子婴齐欲娶之事诉说一遍：“下官为了夫人，费下许多心机，今日得谐鱼水，生平愿足！下官不敢回楚，明日与夫人别寻安身之处，偕老百年，岂不稳便?”夏姬曰:“原来如此。夫君既不回楚,那使齐之命,如何消缴?”屈巫曰:“我不往齐国去了。方今与楚抗衡,莫如晋国,我与汝适晋可也。”次早,修下表章一通,付与从人,寄复楚王,遂与夏姬同奔晋国。

晋景公方以兵败于楚为耻,闻屈巫之来,喜曰:“此天以此人赐我也!”即日拜为大夫,赐邢地为之采邑。屈巫乃去屈姓以巫为氏,名臣,至今人称为申公巫臣。巫臣自此安居于晋。楚共王接得巫臣来表,拆而读之,略云:

蒙郑君以夏姬室臣,臣不肖,遂不能辞。恐君王见罪,暂寓晋国。使齐之事,望君王别遣良臣。死罪!死罪!

共王见表大怒,召公子婴齐、公子侧使观之。公子侧对曰:“楚、晋世仇,今巫臣适晋,是反叛也,不可不讨。”公子婴齐复曰:“黑要烝母,是亦有罪,宜并讨之。”共王从其言,乃使公子婴齐领兵抄没巫臣之族,使公子侧领兵擒黑要而斩之。两族家财,尽为二将分得享用。巫臣闻其家族被诛,乃遗书于二将,略云:

尔以贪谗事君,多杀不辜,余必使尔等疲于道路以死!

婴齐等秘其书,不使闻于楚王。巫臣为晋画策,请通好于吴国,因以车战之法教导吴人。留其子狐庸仕于吴为行人,使通晋、吴之信,往来不绝。自此吴势日强,兵力日盛,尽夺取楚东方之属国,寿梦遂僭爵为王。楚边境被其侵伐,无宁岁矣。后巫臣死,狐庸复屈姓,遂留仕吴,吴用为相国,任以国政。

冬十月,楚王拜公子婴齐为大将,同郑师伐卫,残破其郊。因移师侵鲁,屯于杨桥之地。仲孙蔑请赂之,乃括国中良匠及织女、针女各百人献于楚军,请盟而退。晋亦遣使邀鲁侯同伐郑国,鲁成公复从之。周定王二十年,郑襄公坚薨,世子费嗣位,是为悼公。因与许国争田界,许君诉于楚,楚共王为许君理直,使人责郑。郑悼公怒,乃弃楚从晋。是年,郤克以箭伤失于调养,左臂遂损,乃告老,旋卒。栾书代为中军元帅。明年,楚公子婴齐帅师伐郑,栾书救之。

时晋景公以齐、郑俱服,颇有矜慢之心,宠用屠岸贾,游猎饮酒,复如灵公之日。赵同、赵括与其兄赵婴齐不睦,诬以淫乱之事,逐之奔齐,景公不能禁止。时梁山无故自崩,壅塞河流,三日不通。景公使太史卜之。屠岸贾行赂于太史，使以“刑罚不中”为言。景公曰：“寡人未常过用刑罚，何为不中？”屠岸贾奏曰：“所谓刑罚不中者，失入失出，皆不中也。赵盾弑灵公于桃园，载在史册，此不赦之罪，成公不加诛戮，且以国政任之。延及于今，逆臣子孙布满朝中，何以惩戒后人乎？且臣闻赵朔、原、屏等，自恃宗族众盛，将谋叛逆。楼婴欲行谏沮，被逐出奔。栾、郤二家，畏赵氏之势，隐忍不言。梁山之崩，天意欲主公声灵公之冤，正赵氏之罪耳。”景公自战邲时，已恶同、括专横，遂惑其言。问于韩厥，厥对曰：“桃园之事与赵盾何与？况赵氏自成季以来，世有大勋于晋。主公奈何听细人之言，而疑功臣之后乎？”景公意未释然，复问于栾书、郤锜。二人先受岸贾之嘱，含糊其词，不肯替赵氏分辨。景公遂信岸贾之言以为实然。乃书赵盾之罪于版，付岸贾曰：“汝好处分，勿惊国人！”

韩厥知岸贾之谋，夜往下宫报知赵朔，使预先逃遁。朔曰：“吾父抗先君之诛，遂受恶名。今岸贾奉有君命，必欲见杀，朔何敢避？但吾妻见有身孕，已在临月，倘生女不必说了，天幸生男，尚可延赵氏之祀。此一点骨血，望将军委曲保全，朔虽死犹生矣。”韩厥泣曰：“厥受知于宣孟，以有今日，恩同父子。今日自愧力薄，不能断贼之头！所命之事，敢不力任？但贼臣蓄愤已久，一时发难，玉石俱焚，厥有力亦无用处。及今未发，何不将公主潜送公宫，脱此大难？后日公子长大，庶有报仇之日也。”朔曰：“谨受教！”二人洒泪而别。赵朔私与庄姬约：“生女当名曰文，若生男当名曰武，文人无用，武可报仇。”独与门客程婴言之。庄姬从后门上温车，程婴护送，径入宫中，投其母成夫人去了。夫妻分别之苦，自不必说。

比及天明，岸贾自率甲士围了下宫。将景公所书罪版，悬于大门，声言：“奉命讨逆。”遂将赵朔、赵同、赵括、赵旃各家老幼男女，尽行诛戮。旃子赵胜，时在邯郸，独免；后闻变，出奔于宋。当时杀得尸横堂户，血浸庭阶。简点人数，单单不见庄姬。岸贾曰：“公主不打紧，但闻怀妊将产，万一生男，留下逆种，必生后患。”有人报说：“夜半有温车入宫。”岸贾曰：“此必庄姬也。”即时来奏晋侯，言：“逆臣一门，俱已诛绝，只有公主走入宫中。伏乞主裁！”景公曰：“吾姑乃母夫人所爱，不可问也。”岸贾又奏曰：“公主怀妊将产，万一生男，留下逆种，异日长大，必然报仇，复有桃园之事，主公不可不虑！”景公曰：“生男则除之。”岸贾乃日夜使人探伺庄姬生产消息。数日后，庄姬果然生下一男。成夫人吩咐宫中，假说生女。屠岸贾不信，欲使家中乳媪入宫验之。庄姬情慌，与其母成夫人商议，推说所生女已死。此时景公耽于淫乐，国事全托于岸贾，恣其所为。岸贾亦疑所生非女，且未死，乃亲率女仆，遍索宫中。庄姬乃将孤儿置于裤中，对天祝告曰：“天若灭绝赵宗，儿当啼；若赵氏还有一脉之延，儿则无声。”及女仆牵出庄姬，搜其宫，一无所见，裤中绝不闻啼号之声。岸贾当时虽然出宫去了，心中到底狐疑。或言：“孤儿已寄出宫门去了。”岸贾遂悬赏于门：“有人首告孤儿真信，与之千金；知情不言，与窝藏反贼一例，全家处斩。”又吩咐宫门上出入盘诘。

却说赵盾有两个心腹门客，一个是公孙杵臼，一个是程婴。先前闻屠岸贾围了下宫，公孙杵臼约程婴同赴其难。婴曰：“彼假托君命，布词讨贼，我等与之俱死，何益于赵氏？”杵臼曰：“明知无益，但恩主有难，不敢逃死耳！”婴曰：“姬氏有孕，若男也，吾与尔共奉之；不幸生女，死犹未晚。”及闻庄姬生女，杵臼泣曰：“天果绝赵乎！”程婴曰：“未可信也，吾当察之。”乃厚赂宫人，使通信于庄姬，庄姬知程婴忠义，密书一“武”字递出。程婴私喜曰：“公主果生男矣！”及岸贾搜索宫中不得，程婴谓杵臼曰：“赵氏孤在宫中，索之不得，此天幸也！但可瞒过一时耳。后日事泄，屠贼又将搜索。必须用计，偷出宫门，藏于远地，方保无虞。”杵臼沉吟了半日，问婴曰：“立孤与死难，二者孰难？”婴曰：“死易耳，立孤难也。”杵臼曰：“子任其难，我任其易，何如？”婴曰：“计将安出？”杵臼曰：“诚得他人婴儿诈称赵孤，吾抱往首阳山中，汝当出首，说孤儿藏处。屠贼得伪孤，则真孤可免矣。”程婴曰：“婴儿易得也，必须窃得真孤出宫，方可保全。”杵臼曰：“诸将中惟韩厥受赵氏恩最深，可以窃孤之事托之。”程婴曰：“吾新生一儿，与孤儿诞期相近，可以代之。然子既有藏孤之罪，必当并诛，子先我而死，我心何忍？”因泣下不止。杵臼怒曰：“此大事，亦美事，何以泣为？”婴乃收泪而去。

夜半，抱其子付于杵臼之手。即往见韩厥，先以“武”字示之，然后言及杵臼之谋。韩厥曰：“姬氏方有疾，命我求医。汝若哄得屠贼亲往首阳山，吾自有出孤之计。”程婴乃扬言于众曰：“屠司寇欲得赵孤乎，曷为索之宫中?”屠氏门客闻之，问曰：“汝知赵氏孤所在乎?”婴曰：“果与我千金，当告汝。”门客引见岸贾，岸贾叩其姓氏。对曰：“程氏名婴，与公孙杵臼同事赵氏。公主生下孤儿，即遣妇人抱出宫门，托吾两人藏匿。婴恐日后事露，有人出首，彼获千金之赏，我受全家之戮，是以告之。”岸贾曰：“孤在何处?”婴曰：“请屏左右，乃敢言。”岸贾即命左右退避。婴告曰：“在首阳山深处，急往可得，不久当奔秦国矣。然须大夫自往，他人多与赵氏有旧，勿轻托也。”岸贾曰：“汝但随吾往，实则重赏，虚则死罪。”婴曰：“吾亦自山中来此，腹馁甚，幸赐一饭。”岸贾与之酒食。婴食毕，又催岸贾速行。岸贾自率家甲三千，使程婴前导，径往首阳山。纡回数里，路极幽僻，见临溪有草庄数间，柴门双掩。婴指曰：“此即杵臼孤儿处也。”婴先叩门，杵臼出迎，见甲士甚众，为仓皇走匿之状。婴喝曰：“汝勿走，司寇已知孤儿在此，亲自来取，速速献出可也。”言未毕，甲士缚杵臼来见岸贾。岸贾问：“孤儿何在?”杵臼赖曰：“无有。”岸贾命搜其家，见壁室有锁甚固。甲士去锁，入其室，室颇暗。仿佛竹床之上，闻有小儿惊啼之声。抱之以出，锦绷绣褓，俨如贵家儿。杵臼一见，即欲夺之，被缚不得前，乃大骂曰：“小人哉，程婴也！昔下宫之难，我约汝同死，汝说：‘公主有孕，若死，谁作保孤之人！’今公主将孤儿付我二人，匿于此山，汝与我同谋做事，却又贪了千金之赏，私行出首。我死不足惜，何以报赵宣孟之恩乎?”千小人，万小人，骂一个不住。程婴羞惭满面，谓岸贾曰：“何不杀之?”岸贾喝令：“将公孙杵臼斩首！”自取孤儿掷之于地，一声啼哭，化为肉饼，哀哉！髯翁有诗云：

一线宫中赵氏危，宁将血胤代孤儿。
屠奸纵有弥天网，谁料公孙已售欺?

屠岸贾起身往首阳山擒捉孤儿，城中那一处不传遍?也有替屠家欢喜的，也有替赵家叹息的，那宫门盘诘就怠慢了。韩厥却教心腹门客假作草泽医人，入宫看病，将程婴所传“武”字，粘于药囊之上。庄姬看见，已会其意。诊脉已毕，讲几句胎前产后的套语，庄姬见左右宫人俱是心腹，即以孤儿裹置药囊之中。那孩子啼哭起来，庄姬手抚药囊祝曰："赵武，赵武！我一门百口冤仇，在你一点血泡身上，出宫之时，切莫啼哭！"吩咐已毕，孤儿啼声顿止，走出宫门，亦无人盘问。韩厥得了孤儿，如获至宝，藏于深室，使乳妇育之，虽家人亦无知其事者。屠岸贾回府，将千金赏赐程婴，程婴辞不愿赏。岸贾曰："汝原为邀赏出首，如何又辞？"程婴曰："小人为赵氏门客已久，今杀孤儿以自脱，已属非义，况敢利多金乎？倘念小人微劳，愿以此金收葬赵氏一门之尸，亦表小人门下之情于万一也。"岸贾大喜曰："子真信义之士也！赵氏遗尸，听汝收取不禁。即以此金为汝营葬之资。"程婴乃拜而受之。尽收各家骸骨，棺木盛殓，分别葬于赵盾墓侧。事毕，复往谢岸贾。岸贾欲留用之，婴流涕言曰："小人一时贪生怕死，作此不义之事，无面目复见晋人，从此将糊口远方矣。"程婴辞了岸贾，往见韩厥。厥将乳妇及孤儿交付程婴。婴抚为己子，携之潜入盂山藏匿。后人因名其山曰藏山，以藏孤得名也。

后三年，晋景公游于新田，见其土沃水甘，因迁其国，谓之新绛，以故都为故绛。百官朝贺，景公设宴于内宫，款待群臣。日色过晡，左右将治烛，忽然怪风一阵，卷入堂中，寒气逼人，在座者无不惊颤。须臾，风过，景公独见一蓬头大鬼，身长丈余，披发及地，自户外而入，攘臂大骂曰："天乎！我子孙何罪，而汝杀之？我已诉闻于上帝，来取汝命！"言毕，将铜锤来打景公。景公大叫："群臣救我！"拔佩剑欲斩其鬼，误劈自己之指，群臣不知为何，慌忙抢剑。景公口吐鲜血，闷倒在地，不省人事。未知性命如何，且看下回分解。